Sandra Brown

ENVY – NEID

Sandra Brown

ENVY-
[Neid]

Roman

Aus dem Amerikanischen
von Eva L. Wahser

Blanvalet

Die Originalausgabe erschien 2001 unter dem Titel
»Envy« bei Warner Books, Inc., New York

Umwelthinweis:
Dieses Buch und der Schutzumschlag wurden auf
chlorfrei gebleichtem Papier gedruckt.
Die Einschrumpffolie (zum Schutz vor Verschmutzung) ist aus
umweltschonender und recyclingfähiger PE-Folie.

Der Blanvalet Verlag
ist ein Unternehmen
der Verlagsgruppe Random House.

1. Auflage

Satz: Uhl + Massopust, Aalen
Druck und Bindung: GGP Media, Pößneck
Printed in Germany
ISBN 3-7645-0161-8
www.blanvalet-verlag.de

ENVY – NEID, Prolog
Key West, Florida, 1988

Cracker und Sardinen. Seine Hauptnahrung. Dazu ein Stück einfachen Käse und eine koschere Dillgurke – und schon hatte man die vier wichtigsten Lebensmittel beisammen. Eine bessere Kost gab es einfach nicht.

So die unerschütterliche Meinung von Hatch Walker, dessen sonnengegerbte, windzerfurchte Visage höchstens eine Gorgonenmutter lieben konnte. Während er sein Abendessen malmte, strichen zusammengekniffene Augen, die schon gegen unzählige beißende Sturmböen angeblinzelt hatten, über den Horizont.

Er hielt Ausschau nach zuckenden Blitzen, den Vorboten eines Sturms. Obwohl hier an Land noch nichts darauf hindeutete, war er längst irgendwo dort draußen, tankte Energie und saugte Feuchtigkeit aus dem Meer auf, um sie schwallweise wieder auf die Erde zu peitschen.

Aber erst später. Über dem Hafen hing ein Viertelmond am klaren Himmel. Sterne trotzten dem grellen Neonlicht unten. Aber Hatch ließ sich nicht täuschen. Noch ehe das Barometer fiel, konnte er einen nahenden Wetterwechsel in seinen Knochen spüren. Er konnte einen Sturm sogar riechen, bevor Wolken aufkamen, oder ein Segel die erste starke Windböe einfing. Seine Wettervorhersagen lagen nur selten falsch. Noch vor Morgengrauen würde es regnen.

Geräuschvoll bohrten sich seine nikotingelben Zähne ins eingelegte Gemüse. Die Lake mit Knoblauchgeschmack war ein Genuss, den er mit einem Bissen Käse noch steigerte. Besser ging es nun wirklich nicht. Ihm waren Leute ein Rätsel, die für ein Essen, das nicht einmal einen Fingerhut füllte, freiwillig einen ganzen Wochenlohn bezahlten, wenn man genauso gut – und seiner Ansicht nach sogar verdammt viel besser – für anderthalb Dollar essen konnte. Maximal.

Natürlich zahlten die für mehr als nur die Lebensmittel. Sie finanzierten Parkwächter, gestärkte weiße Tischdecken und Kellner mit Ohrringen und gespreiztem Gang, denen schon die bloße Bitte um eine Extraportion Brot zu viel war. Man bezahlte für den französischen Fantasienamen, den sie einem Fischfilet verpassten, das früher einfach Fang des Tages geheißen hatte. Solche pompösen Lokale hatte er in sämtlichen Häfen der Welt gesehen. Ein paar waren sogar hier in Key West aufgetaucht. Und die verabscheute er am meisten.

An Wochentagen wie diesem war es auf den Straßen relativ ruhig. Die Touristensaison klang langsam ab. *Man muss dem lieben Gott auch für Kleinigkeiten danken*, dachte Hatch, während er seine Pepsi-Dose leerte. In das Rülpsen mischte sich ein verächtliches Räuspern für Touristen im Allgemeinen, insbesondere für die, die Key West scharenweise überschwemmten.

Zu Tausenden fielen sie alljährlich ein, zugeklatscht mit widerlich stinkendem Sonnenöl und bepackt mit Fotoausrüstungen, quengelnde Blagen im Schlepptau, die eines von Disneys künstlichen Blendwerken oben in Orlando einem der spektakulärsten Sonnenuntergänge des Planeten jederzeit vorgezogen hätten.

Für solche Narren hatte Hatch nur Verachtung übrig. Schufteten fünfzig Wochen im Jahr einen vorzeitigen Herzinfarkt herbei, um dann während der restlichen zwei doppelt so hart an ihrem Vergnügen zu arbeiten. Dass sie für dieses Privileg auch noch ihre weichen blassen Hintern zu Markte trugen, verblüffte ihn umso mehr.

Unglücklicherweise hing sein Lebensunterhalt von ihnen ab. Und damit steckte Hatch in einem moralischen Dilemma: Trotz seiner Verachtung hätte er ohne diese Touristeninvasion nicht überleben können.

»Walkers Ausflugsfahrten und Bootsverleih« bekam seinen Teil ab vom Geld der Urlauber, das sie während ihrer lärmenden Besetzung seiner Stadt ausgaben. Er versorgte sie mit Tauch- und Schnorchelausrüstung, lieh ihnen Boote und nahm sie zum Hochseefischen mit, damit sie wieder an Land gehen und ihre sonnenverbrannten Birnen mit einem Edelfisch fotografieren lassen konnten, den ihre blöde Knipserei vermutlich mehr beleidigte als der Fang an sich.

Heute Abend lief das Geschäft nicht gerade glänzend, aber auch das hatte sein Gutes. Ruhig war es, fast schon friedlich. Und das war nicht schlecht. Ganz sicher nicht. Nicht im Vergleich zum Leben auf Handelsschiffen mit ihren lauten und voll gestopften Kajüten, ohne einen Hauch Privatsphäre. Davon hatte er die Schnauze gestrichen voll. Besten Dank. Gebt Hatch Walker seine Einsamkeit und Ruhe, und zwar jederzeit.

Das Wasser im Jachthafen lag ruhig wie ein See da. Fast ungebrochen spiegelten sich die Lichter vom Land auf der Oberfläche. Gelegentlich knarzte auf einem Segelboot ein Mast, oder er hörte auf einer der Jachten ein Telefon klingeln. Mitunter drangen von einem der Nachtclubs an der Promenade ein, zwei Töne oder ein paar Trommelwirbel herüber. Das Rauschen des Verkehrs riss nicht ab. Aber sonst war es still. Und so war es Hatch auch lieber, obwohl das in finanzieller Hinsicht eine magere Woche bedeutete.

Wenn er nicht noch ein Boot draußen gehabt hätte, hätte er heute Abend vielleicht früh zugesperrt und wäre heimgegangen. Er hatte das 25-Fuß-Boot an ein paar Kids vermietet, falls man gut Zwanzigjährige noch als Kids bezeichnen konnte. Im Vergleich zu ihm waren sie es. Zwei Jungs, ein Mädchen. Auf alle Fälle eine brisante Kombination, wie Hatch befand.

Die Kids sahen gut aus, waren braun und schlank und mit einem Selbstbewusstsein ausgestattet, das fast an Arroganz grenzte. Vermutlich hatten alle drei zusammen noch keinen Tag ihres Lebens mit ehrlicher Arbeit verbracht. Sie stammten von hier, oder waren wenigstens auf Dauer hierher verpflanzt. Er hatte sie schon des Öfteren gesehen.

Als sie kurz vor Sonnenuntergang an Bord gingen, waren sie schon halb blau. Außerdem schleppten sie mehrere Kühlboxen mit sich, die ein sattes Gewicht haben mussten, so plagten sie sich damit ab. Wetten, dass darin Alkohol steckte? Eine Angelausrüstung hatten sie nicht dabei. Der einzige Grund für ihren Ausflug auf See war ein mehrstündiges Sauf- und Bumsgelage, so wahr er Hatch Walker hieß. Er war unschlüssig gewesen, ob er ihnen das Boot überhaupt vermieten sollte, aber seine fast leere Kasse verlieh seiner Überzeugung Nachdruck, dass sie nicht völlig betrunken waren.

Seine strenge Anweisung, auf seinem Boot während der Fahrt nicht zu trinken, hatten sie mit dem falschen Lächeln von Teppichhändlern quittiert und ihm versichert, derlei käme ihnen nie und nimmer in den Sinn. Einer verbeugte sich tief mit mühsam unterdrücktem Lachen. Die Lektion des alten grauen Sacks musste ihm urkomisch erschienen sein. Der andere meinte mit einem forschen Salut: »Aye, aye, Sir!«

Während Hatch der jungen Frau aufs Boot half, hoffte er inständigst, sie wüsste, was ihr bevorstand. Allerdings wirkte sie durchaus so. Auch sie hatte er schon hier gesehen. Viele Male. Mit jeder Menge Männer. Eine Augenklappe bedeckte mehr Haut als ihr Bikinihöschen. Und Hatch hätte sich nicht mehr einen Kerl nennen dürfen, wenn er nicht bemerkt hätte, dass sie auf das Oberteil ebenso gut hätte verzichten können.

Was sie dann auch bald tat.

Noch ehe sie aus dem Hafenbecken waren, riss ihr einer der Männer das Oberteil weg und schwenkte es wie ein Siegesbanner über dem Kopf. Ihre Versuche, es zurückzubekommen, endeten mit spielerischem Klapsen und Kitzeln.

Kopfschüttelnd hatte Hatch zugeschaut, wie das Boot zum Jachthafen hinaustuckerte, und sich dabei glücklich geschätzt, dass er nie eine Tochter gehabt hatte, deren Jungfernschaft es zu schützen galt.

Schließlich lag nur noch eine Sardine in der Dose. Mit zwei Fingern fischte Hatch sie aus dem Öl, legte sie quer über einen Cracker, packte den letzten Bissen Gurke und ein Eckchen Käse dazu, tränkte alles tüchtig mit Tabasco, stapelte einen weiteren Cracker oben drauf und steckte sich das Ganze in den Mund. Anschließend wischte er sich die Krümel aus dem Bart.

Während er zufrieden kaute, warf er zufällig einen flüchtigen Blick Richtung Hafeneinfahrt. Der Anblick ließ das Sandwich in seinem Hals stecken bleiben. Als er es mit Gewalt hinunterzwang, zerkratzte ihm ein Stück Cracker die Speiseröhre. »Verdammt noch mal, was macht denn der da?«, stieß er hervor.

Kaum hatte Hatch den Gedanken ausgesprochen, warf ihn ein lang gezogenes Tuten des Signalhorns vom Hocker. Das Boot kam immer näher.

Aber er wäre sowieso aufgesprungen. Das unzerkaute Sardinensandwich hatte kaum seinen Magen erreicht, da war Hatch bereits zur Türe des verwitterten Schuppens, der seinen Bootsverleih beherbergte, hinaus und walzte wütend den Kai hinunter. Er ruderte wild mit den Armen und brüllte den Fahrer an, er komme viel zu schnell in den Jachthafen hinein und verursache viel zu viel Kielwasser. Dieser Leichtsinn koste ihn eine Geldstrafe, vielleicht sogar ein paar Nächte im Kittchen. Vermutlich ein Tourist aus einem dieser quadratischen Binnenstaaten, der noch nie eine größere Wasserfläche als die auf einem Viehtrog gesehen hatte.

Erst dann erkannte Hatch das Boot wieder. Es war seines. Seins! Dieser verdammte Volltrottel trieb Schindluder mit seinem Boot, dem schönsten und größten seiner Flotte!

Hatch ließ eine Reihe kräftiger Flüche vom Stapel, üble Reste aus seinen Jahren bei der Handelsmarine. Wenn er diese Kids in die Hände bekäme, würden sie den Tag bedauern, an dem ihre Papis sie gezeugt hatten. Gut, er war alt und hässlich und krumm, hatte graue Koteletten, und hinkte nach einem unglücklichen Zusammenstoß mit einem kubanischen Messerstecher ein bisschen. Mit zwei gelackten Beachboys würde er trotzdem fertig werden. »Darauf könnt ihr Gift nehmen, ihr arroganten kleinen Scheißer!«

Auch nach dem Passieren der Bojen verlangsamte das Boot nicht, sondern fuhr in vollem Tempo weiter. Nur um wenige Zentimeter verpasste es eine zweiundvierzig Fuß lange Segeljacht, die heftig ins Schaukeln geriet. Ein Schlauchboot rammte die Seite einer Multimillionendollarjacht, auf deren poliertem Deck die Besitzer an ihrem letzten Drink nippten. Sie stürzten an die Reling und brüllten zu dem unvorsichtigen Seemann hinunter.

Hatch drohte dem jungen Mann am Steuer mit der Faust. Dieser betrunkene Narr steuerte doch tatsächlich im Kamikazestil kerzengerade den Pier an. Plötzlich schaltete er den Motor aus und riss das Steuer scharf nach Backbord. Vom Außenborder schoss ein Gischtschweif hoch.

Hatch blieb kaum eine Sekunde, um zur Seite zu springen, da krachte das Boot auch schon in den Kai. Der junge Mann kletterte die Stufen herunter, kam quer übers Deck, sprang auf den Hauptpier, stolperte über eine Querleiste und kroch dann ein paar Meter auf allen Vieren vorwärts.

Hatch ging auf ihn los, packte ihn an den Schultern und

drehte ihn wie einen Fisch beim Ausnehmen herum. Hätte er sein Filetiermesser zur Hand gehabt, hätte er ihn vermutlich tatsächlich, ohne mit der Wimper zu zucken, von den Gonaden bis zur Gurgel aufgeschlitzt. Zum Glück war eine Litanei von Flüchen, Drohungen und Beschuldigungen seine einzige Waffe.

Aber sogar diese stockten und erstarben, noch ehe sie ausgesprochen wurden.

Bis jetzt hatte sich Hatch ausschließlich auf sein Boot konzentriert und auf das waghalsige Tempo, mit dem es in den Jachthafen gerast war. Auf den jungen Mann am Steuer hatte er nicht geachtet.

Jetzt sah er das blutige Gesicht des Jungen. Sein linkes Auge war praktisch zugeschwollen, sein zerfetztes T-Shirt klebte wie ein nasser Lumpen am schlanken Oberkörper.

»Helft mir. O Gott, o Gott.« Er schüttelte Hatchs Hände von den Schultern und kam mühsam auf die Beine. »Sie sind da draußen«, sagte er, wobei er hektisch aufs offene Meer hinaus deutete. »Sie sind auf dem Ozean. Ich konnte sie nicht finden. Sie… sie…«

Einmal hatte Hatch mit eigenen Augen gesehen, wie ein Mann von einem Hai angefallen wurde. Hatch hatte es geschafft, ihn aus dem Wasser zu ziehen, bevor der Hai mehr als nur sein linkes Bein packen konnte. Er hatte überlebt, aber wie: Zu Tode geschockt hatte er sich bepisst und wirres Zeug hervorgestoßen, während er kübelweise Blut im Sand vergoss.

Dieselbe wilde Panik erkannte Hatch in den Augen dieses jungen Mannes. Das war kein Dummer-Jungen-Streich, wie er ursprünglich gedacht hatte, keine Mutprobe, keine Eskapade eines Betrunkenen. Dieser Junge – er hatte ihm vorher salutiert – war vor Verzweiflung fast hysterisch.

»Beruhige dich, Sohnemann.« Hatch packte ihn an den Schultern und schüttelte ihn sacht. »Was ist da draußen passiert? Wo sind deine Freunde geblieben?«

Der junge Mann legte die Hände übers Gesicht. Hatch bemerkte, dass auch sie blutig und verschrammt waren. Er schluchzte unkontrolliert. »Im Wasser.«

»Über Bord?«

»Ja. O Gott. Himmel.«

»Dieses Rindvieh hat fast meine Jacht versenkt! Wie kommt er dazu, zum Teufel noch mal?«

Ein Mann in Badesandalen kam angeschlappt, die Hände in die Seiten gestemmt. Er stank geradezu nach einem Cologne, das jeder Hure, die etwas auf sich hielt, zu stark gewesen wäre. Unter seinem mit schwarzen Locken bedeckten Hängebauch trug er lediglich einen Tanga. An seinem rechten Handgelenk prangte ein dickes Goldarmband. Er hatte genau jenen näselnden nordöstlichen Akzent, der Hatch stets unweigerlich auf die Palme brachte.

»Der Junge ist verletzt. Sie hatten einen Unfall.«

»Unfall, meine Fresse. Eine Mordsdelle hat er der *Dinky Doo* verpasst.« Inzwischen hatte sich, in Bikini und hochhackigen Sandalen, die Gefährtin des Mannes dazu gesellt. Ihre Sonnenbräune und Titten waren gekauft. Unter jedem Arm hielt sie einen Zwergpudel. Die Schoßhündchen hatten rosa Bänder um die Ohren und kläfften wütend im Duett.

»Rufen Sie 911 an«, sagte Hatch.

»Ich will wissen, was dieser Scheißkerl vorhat ...«

»Ruf 911 an!«

Drinnen in Hatchs »Büro« roch es nach Sardinen, feuchtem Hanf, totem Fisch und Motoröl. Es war ungemütlich warm und stickig, als könnte die Bude drei Männern nicht genug Sauerstoff liefern, weil sie normalerweise nur mit einem besetzt war.

Den an und für sich schon begrenzten Raum am Boden beengten zusätzlich Kisten mit Angel- und Tauchzeug, Seilrollen, Karten und Tabellen, Ersatzteile und Werkzeug, ein uralter metallener Aktenschrank, in den Hatch kaum je eine Akte verfrachtete, und sein Schreibtisch, der aus einem Schiffswrack stammte und den er auf einer Auktion für dreißig Dollar gekauft hatte.

Bereits zweimal hatte sich der Junge, der sein Boot zu Schrott gefahren hatte, auf seiner Toilette übergeben. Hatch witterte hinter dieser Übelkeit eher Nerven und Angst als den Schuss Brandy, den er ihm heimlich zugesteckt hatte, als keiner hinsah.

Natürlich hatte der Junge von dem Brandy eine Menge getrunken, und das war nicht einmal eine Vermutung. So viel hatte er dem Offizier der Küstenwache, der ihn momentan verhörte, bereits gestanden. Zuvor hatte ihn schon die Polizei von Key West zur Havarie im Jachthafen befragt. Anschließend hatte man ihn dem Offizier der Küstenwache übergeben, der wissen wollte, weshalb seine beiden Begleiter schließlich im Atlantik gelandet waren.

Er hatte ihre Namen und ihr Alter angegeben und die örtlichen Adressen. Hatch hatte diese Information an Hand des Leihvertrages überprüft, den die beiden jungen Männer vor dem Einschiffen ausgefüllt hatten. Er bestätigte dem Offizier die Daten.

Obwohl es Hatch gegen den Strich ging, seinen Privatraum mit Fremden teilen zu müssen, war er froh, weil man ihn nicht gebeten hatte, draußen zu warten, während die Polente den Jungen verhörte. Inzwischen wimmelte es im Jachthafen von Zuschauern. Der dramatische Vorfall hatte sie angezogen wie ein Misthaufen die Fliegen. Außerdem konnte man sich nicht rühren, ohne auf einen Uniformierten zu treten.

Dank seiner intimen Kenntnis von Gefängnissen in zahllosen Häfen auf mehreren Kontinenten hatte Hatch eine Abneigung gegen Uniformen und Dienstmarken. Am liebsten wäre er jeder Obrigkeit aus dem Weg gegangen, gleich welcher Art. Welchen Sinn hatte denn das Leben, wenn ein

Mensch nicht nach seinen eigenen Regeln und seinem persönlichen Sinn für Gut und Böse leben konnte? Diese Einstellung hatte ihn auf dem ganzen Globus in der grünen Minna landen lassen. Aber das war nun mal seine Philosophie, und dabei blieb er.

Eines musste Hatch trotzdem fairerweise zugeben: Die offiziellen Vertreter der Küstenwache und die Polizisten vor Ort, die den jungen Mann befragt und einen Such- und Rettungstrupp organisiert hatten, hatten sich nicht danebenbenommen.

Dass der Junge kurz vor einem totalen Kollaps stand, war klar. Die Polypen war schlau genug gewesen, einzusehen, dass er zusammenbrechen würde, wenn sie zu viel Druck ausübten. Und wie stünden sie dann da? Um ihn zu beruhigen und Antworten zu bekommen, hatten sie ihn ziemlich sanft behandelt.

Noch immer hatte er eine nasse Badehose und Turnschuhe an, aus denen bei jeder Bewegung Meerwasser auf die rauen Bodenplanken sickerte. Zusätzlich zum Alkohol hatte ihm Hatch eine Decke übergeworfen, die er allerdings zusammen mit seinem zerfetzten T-Shirt abgestreift hatte.

Als man von draußen eilige Schritte und eine aufgeregte Stimme hörte, fuhr der Kopf des Jungen hoch, und er schaute hoffnungsvoll Richtung Tür.

Aber die Schritte rannten vorbei, ohne anzuhalten. Während sich der Offizier aus Hatchs Kaffeekanne bediente, drehte er ihm den Rücken zu. Nun wandte er sich wieder um und deutete die Miene des Jungen richtig. »Sobald wir etwas wissen, erfährst du's, Sohn.«

»Sie müssen noch am Leben sein.« Seine Stimme klang so heiser, als hätte er lange Zeit gegen einen Sturm angebrüllt. »Wahrscheinlich habe ich sie im Dunkeln einfach nicht finden können. Da draußen war es so verdammt finster.« Seine Augen schossen zwischen Hatch und dem Offizier hin und her. »Aber gehört habe ich sie nicht. Hab gerufen und gerufen, aber… Warum haben sie mir nicht geantwortet? Oder um Hilfe gerufen? Es sei denn…« Er brachte es nicht fertig, die allgemeine Befürchtung laut auszusprechen.

Der Offizier begab sich wieder zu Hatchs Hocker. Er hatte ihn neben den Stuhl gestellt, auf dem der Junge mit zusammengesackten Schultern saß. Mehrere Minuten verstrichen bleischwer. Der Offizier schlürfte lediglich in kleinen Schlucken seinen heißen Kaffee.

Hatch blieb ruhig, obwohl ihn das fast wahnsinnig machte. Das war die Sache der Polizei, nicht seine. Sein Boot war versichert. Es würde zwar Papierkram bis zum Abwinken und Gefeilsche mit einem misstrauischen Sachverständigen im Pepita-Anzug geben, aber auf lange Sicht käme er schon auf seine Kosten. Vielleicht stünde er danach sogar ein bisschen besser da als vorher.

Was diesen Jungen anbetraf, war er weniger optimistisch. Kein noch so hoher Versicherungsbetrag würde ihm nach diesem Vorfall das Leben erleichtern. Und bezüglich der beiden, die über Bord gegangen waren, hatte Hatch nicht viel Hoffnung. Die Chancen standen eindeutig gegen sie.

Er hatte ein paar überlebende Schiffbrüchige gekannt, die später davon berichten konnten, allerdings nicht viele. Wenn man ins Wasser fiel, stellte der Tod durch Ertrinken vermutlich noch die gnädigste Variante dar. Den Elementen ausgesetzt zu sein, dauerte viel länger. Und für die Raubfische war man sowieso nur eine weitere Nahrungsquelle.

Der Offizier der Küstenwache hielt den angeschlagenen Kaffeebecher zwischen den Händen und schwenkte den Inhalt. »Warum hast du denn nicht über Funk Hilfe geholt?«

»Hab ich doch. Ich meine, ich hab's versucht. Ich hab das Radio nicht angekriegt.«

Der Offizier starrte in seinen Kaffeewirbel. »Ein paar andere Boote haben dein SOS gehört. Haben versucht, dir zu sagen, du sollst bleiben, wo du bist. Hast du nicht gemacht.«

»Ich hab sie nicht gehört. Wahrscheinlich ...« Hier schaute er verstohlen zu Hatch hinüber. »Ich hab wohl nicht besonders aufgepasst, als er uns den Umgang mit dem Funkgerät erklärt hat.«

»Teurer Fehler.«

»Ja, Sir.«

»Könnte man sagen, dass du kein erfahrener Seemann bist?«

»Erfahren? Nein, Sir. Trotzdem habe ich diesmal zum ersten Mal Probleme gehabt.«

»Mhmm. Erzähl mir von der Rauferei.«

»Rauferei?«

Diese Rückfrage ließ den Offizier die Stirn runzeln. »Halt mich jetzt nur nicht für dumm, mein Freund. Dein Auge ist völlig zugeschwollen. Du hast eine blutige Nase, aufgeplatzte Lippen und aufgeschürfte, blau geschlagene Fingerknöchel. Ich weiß, wie ein Faustkampf aussieht, ja? Also treib keine Spielchen mit mir.«

Die Schultern des jungen Mannes fingen zu zittern an. Seine Augen liefen über. Trotzdem versuchte er nicht einmal, gegen die Tränen anzukämpfen, oder sich die laufende Nase abzuwischen.

»War es wegen des Mädchens?«, fragte der Offizier etwas rücksichtsvoller. »Mr. Walker hier meint, sie sei ein echter Hingucker gewesen. Ein Partygirl, soweit er das beurteilen konnte. Gehört sie zu einem von euch?«

»Sie meinen, wie eine Freundin? Nein, Sir, sie ist nur eine Bekannte.«

»Und du hast dich mit deinem Kumpel um ihre Gunst geprügelt?«

»Nein, Sir, nicht... nicht direkt. Ich meine damit, dass sie nicht der Grund dafür war.«

»Und was war's dann?«

Der Junge schniefte, blieb aber stumm.

»Kannst es mir genauso gut jetzt erzählen«, sagte der Offizier, »denn egal, was wir dort draußen finden, wenn wir soweit sind, werden wir dich in die Enge treiben, bis wir die Wahrheit erfahren.«

»Wir waren betrunken.«

»Mhmm.«

»Und ... und ...« Der Junge hob den Kopf, schaute zu Hatch hinüber und dann wieder zu dem Offizier zurück und sagte: »Er ist mein bester Freund.«

»Schön. Was ist also passiert?«

Er leckte sich die Oberlippe. »Er hat durchgedreht. Wie irre. So habe ich ihn noch nie erlebt.«

»Wie?«

»Verrückt. Gewalttätig. Als wäre ihm der Faden gerissen oder so was.«

»Der Faden.«

»Ja, Sir.«

»Was hast du denn gemacht, dass er die Schnauze voll hatte? Was war der Grund für den Fadenriss?«

»Nichts! In der einen Minute war er noch mit ihr unter Deck. Ich hab sie ein bisschen in Ruhe gelassen. Verstehen Sie?«

»Wegen Sex? Die haben miteinander geschlafen?«

»Jaaa. Ich meine, mal so richtig einen draufmachen und sich amüsieren. In der nächsten Minute war er dann wieder an Deck und ging auf mich los.«

»Ohne jeden Grund? Einfach so?«

Der Kopf des Jungen wackelte auf und ab. »Es sollte eine Sause werden. Etwas zum Feiern. Ich kapier nicht, wieso das so schnell außer Kontrolle geraten ist. Ich schwör bei Gott, dass es so ist.« Er senkte sein zerschundenes Gesicht in die Hände und fing wieder zu schluchzen an.

Der Offizier schaute zu Hatch hinüber, als wollte er ihn

um Rat fragen. Hatch starrte zurück. Am liebsten hätte er gefragt, warum er ihn so anschaute. Er war kein Berater, kein Vater. Er war noch nicht einmal ein Offizier der Küstenwache oder ein Bulle, verdammt und zugenäht. Das war einfach nicht mehr sein Problem.

Als er freiwillig nichts von sich gab, wollte der Offizier wissen, ob er der Version des Jungen etwas hinzuzufügen hätte.

»Nein.«

»Haben Sie die Rauferei gesehen oder gehört?«

»Ich habe nur eines gesehen: dass die ihren Spaß hatten.«

Der Offizier wandte sich wieder dem jungen Mann zu. »Gute Freunde raufen nicht grundlos miteinander. Nicht einmal, wenn sie zu viel getrunken haben. Vielleicht setzt es ein paar kräftige Bemerkungen oder ein, zwei Hiebe. Aber dann legt sich das auch wieder und ist vorbei, stimmt's?«

»Vermutlich«, erwiderte er mürrisch.

»Deshalb will ich, dass du jetzt reinen Tisch mit mir machst. Okay? Hörst du? Was hat diese Rauferei ausgelöst?«

Mühsam schluckte der Junge. »Er ist einfach über mich hergefallen.«

»Wieso?«

»Ich hab mich nur verteidigt. Ehrenwort«, flennte er. »Ich wollte nicht mit ihm raufen. Es war eine Party.«

»Warum ist er über dich hergefallen?«

Er schüttelte den Kopf.

»Also, das ist nicht wahr, oder? Du weißt, warum er über dich hergefallen ist. Also sag's mir. Warum ist dein bester Freund so durchgedreht, dass er angefangen hat, dich zu verprügeln?«

Nach zwanzig Sekunden Schweigen nuschelte der Junge ein Wort. Ein Einziges.

Hatch war unsicher, ob er richtig gehört hatte. Erstens,

weil dabei der erste Donnerschlag des vorhergesagten Gewittersturms das kleine Fenstereck seiner Hütte erbeben ließ, und zweitens, weil ihm die Antwort des Jungen auf diese Frage merkwürdig vorkam.

Der Offizier musste dasselbe gedacht haben. Irritiert schüttelte er den Kopf und beugte sich vor, um besser hören zu können. »Wie bitte? Lauter, mein Junge.«

Der junge Mann hob den Kopf und fuhr sich mit dem Handrücken über die Nase. Er räusperte sich. Blinzelnd konzentrierte er sich mit seinem guten Auge auf den Offizier.

»Neid«, sagte er barsch. »Darum geht es hier. Um Neid.«

P.M.E.
St. Anne Island, Georgia
Februar 2002

1

»Aber es muss doch etwas geben.« Ungeduldig trommelte Maris Matherly-Reed mit ihrem Bleistift gegen den Notizblock, auf den sie eine Reihe Dreiecke und eine Kringelkette gekritzelt hatte. Darunter hatte sie die Umrisse eines Buchumschlages skizziert.

»P.M.E., korrekt?«

»Korrekt.«

»Bedauere, Ma'am, aber das steht nicht im Verzeichnis. Ich habe doppelt geprüft.«

Die Idee für den Umschlag – ein autobiografischer Bericht der Autorin über die düstere Beziehung zu ihrer Stiefschwester – war Maris gekommen, während sie darauf wartete, dass die Auskunft die Telefonnummer lokalisierte. Eigentlich hätte der Anruf nur wenige Sekunden dauern dürfen, aber nun waren schon mehrere Minuten vergangen.

»Haben Sie denn unter dieser Vorwahl keinen Eintrag für P.M.E.?«

»Unter gar keiner Vorwahl«, erwiderte der Mann von der Auskunft. »Ich habe im ganzen US-Gebiet gesucht.«

»Vielleicht handelt es sich um ein Geschäft, nicht um eine Privatadresse.«

»Ich habe beides überprüft.«

»Könnte es eine Geheimnummer sein?«

»Auch die würde unter dieser Kennung erscheinen. Ich habe nichts mit diesen Initialen. Punktum. Wenn Sie einen Nachnamen hätten …«

»Habe ich aber nicht.«

»Dann tut es mir Leid.«

»Danke für den Versuch.«

Frustriert betrachtete Maris erneut ihre Skizze, ehe sie darüberkritzelte. Dieses Buch würde sie nie mögen, egal, wie der Umschlag aussah. Die inzestuösen Untertöne bereiteten ihr Bauchschmerzen. Außerdem befürchtete sie, dass eine größere Anzahl Leser ihr ungutes Gefühl teilen würde.

Doch die Lektorin, die das Manuskript bearbeitet hatte, plädierte nachhaltig für einen Kauf. Das Thema garantierte der Autorin Auftritte im Fernsehen und bei Talkshows im Radio, Besprechungen in Zeitschriften und wahrscheinlich eine Option auf den Film der Woche. Und selbst bei schlechten Kritiken böte das Thema noch genügend Anreiz, um große Verkaufszahlen anzustoßen. Da sich die übrigen Entscheidungsträger in der Hardcover-Abteilung von Matherly Press dem Plädoyer der Lektorin für ihr Projekt angeschlossen hatten, hatte sich Maris der Mehrheit gebeugt. Jetzt hatte sie bei ihnen etwas gut.

Das brachte sie wieder auf den Prolog von *Neid*, den sie heute Nachmittag gelesen hatte. Das Manuskript hatte sie unter einem Stapel unangeforderter Einsendungen entdeckt, die schon seit Monaten ein Regal in ihrem Büro belegten und bis zu einem Tag in weiter Ferne Staub ansammelten, an dem ihr Terminkalender einen flüchtigen Blick darauf gestattete. Anschließend würde sie den bange wartenden Autoren den üblichen Absagebrief schicken. Angesichts der niederschmetternden Enttäuschung, die diese beim Lesen eines unpersönlichen, aber deutlichen Laufpasses überfallen würde, verdiente jeder Autor wenigstens ein paar Minuten ihrer Zeit.

Und außerdem gab es immer diese abwegig nebulöse Chance von eins zu einer Million, die durch jedes Lektorenhirn spukte: dass genau unter diesem Schrotthaufen der nächste Steinbeck, Faulkner oder Hemingway wartete.

Maris wäre schon mit einem neuen Bestseller zufrieden. Diese fünfzehn Prologseiten waren definitiv viel versprechend. Sie hatten Maris mehr als jede andere Lektüre in jüngster Zeit mitgerissen. Und darunter befand sich sogar Material von ihren bereits veröffentlichten Autoren. Ganz gewiss jedoch handelte es sich um eine aufregendere Lektüre als sämtliche Ergüsse von Nachwuchsdichtern.

Sie hatte ihre Neugierde erweckt, wie das ein Prolog oder ein erstes Kapitel tun sollte. Sie war gefesselt, wollte unbedingt mehr wissen und war ganz wild darauf, die restliche Geschichte zu lesen. Doch war die überhaupt schon geschrieben? Sie rätselte. Oder wenigstens in Umrissen skizziert? Handelte es sich um den Erstversuch eines Autors in Sachen Belletristik? Hatte er oder sie Schreiberfahrung in einem anderen Genre? Worin bestanden seine/ihre Referenzen? Hatte er/sie überhaupt welche?

Obwohl nichts auf das Geschlecht des Schriftstellers hindeutete, tippte ihr Instinkt auf männlich. Hatch Walkers Selbstgespräche standen ganz im Einklang mit seinem deftigen Charakter und lasen sich so, wie ein Mann denken würde. Der Erzählton spiegelte die poetische Ader des alten Seebären.

Und doch hatte ein völlig unerfahrener Mensch diese Seiten eingesandt, einer, dem man nie beigebracht hatte, wie man ein Manuskript bei einem zukünftigen Verleger einreicht. Er hatte sämtliche Standardregeln gebrochen: kein adressierter und frankierter Rückumschlag, kein persönliches Anschreiben, weder Telefonnummer noch Adresse, Postfach oder E-Mail-Adresse. Lediglich jene drei Initialen und der Name einer Insel, von der Maris noch nie etwas gehört hatte. Wie konnte der Schriftsteller auf einen Verkauf seines Manuskriptes hoffen, wenn man keinen Kontakt zu ihm aufnehmen konnte?

Ihr fiel auf, dass der Poststempel auf dem Umschlag vier Monate alt war. Sollte der Autor den Prolog bei mehreren Verlegern gleichzeitig eingereicht haben, war das Buch eventuell bereits verkauft. Um so mehr galt es, ihn schnellstmöglich zu lokalisieren. Entweder verschwendete sie ihre Zeit, oder sie war einem potenziellen Erfolg auf der Spur. Eines stand jedenfalls fest: Sie musste sich Gewissheit verschaffen und das eher früher als später.

»Du bist noch nicht fertig?«

Noah tauchte in ihrer offenen Bürotür auf, im Armani-Smoking. Maris sagte: »Meine Güte, siehst du schick aus.« Ein rascher Blick auf ihre Schreibtischuhr bestätigte, dass sie jedes Zeitgefühl verloren hatte und tatsächlich spät dran war. Mit einem kurzen, geringschätzigen Lachen über sich selbst raufte sie sich die Haare. »Während es bei mir wohl größerer Renovierungsarbeiten bedarf.«

Der Mann, der seit zweiundzwanzig Monaten ihr Ehemann war, schloss die Türe hinter sich, ging weiter in ihr Eckbüro und warf eine Branchenzeitschrift auf ihren Schreibtisch. Dann trat er hinter ihren Sessel und begann mit einer Nacken- und Schultermassage. An diesen Stellen stauten sich bei ihr Anspannung und Müdigkeit, das wusste er genau. »Harter Tag?«

»Eigentlich gar nicht so übel. Nur eine Konferenz, am Nachmittag. Heute habe ich hauptsächlich hier drinnen Platz geschaffen.« Sie deutete auf den Stapel abgelehnter Manuskripte, die auf ihre Rücksendung warteten.

»Du hast das Zeug aus deinem Schrotthaufen gelesen? Maris, also wirklich«, schalt er spielerisch. »Warum machst du dir diese Mühe? Einer der Grundsätze bei Matherly Press lautet, nie etwas zu kaufen, was nicht über einen Agenten eingereicht wurde.«

»Das ist die offizielle Richtlinie des Hauses, da ich aber eine Matherly bin, kann ich die Regeln nach Belieben brechen.«

»Ich bin mit einer Anarchistin verheiratet«, scherzte er und bückte sich, um sie auf den Hals zu küssen. »Falls du einen Aufstand planst, könntest du dich dann nicht der Rationalisierung unseres Geschäftes annehmen, anstatt dich Dingen zu widmen, die die kostbare Zeit unserer Verlegerin und Geschäftsführerin verschwenden?«

»Dieser Titel verleidet einem ja wirklich alles«, stellte sie fest und schüttelte sich leicht. »Das klingt ja, als sei ich eine alte

Schachtel, die nach Halspastillen riecht und Gesundheitsschuhe trägt.«

Noah lachte. »Einflussreich klingt das, was du ja auch bist. Und schrecklich beschäftigt, und das bist du auch.«

»Du hast schlau und sexy vergessen.«

»Das ist offensichtlich. Hör auf, das Thema wechseln zu wollen. Warum kümmerst du dich um den Schrott, das tun doch nicht einmal unsere Nachwuchslektoren?«

»Weil mir mein Vater beigebracht hat, jeden Schreibversuch ernst zu nehmen. Schon das bloße Bemühen darum verdient eine kleine Anerkennung, selbst wenn das individuelle Talent begrenzt ist.«

»Es läge mir fern, den ehrenwerten Daniel Matherly in Zweifel zu ziehen.«

Trotz Noahs leisem Tadel beabsichtigte Maris, weiterhin wie gewohnt den Manuskriptberg zu durchforsten, auch wenn es sich um eine Zeit raubende und unproduktive Aufgabe handelte. Denn sie gehörte zu jenen Prinzipien, auf denen vor über hundert Jahren ein Matherly dieses Verlagshaus gegründet hatte. Noah mochte sich ruhig über ihre archaischen Traditionen lustig machen. Er war schließlich kein geborener Matherly, sondern ein angeheiratetes Mitglied der Familie. Und dieser wesentliche Unterschied erklärte seine eher lockere Haltung in Sachen Tradition.

Jeder Matherly war in der Wolle gefärbt – mit Tinte. Die Liebe dazu strömte durch die Adern der ganzen Familie. Die Bewunderung und der Respekt ihrer Familie für das geschriebene Wort und für Schriftsteller stellten die Grundlagen ihres Erfolgs und des Überlebens als Verleger dar. Davon war Maris felsenfest überzeugt.

»Ich habe eine Vorabkopie des Artikels bekommen«, sagte Noah.

Sie nahm die Zeitschrift zur Hand, die er mitgebracht hatte. Ein gelber Zettel markierte eine spezielle Seite. Beim Umblättern sagte sie: »Aha, tolles Foto.«

»Guter Fotograf.«

»Guter Kopf.«

»Danke schön.«

»›Noah Reed ist vierzig, geht aber als viel jünger durch‹«, zitierte sie laut. Sie lehnte den Kopf schräg nach hinten und musterte ihn kritisch. »Einverstanden, du siehst keinen Tag älter als neununddreißig aus.«

»Ha-ha.«

»›Tägliches Training im hauseigenen Matherly-Fitnessraum im sechsten Stock – eine von Reeds Innovationen beim Eintritt in die Firma vor drei Jahren – halten den Eins-achtzig-Mann rank und schlank.‹ Na ja, eines steht fest: Die Verfasserin ist von dir entzückt. Hattest du mal etwas mit ihr?«

Er lachte in sich hinein. »Ganz gewiss nicht.«

»Dann ist sie eine rare Ausnahme.«

An ihrem Hochzeitstag hatte ihn Maris mit der Bemerkung geneckt, sie sei überrascht, dass kein Trauerflor die Portale von St. Patrick verhüllte, da so viele Single-Frauen den Verlust eines der begehrtesten Junggesellen der Stadt beklagten. »Bekommt sie denn die Kurve und erwähnt auch den Geschäftsmann und seinen Beitrag zum Erfolg der Firma?«

»Weiter unten.«

»Mal sehen … ›bekommt allmählich graue Schläfen, was sein distinguiertes Aussehen nur noch steigert‹… Und so weiter und so fort zu deinem überlegenen Auftreten und deinem Charme. Bist du sicher … Oh, hier steht etwas. ›Das Ruder bei Matherly Press teilt er sich mit seinem Schwiegervater, dem legendären Verleger und Vorstandsvorsitzenden Daniel Matherly, und mit seiner Ehefrau Maris Matherly-Reed, deren perfekten Instinkt bei der Auswahl und Betreuung von Büchern er neidlos anerkennt. Für den Ruf des Verlages als Bestsellerschmiede macht er in aller Bescheidenheit sie verantwortlich.‹« Erfreut lächelte sie zu ihm hoch. »Das hast du wirklich gesagt?«

»Und noch mehr, was sie nicht erwähnt hat.«

»Dann bedanke ich mich ganz herzlich bei dir.«

»Ich habe lediglich eine mir bekannte Wahrheit geäußert.«

Nachdem Maris den schmeichelhaften Artikel zu Ende gelesen hatte, legte sie die Zeitschrift bei Seite. »Sehr hübsch. Trotzdem hat sie in ihrer Blauäugigkeit zwei wichtige biografische Punkte übersehen.«

»Und die wären?«

»Dass du obendrein ein ausgezeichneter Schriftsteller bist.«

»*Vernichtet* ist doch kalter Kaffee.«

»Trotzdem sollte man es jedes Mal erwähnen, wenn dein Name gedruckt wird.«

»Und was ist das zweite?«, fragte er in jenem brüsken Ton, den er immer anschlug, sobald sie seinen einzigen publizierten Roman zur Sprache brachte.

»Sie hat kein Wort über deine wunderbaren Massagetechniken verloren.«

»Stets zu Diensten.«

Maris schloss die Augen und legte den Kopf zur Seite. »Ein bisschen tiefer auf der… Mmmh. Genau da.« Er versenkte seinen kräftigen Daumen an eine Stelle zwischen ihren Schulterblättern. Allmählich löste sich die Verkrampfung.

»Du bist ja völlig verspannt«, sagte er. »Die gerechte Strafe, wenn du den ganzen Tag diesen Mist durchstöberst.«

»Vielleicht war's doch keine reine Zeitverschwendung. Ich habe tatsächlich etwas gefunden, das mein Interesse erweckt hat.«

»Du machst Witze.«

»Nein.«

»Belletristik oder Sachbuch?«

»Belletristik. Nur ein Prolog, aber der hat's in sich. Es beginnt …«

»Wirklich, mein Schatz, ich möchte alles darüber hören, aber jetzt solltest du wirklich einen Zahn zulegen, wenn wir noch rechtzeitig hinkommen wollen.«

Er gab ihr einen Kuss auf den Scheitel und versuchte dann, sich zurückzuziehen, aber Maris ergriff seine Hände, zog sie über die Schultern und legte sie flach auf ihre Brust. »Ist das heute Abend obligatorisch?«

»Mehr oder weniger.«

»Eine Veranstaltung könnten wir doch versäumen, oder? Pa hat sich für heute Abend entschuldigt.«

»Genau deshalb sollten wir ja dort sein. Matherly Press hat einen Tisch gekauft. Zwei leere Sitze würden auffallen. Einer unserer Autoren bekommt einen Preis.«

»Ihre Agentin und ihre Lektorin nehmen teil. Ohne Applaus wird er also nicht ausgehen.« Sie zog seine Hände auf ihren Busen herunter. »Lass uns sagen, wir seien krank geworden. Dann gehen wir heim und lassen die Welt außen vor, machen eine Flasche Wein auf, je billiger desto besser, klettern in den Whirlpool und füttern uns gegenseitig mit Pizza. Danach schlafen wir miteinander, aber nicht in unserem Schlafzimmer. Vielleicht sogar in zwei anderen Zimmern.«

Lachend drückte er liebevoll ihre Brüste. »Worum ging es in diesem Prolog? Was hast du gesagt?« Er zog seine Hände unter ihren hervor und strebte zur Türe.

Maris stöhnte vor Enttäuschung. »Ich dachte, diesem Angebot könntest du nicht widerstehen.«

»Verlockend, sogar sehr, aber wenn wir nicht bei diesem Dinner sind, wird es Gerede geben.«

»Du hast Recht. Es wäre mir zuwider, wenn die Leute dächten, dass wir uns immer noch wie Frischvermählte benehmen, die ihre Abende unbedingt allein verbringen möchten.«

»Was der Wahrheit entspricht.«

»Aber …?«

»Aber wir tragen auch beruflich Verantwortung, Maris. Was du bestens weißt. Bei Matherly Press sollen Branchenkenner an die Gegenwart denken oder die Zukunft, aber nie an die Vergangenheit.«

»Und deshalb tauchen wir bei fast jedem Verlagsereignis auf, das in New York gefeiert wird«, sagte sie, als sei dieser Satz Bestandteil eines auswendig gelernten Katechismus.

»Ganz genau.«

Beider Kalender füllten Frühstücks- und Mittagstermine, Dinners, Empfänge und Cocktailpartys. Noah war der Überzeugung, es sei extrem wichtig, ja sogar zwingend notwendig, sich bewusst in literarischen Kreisen sehen zu lassen, besonders seit sich ihr Vater nicht mehr im selben Maße engagieren konnte wie früher.

In jüngster Zeit hatte Daniel Matherly kürzer getreten und tauchte nicht mehr bei allen Branchentreffen auf. Auch Verpflichtungen für Vorträge ging er nicht mehr ein, obwohl der Strom von Anfragen nicht abriss. Inzwischen rief das Four Seasons täglich an und erkundigte sich, ob Daniel seinen reservierten Lunchtisch benötigte, oder ob man darüber verfügen und jemand anderen hinsetzen könne.

Über vier Jahrzehnte hatte Daniel unumstritten über Macht und Einfluss verfügt. Unter seiner Ägide hatte Matherly Press Branchenstandards gesetzt, Trends diktiert und die Bestsellerlisten beherrscht. Sein Name war im In- und Ausland zum Synonym für Verlegertum geworden. Er, der Branchenmotor, hatte im Laufe der letzten Monate freiwillig sein Tempo gedrosselt.

Trotzdem bedeutete sein halber Ruhestand nicht eine Schwächung des Verlages, geschweige denn das Ende seiner Existenz. In Noahs Augen war es lebenswichtig, dass die Buchbranche dies auch so verstand. Und falls dazu mehrmals im Monat die Teilnahme an Dinners anlässlich von Preisverleihungen verbunden war, würden sie genau das tun.

Er warf einen prüfenden Blick auf seine Armbanduhr. »Wie viel Zeit brauchst du? Ich sollte den Chauffeur wissen lassen, wann wir unten sein werden.«

Maris seufzte resigniert. »Gib mir zwanzig Minuten.«

»Ich werde großzügig sein. Nimm dir eine halbe Stunde.« Vor dem Weggehen warf er ihr einen Luftkuss zu.

Maris machte sich jedoch nicht sofort an die Generalüberholung, sondern bat stattdessen ihre Assistentin um einen Anruf.

Ihr war noch eine Idee gekommen, wie sie den Autor von *Neid* eventuell aufspüren konnte.

Während sie darauf wartete, durchgestellt zu werden, schaute sie zu ihren beinahe raumhohen Bürofenstern hinaus, die eine Art Erker bildeten und ihr freien Blick nach Südosten gewährten. Das Herz von Manhattan erlebte einen milden Sommerabend. Hinter den Wolkenkratzern war die Sonne untergegangen und tauchte die Straßen unten vorzeitig ins Dämmerlicht. In den Häusern gingen bereits die Lichter an. Es sah aus, als würden die Gebilde aus Ziegel und Granit zwinkern. Durch die Fenster der Nachbargebäude konnte Maris zusehen, wie andere Berufstätige für heute Schluss machten.

Auf den verstopften Avenues lagen die Autos von Büroangestellten und Theaterbesuchern miteinander im Clinch. Taxis wetteiferten zentimeterweise um Platz und zwängten sich in schier unmögliche Lücken zwischen Bussen und Lieferwagen. Offensichtlich todessüchtige Fahrradkuriere veranstalteten ein lebensgefährliches Hase-und-Igel-Rennen mit dem motorisierten Verkehr. Drehtüren spuckten Fußgänger auf die überfüllten Gehsteige, wo sie um Platz fochten und Aktentaschen und Einkaufstüten wie Waffen schwangen.

Auf der anderen Seite der Avenue of the Americas bildete sich bereits eine Schlange vor der Radio City Music Hall, wo heute Abend Tony Bennett auftrat. Obwohl man ihr, Noah und ihrem Vater VIP-Freikarten angeboten hatte, mussten sie wegen dieses Banketts zur Literaturpreisverleihung ablehnen.

Und genau dafür sollte sie sich eigentlich schon umziehen, ermahnte sie sich selbst. In dem Moment klingelte ihr Telefon. »Er ist auf Leitung Eins«, teilte ihre Assistentin mit.

»Danke. Sie müssen nicht warten. Bis morgen.« Maris drückte den blinkenden Knopf. »Hallo?«

»Jaaa. Hier Hilfssheriff Dwight Harris.«

»Hallo, Deputy Harris. Danke, dass Sie meinen Anruf entgegennehmen. Ich heiße Maris Matherly-Reed.«

»Sagen Sie das noch mal?«

Sie tat es.

»Mhm.«

Maris hielt inne und gab ihm Zeit für einen Kommentar oder eine Frage. Da er das nicht tat, kam sie direkt zum Grund ihres Anrufes. »Ich versuche, jemanden zu erreichen, der vermutlich auf der Insel St. Anne lebt.«

»Die liegt in unserem Bezirk.«

»In Georgia, korrekt?«

»Jawohl, Ma'am«, erwiderte er stolz.

»Ist St. Anne tatsächlich eine Insel?«

»Macht nicht viel her. Ich meine, ist klein. Aber eine Insel ist's, klar. Liegt ein bisschen unter zwei Meilen vor dem Festland. Wen suchen Sie denn?«

»Jemanden mit den Initialen P.M.E.«

»Sagten Sie P.M.E.?«

»Haben Sie je gehört, dass einer diese Initialen verwendet?«

»Könnte ich nicht sagen, Ma'am. Geht's hier um einen Mann oder eine Frau?«

»Leider weiß ich das nicht.«

»Das wissen Sie nicht. Hm.« Nach ein, zwei Sekunden fragte der Hilfssheriff: »Was wollen Sie denn von dem, wenn Sie nicht mal wissen, ob's ein Mann oder eine Frau ist?«

»Etwas Geschäftliches.«

»Geschäftlich.«

»Richtig.«

»Hm.«

Sackgasse. Maris versuchte es noch einmal. »Ich dachte, Sie würden vielleicht jemanden kennen oder hätten schon von einem gehört, der …«

»Nöö.«

Das führte zu nichts, außerdem war ihre Zeit knapp. »Jedenfalls bedanke ich mich bei Ihnen, Deputy Harris, dass Sie sich die Zeit genommen haben. Entschuldigen Sie bitte die Störung.«

»Macht nichts.«

»Würde es Ihnen etwas ausmachen, meinen Namen und die Nummer zu notieren? Sollte Ihnen etwas einfallen oder Ihnen etwas über jemanden mit diesen Initialen zu Ohren kommen, wäre ich Ihnen für eine Mitteilung sehr dankbar.«

Nachdem sie ihm ihre Telefonnummern gegeben hatte, sagte er: »Hören Sie, Ma'am, wenn es sich um unbezahlte Alimente oder einen ausstehenden Haftbefehl oder was Ähnliches handelt, wäre ich Ihnen gern behilflich …«

»Nein, nein, mit dem Gesetz hat das gar nichts zu tun.«

»Rein geschäftlich.«

»Richtig.«

»Nun, dann also«, sagte er spürbar enttäuscht. »Schade, dass ich Ihnen nicht helfen konnte.«

Sie bedankte sich nochmals, versperrte dann ihr Büro und lief durch den Flur zur Damentoilette, wo seit ihrer Ankunft heute am frühen Morgen ihr Cocktailkleid hing. Da sie häufig vor dem Verlassen des Gebäudes ihre Tageskleidung mit einem Abenddress vertauschte, bewahrte sie in einem verschlossenen Fach ein komplettes Sortiment von Kosmetika auf, das jetzt zum Einsatz kam.

Als sie fünfzehn Minuten später vor dem Aufzug auf Noah traf, stieß er einen langen anerkennenden Pfiff aus und küsste sie auf die Wange. »Hübsches Wechselspiel. Eigentlich sogar ein Wunder. Du siehst fantastisch aus.«

Während der Fahrt ins Erdgeschoss taxierte sie in der metallenen Aufzugtüre ihr Spiegelbild. Ihre Bemühungen waren nicht vergebens gewesen. »Fantastisch« war zwar leicht übertrieben, aber in Anbetracht des aufgelösten Anfangszustandes sah sie besser aus, als sie je hätte erwarten dürfen.

Sie hatte sich für ein Etuikleid aus weinroter Seide mit Spaghettiträgern und U-Ausschnitt entschieden. Als Zugeständnis an abendliches Geglitzer trug sie Diamantstecker in den Ohren und eine über und über mit Strass besetzte, schmetterlingsförmige Handtasche von Judith Leiber, ein Weihnachtsgeschenk ihres Vaters. Dazu einen Pashmina, den sie im Anschluss an die

Frankfurter Buchmesse während eines Abstechers nach Paris gekauft hatte.

Die schulterlangen Haare hatte sie zu einem glatten, tief sitzenden Pferdeschwanz zusammengebunden, eine Frisur, die – obwohl eine Verlegenheitslösung – schick und elegant aussah. Sie hatte ihr Augen-Make-up erneuert und die Lippen umrandet und mit Gloss betont. Um ihrer Neonlicht-Blässe etwas Farbe zu verleihen, hatte sie auf Wangen, Kinn, Stirn und Dekolleté Bronzepuder aufgetragen. Ihr Wonderbra, ein technisches Wunderwerk, sorgte für ein schmeichelhaftes Grübchen im Ausschnitt.

»Ihre Sonnenbräune und Titten waren künstlich.«

Die Aufzugtüren öffneten sich im Erdgeschoss. Mit einem verwunderten Blick trat Noah beiseite, um sie zuerst aussteigen zu lassen. »Verzeihung?«

Sie lachte leise. »Nichts, nur ein Zitat aus meiner heutigen Lektüre.«

2

Obwohl der Regen schon vor einer halben Stunde aufgehört hatte, war die Luft noch so feucht, dass das Wasser nicht verdunsten konnte, sondern sich in Pfützen sammelte, und Blütenblätter und die flaumige Haut erntereifer Pfirsiche mit Wasserperlen überzog. Die Äste immergrüner Gewächse bogen sich unter dem zusätzlichen Gewicht. Dicke Tropfen fielen von sauber gewaschenen Hartholzblättern auf den aufgeweichten durchnässten Boden.

Der leiseste Hauch hätte das Wasser in kleinen Schauern herabgeschüttelt, aber leider regte sich kaum ein Lüftchen. Die Luft stand träge da und lastete auf einem fast so wie die Stille.

Deputy Dwight Harris kletterte aus dem Golfcart, den er sich an der Anlegestelle von St. Anne geborgt hatte. Ehe er sich auf den Weg hinauf zum Haus machte, nahm er seinen Hut ab und blieb stehen. Er brauche einfach einen Augenblick zur Orientierung, redete er sich ein, obwohl er in Wahrheit nur im Nachhinein seine Entscheidung überprüfte, nach Sonnenuntergang allein hierher zu kommen. Er war unsicher, was ihn erwartete.

Obwohl er noch nie vorher hier gewesen war, wusste er über dieses Haus Bescheid. Klar. Jeder Besucher der Insel St. Anne hatte Geschichten über die Pflanzervilla an der östlichsten Inselspitze gehört. Sie lag auf einer kleinen Landzunge Richtung Afrika. Einiges, was ihm zu Ohren gekommen war, entbehrte jeder Glaubwürdigkeit. Die Beschreibungen des Hauses kamen der Wirklichkeit allerdings verdammt nahe, weiß Gott.

Es handelte sich um eine für das Tiefland von Carolina typische Architektur: Das zweistöckige weiße Holzhaus saß auf einem alten Ziegelunterbau. Sechs breite Stufen führten zur tiefen Veranda hinauf, die sich über die ganze Vorderfront des Hauses und noch links und rechts davon erstreckte. Die Eingangstür sowie sämtliche Fensterläden in beiden Stockwerken waren glänzend schwarz gestrichen. Sechs glatte Säulen trugen den Balkon des zweiten Stocks. Wie Buchstützen klebten Doppelkamine an den Enden des steilen Satteldaches. Das entsprach ziemlich der Erwartung von Deputy Harris.

Mit einem hatte er allerdings nicht gerechnet: dass es so gespenstisch wirkte.

Als ihm unvermutet vom tief hängenden Ast eines Baumes, unter dem er stand, ein Regentropfen ins Genick fiel, zuckte er mit einem leisen Entsetzensschrei zusammen. Während er sich abtrocknete, setzte er seinen Hut wieder auf und sah sich verstohlen um, ob auch ja niemand seine nervöse Reaktion gesehen hatte. Die hereinbrechende Dunkelheit und das unfreundliche Wetter ließen diesen Ort unheimlich wirken. Er verwünschte sein eigenes feiges Verhalten und setzte seine Füße mit Gewalt in Bewegung.

An Pfützen vorbei ging er den Weg aus zerstoßenen Muschelschalen hinauf, den links und rechts je vier Steineichen säumten, von deren Ästen büschelweise Louisiana-Moos herunterhing. Die Wurzeln der uralten Bäume schlängelten sich über den Boden. Manche waren oberschenkeldick.

Alles in allem handelte es sich um eine eindrucksvolle Vorderfront. Majestätisch, könnte man sagen. Von der Rückseite des Hauses überblickte man den Atlantik, das wusste Harris.

Anfänglich war das Haus nicht so grandios gewesen. Die vier ursprünglichen Räume hatte vor über zweihundert Jahren jener Pflanzer gebaut, der die Insel einem Siedler abgekauft hatte. Dieser hatte es vorgezogen, hochbetagt in England zu sterben, statt in der neu gegründeten amerikanischen Nation dem Gelbfieber zu erliegen. Mit dem Erfolg der Plantage – zuerst Indigo, dann Baumwolle – war auch das Haus gewachsen.

Mehrere Pflanzergenerationen später hatte man die ursprünglichen vier Räume in Sklavenquartiere umgewandelt und mit dem Bau des großen Hauses begonnen. Ein Prachtbau war es damals gewesen, zumindest für St. Anne. Baumaterial und das gesamte Mobiliar waren per Schiff angelandet und dann auf Maultierschlitten durch dichte Wälder und fruchtbare Felder zur Baustelle geschleppt worden. Die Fertigstellung der stabilen Konstruktion hatte Jahre gedauert, dafür hatte sie aber auch der Besatzung der Nordstaatenarmee sowie dem Ansturm mehrerer Dutzend Hurrikans standgehalten.

Doch dann fiel sie einem Käfer zum Opfer.

Ungefähr zu Beginn des zwanzigsten Jahrhunderts ruinierte der Baumwollkapselkäfer mehr als nur die Baumwollernte. Er richtete mehr Schaden an als Unwetter und Krieg, denn dieser Käfer vernichtete das lokale Wirtschaftssystem und zerstörte die bisherige Lebensart auf St. Anne.

Ein Nachkomme des ursprünglichen Plantagenbesitzers hatte sich in weiser Erkenntnis seines drohenden Ruins am Kronleuchter des Esszimmers erhängt. Die restliche Familie verließ unter Hinterlassung von Schulden und unbezahlten Steuern bei Nacht und Nebel auf Nimmerwiedersehen die Insel.

Jahrzehnte verstrichen. Der Wald eroberte Stück für Stück

das Land um das Haus zurück, genau wie die früher schneeweißen Baumwollfelder. Gesindel besetzte die ehemaligen Aristokratenzimmer, die sogar den Besuch eines US-Präsidenten erlebt hatten. Wilde Halbstarke wagten sich als Einzige in das verfallene Herrenhaus und riskierten dabei die Begegnung mit Gelegenheitstrinkern, die einen Platz zum Ausschlafen ihres Rausches suchten.

Bis vor knapp einem Jahr blieb es eine Ruine. Dann kaufte es ein Auswärtiger, kein Inselbewohner, und begann mit massiven Renovierungsarbeiten. Harris vermutete in ihm ein Nordlicht, das öfters *Vom Winde verweht* gesehen hatte und unbedingt auf südlichem Boden einen Herrensitz aus der Zeit vor dem Bürgerkrieg haben wollte. Ein Yankee mit mehr Geld als Verstand.

Trotzdem hatte der neue Besitzer auf der Insel einen guten Ruf. Er habe den Besitz merklich verbessert, hieß es, obwohl Harris die Ansicht vertrat, dass es noch immer eine Menge zu tun gab, bis der Glanz der besten Zeiten wieder da wäre. Der Deputy beneidete den neuen Besitzer weder um die Sisyphusarbeit, die ein solches Unterfangen erforderte, noch um die Kosten dafür. Auch auf das Pech, das mit diesem Ort Hand in Hand zu gehen schien, war er nicht neidisch.

Man munkelte, der Geist des Erhängten spuke noch immer in dem alten Haus herum, und ohne ersichtlichen Grund schwinge der Kronleuchter im Esszimmer hin und her.

Von Gespenstergeschichten hielt Harris nicht viel. Er hatte Menschen aus Fleisch und Blut viel scheußlichere Sachen begehen sehen, als sich der boshafteste Geist ausdenken konnte. Trotzdem hätte er nichts gegen ein wenig mehr Beleuchtung einzuwenden gehabt, als er die Treppe hinaufstieg, über die Veranda ging und sich dem vorderen Eingang näherte.

Er betätigte den Messingklopfer, zuerst vorsichtig, dann fester. Sekunden verstrichen, schwerfällig wie der Regen, der vom Dachvorsprung tropfte. So spät war es noch gar nicht, aber vielleicht lag der Hausbewohner schon im Bett. Auf dem Land gingen die Leute meistens früher schlafen als die Stadtfräcke, oder?

Harris wollte gerade gehen und zu einer anderen Zeit wiederkommen – am liebsten vor Sonnenuntergang –, hörte dann aber Schritte näherkommen. Sekunden später wurde von drinnen die Tür aufgezogen. Nicht weit.

»Ja?«

Harris spähte in den Spalt. Er hatte sich selbst so aufgeputscht, dass er auf alles gefasst war: vom Geist des Erhängten bis zum Doppellauf einer abgesägten Schrotflinte, die ihm ein verstimmter Hausbesitzer, den er unnötigerweise aus dem Bett geholt hatte, unter die Nase hielt.

Gott sei Dank fiel die Begrüßung ganz anders aus. Der Mann wirkte einigermaßen freundlich. Obwohl ihn Harris nicht gut erkennen konnte, und seine Gesichtszüge im Schatten verschwammen, klang seine Stimme ziemlich angenehm. Wenigstens hatte er ihn nicht wütend beschimpft. Noch nicht.

»Guten Abend, Sir. Ich bin Hilfssheriff Dwight Harris. Vom Sheriffbüro drüben in Savannah.«

Der Mann beugte sich leicht vor und schaute an ihm vorbei zum Golfcart hinüber, der unten am Weg parkte. Um Touristen und unwillkommene Besucher von der Insel fernzuhalten, gab es keine Fähre zwischen dem Festland und St. Anne. Alle Besucher kamen entweder mit dem eigenen oder mit einem Leihboot hierher. Nach der Ankunft bewegten sie sich zu Fuß oder auf einem gemieteten Golfcart über die ungefähr 36 Quadratkilometer große Insel. Nur wer hier seinen Hauptwohnsitz hatte, fuhr mit dem Auto über die schmalen Straßen, von denen man viele absichtlich ungepflastert gelassen hatte.

Leider wirkte der Golfcart nicht so offiziell wie ein Streifenwagen und verringerte dadurch optisch ein wenig seine Amtsautorität. Zur Stärkung seines Selbstvertrauens zog Harris seinen verrutschten Pistolengürtel hoch.

Der Mann hinter der Tür fragte: »Deputy Harris, wie kann ich Ihnen helfen?«

»Erstens entschuldige ich mich für die Störung. Aber ich bekam heute am frühen Abend einen Anruf. Von einem Mädel oben aus New York.« Wortlos wartete der Mann ab. »Meinte, sie versucht jemanden aufzuspüren, der die Initialen P.M.E. verwendet.«

»Tatsächlich?«

»So hat sie's gesagt. Ich hab mir nicht anmerken lassen, ob mir der Name bekannt vorkommt.«

»Ist er's denn?«

»Gemeldet, meinen Sie? Nein, Sir. Könnte ich so nicht sagen.«

»Trotzdem sind Sie hier.«

»Geb's ja zu, sie hat mich neugierig gemacht. Wissen Sie, hab noch nie einen gekannt, der nur seine Initialen benützt. Machen Sie sich trotzdem keine Gedanken. Hier in der Gegend wird die Privatsphäre respektiert.«

»Eine lobenswerte Sitte.«

»Auf St. Anne ist's schon Tradition, dass sich Leute aus dem einen oder anderen Grund hier verstecken.«

Kaum hatte Harris diesen Satz ausgesprochen, bedauerte er ihn auch schon zutiefst. Irgendwie hatte es anklagend geklungen. Es folgte langes Schweigen. Bevor er wieder zu sprechen begann, räusperte er sich nervös. »Na, egal, jedenfalls dachte ich, ich sollte dieser Dame einen Gefallen tun. Bin mit der Revierbarkasse rübergekommen. Hab mich am Landungssteg erkundigt und wurde hierher geschickt.«

»Was wollte denn besagte Dame aus New York?«

»Nun, Sir, weiß nicht so recht. Sie sagte, es geht um nichts Gesetzliches oder so was. Nur dass sie geschäftlich mit P.M.E. zu tun hätte. Ich dachte, Sie hätten den Haupttreffer in einer Lotterie gewonnen und würden vielleicht von Ed McMahon oder Dick Clark gesucht.«

»Ich habe nie an einer Lotterie teilgenommen.«

»Schön, schön. Na dann...«

Harris schob seinen Hut nach vorne, um sich am Hinterkopf kratzen zu können. Zum Teufel noch mal, warum hatte ihn der Mann nicht hereingebeten oder wenigstens Licht angemacht? Da ihn das Herumreden um den heißen Brei, weiß Gott, nicht weiter gebracht hatte, fragte er rundheraus: »Sind Sie P.M.E., oder was?«

»Hat sie ihren Namen hinterlassen?«

»Häh? Ach, die Dame? Jaa.« Harris fischte einen Notizzettel aus der Brusttasche seines Uniformhemdes. Als er entdeckte, dass er ihn durchgeschwitzt hatte, wurde er verlegen, aber der Mann nahm den Zettel und las Harris' Notizen. Offensichtlich fiel es ihm nicht auf, wie feucht er war, oder es war ihm egal.

»Das sind ihre Telefonnummern«, erklärte Harris, »die ganze Reihe. Schätze mal, ihr Geschäft muss ganz schön wichtig sein. Deshalb bin ich auch heute Abend rausgekommen.«

»Vielen Dank für Ihre Bemühungen, Sheriff Harris.«

»Hilfssheriff.«

»Deputy Harris.«

Dann machte ihm der Mann die Türe vor der Nase zu, ehe Harris auch nur mit der Wimper zucken konnte. »Auch Ihnen noch einen schönen Abend«, nuschelte er, während er sich umdrehte.

Seine Stiefel knirschten über den Muschelweg. Die Dämmerung hatte sich in tiefschwarze Dunkelheit verwandelt. Unter dem Baldachin der Steineichenäste war es sogar noch dunkler. Direkt Angst hatte er nicht. Der Mann hinter der Türe war einigermaßen höflich gewesen. Als feindseliges Verhalten hätte man das nicht bezeichnen können. Vielleicht ungastlich, aber nicht feindselig.

Trotzdem war Harris froh, seinen Auftrag endgültig erledigt zu haben. Falls er das noch einmal tun müsste, würde er sich vermutlich dieser Pflicht entziehen. Was ging es denn ihn an, ob irgendeine Dame aus New York mit ihrem nicht näher erklärten Geschäft Erfolg hatte oder nicht?

Beim Hinsetzen merkte er, dass es auf den Sitz des Golfcarts getropft hatte. Bis er am Landungssteg ankam, wo er das Boot des Sheriffbüros vertäut hatte, war seine Kniehose durchgeweicht.

Misstrauisch beäugte ihn der Mann, von dem er sich den Golfcart geborgt hatte – für Gesetzeshüter kostenlos –, als Harris den Schlüssel zurückbrachte. »Gefunden?«

»Jaja, danke für die Richtung«, erwiderte Harris. »Bekommen Sie den Typen je zu Gesicht?«

»Ab und zu«, meinte der Mann gedehnt.

»Gehört zur komischen Sorte?«

»Merkt man eigentlich nicht.«

»Hat's mit ihm schon mal Schwierigkeiten hier gegeben?«

»Nöö, der bleibt ziemlich für sich.«

»Können ihn die Insulaner leiden?«

»Brauchen Sie vor der Rückfahrt noch Diesel?«

Das war so gut wie eine direkte Aufforderung, zu gehen und das neugierige Fragen sein zu lassen. Harris hatte gehofft, eine klarere Vorstellung von dem Bewohner des Herrenhauses zu bekommen, der sich hinter Türen versteckte, wenn Besuch kam, aber offensichtlich sollte es anders sein. Für weitere Nachforschungen jenseits seiner Neugierde darüber, warum ein Mann lediglich seine Initialen benützte, und was eine Frau aus New York von ihm wollte, hatte er keinerlei Veranlassung.

Er bedankte sich bei dem Insulaner für den Golfcart.

Der Mann spuckte Tabaksaft in den Schlamm. »Kein Problem.«

3

»Bitte, nur noch ein Foto. Mr. und Mrs. Reed?«

Maris und Noah lächelten für den Fotografen, der für *Publishers Weekly* über das Bankett berichtete. Während des Cocktails hatte man sie zusammen mit anderen Verlegern, der preisgekrönten Autorin und einem berühmten Showmaster abgelichtet. Die Autorin betrachtete sich als Schriftstellerin, nur weil ein Ghostwriter für sie einen Schlüsselroman über ihre Tage im Profitennis zusammengekritzelt hatte.

Die Reeds hatten ihr Dinner relativ friedlich verspeisen dürfen, doch nun war der feierliche Anlass vorbei, und man bat sie erneut, für verschiedene Schnappschüsse zu posieren. Doch dann schoss der Fotograf tatsächlich, wie versprochen, ein letztes Foto von ihnen beiden allein und flitzte anschließend davon, um sich den Fitness-Guru zu schnappen, dessen letztes Buch als Top-Bestseller auf der Sachbuchliste rangierte.

Während Maris und Noah durch die elegante Halle des Palace Hotels schritten, seufzte sie: »Endlich, ich kann's kaum erwarten, in meinen Pyjama zu schlüpfen.«

»Noch einen Drink, dann sagen wir Gute Nacht.«

»Drink?«

»Im LeCirque.«

»Jetzt?«

»Habe ich dir doch gesagt.«

»Nein, hast du nicht.«

»Sicher habe ich das, Maris. Zwischen Hauptgang und Dessert habe ich dir zugeflüstert, dass Nadia uns zu einem gemeinsamen Drink mit einem der Preisträger eingeladen hat.«

»Ich wusste nicht, dass das heute Abend sein soll.«

Schon beim bloßen Gedanken daran stöhnte Maris auf. Sie hatte eine intensive Abneigung gegen Nadia Schuller, und das aus gutem Grund. Dauernd mischte sich die penetrante Buchkritikerin in alles ein und zwang Noah und ihr Verpflichtungen ohne jedes elegante Hintertürchen auf.

Nadia Schullers Kolumne »Plaudereien rund ums Buch« erschien gleichzeitig in mehreren überregionalen Tageszeitungen und hatte eine Menge Einfluss. In Maris' Augen allerdings nur deshalb, weil sich Nadia mit Gewalt als einzige Buchkritikerin des Landes etabliert hatte, deren Name einer breiten Öffentlichkeit bekannt war. Maris hielt nicht viel von ihr, weder beruflich, noch persönlich.

Geschickt verstand sie es, den Anschein zu erwecken, als hätten beide Seiten einen Nutzen von derart arrangierten Begegnungen. Maris argwöhnte jedoch, dass Nadias Kuppeleien einzig und allein ihr selbst dienten. In Sachen Eigenwerbung war sie einzigartig. Ein Nein als Antwort gab es für sie nicht. Jedes beliebige Ansinnen wurde in der Annahme ausgesprochen, dass es ohne kleinliches Wenn und Aber gewährt würde. Wer sich ihren Wünschen nicht fügte, dem drohte sie versteckt Konsequenzen an. Während Maris ihre Manipulationen durchschaute, schien Noah blind dafür zu sein.

»Bitte, Noah, können wir nicht absagen? Nur dieses eine Mal?«

»Wir sind doch schon da.«

»Nicht heute Abend«, flehte sie.

»Ich sage dir mal was: Schließen wir einen Kompromiss.« Er drehte sie zu sich und lächelte ihr liebevoll ins Gesicht. »Meiner Ansicht nach könnte das ein wichtiges Treffen sein.«

»Bei Nadia klingt es immer so, als sei es nicht nur wichtig, sondern geradezu lebenswichtig.«

»Einverstanden. Aber diesmal übertreibt sie meiner Meinung nach nicht.«

»Und worin besteht dieser Kompromiss?«

»Ich werde dich entschuldigen und Nadia erklären, du hättest morgen früh einen zeitigen Frühstückstermin. Lass dich vom Chauffeur nach Hause bringen. Ich komme nach einem Drink nach. In einer halben Stunde, maximal. Versprochen.«

Sie schob ihre Hand unter seine Smokingjacke und streichelte durch das steif gestärkte Hemd seine Brust. »Ich weiß einen besseren Kompromiss, Mr. Reed. Ich werde Nadia erzählen, sie soll mir den Buckel runterrutschen. Danach gehen wir zusammen heim. Und was den zuvor erwähnten Pyjama betrifft: Es geht auch ohne.«

»Du hast deinen Satz mit einer Präposition beendet.«

»Du bist der Schriftsteller. Ich bin lediglich Lektorin.«

»Ein *ehemaliger* Schriftsteller.«

»So etwas gibt's nicht.« Sie trat einen Schritt näher und lehnte ihre Hüfte gegen seine. »Was meinst du dazu? Zum Pyjama.«

»Noah? Wir warten.«

Nadia Schuller näherte sich mit dem Gebaren eines Generals vor der Rede an seine Truppen. Allerdings war sie besser gekleidet und trug ihr aufgesetztes Lächeln zur Schau. Sie konnte ihren Charme routiniert auf Befehl an- und ausknipsen, um sich einzumischen, jemanden zu entwaffnen und sich selbst ins rechte Licht zu rücken. Darauf fielen viele herein. In Talkshows war sie ein oft und gern gesehener Gast. Letterman liebte sie, und er war nur einer ihrer VIP-Freunde. Sie machte es sich zur Pflicht, bei jeder möglichen Gelegenheit mit Schauspielern, Musikern, Supermodels und Politikern fotografiert zu werden.

Nach Maris' Empfinden hatte sie sich völlig unverdient in höchste Regionen emporgeschwungen. Sie war eine Autorität von eigenen Gnaden, deren Ansichten über Schriftstellerei und das Verlagswesen sich auf keinerlei bedeutende Referenzen stützten. Trotzdem konnten es sich Autoren und Verleger nicht leisten, sie zu beleidigen. Andernfalls liefen sie Gefahr, dass ihr nächstes Buch in Nadias Kolumne verrissen wurde.

Heute Abend hatte sie sich bei einem Bestsellerautor untergehakt, der ein wenig benommen wirkte, oder wahrscheinlich zugedröhnt, wenn man dem Klatsch über seine Person trauen mochte. Vielleicht war ihm aber auch nur schwindlig, weil ihn den ganzen Abend Nadias eingebauter Turbomotor angetrieben hatte.

»Die werden uns den Tisch nicht ewig freihalten, Noah. Kommst du?«

»Nun…« Zögernd warf er einen verstohlenen Blick auf Maris.

»Was ist los?« Nadias durchdringende Stimme glich einem Zahnarztbohrer. Ihre Frage war an Maris gerichtet, in der sie automatisch die Quelle des Problems vermutete.

»Nichts ist los, Nadia. Noah und ich haben uns unter vier Augen unterhalten.«

»Ach, du meine Güte. Habe ich bei irgendeinem ehelichen Dingsbums gestört?«

Die Kritikerin hätte hübsch sein können, wenn da nicht diese schneidende Arroganz gewesen wäre, die sich in ihrer schrillen

Stimme und den abschätzenden Augen äußerte, denen nichts zu entgehen schien. Trotz makelloser Kleidung, perfektem Makeup und äußerst geschmackvolle Accessoires besaß sie keinen Funken weiblicher Ausstrahlung. Daran änderten auch edle Seide und noch edlere Juwelen nichts.

Man munkelte, sie vernasche Männer wie Pralinen, wobei jeder, der keine Herausforderung bot oder ihrer weiteren Karriere nicht dienlich war, aufgefressen und ausgespuckt wurde. Mit anderen Worten: alle mit einem weichen Kern. Maris glaubte den Klatsch über Nadias ständige Partnerwechsel ohne weiteres. Lediglich die Anzahl der Männer, die sie sexuell anziehend fanden, überraschte sie.

»Ja, wir hatten gerade ein eheliches Dingsbums. Ich sagte Noah, dass ich nicht im Traum daran denke, mit Ihnen zusammen noch eine Runde zu trinken«, sagte Maris mit einem reizenden Lächeln.

»Sie sehen auch wirklich schrecklich müde aus«, erwiderte Nadia mit einem ebenso reizenden Lächeln.

Noah schaltete sich ein. »Tut mir Leid, Nadia, aber heute Abend müssen wir dankend ablehnen. Ich werde jetzt meine Frau nach Hause und ins Bett bringen.«

»Nein, Liebling«, sagte Maris. Vor Nadia Schuller würde sie nicht die verletzte Gattin spielen. »Ich denke nicht daran, dich an dieser Pflichtübung zu hindern.«

»Das ist es nun wahrlich nicht«, fauchte Nadia. »Eher die seltene Gelegenheit zu einer Fachsimpelei mit einem der aufregendsten Romanautoren der Verlagswelt.«

Der aufregende Romanautor hatte bisher keinen Piep geäußert. Seine Augen schimmerten trüb, und er schien ihr Gespräch kaum wahrzunehmen. Maris warf Nadia einen wissenden Blick zu. »Natürlich. Genau das habe ich ja gemeint.« Zu Noah gewandt meinte sie: »Du bleibst. Ich fahre allein nach Hause.«

Er musterte sie zweifelnd. »Bist du sicher?«

»Ich bestehe darauf.«

»Dann wäre das ja geregelt.« Nadia zog den Schriftsteller

kräftig am Arm. Wie ein Schlafwandler passte er sich ihren Schritten an. »Ihr beide sagt euch noch Lebewohl, während wir schon mal den Tisch belegen. Noah, soll ich für dich wie üblich bestellen?«

»Bitte.«

Dann rief sie blasiert zu Maris zurück: »Erholen Sie sich gut, meine Liebe!«

Parker Evans starrte aus dem Fenster ins Nichts hinaus.

Obwohl er von diesem Punkt aus die Küste nicht sehen konnte, konnte er die Brandung hören, wenn er sich konzentrierte. Regenwolken verdunkelten das Zimmer. Keine einzige andere Lichtquelle milderte die Dunkelheit, weder eine natürliche noch eine künstliche.

Von diesem Fenster im ersten Stock konnte Parker die Rückseite des Anwesens überblicken, ein Stück Rasen, das an einem gewissen Punkt steil abfiel und schließlich zum Strand hin langsam auslief. Diese Rasenkante wirkte wie die Schwelle zu einer schwarzen Leere, die weiter draußen mit dem Ozean verschmolz. Kein Wunder, dass sich die Seeleute in der Antike vor den unbekannten Ungeheuern gefürchtet hatten, die jenseits der Begrenzung hausten.

Auch das Zimmer hinter ihm lag im Dunkel, aber nicht ungeplant. Er hatte das Licht ganz bewusst nicht angeschaltet, denn dann hätte er sich in der Fensterscheibe gespiegelt. Er zog den Blick auf das Nichts dem eigenen Anblick vor.

Außerdem brauchte er kein Licht, um die Telefonliste zu lesen, die er in der Hand hielt. Im Grunde genommen musste er sie gar nicht mehr lesen. Sie hatte sich längst in sein Gedächtnis eingegraben.

Sechs Monate Warten hatten sich endlich ausgezahlt. Maris Matherly-Reed versuchte, Kontakt mit ihm aufzunehmen.

Erst gestern war Parker nahe daran gewesen, seinen Plan zu kippen und sich einen neuen auszudenken. Nachdem er Monate nichts von ihr gehört hatte, hatte er sich ausgemalt, sie hätte den Prolog zu *Neid* gelesen, gehasst und verworfen, und hätte nicht einmal die Höflichkeit besessen, ihm einen Absagebrief zu schicken.

Außerdem war ihm der Gedanke gekommen, das Teilmanuskript hätte nie ihren Schreibtisch erreicht. Die Leute in der Postverteilung hatten es fehlgeleitet, oder es war bereits Minuten nach dem Eintreffen in einem Abfallcontainer gelandet. Nur wenige der großen Verlagshäuser lagerten überhaupt noch unverlangt eingesandte Manuskripte; sie kamen entweder über Literaturagenten oder gar nicht.

Angenommen, seine Seiten hatten die erste Hürde genommen. Dann hatte vielleicht ein Nachwuchslektor, der für das Sichten des Schrotthaufens bezahlt wurde, den Prolog zu *Neid* bereits verworfen, noch ehe er ihr Büro erreichte. Jedenfalls war er fast schon selbst überzeugt gewesen, dass dieser Plan gescheitert und ein neuer unerlässlich war.

Doch das war gestern. Womit wieder einmal bewiesen wäre, welchen Unterschied ein einziger Tag machte. Offensichtlich hatten es die Seiten tatsächlich bis auf ihren Schreibtisch geschafft, und sie hatte sie wirklich gelesen, denn heute hatte sie versucht, ihn zu erreichen.

Geschäftlich, hatte sie Deputy Dwight Harris auf seine Frage erklärt, warum sie nach P.M.E. suche. Sie habe Geschäftliches zu besprechen. Für Parker konnte das Gutes bedeuten, Schlechtes oder etwas dazwischen.

Möglicherweise rief sie nur an, um ihm zu sagen, sein Geschreibsel stinke zum Himmel. Wie könne er es nur wagen, ihrem Prestigeverlag unaufgefordert einen solchen Bockmist zu schicken. Vielleicht würde sie es auch sachter angehen und sagen, er habe ja Talent, aber leider passe sein Material nicht zur gegenwärtigen Verlagslinie. Sie wünsche ihm Glück, damit sein Buch bei einem anderen Haus ankäme.

Normalerweise jedoch trafen solche Antworten in Form von Absagebriefen ein, deren deutliche Sprache von weiteren Zusendungen Abstand nehmen ließ, aber doch noch so viel Positives enthielt, dass der abgelehnte Schreiber nicht gleich von der nächsten Brücke sprang.

Wie dem auch sei, Ms. Matherly-Reed wusste nicht, wohin sie ihm einen solchen Brief schicken sollte. Auf dem Postweg konnte sie ihn nicht erreichen, dafür hatte er gesorgt. Sollte sie also tatsächlich geplant haben, *Neid* abzulehnen, hätte er vermutlich nie von ihr gehört. Stattdessen hatte sie versucht, ihn aufzuspüren. Daraus schloss er auf eine positive Reaktion.

Trotzdem war es noch nicht so weit, den Champagner kalt zu stellen. Für die Verleihung eines Fleißbilletts an das oberschlaue Kerlchen war es noch ein bisschen früh. Bevor er sich zu weit mitreißen ließ, zwang er sich zu ruhigem Puls, normaler Atmung und klarem Kopf. Nicht von seinem bisherigen Tun hing Erfolg oder Scheitern ab, sondern vom nächsten Schritt.

Deshalb starrte er stundenlang durchs Fenster in die mondlose Regennacht hinaus, anstatt seinen Meilenstein zu feiern. Bis die Ebbe kam, wägte er seine Optionen ab. Und während seine entfernten Nachbarn auf St. Anne schlummerten, zu später Stunde fernsahen oder unter ihren Sommerdecken miteinander schliefen, schmiedete Parker Evans ein Komplott.

Sein Wissen um das Ende dieser Story war dabei hilfreich. Nie tauchte der Gedanke auf, den ursprünglich vorgesehenen Ausgang zu ändern. Es kam nicht in Frage, Maris Matherly-Reeds Versuch, ihn zu erreichen, einfach nicht zu beachten und die Sache hier und jetzt fallen zu lassen.

Nein, jetzt war er schon so weit gekommen, jetzt wollte er unbedingt die Auflösung erleben. Allerdings durfte er sich zwischen hier und dann keinen einzigen Fehltritt erlauben. Jedes Kapitel musste sorgsam durchdacht werden. Fehler durften nicht passieren. Es musste der perfekte Plot sein.

Und sollte sein Entschluss, die Sache bis zum Ende durchzuziehen, je ins Wanken geraten, musste er sich nur in Erinnerung rufen, wie lange es gedauert hatte, diesen Punkt der Saga zu erreichen. Sechs Monate.

Nun ja … sechs Monate und vierzehn Jahre.

Maris tastete nach dem klingelnden Telefon und blinzelte zu den Leuchtziffern auf ihrem Nachttisch. Fünf Uhr dreiundzwanzig. Morgens. Wer …

Panik riss sie endgültig aus dem Schlaf. Jetzt war sie hellwach. War das jener gefürchtete unvermeidliche Anruf, der ihr mitteilte, dass ihrem Vater etwas zugestoßen war? Eine Herzattacke, ein Schlaganfall, ein Sturz? Oder noch schlimmer?

Besorgt umklammerte sie den Hörer. »Hallo?«

»Maris Matherly-Reed?«

»Am Apparat.«

»Wann hören Sie auf, in meinem Leben herumzuwühlen?«

Darauf war sie überhaupt nicht vorbereitet. Es dauerte einen Moment, bis diese grobe Frage bei ihr ankam. »Verzeihen Sie? Wer spricht da?«

Sie setzte sich auf, knipste die Lampe an und griff zu Noah hinüber, um ihn zu wecken, doch sein Bett war leer. Mit offenem Mund starrte sie das glatte Betttuch und das immer noch pralle Kopfkissen an.

»Ihr Anruf beim Sheriff passt mir gar nicht«, fuhr sie der Anrufer an.

Wo ist Noah? »Tut mir Leid … Ich war … Sie haben mich im Schlaf überrascht … Sagten Sie Sheriff?«

»Sheriff, *Sheriff*. Dämmert's?«

Sie schnappte nach Luft. »P.M.E.?«

»Ein Hilfssheriff ist zu mir nach Hause gekommen und hat hier herumgeschnüffelt. Zum …«

»Ich …«

»… Teufel, was bilden Sie sich eigentlich ein?«

»Ich …«

»Mischen sich in anderer Leute …«

»Sie …«

»… Leben ein. Besten Dank, meine Dame.«

»Würden Sie, bitte, eine Sekunde still sein?«

Ihr heftiger Ton brachte ihn abrupt zum Schweigen. Trotzdem spürte Maris, wie sein Groll weiter durchs Telefon schwappte.

Nachdem sie einige Male Luft geholt hatte, zwang sie sich zu normaler Lautstärke. »Ich habe Ihren Prolog gelesen. Er gefällt mir. Ich wollte gerne mit Ihnen darüber reden, wusste aber nicht, wie ich Sie kontaktieren sollte. Sie haben mir keine Möglichkeit dazu gegeben. Deshalb habe ich im Sheriffbüro angerufen, in der Hoffnung, dass …«

»Schicken Sie's zurück!«

»Verzeihung?«

»Den Prolog. Schicken Sie ihn zurück.«

»Warum?«

»Weil er Mist ist.«

»Weit gefehlt, Mr. …«

»Ich hätte ihn nicht schicken sollen.«

»Ich bin froh, dass Sie's getan haben. Diese Seiten machen mich neugierig. Sie sind spannend und gut geschrieben. Sollte Ihr restliches Buch genauso gut sein, werde ich einen Ankauf erwägen.«

»Es steht nicht zum Verkauf«

»Was meinen Sie damit?«

»Hören Sie, ich habe zwar einen Südstaatenakzent, rede aber immer noch Englisch. Welchen Teil haben Sie nicht verstanden?«

Seine Stimme ließ sich geografisch eindeutig einordnen. Normalerweise fand sie die weichen Rs und die langsam-gedehnte Sprechweise der Südstaaten charmant. Trotzdem legte er ein barsches und unsympathisches Verhalten an den Tag. Wenn sie in seinem Text nicht echtes Potential und brach liegendes Talent erkannt hätte, hätte sie dieses Gespräch schon längst beendet.

Geduldig fragte sie: »Warum haben Sie den Prolog bei einem Verleger eingereicht, wenn Sie Ihr Buch gar nicht veröffentlichen wollen?«

»Weil ich einem mentalen Lapsus erlag«, antwortete er, wobei er ihre präzise Aussprache imitierte. »Seither habe ich meine Meinung geändert.«

Maris versuchte es andersherum. »Haben Sie einen Bevollmächtigten?«

»Bevollmächtigten?«

»Einen Agenten.«

»Ich bin doch kein Schauspieler.«

»Haben Sie schon früher Material eingereicht?«

»Schicken Sie's einfach zurück, ja?«

»Haben Sie es mehrfach eingereicht?«

»Sie meinen, ob ich's an andere Verleger geschickt habe? Nein.«

»Warum haben Sie's dann mir geschickt?«

»Wissen Sie was, vergessen Sie das Zurückschicken. Werfen Sie's einfach in den nächsten Abfalleimer, zünden Sie's an, oder legen Sie damit Ihren Vogelkäfig aus. Mir ist das egal.«

Da sie spürte, dass er auflegen wollte, sagte sie rasch: »Nur noch eine Sekunde, bitte.«

»Wir telefonieren auf meine Kosten.«

»Bevor Sie sich gegen einen Verkauf des Buches entscheiden, eine Entscheidung, die Sie meines Erachtens bedauern werden, würde ich Ihnen gerne meine Meinung als Profi sagen. Ich verspreche, brutal ehrlich zu sein. Sollte ich es als sinnlos erachten, werde ich es Ihnen sagen. Überlassen Sie mir die Entscheidung, ob es gut ist oder nicht. Bitte, schicken Sie mir das gesamte Manuskript.«

»Das haben Sie bereits.«

»Ich habe es?«

»Habe ich gestottert?«

»Sie meinen, der Prolog ist das Einzige, was existiert?«

»Er ist nicht das Einzige, was existiert. Nur das Einzige, was ich geschrieben habe. Die restliche Story befindet sich in meinem Kopf.«

»Ach.« Das war enttäuschend. Sie hatte angenommen, das restliche Buch sei bereits fertig, oder wenigstens fast. Nie war sie auf den Gedanken gekommen, das Manuskript bestünde nur aus diesen ersten fünfzehn Seiten. »Ich beschwöre Sie, es fertig zu schreiben. In der Zwischenzeit …«

»In der Zwischenzeit sprengen Sie meine Telefonrechnung.

Wenn Sie kein Geld für eine Briefmarke ausgeben wollen, dann werfen Sie das verdammte Ding in den Reißwolf. Auf Wiedersehen. Ach, und schicken Sie mir keine Hilfssheriffs mehr.«

Maris hielt das tote Telefon noch einige Sekunden ans Ohr, bevor sie nachdenklich auflegte. Dieses Gespräch war beinahe surreal gewesen, ja, vielleicht hatte sie es sogar geträumt.

Aber sie träumte nicht. Sie war hellwach. Für Manhattan war es praktisch Mitternacht, und – ihr Ehemann lag nicht neben ihr im Bett. Sollte der befremdliche Anruf nicht genügt haben, sie aufzuwecken, dann hatte Noahs unentschuldigte Abwesenheit definitiv dafür gesorgt.

Vor lauter Sorge hätte sie beinahe sämtliche Unfallstationen abtelefoniert, aber als sie Noah das letzte Mal gesehen hatte, war er in Begleitung von Nadia Schuller gewesen. Dieser Gedanke machte sie so wütend, dass sie am liebsten etwas an die Wand geworfen hätte.

Jedenfalls war die Nacht für sie vorbei, und sie endgültig wach. Sie warf die Bettdecke zurück, stand auf und griff gerade nach ihrem Bademantel, da spazierte Noah mit den Schuhen in der Hand ins Schlafzimmer und versteckte ein herzhaftes Gähnen höflicherweise hinter vorgehaltener Faust. Er trug noch immer seine Smokinghose, aus der hinten das Hemd heraushing. Nur die Manschettenknöpfe hatte er entfernt. Seine Jacke baumelte nachlässig über der Schulter.

Er sagte: »Habe ich das Telefon läuten gehört?«

»Ja.«

»War es Daniel? Hoffentlich ist alles in Ordnung.«

Obwohl sie sein Anblick zutiefst erleichterte, verblüffte sie seine Nonchalance. »Noah, um Himmels willen, wo bist du die ganze Nacht gewesen?«

Ihr Ton ließ ihn wie angewurzelt stehen bleiben. Verblüfft schaute er sie an. »Auf dem Sofa unten im Arbeitszimmer.«

»Und warum?«

»Als ich heimkam, hast du schon geschlafen. Ich wollte dich nicht stören.«

»Wann bist du nach Hause gekommen?«

Als Tadel für ihren bohrenden Frageton zog er eine Augenbraue hoch. »Gegen ein Uhr, glaube ich.«

Seine gelassene Art heizte ihren Ärger nur noch an. »Du hast behauptet, du kämst eine halbe Stunde nach mir. Hast du versprochen.«

»Wir hatten zwei Drinks statt einem. Was ist denn schon dabei?«

»Ich werde morgens um fünf Uhr von irgendwas aufgeweckt und liege allein im Bett. Das ist dabei!«, rief sie laut. »Du kannst mich ruhig irrational nennen, aber bis ich keinen gegenteiligen Grund kenne, erwarte ich, dass mein Mann neben mir schläft.«

»Offensichtlich wurde ich erst beim Aufwachen vermisst.«

»Und wer ist daran schuld?«

Ihre Stimme war schrill geworden. Sie erinnerte an die Karikatur eines zänkischen Weibes im ausgeleierten Bademantel, mit Filzpantoffeln und Lockenwicklern im Haar, die drohend ein Nudelholz schwang, während der fremdgehende Gatte heimlich durch die Hintertür schlich.

Es dauerte einen Moment, bis sie ihr Temperament unter Kontrolle hatte, obwohl sie noch immer vor Wut kochte. »Falls du dich erinnern solltest, Noah, habe ich versucht, dich dazu zu verführen, mit mir direkt vom Büro nach Hause zu kommen. Stattdessen hast du dich für unsere Teilnahme an diesem entsetzlich langen Bankett entschieden. Anschließend wollte ich wenigstens den letzten Teil des Abends für uns retten, aber du musstest ja unbedingt mit Vampira und diesem Junkie einen Drink nehmen.«

Er ließ seine Schuhe zu Boden fallen, zog sein Hemd aus, öffnete den Reißverschluss und stieg aus seiner Hose. »Jedes Buch, das dieser ›Junkie‹ schreibt, verkauft allein im Hardcover über eine halbe Million Exemplare. Seine Taschenbuchverkäufe betragen das Dreifache. Trotzdem glaubt er, er könnte noch mehr verkaufen. Er ist mit seinem momentanen Verleger unglücklich und erwägt, sich einen anderen zu suchen.

»›Vampira‹ hat den Termin für die Drinks im guten Glauben vereinbart, dass von diesem Treffen beide Seiten profitieren könnten. Was in der Tat auch so war. Er hat sich einverstanden erklärt, ein Verlagskonzept von uns zu prüfen. Bezüglich der exakten Vorgaben wird sich sein Agent mit uns in Verbindung setzen. Ich hatte gehofft, dich und Daniel morgen mit dieser guten Neuigkeit zu überraschen, aber…« Nach einem viel sagenden Achselzucken trat er ans Bett und setzte sich auf die Kante.

»Und um mit dir noch gänzlich reinen Tisch zu machen«, fuhr er fort, »gestehe ich, dass sich besagter Junkie derart betrunken hat, dass wir ihn unmöglich guten Gewissens allein in ein Taxi verfrachten konnten. Nadia und ich haben ihn in seine Wohnung begleitet und ins Bett gesteckt. Keine angenehme Aufgabe, sei sicher. Danach sind wir gemeinsam im Taxi hier herauf gefahren, und ich habe sie am Trump Tower aussteigen lassen. Als ich daheim war, bin ich die Treppe hochgekommen, sah dich tief und fest schlafen und beschloss, dich nicht zu stören. Den ganzen Abend über habe ich mich so verhalten, wie ich es für dich – uns – am besten hielt.« Mit leicht geneigtem Kopf legte er eine Hand aufs Herz.

»Verzeih mir meine Gedankenlosigkeit.«

Trotz seiner logischen Erklärung glaubte Maris immer noch, sie habe ein Recht, wütend zu sein. »Noah, du hättest anrufen können.«

»Hätte ich. Da ich aber deinen erschöpften Zustand kannte, wollte ich dich nicht stören.«

»Ich bin Nadia nur ungern verpflichtet.«

»Ich bin niemandem gern verpflichtet. Andererseits ist es nicht sehr schlau, sich Nadia vorsätzlich zum Feind zu machen. Wen sie mag, dem schenkt sie ihre Gunst. Wen sie nicht mag, dem kann sie ernsthaft schaden.«

»Egal wie, wer ein Mann ist, wird gevögelt.«

Diese Bemerkung ließ ihn lächeln. »Wie kommt es, dass Frauen – besonders du – nie schöner sind, als wenn sie wütend sind?«

»Waren.«

»Ich weiß.«

»Ich bin es noch.«

»Hör auf damit. Tut mir Leid, dass du dir meinetwegen Sorgen gemacht hast. Das habe ich nicht gewollt.« Er betrachtete sie mit einem zärtlichen Lächeln. »Du hast keinen Grund zur Eifersucht, das weißt du genau.«

»Ach, tatsächlich?«, fragte sie trocken. »Angesichts deiner zahllosen Affären vor unserer Ehe habe ich meiner Ansicht nach sogar ein verbrieftes Recht, krankhaft misstrauisch zu sein.«

»Maris, du hattest auch welche.«

»Zwei. So viele hattest du in einer Woche, und außerdem hattest du zehn Jahre Vorsprung.«

Er grinste angesichts ihrer Übertreibung. »Diese Bemerkung werde ich nicht kommentieren. Der Punkt ist doch der: Dich habe ich geheiratet.«

»Und damit den ganzen Spaß geopfert.«

Lachend klopfte er auf die Stelle neben sich im Bett. »Warum hörst du nicht mit diesem Unsinn auf, ziehst die Krallen ein und verzeihst mir schlicht und einfach? Du weißt genau, dass du nichts lieber tun möchtest.«

Mit gespielter Boshaftigkeit kniff sie die Augen zusammen. »Sei dir da nicht so sicher.«

»Maris?«

Zögernd ging sie auf ihn zu. Als sie immer noch Abstand wahrte, streckte er die Hand so weit aus, bis er sie fassen und neben sich aufs Bett ziehen konnte. Er steckte ihr eine Haarsträhne hinters Ohr und küsste sie auf die Wange. Sie mimte die Widerspenstige, allerdings nicht lange.

Am Ende ihres ersten langen Kusses flüsterte sie: »Danach habe ich mich gestern den ganzen Tag gesehnt.«

»Du hättest nur fragen müssen.«

»Habe ich.«

»Hast du«, seufzte er bedauernd. »Darf ich das wieder gut

machen?«

»Besser spät als nie.«

»Hast du nicht heut Abend eine Bemerkung über überflüssige Pyjamahosen gemacht?«

Binnen kurzem waren beide splitterfasernackt. Während er an ihrem Nacken knabberte, fragte er: »Wer hat denn angerufen?«

»Hmm?«

»Der Anruf, der uns aufgeweckt hat. Wer war das?«

»Das kann warten.« Sie ergriff die Initiative und führte seine Hand über ihren Bauch zu ihrem Venushügel. »Noah, wenn du jetzt noch reden willst, dann schmutzig.«

4

Daniel Matherly legte das Manuskript zur Seite und kniff sich nachdenklich mit Daumen und Zeigefinger in die Unterlippe.

»Was hältst du davon?«, fragte Maris. »Bilde ich mir das nur ein, oder ist es wirklich gut?«

Sie nutzten den milden Morgen zu einem Frühstück unter einer schattigen Platane im Innenhof von Daniels Stadthaus in der Upper East Side. Terrakottatöpfe mit blühenden Blumen sorgten für Farbtupfer innerhalb der Ziegelmauern.

Während Daniel den Prolog zu *Neid* las, hatte Maris Maxine bei der Vorbereitung geholfen. Maxine, die Haushälterin der Matherlys, war schon ein ganzes Jahrzehnt vor Maris' Geburt praktisch ein Mitglied der Familie gewesen.

Heute Morgen war sie ganz die Alte, protestierte mürrisch gegen Maris' Anwesenheit in der Küche und kritisierte sie wegen der Art und Weise, wie sie den frischen Orangensaft auspresste. In Wahrheit liebte diese Frau sie wie eine Tochter und hatte seit dem Tod von Maris' Mutter in der Grundschulzeit ersatzweise diese Rolle eingenommen. Maris nahm den rauen Ton der

Haushälterin als das, was er war: ein Ausdruck ihrer Zuneigung.

Stumm hatten Maris und Daniel ihr Eiweiß-Omelett mit gegrillten Tomaten und Vollkorntoast verspeist, während er den Prolog zu Ende las. »Danke, Maxine«, sagte er jetzt, als sie herauskam, um ihre Teller abzuräumen und Kaffee nachzuschenken. »Und außerdem, meine Liebe«, sagte er zu Maris, »ist es gut.«

»Ich bin froh über diese Meinung.«

Sie freute sich nicht nur über seine Bestätigung ihrer eigenen Einschätzung, sie war ihr auch viel wert. Ihr Vater war vielleicht der einzige Mensch auf der Welt, der mehr Bücher gelesen und wieder gelesen hatte als sie. Eventuell geteilte Meinungen über ein Buch waren auf ihre individuellen Geschmäcker zurückzuführen. Trotzdem konnten beide unterscheiden, was gut geschrieben war und was nicht.

»Ein neuer Schriftsteller?«

»Keine Ahnung.«

Er reagierte überrascht. »Das weißt du nicht?«

»Dies war ein in jeder Hinsicht ungewöhnliches Manuskript.« Sie erklärte, wie es zur Lektüre des Prologs gekommen war, und wie wenig sie über den schwer fassbaren Autor wusste. Zuletzt berichtete sie von ihrem frühmorgendlichen Telefongespräch mit ihm.

Am Ende fragte sie verärgert: »Wer benutzt schon ausschließlich Initialen? Das ist kindisch und ganz einfach verrückt. Wie TAFKAP, der früher mal Prince hieß.«

Daniel lachte in sich hinein, während er Milchersatz in die letzte erlaubte Tasse Kaffee für heute rührte. »Meiner Ansicht nach bringt das einen geheimnisvollen Hauch von Romantik.«

»Ein Landplage ist er«, spottete sie.

»Zweifelsohne. Widerspruchsgeist gehört unweigerlich zu jedem guten Schriftsteller. Selbstverständlich auch zu einem schlechten.«

Während er über den rätselhaften Autor nachdachte, studierte Maris ihren Vater. *Wann war er nur so alt geworden?*, dachte sie alarmiert. So lange sie sich erinnern konnte, hatte er weiße Haare, aber schütter waren sie erst seit kurzem. Ihre Mutter Rosemary war die zweite, fünfzehn Jahre jüngere Frau des verwitweten Daniel gewesen. Bei Maris' Geburt hatte er die Lebensmitte bereits überschritten gehabt.

Trotzdem war er physisch aktiv geblieben. Murrend achtete er auf seine Figur. Das Zigarettenrauchen hatte er schon vor Jahren eingestellt. Nur die Trennung von seiner Pfeife verweigerte er. Da er die Verantwortung eines allein erziehenden Vaters übernommen hatte, hatte er in kluger Voraussicht den Alterungsprozess so weit wie möglich verlangsamt.

Erst kürzlich hatten ihn die Jahre offensichtlich eingeholt. Zur Entlastung und Unterstützung seiner arthritischen Hüfte benutzte er manchmal einen Stock, beklagte sich allerdings darüber, wie klapprig er damit wirke. Obwohl das so nicht zutraf, vertrat auch Maris insgeheim die Ansicht, der Stock schmälere die robuste Erscheinung, die man immer mit ihm in Verbindung gebracht hatte. Auf seinen Händen zeigten sich immer dunklere Pigmentflecken, und seine Reflexe schienen nicht so gut zu sein, wie noch vor wenigen Monaten.

Nur seine Augen blickten wie eh und je hell und bezwingend, als er sich jetzt mit der Frage an sie wandte: »Ich weiß nur nicht so recht, was das alles soll.«

»Was alles, Pa?«

»Die fehlende Adresse bzw. Telefonnummer. Und dann dieser Anruf heute morgen. Seine Behauptung, der Prolog sei Mist. Und so weiter.«

Sie erhob sich aus ihrem Sessel, ging zu einer Topfgeranie hinüber und zupfte ein welkes Blatt ab, das Maxine übersehen hatte. Maris hatte die Haushälterin beschworen, sich eine Brille zu besorgen, aber sie behauptete, sie könne noch genauso gut sehen wie vor dreißig Jahren. Worauf Maris erwidert hatte: »Genau. Du bist schon immer blind wie ein Maulwurf gewesen und viel zu eitel, um etwas dagegen zu tun.«

Während sie geistesabwesend den braunen Blattstängel zwirbelte, dachte sie über die Frage ihres Vaters nach. »Er wollte gesucht und gefunden werden, stimmt's?«

Als Daniel sie anstrahlte, wusste sie, dass sie die richtige Antwort gegeben hatte. Mit dieser Methode hatte er ihr die ganze Schulzeit über bei den Aufgaben geholfen. Nie gab er ihr die Ergebnisse, sondern leitete sie nur dazu an, die Frage so lange zu überdenken, bis sie durch eigenes Deduzieren auf die korrekte Antwort kam.

»Er hätte nicht anrufen müssen«, fuhr sie fort. »Wenn er nicht gefunden werden wollte, hätte er meine Telefonnummern wegwerfen können. Stattdessen ruft er zu einer Tageszeit an, zu der er garantiert im Vorteil ist.«

»Und protestiert zu laut und zu heftig.«

Stirnrunzelnd ging sie wieder zu ihrem schmiedeeisernen Sessel. »Ich weiß nicht, Pa. Er wirkte echt wütend, besonders wegen des Hilfssheriffs.«

»War er vermutlich auch, was ich ihm nicht einmal verübeln kann. Trotzdem konnte er der Versuchung nicht widerstehen, mit dir Kontakt aufzunehmen, um zu hören, was du zu seiner Arbeit zu sagen hast.«

»Für mich ist das ein schlagender Beweis. Dieser Prolog hat mich nachdenklich gemacht, besonders was den jungen Mann im Boot anbelangt. Wer ist er? Wie sieht seine Story aus? Was war der Anlass für den Streit zwischen ihm und seinem Freund?«

»Neid«, merkte Daniel an.

»Hältst du das nicht auch für kontrovers? Neid worauf? Wer beneidete wen?«

»Wie ich sehe, hat der Prolog seinen Zweck erfüllt. Der Verfasser hat dich dazu gebracht, nachzudenken und Fragen zu stellen.«

»Ja, hat er, verdammt noch mal.«

»Was wirst du also tun?«

»Versuchen, einen Dialog auf professioneller Ebene herbeizuführen. Falls das mit einem solchen Dämlack möglich ist. Die Arbeit mit so einem Charakter wird nicht einfach sein, da mache ich mir nichts vor.«

»Kennst du jetzt denn wenigstens seine Telefonnummer?«

»Jetzt schon. Der Anruferkennung sei Dank. Ich habe sie heute Morgen überprüft und dabei die Vorwahl wiedererkannt, die ich gestern gewählt habe.«

»Aha, die Wunder des technischen Fortschritts. Zu meiner Zeit …«

»Zu deiner Zeit?«, wiederholte sie lachend. »Heute ist immer noch deine Zeit.«

Sie ergriff seine fleckige Hand und tätschelte sie liebevoll. Eines Tages würde er nicht mehr sein. Wie sie diesen Verlust überleben sollte, überstieg ihre Vorstellung. Sie war in diesem Haus aufgewachsen. Das Weggehen war ihr schwer gefallen, sogar als sie nur aufs College musste. Im zweiten Stock war ihr Schlafzimmer gewesen und war es noch, sollte sie es je wieder nutzen wollen. Daniels Schlafzimmer lag im ersten Stock, und er war fest entschlossen, daran nicht zu rütteln, auch wenn ihm das Treppensteigen Schmerzen bereitete.

Maris fielen die Weihnachtstage wieder ein, an denen sie vor Tagesanbruch aufgewacht und in sein Zimmer gerannt war und ihn angebettelt hatte, aufzustehen und mit ihr hinunterzugehen, um nachzuschauen, was Santa Claus unter den Baum gelegt hatte.

An ihre Kindheit hatte sie tausend glückliche und höchst lebendige Erinnerungen: sie beide beim Eislaufen im Central Park, beim Bummel über Straßenmärkte, beim Verspeisen von Hotdogs oder Falafel, während sie in Buden nach gebrauchten Büchern suchten, Teestunde im Plaza nach einer Matinee, gemeinsame Lektüre vor dem Kamin in seinem Arbeitszimmer, offizielle Abendeinladungen im häuslichen Esszimmer, gemeinsame mitternächtliche Naschrunden bei Maxine in der Küche. Alle ihre Erinnerungen waren gute.

Als spätgeborenes Einzelkind hatte er sie abgöttisch geliebt. Der Schmerz über den Tod ihrer Mutter hätte sie auseinander reißen können, stattdessen hatte er Vater und Tochter nur noch enger zusammengeschmiedet. Obwohl er auf fester konsequenter Disziplin bestanden hatte, musste er nur höchst selten darauf dringen. Im Allgemeinen war sie folgsam gewesen und hatte nie bei ihm in Ungnade fallen wollen.

Ihr größter Akt der Rebellion hatte darin bestanden, sich eines Nachts heimlich zu einem Treffen mit einer Gruppe Freunde in einen Club fortzustehlen, den Daniel ihr verboten hatte. Bei ihrer Rückkehr in den frühen Morgenstunden entdeckte sie, wie wachsam ihr Vater war. Das Küchenfenster, durch das sie getürmt war, war hinter ihr versperrt worden.

Gezwungenermaßen musste sie an der Vordertür klingeln und auf der Treppe eine schreckliche Ewigkeit warten, bis Daniel kam, um sie hereinzulassen. Er schrie sie weder an, noch kanzelte er sie ab. Er erklärte schlicht und einfach, sie müsse die Konsequenzen für eine falsche Entscheidung tragen. Einen Monat lang hatte sie Hausarrest gehabt. Die schlimmste Strafe war jedoch seine Enttäuschung gewesen. Nie wieder schlich sie sich heimlich davon.

Man hatte sie verwöhnt, aber nicht verzogen. Wenn sie Geld ausgeben wollte, musste sie dafür etwas tun. Ihre Noten wurden eingehend überwacht. Sie wurde weitaus öfter für Erfolge gelobt als für Fehler bestraft. Die meiste Zeit hatte man sie geliebt, und dass ihr dies bewusst war, dafür hatte Daniel jeden Tag ihres Lebens gesorgt.

»Also meinst du, ich sollte das Projekt *Neid* weiter verfolgen?«

»Absolut. Der Autor hat dich herausgefordert, auch wenn das vielleicht unbewusst geschah, und er sich darüber nicht einmal im Klaren ist. Einer Herausforderung kannst du nicht widerstehen, Maris Matherly-Reed, du nicht.« Damit zitierte er praktisch wortwörtlich einen Artikel, der kürzlich über sie in einem Branchenblatt erschienen war.

»Habe ich das nicht schon mal wo gelesen?«, neckte sie ihn.

»Und einem guten Buch kannst du ganz gewiss nicht widerstehen.«

»Deshalb bin ich wahrscheinlich auch so begeistert davon, Pa«, sagte sie, wieder ernster. »In meiner gegenwärtigen Position dreht sich fast alles ums Verlegen. Meine Arbeit am Buch beginnt erst nach dem Schreiben und Redigieren. Und ich liebe meine Tätigkeit.

Trotzdem wurde mir erst gestern bei der Lektüre dieses Prologs klar, wie sehr ich die Lektoratsarbeit vermisst habe. Heutzutage lese ich die endgültige geschliffene Version eines Manuskripts, ehe ich es in die Herstellung gebe. Länger darüber nachdenken kann ich nicht, weil eine Million Entscheidungen zu einem weiteren Dutzend Bücher meine Aufmerksamkeit fordern. Ich habe die Arbeit unter vier Augen mit einem Autor vermisst. Die Mithilfe beim Entwickeln von Figuren. Das Aufdecken von Schwachstellen im Plot. Meine Güte, wie ich das mag.«

»Deshalb hast du dich ja für das Verlagsgeschäft entschieden«, merkte Daniel an. »Du wolltest Lektorin sein. Darin warst du gut, so gut, dass du dich stufenweise emporgearbeitet hast, bis sich deine jetzige verantwortungsvolle Position von dieser ersten Liebe wegentwickelt hat. Meiner Ansicht nach wäre eine Rückkehr dazu ein reizvolles Vergnügen für dich.«

»Das denke ich auch. Lass uns trotzdem nichts überstürzen«, sagte sie ironisch. »Keine Ahnung, ob *Neid* meine Aufmerksamkeit verdient, oder nicht. Das Buch ist noch nicht einmal geschrieben. Aus dem Bauch heraus …«

»Dem ich unbedingt vertraue.«

»… würde ich sagen, es wird gut. Es hat Substanz, die sich sogar noch steigern ließe. Es steckt voller südlicher Untertöne, die ich so liebe, wie du weißt.«

»Genau wie *Vernichtet*.

Plötzlich platzte sie enthusiastisch heraus: »Ja.«

Nach ein, zwei Sekunden fragte Daniel: »Wie geht's Noah?«

Als Leserin und als Ehefrau hatte es sie zutiefst enttäuscht, dass Noah seinem ersten Roman keinen weiteren folgen ließ. Daniel wusste das und nahm die Erwähnung von Noahs einzigem Buch als natürliche Überleitung, sich nach ihm zu erkundigen.

»Pa, du weißt, wie's ihm geht. Schließlich sprichst du mehrmals täglich mit ihm.«

»Ich frage als Schwiegervater, nicht als Kollege.«

Um den scharfen Augen ihres Vaters auszuweichen, richtete sie den Blick auf das direkt hinter ihnen liegende Gebäude. Die efeuüberwachsene Ziegelmauer um Daniels Innenhof verwehrte ihr die Sicht auf das Erdgeschoss des Nachbarhauses, aber in einem Fenster im ersten Stock entdeckte sie einen Tigerkater, der sich streckte und am Gitter rieb.

Maxine steckte den Kopf heraus. »Kann ich noch etwas für euch tun?«

Daniel antwortete für beide: »Nein, danke schön. Alles in Ordnung.«

»Sagt mir Bescheid.«

Sie verschwand nach drinnen. Maris blieb eine Weile still und zeichnete mit der Zeigefingerkuppe das Muster ihres leinenen Platzdeckchens nach. Als sie den Kopf hob, hatte ihr Vater die Positur eines Zuhörers eingenommen, wie immer, wenn er wusste, dass ihr etwas im Kopf herumging. Er schmiegte das Kinn in die Hand, sein Zeigefinger lag an der Wange und deutete auf seine drahtige weiße Augenbraue.

Nie drang er neugierig in sie, sondern wartete stets geduldig ab. Sobald sie bereit wäre, sich zu öffnen, würde sie es tun, aber keinen Augenblick früher. Diese Eigenschaft hatte sie von ihm geerbt.

»Noah ist heute Nacht sehr spät heimgekommen«, hob sie an und fasste ihre Auseinandersetzung zusammen, ohne ins Detail zu gehen. »Obwohl letztlich wieder Liebe und Freundschaft herrschten, rege ich mich immer noch darüber auf.«

Zögernd fragte Daniel: »Hast du denn überreagiert?«

»Glaubst du das?«

»Ich war nicht dabei. Trotzdem klingt es für mich, als hätte Noah eine logische Erklärung gehabt.«

»Vermutlich.«

Nachdenklich runzelte er die Stirn. »Hast du Angst, Noah hätte wieder seine Gepflogenheiten aus der Junggesellenzeit aufgenommen?«

Da sie wusste, wie sehr ihr Vater Noah bewunderte und respektierte, widerstrebte es ihr, eine Klagelitanei über ihn herunterzubeten, die vermutlich, bei Licht besehen, bestenfalls wehleidig klang und schlimmstenfalls krankhaft misstrauisch. Obendrein brachte sie ihren Vater in eine zwiespältige Position, wenn sie ihn als Beichtvater benutzte. Denn er war nicht nur Noahs Schwiegervater, sondern auch sein Arbeitgeber.

Daniel hatte Noah vor vier Jahren in ihren Verlag gebracht, weil er sich – mit Ausnahme von Daniel selbst – als schlauester und raffiniertester Verleger von ganz New York bewährt hatte. Als die Beziehung zwischen Maris und Noah vom rein Beruflichen ins Private wechselte, hatte Daniel gewisse Vorbehalte geäußert und sie vor einer Büroaffäre gewarnt. Trotzdem hatte er seinen Segen gegeben, als Noah nach anderthalb Jahren bei Matherly Press Daniel ins Vertrauen gezogen und ihn um die Hand seiner Tochter gebeten hatte. Sogar seinen Rücktritt hatte er zum Ausgleich für Maris' Hand angeboten. Daniel wollte davon nichts hören und hatte Noah als Schwiegersohn mit demselben Enthusiasmus ins Herz geschlossen wie zuvor als Geschäftsführer seines Verlagshauses.

Seit fast zwei Jahren gelang es ihnen nun schon, berufliche und persönliche Rollen getrennt zu halten. Wenn sie nun ihren Kümmernissen als Ehefrau Luft machte, könnte dies die Balance gefährden. Daniel würde nur ungern zu viel oder zu wenig sagen und damit Partei ergreifen oder sich in eheliches Territorium einmischen, auf das ein Schwiegervater nun mal nicht hingehörte.

Andererseits musste Maris unbedingt Dampf ablassen, und ihr Vater war immer ihr engster Vertrauter gewesen. »Um deine Frage zu beantworten: Ich denke dabei nicht an etwas Konkretes. Ich glaube nicht, dass Noah eine Affäre hat. Nicht wirklich.«

»Irgendetwas bekümmert dich. Was?«

»Während der letzten Monate hatte ich nicht mehr das Gefühl, Noahs uneingeschränkte Aufmerksamkeit zu besitzen. Eigentlich sogar sehr wenig davon«, korrigierte sie sich reumütig mit einem schmalen Lächeln.

»Maris, das Prickeln der Flitterwochen hält nicht ewig.«

»Das weiß ich. Es ist nur…« Sie brach ab, dann seufzte sie. »Vielleicht bin ich zu romantisch veranlagt.«

»Mach dir wegen dieser Bremsung keine Vorwürfe. Daran muss keiner schuld sein. Ehen machen solche Perioden durch, sogar gute Ehen. Trockenperioden, wenn du so willst.«

»Ich weiß. Ich hoffe nur, dass er mich nicht allmählich über hat. Wir nähern uns unserem zweiten Hochzeitstag. Für ihn muss das ein wahrer Rekord sein.«

»Bei deiner Heirat kanntest du seine Vorgeschichte«, rief er ihr freundlich ins Gedächtnis. »Er war weithin als Don Juan bekannt.«

»Das habe ich akzeptiert. Aus Liebe. Weil ich in ihn verliebt war, seit ich *Vernichtet* auf dem College gelesen habe.«

»Und von all diesen Frauen hat Noah deine Liebe erwidert und sich zur Ehe mit dir entschlossen.«

Sie lächelte wehmütig und schüttelte dann bescheiden den Kopf. »Pa, du hast Recht. Schreib es den Hormonen zu. Ich fühle mich vernachlässigt. Das ist alles.«

»Und daran bin zum Teil auch ich schuld.«

»Was redest du denn da?«

»Ich habe Noah einen gewaltigen Berg Verantwortung übertragen. Er erledigt nicht nur seinen Job, der, weiß Gott, schon genug fordert, sondern kompensiert auch mehr und mehr meine Bummelei. Durch mein langsameres Tempo habe ich ihn zum Beschleunigen gezwungen. Ich hatte vorgeschlagen, er solle jemanden einstellen, um einige seiner Pflichten abzugeben.«

»Delegieren fällt ihm schwer.«

»Genau deshalb hätte ich darauf bestehen sollen, dass er einen weiteren Vorstand beibringt. Ich werde mich ausdrücklich persönlich darum kümmern. Inzwischen hielte ich es für eine gute Idee, wenn ihr beide gemeinsam ein paar Tage Urlaub nehmt. Vielleicht auf den Bermudas. Tankt ein bisschen Sonne, genießt ein paar tropische Drinks zu viel und verbringt eine Menge Zeit im Bett.«

Sie lächelte über seine Offenheit, aber es wirkte traurig. Letztes Jahr hatte er fast wortwörtlich dasselbe gesagt, als er sie für ein langes Wochenende nach Aruba verfrachtete. In der Hoffnung, schwanger zurückzukommen, waren sie geflogen. Aber obwohl sie alles dafür getan und jeden Versuch genossen hatten, hatten sie keinen Erfolg gehabt. Maris war tief enttäuscht gewesen. Vielleicht hatten sie damals angefangen, sich auseinander zu leben, obwohl die Kluft erst jüngst spürbar wurde.

Daniel spürte, dass er ein Thema angeschnitten hatte, das am besten in der Versenkung blieb, wenigstens momentan. »Maris, nehmt euch eine kleine Auszeit«, beschwor er sie. »Weg vom Bürodruck, weg vom Großstadtirrsinn. Gebt euch eine Chance, wieder ins Lot zu kommen.«

Obwohl sie das Daniel gegenüber nie äußern würde, teilte sie sein Vertrauen nicht, dass mehr Zeit im Bett ihr Problem lösen und alles richten würde. Ihre Meinungsverschiedenheit hatte zwar heute Morgen im Bett geendet, aber intim konnte sie das nicht nennen. Aus ihrer Sicht war es einfach das beste Hilfsmittel gewesen, ihren Streit zu beenden. Als hätten sie es sich leicht gemacht. Ihre Körper hatten die vertrauten Abläufe durchgespielt, aber ihre Herzen waren nicht dabei gewesen.

Noahs Schmeichelei hatte ihr den Wind aus den Segeln genommen, was ihr im Nachhinein verlogen und herablassend vorkam. Sie war ehrlich wütend gewesen – kein idealer Zeitpunkt, um ihr zu sagen, wie schön sie sei. Miteinander ins Bett zu gehen, war eine elegante Methode zur Beendigung eines Streits gewesen, den keiner von beiden wollte. Sie hatte ihm nicht noch mehr Vorhaltungen machen wollen, und er hatte sich ihren Beschuldigungen entziehen wollen. Also hatten sie miteinander geschlafen. Die tiefere Bedeutung all dessen beunruhigte sie jedoch zutiefst.

Daniel zuliebe tat sie so, als dächte sie über seinen Vorschlag bezüglich eines Urlaubs in den Tropen nach, und meinte dann: »Eigentlich, Pa, hatte ich vorgehabt, eine Weile allein zu verreisen.«

»Auch eine gute Wahl. Aufs Land?«

Wenn es ihr in der Stadt zu eng wurde, fuhr sie häufig in ihr Landhaus Massachusetts, wo sie verlängerte Wochenenden damit verbrachte, liegen gebliebenen Papierkram aufzuarbeiten und Manuskripte zu lesen. In den Berkshires konnte sie sich ohne die ständigen Zwangsunterbrechungen im Büro konzentrieren und in relativ kurzer Zeit viel erledigen. Daher war es nur natürlich, dass Daniel annahm, sie wollte sich in ihr Landhaus zurückziehen.

Aber sie schüttelte den Kopf. »Ich glaube, ich werde nach Georgia fahren.«

Noah nahm es mit Gleichmut auf. »Ich bin sehr dafür, wenn du ein paar Tage rauskommst«, erklärte er auf ihre Ankündigung, einen Ausflug nach Süden zu machen. »Ein Tapetenwechsel wird dir gut tun. Nur, um Himmels willen, was gibt es in Georgia? Ein neues Wellness-Ressort?«

»Einen Autor.«

»Du willst arbeiten? Ein paar Tage Urlaub haben doch nur einen Sinn: entspannen. Oder?«

»Erinnerst du dich noch an den Prolog, von dem ich dir gestern erzählt habe?«

»Den aus dem Schrotthaufen?«

Sie ignorierte sein skeptisch-schiefes Grinsen. »Ich hatte Mühe, den Autor aufzuspüren, aber letztlich habe ich's geschafft.«

»Mühe?«

»Eine lange Geschichte. Leider haben wir in zehn Minuten diese Konferenz. Kurzum, es handelt sich nicht um den üblichen Schriftsteller, der versucht, einen Verlag zu finden.«

»Und in welcher Hinsicht ist er anders?«

»Aufsässig. Grob. Und rückständig. Ihm ist nicht klar, wie gut er schreibt. Dazu bedarf es einiger Streicheleinheiten, vermutlich mehrerer Nachhilfestunden und jeder Menge Überredungskunst. Wahrscheinlich bringt ein Treffen unter vier Augen mehr als Anrufe und Faxe.«

Noah hörte nur mit einem Ohr hin. Er blätterte einen Stapel Telefonnachrichten durch, die ihm seine Assistentin diskret hereingebracht und vorgelegt hatte, ehe sie wieder hinaushuschte. Dann stand er nach einem Blick auf seine Armbanduhr auf und begann, von seinem Schreibtisch Material für die anstehende Konferenz einzusammeln. »Entschuldige, Liebling, aber die Fortsetzung dieser Unterhaltung wird warten müssen. Die Konferenz wird ja nicht ewig dauern. Wann planst du abzureisen?«

»Ich dachte an morgen.«

»So bald?«

»Ich muss einfach wissen, ob ich mich für dieses Buch begeistern oder es fallen lassen soll. Der einzige Weg, das herauszufinden, ist ein Gespräch mit dem Autor.«

Er umrundete seinen Schreibtisch und küsste sie flüchtig auf die Wange. »Dann sollten wir heute Abend ausgehen, nur wir beide. Ich werde Cindy einen Tisch reservieren lassen. Wohin möchtest du gehen?«

»Darf ich wählen?«

»Aber ja.«

»Wie wär's, wenn wir uns etwas vom Thailänder bringen lassen? Dann würden wir zur Abwechslung mal daheim essen.«

»Ausgezeichnet. Ich werde den Wein aussuchen.«

Sie waren fast schon durch die Tür, da blieb er abrupt stehen. »Verdammt! Eben fällt mir ein, dass ich heute Abend einen Termin habe.«

Sie stöhnte. »Mit wem?«

Er nannte einen Agenten, der mehrere bedeutende Autoren vertrat. »Komm mit. Er wäre entzückt. Dann könnten wir noch irgendwo allein einen Gute-Nacht-Schluck trinken.«

»Noah, ich kann nicht den ganzen Abend ausgehen. Ich muss noch einiges erledigen, bevor ich die Stadt verlassen kann. Packen gehört auch dazu.«

»Ich habe dieses Treffen schon zweimal verschoben«, sagte er mit Bedauern. »Wenn ich noch mal darum bitte, wird er denken, ich ginge ihm aus dem Weg.«

»Nein, das kannst du nicht machen. Wie spät wird's denn werden?«

Er zuckte zusammen. »Wie du weißt, redet dieser Typ gerne. Das könnte dauern. Ganz sicher länger, als mir lieb ist.« Da er ihre Enttäuschung spürte, trat er näher heran und dämpfte seinen Ton. »Tut mir Leid, Maris. Willst du, dass ich absage?«

»Nein, er ist ein wichtiger Agent.«

»Wenn ich gewusst hätte, dass du verreisen möchtest …«

»Verzeihung, Mr. Reed«, sagte seine Assistentin direkt hinter der Tür, »aber man erwartet Sie und Mrs. Matherly-Reed im Konferenzzimmer.«

»Wir kommen.« Kaum hatte sich seine Assistentin zurückgezogen, drehte er sich wieder zu Maris um. »Die Pflicht ruft.«

»Immer.«

»Verzeihst du mir?«

»Immer.«

Rasch drückte er sie fest an sich. »Du bist die verständnisvollste Ehefrau seit der Erfindung dieser Institution. Ist es da ein Wunder, wenn ich verrückt nach dir bin?« Nach einem forschen Kuss schob er sie Richtung Tür. »Nach dir, Liebling.«

ENVY – NEID, Kapitel 1
Eastern State University, Tennessee, 1985

Die Verbindungsmitglieder hielten es für einen brillanten Schachzug ihrer Gründungsväter, sich bei Entwurf und Bau ihres Studentenwohnheims am rautenförmigen Verbindungswappen zu orientieren.

Doch was sie dem Genie ihrer Vorgänger zuschrieben, war rein zufällig entstanden.

Auf der Suche nach einem Grundstück für ihr Verbindungshaus hatten jene sparsamen jungen Männer der Jahrgangsstufe 1910 das preiswerteste gekauft, eins im hintersten Winkel, dessen Besitzer sich nur allzu gern davon trennte. Seinen Reiz machten weder Form noch Lage aus, sondern einzig und allein der Preis. Sie erwarben es billig.

Zuerst kam also das Grundstück und nicht das architektonische Modell. Sie entwarfen ein Gebäude, das darauf passte. Sie entschieden sich nicht für ein Gelände, das ihrem Entwurf entgegenkam. Möglicherweise bemerkten einige Mitglieder nach der Fertigstellung, dass das Haus tatsächlich ihrem rautenförmigen Wappen glich, aber diese Ähnlichkeit war purer Zufall.

Dann traf im Jahre 1928 ein Planungskomitee zur Erweiterung der Universität eine glückliche Entscheidung: Die Hauptstraße, die den Campus in zwei Teile schnitt, sollte in eine intensiv begrünte Fußgängerzone umgewandelt werden. Der motorisierte Verkehr wurde auf jene Straße umgeleitet, die an besagtem Studentenwohnheim mit dem ungewöhnlichen Grundriss vorbeilief.

Nachfolgend verlieh diese Lage an der Hauptkreuzung ihrer Verbindung – ohne geniales Zutun der Gründerväter – eine Vorrangstellung auf dem Campus, um die sie alle anderen beneideten.

Die Front des dreistöckigen Hauses, von der links und rechts im 45-Grad-Winkel Seitenflügel abgingen, schaute in die Ecke des Grundstücks. Zwischen diesen Flügeln befanden sich auf der Gebäuderückseite eine begrenzte und völlig unzureichende Zahl von Parkplätzen, netzlose Basketballkörbe, überquellende Abfalleimer, zwei verrostete Grillstellen und ein Maschendrahtzwinger, den der Labrador Brew belegte, das schokoladenbraune Verbindungsmaskottchen.

Die Fassade des Gebäudes war weitaus imposanter. Die gepflasterte Auffahrt zum Haupteingang säumten Bradford-Birnbäume, deren schneeweiße Blüte die natürliche Dekoration für das alljährliche offizielle Frühlingsfest bildete.

Fotografien dieser Bäume in voller Blüte tauchten häufig auf den Umschlägen von Vorlesungsverzeichnissen und Universitätsbroschüren auf, was rivalisierende Verbindungen grollen ließ. Sobald Drohungen von Kettensägenattacken zirkulierten, wurde die ehrenhalbe Aufstellung von Wachen rund um die Uhr eingefordert. Ein Absägen der Bäume würde nicht nur das Ansehen der Verbindung auf dem Campus schmälern. Ohne sie sähe ihr Wohnheim nackt aus.

Im Herbst färbten sich die Blätter der Bradford-Birnen leuchtend rubinrot, genau wie an diesem besonderen Samstagnachmittag. Auf dem Campus war es untypisch ruhig. Das Football-Team spielte auswärts. Bei einem Heimspiel wäre laute Musik aus dem offenen Hauptportal des Verbindungsheims gedrungen. Mitglieder, Freundinnen, Eltern und Ehemalige hätten sich dort lärmend versammelt.

An Spieltagen gab es einen kilometerlangen Verkehrsstau. Und da jedes Fahrzeug auf dem Weg zum Stadion besagte Kreuzung passieren musste, genossen die Mitglieder einen Tribünenplatz bei dieser Stoßstangen-Parade. Für die Fans rivalisierender Teams hagelte es Buhrufe, während man mit den Studentinnen flirtete, die dies ihrerseits erwiderten und manchmal einer spontanen Einladung folgten und aus den Autos kletterten, um bei der Party im Haus mitzufeiern. Woraus sich nachweislich bereits mehrere Romanzen und einige Hochzeiten ergeben hatten.

An Spieltagen leuchtete der Campus purpurrot. Wer die Universitätsfarbe nicht am Leib trug, winkte damit. Bereits Stunden vor dem Anstoß hallten die Blechinstrumente und Trommeln der Blaskapellen über das Areal. Überall herrschte festlich aufgeladene Hochstimmung.

Aber heute lag alles wie verlassen da. Das trübe Wetter regte nicht zu Freiluftaktivitäten an. Die Studenten nützten den Tag, um Schlaf, Lernstoff oder Wäschewaschen nachzuholen – Dinge, zu denen unter der Woche keine Zeit blieb.

In den dunklen stillen Dielen des Verbindungshauses muffelte es nach Bier und Jungmännern. Nur wenige Mitglieder saßen um einen Breitbildfernseher herum, den ein erfolgreicher Alter Herr dem Hause im Vorjahr gestiftet hatte. Es lief ein NCAA-Footballspiel, auf das gewettet wurde. Ab und zu drang über die Treppenhäuser ein gedämpfter Jubelruf oder ein Stöhnen zu den Studentenbuden im ersten und zweiten Stock, ohne dass dies die schläfrige Ruhe der Korridore gefährdet hätte.

Eine Ruhe, die ein »Roark! Du Arschloch!« zerriss, unmittelbar gefolgt von heftigem Türenknallen.

Roark duckte sich blitzschnelll vor dem nassen Handtuch, das seinem Kopf galt, und fing an zu lachen. »Hast du ihn gefunden?«

»Wem gehört der?« Todd Grayson fuchtelte mit einem Styroporbecher herum, in dem seine Zahnbürste steckte. Was nicht weiter bemerkenswert gewesen wäre, wenn nicht jemand den Becher als Spucknapf missbraucht hätte. Die Borsten von Todds Zahnbürste steckten in der üblen braunen Brühe am Becherboden.

Roark lag rücklings auf dem dreibeinigen Sofa unter ihren Schlafstellen, die an kurzen Ketten von der Decke hingen. Um den Platz in dem kleinen Zimmer optimal auszunutzen, hatten die beiden jungen Männer diese Schlafstellen entworfen und konstruiert und damit trotzig die Hausregeln verletzt, die jede Veränderung der baulichen Gegebenheiten verboten.

Ein Stapel Ziegelsteine diente als viertes Sofabein. Dieser Schandfleck stand im Brennpunkt ihrer Behausung und bildete den »Nukleus unserer Zelle«, wie Todd eines Nachts im Zustand ausnehmender Trunkenheit gesungen hatte. Bei der Möblierung ihres Zimmers hatten sie diese Scheußlichkeit in einem Trödelladen gefunden und für zehn Kröten gekauft. Die verlotterte Polsterung war zerschlissen, und der Bezug hatte Flecken ungewisser Herkunft. Das Sofa hatte sich derart mühelos in den in jeder Hinsicht scheußlichen Raum integriert, dass sie beschlossen hatten, es nach ihrem Examen den nachfolgenden Zimmerbewohnern zu vererben.

Aber Todd, der sich einst so poetisch über dieses Sofa ausgelassen hatte, war nun so wütend, dass er am ganzen Leib bebte. »Sag's mir. Wem gehört dieser Spucknapf?«

Roark hielt sich lachend den Bauch. »Das willst du bestimmt nicht wissen.«

»Brady? Wenn der Brady gehört, bring ich dich um. Ich schwör's. Hoch und heilig.« Brady hauste am anderen Flurende. Er war ein wunderbarer Kumpel, ein idealer Verbindungsbruder, einer von der Sorte, die dich auf der Stelle ohne Jammern abholen, wenn dein Auto in einer schneereichen Winternacht liegen bleibt. Brady hatte ein Herz aus Gold. Leider gehörte Körperpflege nicht zu seinen starken Seiten.

»Nicht Brady.«

»Castro? Himmel, bitte, sag, dass er nicht Castro gehört«, stöhnte Todd. »Dieser Scheißkerl ist doch krank!« Der zweite in Frage Kommende war gar kein Kubaner. In Wirklichkeit hieß er Ernie Campello. Den Spitznamen Castro hatte er bekommen, weil ihm nicht nur auf dem Kopf und am Kinn schwarze Locken wuchsen, sondern auch am ganzen Körper. »Weiß der Geier, was dem im Pelz herumkrabbelt.«

Daraufhin lachte Roark und sagte: »Eine gewisse Lisa hat angerufen.«

Diese beiläufige Bemerkung dämpfte Todds Wut sofort. »Lisa Knowles?«

»Könnte sein.«

»Wann?«

»Vor fünf Minuten.«

»Hat sie eine Nachricht hinterlassen?«

»Bin ich vielleicht dein Sekretär?«

»Ein Arsch mit Ohren, das bist du. Was hat sie gesagt?«

»Sie meinte, du hättest einen Schwanz wie ein Bleistift. Oder sagte sie wie eine Nadel? Verflixt noch mal, Todd, ich kann mich nicht erinnern. Sorry. Aber ich habe ihre Nummer aufgeschrieben. Liegt auf deinem Schreibtisch.«

»Ich ruf sie später an.«

»Wer ist sie? Ein Feger?«

»Jaja, aber sie geht mit irgendeinem Delt. Sitzt in Nordamerikanischer Geschichte bei mir im Seminar und braucht Notizen.«

»Zu schade.«

Todd warf seinem grinsenden Zimmergenossen einen wüsten Blick zu, dann schleuderte er den Becher des Anstoßes in den Abfalleimer. Er hatte unten im Flur unter der Gemeinschaftsdusche gestanden, als Roark heimlich hereingeschlichen war und seine Zahnbürste in die mit Tabaksaft garnierte Spucke gesteckt hatte.

»Sei doch nicht sauer«, sagte Roark, während Todd eine Kommodenschublade nach einer Boxershorts durchwühlte. »Das war ein verdammt guter Jux und locker eine neue Zahnbürste wert. Sogar doppelt so viel.«

»Erzählst du mir jetzt, wem er gehört hat?«

»Keine Ahnung. Hab ihn auf einem Fensterbrett im zweiten Stock gefunden.«

»Himmel. Dann könnte er ja jedem gehören.«

»Das war die grundlegende Idee.«

»Das zahl ich dir heim«, drohte Todd, während er ein T-Shirt überzog. »Und das meine ich auch. Jetzt hast du dich wirklich geschnitten, Kumpel.«

Roark lachte nur.

»Hattest du denn nichts Besseres zu tun? Liegst doch schon den ganzen Tag auf deinem Hintern herum.«

»Muss das übers Wochenende auslesen.« Roark hielt eine Taschenbuchausgabe von *Der große Gatsby* hoch.

Todd schnaubte verächtlich. »Das größte Weichei der amerikanischen Literatur. Willst du was hinter die Kiemen?«

»Klar.« Roark wälzte sich vom Sofa und schob seine Füße in ein Paar Turnschuhe. Als sie durch die Tür gingen, küssten er und Todd gewohnheitsmäßig ihre Fingerspitzen und versetzten dem Playmate des Monats auf ihrem Kalender einen Klaps. »Bis später, Schätzchen.«

Es war ihr Revier. Sie waren Stammgäste. Kaum kamen sie im T.R.'s durch die Tür, zapfte ihnen T.R. höchstpersönlich einen Krug Bier und brachte ihn in ihre Nische.

»Danke, T.R.«

»Danke, T.R.«

Speisekarten gab es nicht. Trotzdem mussten sie nicht einmal bestellen. Da T.R. ihr Lieblingsessen kannte, watschelte er hinter die Theke zurück und fing an, ihre Pizza zu belegen. Diese und das Bier gingen auf ihr gemeinsames Konto, das sie bei Gelegenheit ausglichen. Diesen individuellen Service genossen T.R.s Kunden seit gut dreißig Jahren.

Es hieß, er habe sich als Erstsemester an der Universität eingeschrieben, aber dann gleich die ersten Prüfungen verpatzt. Das Studiengeld für sein zweites Semester habe er als Anzahlung für dieses Gebäude verwendet, das schon damals kurz vor dem Abbruch stand. T.R. hatte sich mit Renovierungsarbeiten nicht aufgehalten, und so stand es heute noch da wie beim damaligen Besitzerwechsel. Seither nutzten Dozenten für Bauwesen und Architektur das Gebäude als Fallstudie für tragende Balken.

Auf den Lampen lagen ganze Generationen fettigen Staubs. Der Linoleumboden war an einigen Stellen glitschig, an anderen aufgeraut. Keiner riskierte einen Blick unter die Tische, aus Angst, was er finden würde. Und nur in Notfällen suchten biergeblähte Blasen auf der Toilette Erleichterung.

Als Lokal machte es nicht viel her. Trotzdem war es eine Institution. Jedes männliche Wesen auf dem Campus kannte T.R.'s, weil es zwei studentische Grundbedürfnisse befriedigte: mit kaltem Bier und heißer Pizza.

Bis zur Mitte des Semesters kannte T.R. jeden Gast mit Namen, und falls ihm der nicht einfiel, wusste er immer noch, welche Pizza besagtes Menschlein bevorzugte. Todd und Roark nahmen immer dieselbe: dick mit Pepperoni und einer Extraportion Mozzarella belegt und obenauf ein bisschen zerstoßenen Chili.

Grübelnd kaute Roark seine ersten wunderbaren Bissen Käse. »Meinst du das wirklich?«

»Was meine ich?«

»Dass Gatsby ein Weichling war.«

Todd wischte sich mit einer Papierserviette aus dem Tischspender den Mund ab und trank einen großen Schluck Bier. »Der Kerl ist reich. Lebt wie ein Scheißprinz, oder so. Er hat alles, was sich ein Mann nur wünschen kann.«

»Bis auf die Frau, die er liebt.«

»Die eine selbstsüchtige, doofe Egoistin auf der Kippe zur ausgewachsenen Neurose ist und ihn ständig bescheißt.«

»Aber für Gatsby repräsentiert Daisy das, was er mit seinem Geld nicht kaufen kann. Das Unerreichbare.«

»Ehrbarkeit?« Todd hob ein weiteres Stück Pizza vom verbeulten Metallteller und biss ab. »Mit seinem Geld? Warum sollte er sich einen Dreck darum scheren, ob man ihn akzeptiert oder nicht? Er hat den ultimativen Preis für ein Ideal bezahlt.« Kopfschüttelnd setzte er hinzu: »Nicht der Rede wert.«

»Hmm.« Roark signalisierte ein gewisses Einverständnis und trank aus seinem beschlagenen Krug. Sie diskutierten die Vorzüge von Gatsby und danach von Fitzgeralds Werk im Allgemeinen, was sie auf ihre eigenen hehren literarischen Ziele brachte.

Roark fragte: »Wie kommst du denn mit deinem Manuskript voran?«

Ihre Examensarbeit, ihr Schlussstein für ein Bakkalaureat in Kunst und Literatur, bestand aus einem Roman mit mindestens siebzigtausend Wörtern. Das einzige Hindernis zwischen ihnen und dem Abschluss war die Geißel jedes Studenten, der Kreatives Schreiben belegte: Professor Hadley.

Todd runzelte die Stirn. »Hadley hat mich wegen meiner Figurenbeschreibungen am Wickel.«

»Genauer gesagt?«

»Sie seien holzschnittartig, sagt er. Weder originell noch spontan. Kein Tiefgang. Bla, bla, bla.«

»Das sagt er doch bei jedem.«

»Auch bei dir?«

»Ich habe die Kritik noch vor mir«, erwiderte Roark. »Nächsten Dienstag, am helllichten Morgen um acht. Wenn ich Glück habe, komme ich lebendig davon.«

Die beiden jungen Männer hatten sich im ersten Semester in einem Pflichtseminar für Aufsatzlehre getroffen. Der Dozent war ein junger Hochschulabsolvent gewesen, über den sie später befanden, er könne seinen Schwanz nicht vom schönsten Partizip unterscheiden. In der ersten Seminarwoche verteilte er einen fünfseitigen Essay über John Donnes *Andachtsübungen*.

Der Dozent nahm sich viel zu wichtig, und hatte Haltung und Ton eines Professors angenommen. »Auch wenn Sie mit dem Text nicht gänzlich vertraut sein sollten, werden Sie sicher den Ausdruck ›Wem die Stunden schlagen‹ wiedererkennen.«

»Verzeihung, Sir.« Todd hob die Hand und korrigierte ihn in aller Unschuld. »Ist das das Gleiche wie ›Wem die Stunde schlägt‹?«

Da Roark in Todd einen Gleichgesinnten erkannte, stellte er sich ihm nach dem Seminar vor. Jener Nachmittag wurde der Beginn ihrer Freundschaft. Eine Woche später arrangierten sie einen Zimmertausch mit jenen Kommilitonen, die ihnen die Universität nach dem Zufallsprinzip zugeteilt hatte. »Passt mir gut«, knurrte Roark, als man ihm den Vorschlag machte. »Der hämmert vierundzwanzig Stunden am Tag auf dieser verdammten Schreibmaschine herum.«

Auf diese erste Seminararbeit erhielten beide die besten Noten der Klasse. »Dieser Knallkopf würde es doch nie wagen, eine Eins zu vergeben«, mäkelte Roark sauer. Auf dem Umschlag seines blauen Heftes stand in krakeligen Ziffern eine große Zwei plus.

»Wenigstens steht bei dir noch ein Plus dahinter«, stellte Todd beim Anblick seiner glatten Zwei fest.

»Hättest du auch, wenn du am ersten Tag nicht so ein Klugscheißer gewesen wärst. Das hat ihn echt angekotzt.«

»Der kann mich mal. Wenn ich *den* großen amerikanischen Roman schreibe, zensiert der immer noch Erstsemesterarbeiten.«

»Wird nicht passieren«, konterte Roark trocken. Anschließend grinste er bis über beide Ohren. »Weil nämlich *ich* den großen amerikanischen Roman schreiben werde.«

Die Liebe zu Büchern und der Wunsch, eigene zu schreiben, bildete die Basis ihrer Freundschaft. Es dauerte ein paar Jahre, ehe sich in diesem Fundament Risse zeigten. Doch als es so weit war, hatte das Gebäude bereits massiv Schaden gelitten. Es war zu spät, um den endgültigen Kollaps zu verhindern.

Als Studenten hatten sie breit gestreute Interessen, und erzielten in allen Pflichtfächern gute Noten. Aber in allem, was mit Sprache und Literatur zusammenhing, waren sie exzellent. Im zweiten Semester traten sie in dieselbe Verbindung ein. Sie waren echte Sportfanatiker und selbst gute Sportler. Sie spielten in den Football- und Basketball-Teams ihrer Verbindung, wobei sie manchmal gegeneinander genauso heftig wetteiferten wie gegen andere Teams.

Sie waren aktiv und auf dem Campus gut bekannt. Todd wurde in die Studentenvertretung gewählt. Roark organisierte campusweit eine Sammelaktion für Lebensmittel zu Gunsten eines Obdachlosenheims. Beide schrieben gelegentlich Kommentare, Artikel und ergreifende Stories für die Studentenzeitungen.

Nachdem eine von Roarks Geschichten erschienen war, trat der Dekan der Journalistenschule mit äußerst lobenden Worten für seine Arbeit an ihn heran und bat ihn, doch mal über ein neues Ziel nachzudenken und vom kreativen Schreiben zum Journalismus zu wechseln. Roark lehnte ab. Belletristik war seine große Liebe.

Von diesem Gespräch erfuhr Todd nie etwas. Trotzdem feierte Roark, als Todd den ersten Platz bei einem landesweiten College-Wettbewerb für Literatur gewann. Roarks Beitrag hatte man nicht einmal erwähnt. Er versuchte, seine Eifersucht zu verbergen.

Sie feierten mit ihren Verbindungsbrüdern wilde Zechgelage und Partys und tranken genug Bier, um darin eine Flotte vom Stapel zu lassen. Ab und zu teilten sie sich einen Joint, ohne dass dies zur Gewohnheit wurde, aber harte Drogen rührten sie nie an. Sie kurierten wechselseitig ihren Kater, borgten sich während zeitweiser Finanzkrisen Geld, und als Roark eine saftige Halsentzündung ausbrütete und fast vierzig Grad Fieber bekam, war es Todd, der ihn schleunigst in die Krankenstation auf dem Campus verfrachtete.

Als man Todd den plötzlichen Tod seines Vaters mitteilte, fuhr ihn Roark durch zwei Bundesstaaten nach Hause und blieb bis zur Beerdigung, um seinem Freund als seelische Stütze zu dienen.

Hin und wieder kam es zu Meinungsverschiedenheiten. Einmal, als sich Roark Todds Wagen ausborgte, ihn rückwärts an einen Hydranten setzte und die hintere Stoßstange eindellte. Todd erkundigte sich mehrmals, wann er ihn denn reparieren lassen wolle. Das tat er so oft, dass daraus ein heikles Thema wurde.

»Würdest du mich mit diesem Scheiß endlich in Ruhe lassen?«, fauchte Roark.

»Würdest du mein Scheißauto richten?«

Dieser hitzige Wortwechsel war der Höhepunkt des Streits. Am nächsten Tag brachte Roark das Auto in die Werkstatt, und Todd verlor nie wieder ein Wort darüber.

Und dann war da noch der Fall des fehlenden Pat-Conroy-Romans.

Roark fuhr nach Nashville in eine Buchhandlung und stellte sich geschlagene zwei Stunden an, um den Autor persönlich zu treffen und eine signierte Ausgabe von *Der große Santini* zu bekommen. Er bewunderte Conroy mehr als alle anderen zeitgenössischen Romanautoren und wurde fast verlegen, als ihm dieser viel Glück für seine eigenen literarischen Bestrebungen wünschte. Dieses handsignierte Buch war sein kostbarster Besitz.

Todd bat, es sich ausleihen zu dürfen, und behauptete, er habe es nach beendeter Lektüre wieder in Roarks Bücherregal gestellt, wo es aber nie wieder auftauchte. Nicht einmal, als Roark auf der Suche danach buchstäblich ihr Zimmer auf den Kopf stellte.

Das Schicksal dieses Buches blieb ein Rätsel. Im Laufe der Zeit hörten die Debatten darüber auf, aber Roark lieh Todd nie wieder ein Buch, und Todd bat auch nie mehr um eines.

Da jeder auf seine Art gut aussah, herrschte an Mädchen kein Mangel. Wenn sie nicht gerade über Bücher redeten, drehte sich ihr Gespräch um Frauen. Wenn einer von beiden das Glück hatte, dass eine junge Dame über Nacht blieb, kampierte der andere in einem Nachbarzimmer.

Nachdem eine der Damen eines Morgens beim Heimgehen einen Spießrutenlauf durch den Flur des Verbindungshauses hinter sich gebracht hatte, schaute Todd zu Roark hinüber und meinte missmutig: »So ein heißer Feger war die nun auch wieder nicht, stimmt's?«

Roark schüttelte den Kopf. »Gestern Nacht hast du sie durch bierumnebelte Guckerchen betrachtet.«

»Jaja«, seufzte Todd, dann fügte er mit einem verschmitzten Lächeln hinzu: »Aber im Dunkeln fühlt sich's doch recht gut an, oder?«

Unentwegt redeten sie schamlos über Frauen und besaßen die Frechheit, ständig mit zweierlei Maß zu messen. Nur Roark war einmal nahe daran, eine ernsthafte Beziehung einzugehen, allerdings nur ein einziges Mal.

Er traf sie während beim Großeinkauf im Supermarkt. Sie hatte sich als freiwillige Helferin angeboten. Sie hatte ein schönes Lächeln und einen schlanken, sportlich trainierten Körper. Sie war eine kluge Studentin und in der Lage, sich über jedes Thema intelligent zu unterhalten. Außerdem besaß sie viel Humor und lachte über seine Witze. Sie konnte ausgezeichnet zuhören und sich ganz auf ein Thema konzentrieren, sobald es um etwas Ernstes ging. Sie brachte ihm den »Flohwalzer« auf dem Klavier bei, und er überredete sie, *Die Früchte des Zorns* zu lesen.

Obwohl sie leidenschaftlich und gern küsste, ging sie nicht weiter. Sie hielt sich strikt an einen Moralkodex, der auf ihrer Religion basierte. Ein Verstoß kam für sie nicht in Frage. Das hatte sie nicht einmal auf der High School bei ihrem langjährigen Freund getan. Erst wenn sie wüsste, dass sie mit dem Mann zusammen war, den sie heiraten und mit dem sie alt werden würde, wäre es soweit.

Roark bewunderte sie dafür, obwohl er es verdammt frustrierend fand.

Dann rief sie ihn eines Abends an und meinte, sie habe gerade den Steinbeck-Klassiker ausgelesen. Wenn er nicht beschäftigt sei, würde sie ihn gern sehen. Er holte sie ab, sie fuhren spazieren und parkten schließlich.

Sie liebte das Buch und dankte ihm dafür, dass er seine Lektüre mit ihr geteilt hatte. An jenem Abend küsste sie noch leidenschaftlicher als sonst. Sie zog ihren Pullover hoch und presste seine Hand gegen ihren nackten Busen. Sie zu streicheln und ihre Reaktion darauf zu spüren, war für Roark in körperlicher Hinsicht vielleicht nicht die größte Befriedigung, doch die tiefste Bedeutung hatte es ganz gewiss. Sie opferte ihm ein Stück von sich selbst, und er war sensibel genug, das zu erkennen.

Er wurde nachdenklich. Verliebte er sich allmählich?

Eine Woche später ließ sie ihn fallen. Unter Tränen gestand sie ihm, dass sie die Beziehung zu ihrem Freund aus der High School wieder aufgenommen hatte. Er war sprachlos und zornig. »Darf ich wenigstens fragen, warum?«

»Roark, du wirst ganz groß rauskommen. Wirst berühmt. Ich weiß das. Aber ich bin nur ein einfaches Mädchen aus einer Kleinstadt in Tennessee. Ich werde vielleicht ein paar Jahre an der Grundschule unterrichten und dann Mutter und Vorsitzende des Elternbeirats werden.«

»Daran ist doch nichts falsch.«

»Ach, das soll ja auch keine Entschuldigung sein. Das ist das Leben, für das ich mich entscheide, das Leben, das ich leben will. Aber dieses Leben ist nichts für dich.«

»Warum müssen wir jetzt unser restliches Leben planen?«, widersprach er. »Warum können wir größere Entscheidungen nicht einfach aufschieben und weiter die Zeit miteinander verbringen und Spaß haben und abwarten, was passiert?«

»Weil ich mit dir schlafen werde, wenn ich dich weiter sehe.«

»Wäre das denn so schrecklich?«

»Überhaupt nicht. Es wäre …« Sie gab ihm einen tiefen Kuss. Ihr süßer Mund zerrte mit jener unterdrückten Leidenschaft an seinem, die er inzwischen schon erwartete. »Ich möchte ja«, flüsterte sie an seinen Lippen. »Ich möchte ja unbedingt, aber ich habe Enthaltsamkeit gelobt. Das kann ich nicht brechen. Deshalb kann ich mich nicht mehr mit dir treffen.«

Ihm schien das gänzlich irrational, doch sie wollte sich nicht davon abbringen lassen. Wochen lang war er deprimiert und gereizt. Todd spürte, dass die aufkeimende Romanze plötzlich verwelkt und erloschen war, und behandelte ihn wie ein rohes Ei.

Doch schließlich war seine Geduld erschöpft. »Himmel, nun bring's mal hinter dich.« Er bestand darauf, dass man den Schmerz, den eine Frau verursacht hatte, nur durch eine andere kurieren könnte, und zerrte Roark buchstäblich aus ihrem Zimmer. In jener Nacht schliefen sie sturzbetrunken mit irgendeiner.

Roark war zwar nicht »kuriert«, kam aber doch allmählich darüber hinweg, weil ihm gar nichts anderes übrig blieb. Und in der Retrospektive hatte sie mit allem Recht gehabt. Vielleicht nicht mit der Vorhersage über seinen sicheren Erfolg, das blieb noch abzuwarten, aber in allen anderen Punkten war sie außerordentlich weitsichtig gewesen.

Am Semesterende wechselte sie auf ein College in der Nähe ihrer Heimatstadt, wo auch ihr Freund studierte. Roark wünschte ihr alles Gute und erklärte, ihr Schatz sei der glücklichste Mistkerl auf Gottes Erden. Errötend dankte sie ihm für das Kompliment und meinte, sie würde nach seinem Namen auf einem Buchumschlag Ausschau halten.

»Ich werde deine Bücher dutzendweise kaufen und sie an alle meine Freunde verteilen und damit angeben, dass ich einmal mit dem großen Roark Slade gegangen bin.«

Dies war der größte Schritt, den er oder Todd je in Richtung einer ernsthaften Romanze machten. Und doch schwirrten ihnen die Frauen durch den Kopf und heizten ihre Lust an. Und an jenem regnerischen Samstagabend war es ein Mädchen, das ihr Gespräch über Professor Hadleys grausam demoralisierende Kritik zum Erliegen brachte.

Just als Roark Todd den Rat gab, sich nicht um Hadleys Kommentar zu kümmern – »Schließlich ist das nur seine persönliche Meinung«, – besaßen zwei Studentinnen tatsächlich die Kühnheit oder die Dreistigkeit, das mit Testosteron geschwängerte Heiligtum T.R.'s zu betreten.

Todd, der mit dem Gesicht zur Türe saß, wechselte das Thema mit der Bemerkung: »Nun, ich vertrete jedenfalls die Meinung, dass die da ein heißer Ofen ist.«

Roark warf verstohlen einen Blick über die Schulter auf die beiden Mädchen. »Welche?«

»Blauer Pulli. Echte Tic Tacs.« Das war ihre Geheimbezeichnung für deutlich hervortretende Brustwarzen.

»Die ist echt heiß«, pflichtete Roark bei.

Todd grinste sie an, und sie grinste zurück.

Roark sagte: »He, Christie.«

»Ach, Roark, hi.« Ihre gedehnte Aussprache machte die kurzen Wörter gut dreimal so lang. »Wie geht's?«

»Super. Und dir?«

»Könnte nicht besser sein.«

Als sich Roark wieder umdrehte, fluchte Todd in seinen Bierkrug. »Du Scheißkerl. Ich hätt's wissen müssen.«

Roark nippte nur lächelnd am Bier.

Todd fielen noch immer die Augen aus dem Kopf. »Die ist ein scharfes Weib. Kann mich nicht erinnern, dass du je mit ihr ausgegangen wärst.«

»Sind wir auch nicht.«

»Eine Zufallsbekanntschaft?«

»So was Ähnliches.«

»Meine Fresse«, spottete Todd, »du hast sie gebumst.«

»Ich ...«

»Etwa nicht?«

»Vielleicht. Ein Mal. Glaube ich. Vielleicht haben wir auch nur auf einer Party miteinander angestoßen.«

Die Mädchen erhielten inzwischen von mehreren anderen Gästen Anweisung zum zielgenauen Einlochen. Für diese Lektion musste man sich über den Billardtisch beugen, was Todd eine anatomische Perspektive von Christie bot, die ihm tatsächlich ein Stöhnen entlockte. »Verdammt.«

»Versuch, nicht zu sabbern, okay?«, ermahnte Roark. »Das ist peinlich.«

Er rutschte aus der Nische und begab sich zu der lachenden Gruppe. Unter den verärgerten Blicken der übrigen Männer nahm er Christie beim Ellbogen und schob sie zur Nische hinüber. »Christie, das ist Todd, mein Zimmergenosse. Todd, das ist Christie.«

Roark scheuchte sie auf seine Nischenseite, so dass sie Todd gegenüber saßen. »Hi, Christie.«

»Hi.«

»Möchtest du ein Bier?«

»Liebend gern.«

Todd bedeutete T.R., noch einen Krug und einen dritten Becher zu bringen. »Pizza?«

»Nein, danke.«

Roark wartete, bis das Bier eingeschenkt war, dann meinte er zu Christie: »Hör mal, das ist Mist, aber ich muss weg. Macht's dir was aus, wenn ich dich in seiner Gesellschaft lasse? Er ist ziemlich harmlos.«

Ihr Schmollmund hätte eine Million L'Oreal-Lippenstifte verkaufen können – an Männer. »Roark, es ist Samstagabend«, jammerte sie. »Wo musst du denn hin?«

»Hab Gatsby, Daisy und die ganze Truppe schon warten lassen. Muss unbedingt wieder zu denen zurück.« Er neigte den Kopf Richtung Todd. »Wenn der über die Stränge schlägt, sag's mir. Dann kriegt er von mir eine hinter die Löffel.«

Ihre Augen flirteten verstohlen mit Todd. »Mit dem werde ich gut allein fertig.«

»Darauf wette ich«, sagte Todd und wackelte mit den Augenbrauen. »Jederzeit, Schätzchen.«

Als Roark ging, kicherte sie gerade laut über diese versteckte Andeutung. Erst Stunden später betrat er wieder ihr gemeinsames Zimmer. Nachdem er mehrere Sekunden an der Tür gelauscht hatte, klopfte er vorsichtig.

»Häh?«

»Kann ich reinkommen?«

»Jaja.«

Todd lag alleine rücklings in seiner Koje. Seitlich baumelte ein nacktes Bein herunter. Obwohl er restlos fertig wirkte, schaffte er es noch, zu nuscheln: »Danke, dass du weggeblieben bist. Wo bist du denn die ganze Zeit gewesen?«

»In der Bibliothek.«

»Und wie geht's Gatsby?«

»Der hat nicht mehr weiche Eier als du, alter Schwede. Wann ist Christie weg?«

»Ungefähr vor zehn Minuten. Dein Timing war perfekt.«

»Stets zu Diensten.«

»Weißt du, sie wollte doch tatsächlich wissen, ob das Freunde von dir wären.«

»Wer?«

»Das hab ich auch gefragt. Und sie meinte: ›Die Leute, die auf ihn warten.‹«

»Du machst Witze.«

»Nöö. Hatte nie von Gatsby gehört. Aber wen interessiert das schon? Die vögelt, als hätte sie's erfunden.«

Roark ging zum Fenster hinüber und öffnete es. »Hier drinnen riecht's nach Sex.«

»Ach, bevor ich's vergesse, unser Lieblingsprofessor hat angerufen und dir eine Nachricht hinterlassen.«

»Hadley?«

»Meinte, er hätte um acht schon einen Termin, deshalb hat er deinen auf Dienstagmorgen um neun verschoben.«

»Mir gleich. Dann muss ich nicht so früh raus.«

Gähnend drehte sich Todd zur Wand. »Noch mal, danke für Christie. Die war 'ne Wucht. Nacht.«

5

Direkt im Anschluss an die Konferenz, zu deren Teilnahme man sie und Noah gebeten hatte, fuhr Maris allein von ihrem Büro nach Hause.

Während sie die Post aus ihrem Fach holte, war sie einen Moment versucht gewesen, den Nachtportier zu fragen, ob er bemerkt hätte, wann Noah morgens heimgekommen war. Leider fiel ihr keine Methode ein, das zu fragen, ohne sie beide in Verlegenheit zu bringen, besonders sich selbst.

Zum Abendessen ließ sie sich etwas vom Thailänder bringen. Während des Essens sichtete sie die Autorkorrekturen in einem Manuskript, zeichnete sie ab und gab es damit für den Lektor frei.

Zum allerletzten Mal überprüfte sie ihren Kalender, um sicherzugehen, dass sie und ihre Assistentin keinen Termin übersehen hatten, der verschoben werden musste. Die restliche Woche hatte sie für ihren Ausflug nach Georgia reserviert, was angesichts der Tatsache, dass der Autor von ihrem bevorstehenden Besuch keine Ahnung hatte, vielleicht eine Spur zu optimistisch gewesen war.

Aber in diesem Fall war es allemal besser, sich zu entschuldigen, als um Erlaubnis zu bitten. Sie musste bestimmt auftreten. An diesen Mann musste sie entschieden und aggressiv herantreten. Zaghaftigkeit würde keinen Eindruck machen. Während sie ihren vollen Terminplan abgeändert und Reisevorbereitungen getroffen hatte, hatte sich ihr Entschluss verstärkt, hinzufahren und ihn kennen zu lernen, ob er damit einverstanden war oder nicht.

Nachdem sie die unangenehme Aufgabe, ihm ihr Kommen mitzuteilen, so lange wie möglich hinausgeschoben hatte, wählte sie die Nummer, die an jenem Morgen auf ihrem Display aufgeleuchtet hatte. Viermal klingelte das Telefon, ehe jemand abnahm.

»Jaa?«

»Hier ist Maris Matherly-Reed.«

»Himmel.«

»Nein, Maris Matherly-Reed.«

Darauf sagte er nichts, obwohl sein feindseliges Schweigen Bände sprach. Nicht einmal ein griesgrämiges *Was wollen Sie denn?* kam.

»Ich dachte …« Sie hielt inne. Falsche Richtung. *Lass ihm keinen Ausweg, Maris, nicht einmal, um mit der kleinen Zehe zu wackeln.* »Ich komme nach St. Anne, um mich mit Ihnen zu treffen«, verkündete sie.

»Verzeihung?«

»Ich habe doch Englisch gesprochen, oder? Was haben Sie nicht verstanden?«

Einen Augenblick später gab er einen barschen Laut von sich, den man als Lachen gelten lassen konnte. »Bingo. Heute Abend haben Sie eine Glückssträhne.«

»Na ja, ich versuch's mal.«

»Sie kommen also nach St. Anne.«

»Jawohl, tu ich.«

»Ich muss Sie warnen, hier ist nichts so, wie Sie's gewohnt sind. Leute wie Sie …«

»Leute wie ich?«

»… machen meist auf den fortschrittlicheren Inseln Urlaub. Hilton Head. St. Simons. Amelia.«

»Das ist kein Ferienausflug.«

»Nein?«

»Ich komme, um mit Ihnen zu reden.«

»Haben wir doch schon.«

»Nicht unter vier Augen.«

»Was gäb's denn da noch zu besprechen? Die Flora und Fauna auf den Inseln von Georgia?«

»Ihr Buch.«

»Ich habe Ihnen doch schon gesagt, dass mein Buch nicht zum Verkauf steht.«

»Sie haben mir auch gesagt, es gäbe gar keins. Was stimmt nun?« Jetzt saß er in der Falle, was er auch wusste. Sein versteinertes Schweigen sprach Bände. »Ich werde morgen Abend eintreffen.«

»Ist Ihr Geld.«

»Könnten Sie mir ...« Sie redete mit einem toten Hörer. Er hatte einfach aufgelegt. Trotzig wählte sie erneut seine Nummer.

»Jaa?«

»Ich wollte gerade fragen, ob Sie mir in Savannah ein Hotel empfehlen können?«

Als er erneut auflegte, lachte Maris. Wie hatte ihr Vater gesagt? Dieser Mensch protestierte zu laut und zu viel. Je mehr er bockte, umso entschlossener wurde sie, aber davon hatte Mr. P.M.E. ja keine Ahnung.

Kaum hatte sie ihren Koffer hervorgezogen und mit dem Packen begonnen, da klingelte das Telefon. Sie erwartete den Autor. Vermutlich hatte er ein paar exzellente Gründe erfunden, warum er sie morgen nach ihrer Ankunft unmöglich sehen konnte.

Sie machte sich auf einen Hagel von Ausreden gefasst und antwortete mit einem fröhlichen »Hallo«. Zu ihrer Überraschung bat ein Mann mit breitem Brooklyner Akzent darum, mit Noah sprechen zu dürfen. »Tut mir Leid, er ist nicht da.«

»Nun, ich muss unbedingt wissen, was ich mit dem Schlüssel da machen soll.«

»Schlüssel?«

»Wissen Se, nach Feierabend kommen wir ja nicht mehr ins Haus. Nur, sehen Se, Mr. Reed hat mir'n Zwanziger extra gegeben, damit ich ihn noch heute Abend herbring. Sind Sie seine alte Dame, oder was?«

»Sind Sie sicher, dass Sie den richtigen Noah Reed meinen?«

»Handelt mit Büchern, oder so was?«

»Ja, das ist mein Mann.«

»Na ja, er gibt mir diese Adresse in Chelsea und sagt …«

»Welche Adresse?«

Er las eine Adresse in der 22. Straße West vor. »Wohnung 3B. Hat mich gestern bekniet, ich sollt' das Schloss auswechseln. Er hätt' schon ein paar Sachen reingestellt und wollt' nicht, dass noch alte Schlüssel rumschwirren. Verstehen Se? Leider hatt ich gestern keinen Ersatzschlüssel mit, und er meinte, er bräucht' wenigstens noch einen. Also hab ich ihm gesagt, er bekäm ihn bis heut' Abend.

»Und jetzt steh ich mit'm Schlüssel da, aber der Aufseher hat heut' Abend frei. An seiner Tür hängt'n Zettel, auf dem steht, anrufen, aber'n Anruf hilft mir nix. Stimmt's? Ich trau mir nicht, 'nen Schlüssel von Mr. Reeds Wohnung bei den Nachbarn zu lassen. Bei den Leuten weiß man ja nie, oder?«

»Welche Sachen denn?«

»Häh?«

»Sie sagten, man hätte schon ein paar Sachen in die Wohnung gestellt.«

»So Zeugs halt. Möbel. Sie wissen schon, was die Reichen so in ihren Häusern haben. Teppiche und Bilder und so'n Scheiß. Könnt' ich mir so was Hübsches leisten? Pustekuchen. Ich weiß nur eins: Ich will jetzt meinen Hintern heimbewegen und mich für'n Mets-Spiel in meinen Sessel hocken. Nur, Mr. Reed möcht' ich auch nicht verprellen. Schließlich hat er mir 'nen Zwanziger gegeben …«

»Trinkgeld. Sagten Sie bereits. Wenn Sie auf mich warten, gebe ich Ihnen noch zwanzig. Ich bin in einer Viertelstunde da.«

Maris verließ ihr Haus und rannte buchstäblich die zwei Blocks zur U-Bahn-Station Ecke Zweiundsiebzigste/Broadway. Mit dem Taxi würde es zu lange ins Zentrum dauern. Sie wollte möglichst rasch das hübsche Zeug sehen, das Noah in eine ihr völlig unbekannte Wohnung in Chelsea geschafft hatte. Sie wollte möglichst rasch wissen, warum er eine Extrawohnung brauchte. Und außerdem wollte sie unbedingt wissen, für wen er einen Zweitschlüssel anfertigen ließ.

Efeu rankte die alte Ziegelwand empor und ließ das Gebäude von außen einladend und charmant wirken. Links und rechts von der schmalen Treppe, die acht Stufen vom Straßenniveau heraufführte, blühten Blumenkästen. Den ganzen Block entlang standen ähnliche, von Stadtbewohnern malerisch renovierte Häuser. Es war der Versuch, ein Gefühl nachbarschaftlicher Atmosphäre zu kreieren und den Geist eines freundlicheren, sanfteren New Yorks aus vergangenen Tagen wiederzubeleben.

Die bleiverglaste Haustür war unversperrt. Der Schlosser erwartete Maris im Eingang. Irgendwie hatte er es geschafft, einen khakifarbenen Overall über einen Bauch zu ziehen, der seine Brust gut einen halben Meter überragte. »Wer hat Sie denn hereingelassen?«, fragte sie ihn, nachdem sie sich vorgestellt hatte.

»Bin doch nicht umsonst Schlosser«, schnaubte er verächtlich. »Aber, um bei der Wahrheit zu bleiben, es war nicht zu. Draußen war's zum Warten zu heiß. Ich schwitze schon wie 'ne Sau.«

Die Klimaanlage kühlte ihre feuchte Haut, die sie auf das Zusammengepferchtsein mit anderen klebrigen U-Bahn-Passagieren zurückführte. Die Stationen waren dafür berüchtigt, dass es im Winter zog und eiskalt war, während sich sommers kein Lufthauch regte. Allerdings schwitzte sie auch vor banger Erwartung auf das, was sie wohl im zweiten Stock, in der Wohnung 3B, vorfinden würde.

»Wollense nun bezahlen, oder nich?«

Erst nach einem fragenden Blick fielen ihr wieder die versprochenen zwanzig Dollar ein. Anschließend bat sie ihn um den Schlüssel.

»Den muss ich erst mal prüfen«, erklärte er ihr. »Is' nicht so leicht, wie die Leute denken, das Schlüsselmachen. Bevor ich einen beim Kunden lass, schau ich erst, ob er funktioniert.«

»In Ordnung.«

»'s gibt keinen Aufzug. Wir müssen klettern.«

Mit einem Kopfnicken bedeutete sie ihm voranzugehen. »Warum sind Sie dann nicht einfach hinauf, haben den Schlüssel ausprobiert und ihn dann in der Wohnung gelassen? Wäre die Tür denn nicht automatisch hinter Ihnen zugefallen?«

»Der Sperrriegel nicht. Außerdem hätt' mir das gerade noch gefehlt«, sagte er zu ihr nach hinten, als sie den Treppenabsatz im ersten Stock erreichten. »Danach stellt sich raus, dass was fehlt, und mich haben sie als Ersten am Wickel.«

»Das bezweifle ich.«

»Ich betret unter keinen Umständen 'ne fremde Wohnung, wenn keiner da ist. Vergessen Sie's.«

Als sie in den zweiten Stock kamen, begab er sich keuchend und schnaufend zur Tür, zog den Ersatzschlüssel aus seiner Overalltasche und steckte ihn ins Schloss. »Perrfekt«, schnarrte er, während er die Tür aufstieß. Dann trat er beiseite und winkte Maris hinein. »Der Lichtschalter ist gleich rechts.«

Sie tastete danach und betätigte ihn.

»*Überraschung!*«

Ein Ruf aus ungefähr fünfzig Kehlen stieg auf. Alles bekannte Gesichter. Ihr kippte der Unterkiefer herunter. Sie drückte die Hand aufs Herz, das sich vor Schreck zusammengekrampft hatte. Alle lachten über ihre perplexe Miene.

Noah löste sich von den Übrigen und kam mit einem breiten Grinsen auf sie zu, umarmte sie fest und gab ihr dann einen schallenden Kuss. »Alles Gute zum Hochzeitstag, mein Liebling.«

»A-aber unser Hochzeitstag ist doch erst …«

»Ich weiß, wann er ist. Da du mir aber jeden Versuch einer Überraschung vereitelst, dachte ich mir, dass ich dir dieses Jahr zuvorkomme. Nach deiner Reaktion zu schließen, würde ich sagen, es ist mir gelungen.« Er schaute über ihre Schulter zu dem Schlosser hinüber und meinte: »Sie waren hinreißend.«

Er entpuppte sich als Schauspieler, den man für diese Rolle

verpflichtet hatte. »Sie hatten mich schon so weit zu glauben, ich würde meinen Mann auf frischer Tat beim Ehebruch ertappen«, erklärte ihm Maris.

»Alles Gute zum Hochzeitstag, Mrs. Reed«, sagte er in reinstem Bühnen-Englisch. Später erklärte ihr jemand, dass er als Falstaff seinen größten Erfolg gefeiert hatte. Jetzt ergriff er ihre Hand zum Handkuss. »Genießen Sie Ihren ganz besonderen Abend.«

»Gehen Sie nicht. Bleiben Sie und feiern Sie mit«, bat sie ihn. Er nahm ihre Einladung an.

»Das geht doch in Ordnung, oder?«, fragte sie Noah, als sich der Schauspieler zu den restlichen Gästen gesellte, die am Büfett standen.

»Wenn's dich nur glücklich macht, Liebling.«

»Wem gehört diese Wohnung?«

»Dieser Teil seines Dialogs ist wahr. Sie gehört mir.«

»Wirklich?«

»Was hast denn du gedacht?«

»Ich ...«

»Du brauchst ein Glas Champagner.«

»Aber Noah...«

»Du bekommst deine ausführliche Erklärung später. Versprochen.«

Nachdem er sie mit einem randvollen perlenden Glas versorgt hatte, geleitete er sie zur Begrüßung ihrer Gäste durch die Menge, darunter auch ein Großteil des Lektorats von Matherly Press. Viele konstatierten, wie schwierig es gewesen sei, das geheim zu halten. Eine Mitarbeiterin beichtete ihr sogar, dass sie sie beinahe gefragt hätte, was sie denn anziehen würde. »Noah hätte mich umgebracht, wenn ich die Überraschung verdorben hätte.«

»Und nun sehen Sie sich meinen Aufzug an«, stöhnte Maris. »Mit zerknittertem Kostüm und glänzendem Make-up. Ich hatte ja keine Ahnung, dass ich auf eine Party komme.«

»Ich würde was darum geben, wenn ich so aussähe wie Sie an Ihrem schlimmsten Tag«, sagte die Frau.

Unter den Gästen befand sich auch eine Hand voll New Yorker Autoren, mit denen Maris arbeitete, sowie Freunde aus ganz anderen Berufssparten, darunter eine Anästhesistin mit Ehemann, der an der NYU Chemie lehrte, ein Börsenmakler und ein Filmproduzent, der eines der Bücher, die Maris redigiert hatte, in einen spannenden Spielfilm umgesetzt hatte.

Schließlich teilte sich die Menge, und Daniel tauchte auf. Er saß da, die eine Hand auf den ziselierten silbernen Stockknauf gestützt, während die andere ihr mit einem Glas Champagner zuprostete.

»Pa!«

»Vorgezogene Gratulation zum Hochzeitstag, mein Schatz.«

»Ich kann nicht glauben, dass du auch beteiligt warst!« Sie beugte sich hinunter und küsste ihn auf die vom Champagner gerötete Wange. »Heute Morgen hast du nichts verraten.«

»Angesichts unseres Gesprächsthemas nicht ganz einfach.« Sein bedeutsamer Blick erinnerte sie an die Sorge um ihre Ehe, die sie ihm mitgeteilt hatte.

Da spürte sie, wie auch sie vor Verlegenheit warme Wangen bekam, und sagte leise: »Das erklärt, warum Noah in letzter Zeit so abwesend wirkte. Ich komme mir wie eine Närrin vor.«

»Lass das«, befahl Daniel mit streng gesenkten Augenbrauen. »Ein Narr ist derjenige, der Warnsignale ignoriert.«

Rasch gab sie ihm noch einen Kuss, ehe man sie unter die Gästeschar zog. Noah hatte Herausragendes geleistet, nicht nur mit der vorgezogenen Überraschung, sondern auch mit der wunderbaren Party. Der Küchenchef ihres Lieblingsrestaurants hatte das Essen zubereitet und war persönlich anwesend, um sicherzustellen, dass es auch ordnungsgemäß serviert wurde. Der Champagner floss in Strömen. Je später der Abend, desto lauter wurde die Musik. Die Gäste blieben lange, obwohl es sich um einen Wochentag handelte. Schließlich sagten sie doch Gute Nacht.

Daniel ging als Letzter. »Das Alter hat seine Vorzüge«, erklärte er Maris und Noah unter der Tür. »Merkt euch das. Nicht viele, aber ein paar. Zum Beispiel kann man sich unter der Woche einen Schwips erlauben und dann in den Tag hinein schlafen, weil man nirgendwo unbedingt sein muss.«

Maris umarmte ihn überschwänglich. »Pa, ich liebe dich. Außerdem erfahre ich jeden Tag etwas Neues über dich.«

»Zum Beispiel?«

»Dass du Geheimnisse verdammt gut für dich behalten kannst.«

»Hüte deine Zunge, junge Dame, sonst lass ich dir von Maxine den Mund mit Seife auswaschen.«

»Wäre ja nicht das erste Mal«, meinte sie lachend. Nach einer weiteren Umarmung wollte sie von Daniel wissen, ob er mit der Treppe zurechtkäme.

»Schließlich bin ich doch auch heraufgekommen, nicht wahr?«, knurrte er missmutig.

»Entschuldige die Frage.« Trotzdem bedeutete sie Noah, Daniel nach unten zu begleiten. »Wartet unten schon ein Wagen, um ihn nach Hause zu bringen?«

»Steht in der Parkbucht«, versicherte ihr Noah. »Hab's schon überprüft.«

»Gut. Pa, denk daran, ich habe in Georgia mein Handy dabei. Ich habe Maxine gesagt, sie soll anrufen ...«

»Was sie auch tun wird, die alte Wichtigtuerin. Noah, bring mich hier raus. Bitte. Bevor Maris beschließt, ich müsste wieder Windeln tragen.«

Noah begleitete ihn durch den Flur zur Treppe. »Bin gleich wieder da, Schatz«, rief er Maris zu. »Ich habe dir ja noch nicht dein Geschenk überreicht.«

»Gibt's denn noch mehr?«

»Abwarten. Und nicht herumschnüffeln!«

Ohne Gäste konnte sie die Wohnung zum ersten Mal richtig ansehen. Von den hohen Wohnzimmerfenstern fiel der Blick auf den Dachgarten des Nachbarhauses. Das »Zeug« war hübsch, aber nicht so wertvoll, wie es der »Schlosser« angedeutet hatte. An den Wänden hingen Bilder, und unter der Sitzgruppe lag ein großer Teppich, aber ansonsten standen Funktionalität und Komfort im Vordergrund.

Die Küche war selbst für New Yorker Verhältnisse schmal. Vom Wohnzimmer führte eine Türe weg, hinter der sie ein Schlafzimmer vermutete. Sie wollte gerade auf die geschlossene Tür zugehen, da legten sich Hände um ihre Taille.

»Ich dachte, ich hätte dir das Schnüffeln verboten«, sagte Noah und zupfte sie mit den Lippen spielerisch am Ohr.

»Ich bin mir keiner Schuld bewusst. Wann wirst du mir verraten, warum du diese Wohnung hast?«

»Alles zu seiner Zeit. Hab Geduld.«

»Befindet sich mein Geschenk hinter Tür Nummer Eins?«

»Wollen mal sehen.« Er steuerte sie in diese Richtung. »Jetzt darfst du sie öffnen.«

Es handelte sich um ein kleines quadratisches Zimmer, das durch ein großzügiges Fenster geräumiger wirkte. Drinnen standen ein Schreibtisch, ein lederner Drehsessel und nur teilweise gefüllte Bücherregale, dazu ein Telefon, ein Computer samt Drucker und ein Faxgerät. Auf dem Schreibtisch lag ein Notizblock neben einem mit frisch gespitzten Bleistiften gefüllten Metallgefäß.

Maris ließ jede Einzelheit auf sich wirken, ehe sie sich umdrehte und Noah ansah.

Er legte ihr die Hände auf die Schultern und massierte sie sacht. »Ich weiß, wie sehr du dich über mein ständiges spätes Heimkommen gewundert hast. Und auch über die unzähligen Male, die ich weder zu Hause noch im Büro verbracht habe.«

»So ist es.«

»Ich entschuldige mich in aller Form, dir Anlass zur Besorgnis gegeben zu haben. Ich wollte das hier komplett einrichten, bevor du es siehst. Dazu habe ich Wochen gebraucht, ja sogar Monate, wenn man die Suche nach der passenden Wohnung hinzurechnet.«

»Der passenden Wohnung wozu?«

»Nun, jedenfalls nicht für die außereheliche Affäre, die du mir unterstellt hast.«

Sie senkte den Blick. »Ich gestehe auch das.«

»Mit Nadia?«

»Sie stand an der Spitze der Verdächtigenliste.«

»Maris«, sagte er vorwurfsvoll.

Sie warf den Kopf zurück und schüttelte die Haare, als wollte sie sich von einer Last befreien. »Himmel, bin ich froh, dass es das nicht ist.«

»Fühlst du dich besser?«

»Unendlich. Aber wenn diese Wohnung nicht als Liebesnest geplant war, wozu hast du sie dann gemietet?«

Er senkte den Kopf auf eine Art, die man nur als Scheu interpretieren konnte. »Zum Schreiben.«

»Zum Schreiben?«, wiederholte sie fast atemlos.

»Das ist dein Geschenk zum Hochzeitstag. Ich habe wieder zu schreiben angefangen.«

Mehrere Augenblicke brachte sie vor Verblüffung kein Wort heraus, doch dann stürzte sie sich auf ihn. »Noah! Das ist ja wunderbar. Wann? Was hat dich … Du warst doch immer so abweisend, wenn ich das Gespräch darauf gebracht habe.«

Stürmisch küsste sie ihn ab. Lachend ließ er ihre Begeisterung über sich ergehen, bis er sie schließlich sacht auf Armlänge von sich schob. »Nun übertreib mal nicht. Wahrscheinlich werde ich kläglich scheitern.«

»Wirst du nicht«, beteuerte sie hartnäckig. »Du bist nicht der Ein-Buch-Wunderknabe, wie du immer befürchtest. Daran glaube ich keine Sekunde. Der Autor von *Vernichtet* …«

»Maris, das habe ich vor Jahren geschrieben, als ich noch voller Leidenschaft war. Ein junger Mann mit Träumen im Kopf.«

»Und mit *Talent*«, betonte sie. »So viel Talent erschöpft sich nicht in einem einzigen Buch, Noah. Das verschwindet nicht einfach, im Gegenteil. Meiner Ansicht nach reift es mit dem Alter und der Erfahrung.«

»Wir werden sehen.« Zweifelnd beäugte er seinen Computer. »Jedenfalls bin ich bereit, deine Theorie einem Test zu unterziehen. Ich werde mich darum bemühen.«

»Das machst du doch nicht nur für mich, oder?«

»Das könnte ich gar nicht. Schreiben ist verdammt harte Arbeit an der Grenze zum Masochismus. Wer nicht mit Herzblut dabei ist, ist noch vor dem ersten Wort zum Scheitern verurteilt.« Er strich ihr mit den Fingerknöcheln übers Kinn. »Hier handelt es sich um etwas, was ich tun will. Unter allen Umständen. Und sollte es dir gefallen, ist das ein Extrabonus.«

»Es gefällt mir sogar über alle Maßen. Mehr ginge gar nicht.« Nach einer innigen Umarmung küsste sie ihn erregt. So hatte sie schon lange nicht mehr empfunden.

Während ihre Lippen nicht voneinander ließen, schlüpfte Noah aus seinem Sakko. Ihr Herz schlug schneller. Eine fremde unberührte Umgebung. Wenn sie in dieser neuen Wohnung miteinander schliefen, hätte dies einen Hauch von Ehebruch. Auf dem Sofa. Auf dem Teppich. Warum nicht auf dem Schreibtisch, zum Kuckuck? Schließlich waren sie beide erwachsen.

Sie schob ihre Hände über seine Brust und begann, seinen Krawattenknoten zu lösen, aber er schob sie zur Seite, setzte sich ans Keyboard und startete den Computer.

»Ich bin ganz versessen darauf anzufangen.«

»*Jetzt?*«

Er wirbelte auf seinem Sessel herum und schaute mit einem verlegenen Grinsen zu ihr hoch. »Stört's dich? Ich habe Wochen gebraucht, um meine neue Spielwiese herzurichten, aber zum Spielen bin ich noch nicht gekommen. Heute Nachmittag habe ich gerade noch die letzten Handstriche geschafft, dann kam auch schon der Küchenchef mit den Kellnern. Ich würde gerne meine Software installieren und vielleicht ein paar Notizen eingeben. Ich spiele schon die ganze Zeit mit einer Idee herum und fürchte, sie könnte mir entgleiten, wenn ich sie nicht zu Papier bringe. Wär's schlimm, wenn ich noch eine Weile arbeite?«

Sie zwang sich zu einem Lächeln. »Nein, natürlich nicht. Überhaupt nicht.«

Dieser Abend sollte also kein romantisches Ende finden, und das war enttäuschend. Allerdings konnte sie sich fairerweise nicht beklagen. Genau das hatte sie gewollt. Genau dazu hatte sie ihn seit Jahren ermutigt.

»Ich werde mich verabschieden und dich deiner Arbeit überlassen.«

»Maris, du musst nicht gehen. Wenn du willst, kannst du gern hierbleiben.«

Sie schüttelte den Kopf. »Ich möchte dich nicht ablenken. Außerdem muss ich heim und für meinen Ausflug packen.«

Er nahm ihre Hand und küsste sie. »Kannst du dir allein ein Taxi holen?«

»Sei nicht albern. Selbstverständlich.« Sie stützte sich auf die Lehnen seines Schreibtischsessels und brachte ihr Gesicht auf gleiche Höhe mit seinem. »Das war eine reizende Überraschungsparty, Noah. Danke für alles, besonders aber dafür. Ich kann's nicht erwarten, deinen nächsten Roman zu lesen. Du weißt ja, was passiert ist, nachdem ich deinen Ersten gelesen hatte.«

Während sie sich küssten, folgte seine Hand der Biegung ihrer Hüfte bis zur Rückseite ihres Oberschenkels. Als sie sich löste, streichelte er weiter ihr Bein. »Bei näherer Betrachtung werde ich meinen Start vielleicht bis morgen verschieben.«

Sie deutete mit dem Finger auf die Tastatur. »Schieß los!«

Eine Viertelstunde später öffnete Noah eine andere Wohnung, die einen halben Block – genauer gesagt siebenundsiebzig Schritte – von der entfernt lag, in der er sich ein Büro eingerichtet hatte, das er nie zu benutzen gedachte. Er ließ seinen Schlüssel auf die Konsole in der kurzen Diele fallen und ging ins Wohnzimmer, wo er wie angewurzelt stehen blieb.

»Ich habe ohne dich angefangen«, sagte Nadia.

»Das sehe ich.«

Sie lag auf dem Sofa, einen Fuß auf dem Boden. Nackt, bis auf einen königsblauen Seidenmantel, den sie nicht zugebunden hatte. Sie hatte die Augen halb geschlossen, und ihre Hände bewegten sich rhythmisch zwischen ihren Schenkeln.

»Ich komme gleich. Wenn du noch mitmachen willst, musst du dich beeilen.«

Er schlenderte zum Sofa hinüber, streckte die Hand nach unten und betastete ihre steife Brustwarze. Das allein genügte. Sie kam. Lächelnd schaute Noah ihr zu und kniff sie weiterhin, bis sich ihr durchgebogener Körper den letzten Rest Lust aus seinem Orgasmus geholt hatte. Dann sank sie entspannt in die Sofakissen.

»Nadia, du bist schamlos.«

»Ich weiß.« Sie hob die Arme über den Kopf und streckte sich. »Ist das nicht ein Genuss?«

Er begann, sich auszuziehen. »Diese Überraschungsparty war ein Geniestreich. Jetzt ist Maris der letzte Wind aus den Segeln genommen.«

»Aaach, erzähl mal.«

»Sie hat zugegeben, dass sie mich einer außerehelichen Affäre verdächtigt hat.«

»Und wer, bitte schön, war das beargwöhnte weibliche Pendant?«

Er warf ihr einen Blick zu, dessen boshafte Befriedigung ein wohliges Schnurren auslöste.

Er fuhr mit seinem Bericht fort und sagte: »Da mein Eheweib nunmehr meine Schreibstube gesehen hat, ist ihr Blick definitiv getrübt, und ich kann sie als Entschuldigung benutzen, um mich zu jeder Tages- und Nachtzeit davonzumachen.«

»Für das hier.«

»Hundertprozentig. Und für unser anderes Geschäft.«

»Aber Maris ist nur das halbe Problem. Wie steht's mit Daniel?«

»Nadia, er ist ein alter Mann. Und senil.«

»Er wird Matherly Press niemals verkaufen. Das hat er schon tausendfach geäußert.«

Lässig zog Noah seinen Gürtel durch die Bundschlaufen seiner Hose und gab ihr einen leichten Klaps auf den Oberschenkel. »Mach dir keine Gedanken, meine Liebe. Ich werde

Matherly Press verkauft haben, bevor die beiden auch nur ahnen, wie ihnen geschieht. Maris ist ganz wild nach einem neuen Autor, den sie in ihrem Schrotthaufen entdeckt hat. Das wird sie eine Weile ablenken. Daniel hat sich praktisch zurückgezogen und mir fast gänzlich das Tagesgeschäft der Firma anvertraut. Vermutlich werden sie von dem bevorstehenden Verkauf erstmals in *Publishers Weekly* lesen, und dann wird es zu spät sein, um ihn noch zu stoppen. Ich werde Daniels Position haben, inklusive sämtlicher damit verbundener Vorteile, dazu noch zehntausend WorldView-Aktien in meinem Portfolio und sagenhafte zehn Millionen auf meinem Konto.«

»Und die Matherlys haben dann nur noch sich selbst.«

»Vermutlich, aber das ist mir herzlich egal.«

Er entledigte sich seiner Hose und Unterwäsche. Beim Anblick seines erigierten Penis riss Nadia begeistert die Augen auf. »Ist Maris dafür verantwortlich? Dann erinnere mich daran, dass ich mich bei ihr bedanke.«

»Da gibt's nichts zu bedanken.«

»Hast du heute Abend noch nichts bekommen?«

»Heute Morgen.«

»Ich dachte, das heute Abend war eine Party zum Hochzeitstag.«

»Maris hat ihre Art zu feiern, und ich meine.«

Lachend nahm sie seinen Penis fest in die Hand und streichelte ihn. »Irgendwann musst du mir das mal erzählen.«

»Da gibt's nicht viel zu erzählen.«

Sie strich mit dem Daumen über die glatte Eichel. »Kommt Miss Maris beim Vögeln nicht zur Sache?«

»Miss Maris vögelt nicht.« Er kniete sich zwischen Nadias Schenkel und drückte sie weiter auseinander. »Sie macht Liebe.«

»Wie süß.«

»Und genau das mag ich an dir, Nadia.«

»Du magst eine Menge an mir. Das solltest du schon genauer ausdrücken.«

Er rammte in sie hinein. »Du bist nie süß.«

6

Die Straßen auf St. Anne waren zu beiden Seiten von so dichten und dunklen Wäldern gesäumt, wie sie Maris weder in den Berkshires, in der Nähe ihres Landhauses, noch irgendwo sonst gesehen hatte. Sie erinnerten an die düsteren Wälder in einem Märchen der Gebrüder Grimm.

Über dem dichten Unterholz ragten turmhohe Bäume auf, die unten undurchdringliche Schatten warfen. Ab und zu machte ihr ein gelegentliches Blättergeraschel im dicken Gestrüpp die Anwesenheit unbekannter Tiere bewusst. Welche Spezies war das? War sie für Menschen gefährlich? Aus Furcht vor einer Begegnung riskierte sie keinen näheren Blick, sondern hielt die Augen strikt auf der Straße. So fühlte sie sich sicherer.

Sie hatte sich verspätet. In Atlanta hatte stürmisches Wetter den Anschlussflug nach Savannah um drei Stunden verzögert. Während sie im Hotel eincheckte und sich eine Fahrmöglichkeit zur Insel besorgte, ging bereits die Sonne unter. Selbst im hellen Tageslicht wäre die Insel für sie fremdes Territorium gewesen. Nun steigerte das Zwielicht ihre Fremdartigkeit und verlieh ihr ein finsteres Aussehen, das üble Vorahnungen in ihr auslöste.

Wie sie so auf ihrem gemieteten Golfcart dahintuckerte, fühlte sie sich extrem verwundbar. Die Wälder jagten ihr Angst ein. Sie waren genauso unfreundlich wie der Mann am Landesteg, von dem sie den Golfcart gemietet hatte.

Als sie ihn fragte, wo das Haus des ortsansässigen Schriftstellers liege, hatte er seinerseits mit einer Frage geantwortet: »Was wollen Sie denn von dem?«

»Kennen Sie ihn?«

»Jaaa.«

»Wissen Sie, wo er wohnt?«

»Sicher.«

»Könnten Sie mir, bitte, die Richtung sagen? Er erwartet mich.«

Er musterte sie von Kopf bis Fuß. »Stimmt das?«

Sie hatte die grobe Karte der Insel aufgeklappt, die ihr der Fahrer des kleinen Bootes gegeben hatte, das sie für die Fahrt vom Festland angemietet hatte. »Ich bin hier, stimmt's?« Sie deutete auf den eingezeichneten Landesteg, an dem der Bootsverleiher nur so lange angelegt hatte, bis sie ausgestiegen war. »Wo geht's von hier aus weiter?«

»Na, geht doch nur eine Straße hier raus, oder?«

»Das sehe ich auch«, sagte sie mit erzwungener Geduld. »Aber laut Karte teilt sich die Hauptstraße in drei Richtungen. Hier.« Sie zeigte ihm die Markierung.

»Sie stammen nicht von hier, oder? Kommen Sie irgendwo aus dem Norden?«

»Was macht das aus?«

Nach einem verächtlichen Schnauben hatte er Tabaksaft in den Dreck gespuckt und dann mit einem fleckigen, eingerissenen Fingernagel die Weggabelung nachgezeichnet, die sie nehmen sollte. »Nach der Abzweigung fahren Sie, hmm, so einen Kilometer geradeaus. Links bringt Sie dann eine Abfahrt direkt zum Haus. Wenn Sie im Atlantik landen, ist was schief gelaufen.« Sein Grinsen enthüllte eine stattliche Reihe Zahnlücken.

Nach einem knappen Dankeschön hatte sie sich auf die letzte Etappe ihrer Reise gemacht. Das »Geschäftsviertel« an der Landestelle beschränkte sich auf zwei Shops: den Golfcartverleih und Terry's Grillbar. So stand es auf einem selbstgemalten Schild, das man über ein Fliegengitter genagelt hatte.

Terry's entpuppte sich als kreisförmiges Gebilde unter einem Wellblechdach. Obwohl die oberen zwei Drittel der Außenwände aus Fliegengittern bestanden, war es drinnen so düster, dass Maris an der gegenüber liegenden Wand lediglich die schummrige Neonwerbung für Bier und ein paar Deckenlampen erkennen konnte, wie sie normalerweise über Billardtischen hingen. Auf der einen Gebäudeseite parkten mehrere Fahrzeuge, hauptsächlich Pick-ups. Durch die Gitterwände drang Konservenmusik.

Draußen briet ein Mann auf einem Riesengrill Fleisch und nahm ab und zu einen Schluck aus einer Bierflasche. Als sie vorbeifuhr, konnte sie spüren, wie ihr seine Augen Löcher in den Rücken bohrten, bis sie um eine Kurve bog und außer Sicht war.

Die Straße gehörte ihr allein. Weder Pkws noch Lastwagen überholten sie. Das Dock wirkte wie der letzte Außenposten der Zivilisation. Nachdem sie diese grauenhafte Reise – dieses Adjektiv empfand sie als faire Beschreibung – hinter sich gebracht hatte, hegte sie nur einen Wunsch: dass sie bei der Ankunft im Hause des Autors wenigstens gnädig aufgenommen wurde. Leider hatte sie nur äußerst geringe Erwartungen, was die Art der Begrüßung betraf.

Schließlich erschnupperte sie über dem vorherrschenden Geruch von Immergrün einen Hauch Salzluft. Der Strand konnte nicht mehr weit sein. Sie begann, nach der Abzweigung Ausschau zu halten, doch als sie kam, schoss sie darüber hinaus. Kein Schild wies darauf hin. Wenn sie nicht ausdrücklich danach gesucht hätte, hätte sie sie einfach übersehen, so schmal und mit Blättern überwachsen war sie.

Nach einer scharfen Kehrtwendung lenkte sie den Wagen auf den unebenen Feldweg. Er holperte durch Schlaglöcher. Über ihr bildeten Äste ein undurchsichtiges Dach. Hier schien der Wald sogar noch dichter, stummer und bedrohlicher.

Allmählich kam ihr dieses Unterfangen töricht vor. Sie sollte sich in ihr sicheres Hotelzimmer im gastfreundlichen Savannah zurückziehen. Sich vom Zimmerservice etwas zu essen bringen lassen, ein Bad nehmen und ein Glas Wein aus der Minibar trinken. Derart erfrischt könnte sie versuchen, den Autor am Telefon zu einem Treffen auf neutralem Grund zu überreden.

Aber dann erhaschte sie den ersten flüchtigen Blick auf das Haus und war sofort bezaubert.

Es war wunderschön. Sogar ergreifend schön. Von einer Schönheit, die traurig stimmte. Wie ein alternder Filmstar, in deren einst hinreißendem Gesicht die Zeit Spuren hinterlassen hatte. Wie ein antikes Brautkleid mit vergilbter und zerschlissener Spitze. Wie eine Gardenie, deren cremeweiße Blütenblätter verwelkten. Das Haus trug alle Anzeichen längst vergangener Grandezza.

Trotz seiner sichtlichen Makel, die das schwindende Tageslicht weichzeichnete, ähnelte es einem bezaubernden Aquarell, entstanden aus einer liebevollen alten Erinnerung.

Maris stieg aus dem Wagen und folgte einem Weg, den eine Allee spektakulärer, mit Moos bewachsener Steineichen umrahmte. Lautlos erkletterte sie die Stufen. Als sie zur Veranda kam, verspürte sie den albernen Drang, auf Zehenspitzen darüberzuschleichen wie Jem Finch in »Wer die Nachtigall stört«, um nur ja den gruseligen Boo Radley darauf aufmerksam zu machen, dass er an diesem Ort als Unbefugter nichts zu suchen hatte und nicht willkommen war.

Stattdessen wappnete sie sich mit einem tiefen Atemzug, trat kühn zur Eingangstür und griff nach dem Türklopfer aus Messing.

»Maris Matherly-Reed?«

Überrascht zuckte sie zusammen. Mit lautem Knall sauste der Klopfer gegen die Metallplatte in der Tür. Sie folgte der Richtung, aus der die unerwartete Stimme kam, trat zurück und schaute die lange Veranda hinunter. Durch eines der hohen Vorderfenster blickte ein Gesicht zu ihr heraus.

»Also«, sagte er, »sind Sie tatsächlich gekommen.«

»Hallo.«

Er starrte sie weiter durch die Fensterscheibe an, seinen strategischen Vorteil nutzend. Er konnte sie wesentlich deutlicher sehen als sie ihn, dessen war sie sich bewusst, und doch gab sie keinen Millimeter nach. Bis hierher war sie schon gekommen.

Schließlich sagte er: »Kommen Sie rein.«

Sie stieß die schwarz glänzende Eingangstür auf und betrat eine ausladende Halle. Er tauchte aus einem der direkt angrenzenden Zimmer auf und wischte sich die Hände an einem fleckigen Lumpen ab. Er trug khakifarbene Shorts und ein ganz normales, dünnes Jeanshemd, das er bis zu den Ellbogen aufgerollt hatte. Beide Kleidungsstücke waren ziemlich ausgebeult und hatten mindestens so viele Flecken wie der Lumpen. An den Füßen trug er ein Paar Turnschuhe, die schon bessere Tage gesehen hatten.

Rasch warf er einen Blick hinter sie. »Sind Sie allein gekommen?«

»Ja.«

»Die Moskitos kommen herein.«

»Oh, Entschuldigung.« Sie drehte sich um und schloss die Haustür.

»Kein Hilfssheriff auf dem Beifahrersitz?«

Seine Stimme klang eine Spur vorwurfsvoll. Eine Erklärung war wohl angebracht. »Der Anruf beim Sheriff war meine letzte Rettung, eine reine Verzweiflungstat. Ich habe mich bei Harris nur erkundigt, ob er in seinem Bezirk jemanden kennt, der unter den Initialen P.M.E. registriert ist. Dass er eine Suchaktion starten würde, konnte ich nicht ahnen. Sollten sich daraus irgendwelche Peinlichkeiten ergeben haben, entschuldige ich mich in aller Form dafür.«

Er räusperte sich. Ob damit ihre Entschuldigung angenommen war, vermochte sie nicht zu sagen. Sie war einfach erleichtert, dass er sie nicht verwünscht und hinauskomplimentiert hatte. Entgegen ihrer vorgefassten Meinung wirkte er gar nicht so Furcht einflößend. Er war älter und physisch weniger imponierend, als seine Telefonstimme hatte vermuten lassen. Den schleppenden Tonfall erkannte sie wieder, allerdings ohne die rüde Art.

Trotzdem war er nicht allzu freundlich. Vorsichtig musterten sie seine blauen Augen.

»Ich war mir nicht sicher, was mich bei meiner Ankunft erwarten würde«, sagte sie in der Hoffnung, ihn mit ihrer Ehrlichkeit zu entwaffnen. »Ich habe schon befürchtet, man würde mich nicht einmal hereinbitten.«

Sein prüfender Blick von Kopf bis Fuß ließ sie nachträglich an ihrem Entschluss zweifeln, sich in Savannah nicht die Zeit zu nehmen, sich herzurichten. Hätte sie doch wenigstens etwas anderes angezogen. In New York hatte ihr Reisekostüm zur Jahreszeit gepasst, aber für dieses Klima war es viel zu schwer. Es wirkte stadtfein und schrecklich deplatziert. Außerdem hatten Taxifahrten, Flüge und Bootstouren sichtbare Knitterspuren hinterlassen.

»Sie haben sich weit von Manhattan entfernt, Mrs. Matherly-Reed.«

Seine Bemerkung fasste ihre eigenen Gedanken mehr oder weniger zusammen. »Nicht nur geografisch. Bis auf den Golfcart könnte St. Anne aus einem anderen Jahrhundert stammen.«

»Die Insel ist in vieler Hinsicht primitiv. Die Leute, die hier leben, wollen das so beibehalten.«

Was sie zu einer Außenseiterin machte, die nach allgemeinem Dafürhalten auch besser draußen geblieben wäre. Sie fühlte sich befangen und wollte von sich ablenken, deshalb schaute sie sich rasch um.

Aus dem Foyer erhob sich eine eindrucksvolle Freitreppe, aber im ersten Stock war es dunkel. Obwohl ihr ein Dutzend Fragen zur Historie des Hauses durch den Kopf schossen, wollte sie ihr Glück nicht überstrapazieren. Sie war immerhin schon so weit gekommen. Deshalb sagte sie nur: »Das ist ein außergewöhnliches Haus. Wie lange wohnen Sie schon hier?«

»Gut ein Jahr. Es war total baufällig.«

»Dann haben Sie schon eine Menge geschafft.«

»Es gibt immer noch viel zu tun. Eigentlich arbeite ich gerade an einem Projekt im Esszimmer. Möchten Sie es gerne sehen?«

»Sehr gern sogar.«

Er lächelte sie an, sie lächelte zurück, dann drehte er sich um und ging wieder in den Raum, aus dem er gekommen war. Sacht pendelte der Kristalllüster an der Zimmerdecke hin und her. Er ertappte sie bei einem Blick nach oben.

»Die Installation einer zentralen Klimaanlage war eine meiner ersten Renovierungsarbeiten. Der Luftstrom geht direkt auf den Kronleuchter und setzt ihn in Bewegung. Wenigstens habe ich mich für diese Version entschieden.« Er lachte mysteriös und deutete dann auf den offenen Kamin.

Man hatte die üppig geschnitzte Ummantelung bis aufs blanke Holz abgebeizt. Nun wartete sie auf die Restauration. »Das Projekt hat sich wider Erwarten ausgeweitet«, gestand er. »Wenn ich geahnt hätte, wie viele Lack- und Farbschichten die früheren Bewohner aufgetragen haben, und wie mühsam und Zeit raubend das Abbeizen würde, hätte ich dafür einen Profi engagiert.«

Sie trat an die Ummantelung und wollte sie schon berühren, da warf sie zögernd einen Blick zu ihm zurück. »Darf ich?« Er bedeutete ihr, sich nicht zu genieren. Ihre Fingerspitzen strichen über einen blühenden Weinstock, eine hochkomplizierte Schnitzarbeit.

»Der Besitzer, der dieses Haus gebaut hat, hat über die ganze Bauphase detailliert Buch geführt«, erklärte er. »Diese Ummantelung und die Balustrade an der Treppe hat ein Sklave geschnitzt. Er hieß Phineas.«

»Es ist zauberhaft. Wenn Sie fertig sind, wird es noch schöner sein, davon bin ich überzeugt.«

»Damit rechnet Parker. Er ist ein Perfektionist.«

»Parker?«

»Der Besitzer.«

Ihre Hand fiel herab, sie drehte sich wieder zu ihm. »Ach. Ich dachte, Sie seien der Besitzer.«

Amüsiert schüttelte er den Kopf. »Ich arbeite hier nur.«

»Das ist schrecklich großzügig von ihm.«

»Großzügig von wem?«

»Von Mr. Parker. Dass er Ihnen sein Haus öffnet und Sie hier schreiben lässt.«

Einen Augenblick starrte er sie verblüfft an, dann begann er zu lachen. »Mrs. Matherly-Reed, ich fürchte, Sie sind einem Missverständnis zum Opfer gefallen, und daran bin einzig und allein ich schuld. Offensichtlich haben Sie mich für Parker gehalten, den Mann, den Sie hier treffen wollten. Parker Evans.«

Es dauerte eine Sekunde, bis sie das verdaut hatte, dann lächelte sie verdrossen. »Parker Evans. Und der zweite Vorname beginnt mit M.«

»Sie kannten seinen Namen nicht?«

»Er hat ihn mir nicht verraten.«

»Sie haben seinen Namen noch nie zuvor gehört?«

»Nicht, dass ich wüsste. Sollte ich?«

Er musterte sie einen langen Augenblick, dann streckte er lächelnd seine Hand aus. »Ich bin Mike Strother. Verzeihen Sie, dass ich das nicht schon bei Ihrer Ankunft klar gestellt habe. Ich dachte, Sie wüssten, dass ich nicht Parker bin.«

»Freut mich, Sie kennen zu lernen, Mr. Strother.«

»Mike.«

Sie lächelte ihn an. Der ältere Herr gefiel ihr. Wie hatte sie ihn nur mit dem Raubein verwechseln können, mit dem sie telefoniert hatte? Er hatte freundliche Augen. Trotzdem spürte sie, dass er sie noch immer auslotete, einschätzte und taxierte. Obwohl er nicht mehr ganz so misstrauisch zu sein schien, blieb ein Rest Reserviertheit. Zu gern hätte sie gewusst, was sein Boss über sie erzählt hatte. Schmeichelhaft konnte es nicht gewesen sein.

»Sind Sie der für die Renovierung zuständige Bauunternehmer?«

»Lieber Gott, nein. Ich versuche mich nur an dieser speziellen Restaurierung. Ich habe schon lange vor dem Kauf dieses Hauses für Parker gearbeitet.«

»In welcher Funktion?«

»Als Mädchen für alles«, erklärte er. »Ich bin Chefkoch und Spüler, Haushälter, Gärtner und Kammerdiener.«

»Ist er ein anspruchsvoller Arbeitgeber?«

Er lachte in sich hinein. »Sie haben ja keine Ahnung.«

Offensichtlich nicht. Ihre Vorurteile über Parker M. Evans zerschlugen sich Stück für Stück. Er hatte definitiv nicht wie ein Mann geklungen, dem rund um die Uhr ein Diener zur Verfügung stand. »Ich freue mich sehr darauf, ihn kennen zu lernen.«

Mikes Blicke schweiften ab. Er wollte sie nicht direkt ansehen. »Er ist nicht da.«

Obwohl sie das bereits vermutet hatte, löste die Bestätigung nicht nur heftige Enttäuschung aus, sondern sogar Verstörung. »Er wusste doch, dass ich komme.«

»Oh ja, das wusste er, wusste er wohl«, nickte Mike. »Er sagte, Sie klängen so hartnäckig, Sie würden die lange Reise bestimmt auf sich nehmen, obwohl er Sie davor gewarnt hat. Aber niemand auf der ganzen Welt ist halsstarriger als Parker. Er wollte bei Ihrer Ankunft nicht hier herumsitzen, als erwarte er sie. Deshalb ist er fortgegangen.«

»Fort? Wohin?«

Wütend marschierte Maris zu dem Mann, der ihr den Golfcart geliehen hatte. »Warum haben Sie mich den ganzen Weg zu Mr. Evans nach Hause geschickt?«

Er grinste süffisant. »Hab gewusst, dass Sie lügen, wegen dem, dass er sie erwartet.«

»Warum haben Sie mir nicht gesagt, dass er hier war?«

»Kann mich nicht erinnern, dass Se danach gefragt haben.«

Sie kochte vor Wut, aber er war zu ungehobelt und dumm, um ihren Ärger an ihm auszulassen. Den würde sie sich für Mr. Parker Evans aufheben. Mit dem hatte sie ein ordentliches Hühnchen zu rupfen. Wahrscheinlich wusste er, dass man Blinde-Kuh mit ihr gespielt hatte. Terry, der Koch, ganz bestimmt. Sein Holzkohlengrill war kalt, jetzt kümmerte er sich um die Bar. Sie zog das quietschende Fliegengitter auf und betrat sein Etablissement.

Mit großen Schritten spazierte sie über den nackten Zementboden schnurstracks zur Bar an der Hinterwand, vorbei an den Billardtischen, und trat dabei in eine Pfütze, die hoffentlich ein Bierrest war. Der Mann, der ihr den Wagen vermietet hatte, kam hinterdrein.

Das Klicken der Billardkugeln versiegte. Gespräche erstarben. Jemand stellte die Musik ab. Die Vorstellung konnte beginnen. Auf dem Programm stand heute »die wütende New Yorkerin«.

Terry grinste sie süffisant an.

»Geben Sie mir ein Bier.«

Das Grinsen verging ihm ein wenig. Damit hatte er nicht gerechnet. Trotzdem griff er in eine Kühltruhe, holte eine Bierflasche heraus, entkorkte sie und gab sie ihr. Schaum quoll zum langen Flaschenhals heraus. Maris schüttelte ihn von der Hand und nahm einen tiefen Schluck, dann stellte sie die Flasche lautstark auf den Tresen.

»Ich bin hier, um Parker Evans zu sprechen«, verkündete sie.

Terry pflanzte seine haarigen Unterarme auf die Bar und beugte sich zu ihr. »Und wen darf ich melden?«

Seine Gäste lachten schallend los. Terry weidete sich am Erfolg seiner schlauen Retourkutsche und lachte selbst am lautesten. Maris fuhr herum und stellte sich dem ganzen Raum. Trotz offener Wände und Deckenventilatoren wogte dicker Tabakqualm durch den Raum, den die halbherzigen Drehungen nur mit der feuchtwarmen Luft verrührten, statt ihn zu beseitigen.

Ein Dutzend Augenpaare starrte sie an. Es gab nur eine einzige andere Frau in hautengen Shorts, die nichts zu wünschen übrig ließen, und einem ebensolchen Top, das kaum ihren Hängebusen mit der eintätowierten Kobra bedeckte, die zwischen ihren Brüsten herauszüngelte. Eine Hand hatte sie frech auf die Hüfte gestemmt, in der anderen hielt sie einen filterlosen Glimmstängel.

Die Kneipe roch nach Bier und Grillfleisch, Tabakrauch und Männerschweiß. Maris schmeckte jede dieser Substanzen nach einem tiefen Atemzug hinten in der Kehle.

»Ist das nicht ziemlich kindisch, Mr. Evans?«

Keiner sagte ein Wort. Nichts rührte sich. Nur ein Mann schaute einen anderen verstohlen an und versetzte ihm zwinkernd einen Rippenstoß. Ein anderer salutierte höhnisch mit der Bierflasche vor ihr. Neben einem Billardtisch rieb einer lässig seine Queue-Spitze mit Kreide ein.

»Um nicht zu sagen rüde«, fuhr sie fort.

Mit Gewalt löste sie sich von der trügerischen Sicherheit der Bar und ging auf eine Dreiergruppe an einem runden Tisch zu, an dem sie jeden Einzelnen sorgfältig musterte. Dem idiotischanzüglichen Grinsen nach zu schließen, bezweifelte sie, dass auch nur einer von ihnen mehr als buchstabieren konnte, geschweige denn, einen Roman schreiben.

»Ich bin schrecklich weit gereist, um Sie zu treffen.«

»Zurück ist es genauso weit.« Die Stimme kam aus einer dunklen Ecke und rief noch mehr verhaltenes Gelächter hervor.

Sie schaute einem allein sitzenden Mann ins Gesicht. Er war ungefähr so alt wie Mike Strother, trug einen ungepflegten weißen Bart und hatte das wettergegerbte Gesicht eines Seemannes. Offensichtlich nahm er seine Umgebung nicht wahr, weder sie noch sonst jemanden. Seine wässrigen Augen schauten unverwandt auf ein Glas mit dunklem Alkohol, das er in seinen schwieligen Händen barg.

»Mr. Evans, Sie könnten mir wenigstens zehn Minuten Ihrer Zeit schenken.«

»Komm mal hier rüber, Schätzchen, und bück dich«, näselte eine Stimme einladend. »Dann verpass ich dir die besten zehn Minuten deines Lebens.«

»In deinen kühnsten Träumen nicht, Dwayne«, meinte die tätowierte Frau gedehnt, »du hältst deinen ja nicht mal bis zwei hoch.«

Eine Lachsalve explodierte, noch lauter als vorher. Der Mann neben der Frau klatschte sie ab, meinte aber: »Trotzdem war der alte Dwayne auf dem richtigen Trip.«

»Jaja, Yankee-Lady, du weißt ja gar nicht, was dir fehlt, bis dich ein waschechter Südstaatler so richtig zugeritten hat.«

Maris hatte Pfiffe und Rufe von Straßenarbeitern erlebt, die sich dank der Anonymität ihrer Schutzhelme und der Entfernung zu ihr sicher fühlten. Verrückte Anrufer und Männer, die sich in den Hauseingängen der Stadt herumdrückten, hatten ihr obszöne Anträge gemacht. Mit siebzehn hatte man sie in der U-

Bahn begrapscht, was bei ihr beim bloßen Gedanken daran bis zu diesem Tag eine Gänsehaut verursachte.

Auch wenn sie Opfer von obszönem Verhalten gewesen war, hatte sie dies keineswegs immun dagegen gemacht. Das vulgäre Benehmen dieser Bande traf sie, allerdings anders, als sie sich das gedacht hatte. Anstatt ihr Angst einzujagen, machte es sie wütend. In Wahrheit war sie auf Hundertachtzig.

Sie gab sich nicht die geringste Mühe, ihre Verachtung zu verbergen, und sagte: »Mr. Evans, egal, wer Sie sind, Sie sind jedenfalls ein verdammter Feigling.«

Abrupt hörte das Gekicher auf. Schweigen senkte sich wie ein Bleivorhang. Jede andere Beleidigung war verzeihlich, aber Feigheit offensichtlich nicht. Ein schlimmeres Schimpfwort konnte es nicht geben.

Sie nutzte es als Schlusssatz und steuerte schnurstracks auf die Tür zu. Als sie an den Billardtischen vorbei wollte, sauste vor ihr ein Queue wie eine Zollschranke herunter. Mit voller Wucht stieß sie mit dem Hüftknochen dagegen, dass es knackte.

Sie knickte nach vorne, aber der Stock bremste ihren Sturz. Sie packte ihn und versuchte, ihn zur Seite zu schieben, doch er gab nicht nach. Sie wandte ihren Kopf dem Mann zu. Es war der, der eben den Queue mit Kreide geschmiert hatte.

»Ich bin Parker Evans.«

Maris war verblüfft. Was nichts mit seiner Dreistigkeit oder den feindseligen Augen zu tun hatte, in denen sich rot glühend ein Neonlicht spiegelte, als er zu ihr hinaufstarrte.

Was sie verblüffte, war der Rollstuhl, in dem er saß.

7

Das Vehikel war grün, eine Mischung aus einem Golfcart und einem Pick-up. Erst später erfuhr Maris den Namen: ein Gator. Sie sah so etwas zum ersten Mal, als Parker Evans vor Terry's Bar & Grill mit dem Kinn darauf deutete und sie zum Einsteigen aufforderte.

Immer noch schockiert darüber, dass sie ihn im Rollstuhl vorgefunden hatte, kletterte sie folgsam auf den Beifahrersitz. Als er sich mit Hilfe seiner Arme in den Fahrersitz schwang, wandte sie den Kopf ab. Dann beugte er sich hinunter, klappte seinen Stuhl zusammen und hievte ihn mit Schwung auf den flachen Anhänger.

Man hatte den Gator seinen Bedürfnissen angepasst. Bremse und Gas ließen sich mit der Hand betätigen. Als er von Terry's weg auf das Dock zusteuerte, lenkte er das Fahrzeug so selbstverständlich, wie man es nur nach langer Übung vermochte.

»Ich kann Sie nur bis zur Rampe bringen«, sagte er. »Sie ist zu steil für meinen Rollstuhl. Runter würd's wohl noch gehen, aber dann könnte ich nicht anhalten und würde im Bach landen. Was ich Ihrer Ansicht nach vermutlich verdiene.«

Sie sagte nichts.

»Aber selbst wenn ich nicht kopfüber in den Sund flöge, käme ich die Rampe allein nicht wieder hoch.«

Maris hatte nicht die geringste Ahnung, wovon er sprach. »Rampe?«

»Unten am Dock. Wo Sie Ihr Boot gelassen haben.«

»Ich habe kein Boot. Ich habe jemanden für die Überfahrt bezahlt.«

»Hat er denn nicht gewartet, um Sie wieder zurückzubringen?«

»Ich wusste nicht, wie lange ich hier bleiben würde. Ich wollte ihn anrufen.«

Mürrisch brachte er den Gator zum Stehen. So schnell könnte

er sie also nicht abschütteln. Wie Mike trug auch er ein Jeanshemd; allerdings hatte seines keine Ärmel. Dadurch wurden muskulöse Arme sichtbar, die das Handicap seiner Beine ausglichen. Mit Hilfe dieser Muskeln schlug er das Lenkrad bis zum Anschlag ein.

»Sollte nicht lange dauern, bis ein Boot rüberkommt. Terry wird nach einem telefonieren. Haben Sie die Nummer?«

»Mr. Evans, könnten wir uns nicht ein wenig unterhalten?«

Erneut stieg er auf die Bremse. »Worüber?«

»Schauen Sie, Sie können ruhig bei jemand anderem den Begriffsstutzigen spielen. Ich habe eine lange Anreise hinter mir ...«

»Ohne Einladung.«

»Sie haben mich eingeladen, als Sie mir diesen Prolog geschickt haben.«

Er mimte leise Überraschung über ihren bissigen Ton und hob zum Zeichen der Unterwerfung ironisch beide Hände.

Erst nach einer Weile konnte sie sich sammeln und in einem verbindlicheren Ton fortfahren. »Dieser Tag war für mich sehr lang. Ich bin müde. Ein heißes Bad und ein kühles Bett wären ein Traum. Aber da ich nun mal hier bin, möchte ich, dass dieser Ausflug seine Zeit, seine Mühe und sein Geld wert ist, indem ich vor meiner Abreise ein zivilisiertes Gespräch mit Ihnen führe.«

Er verschränkte die Arme vor der Brust. Vermutlich sollte das einen zivilisierten Eindruck machen, doch ihr schien es eher herablassend.

Hartnäckig fuhr sie fort: »Sie haben mir Ihre Arbeit geschickt. Sie wollten, dass ich sie lese, sonst hätten Sie das nicht getan. Trotz Ihrer gegenteiligen Behauptungen möchten Sie dieses Buch veröffentlichen. Ich verlege Bücher. Wir könnten zusammenarbeiten. Sie müssen mir nicht einmal auf halbem Wege entgegenkommen. Ich werde drei Viertel davon zurücklegen, was ich eigentlich schon getan habe, indem ich hierher gekommen bin. Könnten wir also, bitte, dieses Gespräch führen?«

In seiner Arroganz hatte sein unverwandter Blick etwas Beunruhigendes. Seine undurchdringliche Miene ließ keinerlei Rückschlüsse auf seine Gedanken zu. Entweder dachte er gerade ernsthaft über ihre Argumente nach, oder er überlegte sich, ob er sie aus dem Gator werfen und ans Festland zurückschwimmen lassen sollte. Beide Varianten waren gleich realistisch. Vielleicht dachte er aber auch an etwas ganz anderes.

Sie nahm sein Schweigen als Erlaubnis fortzufahren: »Ich weiß, dass es schon ziemlich spät am Tag ist, um übers Geschäft zu reden, aber ich verspreche, nicht allzu viel Ihrer Zeit in Anspruch zu nehmen. Mike sagte, er würde …«

»Ich weiß, was Mike gesagt hat. Er hat mich bei Terry's angerufen, nachdem Sie aus dem Haus waren. Er benimmt sich restlos närrisch.«

»Mir kam er nicht wie ein Narr vor. Im Gegenteil.«

»Normalerweise nicht. Normalerweise ist er ausgeglichen, ruhig, überlegt und gelassen, die Stimme der Vernunft, ein verdammtes Muster an Einfühlungsvermögen. Aber Sie haben ihn aus dem Lot gebracht. Jetzt saust er herum, räumt das Haus auf, macht Abendbrot und benimmt sich wie eine alte Jungfer, die zum ersten Mal Herrenbesuch empfängt.« Seine Augen lagen im Schatten. Trotzdem wusste sie, dass er sie musterte. »Sie müssen Ihren Charme ja dick aufgetragen haben.«

»Nichts dergleichen. Mike ist nur ein netter Mensch.«

Er stieß ein raues Lachen aus. »Im Gegensatz zu mir.«

»Das habe ich nicht gesagt.«

»Nun«, meinte er gedehnt, »hätten Sie ruhig tun können, weil es stimmt. Ich bin überhaupt nicht nett.«

»Wenn Sie wollten, könnten Sie's sein, davon bin ich überzeugt.«

»Sehen Sie, das ist der springende Punkt. Ich will nicht.«

Dann streckte er, ehe sie reagieren konnte, die Hand zu ihr aus, packte sie im Genick, riss sie nach vorne und drückte ihren Mund gegen seinen. Es war mehr eine Attacke als ein Kuss. Hart, erdrückend, penetrant. Seine Zunge bohrte sich zwischen ihre Lippen und zwang sich ihr mit Gewalt auf.

Unter wütenden Protestgeräuschen trommelte sie gegen seine Brust, aber er hörte nicht auf. Stattdessen erkundete er weiter gewaltsam ihren Mund, während sich seine Lippen um die ihren schlossen. Unmerklich verlangsamten sich seine Zungenstöße und wurden zärtlicher. Die Invasion wurde zu tastendem Erkunden. Sein Daumen streichelte die Unterseite ihres Kinns, ihre Wange und die Mundwinkel. Ihre Wut verwandelte sich in Verzweiflung.

Als er den tiefen Kuss beendete, strich er noch einmal sacht mit den Lippen über ihre, ehe er den Kontakt abbrach. Auch dann blieben sie noch ganz in der Nähe, nur einen Atemzug entfernt. Erst nachdem er seine Hände hatte sinken lassen, zog er sich zurück.

Maris wandte den Kopf ab und starrte über das Wasser des Sunds hinaus. Es lag relativ ruhig da, verglichen mit den Wirbeln von Gefühlen, die durch ihren Kreislauf zirkulierten. Die Lichter an der Küste den Festlands schienen weit weg. Viel weiter als vorher. Eine ganze Welt lag nun dazwischen. Sie kam sich seltsam abgetrennt vor, als hätte sich die schmale Wasserstraße zu einem Golf geweitet, der keine Verbindung mehr zuließ.

Irgendwo draußen auf dem Sund blökte warnend ein Bootshorn. Bei Terry's drinnen hatte der Ghettoblaster wieder losgelegt und spielte einen Klagesong über eine verpatzte Liebe. Ganz in der Nähe hörte sie das Wasser sacht gegen den Felsstrand am Fuß jener steilen Rampe klatschen, die Parker Evans in seinem Rollstuhl nicht bewältigen konnte.

»Das funktioniert nicht, Mr. Evans«, sagte sie ruhig. »Ich werde nicht verschreckt vor Ihnen fliehen.«

Als sie sich umdrehte, um ihn anzusehen, war sie überrascht. Seine Miene hatte nichts Selbstgefälliges an sich. Er wirkte weder zerknirscht, noch reumütig, aber entgegen ihrer Erwartung grinste er auch nicht triumphierend und höhnisch, sondern starrte sie genauso beunruhigend undurchdringlich an wie zuvor.

»Ich habe die obszönen Bemerkungen in der Kneipe genauso

ignoriert, wie ich diesen Kuss ignorieren werde. Weil ich weiß, warum Sie mir das zugemutet haben«, sagte sie und deutete mit dem Kopf Richtung Bar. »Außerdem weiß ich, warum Sie mich geküsst haben.«

»So.«

»Ich durchschaue Ihren Bluff.«

»Bluff.«

»Sie wollten mich mit Ihrem Kuss vertreiben.«

»In Ordnung.«

»In Ordnung?«

»Wie Sie meinen.« Er erwiderte noch einige Sekunden ihren Blick, dann fuhr er los. »Hat Mike erwähnt, was es zum Abendessen gibt?«

Es entpuppte sich als Sandwiches mit Räucherschinken, die in einem zwanglosen Zimmer im rückwärtigen Hausteil serviert wurden. Mike bezeichnete es als Solarium.

»Hochtrabender Name für eine verglaste Veranda«, lautete Parkers trockener Kommentar.

»Es war eine Veranda«, erklärte Mike Maris, während er ihr Kartoffelsalat auf den Teller löffelte. »Jetzt im Dunkeln kann man das nicht erkennen, aber von diesem Zimmer aus hat man einen Blick auf den Strand. Parker hat beschlossen, es ringsum mit gläsernen Schiebewänden abzutrennen. Dadurch haben wir die Möglichkeit, es ganz abzuschließen oder zu öffnen. Jetzt kann er hier bei jedem Wetter schreiben.«

Geflissentlich hatte Maris den Computer in einer Ecke des Zimmers ignoriert. Es war mit Rattanmöbeln eingerichtet. Dekorative Elemente gab es nur sehr begrenzt: ein paar Sitzkissen und eine Topfpflanze, die ums Überleben kämpfte und diesen Kampf zu verlieren schien. Das war alles. Ein Junggesellenzimmer. Der Arbeitsraum eines Schriftstellers.

Rings um den Computer türmten sich stapelweise Bücher. Auf dem Natursteinboden, in Regalen, auf jeder möglichen Oberfläche. Nachschlagewerke, Klassiker und literarische Romane, Krimis, Liebesromane, Science-Fiction, Horrorstories, Western, Autobiografien, Biografien, Gedichte, Kinderbücher, historische Sachbücher, Selbsthilfebücher und Esoterisches. Jede denkbare Buchart. Einige gebundene Exemplare, Taschenbücher. Ein paar trugen sogar das Signet von Matherly Press auf dem Buchrücken, wie sie begeistert feststellte. Der abgegriffene Zustand der Bücher dokumentierte, dass diese Bibliothek nicht der Repräsentation diente. Parker Evans war gut belesen.

»Mir gefällt dieses Zimmer, egal, wie Sie es nennen«, erklärte sie ihnen. »Es ist ein wunderbarer Platz zum Lesen. Und zum Schreiben.« Verstohlen warf sie Parker einen listigen Blick zu, der so tat, als bemerkte er ihn nicht, und sich Senf auf sein Sandwich schmierte.

Nach dem Auftragen setzte sich Mike ihnen gegenüber an den Tisch und bestätigte damit ihre Vermutung, dass er auch Freund und Gefährte war, nicht nur Butler. Die Notwendigkeit für Letzteres war ihr inzwischen traurig bewusst. »Mike, Sie haben sich viel zu viel Mühe gegeben.«

»Überhaupt nicht. Wir hatten sowieso vor, spät zu Abend zu essen. Außerdem bin ich schrecklich froh, einen Gast im Haus zu haben. Parker ist nicht immer die beste Gesellschaft. Wenn er schreibt, macht er stundenlang den Mund nicht auf, und wenn doch, kann er ziemlich muffig sein.«

Parker warf ihm einen sauren Blick zu. »Und du gehst mir ständig auf den Wecker.«

Maris lachte. Offensichtlich herrschte zwischen beiden trotz dieses Schlagabtausches herzliche Zuneigung. »Ich konnte unmittelbar erleben, was für ein Muffel Mr. Evans ist. Trotzdem nehme ich das nicht persönlich. Das bin ich gewohnt. Schließlich arbeite ich tagtäglich mit Schriftstellern. Großteils ein pessimistischer Haufen. Vermutlich bekomme ich, im Gegensatz zu ihren Agenten, nicht den vollen Kübel ab, aber auch das reicht schon.«

Mike nickte weise. »Künstlertemperament.«

»Ganz genau. Aber ich beklage mich nicht. Aus eigener Erfahrung, die mir mein Vater erst gestern wieder bestätigt hat, deutet schlechte Laune oft auf schriftstellerisches Können hin.«

Sie tupfte sich die Lippen mit der Serviette ab und bemerkte schockiert, wie empfindlich sie immer noch waren. Nachdem Mike ihr kurz nach der Ankunft freundlicherweise die Toilette gezeigt hatte, hatte sie ihr Aussehen im gerahmten Spiegel über dem Waschbecken überprüft. Der Kuss hatte lediglich eine winzige Abschürfung über ihrer Oberlippe hinterlassen. Sonst war nichts zu sehen. Sie hatte die Stelle überpudert und danach rasch das Licht abgedreht. Sie hatte Angst, in ihren Augen noch deutlichere Spuren zu finden, obwohl sie wild entschlossen war, diesen Kuss zu ignorieren. Ein Entschluss, den nicht nur ihre aufgeraute Haut torpedierte.

Auf der Fahrt nach Hause hatte sie nur wenige Worte mit dem Autor gewechselt, sondern sich unverwandt auf den Doppelstrahl konzentriert, den die beiden vorderen Gator-Scheinwerfer auf die Straße zeichneten. Die Dunkelheit machte es leichter, den Wald zu ignorieren, obwohl sie sich dann doch einen verstohlenen Blick in die Bäume nicht verkneifen konnte.

»Oh!«, rief sie.

»Was ist?«

»Leuchtkäfer. Da im Unterholz.«

»Glühwürmchen«, sagte er. »Hier unten sagen wir Glühwürmchen dazu.«

»Seit Jahren habe ich keine mehr gesehen.«

»Insektenvernichtungsmittel.«

»Leider. Als kleines Mädchen habe ich sie immer in der Nähe unseres Landhauses beobachtet. Ich habe sie gefangen, in ein Marmeladenglas gesetzt und über Nacht neben mein Bett gestellt.«

»Ich auch.«

Überrascht drehte sie sich zu ihm um. »Wirklich?«

»Jaaa. Unsere Nachbarskinder haben regelrecht darum gewettet, wer die meisten fangen kann.«

Also hatte er Leuchtkäfer fangen können und nicht im Rollstuhl gesessen. Obwohl sie natürlich wissen wollte, woher seine Behinderung rührte, war sie zu höflich zu fragen.

Er war nicht der erste Körperbehinderte, den sie kannte. Vor solchen Menschen, die das Beste aus ihrem Unglück machten, hatte sie enormen Respekt. Einige zählten zu den optimistischsten und fröhlichsten Personen, die ihr je begegnet waren. Was ihnen an physischem Durchhaltevermögen und Kraft abging, machten sie durch Mut und mentale Tapferkeit wieder wett.

Anscheinend besaß Parker Evans jene Urgewalt körperlich behinderter Triathleten, die an Ironman-Wettkämpfen teilnahmen; Männer und Frauen, die wahre Herkulestaten vollbrachten, allein mit den Muskeln ihrer Arme – und schierer Willenskraft. Häufig handelte es sich dabei um Sportler oder sonstige aktive junge Leute, deren Lieblingsbeschäftigungen in einer einzigen schicksalhaften Sekunde für immer ein Ende gefunden hatten. Opfer tragischer Unfälle. Welches Ereignis hatte wohl Parkers Leben derart dramatisch verändert?

Verstohlen musterte sie ihn jetzt über den Tisch. Obwohl er an der Brotkruste auf seinem Teller herumzupfte, schien er ihre Blicke zu spüren, denn er hob die Augen und ertappte sie. Ungeniert sah er sie seinerseits an.

Er war zweifellos attraktiv, obwohl jahrelange Schmerzen, Unglück oder Desillusionierung, oder eine Kombination aus allem, Spuren in seinem Gesicht hinterlassen hatten, die ihn älter wirken ließen, als er vermutlich war. Wenn er lächelte, was selten geschah, schwang ein Hauch Verbitterung mit. Seine dichten braunen Haare hatten graue Strähnen. Vermutlich war ein Gang zum Friseur unwichtig. Er trug zwei Tage alte Bartstoppeln im Gesicht.

Seine Augen hatten keine eindeutige Farbe. Am ehesten hätte man sie mit einem unauffälligen Haselnussbraun umschreiben können, wenn da nicht einige bernsteinfarbene Flecken auf der Iris gewesen wären. In Verbindung mit seiner erstaunlichen Fähigkeit, etwas unglaublich lange unverwandt zu fixieren, verlieh dies seinen Augen eine magische Anziehung.

Wie er sie jetzt so anstarrte, schien er ihre Gedanken ganz genau zu kennen. Sein Blick forderte sie heraus. *Na los,* schien er zu sagen. *Du willst doch unbedingt wissen, warum ich in diesem Stuhl sitze. Warum fragst du dann nicht einfach?*

Auf diese Mutprobe würde sie sich nicht einlassen. Nicht jetzt. Erst wenn sie ihn besser kannte, bzw. wenn sie wenigstens seine mündliche Zusage hatte, dass er sein Buch zu Ende schreiben würde.

»Mr. Evans, haben Sie schon weitergeschrieben?«

»Möchten Sie noch einen Eistee?«

»Nein, danke.«

»Noch ein Sandwich?«

»Danke, ich bin satt. Haben Sie noch mehr Lesestoff für mich?«

Er schaute Mike ostentativ an. Der verstand den Hinweis. »Entschuldigt mich, aber ich muss noch ein bisschen aufräumen.« Damit stand er auf und verließ durch eine Schiebetür das Zimmer.

Kaum war Mike außer Hörweite, sagte er: »Sie sind eine sehr zielstrebige Frau.«

»Danke.«

»Das war nicht als Kompliment gemeint.«

»Ich weiß.«

Er stieß sich vom Tisch ab, wendete seinen Stuhl und starrte durchs Fenster, als könnte er trotz der Dunkelheit die Brandung sehen. Maris ließ ihm Zeit. Für den Fall, dass er gerade das Für und Wider einer Entscheidung abwog, wollte sie nichts sagen, was die Waagschale zu ihren Ungunsten beeinflussen konnte.

Nach einiger Zeit wandte er sich wieder um. »Halten Sie es tatsächlich für so gut?«

»Glauben Sie, ich würde mit einer lauwarmen Reaktion auf Ihren Text an einen derart entlegenen Flecken auf der Landkarte reisen?«

»Etwas einfacher, bitte.«

»Ja, Mr. Evans, es ist gut.«

Er schaute sie verzweifelt an. »Meine Zunge war schon in Ihrem Mund. Finden Sie dieses ›Mr. Evans‹ da nicht auch ein bisschen lächerlich? Ich heiße Parker. Nennen Sie mich so, ja?«

Sie schluckte, ließ ihn aber nicht aus den Augen. »Gut. Und Sie können Maris zu mir sagen.«

»Hatte ich vor.«

Obwohl er offensichtlich entschlossen war, sie so oder so zu provozieren, stand ihr Entschluss, das nicht zuzulassen, genauso fest. »Parker, woher stammen Sie? Ursprünglich. Aus dem Süden, das weiß ich.«

»Bingo! Was hat mich verraten?« Er übertrieb seine für ihn so typische gedehnte Aussprache maßlos.

Sie lachte leise. »Nun, einmal der Akzent, obwohl Yankees Mühe haben, die regionalen Nuancen zu unterscheiden. Texaner klingen zum Beispiel ganz anders als Leute aus South Carolina, stimmt's?«

»Texaner sind eine eigene Rasse.«

Wieder lachte sie. »Wo kommt Ihr persönlicher Akzent her?«

»Warum ist das wichtig?«

»Einige Wörter, die Sie verwenden …«

»Zum Beispiel?«

»Zum Beispiel Abendbrot ›machen‹ statt herrichten oder kochen. Und dann das Wort ›Abendbrot‹ selbst statt Abendessen. ›Aus dem Lot bringen‹, ›Herrenbesuch‹ und solche Wörter.«

»Vielleicht tauchen diese Ausdrücke ab und zu mündlich bei mir auf. Aus meiner Schreibe versuche ich, sie herauszuhalten.«

»Tun Sie's nicht. Das gibt die gewisse Würze.«

»Ein bisschen Pep bewirkt viel.«

Richtig. Anerkennend nickte sie. »Ich merke, Sie haben darüber nachgedacht. Sie setzen solche Ausdrücke in Ihrer Prosa bewusst ein.« Sie stützte die Arme auf den Tisch und beugte sich vor. »Parker, Ihr Text ist extrem durchdacht, Sie haben hart daran gearbeitet. Warum lassen Sie ihn dann nur ungern lesen?«

Er hatte die Antwort parat: »Aus Angst zu scheitern.«

»Verstehe. Kreative Menschen stecken voller Selbstzweifel. Das ist ihr Fluch. Liegt in der Natur der Sache.« Sie deutete auf seine Bücherregale. »Aber sind wir denn nicht froh, dass die meisten sich davon nicht unterkriegen lassen?«

»Viele aber doch, nicht wahr?«, widersprach er. »Sie konnten die Häme der Kritiker nicht ertragen, die wankelmütigen Launen der Käufer, den Druck, allen Erwartungen gerecht zu werden. Oder sie erlagen dem dunkelsten aller gottverdammten Zweifel: dass sie eigentlich kein Talent hätten und diese Realität jeden Moment offenkundig würde. Wie viele Schriftsteller fallen Ihnen ein, die sich zu Tode getrunken haben? Oder die kurzen Prozess gemacht und sich das Gehirn aus dem Schädel gepustet haben?«

Nach längerem Nachdenken fragte sie: »Sagen Sie mal, Parker, braucht es dazu mehr oder weniger Mut als zu einem Einsiedlerdasein auf einer abgelegenen Insel?«

Das saß. Lange schien er mit sich selbst zu ringen, dann riss er seinen Stuhl herum und rollte ihn zum Arbeitsplatz, fuhr den Computer hoch und sagte dabei nach hinten gewandt: »Das bedeutet gar nichts, verstanden?«

Sie nickte zustimmend, jedoch überzeugt davon, dass beide logen. Es bedeutete doch etwas, egal, was mit »das« gemeint war.

»Ich habe ein erstes Kapitel geschrieben.«

»Sie meinen, zusätzlich zum Prolog?«

»Korrekt. Wenn Sie's lesen wollen, können Sie das. Unter der Voraussetzung, dass ich damit Ihnen gegenüber keine Verpflichtung eingehe. Ich mache Ihnen keine Versprechungen, ob Sie das Material nun mögen oder nicht.«

Maris trat neben seinen Stuhl. Zusammen schauten sie zu, wie die Seiten aus dem Drucker glitten. »Setzt das erste Kapitel mit dem Ende des Prologs ein?«

»Nein. Die Prologszene erscheint am Ende der Story.«

»Das heißt, Sie springen zurück und holen den Leser in die Zukunft?«

»Richtig.«

»Wie weit zurück?«

»Drei Jahre. Kapitel Eins spielt zu der Zeit, als Roark und Todd miteinander ein Zimmer teilen.«

»Roark und Todd«, wiederholte sie, um die Namen der Figuren zu testen. Sie gefielen ihr. »Wer ist wer?«

»Was meinen Sie damit?«

»Wen erleben wir im Prolog in Hatch Walkers Büro? Wer fährt das Boot gegen den Pier, und wer ist über Bord gegangen?«

Diesmal grinste er ohne Bitterkeit.

»Sie werden's mir nicht verraten. Stimmt's?«

»Wenn ich's täte, wieso sollten Sie dann noch das restliche Buch lesen?«

»Den Rest? Heißt das, Sie wollen es tatsächlich fertig schreiben?«

Sein Grinsen wurde eine Spur schmaler. »Zuerst wollen wir doch mal sehen, was Sie davon halten.«

»Ich kann's gar nicht erwarten.«

»Freuen Sie sich nur nicht zu sehr, Maris. Schließlich ist es nur ein einziges Kapitel.«

Er holte die Seiten aus dem Druckerschacht und stieß die Kanten auf der Tischplatte bündig. Erst dann reichte er sie ihr. Gierig griff sie danach, aber er ließ nicht locker. Erwartungsvoll schaute sie ihn an.

»Mein Kuss – der hatte ganz und gar nichts damit zu tun, Sie zu verscheuchen.«

Noch ehe sie antworten konnte, ließ er die Blätter los und rief laut nach Mike. »Bring ihr ein Telefon, damit sie ein Boot rufen kann«, erklärte er dem Älteren, als er unter der Türe auftauchte. »Die Fahrt zur Insel wird genauso lange dauern, wie eure Fahrt zurück zur Anlegestelle. Sollte genau hinkommen.«

»Aber es ist doch schon nach elf!«, rief Mike. »Du kannst sie doch nicht zu dieser nachtschlafenden Zeit zurückschicken.«

Nervös sagte Maris ein bisschen zu schnell und zu laut: »Schon gut, Mike. Macht mir nichts aus.«

»Kommt gar nicht in Frage.« Ohne sich um Parkers warnenden Blick zu kümmern, erklärte Mike: »Sie bleiben heute Nacht hier. Im Gästehaus.«

8

Um zu vermeiden, dass beide Parteien gemeinsam in einem öffentlichen Restaurant gesehen wurden, hielten sie das Treffen beim Lunch in einem privaten Speisesalon im einunddreißigsten Stock des WorldView-Centers ab. Der holzvertäfelte Raum war diskret, aber teuer ausgestattet. Ein dicker handgewobener Teppich schluckte jeden Laut, auf den kunstvollen Blumenarrangements glänzten noch Tautropfen, dazu kam gedämpftes indirektes Licht. Um das würdevolle Ambiente zu unterstreichen, hatte man schwere Vorhänge vor die breiten Fenster gezogen, die normalerweise einen atemberaubenden Blick auf die Skyline von Manhattan geboten hätten.

Höflich fragte der Gastgeber, der am Kopfende der Tafel saß: »Nadia, noch etwas Kaffee? Mr. Reed?«

Nadia Schuller bedeutete dem Ober mit den weißen Handschuhen, dass sie gerne eine weitere Tasse nähme. Noah lehnte dankend ab. Sie hatten Vichyssoise, Hummersalat und marinierten Spargel gespeist. Zum Dessert hatte man Erdbeeren Romanoff und feinste Schokoladenspezialitäten serviert.

Noah dankte ihrem Gastgeber für das luxuriöse Mahl. »Es war exzellent.«

»Freut mich, dass es Ihnen geschmeckt hat.« Nach einem Dankeschön entließ Morris Blume die Kellner.

Während Nadia träge Sahne in ihren Kaffee rührte, wechselte Noah einen viel sagenden Blick mit ihr. Das gesellige Beisammensein war vorbei. Nun ging es um Geschäftliches.

Zusätzlich zu Morris Blume saßen noch fünf weitere Repräsentanten von WorldView um den Tisch. Vor sechs Monaten hatte Nadia ein erstes Treffen zwischen Blume und Noah arrangiert, bei dem Blume keinerlei Zurückhaltung gezeigt hatte. Stattdessen hatte er unumwunden klargestellt, dass er Matherly Press für WorldView kaufen wollte.

Unmittelbar im Anschluss an dieses Treffen hatten seine Firmenanwälte fieberhaft mit der Ausarbeitung eines Übernahmekonzepts begonnen. Monatelang wurde recherchiert und analysiert, wurden Chart-Vorträge entworfen, Grafiken der Marktanteile gezeichnet und Planungen erstellt. Dann hatte man Noah die endgültige Zusammenfassung in einem riesigen Aktenordner zugestellt. Dieses Treffen diente dem Zweck, seine Reaktion darauf zu hören.

»Sie hatten einen Monat Zeit, unsere Akte zu studieren, Mr. Reed«, sagte Blume. »Was ist ihr Eindruck?«

Morris Blume war gertenschlank und auffallend blass, was sein vorzeitiger Kahlkopf noch betonte. Obwohl ihm noch immer ein spärlicher Haarkranz wuchs, rasierte er ihn täglich, was unter seinem etwas knubbeligen, glänzenden Schädel einen grauen Schatten hinterließ. Er trug eine leichte silberne Bügelbrille und ausschließlich konservative graue Kleidung. Der Mann schien eine angeborene Abneigung gegen Farbe zu haben.

Seit seiner feindlichen Übernahme vor vier Jahren lenkte er das internationale Medienkonglomerat. Damals war er gerade sechsunddreißig gewesen und hatte seinen Vorgänger genauso rücksichtslos ausgeschaltet wie alle Vorstandsmitglieder, die – nach Blumes Terminologie – »archaischen und rückständigen Denkweisen« anhingen.

Unter seiner Führung war WV, wie es die Börsianer liebevoll nannten, von einem ursprünglich im Unterhaltungs- und Fernsehsektor operierenden Unternehmen dramatisch expandiert: in Internethandel, Satellitenfunk und Glasfasertechnologie. Blume hatte WorldView ins 21. Jahrhundert katapultiert, und binnen 48 Monaten seinen Wert von knapp einer Milliarde Dollar auf annähernd sechzig Milliarden gesteigert. Gern verziehen ihm die Aktionäre seine dreisten Geschäftsmethoden.

Was also wollte ein Mammut wie WorldView mit einer Mücke wie Matherly Press?

Genau diese Frage stellte ihm nun Noah.

»Weil es einfach da ist?«, erwiderte der blasse CEO aalglatt. Jeder am Tisch lachte, Noah eingeschlossen. Er wusste die Arroganz dieses Mistkerls zu schätzen, weil er selbst zu dieser Sorte gehörte.

»Sie haben doch bereits einen Verlag in England gekauft«, betonte Noah. »Die Tinte unter dem Vertrag ist noch nicht trocken.«

»Richtig.« Blume nickte ernst. »Platt/Powers wird sich für uns als gute Investition erweisen. Sie haben den stärksten Zeitschriftenanteil von ganz Großbritannien und vertreiben alles, vom angesehenen wöchentlichen Nachrichtenmagazin bis zum schäbigsten Pornoheft.« Er warf Nadia ein Lächeln zu, das erschreckend an ein Reptil erinnerte. »Ich versichere Ihnen, Nadia, dass mir Ersteres weit besser vertraut ist als Letzteres.«

Sie musterte Blume über den Rand ihrer Porzellantasse und trank einen Schluck Kaffee. »Wie schade.«

Blume ließ das Gelächter verebben, ehe er das Thema wieder aufgriff: »Platt/Powers hatte im letzten Jahr zwölf Hardcover-Bestseller.«

»Dreizehn«, stellte einer der Erbsenzähler am Tisch fest.

»Und noch mehr im Taschenbuch«, fuhr Blume fort. »Als Teil von WorldView werden sie die Bestsellerlisten dominieren. Dafür haben wir das Know-how und das Budget.«

»Ich habe bereits zwei Schriftsteller interviewt, die Sie ihren früheren Verlegern abgejagt haben«, bemerkte Nadia. »Von Ihren Marketing-Ideen waren sie hellauf begeistert, besonders von denen, die ihnen hier in den Staaten mehr Publicity verschaffen werden.«

»Wir nutzen unsere Medienressourcen«, erklärte Blume. »Jede Einzelne. Sie sind gigantisch und unschlagbar.«

Er faltete seine blutleeren Hände auf dem Tisch zusammen, nahm mit ernster Haltung Noah ins Visier und sagte: »Mit dem

Kauf von Platt/Powers hat WorldView einen gesunden Verlag erworben. Aber der englische Markt ist kleiner als der amerikanische. Sogar wesentlich kleiner. Wir wollen einen auf dieser Seite des Großen Teichs. Wir wollen Matherly Press. Sie publizieren Bücher für den Massengeschmack. Melkkühe, wenn Sie so wollen. Aber Sie veröffentlichen auch Literatur. Ihr Haus macht zweifelsohne Profit. Außerdem ist es eine ehrwürdige Institution im Verlagswesen. Sein Gütesiegel heißt Respektabilität. Und das hätten wir gerne für unseren kleinen Betrieb.«

Dieses alberne Understatement entlockte den WV-Leuten ein Kichern, während Noah nicht einmal mit einem Anflug von Lächeln darauf einging. Blume wertete dies als Zeichen aufzuhören und eine Weile die Gegenseite reden zu lassen.

»Ich habe das Angebot gründlich studiert«, hob Noah an. »Sie haben Ihre Hausaufgaben erledigt. Eine eindrucksvolle Recherche. Reizvolle Planungen im Rahmen des Machbaren.«

»Das klingt doch ausgezeichnet«, meinte Blume mit einem Grinsen in die Runde.

Noah hob warnend die Hand. »Trotzdem müssen vor weiteren Schritten noch einige Punkte zur Sprache kommen.«

»Das ist der Zweck dieses Treffens.«

»Erstens, wie steht es mit den Kartellgesetzen? Werden Sie dagegen verstoßen? Ich möchte keinesfalls in eine längere juristische Auseinandersetzung mit der Regierung verwickelt werden.«

»Seien Sie versichert, wir auch nicht. Außerdem haben wir dagegen jede Vorsichtsmaßnahme getroffen.«

Einer der Anwälte erhielt das Wort, um zu erklären, warum dieser Fall sehr unwahrscheinlich war. Noah stellte mehrere Fragen, die er sich nicht mit doppeldeutiger Juristensprache vom Tisch wischen ließ. Er hakte so lange nach, bis seine Unklarheiten die verdiente Aufmerksamkeit erfuhren und restlos beseitigt wurden.

»Gut«, sagte Blume, als alle Erklärungen zu Noahs Zufriedenheit ausfielen. »Was ist Ihr zweiter Punkt?«

Noah zupfte einen unsichtbaren Fussel vom Ärmel seiner Anzugjacke und meinte schließlich, mit unverwandtem Blick auf Blume: »Matherly Press steht nicht zum Verkauf.«

»Und was hat er darauf gesagt?«, fragte Daniel Matherly.

»Nichts Erwähnenswertes«, erwiderte sein Schwiegersohn.

»Ich wette, irgendwas über störrische alte Männer ohne Durchblick.«

»Nicht so unverhohlen, aber definitiv in diese Richtung.«

Sie saßen bei einem Drink in Daniels häuslichem Arbeitszimmer. Den Ersten hatte ihnen Maxine eingeschenkt.

»Einer ist erlaubt. Mehr darf er nicht trinken«, erklärte sie Noah, bevor sie sie allein ließ.

»Ich werde mich darum kümmern«, rief er hinter ihr her, als sie das Zimmer verließ. Ein verschwörerisches Zwinkern zu Daniel annullierte sein Versprechen gegenüber der Haushälterin.

Jetzt genossen sie, eine halbe Stunde später, ihr zweites Glas. »Würdest du mir, bitte, meine Pfeife geben?«

Noah holte Daniels Pfeife vom Schreibtisch, wo er sie liegen gelassen hatte, und lieferte sie zusammen mit einem Tabaksbeutel bei dem großen ledernen Ohrensessel ab, in dem Daniel saß, die Füße auf einem gepolsterten Schemel. Dieser nahm sie zur Hand und entzündete sie geübt mit einem Streichholz.

»Wenn Maxine den Rauch riecht …«

»Werde ich behaupten, du hättest geraucht.« Er stieß eine Rauchwolke Richtung Decke aus. Nachdenklich blieben seine Augen am Stuckrondell in der Mitte hängen. »Die Straßenköter rücken uns immer mehr auf den Pelz, Noah. Sie sind fies und haben scharfe Zähne.«

Noah nippte an seinem Scotch. »WorldView?« Er machte eine wegwerfende Handbewegung. »Ich weiß nicht, wie ich es noch deutlicher hätte sagen können. Matherly Press steht nicht zum Verkauf.«

»Sie werden weiter bohren. Besonders Blume, dieser Dreckskerl.«

»Angeblich pisst er Eiswürfel.«

Daniel lachte in sich hinein. »Daran zweifle ich nicht.« Einen Moment paffte er seine Pfeife. »Doch selbst, wenn Morris Blume auf der Strecke bliebe oder aufgäbe und verduften würde, tauchte kurz danach bestimmt ein weitaus fieserer Köter als er auf.«

»Sollen ruhig kommen. Wir können sie in Schach halten.«

Daniel lächelte über die Zuversicht seines Schwiegersohnes. Seit dem Erscheinen von *Vernichtet* vor einem Jahrzehnt kannte jeder in der Branche Noah Reed. Der Roman, der in der Zeit nach dem Bürgerkrieg spielte, hatte die Nation im Sturm erobert. In ganz New York gab es keinen Verleger, der ihn sich nicht liebend gern geschnappt hätte, Daniel Matherly eingeschlossen.

Aber zu aller Überraschung und zum Kummer seiner neuen Fans galten Noahs ehrgeizige Pläne nicht dem Schreiben, sondern dem Verlegen. Während *Vernichtet* erschien, hatte er jeden verlegerischen Schritt begleitet und sich darüber mehr gefreut als über das Schreiben an sich.

Er war ein gewinnender junger Mann von überragender Intelligenz und mit rasiermesserscharfen Instinkten. Sein Verleger hatte einige seiner Ideen für die beste Vermarktung des Buches mit Erfolg in die Tat umgesetzt. Daraus schloss das Haus, Noah würde mit gleichem Erfolg fremde Bücher verlegen, und hatte ihn eingestellt.

Rasch hatte der Nachwuchslektor bewiesen, was in ihm steckte. Noch im ersten Jahr erwarb er ein obskures Manuskript eines unbekannten Schriftstellers, der mit diesem Erstling zum Bestsellerautor wurde und es bis zum heutigen Tage geblieben war.

Obwohl Noah die Lektoratsarbeit rasch in Fleisch und Blut überging, zeigte sich sein wahres Talent erst bei der geschäftlichen Seite der Verlagsarbeit. Seine kreativen Marketingstrategien waren so erfolgreich, dass andere Verleger sie schamlos kopierten.

Er war ein harter Verhandlungspartner, den die Literaturagenten trotz aller Bewunderung fürchteten. Der geborene Anführer. Einmal war er am Vorabend eines Streiks zu einer Druckerei in Pennsylvania gefahren, um persönlich an die missmutigen Arbeiter zu appellieren. Als Mittelsmann zwischen ihnen und dem ortsansässigen Management half er, die Auseinandersetzung zu schlichten. Der Streik wurde beigelegt, und Noah verhinderte eine Branchenkrise.

Noah Reed war klug und ehrgeizig, ja sogar gerissen. Da man Daniel Letzteres mit Recht vorgeworfen hatte, betrachtete er das nicht als Negativum. Als Noah, zu Daniels Überraschung, vor drei Jahren mit dem verbrämten Eingeständnis an ihn herangetreten war, er sei unzufrieden angesichts der Grenzen, die ihm sein gegenwärtiger Arbeitgeber auferlege, und kühn seinem Wunsch nach Veränderung Ausdruck verliehen hatte, hatte Daniel interessiert zugehört. Noahs Ideen waren innovativ, ohne dabei mit jenen Idealen in Konflikt zu geraten, auf deren Basis Daniels Vorfahren Matherly Press gegründet hatten. Ja, Noah teilte sie sogar.

Obendrein hatte Noah Daniels Eitelkeit angesprochen, auch wenn er das nie zugäbe. Der jüngere Mann hatte ihn an jene Zeit erinnert, als er selbst genauso aggressiv und entschlossen gewesen war und ein Selbstvertrauen an den Tag gelegt hatte, das fast schon an Einbildung grenzte. Aber auch das betrachtete Daniel eher als Tugend denn als Makel.

Daniel hatte Noah erklärt, er bräuchte ein paar Tage Bedenkzeit. Er zögerte, jemanden hineinzunehmen, der kein Familienmitglied war, und ihm eine verantwortungsvolle Position zu geben. Andererseits war das Geschäft so stark expandiert, dass er und Maris ein zusätzliches Paar Hände am Steuer gebrauchen konnten.

Was Maris betraf, so erregte sie schon der Gedanke, täglich mit dem Autor ihres Lieblingsbuches zu arbeiten. Obwohl sie Noah erst einmal bei einem Literaturempfang getroffen hatte, hielt sie große Stücke auf ihn. Insgeheim schwärmte sie schon seit Jahren für ihn.

Auf ihr Drängen erfand Daniel für Noah den Posten eines kaufmännischen Geschäftsführers. Er hatte diesen Entschluss nie bereut.

»Stimmst du noch immer damit überein?«, fragte ihn Daniel nun.

»Womit?«

»Mit der Firmenphilosophie.«

Er warf seinem Schwiegervater einen zurückhaltenden Blick zu. »Daniel, seit dem ersten Tag unserer Verbindung weiß ich, was du von Fusionen hältst. Zweifelsohne hätte es Vorteile. Wir hätten mehr Finanzmittel zur Verfügung, mehr Kanäle für Marketing und Werbung.«

»Aber wir wären nicht mehr autonom.«

»Auf diesen Punkt wollte ich gerade kommen«, sagte Noah. »Autonomie war die Basis bei der Gründung von Matherly Press. Dieses Familienmantra kannte ich schon vor meiner Einheirat.«

Als Maris angefangen hatte, sich mit Noah außerhalb der Bürozeiten zu treffen, hatte Daniel mit Vorurteilen reagiert. Seine Sorge hatte mehrere Gründe: Erstens beschäftigten ihn die zehn Jahre Altersunterschied, wenn auch nicht allzu sehr. Zweitens war Noah nicht nur für seinen herausragenden Geschäftssinn bekannt. Es hieß, er sei ein notorischer Frauenheld. Da diese Gerüchte so lange Jahre zirkulierten, musste Daniel einen gewissen Wahrheitsgehalt unterstellen. Aber seine größte Sorge galt Noahs persönlichem Lebenslauf. Eine Ehe mit der letzten unverheirateten Matherly gäbe seiner Karriere einen entscheidenden Aufschwung.

Selbstverständlich lag die Entscheidung letztlich nicht bei Daniel, sondern bei seiner Tochter. Und Maris wollte Noah unbedingt zum Mann. Auf Grund des vorzeitigen Todes ihrer Mutter war sie schon früher selbstständig gewesen als Gleichaltrige. Schiere Notwendigkeit hatte sie gezwungen, rasch erwachsen zu werden. Schon frühzeitig hatte sie eigene Ansichten entwickelt und eigenständig Entscheidungen getroffen. Er hatte sie dazu erzogen, ihren Verstand zu gebrauchen und ihren Instinkten zu trauen. Es wäre ein Fehler gewesen, den Lebenspartner ihrer Wahl nachträglich zu kritisieren.

Es ehrte Noah, dass er sich ohne Maris' Wissen an seinen Schwiegervater in spe gewandt und ihm erklärt hatte, die Hochzeit fände nie statt, falls Daniel diesbezüglich irgendwelche Zweifel hege. Ohne Daniels uneingeschränkte Zustimmung zu dieser Verbindung würde er trotz seiner abgöttischen Liebe zu Maris das Feld räumen, seine Position bei Matherly Press aufgeben und sich ganz aus ihrem Leben zurückziehen.

Daniel hatte dem Paar seinen Segen gegeben, wachte aber weiterhin aufmerksam über alles, was mit Maris' Glück zusammenhing. Gestern war sie ein wenig niedergeschlagen gewesen, obwohl sich die Überraschungsparty als logische Erklärung für Noahs Unaufmerksamkeit in jüngster Zeit entpuppt hatte.

Maris sprach zwar nicht darüber, trotzdem spürte Daniel, dass sie nun Kinder haben wollte und ein bisschen enttäuscht war, weil sie nicht schwanger wurde. Es war viel zu früh, sich darüber Sorgen zu machen. Maris war immer noch eine junge Frau. Noah hatte immer wieder seinem Kinderwunsch Ausdruck verliehen. Für die Familiengründung blieb ihnen noch reichlich Zeit.

Aus eigenem Interesse wünschte sich Daniel bald Enkel. Vor seinem Abtreten würde er noch allzu gerne die nächste Generation auf den Knien schaukeln.

In Gedanken bei seiner Tochter fragte er nun: »Hast du etwas von Maris gehört?«

»Nicht seit ihrer Abreise heute Morgen.« Noah schaute auf seine Armbanduhr. »Eigentlich sollte sie jetzt dort sein. Es war eine lange Fahrt, aber ich fürchte, das Ganze entpuppt sich als Luftblase.«

»Hoffentlich nicht. Sie wirkte ganz begeistert von diesem Schriftsteller. Übrigens, bei diesem Stichwort, sie hat mir von dem Geschenk erzählt.«

»Geschenk?«

»Gestern Nacht.«

»Oh.« Noah lächelte verdrießlich. »Man kann ihr schrecklich leicht eine Freude machen, nicht wahr?«

»Noah, deine Schreiberklause bedeutet ihr sehr viel. Sie hat heute Morgen noch kurz vor dem Boarden vom Flughafen aus angerufen. Sie hätte nicht glücklicher sein können, wenn du ihr einen Diamantring geschenkt hättest. Sie hat sich doch schon immer gewünscht, dass du wieder zu schreiben anfängst.«

Noah runzelte die Stirn. »Hoffentlich erwartet sie nicht zu viel von mir. Vermutlich werde ich sie enttäuschen.«

»Schon dein Bemühen darum wird sie glücklich machen.«

»Genau das würde ich gern noch heute Abend ein paar Stunden lang tun.« Noah stellte sein leeres Whiskyglas auf den Beistelltisch und stand auf.

»Bleib doch noch zum Abendessen. Dann spielen wir anschließend Schach.«

»Klingt verführerisch, Daniel, aber ich sollte die Zeit, in der Maris fort ist, nützen, um ein paar Seiten herauszukurbeln. Schließlich gibt's nur eine einzige Methode, die funktioniert: schreiben«, sagte er lächelnd. »Darf ich dir noch etwas nachschenken, bevor ich gehe?«

»Nein, danke. Maxine wird sowieso den Rest in der Karaffe nachmessen.«

»Dann ziehe ich es definitiv vor, das Feld zu räumen, bevor ich in die Schusslinie gerate.« Noah zog sein Jackett an und nahm seine Aktentasche. »Kann ich sonst noch etwas für dich tun?«

»Offen gestanden, ja«, sagte Daniel. »Wenn dir das nächste Mal jemand anbietet, meinen Verlag zu kaufen, dann sag ihm, er kann mich mal.«

Noah lachte. »Soll ich dich zitieren?«

»Absolut. Ich lege sogar Wert darauf.«

Zwei Wodka Martinis hatten Nadias Nerven nicht betäubt. Seit Noah ihr von seinem Gespräch mit Daniel berichtet hatte, schien sie in höchster Alarmbereitschaft zu sein.

Schon eine halbe Stunde tigerte sie über das Parkett ihrer Wohnung in Chelsea, die ausschließlich für romantische Treffen gedacht war. Ihre offizielle Adresse war die Eigentumswohnung im Trump Tower. Von dieser Wohnung wusste nicht einmal ihr Steuerberater etwas.

»Ich traue dem alten Kauz nicht, egal, wie blasiert er wirkt«, sagte sie. »Woher weißt du, dass er das ganze Theater nicht durchschaut?«

»Weil er nicht hinsieht.« Noahs Stimme spiegelte seine Ungeduld.

»Noah, ich stelle deine Beobachtungsgabe nicht in Frage.«

»Ach ja?«

»Nein. Ich habe nur Angst, es könnte etwas schief gehen. Ich möchte diesen Deal unbedingt durchziehen. Dir zuliebe.«

»Ich möchte ihn *für uns*.«

Allmählich ebbte ihre Besorgnis ab. Sie hörte mit dem Herumlaufen auf, näherte sich der Stelle, wo er stand, und legte ihm die Hände auf die Schultern. »Du verdammter Kerl«, sagte sie weich. »Mit diesem Satz hast du mich komplett entwaffnet.«

Sie küssten sich leidenschaftlich und tief. Sie knöpfte sein Hemd auf und schob die Hand hinein. Als sie sich voneinander lösten, rieb sie immer noch seine Brusthaare. »Ist doch nur, weil Daniel Matherly seinen Verlag schon so lange überwacht. Wie lange eigentlich?«

»Er ist achtundsiebzig. Sein Vater starb, als er neunundzwanzig war. Seither hält Daniel die Zügel in der Hand.«

»Also fast fünfzig Jahre.«

»Ich kann subtrahieren, Nadia.«

»Damit meine ich doch nur, dass er nicht deshalb zur lebenden Legende wurde, weil er ein Schwachkopf ist. Er war nicht erfolgreich, weil er Leute falsch interpretiert hat. Er ist schlau. Er hat Grips. Er ist …«

»Nicht mehr so gewieft wie früher.«

»Vielleicht. Vielleicht sollst du aber auch genau das denken.«

Kritik konnte Noah nicht ausstehen, nicht einmal einen

Hauch davon. Er schob sie von sich und ging in die Küche, wo er erneut Eiswürfel in sein Longdrink-Glas füllte und etwas Scotch darüber spritzte. »Ich kenne meinen Schwiegervater mindestens so gut wie du, Nadia.«

»Ich bin überzeugt …«

»Wenn du tatsächlich von mir überzeugt wärst, würdest du nicht ständig deswegen an mir herumnörgeln.« Er kippte seinen Drink auf einen Zug hinunter, dann stellte er das Glas auf die Anrichte. Erst als er seinen Unmut wieder unter Kontrolle hatte, drehte er sich zu ihr um. »Deine Aufgabe ist es, dafür zu sorgen, dass Blume und Co. still und friedlich bleiben.«

»Ich gehe morgen Abend mit Morris essen. In den Rainbow Room.«

»Gut. Wirf dich in Schale. Iss, trink und tanz. Geh ihm um den Bart. Mach ihn glücklich. Überlass die Matherlys mir. Die habe ich schon seit drei Jahren ganz gut im Griff. Ich weiß, wie sie denken. Weiß, wie sie auf vorgegebene Situationen reagieren. Das hier muss mit ganz besonderem Fingerspitzengefühl durchgeführt werden. Ein voreiliger Zug, und schon fliegt uns die ganze Sache um die Ohren.«

Seit Jahren lief sein Zeitplan exakt ab. Jetzt kam die Ziellinie in Sicht. Da würde er gewiss nicht wegen eines leichtsinnigen Schrittes seine gesamte, sorgfältig geplante Strategie opfern. Bisher war alles nach Plan verlaufen, weil er es auf seine Art und nach seinem Zeitplan gemacht hatte.

Der erste Schritt war erreicht, als ihn Daniel Matherly einstellte. Er hatte das Vertrauen des Alten errungen, indem er sich der Firmenphilosophie anpasste. Durch die Heirat mit Maris hatte er eine weitere hohe Hürde übersprungen und seine Position noch mehr gefestigt. Anschließend hatte er im richtigen Moment Blume über Nadia sein Interesse an einer Fusion signalisiert. Blume operierte noch immer unter der fälschlichen Annahme, diese Idee stamme ursprünglich von ihm. Aber weit gefehlt. WorldView hatte von Anfang an auf Noahs Spielplan gestanden.

Bis zu diesem Punkt war alles so verlaufen, wie Noah Reed das wollte. Und Noah Reed war das Maß aller Dinge. Er würde sich selbst kein Bein stellen, indem er nun überstürzt agierte.

»Ich weiß gar nicht, warum du heute so gereizt bist«, sagte Nadia. »Morris hat die Deadline für heute angesetzt, nicht ich.«

Dies war die einzige Unregelmäßigkeit in Noahs Plan gewesen, die er nicht vorhergesehen hatte. Sie war auch an seiner schlechten Laune heute Abend schuld. Während der Cocktailstunde mit Daniel hatte er dem weitschweifigen Gerede des Alten nur mit halbem Ohr zugehört. Stattdessen ging ihm Blume mit seinem Echsenlächeln nicht aus dem Kopf, der ihm eine Deadline in zwei Wochen gesetzt hatte, den Köder zu werfen oder Leine zu ziehen.

Blume hatte Noah daran erinnert, dass er reichlich Zeit gehabt hätte, das Angebot zu prüfen. Entweder sei er nun daran so interessiert, dass er einen Schritt vorwärts tat und den Deal realisierte, oder eben nicht. Noah hatte ihn seinerseits daran erinnert, dass sein Schwiegervater kein kleiner Stolperstein sei, sondern ein ernsthaftes Hindernis. »Daniel hat unmissverständlich gesagt, seine Firma stehe nicht zum Verkauf.«

»Dann müssen Sie kühne Schritte unternehmen, damit er seine Ansicht ändert, nicht wahr?«

Blume beendete das Treffen, indem er Noah darauf hinwies, es gebe noch andere Prestigeverlage im Stil von Matherly Press, die liebend gern die Chance ergreifen würden, ein Teil von WorldView zu werden.

Noah wusste ganz genau, wie realistisch Blumes Drohung war, das war das Schlimme daran. Viele kleinere Verlage hingen am seidenen Faden. Sie konnten mit den Vertriebskapazitäten und den massiven Werbebudgets der Mediengiganten nicht konkurrieren und würden die finanzielle Entlastung und die Stabilität begrüßen, die mit WorldView einherging. Im Gegensatz zu Daniel sorgten sie sich in allererster Linie ums nackte Überleben. Sentimentalitäten konnten sie sich nicht leisten.

Obwohl Noah selbst nicht den winzigsten Funken Sentimentalität im Leibe hatte, war er bestens damit vertraut, wie fanatisch Daniel an Traditionen und seiner Familiengeschichte festhielt. Der Alte würde nicht ohne weiteres loslassen. Doch diese verzwickte Komplikation schien Blumes Begriffsvermögen zu übersteigen.

»Ich bin mir über Blumes Deadline sehr wohl im Klaren«, erklärte Noah jetzt Nadia. »Ich werde dafür sorgen, dass sie eingehalten wird.«

»Und was ist mit Maris?«

»Die hat in Florida zu tun.«

»In Georgia.«

»Was?«

»Du hast mir erzählt, sie fahre nach Georgia.«

»Egal. Ich werde während ihrer Abwesenheit weiterhin Daniel unterminieren. Damit habe ich schon heute Abend mit dem Hinweis auf die Vorteile von Blumes Angebot begonnen.«

»Und was passiert, sobald Maris wieder da ist?«

»Sie wird sich Daniel anschließen.«

»Das war eigentlich nicht mein Thema.«

So viel Glück sollte ich mal haben! Mit einem müden Seufzer schloss Noah die Augen und rieb sich den Nasensattel. Himmel noch mal, darüber brauchte er momentan nun wirklich keine Diskussion. Er hatte schon genug um die Ohren.

»Nadia, ich weiß, worauf du anspielst.« Er senkte die Hand, schlug die Augen auf und schaute sie an. »Denk mal nach. Ist es sinnvoll, Maris jetzt um die Scheidung zu bitten? Nein. Das kann ich erst machen, wenn der Vertrag mit WorldView unter Dach und Fach ist.«

Entnervt atmete er aus. »Glaubst du etwa, die Ehe mit ihr hat mir Spaß gemacht? Meinst du, ich bin Daniel all die Jahre zum Vergnügen in den Hintern gekrochen?«

»Was für ein widerlicher Gedanke.«

»Nicht wahr? Dann stell dir das mal aus meiner Sicht vor.« Er hoffte, diese Bemerkung brächte sie zum Lachen, was sie aber nicht tat.

»Und Maris?«, wollte sie wissen. »Wirst du ihren hübschen Hintern vermissen?«

Er lachte trocken auf. »Meine Frau werde ich nicht vermissen, aber den Verlust einer guten Lektorin. Allerdings werde ich mit Hilfe des aktuellen Budgets, das mir Blume versprochen hat, drei von ihrer Sorte einstellen können. Sogar fünf. Und sollte keine so gut sein wie sie, werde ich mich immer noch mit meinen zehn Milliönchen trösten können.«

Einen Augenblick schaute sie ihm unverwandt in die Augen. Sie zog einen Schmollmund. »Macht es dir wirklich nichts aus, wenn ich Morris Blume um den Bart gehe?«

»Im übertragenen Sinne.«

»Also, was du da eben gesagt hast…«

»Was denn?«

»Dass du diesen Deal *für uns* durchziehen möchtest. Hast du das wirklich so gemeint?«

Statt einer Antwort zog er sie an sich und küsste sie.

Sie knöpfte sein Hemd ganz auf, schlug es zurück und züngelte sacht über seine Brustwarze. »Wirklich?«

»Im Moment würde ich alles schwören.«

Mit einem heiseren Lachen streichelte sie ihn durch seine Hose. »Ich teile dich nicht gern mit Maris. Ich kann's nicht erwarten, das alles für mich allein zu haben.«

»Ich kann's selbst kaum mehr erwarten.« Er zog den Reißverschluss seiner Hose auf und schob seine Shorts hinunter. Nadia ging auf die Knie und presste sich gegen seinen erigierten Penis. Bevor sie ihn ganz in den Mund nahm, leckte sie ihn der Länge nach mit der Zunge ab. Noah grunzte vor Befriedigung.

»Tu du das, was du am besten kannst, Nadia, und überlass mir die Matherlys.«

9

Parker saß an seinem Computer. Er war schon seit Stunden auf. Sein Gehirn hüpfte wie ein Stein über eine Wasserfläche.

Mike servierte ihm bereits die dritte Tasse Kaffee. »Dein Gast hat soeben das Cottage verlassen. Sie bummelt genüsslich den Weg am Meer entlang, wird aber bald hier sein.«

Er hatte Mike gebeten, nach ihr Ausschau zu halten, und registrierte seinen Bericht mit einem Kopfnicken.

Als Mike Parkers leere Kaffeetasse gegen die volle austauschte, war er ungewöhnlich unachtsam. Heißer Kaffee schwappte heraus, lief über den Tisch und spritzte über mehrere Blätter mit handschriftlichen Notizen. Parker starrte die Sauerei an, dann hob er den Kopf und warf dem Älteren einen strafenden Blick zu.

»Tut mir Leid«, sagte Mike.

»Möchte ich wetten.«

Mike schnaubte.

»Hör mal, wenn du was zu sagen hast, warum benimmst du dich dann nicht wie ein Erwachsener und sagst es einfach?«

»Parker, meiner Ansicht nach weißt du, was ich zu sagen habe.«

»Wie wär's mit ›Gratuliere‹?«

»Und wie mit ›Komm auf den Teppich‹? Erwartest du wirklich, dass ich dir gratuliere?«

»Sie ist da, oder?«

»Ja. Sie ist da.« Trotzdem wirkte Mike darüber nicht allzu glücklich.

Parker zuckte die Achseln und fragte ungeduldig: »Was? Die kontroverse Psychologie hat funktioniert. Sie hat den Köder geschluckt. Worauf wir gehofft hatten. Wenn du Skrupel gehabt hättest, hättest du ihre Telefonnummern wegwerfen müssen, als dieser Hilfssheriff sie dir gegeben hat. Hast du aber nicht. Du hast sie mir gegeben. Ich habe sie angerufen, und sie ist gekommen. Was plagt dich also jetzt?«

Mike drehte sich um und stapfte in die Küche zurück. »Meine Brötchen verbrennen.«

Parker widmete sich wieder seinem Bildschirm, aber die Unterbrechung hatte seine kreative Phase blockiert. Er konnte sich nicht auf die letzten Sätze konzentrieren, die er geschrieben hatte. Mittlerweile kamen sie ihm wie ein unentwirrbares Labyrinth aus Wörtern und Phrasen vor. Um ihnen mit Gewalt eine Bedeutung abzuringen, zwang er seine Augen, jedes Wort einzeln aufzunehmen, aber sie ergaben trotz äußerster Konzentration keinen Sinn. Genauso gut hätte dort Sanskrit stehen können.

Doch dann begriff er, warum ihn das Lesen und Verstehen seiner eigenen Worte plötzlich überforderte: Er war nervös. Merkwürdig, wenn man bedachte, dass sich alles mehr oder weniger planmäßig entwickelt hatte. Zwar hatte er im Hinblick auf Maris Matherly-Reeds Persönlichkeit spontan ein paar Anpassungen vornehmen müssen, aber ansonsten reagierte sie auf ihn und seine Situation sogar besser, als er je zu hoffen gewagt hatte.

Wenn er jetzt so darüber nachdachte, war es fast schon zu leicht gewesen, sie hierher zu locken. Er hatte an den Fäden gezogen, und schon hatte sie wie eine Marionette die richtigen Bewegungen gemacht. Vermutlich war Mike deshalb heute Morgen eine Laus über die Leber gelaufen. Ihre arglose Mitarbeit hatte sie in gewisser Weise verwundbar gemacht und ließ sie fast als Opfer erscheinen.

Aber das ist sie nicht, redete er sich verbissen ein.

Jaja, ein paar Fäden hatte er gezogen, um sie in die von ihm gewünschte Richtung zu lenken, aber letztlich hatte sie die Sache in der Hand. Alles hing davon ab, ob ihr *Neid* gefiel, oder ob sie das Buch nicht ausstehen konnte.

Und genau hier lag *für ihn* der Hase im Pfeffer. Der Gedanke, ihre Meinung über die Seiten zu erfahren, die sie gestern Nacht zum Einschlafen gelesen hatte, machte ihn nervös, nicht nur vom Standpunkt des Gesamtplans aus betrachtet, sondern auch vom schriftstellerischen. Was, wenn sie sie für missraten hielt? Wenn sie sich bei ihm zwar für die Möglichkeit bedankte, mehr von seinem Opus zu lesen, aber dann doch ablehnte und auf Wiedersehen sagte?

Dann wäre sein schöner Plot kaputt, und er würde sich beschissen fühlen.

Aufgeregt drehte er seinen Rollstuhl auf der Stelle herum und sah zu, wie sie über einen Weg zwischen Haupthaus und Cottage näher kam. Letzteres war ursprünglich die frei stehende Küche der Pflanzervilla gewesen, die Parker zu einem Gästehaus umgebaut hatte. Nicht weil er jede Menge Gäste hatte oder in Zukunft zu haben plante. Trotzdem hatte man das Innere des Gebäudes entkernt und keine Kosten für eine komplette Renovierung mit allem Komfort gescheut.

Dies alles hatte er für einen einzigen Gast getan – und der wohnte derzeit darin.

Als Maris aufschaute und sah, dass er sie hinter den Glasscheiben des Solariums beobachtete, winkte sie lächelnd. Winkte? Er konnte sich nicht erinnern, wann ihm einer das letzte Mal gewunken hatte. Obwohl er sich ziemlich dämlich vorkam, hob er die Hand und winkte zurück.

Sie trat durch die Schiebetür ein. »Guten Morgen.«

»Hi.«

Ihre Haut wirkte feucht. Sie roch nach Blütenseife. Vielleicht Magnolien. Sie hatte seine Manuskriptseiten bei sich.

»Hier ist es traumhaft, Parker«, rief sie ein wenig atemlos. »Gestern Nacht war es zu dunkel, um dieses Stück Land richtig einzuschätzen. Erst jetzt bei Tageslicht verstehe ich, warum Sie sich in diesen Ort verliebt haben.« Ihr Blick wanderte über den weiten grünen Rasen hinaus auf den feinen Sandstrand und den funkelnden Atlantik. »Es ist wunderbar. So friedlich.«

»Ich habe einen Föhn vergessen.« Verlegen steckte sie sich eine feuchte Haarsträhne hinters Ohr. »Ich habe gesucht, konnte aber keinen finden. Aber es ist heute Morgen so warm, da tut es gut, die Haare nass zu lassen. Ein Föhn ist das Einzige, was im Cottage fehlt. Das haben Sie prächtig hinbekommen.«

»Danke.«

Er musterte sie weiter von Kopf bis Fuß, was sie, wie beabsichtigt, noch verlegener machte. »Die Möblierung ist charmant. Besonders haben mir das eiserne Kopfteil am Bett und die Badewanne mit den Löwenpfoten gefallen.«

»Waren Mikes Idee.«

»Gute Idee.«

»Jaja, das ist sein Metier. Eiserne Bettgestelle, Badewannen, Kaminummantelungen.«

»Er hat einen Blick für Details.«

»Vermutlich.«

Mehrere Augenblicke stockte das Gespräch, dann redeten beide gleichzeitig.

Er sagte: »Ihre Bluse ist nass.«

Sie sagte: »Ich habe die neuen Seiten gelesen.«

»Was halten Sie davon?«, fragte er.

»Von meiner Bluse?«

»Sie ist feucht.«

Beim Blick nach unten sah sie, was Parker seit ihrem ersten Schritt nach drinnen gefesselt hatte. Sie trug denselben Rock und dieselbe Bluse wie bei ihrer Ankunft. Nach dem gestrigen Abendessen hatte Mike so lange gebittet und gebettelt und schließlich darauf bestanden, dass sie in ihrem Gästehaus übernachtete, bis sie die Einladung annahm. Allerdings war zu so später Stunde jeder Versuch gescheitert, ihr Gepäck aus dem Hotel in Savannah zu holen.

Folglich hatte sie heute Morgen dieselbe Kleidung angezogen. Nur die Kostümjacke hatte sie mit Rücksicht auf das Klima weggelassen. Vorne auf ihrer Bluse zeichnete sich ihr BH als feuchtes Muster ab.

Sie rollte die Manuskriptblätter zusammen. Wahrscheinlich wollte sie sich nicht mehr dahinter verstecken. »Ich habe gestern Abend noch ein paar Sachen ausgewaschen.«

Sachen, Plural. Wenn sie Sachen ausgewaschen hatte, worin hatte sie dann geschlafen? Derartige Mutmaßungen ließen auch Parker ins Schwitzen geraten.

»Vermutlich sind sie nicht ganz getrocknet«, murmelte sie. »Die Luftfeuchtigkeit.«

»Schätzungsweise.«

Ihre Blicke trafen sich, aber nur einen Sekundenbruchteil, dann schaute sie verlegen weg. Und das war auch gut so. Eigentlich sogar exzellent. Er wollte sie in ständiger Verunsicherung halten. Verdammtes Pech, wenn Mike diese Strategie nicht passte.

Er beugte sich in seinem Rollstuhl vor und nahm ihr die zusammengerollten Seiten aus der Hand. »Sie haben sie gelesen?«

»Dreimal.«

Fragend hob er die Augenbrauen.

»Ich habe einige Anmerkungen.«

Sein Kinn ging in Verteidigungsbereitschaft.

»Wer möchte gerne frühstücken?«, fragte Mike, der mit einem Servierwagen unter der Tür auftauchte. Darauf standen Teller mit Rührei, Speck und Melonenscheiben. Die frisch gebackenen Brötchen lagen in ein Tuch gewickelt in einem Drahtkorb. Dazu noch eine randvolle Sauciere und eine Schüssel dampfender Grütze mit einem See aus geschmolzener Butter in der Mitte.

Obwohl Parkers Magen knurrte und ihm das Wasser im Mund zusammenlief, hätte Mike zu keinem schlechteren Zeitpunkt auftauchen können, was er sicher genau wusste. Mike vermied jeden Blickkontakt mit ihm, bis Parker sagte: »Alter, das zahl ich dir heim.«

»Was?«, fragte Mike unschuldig.

Parker warf ihm einen ironischen Blick zu, den Mike ignorierte und stattdessen Maris zu einem kleinen Tisch winkte, an dem Parker manchmal aß, wenn er schrieb.

»Liebe Güte.« Bestürzt schaute sie zu, wie Mike ihren Teller füllte. »Normalerweise reichen mir ein Bagel und Kaffee.«

Spöttisch erinnerte Mike sie daran, dass das Frühstück die wichtigste Mahlzeit des Tages war. »Mögen Sie Grütze?«

»Keine Ahnung?« Unter dem gemeinsamen Gelächter von Parker und Mike versuchte sie zaghaft den ersten Bissen, den sie auch tapfer schluckte, dann sagte sie höflich: »Vielleicht muss man damit aufgewachsen sein.«

»Brechen Sie Ihr Brötchen auseinander, damit ich Ihnen Soße darauf geben kann«, erklärte ihr Mike.

Specksoße war für sie ebenfalls neu. Allerdings fand sie diese köstlich. »Essen Sie jeden Morgen so?«

»Das ist ein besonderer Anlass«, sagte Mike.

»Er versucht, Sie zu beeindrucken«, erklärte ihr Parker.

»Hat geklappt.«

Sie strahlte Mike derart herzerweichend an, dass Parker gegen jede Vernunft eifersüchtig wurde und in seinen Teller knurrte: »Wenn du daran gedacht hättest, einen Föhn ins Cottage zu legen, hättest du sie wirklich beeindrucken können.«

Sie und Mike ließen sich Zeit und plauderten beim Essen über dies und das, während er in Rekordzeit seinen Teller leer aß. Mit einem Gefühl innerer Unruhe steuerte er eigenhändig die Küche an – »Nein, bemüh dich nicht«, erklärte er Mike, als dieser aufstehen wollte. »Ich hol's schon.« – und kam mit der Kaffeekanne auf einem Tablett auf dem Schoß zurück.

Er schenkte ihnen nach und nippte anschließend ungeduldig an seiner Tasse, während sie ausführlich über Rhododendronpflege sprachen, als ob Blütensträucher das Wichtigste auf der Welt wären. Er überstand eine Diskussion, ob *Cats* besser sei als *Sunset Boulevard,* sowie eine hitzige Debatte über das Thema, ob Frauen in der NBA spielen sollten. Doch dann ging er rüde dazwischen.

»Können wir jetzt über mein Buch sprechen?«

»Was hast du's denn so eilig?«, fragte Mike.

»Schließlich haben wir hier keine Frühstückspension.«

»Wenn's doch nur so wäre.« Mike begann, die benutzten Teller einzusammeln und auf den Servierwagen zu stapeln. »Dann hätte ich wenigstens ab und zu jemanden für eine angenehme Plauderei.«

»Ich bin angenehm.«

»Wie die Krätze.«

Lachend knüllte Parker seine Serviette zusammen und feuerte sie wie bei einem Freiwurf auf den Wagen. »Beeil dich mit diesen Tellern und komm wieder. Du warst zwar ein braver und liebenswürdiger Gastgeber, trotzdem wird es dich jucken, zu erfahren, was Maris über *Neid* zu sagen hat.«

Mike trollte sich unter leisem Gemurmel.

»Wetten, dass ich bei diesem Monolog nicht allzu gut weggekommen bin«, sagte Parker, als Mike außer Hörweite war.

»Sind Sie beide miteinander verwandt?«

»Jedenfalls keine Blutsverwandten.«

»Er hat Sie sehr gern.«

Parker warf ihr einen scharfen Blick zu. Als er sah, dass es sich nicht um eine bissige Bemerkung handelte, verkniff er sich eine schneidende Antwort und grübelte stattdessen über ihre Aussage nach. Dann meinte er langsam: »Ja, vermutlich tut er das.«

»Haben Sie nie darüber nachgedacht?«

»Nicht laut.«

»Hat er sich schon immer um Sie gekümmert?«

»Nein.«

»Ich meine seit Ihrem Unfall.«

»Unfall?«

Sie deutete auf seinen Rollstuhl. »Ich nahm an…«

»Wie kommen Sie darauf, dass es ein Unfall war?«

»War's das denn nicht?«

Mike tauchte wieder auf, spürte aber, dass er bei einem ernsten Thema hereingeplatzt war, und verharrte zögernd im Türrahmen. Parker winkte ihn näher. Diesmal war er ihm für die Wahl des Zeitpunktes dankbar. Wieder vermutete er Absicht dahinter. Mike Strother entging nicht viel.

Parker holte tief Luft, atmete aus und wandte sich an Maris, die auf dem Rattansofa saß, mit der Bemerkung: »Okay, dann bringen wir's mal hinter uns.«

Sie lachte leicht. »Parker, das ist keine Hinrichtung.«

»Nein?«

»Ganz und gar nicht. Was Sie geschrieben haben, ist gut. Sehr gut.« Sie hielt inne. Ihre Blicke wechselten von ihm zu Mike und wieder zurück.

»Warum werde ich dann das Gefühl nicht los, dass mir schon bald ein ›Aber‹ bevorsteht?«

Lächelnd sagte sie ruhig: »Sie haben ein hinreißendes Exposé geschrieben.«

Mike hüstelte und starrte auf seine Schuhe.

»Exposé?«

»Das Bisherige ist exzellent.« Sie befeuchtete ihre Lippen. »Aber es… es bleibt an der Oberfläche. Sie haben sich nicht gründlich genug damit befasst.«

»Verstehe.«

»Parker, das ist keine schlechte Nachricht.«

»Schlecht genug.«

Er drehte seinen Stuhl herum und rollte ihn näher an die Fensterfront heran, wo er zuschaute, wie sich die flachen Wellen im Sand brachen. Die Insel hatte nie eine starke Brandung, besonders nicht an einem Tag wie heute, an dem der Wind kaum seinen Namen verdiente und kein ablandiges Tief die Elemente aufwühlte.

»Was ich bisher gelesen habe, hat mich nicht im Geringsten entmutigt«, sagte Maris, »ganz im Gegenteil.«

Ihre Stimme war noch leiser als zuvor und klang in der ungemütlichen Stille ängstlich. Aus der Küche rauschte und gluckerte die Geschirrspülmaschine, aber sonst rührte sich im Haus nichts.

Parkers Schultern begannen zu beben. Er legte sich die Hand auf den Mund, um das Geräusch zu unterdrücken, das aus seiner Kehle aufstieg.

Sofort war Maris alarmiert. »Oh, Parker, bitte nicht.«

Plötzlich wirbelte er seinen Rollstuhl herum und schaute Mike an, der in sein Lachen einstimmte. »Gewonnen, du alter Mistkerl. Fünfzig Scheißkröten.«

»Ich hab's dir gesagt«, meinte Mike kichernd, »für so etwas habe ich ein ganz geniales Gespür.«

»Genau wie einen Hang zur Alliteration.«

Mike reagierte mit einer raschen korrekten Verbeugung.

Maris war aufgesprungen, warf beiden wütende Blicke zu und stemmte die Hände in die Hüften. Das hätte sie besser bleiben lassen. Durch diese Haltung spannte sich der feuchte Stoff noch mehr über ihrer Brust. Der Spitzen-BH zeichnete sich in allen Details ab.

»Offensichtlich bin ich die Zielscheibe eines Insiderwitzes. Würden Sie mich freundlicherweise einweihen?«

»Nicht direkt ein Witz, Maris.« Mike zügelte sein Lachen. »Es handelte sich mehr um ein Experiment. Um einen Test.«

»Einen Test?«

»Vor ein paar Monaten haben wir diesen Artikel über Sie in einem Branchenmagazin gelesen. Auf mich machten Sie den Eindruck einer erfahrenen Lektorin und Verlegerin, aber Parker behauptete, vermutlich hätte Ihr Herr Papa diesen Artikel bezahlt ...«

»Ich sprach von Bestechung.«

»... und anschließend Ihre Presseabteilung damit beauftragt, ihn zu schreiben.«

»Damit war klar, warum er so schmeichelhaft ausfiel.«

»Er meinte, Sie segelten zweifellos im Windschatten des guten Namens Ihres Herrn Papas. Sie sähen zu jung aus und ... äh ... zu unerfahren ...«

»Eigentlich habe ich den Ausdruck ›oberflächlich‹ benützt.«

»... um eine gute Schreibe von einer schlechten zu unterscheiden. Ihr Lesestoff beschränke sich vermutlich auf Modemagazine.«

»Wie man mehrere Orgasmen bekommt.«

»Außerdem würden Sie vermutlich keinen Unterschied kennen zwischen einem guten Buch und einem guten ... äh ...«

»Sprich dich ruhig aus«, beendete Parker den Satz mit einem seligen Lächeln.

Sie hatte mit unveränderter Miene zugehört, ohne dazwischenzugehen. Jetzt drehte sie sich langsam zu Parker um, dem plötzlich sämtliche Metaphern über Funken sprühende Augen durch den Kopf gingen.

Maris hatte blaugraue Augen. Sie erinnerten an Regenwolken, die an Sommernachmittagen von Westen heranrollen und sich wohltuend vor die heiße Sonne schieben. Im Grunde genommen waren sie harmlos und zogen trotz aller Turbulenzen rasch vorbei. Doch selbst kurzfristige Turbulenzen fielen gelegentlich heftig aus. Ihre Augen hatten die dunkle Farbe von Sturmwolken angenommen, aus denen jeden Moment Blitze zucken konnten.

»Sicher sind Sie stocksauer.« Sein Achselzucken war keine reumütige Geste. »Ich habe alles Mögliche gesagt und getan, um Sie von einer Reise hier herunter abzuhalten. Trotzdem sind Sie gekommen. Als ich Sie gestern Abend …« Nach einem raschen Blick auf Mike beschloss er auf der Stelle, den Kuss unerwähnt zu lassen. »Als ich gestern Abend versucht habe, Sie zur Abreise zu überreden, haben Sie sich fürs Bleiben entschlossen.«

Seine Erklärung bewirkte nicht die gewünschte Vergebung. »Sie sind ein ausgewachsener Mistkerl, nicht wahr?«

»Ziemlich, jaaa«, sagte er zustimmend.

»Sie haben versucht, mir eine Falle zu stellen.«

»Schuldig.«

»Wenn ich von Ihrem tollen Schreibstil geschwärmt hätte, hätten Sie gewusst, dass ich lüge.«

»Oder eine lausige Lektorin sind.«

»Aber ich hab's besser gewusst«, warf Mike ein. »Maris, ich hatte Bücher gelesen, die Sie lektoriert haben. Ich habe Parker erklärt und um fünfzig Dollar mit ihm gewettet, dass seine niedrige Meinung von Ihnen ungerechtfertigt und schlicht und einfach falsch ist.«

Maris hörte das natürlich alles. Trotzdem schaute sie zu Mike nicht einmal hinüber. Ihre Wut konzentrierte sich ganz auf Parker. Er grinste so verschlagen wie ein Alligator, der soeben ein

Kükennest verschlungen hatte. Dass dieses Grinsen sie noch mehr reizen würde, wusste er genau. »Bedauern Sie Ihre Reise? Möchten Sie jetzt das Boot für die Rückfahrt bestellen?«

Sie schüttelte ihre feuchten Haare zurück. »Woran ist Todds Vater gestorben?«

Parker bekam leichtes Herzflattern, so froh und erleichtert war er. Mit seinem fiesen Grinsen hatte er das bange Gefühl überspielt, das er die ganze Zeit gehabt hatte.

»Handelte es sich um einen plötzlichen Tod, oder war er die Folge langer Krankheit?«, fragte sie.

»Heißt das, dass Sie noch immer interessiert sind?«

»Hat sein Tod Todd schwer getroffen, oder war er froh, ihn endlich los zu sein? War sein Vater sein Idol? Oder sein Tod die Befreiung von jahrelanger emotionaler Misshandlung?«

Sie schob einen Sessel in seine Nähe und riss ihm beim Hinsetzen die Seiten aus der Hand. »Verstehen Sie, worauf ich hinauswill?«

»Die Figuren brauchen mehr Fleisch und Blut.«

»Ganz genau. Woher kommen sie? Wie waren ihre Familien? Reich, arm, Mittelklasse? Hatten sie eine ähnliche Kinderstube oder komplett verschiedene Kindheiten? Wir wissen zwar, dass sie Schriftsteller werden wollen. Warum, haben Sie uns aber nicht erklärt. Einfach aus Liebe zu Büchern? Oder ist Schreiben für Roark eine Katharsis, ein Weg, seiner Wut Luft zu machen? Ist es das Nonplusultra gegen Todds Traurigkeit?«

»Nonplusultra?«

»Hören Sie überhaupt zu?«

»Das schlage ich später nach.«

»Sie wissen ganz genau, was das heißt«, fuhr sie ihn an.

Wieder lächelte er. »Ja. Stimmt.«

Aus dem Augenwinkel registrierte er, wie Mike das Zimmer verließ und hinter sich die Tür zuzog.

Maris war noch immer auf Hundertachtzig. »Das Leben im Verbindungshaus …«

»Darüber mehr im nächsten Kapitel.«

»Es gibt ein nächstes Kapitel?«

»Ich habe heute Morgen daran gearbeitet.«

»Großartig. Dieser Teil hat mir gefallen, sogar sehr. Das ist lebendig. Schon beim Lesen konnte ich die Sportsocken riechen.« Sie schüttelte sich vornehm. »Und dann die Sache mit der Zahnbürste …«

»Jaaa?«

»Die ist fast schon zu widerlich, um erfunden zu sein. Persönliche Erfahrung?«

»Was muss noch überarbeitet werden?«, fragte er.

»Aha, ich kapiere. Persönliche Fragen sind nicht gestattet.«

»Wenn Sie gestern Nacht Ihre Dessous gewaschen haben, worin haben Sie dann geschlafen?«

Sie schnappte kurz nach Luft und öffnete schon den Mund für eine Antwort, als sie sich eines Besseren besann. Energisch klappte sie den Mund wieder zu.

Er legte den Kopf schief und kniff die Augen zusammen, als wollte er sie schärfer ins Visier nehmen. »In nichts, oder?«

Sie senkte den Blick in ihren Schoß. Vielleicht auch in seinen. Am liebsten hätte er gesagt: *Jaja, es wirkt, aber wenn du neugierig bist, warum findest du's dann nicht mit eigenen Händen heraus?* Aber das ließ er dann doch sein, sonst telefonierte sie womöglich doch noch um das Boot zum Festland.

»Eins zu null für Sie«, sagte sie barsch. »Keine persönlichen Fragen.«

Erneut nahm sie das Manuskript zur Hand und blätterte es mit dem Daumen durch, um sich die Notizen wieder ins Gedächtnis zu rufen, die sie an die Ränder geschrieben hatte. »Eigentlich hätte ich gerne, dass Sie alles ausführlicher darstellen.« Mit einem flüchtigen Blick wollte sie seine Reaktion einschätzen. Als er diese jedoch verweigerte, lehnte sie sich mit einem Seufzer zurück. »Das haben Sie erwartet, ja? Sie wussten, was ich sagen würde.«

Er nickte. »Ich bin an der Oberfläche geblieben, genau wie Sie sagten.«

»Um meine Kompetenz zu testen.«

»Hmm.«

»Sie haben mich mein Sprüchlein aufsagen lassen.«

»So in der Art.«

Sie lächelte bescheiden. Sie hatte viel Sportsgeist, und sie ließ ihn unverdient leicht vom Haken. Eigentlich hätte er es vorgezogen, wenn sie um sich geschlagen, ihn mit Kraftausdrücken fertig gemacht und ihm sogar eine verpasst hätte. Sein Vorhaben wäre einfacher, wenn sie ihm in seiner üblen Rolle Paroli böte. Sie waren ungleiche Gegner. Dieses Spiel war einige Nummern zu groß für sie, und sie wusste es noch nicht einmal.

Er sagte: »Sie hatten jedes Recht der Welt, Mike und mir zu erwidern, wir sollten uns ins Knie ficken.«

»Solche Ausdrücke hätte mein Vater nie geduldet.«

»Also sind Sie doch Papis Kind?«

»Absolut. Weil er ein so toller Vater ist. Ein Gentleman und ein Gelehrter. Sie würden ihm gefallen.«

Er lachte harsch. »Nicht, wenn er tatsächlich ein Gentleman ist.«

»Sie irren sich. Er würde Ihre Kühnheit bewundern. Vermutlich würde er so etwas ›Mumm‹ nennen.«

Parker lächelte. »Ein Mann ganz nach meinem Sinn.«

»Er hat Ihren Prolog gelesen und mochte ihn. Er hat mich ermutigt, dieses Projekt weiter zu verfolgen.«

Er deutete auf die Seiten. »Dann tun Sie's doch.«

Nach einem erneuten Blick in ihre Notizen fuhr sie fort: »Parker, lassen Sie sich Zeit. Der Seitenumfang ist nicht begrenzt. Überlassen Sie mir das Zurechtstutzen und Lektorieren. Das ist mein Job. Sie müssen nicht sämtliche Hintergrundinformationen in den ersten paar Kapiteln enthüllen. Die kann man übers ganze Buch verstreuen und dabei doch erfahren, wie sich das Leben der Figuren vor der gemeinsamen Zeit entwickelt hat.«

»Das weiß ich längst.« Er tippte sich an die Stirn. »Hier drinnen.«

»Ausgezeichnet. Aber der Leser kann nicht Ihre Gedanken lesen.«

»Verstehe.«

»Das wär's momentan.«

Sie strich die Seitenkanten glatt und legte sie in ihren Schoß. »Bin ich froh, dass ich Ihren albernen Test bestanden habe«, sagte sie ehrlich. »Ich habe es vermisst, am Entstehungsprozess eines Buches beteiligt zu sein. Wie sehr, wurde mir erst klar, als ich mir gestern Nacht diese Notizen gemacht habe. Ich liebe es, die Story herauszuarbeiten und mir zusammen mit dem Autor den Kopf darüber zu zerbrechen, besonders wenn er Talent hat.«

Er deutete auf sich. »Und das hätte ich?«

»Das hätten Sie. Definitiv.«

Unter ihrem offen-ernsten Blick wurde ihm ungemütlich zumute. Seine Augen wanderten auf den Ozean hinaus, damit er ihre Ehrlichkeit nicht mehr sehen musste, damit er nicht spüren musste … Damit er eben gar nichts spüren musste. Punkt.

Vielleicht war dieses Spiel einige Nummern zu groß *für ihn*.

Sie beugte sich zu ihm, stupste gegen sein Knie und senkte die Stimme zum Flüsterton. »Sagen Sie, haben Sie Ihren Entschluss geändert und sagen mir, welche Figur …«

»Finger weg, aber dalli!« Er wirbelte seinen Stuhl in die entgegengesetzte Richtung und schob ihn an seinen Arbeitsplatz. »Meine Lektorin ist ein Biest und hat mir einen Riesenberg Arbeit angehängt.«

ENVY – NEID, Kapitel 4
1985

Wolkenverhangen und kalt dämmerte jener Dienstag zwei Tage vor Thanksgiving herauf. Wie aufs Stichwort fiel mit einer Kaltfront die Temperatur genau rechtzeitig für die Ferien, als vertrügen sich Truthahnbraten und Kürbispie nicht mit mildem Wetter.

Roarks Wecker stand auf sieben Uhr dreißig. Um sieben Uhr fünfundvierzig war er rasiert, geduscht und angezogen. Zehn Minuten vor acht saß er unten im Frühstücksraum des Studentenwohnheims, blätterte bei einer Tasse Kaffee flüchtig sein Manuskript durch und dachte darüber nach, wie sehr Professor Hadley dieses kreative Werk zerreißen würde, das er mit ganzem Herzblut geschrieben hatte.

Vom Ausgang dieser Besprechung hing die Qualität seiner Thanksgiving-Ferien ab. Entweder würde er das lange Wochenende entspannt in dem Bewusstsein verbringen, dass sein Werk Gnade in den Augen seines Professors gefunden hatte, oder er würde in einem Meer aus Jammer versinken, den man Selbstzweifel nannte.

So oder so, seine Wartezeit war in Bälde vorbei. Die Urteilsverkündung rückte näher. Egal, ob Hadleys Anmerkungen positiv oder negativ oder sogar gemein ausfielen, allein das Anhören war schon Erleichterung. Dieser Druck vorab war die Hölle.

»Ein süßes Brötchen, Roark?«

Er blickte auf und sah die Hausmutter neben seinem Stuhl stehen. »Klar, Mom, danke.«

Kurz nach seinem Gelöbnis hatte Roark die Hausmutter der Verbindung zur Frau mit der längsten Leidenszeit auf Erden ernannt. Mrs. Brenda Thompson hatte freiwillig eine friedliche Witwenschaft aufgegeben, und war in ein dreistöckiges Haus mit zweiundachtzig Männern gezogen, die sich wie jugendliche Straftäter aufführten, die man für neun Monate in ein Sommerlager verschickt hatte.

Sie respektierten gar nichts, weder Personen noch Eigentum. Nichts war ihnen heilig: weder Gott noch Vaterland, keine Heimatstadt, kein Haustier, keine Schwester, keine Mutter. Die Jagd war auf alles eröffnet, was einem Individuum lieb und teuer war. Alles wurde mit derben Bemerkungen lächerlich gemacht.

Sie hatten den Anstand von Schweinen. Wie es der männliche *homo sapiens* zu tun pflegt, wenn er sich zu Gruppen von zwei oder mehr zusammenrottet, hatten sich diese Zweiundachtzig auf das Niveau von Höhlenmenschen zurückentwickelt; verglichen mit ihnen waren die Neandertaler kultivierte Wesen. Alles, was ihnen ihre Mütter daheim verboten hatten, taten sie im Verbindungshaus. Mit genüsslicher Inbrunst zelebrierten sie rüdes Benehmen.

Mrs. Thompson, eine würdevolle Dame mit sanfter Stimme, tolerierte ihre üblen Schimpfwörter und ihre noch übleren persönlichen Gewohnheiten. Ihre mütterliche Natur erweckte ihr Zutrauen und gewann ihre Zuneigung. Doch im Gegensatz zu ihren Eltern griff sie nicht auf Disziplinierung zurück.

Sie stellte sich blind für die Saufgelage, Flüche und Affären, denen sie sich mit Hingabe widmeten. Ihre Lautsprecher konnten sie klaglos nach Belieben aufdrehen und ein ganzes Semester lang in derselben ungewaschenen Bettwäsche schlafen. Als sie einer Katze, die einem Mädchen gehörte, das einem ihrer Kommilitonen den Laufpass gegeben hatte, das Verbindungssignet in den Pelz schoren, bemerkte Mom lediglich, wie hübsch sie die Buchstaben aufgereiht hätten.

Mit einem pflichtschuldigen und äußerst fraglichen »Pardon, Mom« entschuldigten sie sich in ihrer Gegenwart für Kraftausdrücke, Rülpser und Fürze. Besonders am Mittwochabend, während der einzigen formellen Mahlzeit der Woche, bei der Sakkos, Krawatten und ein Minimum an zivilisiertem Benehmen Pflicht waren. Stets gewährte sie dem Rüpel mit einem geduldigen kleinen Lächeln Absolution, obwohl binnen Sekunden schon das nächste Delikt drohte.

In ihr hatten sie die Traummom.

Roark vermutete, irgendwie ihr Liebling zu sein, obwohl er sich keinen Grund dafür vorstellen konnte. Sein Benehmen war genauso ungehobelt und schlecht wie das aller anderen. Nach einer Toga-Party im zweiten Studienjahr war er unter dem Stutzflügel im unteren Salon umgekippt und erst wieder aufgewacht, als er sich an Erbrochenem verschluckte, das nach Jack Daniels stank.

Da tauchte Mrs. Thompson in einem langen Flanellbademantel und Pantoffeln auf, tätschelte ihm die Schulter und erkundigte sich, ob alles in Ordnung sei. »Mir geht's gut«, nuschelte er, obwohl eindeutig das Gegenteil zutraf.

Ohne den geringsten Tadel zog sie würdevoll wie eine Nonne die Decke von einer aufblasbaren Puppe, die jemand über das anatomisch obszöne, inoffizielle Hausmaskottchen geworfen hatte, brachte sie zu Roark und deckte ihn an Ort und Stelle so zu, wie er war: saukalt, hundeelend und penetrant stinkend.

Seit jener Nacht schien ihn Mom ganz besonders ins Herz geschlossen zu haben. Vielleicht, weil er sich, als er wieder nüchtern war, bei ihr für die Freundlichkeit bedankt und für die Schlafstörung entschuldigt hatte. Vielleicht auch, weil er den Teppich unter dem Klavier auf eigene Kosten hatte reinigen lassen. Mit Ausnahme von Mrs.

Thompson hatte keiner im Haus etwas bemerkt, weder davon, dass er den Teppich verdreckt hatte, noch von der anschließenden Reinigung. Vermutlich zeigten ihr diese kleinen Zugeständnisse an Anstand und Benimm, dass man ihn noch kurieren konnte und er wenigstens einen Hauch Kinderstube besaß.

»Du bist früher auf als sonst, stimmt's?«, fragte sie nun, während sie ihm einen mit Marmelade gefüllten Donut auf einem Papierteller neben seine Kaffeetasse stellte.

Normalerweise servierte sie den Jungs nicht das Essen. Sie bedienten sich selbst wie in einer Cafeteria an der Theke und nahmen sich das Gewünschte aus dem Angebot, das ihnen ein mürrischer Koch wie ein Bauer hinstellte, der den Futtertrog für seine Herde füllt.

»Heute Morgen habe ich einen Termin bei meinem Oberboss«, erklärte er. Aus Respekt vor ihr dachte er daran, eine Serviette zu benutzen, anstatt sich die Zuckerglasur von den Fingern zu lecken.

Sie deutete auf sein Manuskript. »Ist das das Buch, das du für deine Abschlussprüfung geschrieben hast?«

»Ja, Ma'am. Was ich bisher habe.«

»Es ist sicher sehr gut.«

»Danke, Mom. Hoffentlich.«

Sie wünschte ihm alles Gute für seinen Termin und ging dann den nächsten Knaben begrüßen, der soeben hereinzockelte. Von allen Verbindungsmitgliedern im Haus sah er am besten aus und zog die Mädchen an wie das Licht die Motten. Liebend gern hätten ihn seine Kommilitonen für dieses unverdiente Glück gehasst, aber dazu war er ein viel zu netter Kerl. Statt sein Aussehen auszunutzen, spielte er es herunter und schien sich fast dafür zu genieren. Nach einem kurzen Blick zu Roark hinüber hob er zum Gruß sein Grübchenkinn. »Was gibt's, Shakespeare?«

»Was gibt's, RB?«

Jeder hatte einen Spitznamen, und »Was gibt's?« war

der allgemein akzeptierte Hausgruß, der nie beantwortet wurde. So sagte man das eben.

Roark nannten alle bei seinem Spitznamen Shakespeare. Nur Todd nicht. Seine Verbindungsbrüder wussten, dass er mit Vorliebe schrieb, und William Shakespeare war der einzige Dichter, der vermutlich den meisten eingefallen wäre, wenn man ihnen eine Pistole an den Kopf gehalten hätte. Er hatte nie versucht, ihnen zu erklären, dass Shakespeare Theaterstücke in Blankversen schrieb, während er Prosaerzählungen verfasste. Manches war einfach zu komplex, besonders für Individuen wie jenen Verbindungsbruder, der auf die Aufforderung seines Lehrers für Englische Literatur, den Poeten anhand seines Porträts zu identifizieren, folgendermaßen reagiert hatte: »Verdammt und zugenäht, wieso erwarten Sie von mir, dass ich alle Präsidenten kenne?«

Obwohl sich Roark durch diesen Spitznamen geschmeichelt fühlte, schien er ihm heute Morgen besonders vermessen. Ein prüfender Blick auf seine Armbanduhr bestätigte ihm, dass ihm noch eine Viertelstunde für den Weg zu Hadleys Büro blieb. Also noch reichlich Zeit. Trotzdem trank er seinen Kaffee aus, stopfte sein Manuskript wieder in den abgegriffenen Folder und diesen in seinen Rucksack, und verließ den Speisesaal.

Erst draußen im Freien wurde er sich des drastischen Wetterwechsels bewusst, der über Nacht eingesetzt hatte. Der kalte Wind drückte die Temperatur in Gefrierpunktnähe. Sie genügte nicht, den Teich in der Mitte des Campus zufrieren zu lassen, aber trotzdem wünschte er sich, er hätte sich vor dem Aufbruch einen wärmeren Mantel geschnappt.

Das Institut für Sprache und Literatur war, wie die meisten auf dem Campus, ursprünglich im Südstaatenstil errichtet worden. Mit seinem breiten Portikus und den sechs weißen Säulen war es älter und stattlicher als die neueren Gebäude. Die alte rote Ziegelwand an der Nordseite hatte

Wilder Wein überwuchert, dessen Grün sich binnen weniger Tage leuchtend orange gefärbt hatte.

Kaum kam das Gebäude in Sichtweite, beschleunigte Roark sein Tempo, allerdings weniger aus Angst, zu spät zu kommen, sondern um sich warm zu laufen. Trotz seiner konservativen Erziehung, zu der auch der sonntägliche Kirchgang gehört hatte, hegte er Zweifel an Existenz, Natur und Charakter eines höheren Wesens. Er war sich nicht sicher, ob sich ein Wesen von jener Allwissenheit, die man Gott zuschrieb, auch nur einen Deut um die Alltagsprobleme eines Roark Slade scherte. Da aber heute nicht der Tag war, auch nur den geringsten Vorteil auszuschlagen, schickte er ein obskures kleines Gebet nach oben, während er durch den Portikus ging und das Gebäude betrat.

Sofort bombardierte ihn der Geruch nach dem verbrannten Staub der alten Holzöfen, die man heute früh anscheinend voll aufgeheizt hatte, denn im Gebäude war es ungemütlich warm. Während er die Treppe zum ersten Stock hinauftrabte, schüttelte er Rucksack und Jacke ab.

Er wurde von mehreren Studenten begrüßt, die sein Hauptfach teilten. Einer, ein spindeldürrer Hippie mit rosa John-Lennon-Brille und strähnigen Haaren, kam mit großen Schritten heran. »He, Slade.«

Nur Mädchen nannten ihn Roark. Er war sich nicht sicher, ob es auf dem ganzen Campus überhaupt ein männliches Wesen gab, das seinen Vornamen kannte. Mit Ausnahme von Todd.

»Danach 'nen Kaffee? Wir stellen eine Studiengruppe fürs Schlussexamen zusammen. Um zehn im Studentenclub.«

»Ich weiß nicht, ob ich dann schon fertig bin. Bin gerade auf dem Weg zu Hadley.«

»Du meinst jetzt?«

»Absolut.«

»Scheiße, Mann, das haut rein. Viel Glück.«

»Danke. Bis später.«

»Bis später.«

Roark ging weiter den Flur entlang. Der Doughnut war doch keine so gute Idee gewesen. Er lag ihm wie ein Stein im Magen. Der Kaffee hatte einen sauren Geschmack im Mund hinterlassen. Warum hatte er nur kein Pfefferminz gelutscht? Als er das Büro 207 erreichte, blieb er stehen, um tief Luft zu holen. Die Tür stand einen Spalt offen. Er wischte seine feuchte Hand an der Jeans ab und klopfte leise.

»Kommen Sie herein.«

Professor Hadley saß hinter seinem Schreibtisch, die Füße samt einem Paar brauner Wildlederstiefeletten auf die oberste offene Schublade gestützt. Ein Stapel Lesestoff lag in seinem Schoß, einer von unzähligen Ablageflächen für Gedrucktes in diesem Zimmer. Für das Papier, mit dem Hadleys Büro voll gestopft war, hatte eine unendliche Anzahl Bäume ihr Leben geopfert. Vermutlich handelte es sich um die größte Papierverschwendung pro Quadratzentimeter auf Erden.

»Guten Morgen, Herr Professor.«

»Mr. Slade.«

Bildete er sich das nur ein, oder klang Hadleys Begrüßung besonders kühl?

Man konnte das Verhalten des Tutors nie als freundlich bezeichnen. Im Gegensatz zu anderen Dozenten freundete er sich nie mit seinen Studenten an. Im Grunde genommen behandelte er sie mit kaum verhohlener Verachtung. Selbst eine gute Note für eine Seminararbeit schützte einen nicht vor seinem Hohn.

Sein Unterrichtsstil vermittelte den Studenten das Gefühl, unwissende Tölpel zu sein. Erst nachdem er sie vom Piedestal ihrer Selbstüberschätzung gestürzt hatte und selbige in Trümmern dalagen, kam Hadley zur Sache und brachte ihnen etwas bei. Anscheinend nahm er an, tiefe Demütigung schärfe die Lernfähigkeit.

Während er das voll gestopfte Büro betrat, redete sich Roark gut zu, dass Hadley gewohnheitsmäßig kurz angebunden sei und er das nicht persönlich nehmen dürfe.

»Nein, schließen Sie nicht die Tür«, erklärte ihm Hadley.

»Oh, tut mir leid.« Roark griff nach hinten, um sie aufzufangen, da er sie gerade hatte schließen wollen.

»Das sollte es Ihnen auch tun.«

»Sir?«

»Mr. Slade, ist mit Ihren Ohren etwas nicht in Ordnung?«

»Mit meinen Ohren? Nein, Sir.«

»Dann haben Sie doch korrekt gehört, als ich sagte, dass Ihnen das leid tun sollte. Sie sind inzwischen ...« Er warf einen Blick auf etwas hinter Roarks linker Schulter. »Fünfundsechzigeinhalb Minuten zu spät.«

Roark drehte sich um. Hinter ihm an der Wand hing eine Uhr. Weißes Ziffernblatt. Tiefschwarze Ziffern. Striche markierten alle sechzig Minuten. Der Stundenzeiger stand bereits auf Neun. Der Minutenzeiger war noch drei Striche von der Zwölf entfernt.

Jetzt ist der Alte durchgedreht, dachte Roark. *Etwas hat ihm das Gehirn vernebelt. Vielleicht Papierdämpfe. Gibt es so was überhaupt?*

Er räusperte sich. »Entschuldigen Sie, Sir, aber ich bin ganz pünktlich. Unser Termin war auf neun Uhr festgesetzt.«

»Acht.«

»Ursprünglich ja, aber erinnern Sie sich denn nicht mehr, dass Sie angerufen und ihn auf neun Uhr verlegt haben?«

»Mr. Slade, ich versichere Ihnen, dass mein Gedächtnis perfekt funktioniert. Einen derartigen Anruf habe ich nie getätigt.« Wütend funkelte ihn Hadley unter dichten Augenbrauen hervor an. »Unser Termin war um acht.«

10

Er war ein alter Mann.

Erst seit kurzem betrachtete sich Daniel Matherly so. Weit über den vernünftigen Zeitpunkt hinaus hatte er sich geweigert, seine vorgerückten Jahre anzuerkennen. Unverlangt zugeschickte Broschüren der Grauen Panther wanderten ungeöffnet in den Papierkorb. Außerdem weigerte er sich, Seniorentarife in Anspruch zu nehmen.

In jüngster Zeit jedoch erschwerte ihm sein Spiegelbild jeden Widerspruch, und seine Gelenke fanden noch bessere Argumente dafür, dass er allmählich definitiv zum – Senior wurde.

Heute, da er in seinem privaten Arbeitszimmer hinter dem Schreibtisch saß, amüsierten Daniel seine Überlegungen. Wenn das Nachdenken über das eigene Leben kein Beweis für ein vorgerücktes Alter war, was dann? Seine Beschäftigung mit den nachlassenden Körperkräften war das deutlichste Signal dafür, dass sie tatsächlich nachließen. Wer, außer den Uralten, beschäftigte sich sonst ständig mit diesen Dingen?

Junge Menschen hatten dazu keine Zeit. Sie grübelten nicht über den Tod, weil sie zu sehr mit dem Leben beschäftigt waren. Mit ihrer Ausbildung. Mit einer Karriere im Beruf ihrer Wahl. Mit dem Beginn oder dem Beenden von Ehen. Mit dem Großziehen von Kindern. Mit Gedanken an den Tod wollten sie sich nicht abgeben. »Sterblichkeit« war lediglich ein Wort, das so lange ad acta gelegt wurde, bis sie in ferner Zukunft darüber nachdenken konnten. Vielleicht warfen sie ab und zu mit ungutem Gefühl einen flüchtigen Blick darauf, aber dann wurde ihre

Aufmerksamkeit hastig wieder auf Dinge gelenkt, die mit Leben zu tun hatten, nicht mit Sterben.

Doch die weit entfernte Zukunft rückte unerbittlich näher, bis der Tag kam, an dem man sich das Thema der eigenen Sterblichkeit nicht mehr für später aufsparen konnte. Dann musste man es aus dem Schrank holen und genau untersuchen. Obwohl Daniel das Unvermeidliche nicht trübsinnig fixierte, wusste er doch, dass für ihn der Zeitpunkt gekommen war, diese Tatsache anzugehen und sämtliche daraus resultierenden Folgen zu bedenken.

Die treue Maxine dachte, er schlummere jede Nacht friedlich, was er aber nicht tat. Wenn er Maris erklärte, er schlafe wie ein Baby, hatte sie keinen Grund, daran zu zweifeln. Als junger Mann hatte er pro Nacht nie mehr als vier oder fünf Stunden Schlaf benötigt. Diese Stunden hatten sich im umgekehrten Verhältnis zur Zahl seiner Jahre verringert. Jetzt konnte er mit viel Glück zwei bis drei Stunden schlafen, und das jede Nacht.

Die anderen verbrachte er im Bett mit der Lektüre seiner Lieblingsbücher: Klassiker, die er als kleiner Junge verschlungen hatte, Bestseller, die andere Häuser mit glücklicher Hand Profit bringend verlegt hatten, Bücher, die er selbst herausgegeben und publiziert hatte.

Wenn er gerade nicht las, dachte er über sein Leben nach. Über seine stolzen Momente und fairerweise auch über solche, auf die er nicht stolz war. Häufig dachte er an seinen Freund aus der Prep School, der an Leukämie gestorben war. Wäre er einige Jahrzehnte später geboren worden, hätte man ihn wahrscheinlich behandeln und heilen und ihm ein langes erfülltes Leben ermöglichen können. Bis auf den heutigen Tag vermisste Daniel ihn und sehnte sich nach jenen Jahren der Freundschaft, die man ihnen verweigert hatte.

Er wusste noch ganz genau, wie weh es getan hatte, als er seine erste Liebe an einen anderen Mann verlor. Im Rückblick gab er zu, dass die junge Dame für sie beide richtig gewählt hatte, aber damals hatte er geglaubt, er müsse an gebrochenem

Herzen sterben. Nach ihrem Hochzeitstag sah er sie nie wieder. Er hatte gehört, sie sei mit ihrem Mann nach Kalifornien gezogen. Ob sie dort ein glückliches Leben geführt hatte? Ob sie noch lebte?

Seine erste Frau war ein reizender Mensch gewesen. Ihr Tod hatte ihn am Boden zerstört zurückgelassen. Aber dann war er Rosemary begegnet, Maris' Mutter, und sie war zweifellos die große Liebe seines Lebens geworden. Wunderschön, charmant, kultiviert, künstlerisch begabt und intelligent – eine perfekte Lebensgefährtin und eine heißblütige Geliebte. Sie hatte einen Ehemann unterstützt, der erst spät aus dem Büro nach Hause kam, und durch den Druck, eine Firma zu leiten, oft abgelenkt wurde. Obwohl er ihre Geduld und ihre Hingabe an ihn und ihre Ehe sehr schätzte, war er im Nachhinein überzeugt, ihr dies nicht ausreichend vermittelt zu haben.

Jetzt bedauerte er jede Minute, die ihn seine Verantwortung für Matherly Press von Rosemary fern gehalten hatte. Liebend gerne hätte er sich jene Tage zurückgewünscht. Diesmal würde er sich anders entscheiden. Diesmal würde er neue Prioritäten setzen und seiner Familie mehr Zeit und Energie widmen.

Allerdings, um ehrlich zu sein – wahrscheinlich würde er die gleichen falschen Entscheidungen treffen und erneut die gleichen Fehler machen.

Gott sei Dank musste er nur wenige davon bedauern, obwohl es durchaus einige größere gab. Einmal hatte er sich wegen einer albernen Meinungsverschiedenheit im Groll eines Lektors entledigt, indem er hinterlistig etwas über die Homosexualität des Mannes durchsickern ließ. Und das zu einer Zeit, in der so etwas nicht einmal toleriert wurde, geschweige denn akzeptiert. Er hatte behauptet, das Privatleben des Mannes habe sich auf seine Arbeit ausgewirkt. Eine glatte Lüge. Der Mitarbeiter war ein ausgezeichneter Lektor gewesen, mit untadeliger Arbeitsmoral.

Wegen Daniels Gerüchten wollte ihn trotz seiner Qualifikationen niemand mehr beschäftigen. Er wurde in seiner geliebten Branche zum Pariah und zog schließlich aus der Stadt weg. Daniels Gehässigkeit hatte ihm eine viel versprechende Karriere ruiniert und das Verlagswesen einen talentierten Mitarbeiter gekostet. Diese Schuld würde er mit ins Grab nehmen müssen.

Mehrere Jahre nach Rosemarys Tod war er in eine Affäre verwickelt gewesen, die ihn nicht stolz machte. Mit einer halbwüchsigen Tochter im Schlepptau war es für einen Junggesellen in den besten Jahren nicht leicht gewesen, eine Liebesbeziehung zu pflegen. Das erforderte geschicktes Taktieren und ständiges Jonglieren mit Terminen. Die Frau war auf seine Beziehung zu Maris eifersüchtig gewesen und forderte immer mehr, bis sie ihn schließlich vor die Wahl stellte, sich zwischen ihr und Maris zu entscheiden. Daniel ließ seinen Verstand über sein Begehren entscheiden und machte sich klar, dass er nie eine Frau lieben könne, die ihrerseits nicht seine Tochter liebte und in jeder Hinsicht uneingeschränkt akzeptierte. Er beendete das Verhältnis.

Jahrzehnte lang hatte er seinen Ruf als herausragender Verleger verteidigen können. Er schien von Natur aus mit einem sechsten Sinn dafür gesegnet zu sein, welche Manuskripte man festhalten und welche man ablehnen musste. Während seiner Amtszeit hatte sich der Firmenwert verhundertfacht. Er hatte mehr Geld verdient, als er und Maris zu Lebzeiten je ausgeben konnten, vermutlich konnten das nicht einmal seine Enkel.

Geld war eine nette Dreingabe, das Ergebnis seines Erfolges, doch seine Motivation zog er nicht daraus. Sein Antrieb entsprang dem unbedingten Wunsch, das zu bewahren, was seine Vorfahren mit großer Gewissenhaftigkeit und enormem Einsatz aufgebaut hatten. Noch vor seinem dreißigsten Geburtstag hatte er die Verwaltung des Familienbetriebes unter der Prämisse übernommen, ihn zu schützen und für die nächste Generation auszubauen.

Und das war Maris, die Krönung seiner Verdienste. Sie war ihm tausend Mal kostbarer als Matherly Press. Ihre Existenz bekräftigte seinen Entschluss, den Verlag vor jenen Wölfen zu schützen, die mit jedem Jahr größer und hungriger wurden.

Natürlich konnte er sie nicht gänzlich behüten. Kein Vater

konnte seinem Kind die Nackenschläge des Lebens ersparen, und wenn doch, wäre das unfair. Maris musste ihr eigenes Leben leben, und damit waren Missgeschick und Fehler untrennbar verbunden.

Nur eine Hoffnung hatte er: dass sie nicht allzu schwer enttäuscht, und Triumph und Freude überwiegen würden. Und falls ihr Fortuna ein so langes Leben wie ihm bescherte, dann sollte sie in seinem Alter wenigstens mit demselben Maß an Befriedigung auf ihr Leben zurückschauen können, wie es ihm vergönnt war.

Vor dem Tod hatte er keine Angst. Bis auf Maxine wusste niemand, dass er in letzter Zeit mehrere Gespräche mit einem Geistlichen geführt hatte. Rosemary war eine praktizierende Katholikin gewesen. Obwohl er selbst nie konvertiert war, hatte er wie durch Osmose einiges von ihrem Glauben aufgenommen. Er war fest davon überzeugt, dass sie sich nach dem Tod eines gemeinsamen Lebens erfreuen würden.

Das Sterben fürchtete er nicht.

Er fürchtete nur, als Narr zu sterben.

Diese Sorge hatte ihm gestern Nacht den Schlaf geraubt. Wegen dieser Unruhe hatte er sich die Nachtstunden nicht einmal mit Lesen vertreiben können, und auch der Morgen hatte seine diffuse Beklemmung nicht gemildert.

Er wurde das Gefühl nicht los, dass er irgendetwas übersah, dass ihm ein entlarvendes Wort, eine Handlung oder ein Benehmen entging, was ihm in jüngeren und aufmerksameren Jahren – vor fünf oder sogar noch vor einem Jahr – nicht passiert wäre.

War dieses Misstrauen berechtigt? Oder ein Symptom schleichender Demenz?

Daniel musste daran denken, wie sein Großvater vor seinem Tod wirres Zeug über die Diebstähle seiner Pflegerin geredet hatte. Eines schönen Tages bezichtigte er sie, eine deutsche Spionin zu sein, die den Auftrag hatte, amerikanische Kriegsveteranen heimtückisch zu ermorden. Felsenfest, wie das nur mental Verwirrte können, behauptete er, seine Haushälterin erwarte ein Kind von ihm. Nichts konnte ihn davon überzeugen, dass die siebenundsechzigjährige Engländerin unmöglich schwanger sein konnte.

War das seine Zukunft? War diese obskure namenlose Unruhe der Vorbote ausgewachsener Senilität?

Oder – und für diese Version hatte er sich entschieden – deutete sie darauf hin, dass er noch im Vollbesitz seiner geistigen Kräfte war, so scharfsinnig wie eh und je? Dass er sich noch immer auf seine Intuition verlassen konnte, die ihn als Verleger erfolgreich durch fünfzig Jahre gelenkt hatte?

Bis zum Beweis des Gegenteils entschloss er sich, seinen Instinkten zu vertrauen. Und die sagten ihm, dass irgendetwas nicht stimmte. Das spürte er wie ein Hirsch, der den Jäger kilometerweit wittert.

Vielleicht machte er sich auch allzu viele Sorgen, weil Maris unglücklich gewesen war. Vor ihm konnte sie ihre Gefühle weitaus schlechter verbergen, als sie dachte. In dieser Ehe kriselte es. Die Anzeichen dafür entgingen ihm nicht. Noch kannte er Grund und Ausmaß dieser Disharmonie nicht. Wenn sie jedoch bei Maris bereits erkennbare Unruhe auslösten, wurde auch er unruhig.

Und dann war da noch Noah. Er hatte den Wunsch, diesem Mann zu vertrauen, als Protégé und als Schwiegersohn. Allerdings nur, wenn sich Noah dieses Vertrauens würdig erwies.

Ächzend richtete Daniel seinen ledernen Schreibtischsessel auf und öffnete eine Schublade, holte seinen Terminplaner heraus, zog den Reißverschluss auf und entnahm einem der kleinen Fächer eine Visitenkarte.

»William Sutherland« stand darauf. Kein Firmenname, keine Adresse. Lediglich dieser Name und eine Telefonnummer, in schlichten dunkelblauen Blockbuchstaben.

Nachdenklich drehte Daniel die Karte zwischen den Fingern, wie er es schon oft getan hatte, seit er sie vor einigen Wochen bekommen hatte. Er hatte die Nummer noch nicht gewählt, und auch noch keinen persönlichen Kontakt mit Mr. Sutherland aufgenommen. Aber heute Morgen spürte er, dass der richtige Moment gekommen war.

Die Sache hatte etwas Hinterhältiges und Verschlagenes. Schon beim bloßen Gedanken daran fühlte er sich wie ein Betrüger. Selbstverständlich musste nie einer davon erfahren. Es sei denn – was der Himmel verhüten möge –, es käme etwas dabei heraus. Wahrscheinlich ja nicht. Wahrscheinlich schoss er weit übers Ziel hinaus. Aber Sorglosigkeit lag ihm einfach nicht. Hier stand zu viel auf dem Spiel, um kluge Vorsicht von Gewissensbissen überschatten zu lassen. Bei der Wahl zwischen Skrupeln und Vorsicht stand die Entscheidung von vorneherein fest. Das alte Sprichwort galt: Besser Vorsicht als Nachsicht.

Während er nach dem Hörer griff, beschloss er, noch mehr auf der Hut zu sein und in Wortwahl und Mimik auf Nuancen zu achten. Er musste sich einfach noch stärker auf die Vorgänge ringsherum einstellen. Schließlich wollte er nicht der Letzte sein, der etwas erfuhr. Egal, was.

Das Sterben fürchtete er nicht. Er fürchtete nur, als Narr zu sterben.

»Sie sollten wegbleiben. Sie kann jeden Moment einstürzen«, erklärte Mike Maris, während er mit einem Stück feinen Sandpapiers schwungvoll die Kaminummantelung abzog.

»Wenn sie so baufällig ist, kann dann Parker ungefährdet allein dorthin gehen?«

»Natürlich nicht, aber versuchen Sie mal, ihm das klarzumachen.«

»Mike ...«

Da er ihr Zögern spürte, drehte er sich zu ihr um.

»Lassen wir das«, sagte sie. »Meine Frage wäre nicht fair, weder Ihnen noch Parker gegenüber.«

»Weswegen ...?«

»Wegen seiner Behinderung.«

»Nein, das wäre nicht fair.«

Sie nickte, schüttelte die trübe Stimmung ab und fragte: »Wie komme ich dorthin?«

»Das könnte gefährlich sein.«

»Ich werde losrennen, wenn es einzustürzen droht. Versprochen.«

»Ich meinte nicht das Gebäude, sondern Parker. Er könnte Ihnen gefährlich werden. Störungen kann er nicht leiden.«

»Darauf lasse ich's ankommen. Liegt es so nah, dass man hinlaufen kann?«

»Gehen Sie in New York viel zu Fuß?«

»Täglich, wenn es das Wetter erlaubt.«

»Dann liegt es in Gehweite.«

Nachdem er ihr den Weg beschrieben hatte, warnte er sie noch einmal. »Es wird ihm nicht gefallen, wenn Sie dort auftauchen.«

»Vermutlich nicht«, erwiderte sie mit einem leichten Lachen.

Den ganzen Tag hatte sie drinnen verbracht und gelesen, bis ihr die Augen schmerzten. Es tat gut herauszukommen, obwohl man das hier nicht in der kühnsten Fantasie als »frische Luft« bezeichnen konnte. Die Hitze war unerträglich, die Feuchtigkeit noch schlimmer. Gnadenlos brannte die Sonne mit sengender Glut herab, gegen die selbst Schatten nicht viel ausrichten konnte.

Trotzdem war diese Insel voll von exotischer Schönheit, untrennbar verbunden mit dem Klima. Die Steineichen strahlten eine uralte, beinahe mystische Würde aus, die die wolligen Bärte des Louisiana-Mooses an den Ästen noch steigerten. Der durchdringende Geruch nach Salzwasser und Fisch war gar nicht so unangenehm, da sich die berauschenden Düfte einer unendlichen Fülle von Blütenpflanzen damit mischten.

Maris kam an einem Haus vorbei, das ein ganzes Stück zurückgesetzt von der Straße lag. Im Hof spielten Kinder. Der Junge und das Mädchen waren noch so klein, dass sie selbstvergessen um den Rasensprenger herumtanzten und beim abwechselnden Sprung über den rotierenden Sprühnebel vor Wonne quietschten.

Vor einem anderen Haus entdeckte sie im Schatten eines Pickups einen großen Hund. Sie wechselte die Straßenseite und musterte ihn ängstlich im Vorübergehen. Ohne Grund. Er hob nur den Kopf, schaute sie gelangweilt an, stand auf, streckte sich, drehte sich im Staub drei Mal um die eigene Achse, legte sich anschließend wieder auf seinen ursprünglichen Platz und schloss die Augen.

Auf der Straße begegneten ihr keine Autos. Ihre einzige Gesellschaft waren Zikaden, die im Schutz des dichten Laubs schrill zirpten.

Die verlassene Baumwollmühle lag genau an der Stelle, die Mike ihr beschrieben hatte. Ohne seine präzisen Richtungsangaben hätte sie sie allerdings verfehlt. Der Wald hatte sich das Gebäude zurückerobert. Einige Wände lagen gut getarnt unter dichtem Blattwerk verborgen.

Lediglich ein schmaler Weg aus zerstoßenen Muschelschalen, der kaum diesen Namen verdiente, führte dorthin. Zweifelnd betrachtete ihn Maris. Er war höchstens einen knappen Meter breit. Links und rechts wuchs hohes Unkraut. Bei einem Blick auf ihre nackten Fesseln erwog sie ernsthaft, die Mühle zu Gunsten anderer Sehenswürdigkeiten auszulassen, die Mike empfohlen hatte.

»Angsthase«, stieß sie hervor.

Sie suchte nach einem Stecken, und als sie einen passenden gefunden hatte, betrat sie den schmalen Weg und schlug damit vor sich auf das hohe Unkraut. So konnte sie sämtliche Untiere, ob aus der Gattung der Reptilien oder von anderer Sorte, auf ihre Gegenwart aufmerksam machen und ihnen Gelegenheit zum Ortswechsel geben, bevor sie sie sehen musste.

Gott sei Dank legte sie den Weg zurück, ohne auf irgendwelche Vertreter der ortsansässigen Fauna zu stoßen. Sie ließ den Stecken fallen, staubte sich die Hände ab und musterte eindringlich das massige Gebäude, das ganz genau Mikes Beschreibung entsprach: kurz vor dem Einsturz.

Das Holz war grau und verwittert. Rost hatte sich durchs

Zinndach gefressen. Kletterpflanzen bedeckten große Teile der Wände und des Dachs mit einem undurchdringlichen Teppich. Eine Wand war mit leuchtenden Purpurblüten übersät, die nicht so recht zum allgemeinen Eindruck von Verfall und Verlassenheit passen wollten.

Mit ungutem Gefühl näherte sich Maris der breiten offenen Tür. Das Innere wirkte sogar noch größer, als die äußere Hülle vermuten ließ, und glich einer dunklen Höhle. Nur an wenigen Stellen drangen Sonnenstrahlen durch Ritzen in den Bretterwänden oder bündelten sich durch Löcher im Dach zu winzigen Schlaglichtern auf dem gestampften Boden.

In der rückwärtigen Hälfte des Erdgeschosses lag, unter einem Überhang, ein Speicherraum, dessen Decke aus massiven Holzbalken bestand. Unmittelbar unter dieser Decke befand sich ein großes Rad mit einem Durchmesser von rund drei Metern, das durch eine fassdicke Holzsäule mit dem gestampften Boden verbunden wurde. So etwas hatte Maris noch nie gesehen.

Sie blinzelte, um sich an das Zwielicht zu gewöhnen. »Hallo?« Als sie keine Antwort bekam, ging sie hinein und trat zögernd ein paar Schritte vorwärts. »Parker?« Und einen Moment später noch mal: »Hallo?«

»Hier.«

Sie zuckte zusammen und fuhr herum, die Hand aufs Herz gepresst, das einen wilden Satz gemacht hatte. Da saß er, in einer Ecke hinter ihr. Bis auf einen Sonnenstrahl, der durchs Dach fiel und sich in der Chromleiste seines Rollstuhls brach, war er unsichtbar.

Nachdem sie sich wieder gefangen hatte, fragte sie böse: »Haben Sie mich denn nicht gehört?«

»Ist das Ihr Ernst? Nachdem Sie so herumgedonnert haben? Aus Ihnen wird nie ein Indianer.«

»Warum haben Sie dann nichts gesagt?«

»Wie sind Sie hier hergekommen?«

»Zu Fuß. Wie kommen Sie denn her?«

»Wie komme ich wohl irgendwo hin?«

»Können Sie mit Ihrem Stuhl über diesen schmalen Weg rollen?«

»Geht so.«

Obwohl er an Ort und Stelle blieb, konnte sie seine Blicke auf sich spüren. Vermutlich zeichneten sich lediglich ihre Umrisse vor dem hinter ihr liegenden Lichteck ab. Sie ging noch weiter hinein, allerdings nur wenige Schritte.

»Woher haben Sie diese Kleidung?«

Verstohlen musterte sie ihren Freizeitrock samt Bluse und Sandalen, als hätte sie die Sachen noch nie vorher gesehen. Dieses Outfit nahm sie normalerweise im Sommer übers Wochenende für Grillpartys und Touren durch Trödelmärkte in ihr Landhaus mit. Obwohl sie es erst vor zwei Tagen höchstpersönlich in New York eingepackt hatte, erschien ihr das jetzt zeitlich und räumlich viel weiter entfernt.

»Mike hat meinen Koffer aus dem Hotel holen und herüberbringen lassen. Er hat ihn bei dem Boot am Landesteg abgeholt.«

»Jetzt bekommt er Schrullen.«

»Verzeihung?«

»Er ist in Sie verschossen.«

»Er ist lediglich nett.«

»Dieses Gespräch hatten wir schon mal.«

Hatten sie. Sie wollte es nicht wiederholen. Beim letzten Mal hatte es mit… Sie wollte nicht daran denken, wie es geendet hatte.

Schweigen breitete sich aus. Obwohl sich ihre Augen ans Dämmerlicht gewöhnt hatten, konnte sie ihn in den tiefen Schatten der Ecke, aus der er sich nicht fortbewegte, immer noch kaum ausmachen. Um die angespannte Stille zu füllen, sagte sie: »Das ist ein pittoreskes Gebäude.«

»Und Sie sind ganz zufällig darauf gestoßen?«

»Mike hat mir den Weg beschrieben.«

»Mike redet zu viel.«

»So viel auch nicht. Er verrät keines Ihrer Geheimnisse.«

»Bis vor wenigen Minuten war dieses Gebäude mein Geheimnis. Hier komme ich her, um allein zu sein.«

Sie ignorierte den Hinweis darauf, dass er auf ihre Gesellschaft keinen Wert legte, und schaute sich um. Tierkot und Müll übersäten den gestampften Erdboden. Einmal hatte jemand ein Feuer angezündet, von dem noch immer Asche und verkohlte Holzstückchen herumlagen. An der einen Wand klebte eine Treppe zum Oberstock, der allerdings viele Stufen fehlten. Und die restlichen schienen nichts tragen zu können, was schwerer wog als ein Käfer. Alles in allem strahlte dieser alte Ort etwas Unheimliches aus, besonders der hintere Teil mit dem niedrigen Überhang und der altmodischen Maschine, die auf sie den Eindruck eines Folterinstrumentes machte, mit dem ein böser Riese einen anderen quälte. Ihr leuchtete nicht ein, weshalb Parker freiwillig seine Zeit hier verbrachte.

»Welche Geschichte hat das Gebäude?«

»Wissen Sie irgendetwas über Baumwolle?«

Vorwitzig zitierte sie eine populäre Fernsehwerbung. »Sie ist der Stoff unseres Lebens.«

Zu ihrer Überraschung lachte Parker. Ein echtes Lachen, und nicht dieses verächtliche Schnauben, das er normalerweise dafür ausgab. Sie nutzte dieses seltene Ereignis aus und fügte hinzu: »Außerdem ist sie beim Entfernen von Nagellack nützlich.«

Sein Lachen verebbte und machte das anschließende Schweigen noch spürbarer. Dann meinte er barsch: »Kommen Sie her.«

11

Sie zögerte. Parker wartete ab, ohne seine Aufforderung zu wiederholen. Vermutlich würde sie seine unausgesprochene Herausforderung annehmen. Ein, zwei Sekunden dachte sie nach, dann suchte sie sich vorsichtig einen Weg. Die Distanz zwischen ihnen schwand.

Sie hatte die Haare zu einem provisorischen Pferdeschwanz zusammengebunden, der sie mindestens fünf Jahre jünger machte. Ihre weiße Bluse war in der Taille zusammengeknotet. Unter dem kurzen khakifarbenen Rock zeigte sie mehrere Zentimeter Oberschenkel. Glatte wohlgeformte Oberschenkel, die zu lüsternen Spekulationen förmlich einluden.

»Beim ursprünglichen Bau dieser Mühle«, sagte er, »hat man drei Seiten offen gelassen. Die Maschine wurde von Tieren angetrieben. Kommen Sie mit.«

Er rollte auf den hinteren Gebäudeteil zu. Als sie ihm unter den Überhang folgte, zog sie automatisch den Kopf ein. Er musste lächeln. Nur um Millimeter hatte sie die niedrige, mit Spinnweben behangene Decke verpasst.

»Das Problem hatte ich noch nie«, sagte er. Dann deutete er auf den schwachen Kreis in der fest gestampften Erde. »Bei genauerem Hinsehen können Sie im Staub eine kreisförmige Vertiefung entdecken. Diesen Weg haben die Maultiere ausgetreten, die das Schwungrad für die Entkörnungsmaschine angetrieben haben.«

»Da oben?«

»Richtig. Zur Blütezeit der Baumwolle hat man sie wagenladungsweise hierher gebracht. Langfasrige Sea-Island-Baumwolle. Hochwertige seidenweiche Ware, die sich wesentlich leichter von den Samen trennen ließ als andere Sorten.«

»Und deshalb sehr begehrt.«

Er nickte. »Der sandige Inselboden war ideal zum Anbau. Draußen wurde sie auf einer Plattform entladen und nach oben getragen, wo die Maschine die Faser vom Samen trennte. Anschließend blies man den Lint hinaus, sammelte ihn und brachte ihn zu einer Spindelpresse im Freien, die ebenfalls von Mulis angetrieben wurde. Nachdem man sie zu Ballen gepresst hatte, wurde sie in Sackleinen verpackt und quer über die Insel zum Landungssteg verfrachtet, von wo aus man sie zu den Baumwollbörsen auf dem Festland transportierte.«

»Das klingt sehr arbeitsintensiv.«

»Da haben Sie Recht. Von der Auspflanzung des Baumwollsamens im zeitigen Frühjahr bis zur Verschiffung des letzten Ballens einer Ernte verging ein Jahr.«

»War das die einzige Entkörnungsmaschine auf der Insel?«

»Wieder getroffen. Ein Pflanzer, eine Mühle, eine Familie. Jene Familie, die mein Haus gebaut hat. Sie hatten ein Monopol, das sie bis zum Zusammenbruch des Gesamtmarktes reich gemacht hat. Dann haben sie versucht, auf Austernkonserven umzustellen, was bereits auf anderen Inseln gemacht wurde. Weil sie aber davon nichts verstanden, waren sie binnen eines Jahres restlos bankrott und zogen Leine.«

»Dann ist dieses Gebäude also mehr oder weniger eine Chronik der Insel-Historie.«

»Ganz sicher für das neunzehnte Jahrhundert«, sagte er. »Durch Dokumente ist belegt, dass 1878 ein kleines Mädchen, die Tochter eines Arbeiters, hinter eines der Mulis draußen an der Spindelpresse trat. Das missgelaunte Tier versetzte ihr einen Tritt gegen den Kopf. Zwei Tage später starb sie. Ihr Vater hat das Muli buchstäblich exekutiert. Was er mit dem Kadaver angestellt hat, wird in grausigen Details berichtet. Auch ein Duell zwischen verfeindeten Brüdern, die sich 1855 gegenseitig erschossen haben, ist aufgezeichnet. Dann gibt's da noch die romantische Mär von einer Liebesgeschichte zwischen einem weißen Aufseher und einer schönen Sklavin. Es heißt, ihre Beziehung habe so viel gehässiges Missfallen erregt, dass man sie in einem kleinen Boot von der Insel gejagt hat. Angeblich waren sie nach Charleston unterwegs, aber die Leute, die ihre Abfahrt durch Ferngläser beobachtet haben, behaupteten, sie hätten sie kentern und ertrinken gesehen, was viele für eine passende Strafe hielten.

Jedenfalls hat man Jahre danach eine Mulattenkolonie entdeckt, die friedlich auf einer anderen Insel lebte, die man für unbewohnt gehalten hatte. Angeblich sind diese Leute die Nachfahren jenes Paares und von Überlebenden eines gestrandeten Sklavenschiffs. Sie waren ein unglaublich hübscher Clan.

Einige hatten eine Haut wie Milchkaffee und dazu jadegrüne Augen.

Ein französischer Adeliger, der in dieser Gegend der Hochseefischerei nachging, hat auf ihrer Insel Schutz vor einem Sturm gesucht. Dabei stach ihm eine der heiratsfähigen jungen Damen ins Auge und eroberte sein Herz. Nach ihrer Heirat hat er ihre gesamte Familie mit nach Frankreich genommen. Und wenn sie nicht gestorben sind, dann leben sie noch heute.«

Maris atmete langsam tief ein. »Parker, Sie sind ein guter Geschichtenerzähler.«

»Das ist eine Legende. Und wahrscheinlich nicht wahr.«

»Trotzdem ist es eine gute Geschichte.«

»Dann sind Sie also eine Romantikerin?«

»Eine schamlose.« Dann sagte sie lächelnd: »Sie wissen eine Menge über die Mühle. War Ihre Familie im Baumwollgeschäft?«

»Vermutlich hat mein Urgroßvater sie während der Depression mit der Hand gepflückt. Aber das tat damals im Süden jeder gesunde kräftige Mensch. Frauen, Kinder, Schwarze, Weiße – alle haben ums Überleben gekämpft. Hunger kennt keinen Unterschied.«

»Was war Ihr Vater von Beruf?«

»Arzt. Hausarzt. Die ganze Skala, von der Entbindung bis zum Aufstechen von Furunkeln.«

»Ist er im Ruhestand?«

Er schüttelte den Kopf. »Konnte mit vierzig weder sein größtes Laster ablegen noch sich selbst heilen, als er Lungenkrebs bekam. Er ist viel zu früh gestorben.«

»Und Ihre Mutter?«

»Hat ihn um zwölf Jahre überlebt. Sie starb vor einigen Jahren. Und bevor Sie fragen: Ich bin ein Einzelkind.«

»Ich auch.«

»Ich weiß.«

Einen Augenblick musste sie erst überrascht verdauen, dass er das wusste, dann sagte sie: »Ach, der Artikel.«

»Tjaa.«

Aus ihrem Pferdeschwanz hatten sich mehrere Haarsträhnen gelöst und lagen in ihrem Nacken. Die Luftfeuchtigkeit hatte die weizenblonden Strähnen gekräuselt. Er ertappte sich dabei, wie er darauf starrte.

Er wandte den Blick ab, um wieder klar denken zu können. »Tjaa, dieser Artikel enthielt geballte Informationen über Sie, Ihren Vater und Ihren Ehemann. Wie ist er denn so?«

»Sehr robust, besonders für einen Achtundsiebzigjährigen.«

»Ich meinte Ihren Mann. Ist der auch sehr robust?«

»Wir hatten vereinbart, keine persönlichen Fragen zu stellen.«

»Das ist persönlich? Was von Ihrem Mann möchten Sie mir genau verschweigen?«

»Nichts. Damit hat es nichts zu tun.«

»Womit dann?«

»Ich bin Ihnen gefolgt, um über *Neid* zu sprechen.«

»Möchten Sie sich setzen?«

Sein plötzlicher Themenwechsel verwirrte sie offensichtlich. Sie schüttelte den Kopf. »Es gibt keinen Platz zum Hinsetzen.« Verstohlen schaute sie zu den Deckenbalken hoch. »Außerdem ist es hier drunter gruselig.«

Er deutete mit einer einladenden Bewegung auf den vorderen Gebäudeteil, worauf sie vor ihm unter dem Überhang hervortrat. Ein Kreis aus zwei Reihen Ziegelsteinen im fest gestampften Boden weckte ihre Aufmerksamkeit. Er hatte annähernd anderthalb Meter Durchmesser. »Was ist das?«

»Vorsicht«, warnte Parker, während er rasch seinen Stuhl neben sie rollte. »Das ist ein verlassener Brunnen.«

»Warum hier drinnen?«

»Einer der weitsichtigeren Patriarchen der Baumwoll-Dynastie hatte vor, die Mühle auf Dampfkraft umzustellen, und dazu diesen Brunnen als Wasserreservoir gegraben. Leider starb er vor Vollendung des Projekts an Diphterie. Sein Erbe verwarf die Idee als unpraktisch. Meiner Ansicht nach zu Recht. Im Verhältnis zur Produktion wäre es unwirtschaftlich gewesen.«

Sie lugte über den Ziegelrand ins dunkle Loch. »Wie tief ist er denn?«

»Tief genug.«

»Wofür?«

Nachdem er einen Moment ihrem Blick standgehalten hatte, setzte er zurück, rollte an ihr vorbei und deutete mit dem Kinn auf eine umgedrehte Kiste. »Falls Sie nicht allzu wählerisch sind, müsste das als Sitzgelegenheit genügen.«

Nachdem sie die Festigkeit der Kiste getestet hatte, setzte sie sich vorsichtig auf das raue Holz.

»Passen Sie auf Splitter auf«, warnte er, »obwohl es eine bezaubernde Vorstellung wäre, sie aus Ihren Oberschenkeln zu ziehen.«

Sie warf ihm einen vernichtenden Blick zu. »Ich werde aufpassen und still sitzen.«

»Obwohl ich überzeugt bin, dass mir das Entfernen der Holzsplitter ein Vergnügen wäre, bin ich gleichermaßen überzeugt, dass Ihr äußerst robuster Mann nicht damit einverstanden wäre.«

»Hat es eben gedonnert?«

»Themenwechsel, Maris?«

»Ja.«

Grinsend warf er einen Blick über die Schulter zur offenen Tür. Draußen wie drinnen war es auffallend dunkel geworden. »Im Sommer kochen nachmittags häufig Gewitter hoch. Manchmal sind sie in einer Stunde wieder vorbei oder sogar noch schneller, manchmal dauern sie die ganze Nacht lang. Kann man nie wissen.« Über ihnen klatschten die ersten Regentropfen aufs Dach.

Sie atmete tief ein. »Man kann den Regen riechen.«

»Riecht gut, nicht wahr?«

»Klingt auch wunderbar.«

»Mhm.«

Der Regen kühlte zwar die Luft kaum ab, beeinflusste aber eindeutig die Atmosphäre. Sie verdichtete sich, wurde intensiver. Er war sich dessen bewusst. Und Maris auch. Obwohl sie diese plötzliche Veränderung vermutlich nicht besser beschreiben konnte als er, empfand sie sie heftig.

Ihre Augen ließen von der Betrachtung des Regens hinter der offenen Türe ab und fanden seine. Sie starrten einander durch das stärker werdende Zwielicht an. Seltsamerweise lag in diesem Blicketausch nichts Ungemütliches. Wenn man ihn gezwungen hätte, diese Art des Sich-Anschauens mit einem passenden Adverb zu beschreiben, hätte er sich für »erwartungsvoll« entschieden, ein Bestimmungswort, das Neugier mit Vorsicht verband und Verwunderung mit argwöhnischen Untertönen.

Er empfand ihre unverwandten Blicke wie ein Ziehen in der Brust, das ihn anzog, und schaute sie mit derselben Intensität an. Angesichts der elektrisierenden Spannung zwischen ihnen war er neugierig auf ihre nächste Bemerkung.

Mit einer weiteren Anmerkung zu *Neid* ging sie auf Nummer Sicher. »Mit diesem fiesen Trick hat Todd Roark aber übel mitgespielt.«

»Durch diese Manipulation hat er seinen Termin mit Hadley verpasst.«

»Das kam aus heiterem Himmel. Ich hatte nichts geahnt.«

»Das ist gut.«

»Und wie wird nun Roark darauf reagieren?«

»Wie sollte er denn Ihrer Ansicht nach?«

»Indem er Todd windelweich prügelt.«

Ihre heftige Antwort entlockte ihm einen Pfiff.

»Nun, ist das nicht eine typisch männliche Reaktion?«

»Vermutlich«, erwiderte er. »Zuerst würde er wütend reagieren und sich dafür ein physisches Ventil suchen. Aber lassen Sie uns doch darüber reden. Denken Sie daran, Todd hat Roark lediglich die Sache mit der Zahnbürste heimgezahlt.«

»Das war aber doch nur ein dummer Streich«, rief sie, »wenn auch ein grober und widerlicher, zugegeben. Aber so etwas tun sich Jungs im College gegenseitig an, oder?«

»Kennen Sie Jungs aus dem College, die so was gemacht haben?«

»Ich war auf einer Mädchenschule.«

»Stimmt, stimmt, habe ich ja gelesen«, sagte er, als wäre ihm dieser Teil ihrer Biografie eben erst wieder eingefallen. In Wahrheit kannte er sie so in- und auswendig, als hätte er sie selbst geschrieben. »Also darf man mit Sicherheit annehmen, dass Sie mit College-Jungs und ihrem Verhalten keine Erfahrung haben.«

»Nein, mit Sicherheit darf man annehmen, dass sich meine Erfahrung darauf beschränkt, wie sie sich bei Rendezvous mit Mädchen verhalten. Und das unterscheidet sich gewaltig von dem, wie sie sich untereinander benehmen.«

»Haben Sie dabei Ihren Mann kennen gelernt? Bei einem Rendezvous während der Collegezeit?«

»Wesentlich später.«

»Und wieviel?«

»Als er bei Matherly Press zu arbeiten anfing.«

»Schlauer Schachzug seinerseits. Heiratet die Tochter vom Boss.«

Diese Bemerkung verdross sie so sehr, dass Parker klar wurde: Er war nicht der Erste, der diese beiden Punkte miteinander verknüpfte. Auch sie war bereits auf diese Idee gekommen. Vielleicht schon beunruhigend oft. Sie setzte eine geschäftsmäßige und leicht verärgerte Miene auf.

»Könnten wir uns, bitte, wieder mit Ihrem Buch befassen?«

»Sicher. Entschuldigung, dass ich vom Thema abgewichen bin.«

Während sie sich einen Augenblick gedanklich sammelte, schob sie mehrmals die Zähne über die Unterlippe und spielte geistesabwesend an einem ihrer Blusenknöpfe herum. Parker kam ins Grübeln. Wann waren diese beiden belanglosen und unbewussten weiblichen Gesten so verdammt sexy geworden?

»Ein Dummer-Jungen-Streich ist eine Sache«, sagte sie, »aber hinter Todds Jux steckte etwas unübersehbar Gemeines. Das war nichts Harmloses, was man durch den Kauf einer neuen Zahnbürste einfach rückgängig machen konnte. Damit pfuscht er an Roarks Zukunft herum. Dieser Jux könnte praktisch

Roarks Note ruinieren, seinen Tutor kompromittieren, seine schriftstellerischen Ambitionen beschädigen und vielleicht sogar für immer vernichten. So etwas kann er nicht ohne Gegenreaktion hinnehmen.«

»Stimmt. Klein beigeben wird Roark nicht. Diese Erfahrung wird er so leicht nicht wieder vergessen, ja, sie wird ihn sogar todsicher noch stärker motivieren.«

»Ja, ja«, rief sie erregt. »Das wird ihn noch mehr anstacheln, um jeden Preis erfolgreich zu sein.«

»Damit er so viel Erfolg hat, dass Todd ihn …«

»Beneidet«, sagte sie, womit sie seinen Gedanken zu Ende brachte.

Er grinste. »Gemäß Ihrem Vorschlag werde ich dafür sorgen, dass er etwas Dampf ablässt, indem er ein paar Hiebe austeilt, die Todd verdientermaßen einstecken wird.«

»Also bleiben sie Freunde?«

»Wenn nicht, wär's ja kein Buch. Wenn ihre Freundschaft hier in die Brüche ginge, wäre die Geschichte vorbei.«

»Nicht zwangsläufig. Sie könnte genauso interessant sein, wenn die beiden von jetzt an bittere Feinde würden.«

»Maris, warten Sie's ab.«

»Was?«

»Geben Sie mir Zeit.«

Unmerklich riss sie die Augen auf. »Sie haben den Plot bereits zu Ende entwickelt, nicht wahr?«

»Ziemlich«, gestand er mit einem nachlässigen Achselzucken. »Trotzdem muss ich noch an einigen Details feilen.«

Ihr Versuch, pikiert zu wirken, misslang. »Sie haben mich absichtlich hingehalten.«

»Um Sie hinzureißen.«

»Ich bin hingerissen.« Ihr lebhaftes Verhalten war Beweis genug. »Darf ich einen weiteren Vorschlag machen?«

»Ich verspreche nicht, mich daran zu halten.«

»Einverstanden.«

»Dann schießen Sie mal los.«

»Könnten wir erleben, dass sich Roark verliebt?«

»In dieses Mädchen, das wieder zu seinem Jugendfreund zurückgegangen ist?«

»Ja. Sie haben dem Leser zwar erzählt, dass er sich verliebt hat, aber dabei waren wir nicht. Wir konnten es nicht gemeinsam mit ihm erleben. Sie geben diesem Mädchen nicht mal einen Namen. Meiner Ansicht nach könnte das nicht nur sehr ergreifend sein, sondern auch sehr nützlich für die weitere Entwicklung seines Charakters. Wie er mit dieser Enttäuschung umgeht. So in der Art. Und was wäre, wenn ...«

»Nur zu«, sagte er, als sie zögerte.

»Was wäre, wenn Todd etwas mit ihrer Trennung zu tun gehabt hätte?«

Stirnrunzelnd kratzte er sich die Wange und merkte dabei, dass er sich morgens nicht rasiert hatte. »Wäre das nicht zu früh zu viel Feindseligkeit? In den ersten Kapiteln versuche ich doch darzustellen, dass die beiden Jungs echte Freunde sind. Erst allmählich gewinnt ihr Konkurrenzgeist die Oberhand über ihre Freundschaft und zerstört sie dann schlussendlich. Wenn sich aber Todd in Roarks Liebesleben einmischt und ihn dann noch bei Hadley auffliegen lässt, stempelt ihn das doch von Anfang an zum Schurken und Roark zum strahlenden Helden.«

»Soll's denn nicht auch so sein? So stelle ich mir die beiden vor.«

»Wirklich?«

»Überrascht Sie das?«

»Die Geschichte ist noch nicht zu Ende. Wenn es so weit ist, ändern Sie vielleicht Ihre Ansicht.«

Ihre Augen tasteten seine ab, als versuchte sie, den Ausgang der Geschichte darin zu ergründen. »Eigentlich habe ich gar keine Wahl, oder?«

»Nein.«

»Na schön. Was halten Sie inzwischen von meinem Vorschlag bezüglich Roarks Liebesleben?«

»Ich wiederhole, Maris, geben Sie mir Zeit.«

Erwartungsvoll beugte sie sich vor. »Sie haben das bereits geändert, oder? Da kommt noch mehr, ja? Mit demselben Mädchen?«

»Warum lassen Sie sich eigentlich nicht den Nabel piercen?«

»Wie bitte?«

»Wenn Sie schon Hüftröcke und in der Taille geknotete Blusen tragen, warum lassen Sie sich …«

»Ich habe Sie schon verstanden.«

»Warum dann nicht?«

»Weil ich nicht will.«

»Zu schade.«

»Schon beim Gedanken daran bekomme ich eine Gänsehaut.«

»Ein kleiner Ring. Ein winziger Diamantstecker. Wäre sexy. Ähm. Noch sexier.« Seine Blicke wanderten von ihrer Taille zu ihrem Gesicht. »Diese gelegentlichen Blicke auf Ihren Nabel sind schon ganz schön aufreizend.«

Sie straffte die Schultern. »Parker, sollten wir in Zukunft eine Geschäftsbeziehung unterhalten, können Sie nicht so mit mir reden.«

»Verdammt und zugenäht, ich kann mit Ihnen reden, wie's mir passt.«

Störrisch schüttelte sie den Kopf. »Nicht, wenn Sie mit mir arbeiten möchten. Dann nicht.«

»Es steht Ihnen frei zu gehen.«

Aber sie blieb auf der Kiste sitzen, genau wie er es gewusst hatte. Wie er gehofft hatte.

Unter Donnergrollen prasselte der Regen aufs Dach, doch der Krach betonte nur noch das angespannte Schweigen, das zwischen ihnen herrschte. Parker rollte mit seinem Stuhl dicht an sie heran, bis zwischen seinen Knien und ihren nur noch wenige Zentimeter lagen. »Was haben Sie Ihrem Mann erzählt?«

»Worüber?«

»Dass Sie hier sind. Sie haben ihn doch sicher angerufen.«

»Habe ich. Ich habe hinterlassen, dass alles gut läuft.«

»Hinterlassen?«

»Bei seiner Sekretärin.«

»Hat er denn kein Handy? Also, ich stelle mir vor, dass er zu den Typen gehört, die eines dieser verdammten Dinger praktisch am Ohr kleben haben.«

»Er war gerade mit unserem Cheflektor für Neue Medien beim Lunch. Dabei wollte ich nicht stören. Ich werde ihn später anrufen.«

»Wenn Sie ins Bett gehen?«

»Möglich. Macht das einen Unterschied?«

»Ich hatte mir nur eben überlegt, ob Sie heute Nacht etwas anziehen werden. Oder schlafen Sie, wie gestern, stets unbekleidet?«

»Parker …«

»Worüber werden Sie sich unterhalten?«

»Das geht Sie einen feuchten Dreck an.«

»So gut, ha? Oder so schlecht?«

Sie holte tief Luft und sagte scharf: »Ich werde ihm erzählen, dass ich einen außerordentlich begabten Schriftsteller entdeckt habe, der …«

»Bitte, ich werde rot.«

»Der gleichzeitig der ungehobeltste und gröbste Widerling ist, dem ich je begegnet bin.«

Er grinste. »Nun, das entspräche wenigstens der Wahrheit.« Anschließend erlosch sein Lächeln allmählich. Er versetzte den Rädern seines Stuhls einen kleinen Stoß und rollte noch ein paar Zentimeter näher an sie heran. »Dass ich Sie geküsst habe, werden Sie ihm nicht sagen. Wetten?«, sagte er in gedämpftem Ton. »Ich wette, den Teil werden Sie auslassen.«

Hastig stand sie auf und stieß dabei rücklings die Kiste um. Sie versuchte, um ihn herumzugehen, aber er bewegte sich ebenso schnell und verstellte ihr mit seinem Rollstuhl den Weg. »Parker, gehen Sie mir aus dem Weg. Ich werde jetzt wieder ins Haus gehen.«

»Es regnet.«

»Ich werde nicht zerfließen.«

»Innerlich vielleicht schon. Sie sind wütend. Oder Sie haben Angst.«

»Vor Ihnen fürchte ich mich nicht.«

»Dann setzen Sie sich wieder hin.« Als sie reglos verharrte, deutete er auf die Tür. »Fein, gehen Sie. Werden Sie ruhig nass bis auf die Haut. Umso mehr werden Sie dann Mike erklären müssen. Das wird unschön, aber wenn Sie unbedingt wollen …«

Nach einem schiefen Blick auf den Wolkenbruch draußen drehte sie zögernd die Kiste um und nahm steif und mit stocksaurer Miene erneut darauf Platz.

»Maris, erzählen Sie mir, wie Sie Ihren Mann kennen gelernt haben.«

»Warum?«

»Ich will es wissen.«

»Wozu?«

»Nennen Sie es kreatives Interesse.«

»Nennen wir es pure Neugier.«

»Sie haben Recht. Euphemismus ist eine Krücke. Ich bin neugierig.«

Ihrer Miene nach schien sie keinen Piep mehr sagen und jede weitere Fortsetzung ihres Gesprächs verweigern zu wollen. Stattdessen verschränkte sie die Arme vor dem Bauch – zweifelsohne wollte sie ihren Nabel verstecken – und sagte: »Noah hat eine Stelle bei Matherly Press angenommen. Aber schon lange vorher kannte ich ihn wegen seiner Reputation als einer der führenden Köpfe eines Konkurrenzverlages. Als er zu uns stieß, war ich von der Gelegenheit, mit ihm zu arbeiten, restlos begeistert. Im Laufe der Zeit wurde mir allerdings klar, dass meine Gefühle für ihn weit über kollegiale Bewunderung hinausgingen. Ich hatte mich in ihn verliebt. Anfänglich hat sich mein Vater Sorgen gemacht, weil ich eine Büroaffäre eingegangen bin. Außerdem hat ihm unser Altersunterschied Kopfzerbrechen bereitet. Er hat mich zu Rendezvous mit anderen Männern ermuntert und sogar ganz unverblümt versucht, mich mit den Söhnen und Neffen seiner Freunde und Geschäftskollegen zusammenzubringen. Aber ich hatte mich entschieden. Ich wollte nur Noah. Zum Glück empfand er das auch so. Wir haben geheiratet.« Zur Betonung nickte sie mehrmals heftig. »Das war's. Zufrieden?«

»Wie lange sind Sie schon verheiratet?«

»Fast zwei Jahre.«

»Kinder?«

»Nein.«

»Wieso nicht?«

Sie funkelte ihn so wütend an, dass er beschwichtigend eine Hand hob. »Sie haben Recht, das ist zu persönlich. Falls Sie steril sind ...«

»Bin ich nicht.«

»Dann liegt's an ihm?«

Sie wollte schon wieder von der Kiste auffahren, aber er tätschelte die Luft zwischen ihnen. »Ist ja gut, ist ja gut, das Thema Kinder ist tabu. Ich werde nicht mehr nachhaken.« Er hielt inne, als wollte er seine Gedanken neu ordnen. »Also haben Sie Noah jeden Tag bei der Arbeit gesehen und sich binnen kurzem Hals über Kopf in ihn verliebt.«

»Eigentlich habe ich schon vor unserer ersten Begegnung schrecklich für ihn geschwärmt.«

»Wieso das?«

»Ich hatte sein Buch gelesen.«

»*Vernichtet.*«

»Sie kennen es? Ach, natürlich, wieder dieser Artikel. Er hat darauf Bezug genommen.«

»Ja, allerdings kannte ich es bereits«, sagte er. »Ich hatte es schon beim Erscheinen gelesen.«

»Ich auch. Ungefähr fünfzig Mal.«

»Machen Sie Witze?«

»Nein. Ich liebe es. Die Hauptfigur, Sawyer Bennington, wurde der Held meiner romantischen Träume.«

»Sie haben Träume?«

»Hat das nicht jeder? Dafür muss man sich nicht schämen.«

»Sie vielleicht nicht. Ich hatte schon ziemlich beschämende Träume. Möchten Sie sie hören?«

»Sie sind nicht kleinzukriegen.«

»Genauso hat mich meine Vorschullehrerin meiner Mama beschrieben.«

»Wann?«

»Als sie mich drei Tage hintereinander auf der Toilette beim Ausprobieren meines neuen Lieblingsspielzeugs erwischt hat.«

»Ich frage lieber nicht.«

»Würde ich Ihnen auch empfehlen. Also, worüber sprachen wir gerade?«

»Sawyer Bennington.«

»Richtig. Ihr Held und das Objekt Ihrer romantischen Träume, was mich doch seltsam berührt.«

»Warum?«

»War er nicht eine Art Verbrecher?«

»Ein Dieb und ein Mörder.«

»So etwas nennt man allgemein einen Verbrecher.«

»Aber seine Verbrechen sind durch das gerechtfertigt, was man seiner Frau und seinem Kind angetan hat. Als er ihre Leichen entdeckt hat, habe ich geheult wie ein Schlosshund. Und tue es noch heute bei jedem Wiederlesen.«

Ihr Gesicht nahm einen wehmütig-verträumten Ausdruck an. »Sawyer ist so ein harter Mensch. Allen gegenüber, nur nicht bei Charlotte. Sie haben sich so leidenschaftlich geliebt. Solch eine Liebe konnte nicht einmal der Tod zerstören. Als man ihn wegen seiner Verbrechen gehängt hat, dachte er zuletzt an …«

Ihre Stimme verebbte. Verlegen zuckte sie leicht die Schultern. »Verzeihen Sie mir, Parker. Sie merken ja, wie sehr ich diesen Roman liebe.«

»Sie reden von den Figuren, als wären sie echt.«

»Manchmal vergesse ich, dass sie nur Fiktion sind, so fantastisch hat Noah sie gezeichnet. Ab und zu beginne ich sie sogar zu vermissen. Dann schlage ich mein Exemplar auf irgendeiner

Seite auf und lese ein paar Absätze. Das ist dann wie ein Besuch bei ihnen.«

»Gab's denn nicht auch einen Film?«

»Dieser Schund wurde dem Buch nicht gerecht. Aber das hätte meines Erachtens kein Film gekonnt, das muss man den Filmemachern gegenüber fairerweise zugeben. Einige Kritiker haben *Vernichtet* als den besten historischen Roman seit *Vom Winde verweht* gepriesen.«

»Hohes Lob.«

»Meiner Ansicht nach verdient.«

»Und was hat er danach geschrieben?«

»Nichts.« Ihre überschäumende Begeisterung schrumpfte merklich. »Noah hat sich bei der Veröffentlichung von *Vernichtet* sehr engagiert und kam zu dem Schluss, seine wahre Berufung läge auf diesem Gebiet und nicht im Schreiben. Wenn ein Erstlingsroman von Kritik und Lesern so viel Applaus erhält, dann ist der Gedanke, etwas gleich Gutes folgen zu lassen, sehr entmutigend, ja sogar abschreckend. Er hat nie wieder geschrieben. Bis vor kurzem.«

Parkers unverwandter Blick wurde schärfer. »Er schreibt wieder?«

»Er hat sich nur für diesen Zweck ein Büro eingerichtet. Zu meiner großen Freude.«

Allerdings sah sie alles andere als sehr erfreut aus, ja nicht einmal halbwegs. Zwischen ihren Augenbrauen hatte sich eine flache, aber deutliche Falte gebildet. Parker bezweifelte, ob sie sich bewusst war, wie sehr ihre Miene sie entlarvte, denn sonst hätte sie sie besser unter Kontrolle gebracht.

Nach einem Augenblick Ruhe fragte er: »Welche anderen Romanfiguren haben denn in Ihren Träumen eine Schlüsselrolle gespielt?«

»Einige«, gestand sie mit leichtem Lachen, »aber keine im selben Maße wie Sawyer Bennington.«

Parker beugte sich in seinem Stuhl vor und sagte so laut, dass man es gerade noch über den prasselnden Regen hören konnte:

»Maris? Besteht die entfernte Möglichkeit, dass Sie sich in die Figur verliebt haben, und nicht in den Autor?«

Wütend verzog sie das Gesicht, aber der Zorn kam und verging blitzartig. Verdrossen lächelte sie. »In Anbetracht der Art, wie ich mich über Sawyer ausgelassen habe, ist das sicher eine faire Frage. Ich hatte schon Autoren, die mir erzählt haben, dass Leser sie häufig mit einer von ihnen frei erfundenen Figur identifiziert haben. Bei Signierstunden mussten sie dann enttäuscht feststellen, dass sie ganz normale Menschen waren, die nicht dem überlebensgroßen Bild entsprachen, das sich der Leser von ihnen gemacht hatte.«

»Guter Diskurs, nur leider keine Antwort auf irgendeine Frage.«

Wieder reagierte sie irritiert. »Machen Sie sich nicht lächerlich. Ich habe mich in meinen Mann verliebt. Zuerst in sein Talent, und dann in den Menschen selbst. Und ich liebe ihn noch immer.«

Einen langen Augenblick starrte er sie an. »Woran hat er gedacht?«

»Wer, Noah?«

Er schüttelte den Kopf. »Der Held des Buches. Sawyer. Sie haben gesagt, als man ihn hängen wollte, habe er gedacht…«

»Oh. Er dachte daran, wie er Charlotte das erste Mal gesehen hatte.«

Sie zögerte, aber Parker bedeutete ihr, fortzufahren.

»Noah hat diese Passage so lebendig und mit so vielen Details beschrieben, dass ich den Obstgarten sehen, die reifenden Früchte riechen und die Hitze spüren konnte. Erinnern Sie sich? Sawyer war schon seit Tagen unterwegs gewesen. Da stößt er auf die Farm von Charlottes Familie, wo er hofft, Wasser für sich und sein Pferd zu bekommen. Niemand ist in der Nähe, alles wirkt verlassen. Aber als er auf den Wassertrog zugeht, entdeckt er Charlotte, die im Schatten eines Pfirsichbaums auf einem Stapel Quilts schläft. Neben ihr schläft ein Baby. Sawyer vermutet, es sei ihres.« Lächelnd fügte Maris leise hinzu: »Zu seiner

Freude erfährt er später, dass es sich um ihren kleinen Bruder handelt.«

Die Melodie in ihrer Stimme entzückte Parker. Er spürte förmlich, wie er in die Szene hineingezogen wurde.

»Charlotte ist die schönste Frau, die Sawyer je gesehen hat. Sie hat ihre langen Haare gelöst. Ganze Absätze werden ihren Haaren, ihrer Haut, ihren Lippen gewidmet. Wegen der Hitze hat sie ihr Kleid bis zu den Knien hochgezogen. Außerdem ist sie barfuß. Sawyer ist ein sinnlicher junger Mann. Der Anblick ihrer nackten Wade und ihres Fußes entflammt ihn. Sie hätte ebenso gut nackt sein können. Ihr Busen, der sich im Takt des Atmens hebt, fasziniert ihn. Und doch liegt in seiner Bewunderung etwas Ehrfürchtiges, als wäre sie so unberührbar wie die Madonna.

Eigentlich hätte er sich als Gentleman in dem Moment, als er sie gesehen hat, höflich zurückziehen müssen. Stattdessen bleibt er und schaut sie unverwandt an, bis er ein Fuhrwerk näher kommen hört, das die Rückkehr der Familie verkündet, die zum Einkaufen in die Stadt gefahren war.

Charlotte erfuhr nie, dass Sawyer sie an jenem Tag im Schlaf beobachtet hatte. Er hat es ihr nie gesagt. Und das gefällt mir ganz besonders an ihm. Diese Erinnerung war etwas ganz Spezielles, das er nicht einmal mit ihr teilen wollte. So sehr, dass er sie sich am Tag seiner Hinrichtung wieder ins Gedächtnis rief. Als die Falltür am Galgen unter ihm wegsackte, durchlebte er sie erneut. Der erste Blick auf Charlotte war der zentrale Punkt seines Lebens. Und deshalb durchlebt er ihn im Sterben noch einmal.«

Parker hatte zugehört. Reglos. Auf jedes Wort konzentriert. Als sie schwieg, schauten sie einander mehrere Augenblicke nur an. Keiner war im Stande oder willens, die Stimmung zu stören.

Als er endlich sprach, klang seine Stimme ungewöhnlich belegt. »Maris, Sie hätten die Autorin sein sollen.«

»Ich? Nein«, sagte sie kopfschüttelnd und lachte leise. »Ich beneide jeden um diese Begabung. Ich kann sie in allen erkennen, die damit gesegnet sind, aber ich bin nur Vermittlerin, keine Kreative.«

Nachdem er eine Weile darüber nachgedacht hatte, sagte er: »Wissen Sie, was diese Szene so erotisch macht?«

Fragend legte sie den Kopf schief.

»Die Tatsache, dass er einer Frau derart nahe gekommen und mit ihr in seiner Vorstellung intim geworden ist. Ohne ihr Wissen.«

»Ja.«

»Er hat mit Augen und Sinnen berührt, was Hände und Lippen gern berührt hätten. Obwohl er nicht viel gesehen hat, fühlt er sich für den Blick an und für sich schuldig.«

»Das Verbotene.«

Er nickte und fuhr mit noch leiserer Stimme fort: »Das stärkste aller sexuellen Stimulanzien. Was nicht gut für uns ist. Was wir nicht haben können. Was wir so sehr wollen, dass wir es schmecken, aber doch nicht berühren können.«

Maris holte zitternd kurz Luft und atmete dann langsam aus. Zum ersten Mal wurde sie sich der losen Haarsträhnen in ihrem Nacken bewusst. Sie hob die Hand, aber selbst diese Korrektur schien zu viel. Erneut senkte sie die Hand in den Schoß, allerdings nicht ohne zuvor noch kurz an jenem Knopf Halt zu machen, an dem sie zuvor herumgedreht hatte. Diesmal strich sie lediglich mit den Fingerspitzen darüber, als wollte sie sich versichern, dass er immer noch da war. Parkers Blick blieb daran hängen.

Plötzlich stellte sie sich in den schmalen Raum zwischen ihnen. »Ich gehe jetzt zurück. Es hat zu regnen aufgehört.«

Dies entsprach nicht ganz der Wahrheit. Der heftige Wolkenbruch war einem leichten Regen gewichen. Trotzdem widersprach Parker nicht. Er ließ sie vorbei.

Fast.

Noch ehe sie einen vollen Schritt machen konnte, streckte er die Hände aus und brachte sie zum Stehen. Er umfing sie knapp unterhalb der Taille. Seine Handwurzeln drückten sich gegen ihre Beckenknochen. Seine Finger bogen sich um ihre Hüften. Er befand sich in Augenhöhe mit jenem reizvollen nackten Hautstreifen zwischen Bluse und Rock. Langsam wanderten seine Augen an ihr hoch.

Verblüfft und ängstlich schaute sie mit erhobenen Armen zu ihm hinunter. Ihre Hände befanden sich auf Schulterhöhe, als sei sie nicht sicher, wohin sie sie legen, was sie damit tun sollte.

»Wir wissen, warum ich dich gestern Abend geküsst habe, Maris.«

»Um mich zu erschrecken.«

Er runzelte die Stirn. »Eine solche Bemerkung verdient keinen Kommentar. Ich habe dich geküsst, weil du bei Terry's allen mutig die Stirn geboten und sie blamiert hast, mich eingeschlossen. Ich habe dich geküsst, weil mir allein dein Anblick durch und durch ging. Ich habe dich geküsst, weil ich ein verdorbener Mistkerl bin, und weil dein Mund so verdammt gut zu küssen aussah. Einfach gesagt: Ich habe dich geküsst, weil ich es wollte. Das gebe ich zu, und das weißt du auch verdammt gut. Aber da wäre noch eine Frage, die mich schier um den Verstand bringt.«

Seine Blicke ließen nicht locker und durchbohrten sie förmlich. »Warum hast du mich zurückgeküsst?«

12

Obwohl Maris zur unpassenden Zeit anrief, entschied Noah, den Anruf entgegenzunehmen. Er wollte sie nicht misstrauisch machen. Auf seinem Terminkalender war in zehn Minuten ein Termin anberaumt, trotzdem bat er seine Assistentin durchzustellen. »Liebling! Ich freue mich ja so, dich zu hören.«

»Schön, dass ich endlich mit dir reden kann«, sagte sie. »Es ist schon so lange her. Deine Stimme klingt seltsam.«

»Seltsam?«

»Meine Ohren haben sich schon an den schleppenden Tonfall der Südstaatler gewöhnt.«

»Gott bewahre.«

»Es kommt sogar noch schlimmer. Ein paarmal sind mir tatsächlich schon Dialektausdrücke rausgerutscht, und außerdem kann ich mich für Grütze begeistern. Das Geheimnis sind viel Salz und Pfeffer und dann so viel Butter, bis alles schwimmt.«

»Mach ruhig weiter mit so einer Diät, dann kommst du dick und fett zu mir zurück.«

»Wenn ja, bist du wenigstens vorgewarnt. Wo die Südstaatler nicht mit Butter kochen, verwenden sie ausgelassenen Schinkenspeck. Und alles schmeckt einfach köstlich. Hast du schon mal gebackene grüne Tomaten gegessen?«

»Wie im gleichnamigen Film?«

»Und im Buch. Beide sind nach einem Originalrezept benannt. Mit Maismehl paniert und in ausgelassenem Speck herausgebacken schmecken sie einfach köstlich. Mike hat mir gezeigt, wie es geht.«

»Der außergewöhnliche Autor kocht auch noch?«

»Mike ist nicht der Autor, sondern … Also, bis aufs Schreiben kümmert sich Mike hier um fast alles.«

Nach einem Blick auf seine silberne Tiffany-Uhr auf dem Schreibtisch überlegte Noah, wann er das Gespräch mit Anstand abbrechen könnte. »Geht's mit dem Buch voran? Wie läuft's denn mit dem Autor?«

»Noah, er hat Talent. Außerdem ist er von sich eingenommen und manchmal schwierig. Mitunter sogar unmöglich. Trotzdem fordert er mich heraus. Und da kann ich nicht widerstehen.«

»Also hat sich der Ausflug als produktiv erwiesen?«

»Ja. Deshalb werde ich auch noch das ganze Wochenende hier bleiben und ihn häppchenweise mit konstruktiver Kritik und aufmunternden Worten füttern. Es sei denn, ich müsste aus irgendeinem Grund unbedingt heimkommen. Aber für eine überstürzte Abreise gibt es doch keinen Anlass, oder?«

»Außer der Tatsache, dass ich dich vermisse, nicht.«

»Dass du mich vermisst, ist keine Kleinigkeit.«

»Ich wäre doch nie so egoistisch, dich einzig und allein meinetwegen zurückfliegen zu lassen. Deine enthusiastische Stimme verrät mir, wie sehr du es genießt, wieder mal als Lektorin an vorderster Front zu arbeiten.«

»Ganz außerordentlich. Und du? Schreibst du?«

»Wenn ich kann. Obwohl ich mit dem Überprüfen der Geschäftsberichte aus dem zweiten Quartal genug zu tun hatte, ist es mir gelungen, jeden Abend noch ein paar Stunden am Schreibtisch hineinzuquetschen.« Nach einer kurzen Pause fragte er: »Du wirst mich doch jetzt nicht ständig damit plagen, wie viel ich schon geschrieben habe?«

»Als ›plagen‹ würde ich das nicht bezeichnen.«

»Maris, denk daran, das ist nicht meine Hauptaufgabe. Das Schreiben kommt erst nach meiner Verantwortung hier im Haus.«

»Verstanden. Ich bin doch nur ganz wild darauf, wieder etwas Neues von meinem Lieblingsautor zu lesen.«

»Nun mal langsam. Bis dahin kann noch viel passieren. Außerdem sollte man beim Schreiben nichts überstürzen.«

»Ließ sich deine Idee umsetzen?«

»Sie entwickelt sich«, erwiderte er ausweichend.

»Das Warten wird sich lohnen, egal, was du schreibst.«

»Anscheinend versorgen wir dich nicht mit genügend Arbeit, wenn du so viel Zeit hast, zum Vergnügen zu lesen.«

»Nur keine Angst«, meinte sie lachend, »mit diesem Projekt bin ich vollauf beschäftigt. Dazu noch die anderen Manuskripte, die in den nächsten Monaten fällig sind. Wahrscheinlich werde ich noch im Schlaf redigieren.«

Das klang gut. Wenn sie durch Arbeit abgelenkt wäre, hätte er mehr Zeit und Freiraum, seinen Deal mit WorldView endgültig abzuschließen. Inzwischen spürte er Morris Blumes unerwartetes Ultimatum im Nacken sitzen. Doch trotz des ungemütlichen Drucks begrüßte er es, ein genau umrissenes Ziel zu haben, einen Schlusspunkt, der noch einmal alle Kräfte mobilisierte.

Panik verspürte er keine. Trotzdem kam es bei jedem Gedanken daran zu einem heftigen Adrenalinstoß. Diese Deadline würde er einhalten, davon war er überzeugt. Genauso wie er Blume zu einer Verlängerung überreden würde, sollte ihm das aus irgendeinem Grund nicht gelingen. Der Vorstandsvorsitzende war viel zu sehr auf Matherly Press erpicht, um wegen einiger Tage darauf zu verzichten.

Inzwischen war Maris genau zum richtigen Zeitpunkt verreist. Ihre Abwesenheit machte es ihm leichter, Daniel zu manipulieren. Man musste den alten Mann sorgfältig bearbeiten. Das Schlüsselwort hieß – Raffinesse. Wenn man Daniel einfach einen Hieb über den Schädel gab, würde er bis zum letzten Atemzug kämpfen. Ihn konnte man nur durch sachtes, aber nachdrückliches Bearbeiten zu einem Sinneswandel bringen. Vielleicht nicht so leicht wie die meisten Menschen, aber Noah zweifelte nicht an seiner Fähigkeit, nach und nach sämtliche Einwände seines Schwiegervaters gegen eine Fusion abzubauen.

Außerdem gestattete ihm Maris' Abwesenheit mehr Zeit mit Nadia. Wenn sie unglücklich war, konnte sie zur Furie werden. Und am allerunglücklichsten war sie, wenn man ihr die Zeit und Aufmerksamkeit entzog, die sie für sich beanspruchte.

»Noah, ich kann es nicht erwarten, dass du dieses Buch liest«, sagte Maris, womit sie ihn wieder in ihr Gespräch zog.

Wovon hatte sie die letzten Minuten geredet? Ganz in Gedanken versunken hatte er kein Wort von dem, was sie gesagt hatte, behalten. Allerdings musste er feststellen, dass seine Unaufmerksamkeit keine große Rolle spielte.

»Obwohl mir der Autor noch nicht den ganzen Plot verraten hat«, fuhr sie fort, »glaube ich, dass es gut wird.«

»Wenn du das meinst, dann wird's das auch. Hör mal, Schatz, ich hasse es, unsere Unterhaltung zu kappen, aber in zwei Minuten muss ich am anderen Flurende sein.«

»Ist das etwas Neues?« Diese Frage war nicht ganz ernst gemeint und auch nicht boshaft. Während der Arbeit blieb ihnen stets nur wenig Zeit für einen Gedankenaustausch.

»Ich habe einen Termin mit Howard, und du weißt ja, wie peinlich genau er auf Pünktlichkeit besteht.« Howard Bancroft war der Chefjustitiar von Matherly Press. »Wenn ich auch nur einen Sekundenbruchteil zu spät komme, ist er tagelang sauer.«

»Worum geht's denn bei diesem Termin?«

»Auch wenn du mir den Kopf abschlägst, ich kann mich nicht mehr daran erinnern. Hat, glaube ich, irgendwas mit einem unserer ausländischen Lizenznehmer zu tun.«

»Ich will ja nur ungern, dass du's dir mit Howard verdirbst«, sagte sie, »aber da ist noch etwas, worüber ich unbedingt mit dir sprechen wollte.«

Er musste sich zwingen, damit sie ihm die Ungeduld nicht anhörte. »Dann werde ich mir dafür Zeit nehmen. Was hast du denn auf dem Herzen?«

»Geht es Pa gut?«

»Scheint so. Ich habe ihn gestern Abend gesehen und heute Morgen mit ihm gesprochen.«

»Kam er ins Büro?«

»Nein. Er rief an und hat gefragt, ob ich mich heute ohne ihn durchwursteln könnte. Ich habe ihn beschworen, nicht nur heute frei zu nehmen, sondern auch noch die restliche Woche. Da du nicht hier bist, gibt es keine fixen Termine, die ich nicht allein erledigen kann. Für ihn also ein idealer Zeitpunkt, sich zu schonen.«

»Er wird sich langweilen.«

»Eigentlich hat er einen ziemlich vollen Terminkalender. Vormittags wollte er daheim am Schreibtisch ein paar persönliche Dinge erledigen, und anschließend geht er mit einem alten Bekannten zum Lunch. Sie treffen sich im Four Seasons.«

»Lunch mit einem alten Bekannten«, wiederholte sie geistesabwesend. »Hoffentlich trinkt er nicht zu viel Wein.«

»Maris, es steht ihm doch wirklich zu, zum Lunch ein paar Gläser Wein zu trinken, wenn er das möchte.«

»Ich weiß. Trotzdem mache ich mir Sorgen, wie er zu Hause die Treppe bewältigen will. Bei seinen schwachen Gelenken …«

»Er muss seinen Gleichgewichtssinn voll und ganz beherrschen. Ich verstehe, was du meinst.«

»Wenn sich jemand in seinem Alter beim Sturz einen Hüftknochen bricht, heilt das manchmal nie mehr ganz. Und eines könnte er nicht ertragen: bettlägerig zu sein.«

»Ich werde Maxine bitten, ihn noch besser im Auge zu behalten.«

»Nein! Das wäre der Anfang des Dritten Weltkriegs!«, rief sie laut. »Dann wird er nur böse auf sie, weil sie ihn wie ein Baby behandelt, und anschließend auf mich, weil ich sie darum gebeten habe.«

»Wieder hast du Recht«, sagte er. »Wie wär's denn, wenn …«

»Was?«

»Nun, ich wollte gerade vorschlagen, dass ich mit ihm darüber rede. Ihn vertraulich zur Vorsicht mahne. Von Mann zu Mann.«

»Ja«, sagte sie, und es klang erleichtert. »Dieser Plan gefällt mir viel besser.«

»Dann werde ich heute Abend rübergehen und mit ihm plaudern.«

»Danke, Noah.«

»Gern geschehen. Noch was?«

»Warum?«

»Howard wartet auf mich.«

»Ach, entschuldige, das habe ich vergessen. Ich hätte dich nicht aufhalten dürfen.«

»Unsinn. Das war wichtig.« Er wollte zwar diesen Anruf rasch beenden, aber vorher unbedingt ihre Sorgen wegen Daniel zerstreuen. Sonst würde sie diese Fürsorge womöglich zu einem übereilten Rückflug verleiten. »Maris, mach dir wegen Daniel keine Sorgen«, sagte er zärtlich. »Er ist ein zäher alter Vogel und viel kräftiger, als wir ihm zutrauen. Es gibt wirklich keinen Grund zur Beunruhigung. Wenn überhaupt, dann hat er die letzten Tage sogar noch mehr wie früher gewirkt. Nur Hohn und Spott.«

»Sicher hast du Recht. Nur, wenn ich nicht bei ihm bin,

schlägt meine Fantasie Purzelbäume, und dann fange ich an, mir Sorgen zu machen.«

»Völlig unnötig, versichere ich dir. Und jetzt verzeih, ich muss wirklich rennen.«

»Richte Howard meine Entschuldigung aus. Sag ihm, ich allein sei an deiner Verspätung schuld.«

»Keine Angst, das werde ich.« Er lachte in sich hinein. »Und jetzt, ade.«

»Noah«, fügte sie noch hinzu, ehe er auflegte, »ich liebe dich.«

Einen Augenblick war er perplex, dann erwiderte er in der geistesabwesenden Manier eines treuen, aber stark beschäftigten Ehemannes: »Ich dich auch, Schatz.«

Liebesbekenntnisse bedeuteten ihm nichts. Es waren Wortfolgen ohne jede Tragweite. Schon mancher Frau hatte er gesagt, er liebe sie, aber nur, um sie ins Bett zu locken. Während er Maris den Hof gemacht hatte, hatte er ihr klar und deutlich seine Liebe erklärt, weil das erwartet wurde. Um den Segen ihres Vaters zu ihrer Hochzeit zu erhalten, hatte er seine Liebe zu ihr beschworen und anschließend bis zum Exzess den überschwänglichen, frisch vermählten Ehemann gemimt. Im Laufe der letzten Monate waren seine diesbezüglichen Beteuerungen allerdings deutlich geschwunden.

Im Gegensatz dazu war Maris von Natur aus zärtlich. Ihre Kuschelmentalität hatte fast schon etwas Irritierendes. Mindestens einmal täglich verkündete sie ihre Liebe. Seine Ohren hatten sich daran gewöhnt, aber ein echtes Gefühl rief es noch immer nicht in ihm hervor.

Und doch gab ihm dieses jüngste Liebesbekenntnis zu denken, was nicht an den Worten selbst lag. Merkwürdig war die Art und Weise, wie sie es betont hatte. Als versuchte sie, diese Tatsache erneut innerlich festzuschreiben, entweder bei ihm oder bei ihr selbst. War es ihm nicht gelungen, ihr mit der Überraschungsparty anlässlich des Hochzeitstags seine Hingabe zu dokumentieren? Bezichtigte sie ihn insgeheim immer noch der Untreue?

Mit kaum merklichem Kopfnicken rauschte er an Bancrofts Assistentin vorbei in das persönliche Büro des Rechtsanwalts, in Gedanken noch bei dem Gespräch mit Maris. Es hatte zu Fragen geführt, die weiteres Nachdenken erforderlich machten. Ihre Liebeserklärung hatte unterschwellig nach Verzweiflung geklungen. Sollte das etwas bedeuten, dann musste er es unbedingt herausfinden.

Eines stand fest: Wenn sie den Inhalt des Aktenordners kennen würde, den er gerade bei sich trug, wäre es mit ihren Liebeserklärungen aus und vorbei.

»Hallo, Howard, Entschuldigung, bin spät dran.« Um einer Bemerkung von Bancroft bezüglich seiner Verspätung zuvorzukommen, redete er forsch weiter. »Ich habe Maris am Telefon informiert, dass sie dieses Dokument entweder morgen oder spätestens übermorgen erhält. Sie sitzt in der Pampa, irgendwo am Ende der Welt. Aber sie hat mir versichert, dass der Paketdienst dorthin zustellt.«

Unaufgefordert setzte er sich auf ein Sofa, legte, die Lässigkeit in Person, beide Arme über die Rückenlehne und bemerkte nach einem Blick durch die Fenster hinter dem Schreibtisch des Anwalts: »Wissen Sie, Howard, ich weiß wirklich nicht, womit Sie dieses Büro verdient haben. Es hat eine unglaubliche Aussicht.«

Seine beiläufige Haltung war genau berechnet, um Bancroft von seinem eigentlichen Ansinnen abzulenken. Eines wusste er allerdings aus Erfahrung: Der kleine Jude war kein Leichtgewicht. Sein verschrumpeltes Äußeres machte ihn ein Jahrzehnt älter, als er war. Mit den Einlagen in den Schuhen maß er ganze ein Meter fünfundsechzig. Er hatte eine spitz zulaufende Glatze, die von einer deutlich sichtbaren Wölbung gekrönt wurde, und liebte breite Hosenträger, zu denen er ohne Rücksicht auf die Jahreszeit Tweedhosen trug. Auf seiner Nase thronte eine kleine runde Nickelbrille. Howard Bancroft erinnerte an einen Gnom, oder besser gesagt an das, was er war: ein ausgefuchster Rechtskundler.

»Ist das Dokument fertig?«, fragte Noah, obwohl besagte Papiere ganz offen auf dem Tisch des Anwalts lagen.

»Es ist fertig«, erwiderte Bancroft.

»Danke für Ihre treffliche Vorbereitung.«

Noah beugte sich vor und griff nach dem Dokument, aber Bancroft legte eine von Altersflecken gezeichnete Hand darauf, auf der die Adern deutlich hervortraten. »Nicht so schnell, Noah. Ich lasse Sie das heute nur ungern nehmen.«

»Und warum?«

»Ich habe dieses Dokument wunschgemäß nach Ihren Anweisungen aufgesetzt, aber … Darf ich offen sein?«

»Das würde uns Zeit sparen.«

»Ich habe gezögert, es gemäß Ihren Vorgaben zu verfassen. Sein Inhalt ist beunruhigend.«

Der Anwalt nahm seine Brille ab und begann, sie mit einem großen weißen Taschentuch zu putzen, das er aus seiner Hosentasche gezogen hatte. Als er es ausschüttelte, schien es Noah, als schwenkte er eine weiße Fahne zum Zeichen der Kapitulation, was ihm ja auch gut anstünde. Diesen Kampf konnte Howard Bancroft nicht gewinnen.

»Ach? Und wieso ist es beunruhigend?« Noah verlieh seiner Stimme gerade so viel Schärfe, um den Anwalt zu warnen, dass Noahs Gründe für das Aufsetzen dieses Dokuments nicht zur Debatte standen, geschweige denn, dass sie in Frage gestellt werden durften. Doch Bancroft überging diesen Hinweis.

»Sind Sie sicher, dass Maris damit einverstanden ist?«

»Howard, ich habe in ihrem Auftrag darum ersucht.«

»Warum hält sie es für notwendig?«

»Sie wissen genau wie ich und auch Maris, dass das Verlagswesen nicht mehr die private Spielwiese ehrbarer Herren ist, wie noch vor einem Jahrhundert. Hier geht es inzwischen genauso mörderisch zu wie überall. Auf diesem Markt bedeutet jeder Stillstand Rückschritt. Wer lediglich den Status quo aufrecht erhält, wird von seinen Konkurrenten überholt und befindet sich, ehe er sich's versieht, auf dem letzten Platz. Und wir wollen doch nicht, dass Matherly Press an der Staubfahne erstickt, die andere hinterlassen?«

»Eine aufrüttelnde Rede, Noah. Ich schlage vor, Sie halten sie auf der nächsten Vertreterkonferenz, um unsere Mannschaft anzufeuern. Trotzdem ist mir schleierhaft, wo der Bezugspunkt Ihrer einleuchtenden Argumente zu meiner Frage beziehungsweise zu diesem Dokument ist.«

»Dieses Dokument«, sagte Noah, indem er darauf zeigte, »ist unser Sicherheitsnetz. Die Verlagswelt unterliegt fortwährend raschen Veränderungen. Matherly Press muss auf alle Eventualitäten vorbereitet sein. Wir müssen in der Lage sein, geschmeidig zu operieren, damit wir jede sich bietende Gelegenheit unmittelbar wahrnehmen können.«

»Ohne Daniels Zustimmung.«

Noah machte ein trauriges Gesicht. »Ach, Howard, das ist ja der Haken. Daniel wird langsam alt, und das bricht Maris das Herz – genau wie mir. Diese traurige Tatsache müssen wir gezwungenermaßen akzeptieren. Sollte sich sein Zustand plötzlich verschlechtern, zum Beispiel durch einen Schlaganfall, auf Grund dessen er dann keine geschäftlichen Entscheidungen mehr treffen könnte, garantiert diese Generalvollmacht einen reibungslosen Übergang und schützt die Firma vor einem Sturz ins Chaos.«

»Noah, ich habe die Vorbehaltsklauseln geschrieben. Ihr Zweck ist mir bekannt. Außerdem weiß ich, dass bereits ähnliche Dokumente vorhanden sind, und zwar seit Jahren. Als Maris einundzwanzig wurde, hat sie Daniels persönlicher Anwalt, Mr. Stern, aufgesetzt. Diesen Dokumenten liegt auch eine testamentarische Verfügung für den Krankheitsfall bei. Ich weiß das, weil sich in meinen Unterlagen Kopien davon befinden. Damit ist, wie Sie sagen, jede Eventualität abgedeckt. Maris wurde Generalvollmacht erteilt, um an Daniels Stelle sämtliche Entscheidungen zu treffen, sei es für ihn persönlich oder für die Firma.«

»Ich bin mir über diese früheren Dokumente wohl im Klaren. Das hier ist anders.«

»In der Tat. Es löst alle anderen ab. Außerdem erteilt es *Ihnen* Generalvollmacht, in Daniels Namen Entscheidungen zu treffen.«

Noah mimte den Beleidigten. »Wollen Sie damit etwa andeuten, ich würde mir heimlich etwas aneignen …«

»Nein.« Bancroft hob beide Hände, die Handflächen nach außen. »Daniel und Maris haben mir gegenüber bereits von der Notwendigkeit gesprochen, beider Generalvollmachten dahin gehend zu ändern, dass Sie darin eingeschlossen werden. Aber das sollte Mr. Sterns Aufgabe sein, nicht meine.«

»Sie sind passender.«

»Für wen?«

Wütend funkelte ihn Noah an. »Und was finden Sie sonst noch so *beunruhigend*, Howard?«

Der Anwalt zögerte, als ahnte er, dass jedes weitere Wort unklug wäre, aber schließlich siegte doch seine Überzeugung über die Vorsicht. »Es wirkt wie ein Taschenspielertrick. Ich habe den Eindruck, dies alles geschieht hinter Daniels Rücken.«

»Er hat es genehmigt. Das haben Sie doch selbst vor nicht einmal dreißig Sekunden gesagt.«

Bancroft war offensichtlich frustriert. Er strich sich mit der Hand über den knotigen Schädel. »Außerdem bereitet es mir Unbehagen, ein derart wichtiges Dokument aus der Hand zu geben, ehe es in meinem Beisein vor Zeugen unterschrieben wurde.«

»Ich habe Maris erklärt, ich würde erst nach ihr unterschreiben«, sagte Noah. »Darauf habe ich bestanden. Sie wird ihre Unterschrift in Georgia vor einem Notar abgeben. Wenn das Dokument wieder hier eingetroffen ist, werde ich unterschreiben. Und sobald sie wieder da ist, werden wir uns mit Daniel treffen. Meiner Ansicht nach wird er über dieses Fait accompli erleichtert sein. Keiner denkt gerne daran, dass ihn Krankheit oder Tod verwundbar machen. Er wird froh sein, diese Verantwortung nicht mehr tragen zu müssen.«

»Ich habe noch nie erlebt, dass Daniel Matherly vor den unumstößlichen Tatsachen des Lebens zurückgeschreckt ist, egal, wie grausig sie waren«, widersprach Bancroft. »Aber, davon mal abgesehen, warum warten wir nicht, bis Maris wieder hier ist, und erledigen alles auf einmal? Erklären Sie mir diese Eile.«

Noah seufzte, als hätte er Mühe, nicht die Geduld zu verlieren. »Ihre Abwesenheit ist ein Grund, warum Maris das prompt erledigt haben wollte. Sie arbeitet derzeit mit einem Jungautor, der als Einsiedler lebt. Bis zur Fertigstellung seines Manuskripts wird sie häufig wegfahren und damit längere, nicht genau umrissene Zeitperioden abwesend sein. Howard, alles Mögliche kann passieren. Ein Flugzeugabsturz. Autounfälle. Plötzliche Erkrankung. Für den schlimmsten Fall der Fälle möchte sie Matherly Press geschützt sehen.«

»Und das ist der Grund, weshalb dieses Dokument allein mit Ihrer Unterschrift gültig wird?«

Noah sagte scharf: »Ich wiederhole Ihnen, was ich schon Maris erklärt habe: Ich werde erst unterschreiben, wenn ihre Unterschrift vorliegt.«

Lange starrte ihn Bancroft unverhohlen an, ehe er den Kopf schüttelte. »Tut mir Leid, Noah. Aber Maris muss mir bestätigen, dass es sich hierbei um ein von ihr gewünschtes Dokument handelt. Und selbst dann werde ich ihr noch raten, die darin enthaltenen Bedingungen erneut zu überdenken. Sie sind unkonventionell und nicht mit kluger Vorsicht zu vereinbaren. Ich habe lange Zeit für die Matherlys gearbeitet. Sie verlassen sich darauf, dass ich stets zu ihrem Besten handle. Deshalb werden Sie sicherlich meine Vorsichtsmaßnahme verstehen.«

»Die völlig unnötig ist und außerdem eine himmelschreiende Beleidigung meiner Person.«

»Auch dann.«

»Na schön, rufen Sie Maris an.« Er deutete aufs Telefon. Er bluffte und setzte darauf, Bancroft würde nicht anrufen. »Oder noch besser: Daniel ist heute zu Hause. Bitten Sie ihn herzukommen, und die Sache zu überprüfen.‹«

»Vor einem Treffen mit einem von beiden würde ich mich

gerne nochmals mit den ursprünglichen Dokumenten vertraut machen. Bis ich dazu Gelegenheit hatte, möchte ich nicht ihre Zeit vergeuden.« Mit einer viel sagenden Geste faltete Bancroft die Hände über dem Dokument zusammen. »Heute kann ich es Ihnen nicht freigeben, es sei denn, Daniel oder Maris gäben mir telefonisch dazu ihre Vollmacht.«

Noah warf ihm einen harten Blick zu, dann grinste er. Immer breiter. Insgeheim hatte er darauf gehofft, eine Pattsituation zwischen sich und Bancroft herbeizuführen; der Zwerg sollte nicht zu früh kapitulieren und ihm damit den Spaß verderben. Bis jetzt war alles nur ein Aufwärmen für die große Endrunde gewesen. Und die würde er in vollen Zügen genießen.

»Nun, Howard«, sagte er leise drohend, »anscheinend bezichtigen Sie mich des Betrugs an der Firma.«

»Nicht im Geringsten«, erwiderte der Anwalt regungslos.

»Das ist gut. Das höre ich mit Erleichterung, denn es würde mir gar nicht gefallen, wenn Sie mich eines doppelten Spiels verdächtigen würden. So etwas finde ich ganz schandbar. Sie nicht auch? Doppelspiel. Verrat. Illoyalität gegenüber der eigenen Familie. Der eigenen Rasse.«

Während Noah dem Anwalt unverwandt in die Augen schaute, nahm er den mitgebrachten Ordner zur Hand, legte ihn sacht auf den Schreibtisch und schob ihn zu Bancroft hinüber, der ihn so argwöhnisch anstarrte wie jemand, der den Deckel von einem Korb nehmen muss und dabei ganz genau weiß, dass darin eine zusammengerollte Kobra liegt. Eine geschlagene Minute herrschte völliges, ahnungsvolles Schweigen. Dann schlug der Anwalt den Deckel zurück und begann, das gedruckte Material zu überfliegen.

»Wer hätte das gedacht, Howard?«, sagte Noah. »Ihre Mutter hat's mit den Nazis getrieben.«

Bancrofts schmale Schultern sackten nach vorne.

»Schauen Sie, Howard, Wissen ist Macht. Ich achte darauf, alles über die Leute in meiner Umgebung in Erfahrung zu bringen, besonders über solche, die hinderlich sein könnten. Die

Nachforschungen bezüglich Ihrer Herkunft haben mich eine Menge Geld und kostbare Zeit gekostet. Trotzdem muss ich gestehen, dass das Ergebnis meine kühnsten Hoffnungen übertraf. Ich habe Ihrer Mutter in dem Altersheim, wo Sie sie abgeschottet haben, einen Besuch abgestattet. Mit ein bisschen Nachhelfen hat sie mir ihr schandbares Geheimnis gebeichtet, das eine Krankenpflegerin gegen ein kleines Entgelt wortwörtlich aufgeschrieben hat. Ihre Mutter hat es unterschrieben. Sehen Sie, erkennen Sie ihre Unterschrift dort auf der letzten Seite wieder? In dem Moment war sie so schwach, sie konnte kaum den Füller halten. Offengestanden hat es mich nicht überrascht, als sie nur wenige Tage danach verstarb.

Ihnen ist diese Geschichte ja wohl bekannt, Howard, aber ich war fasziniert. Dreiundzwanzig war sie, als man sie aus ihrem Vaterhaus in Polen verschleppt hat. Die restliche Familie – Brüder, Schwestern, Eltern – wurde an die Wand gestellt und erschossen. Zu ihrem Glück wurde sie in ein Konzentrationslager verfrachtet.

Damals war man in der Alten Welt mit dreiundzwanzig an der Grenze zur alten Jungfer. Ihre Mutter hatte die Heirat ihrer jüngeren Schwester mit einem glühenden Verehrer verhindert, weil nicht sie zuerst geheiratet hatte. Sie hatte keinen Mann für sich zu begeistern vermocht und damit die Familie ziemlich gespalten.

Im Lager schenkten ihr die Männer allerdings viel Aufmerksamkeit. Die von der Wachmannschaft. Sehen Sie, Howard, Ihre Mutter hat ihre Möse gegen ihr Leben getauscht. Regelmäßig. Im Laufe der nächsten fünf Jahre. Allmählich fand sie an den Vergünstigungen Gefallen und prahlte damit. Sie hätte sich im Gefolge der übrigen weiblichen Gefangenen abschinden, sich den Kopf scheren lassen, bei Wasser und Brot darben und täglich um ihr Leben fürchten können. Aber nein, sie hat sich in bequeme Quartiere gevögelt. Hat gut gespeist, Wein getrunken und sich bei den Nazis lieb Kind gemacht. Sie war die Lagerhure. Und dafür hat man sie verachtet.

Wundert es einen da, dass sie nach ihrer Emigration nach Amerika ihren Namen geändert und sich eine neue Biografie ausgedacht hat?

Die Geschichte vom jüdischen Widerstandskämpfer, der für sie und sein ungeborenes Kind sein Leben geopfert hat, klang ja reizend, war aber ganz und gar erlogen. Wie Sie ja selbst herausgefunden haben. Wie alt waren Sie damals? Sieben? Acht? Jedenfalls alt genug, um den Sinn der Vorwürfe zu verstehen, die man ihr an den Kopf warf. Eines Tages kamen Sie von der Schule heim und wollten von Ihrer Mutter wissen, warum Ihnen alle hässliche Namen gaben und Sie anspuckten. Damals beschloss sie umzuziehen.«

Als Howard Bancroft diesmal seine Brille abnahm, zitterten seine Hände so heftig, dass er sie auf den Schreibtisch fallen ließ. Mit einem dumpfen Stöhnen bedeckte er seine Augen.

»Sie konnte nicht mit Sicherheit sagen, welcher der Lagerwärter Ihr Vater war. Sie hatte für so viele die Beine breit gemacht. Verstehen Sie? Allerdings hatte sie einen Offizier im Verdacht, der sich wenige Stunden vor der Befreiung des Lagers durch die Truppen der Alliierten eine Kugel in den Kopf schoss. Vier Monate später wurden Sie geboren. Für eine Abtreibung war es vermutlich zu spät. Vielleicht hatte sie aber auch für besagten Offizier etwas übrig. Ich habe gehört, selbst Huren hätten Gefühle.

»Howard, Howard, was für ein hässliches Geheimnis haben Sie da gehütet. Meiner Ansicht nach würde die Jüdische Gemeinde Sie nicht allzu freundlich behandeln, wenn bekannt würde, dass Ihre Mutter mit Freuden jenen Männern zu Diensten war, die sie in die Gaskammern haben marschieren lassen, und dass Tausende ihres Volkes auf Befehl Ihres Vaters gefoltert und ausgelöscht wurden. Oder?

Sie haben Holocaust-Überlebende vor Gericht vertreten; diesen Kreuzzug könnte man scheinheilig nennen. Ihre Freunde in Israel – und das sind meines Wissens viele – würden Sie schmähen. Ihr Blut ist unrein, entstanden aus dem einer kollaborierenden Hure und eines arischen Mörders.

Nun könnten Sie ja zu mir sagen: *Dafür haben Sie keinen Beweis.* Allerdings ist Ihre Reaktion Beweis genug, nicht wahr? Außerdem muss ich nichts beweisen. Allein das Gerücht würde Ihren guten Ruf als mustergültiger Jude wirksam zerstören. Schon die leiseste Andeutung einer derartigen Schande würde irreparablen Schaden anrichten.

Ihre Familie würde daran zerbrechen. Denn sogar Ihre Frau und Ihre Kinder glauben an das von Ihnen und Ihrer Mutter ersonnene Lügengespinst. Schon beim Gedanken daran, mit welcher Wucht sie das träfe, schüttelt es mich. Stellen Sie sich mal vor, Sie müssten Ihren Enkeln erklären, dass der liebe Opapa als Nazi-Ejakulat begann. Niemand würde je wieder etwas von Ihnen halten oder Ihnen vertrauen. In Schmach und Schande müssten Sie leben, ein Lügner und Verräter an Ihrer Religion und Ihrer Rasse – genau wie Ihre Mutter.«

Howard Bancroft weinte in seine Hände. Sein ganzer Körper bebte unkontrolliert, als hätte ihn der Schlag getroffen.

»Selbstverständlich muss das nie jemand erfahren«, sagte Noah und wechselte in eine fröhliche Tonlage. Er stand auf und nahm beide Dokumente an sich, seinen Ordner und die Generalvollmacht. »Ich kann ein Geheimnis bewahren. Ehrenwort.« Er legte die Hand aufs Herz.

»Trotzdem bin ich überzeugt, dass Sie Verständnis für meine Vorsichtsmaßnahme haben«, sagte er mit süffisanter Anspielung auf die Aussage des Anwalts von zuvor. »In meinem Banksafe liegt eine Kopie der Beichte Ihrer Mutter. Eine weitere befindet sich bei einem Anwalt, den ich einzig und allein für diesen Zweck verpflichtet habe. Er ist ein schmieriger skrupelloser prozesssüchtiger Typ mit einem starken Hang zum Antisemitismus. Sollte mir irgendetwas Unvorhergesehenes zustoßen, hat er strikte Anweisung, an sämtliche Synagogen innerhalb der fünf Stadtbezirke die unterschriebene Aussage Ihrer Mutter zu verteilen. Damit wäre für höchst interessanten Lesestoff gesorgt, meinen Sie nicht auch? Besonders die Beschreibungen, wie sie die SS-Offiziere gelutscht hat. Für Geschlechtsverkehr mit einer

Jüdin waren einige zu pingelig, aber Fellatio zählte offensichtlich nicht.«

Noah ging zur Tür hinüber. Obwohl der Anwalt keinerlei Anstalten gemacht hatte, sich zu bewegen, sondern weiter in seine Hände schluchzte, sagte er: »Nein, nein Howard, bemühen Sie sich nicht, mich hinauszubegleiten. Noch einen schönen Tag.«

13

»Fährst du morgen?«

»Ganz früh«, erwiderte Maris. Nervös wanderte ihr Blick durch den Wintergarten, ohne je bei Parker hängen zu bleiben. »Mike hat ein Boot organisiert, das mich abholt. Mein Flug geht um neun Uhr dreißig ab Savannah und anschließend von Atlanta nach La Guardia.«

»Gute Reise.« Seine missmutige Miene sprach Bände, denn er wünschte ihr genau das Gegenteil.

Für heute sah sie Parker zum ersten Mal. Am Morgen hatte sie sich zu einem schnellen Frühstück mit kalten Cornflakes in die Küche gestohlen. Das Mittagessen hatte sie ganz ausfallen lassen und dann Mike gebeten, ihr zum Abendessen ein Sandwich ins Cottage zu bringen. Als Entschuldigung für ihr Alleinsein schob sie Arbeit vor. Sie wolle unbedingt das Manuskript noch einmal konzentriert und ohne Ablenkung lesen. Diese Erklärung hatte Mike akzeptiert, zumindest hatte er so getan.

Sollte Parkers finstere Miene ihr gelten, war sie gut beraten gewesen, den ganzen Tag Abstand zu halten. Er wirkte schlecht gelaunt und streitsüchtig. Je schneller sie sagte, was sie sagen musste, und dann ging, umso besser.

»Vor meiner Abreise«, hob sie an, »sollten wir meiner Ansicht nach noch mal über das Manuskript sprechen. Ich habe den Großteil des Tages damit zugebracht, es erneut zu begutachten.«

»Erneute Begutachtung. So nennt man das also?«

»Was nennt man wie?«

»Die Tatsache, dass du mir ausweichst.«

Okay, er wollte Streit. Warum sollte sie ihn enttäuschen? »Jawohl, Parker, ich bin dir ausgewichen. Kannst du mir das vorwerfen? Nach allem …«

Sie brach ab. Mike erschien mit einem Serviertablett. »Überbackene Pfirsiche«, verkündete er.

Parkers Miene wurde noch finsterer. »Und warum gibt's kein Eis dazu?«

»Soll es etwa schmelzen, bevor ich's servieren kann? Himmel.« Mike setzte das Tablett auf den Tisch und stapfte zurück in die Küche, wobei er vor sich hin murmelte, heute sei wohl jeder mies gelaunt. Mit einem Karton Vanilleeis kam er wieder und löffelte es über die dampfenden Portionen.

»Ich esse meine in meinem Zimmer«, sagte er und nahm sich ein Schälchen. »Heute Abend läuft im Fernsehen ein Bette-Davis-Festival. Wenn *du* etwas brauchst, kannst du's dir selbst holen«, sagte er zu Parker. »Maris, solltest du etwas brauchen, klopf einfach an meine Tür. Oben, die erste rechts.«

»Danke, Mike. Ich kann mir nicht vorstellen, dass ich dich stören muss. Die Pfirsiche sehen köstlich aus.«

»Guten Appetit.«

Nachdem Mike weg war, fiel Parker über seine Portion samt Eis her, als hätte er auf beides eine Stinkwut. Als er fertig war, ließ er den Löffel mit lautem Klirren in die leere Schüssel fallen, stellte sie wieder aufs Tablett und rollte dann seinen Stuhl zum Computer hinüber. »Willst du lesen, woran ich gearbeitet habe, oder was?«

»Selbstverständlich will ich das lesen.«

Während die neuen Seiten ausgedruckt wurden, aß Maris ihre Pfirsiche. Mit der Steingutschüssel in der Hand schritt sie langsam die vollen Bücherregale ab und musterte die Titel in Parkers üppiger Sammlung. »Du magst Krimis.«

Sein Kopf fuhr herum. »Wenn sie gut geschrieben sind.«

»Offensichtlich hältst du Mackensie Roone für einen guten Autor.«

»Er ist okay.«

»Nur okay? Ich besitze die ganze Deck-Cayton-Serie.«

»Je eines gelesen?«

»Ein paar, nicht alle.« Sie zog eines der Bücher aus dem Regal und blätterte es durch. »Ich wünschte, das würden wir verlegen. Die verkaufen sich wie warme Semmeln.«

»Und woran liegt das deiner Meinung nach?«

»Warum gefallen sie denn dir?«

Er dachte einen Moment nach. »Sie sind Unterhaltung pur und machen Spaß.«

Sie nickte. »Genau das denken auch Millionen Leser auf der ganzen Welt. Deck Cayton spricht Männer und Frauen an. Und warum auch nicht? Er ist unabhängig und reich, ein reiner Hobbydetektiv. Er lebt auf einem prächtigen Hausboot, fährt schnelle Autos, fliegt seinen eigenen Jet. Im Smoking fühlt er sich genauso wohl wie in Jeans.«

»Und noch wohler ohne beides.«

»Du musst die Story über den Mord im Nudistencamp gelesen haben.«

Er grinste verschmitzt. »Mein persönliches Lieblingsbuch.«

»Und warum überrascht mich das nicht?«

»Beschäftigen wir uns wieder mit der Hauptfigur …«

Geistesabwesend leckte sie Eistropfen vom Löffel. »Deck Cayton ist gut gezeichnet. Er hat Charme und Witz und sieht gut aus. Er ist …«

»Ein Dämlack.«

»Manchmal ja, sogar ganz gewaltig. Aber er wird so mitreißend geschildert, dass ihm der Leser seine Schattenseiten verzeiht. Der Autor lässt ihn menschlich sein, und das schätzen die Leser. Damit kann man sich identifizieren. Und trotz seiner gefährlichen Waffen und der großen Klappe ist Deck insgeheim verwundbar.«

»Wegen des Todes seiner Frau.«

»Richtig. Das wird zwar immer wieder erwähnt, aber dieses spezielle Buch habe ich noch nicht gelesen.«

»Steht im allerersten«, erklärte er. »Ein Skiunfall. Er hat sie zu einem Wettlauf herausgefordert, wobei sie gegen einen Baum gerast ist. Die Autopsie ergab, dass sie bereits mehrere Wochen schwanger war. Was beide nicht wussten. Du solltest es lesen.«

»Das werde ich definitiv.« Sie tippte sich mit dem Löffel gegen einen Schneidezahn. »Merkst du, wie der Autor einen Grund für Decks Verwundbarkeit eingebaut hat? Durch diesen tragischen Unfall können die Leser mit ihm mitfühlen.«

»Du klingst wie eine Lektorin.«

Sie lachte. »Reine Gewohnheit.«

»Du hast viel darüber nachgedacht.«

»Ich analysiere jeden Bestseller, besonders die von der Konkurrenz. Ich muss einfach wissen, warum Deck Cayton so viel positives Echo findet. Der Versuch, Trends im Publikumsgeschmack vorherzusagen, gehört zu meinem Job.«

Sie löffelte ihre Pfirsiche aus. »Trotzdem bin ich immer noch ein Fan. Ungeachtet aller individuellen Charakterzüge ist und bleibt Deck der typische überlebensgroße Actionheld, der alle Fälle löst, den Bösen schnappt und jede Frau vernascht.«

»Und sie zum Orgasmus bringt.«

Maris klappte das Buch hörbar zu und stellte es zu den anderen ins Regal. Er hatte sie mit dieser Bemerkung provozieren wollen, was ihm auch gelungen war, doch sie würde sich das nie und nimmer anmerken lassen. »Wie schon gesagt, er spricht Männer und Frauen gleichermaßen an.«

Ihre Untertreibung entlockte ihm ein Grinsen. Trotzdem ging er nicht weiter darauf ein. »Was war denn dein Lieblingsbuch aus der Serie?«

»*Seitenwechsel.*«

Er zog eine Grimasse. »Ehrlich? Darin hatte Deck gefährlich viel Ähnlichkeit mit einem Weichei.«

»Weil er gegenüber der weiblichen Hauptfigur einfühlsamer reagiert?«

Parker legte spöttisch die Hände aufs Herz. »Er hat seine weibliche Seite entdeckt.«

»Aber schon bald war er wieder ganz der alte Schuft. Am Ende des Buches hat er nur noch den Überflieger gemimt, der jeder Mann so gerne wäre.«

»Wurde er deiner Fantasie gerecht?«

»Deck Cayton?«

»Dein Ehemann. Sein Buch hat doch wie ein Zündfunke auf deine Fantasie gewirkt. Entsprach – entspricht – er denn auch im Bett deinen Erwartungen?«

Sie schaute ihm ins Gesicht. »Parker, diese Frage ist ungebührlich.«

»Das heißt also nein.«

»Das heißt, es geht dich nichts an. Deine Neugier bezüglich meines Privatlebens ist anmaßend. Und genau darum habe ich es gestern Abend und heute den ganzen Tag vermieden, mit dir allein zu sein. Ich fühle mich nicht wohl bei dem, was in der Mühle passiert ist. Ich bin verheiratet.«

»Was ist denn in der Mühle passiert? Ich kann mich an nichts dort erinnern, was dich als verheiratete Frau kompromittieren würde.«

Seine gespielte Unschuld machte sie rasend. Trotzdem würde sie das nie zeigen. Diese Genugtuung gäbe sie ihm nicht. Sie wechselte ihre Taktik und mimte die Gleichgültige, während sie die leere Schüssel auf das Tablett zurückstellte.

»Parker, du misst diesem Kuss zu viel Bedeutung bei. Du hast gefragt, warum ich ihn zugelassen habe. Da du diesbezüglich verwirrt zu sein scheinst, möchte ich eines klarstellen. Ich habe das gemacht, weil es für uns beide unwürdig und beschämend gewesen wäre, wenn ich dagegen angekämpft hätte. Ein besseres Golfcart ist nicht der richtige Platz für einen Ringkampf zum Schutze meiner weiblichen Tugend. Und bilde dir ja keine Sekunde ein, ich hätte Angst vor dir gehabt.« Sie warf ihm einen neckischen Blick zu. »Dir hätte ich immer davonlaufen können.«

»Aua! Maris, das hat weh getan. Jetzt zielst du unter die Gürtellinie.«

»Meiner Ansicht nach ist das die einzige Form des Streitens, die du kennst.«

»Es ist die einzige Form des Streitens. Basta.«

»Mit anderen Worten: Du streitest also nur, um zu gewinnen?«

»Getroffen«, sagte er scharf. »Sieg unter allen Umständen. Egal, was es kostet, egal, was man dafür tun muss. Diese Lektion habe ich gelernt, oder besser gesagt, sie wurde mir beigebracht. Wer ganz oben ankommen will, muss bereit sein, alles zu geben.«

Seine heftige Reaktion auf dieses Thema beeindruckte sie. Aber da lag ein gefährliches, warnendes Glitzern in seinen Augen. Und so bohrte sie nicht weiter nach.

»Ich wollte mit dir an *Neid* arbeiten. Wenn mir ein unwichtiger Kuss die Gelegenheit dazu verschafft, war das im Vergleich ein kleiner Preis. Können wir diese kindische Episode nicht hinter uns lassen und uns auf das konzentrieren, was mich in erster Linie hierher geführt hat? Dein Buch und mein Wunsch, es zu kaufen.«

»Für wieviel?«

Das Thema Geld hatten sie noch nie angeschnitten. Dass er jetzt plötzlich darauf kam, überraschte sie restlos. »Darüber habe ich noch nicht nachgedacht.«

»Nun, dann tu's.«

»Das ist verfrüht.«

»Für dich vielleicht, für mich nicht.«

»Parker, ich habe noch kein vollständiges Manuskript gesehen. Vorher schließe ich keinen Vertrag.«

»Und ich will mir keinen abbrechen und ein Buch fertig schreiben, damit du es dann vielleicht letztlich ablehnst.«

»Tut mir Leid, aber so läuft das eben.«

»Nicht bei mir.«

Die vorher ausgedruckten Seiten lagen in einem ordentlichen

Stapel auf seinem Schoß. Es juckte sie, sie zu lesen. Aber er hatte das Kinn kampfbereit nach vorne geschoben. In seiner Sturheit würde er keinen Millimeter nachgeben. »Wir könnten einen Kompromiss suchen.«

»Ich höre«, sagte er.

»Ich wäre bereit, dir einen vernünftigen Vorschuss anzubieten, sobald ich ein detailliertes Exposé gelesen habe.«

»Kommt nicht in Frage. Ich habe keine Lust, Exposés zu schreiben.«

»Warum nicht?«

»Weil ich lieber ganz spontan ohne eines schreibe.«

»Du müsstest dich ja nicht sklavisch daran halten. Wenn du im weiteren Verlauf eine bessere Idee hast, werde ich dich nicht auf das Exposé festnageln. Ich benötige lediglich eine umfassende Vorstellung, worauf deine Story abzielt. Einen Abriss des Plots.«

»Damit wären die Überraschungen kaputt.«

»Ich bin deine Lektorin. Mich musst du nicht überraschen.«

»Natürlich muss ich das. Du bist in erster Linie Leserin und erst dann Lektorin. Du bist der erste Gradmesser, ob dieses Buch gut ist oder Mist. Damit es gut ist, sind unerwartete Wendungen im Plot unerlässlich. Außerdem konzentriere ich meine Schreibenergie lieber auf die Story als auf ein blödes Exposé.«

»Parker, ich beschwöre dich, nimm dir Zeit dafür. Das nützt dir genauso wie mir.«

»Tu ich nicht.«

»Du klingst wie Todd.«

»Todd?«

Sie trat zum Tisch, wo sie ihre Kopie des Manuskripts von *Neid* liegen gelassen hatte. »Mal sehen … Ich glaube, es steht im sechsten Kapitel. Nein, im siebten. Eine Szene zwischen ihm und Roark. Da erzählt er Roark gerade von Professor Hadleys Vorschlag, er solle doch die Haltung seiner Figur gegenüber seinem Vater ändern. Und diesen Vorschlag hält Roark für völlig überflüssig.«

Sie überflog die Textseiten. »Hier, Seite zweiundneunzig. Todd sagt: ›Wenn unser verehrter Herr Professor ein Buch schreibt, kann er mit seinen Figuren nach Belieben verfahren. Und du kannst das mit deinen machen. Aber das hier sind *meine* Figuren. Ich habe sie erschaffen. Ich weiß, was sie umtreibt. Die werde ich nicht ändern, nur damit es Hadley in den Kram passt. Nein. Nein, mein Herr. Tu ich nicht.‹«

Sie schaute zu ihm hinüber. Er zuckte die Achseln. »Okay. Dann werde ich eben Todd für mich sprechen lassen.«

»Meine Güte, bist du stur.«

Sie starrten einander an, bis er schließlich fragte: »Willst du nun hören, was ich heute geschrieben habe, während du damit beschäftigt warst, mir aus dem Weg zu gehen?«

Ohne auf seinen Sarkasmus einzugehen, sagte sie: »Selbstverständlich will ich das … Sagtest du *hören*?«

»Ich dachte, ich lese es dir lieber vor. Es ist sehr schlampig. Ich habe schnell geschrieben und mich nicht mit Kleinkram wie Rechtschreibung und Interpunktion aufgehalten. Nimm Platz.«

Sie sank in die tiefen Kissen eines Korbsessels, streifte ihre Sandalen ab und schlug die Beine unter. Er rollte seinen Stuhl daneben, stellte die Bremse fest und richtete eine Stehlampe so aus, dass ihr Schein direkt auf die Seiten fiel. Mit Ausnahme dieses kleinen Lichtkegels lag der Raum im Dunkeln.

»Maris, ich habe deinen Rat beherzigt und die Rolle des Mädchens vertieft. Sie spielt auch in anderen Szenen mit, aber diese ereignet sich zwischen ihr und Roark am Abend nach seinem Schlamassel mit Hadley.

Der Professor hatte den Termin auf einen Tag nach den Thanksgiving-Ferien verschoben. Roark begibt sich wieder ins Verbindungshaus, zerrt Todd, wie du vorgeschlagen hast, aus seiner Schlafkoje und beginnt, ihn windelweich zu prügeln. Ein paar Verbindungsbrüder gehen dazwischen. Außer einer aufgeplatzten Lippe und Nasenbluten richtet Roark keinen Schaden an. Todd entschuldigt sich.«

»Wirklich?«

»Ja. Er sagt, er hätte es für einen guten Streich gehalten, dabei aber nicht bedacht, welche Probleme entstehen könnten, wenn Roark bei Hadley Scheiße baut. Sagt, er hätte nicht damit gerechnet, dass Hadley auf Roarks Verspätung so streng reagiert. Er hatte sich ausgemalt, Roark würde, bildlich gesprochen, eine auf die Pfoten bekommen, und Hadley anschließend die Besprechung stattfinden lassen.«

»Ist Todd ehrlich?«

»Wir haben keinen Grund, das Gegenteil anzunehmen, oder?«

»Nein, vermutlich nicht.«

»Okay, also hat Roark Todds Erklärung und seine Entschuldigung akzeptiert. Aber stockwütend ist er immer noch. Verzweifelt. Fühlt sich beschissen. Er ruft das Mädchen an und verabredet sich für den gleichen Abend mit ihr. Erklärt ihr, er möchte sie unbedingt sehen. Er hätte einen beschissenen Tag gehabt, und so.«

»Er braucht unbedingt ein paar Streicheleinheiten.«

»Ganz genau.« Parker überflog im Weiterblättern die ersten Seiten und ließ sie nacheinander neben seinem Stuhl zu Boden fallen. »Diese Überleitung kannst du dann selbst lesen. Ach, übrigens, ich habe das Mädchen Leslie genannt.«

»Gefällt mir.«

»Kurz zusammengefasst: Roark lädt sie in ein Drive-in-Lokal ein. Zu Chili-Nachos und Kirschlimonade.«

»Wie großzügig.«

»He, nun mal halblang, ja? Er ist ein junger Kerl und knapp bei Kasse. Außerdem mag er Nachos und Kirschlimonade.«

»Verzeihung. Mach weiter.«

»Nach dem Essen fährt Roark zum See. Er parkt. Das Radio bleibt stumm. Irgendwie erscheint ihm die Stille passend. Mal sehen… Jaaa, hier. ›Die Stille umfing ihn, tröstlich und beruhigend wie eine Mutterbrust. Sein Tag war eine Abfolge chaotischer Ereignisse gewesen, eine Missgeburt aus Gasgeben und Bremsen. Zwischen Wutausbrüchen hatte er niederschmetternde Enttäuschungen hinnehmen müssen, die seinen Freund betrafen und ihn selbst.‹«

»Gut.«

»Danke«, erwiderte er geistesabwesend, während er weiter die Seiten überflog. »Schon den ganzen Abend war Leslie ungewöhnlich ruhig, ganz im Gegensatz zu ihrem ansonsten überschäumenden Temperament. Roark bildet sich ein, seine verdrießliche Stimmung hätte ansteckend gewirkt und auf sie abgefärbt. Während der Nachos haben sie sich halbherzig über irgendwelche Bla-Ba-Themen unterhalten. Das kannst du ja allein lesen.«

Er fuhr mit dem Finger eine Seite entlang, bis er die gesuchte Stelle ausfindig gemacht hatte. »Okay, hör zu.«

»Tu ich.«

»›Der Vollmond hing knapp über dem Horizont, sein Licht brach sich in einem derart spitzen Winkel auf dem Wasser, dass sein Lichtschein den ganzen See überflutete. Doch es war ein kaltes Licht. Am gegenüberliegenden Ufer ragten hohe Kiefern und nackte Laubbäume wie in einer Tuschezeichnung reglos in den frühwinterlichen Himmel einer windstillen Nacht, kahl und stumm.‹«

»Gefällt mir.«

»Um es kurz zu machen, ihre Unterhaltung wirkt gezwungen, gestelzt. Leslie hatte Roark nicht gefragt, wohin sie nach dem Drive-in fuhren. Während der Fahrt zum See macht sie keinen Mucks … Himmel, habe ich das geschrieben?« Er zog einen Rotstift aus der Hemdtasche und strich die Zeile durch. »Aber mittlerweile zerrt ihr Schweigen allmählich an Roarks Nerven. Er will wissen, was sie gerade denkt.«

Wieder begann er vorzulesen. »›Roark unterdrückte seine Frage so lange, bis er glaubte, es würde ihm die Brust zerreißen. »Warum bist du so still?« Eigentlich hätte sie seinen Ton widerlich finden müssen. Zumindest hätte er das getan, wenn ihn einer, der den ganzen Abend mit Leichenbittermiene herumgesessen hat, indirekt beschuldigt hätte, an irgendeiner nicht entstandenen Komplikation schuld zu sein. Aber als sich Leslie zu ihm drehte, sah er nur Freundlichkeit in ihrer Miene. Verständnis statt Vorwürfe. Und plötzlich fiel es Roark wie Schuppen von den Augen: Sie war schön. Er hatte sie schon, als er sie das erste Mal sah, für hübsch gehalten. Eine Augenweide. Er und die Jungs, mit denen er an jenem Abend gebechert hatte, hatten sie aus einer Schar von Studentinnen herausgepickt. Gemeinsam hatten sie sie taxiert und anzügliche Bemerkungen über ihre körperlichen Vorzüge vom Stapel gelassen, wie das Männer nun mal so tun. Sie hatte gute Noten bekommen. Doch heute Abend wirkte sie in einer Art und Weise schön auf ihn, die nichts mit ihren hübschen Gesichtszügen oder ihren Proportionen zu tun hatte. Sie strahlte eine Schönheit aus, die unter dem makellosen Teint lag. Eine Schönheit, die weit seltener war als ihre strahlendblauen Augen. Diese Art Schönheit genoss keine besondere Wertschätzung. Nach den geltenden gesellschaftlichen Maßstäben war sie nicht viel wert. Sie war nicht schick und cool, sondern einfach und warm. Sie gab einem das Gefühl, trotz aller Fehler geliebt und akzeptiert zu werden. Trotzdem. Heute Abend war Leslie so wunderschön, wie man es sich von der Frau seines Lebens erhoffte.‹«

Als Parker zu lesen aufhörte und kurz zu ihr aufsah, brachte Maris nur ein kurzes Nicken fertig und bedeutete ihm fortzufahren.

»Leslie fragt ihn, was passiert ist. Was ihm so viel Bammel eingejagt hat. So ungefähr.« Parker ließ die Seite über die Armstütze seines Rollstuhls segeln und fand auf der nächsten Seite die Stelle, an der er weiterlesen wollte.

»›Roark redete geschlagene zehn Minuten. Wie ein Sturzbach schossen die Wörter ohne Unterbrechung aus ihm heraus, als hätte sein Unterbewusstsein den ganzen Tag daran herumgekaut und sie sich in der Reihenfolge zurechtgelegt, in der sie sein Maß an Verzweiflung mit der größten Wirkung wiedergeben konnten. Doch allmählich wich seine Niedergeschlagenheit offener Empörung. Den ganzen Tag hatte er innerlich heftig mit sich gerungen. Nun sprach er jene Sätze laut aus, die seine Wut auf Todd rechtfertigten. »Scheiß auf seine Entschuldigung!« Er ballte die Hand zur Faust. »So leicht kann er den Schaden nicht wieder gutmachen, den er angerichtet hat.« Nachdem er mit der Tirade auf Todd geendet hatte, verwünschte er den arroganten Professor, diesen unnachgiebigen Mistkerl. Gleichzeitig äußerte er die Befürchtung, nie wieder zu einem harmonischen Verhältnis mit Hadley finden zu können. Damit sei dann auch eine miserable Note für seine Abschlussarbeit garantiert. Endlich verebbte der Wortstrom und brach schließlich gänzlich ab. Roark versank erneut in Schweigen und verkroch sich in seine Jacke. Nicht, weil ihm kalt war, sondern weil er sich schämte, dass er wie ein blöder Jammerlappen geklungen hatte.‹«

Wieder hob Parker den Kopf und schaute Maris an. »Nun? Soll ich's wegwerfen oder weitermachen?«

»Mach weiter. Bitte.«

»Ich setze mit Leslies Antwort ein.«

Er wandte sich wieder dem Manuskript zu und las: »›Sie wartete, bis sein Zorn verraucht war, und von draußen spürbar die Kälte ins Auto kroch. Ihr Atem bildete kleine Dampfwölkchen zwischen ihnen. Sie redete leise, wie man es mit einem temperamentvollen Tier macht, das sich nur vorübergehend handzahm benimmt. »Roark, was heute passiert ist, ist gut.« Er schnaubte und schaute zu ihr hinüber. »Gut? Wie kann das gut sein, in Gottes Namen? Nicht, dass ich an Gott glaube.« Diese ketzerische Bemerkung gefiele ihr nicht, das wusste er. Als tiefgläubiger Mensch stieß sie sich an allen Witzen über religiöse Dinge. Normalerweise schalt sie ihn deshalb und bat ihn, seine despektierlichen Kommentare gefälligst für sich zu behalten. Diesmal entschied sie sich, ihn zu ignorieren. »Nur weil dir Schreiben so viel bedeutet, nimmst du es dir so zu Herzen.« »Gut getroffen.« Er wollte mehr hören. »Und weil es dir so viel bedeutet, wirst du auch Erfolg haben. Wenn du das Missverständnis mit Professor Hadley einfach abtun und darüber lachen könntest, würde ich dir raten, deine Berufswahl noch mal zu überdenken. Diesen Vorfall könntest du nur ohne die geringste Leidenschaft fürs Schreiben wegschieben. So aber illustriert er nur, wie tief diese Leidenschaft geht. Deine Niedergeschlagenheit – in Wahrheit ist das im großen Lauf der Dinge doch nur ein Schluckauf – ist ein Gradmesser für deinen tiefen Wunsch zu schreiben, und zwar gut. Dieser Vorfall hat dich da getroffen, wo es am meisten weh tut. Und damit bestätigt, dass du genau das machst, wozu du geboren bist.« Sie lächelte. »Mir musstest du das nicht mehr beweisen, aber vielleicht dir selbst. Und wenn dem so ist, dann war diese Erfahrung sämtlichen Kummer wert, den sie ausgelöst hat.« Sie ergriff seine Hand und drückte sie. »Denk darüber nach, Roark. Dann wirst du merken, dass ich Recht habe.«‹«

Als Parker schwieg, sagte Maris: »Eine junge Frau mit sehr viel Intuition.«

»Findest du?«

Sie nickte. Nach einem Blick auf die Blätter, die noch in seinem Schoß lagen, sagte sie: »Wie reagiert Roark darauf?«

»So wie die meisten Männer auf emotional aufgeladene Situationen reagieren.«

»Und das wäre?«

»Na ja, kommt darauf an, ob sie in uns ein schlechtes Gefühl auslösen oder ein gutes. Entweder wollen wir zuschlagen oder vögeln.«

14

Maris räusperte sich. »Ich schätze mal, Roark verspürt nicht den Wunsch, auf etwas einzuprügeln.«

»Stammt nicht von dir der Vorschlag, ihre Beziehung zu verstärken?«

»Ja.«

»Na also. Sie küssen sich, und dann wird's, wie man sich denken kann, gefährlich. Roark schlägt ihren Mantel zurück und kuschelt sich an ihre Brust. Sie gibt ihm ein Stück Haut frei. ›Samtig-warme duftende Frauenhaut‹, steht hier. Daran werde ich noch arbeiten.« Er machte sich eine Notiz.

»Er streichelt ihren Busen. Zum ersten Mal in ihrer Beziehung benutzt er dazu seinen Mund. Er küsst ihre Brustwarzen. Dabei erhält sie eine Lektion über Erregung und die angenehmen Möglichkeiten, die Mann und Frau offen stehen, wenn sie bereit sind, sich darauf einzulassen.«

Maris' Herz pochte.

»Ihr Geruch. Ihr Atem. Die Struktur ihrer Haut unter seiner Zunge. Gekoppelt mit der Frustration des vorausgegangenen Tages. Das Vorspiel bringt's einfach nicht. Der Junge lechzt nach mehr. Also schiebt er Leslies Hand sacht in seine Jeans, und sie lässt ihn kommen. Um es mal vorsichtig zu umschreiben.«

»Das ist eine vorsichtige Umschreibung?«

Der belegte Klang ihrer Stimme ließ seinen Kopf hochfahren. Er schaute sie an. »Im Vergleich zu einigen anderen Ausdrücken, die hier zur Auswahl stünden, ist das sogar ziemlich vorsichtig. Jawohl.«

»Okay.«

»Roark erklärt ihr seine Liebe.«

»Meint er es ernst?«

»In dem Moment? Aus tiefstem Herzen.«

Parkers trauriges Gesicht brachte sie zum Lachen. »Überzeugt. Und wie reagiert Leslie?«

»Ach«, meinte er stirnrunzelnd, »wie sich herausstellt, ist diese Handarbeit ihr Abschiedsgeschenk. Sie lässt ihn sitzen.«

»In dem Moment?«

»Hier steht's, schwarz auf weiß.«

»Hmm. Trennt sie sich aus den im ersten Entwurf genannten Gründen?«

»Tja.«

»Dann hat sie Herz, nicht wahr? Und klug ist sie außerdem. Sie tut, was ihrer Ansicht nach für beide das beste ist, besonders für Roark. Auch wenn es ihr noch so weh tut. Sie denkt in erster Linie an ihn und seine Karriere.«

»Vielleicht. Trotzdem, Maris, muss ich dir eines sagen: Wenn eine Frau so kurz nach dem Orgasmus einfach auf und davon geht, das haut wirklich rein.«

»Vermutlich.«

»Oh, jaa«, sagte er und nickte abgeklärt. »Da kannst du jeden fragen.«

»Mir genügt dein Ehrenwort.«

»Roark hält sie für ein herzloses Miststück. Auf ihr Mitleid pfeift er. Außerdem, zum Kuckuck, für wen hält sie sich eigentlich? Er ist stocksauer.« Maris wollte gerade protestieren, da bremste Parker sie mit erhobenem Zeigefinger. »Wenigstens am Anfang.« Er nahm die restlichen Seiten zur Hand. »Soll ich?«

»Bitte.«

»›Der Tag hatte lausig begonnen und einfach beschissen geendet. Er erwog kurz, sich zu betrinken, verwarf die Idee jedoch wieder. Die Enttäuschungen würden morgen noch nachwirken, und dann müsste er sich obendrein noch mit einem Kater herumschlagen. Außerdem hatte er keine Ausrede, sich zu betrinken. Dieses Recht stand einem Mann nur zu, wenn es etwas zu feiern gab – oder zu betrauern. Über ein Unglück zu lamentieren, das einem der Zufall – zum Beispiel Gottes Wille oder eine Laune des Schicksals – beschert hatte, war erlaubt. Aber mit Jammern über eigenes Verschulden verdiente sich ein Mann kein solches Privileg. Die Verantwortung für solche Schwierigkeiten konnte man nicht so leicht abschieben. Obwohl Roark seine Qualen liebend gern Leslie, Hadley oder Todd angelastet hätte, gestand er sich ein, zu einem guten Teil selbst daran schuld zu sein, wenn nicht sogar ganz und gar. Leslies kluge Einsicht übertraf die Anzahl ihrer Jahre und ihre Lebenserfahrung bei weitem. Außerdem war sie fast schon schmerzhaft ehrlich. Für eine gemeinsame Zukunft gingen ihre Wünsche in allzu unterschiedliche Richtungen, und ihren Träumen fehlte der Gleichklang. Schon jetzt gerieten ihre Ziele in Konflikt. In der

Zukunft wären heftige Kollisionen unumgänglich. Käme es dann zur unvermeidlichen Trennung, blieben zwei verletzte und verbitterte Menschen zurück. Ihre kluge Entscheidung, sich ihren ursprünglichen Kleinstadt-Hoffnungen und dem Freund aus Kindertagen zuzuwenden, machte ihren Verlust nicht leichter. Trotzdem würde ihnen ein Ende der Beziehung, noch ehe sie richtig begonnen hatte, zukünftiges Leid ersparen. Wenigstens hatten sie sich getrennt, so lange sie nur schöne Erinnerungen teilten. Professor Hadley hatte sich mit Fug und Recht aufgeregt. Schließlich konnte er keine Dummköpfe unter seiner Ägide brauchen. Wahrscheinlich hatte ihn die Tatsache, dass Roarks Zimmergenosse ihn hereingelegt hatte, genauso geärgert wie sein Zuspätkommen. Als Professor verfügte er nur über begrenzte Zeit, und seine Instruktionen waren zu wertvoll, um sie an Narren zu verschwenden. Wer sich bei etwas derart wichtigem wie diesem Termin auf Todds Wort verließ, war ein ziemlicher Dummkopf. Auf Roark wartete nun die große Herausforderung: Er musste Hadley beweisen, dass er kein Tor war, obwohl alle Beweise gegen ihn sprachen. Aus dieser Erfahrung konnte er nur lernen, ja, das war sogar zwingend notwendig. Wenn nicht, wäre er tatsächlich so töricht und keiner Sekunde Mühe wert, wie Hadley glaubte. Dieses war der erste Tag der kalten Jahreszeit gewesen und außerdem der erste Tag im Leben des erwachsenen Roark Slade. Diesen Schritt hatte er ohne feierliche Zeremonie oder Sakrament getan. Den letzten Funken Unschuld, mit dem er möglicherweise am Morgen erwacht war, hatte er abgestreift. Nach dem heutigen Tag war Vertrauen nur noch ein Wort, ein fernes Ideal, das in seinem Leben nie wieder praktischen Einfluss haben sollte. Von heute an würde Skepsis alles vergiften, woran er glaubte. Dieses Wendepunkts wurde sich Roark erst Jahre später bewusst, als er Zeit hatte, in den Seiten seiner eigenen Geschichte zu blättern. Stunden, Tage, Monate, in denen er nach jenem endgültigen Augenblick suchte, an dem ihn sein Glücksstern verlassen hatte und sein Leben mit einem Fluch belegt worden war. Und immer endete seine Suche bei diesem Tag. Die Monate nach jenem Dienstag vor Thanksgiving verbrachte Roark mit Nachdenken über Professor Hadley und über seine persönliche Lektion aus dieser beschämenden Erfahrung. Immer wieder beschäftigte er sich in Gedanken mit allem, was ihn Leslie gelehrt hatte, als Mann wie als Schriftsteller. Und das nahm viel Zeit in Anspruch. Einen Gedanken verbannte er jedoch restlos: den an seinen besten Freund Todd und was er getan hatte.‹«

Als Parker geendet hatte, starrte er den letzten Satz eine Weile an, ehe er das Blatt aus den Fingern fallen und zu den anderen hinunterschweben ließ. Inzwischen übersäten die Seiten den Boden rings um den Rollstuhl.

Ohne einen Blick auf Maris sagte er leise: »Das wär's so weit.«

Langsam streckte sie die Beine aus und setzte die Füße auf den Boden. Ihre Handflächen glitten über die Oberschenkel. Dann faltete sie die Hände leicht zusammen, holte mit hochgezogenen Schultern tief Luft und atmete stoßweise aus.

»Na schön, Parker. Obwohl es weder den Firmenregeln, noch meinen eigenen entspricht, werde ich dir einen Vorschuss von zehntausend Dollar geben, nur damit du dieses Manuskript fertig schreibst. Nach seiner Fertigstellung werden wir über Vertragsbedingungen verhandeln. Solltest du unsere Bedingungen ablehnen und das Buch anderswo verkaufen, müssen diese zehntausend nach der ersten Abrechnung zurückgezahlt werden, die du von einem anderen Verleger erhältst. Wenn du damit einverstanden bist, werden die ersten zehntausend auf den Vorschuss angerechnet, auf den wir uns letztlich einigen. In der Zwischenzeit schlage ich vor, dass du dir einen Agenten besorgst.«

»Und ich schlage vor, dass du auf den Boden der Tatsachen kommst.«

»Ist das ein Nein?«

»Fünfundzwanzigtausend. Und die decken kaum meine Ausgaben. Schließlich muss ich Tonerkartuschen und Papier für meinen Drucker kaufen.«

»Ziemlich teures Papier«, sagte sie amüsiert. »Fünfzehn. Da

ich nicht einmal ein Exposé habe, ist das ein großer Vertrauensbeweis.«

Das ließ er sich mehrere Sekunden durch den Kopf gehen. »Fünfzehn, ohne diese Erstabrechnungsklausel. Außerdem dürfen diese fünfzehn nicht auf den endgültig vereinbarten Vorschuss angerechnet werden. Mit anderen Worten: Diese fünfzehn gehören auf alle Fälle mir. Falls sich Matherly Press einen Wetteinsatz von fünfzehn Riesen nicht leisten kann, solltet ihr morgen zusperren.«

Selbstverständlich hatte er Recht. Jede weitere Diskussion hätte nur dem Zweck gedient, ihr Gesicht zu wahren. Heftiges Feilschen konnten sie sich für die eigentlichen Vertragsverhandlungen aufsparen.

»Abgemacht. Wenn ich wieder in New York bin, lasse ich von unserer Rechtsabteilung eine Vereinbarung entwerfen. In der Zwischenzeit haben wir einen mündlichen Vertrag, wie es unter Ehrenmännern üblich ist.« Sie streckte ihre Hand aus.

Er nahm sie und zog sie näher zu sich. »Du bist kein Ehrenmann, das kann man drehen und wenden, wie man will.«

Sie beugte sich noch weiter vor, wodurch sie ihr Gesicht nah an seines brachte, und flüsterte: »Du auch nicht.«

Lachend ließ er ihre Hand los. »Ins Schwarze getroffen. Möchtest du den Rest mitnehmen?« Er deutete auf die am Boden verstreuten Blätter.

»Bitte. Ich möchte sie gerne meinen Vater lesen lassen.«

»Und was ist mit deinem Mann?«

»Noah kümmert sich normalerweise um die kaufmännischen Dinge und überlässt die inhaltlichen mir. Angesichts meines intensiven persönlichen Engagements für dieses Buch bin ich jedoch überzeugt, dass auch er es lesen möchte.«

Parker rollte seinen Stuhl zurück, damit sie sich hinknien und die Seiten aufsammeln konnte. »Ich würde ja gern helfen, aber …«

»Macht nichts.«

»… so gefällt's mir besser. Übrigens hatte ich schon gewisse Tagträume, in denen du vor mir kniest.«

»Und herumkrieche?«

»Auch das.«

Sie schaute zu ihm hoch. Hätte sie das nur unterlassen. Er lächelte nicht. Das war kein Scherz. Diese Bemerkung ging weit über seine typischen versteckten Anspielungen hinaus.

»Schmutzige Tagträume. In manchen Staaten würde man mich dafür verhaften.«

»Hör auf, Parker.«

»Okay, ich tu's.«

»Danke.«

»Wenn du aufhörst, so auszusehen.«

»Wie denn?«

»Zum Vögeln schön.«

»Das ist kein Wort.«

»Schön? Doch.«

»Ich sollte dich wegen sexueller Belästigung anzeigen.«

»Würde ich abstreiten.«

»Das ist auch der einzige Grund, warum ich's nicht mache.« Mit raschen zornigen Bewegungen sammelte sie weiter die Blätter ein. Dann bemerkte sie die Narbe.

Er trug keine Socken. Seine nackten Füße steckten in Segelschuhen, die traurig neu und ungetragen wirkten. Die erhabene unregelmäßige Narbe zog sich quer über den Rist seines rechten Fußes bis zum Knöchel, wo sie unter seinem Hosenbein verschwand.

»Von da an wird's nur schlimmer. Im Vergleich zu einigen anderen sieht diese fast schön aus.«

Sie schaute zu ihm auf. »Es tut mir Leid, Parker.«

»Es muss dir nicht Leid tun. Die Neugierde auf etwas derart Groteskes liegt in der Natur des Menschen. Ich bin daran gewöhnt, angestarrt zu werden.«

»Nein. Ich wollte sagen, dein Unfall tut mir Leid. Es muss ungeheuer schmerzhaft gewesen sein.«

»Anfangs.« Seine Gleichgültigkeit war nur gespielt, das wusste sie. »Aber nach ein paar Jahren habe ich gelernt, damit zu leben. Allmählich hat sich der bohrende Schmerz in ein vertrautes Unwohlsein verwandelt. Nur nicht bei kaltem Wetter. Dann kann's höllisch weh tun.«

»Bist du deshalb nach St. Anne gezogen? Um den harten Wintern zu entkommen?«

»Das war ein Grund dafür.« Er drehte seinen Stuhl um. »Ich hole Nachschub. Willst du auch noch Pfirsiche?«

Da sie inzwischen alle Blätter in der Hand hielt, stand sie auf. »Nein, danke, ich muss ins Bett. Ich wollte mich von Mike früh wecken lassen.«

»Richtig.«

Binnen Sekunden strahlte er eine frostige Atmosphäre aus. Sie hatte seine Narben gesehen, die inneren und die an seinen Beinen, und das konnte er nicht ertragen. Diese Narben waren für ihn gleichbedeutend mit Schwäche, mit eingeschränkter Männlichkeit. Wie lächerlich.

Bis auf seine vernarbten Beine war Parker der Inbegriff von Männlichkeit, mit breiten Schultern und kräftigem Oberkörper. Schon am ersten Abend waren ihr seine muskulösen Arme aufgefallen. Sogar seine Beine waren muskulös, so weit sie das unter der Hose erkennen konnte. Bei einem Gespräch unter vier Augen hatte sie Mike gefragt, warum Parker keinen motorisierten Rollstuhl benutzt. Er hatte geantwortet, Parker wolle möglichst fit bleiben. Das eigenhändige Herumrollen helfe ihm beim Muskeltraining.

Er war kein klassisch schöner Mann wie Noah. Parkers Gesichtszüge wiesen deutliche Asymmetrien auf, doch gerade diese Unregelmäßigkeiten verliehen ihm ein faszinierend-interessantes Gesicht. Das kantige Kinn, die ausdrucksvolle Miene und ein kaum zu bändigender Haarschopf – das alles unterstrich eine attraktive Ausstrahlung, die man nur als männlich bezeichnen konnte.

Eine Männlichkeit, zu der es für eine verheiratete Frau nur einen Sicherheitsabstand gab: vollständige Distanz.

»Parker, ich werde mich bald melden.«

»Hab nicht vor, irgendwo hinzugehen«, meinte er schnoddrig. »Schreib dir die Seele aus dem Leib.«

»Jaja. Auf Wiedersehen, Maris.« Ohne einen Blick zurück rollte er in die Küche. Genauso gut hätte er von ihr wegsprinten können. Hinter ihm pendelte die Türe zu.

Maris blieb allein im leeren dämmrigen Zimmer zurück. Sie fühlte sich fehl am Platze und ein wenig gedämpft. Was hatte sie erwartet? Sie wusste es nicht. Jedenfalls wirkte Parkers Rückzug enttäuschend. Sie hatte ihr Ziel erreicht: einen Vertrag, dass *Neid* fertig geschrieben wurde. Allerdings hätte ihn ein weiterer Handschlag zum endgültigen Besiegeln doch nicht umgebracht, oder? Mit keinem Wort hatte er erwähnt, ob er sie morgen verabschieden würde. Eine ausgedehnte, zuckersüße Abschiedsfeier hatte sie nun wahrlich nicht erwartet. Trotzdem verspürte sie leise Niedergeschlagenheit.

Ihre Abreise stimmte sie traurig. Während sie eigentlich versessen auf eine Rückkehr in heimische Gefilde hätte sein müssen, in denen Dialekt, Essen und nächtliche Geräusche vertraut waren, stellte sie fest, wie sehr es ihr vor der morgigen Abfahrt graute.

Mit ihrer üppigen Landschaft und dem melodischen Insektenkonzert, das sie allabendlich in den Schlaf gewiegt hatte, hatte die Insel sie in ihren Bann gezogen. Zu Beginn hatte sie die Feuchtigkeit als erstickend und beinahe unerträglich empfunden, aber inzwischen fand sie an diesem Gefühl auf der Haut Gefallen. Mit ihren moosbewachsenen Bäumen, die fast schon so alt wie die Brandung waren, wirkte die Insel überirdisch bezaubernd und verführerisch.

Genau wie Parker Evans. Doch diesen Gedanken verdrängte sie bewusst.

Die Manuskriptseiten waren feucht geworden, so fest hatte sie sie gehalten. Als sie das merkte, entspannte sie ihre Faust und schüttelte verdrießlich den Kopf. Die Wurzel dieser sinnlichen Gedanken war kein Geheimnis. Sie hatten sich in ihrem Kopf festgesetzt, während Parker dieses verdammte Kapitel über feuchte Küsse und Brustwarzen und die angenehmen Möglichkeiten vorlas, die Mann und Frau offen stehen, wenn sie bereit sind, sich darauf einzulassen.

Sie hätte wieder in ihr Cottage gehen und diese Stellen selbst lesen können, aber nun änderte sie ihre Meinung. Die Lektüre konnte warten, bis sie wieder in New York war, im Neonlicht, in vertrauter Umgebung, hinter ihrem eigenen Schreibtisch und einem Berg Arbeit verbarrikadiert. So etwas konnte man lesen, wenn sich der Autor dieser Zeilen nicht im Zimmer nebenan aufhielt und Tagträumen von ihr nachhing, wegen derer man ihn verhaften könnte.

Vor dem Verlassen des Wintergartens borgte sie sich aus Parkers Bibliothek einen Mackensie-Roone-Roman. Sie hatte das unbestimmte Gefühl, dass sie nicht so leicht einschlafen würde. Der Krimi würde sie angenehm ablenken. Deck Cayton konnte ihr Gesellschaft leisten.

Als Parker am nächsten Morgen in die Mühle rollte, scheuchte er einen Waschbären auf. »Wird schon fast hell, Kumpel. Beweg deinen Hintern.« Das Tier trippelte zwischen zerbrochenen Wandlatten ins Freie.

Er kam gern vor Sonnenaufgang zur Baumwollmühle, solange es noch einigermaßen kühl war, und vom Ozean eine leichte Brise hereinwehte. Gern beobachtete er, wie die ersten Lichtstrahlen einen Weg durch die Risse in den Wänden fanden. Er bildete sich ein, das Gebäude habe eine Seele und erwache bei Sonnenaufgang in der Hoffnung, der neue Tag werde ihm Kraft und Leben zurückgeben.

Diese Illusion hatte einen Grund: Er konnte sich mit ihr identifizieren.

Er wusste, was es heißt, wenn Menschen dich stilllegen, zusperren und dann beim Weggehen traurig die Köpfe schütteln und sagen, du würdest wohl keinem mehr je viel bedeuten.

Unzählige Male war er morgens so aufgewacht. Bevor seine Orientierung zurückkehrte, flackerte einen kurzen Moment lang die Erwartung an die Möglichkeiten des kommenden Tages in ihm auf. Doch dann rüttelte ihn der Schmerz vollends wach. Und mit diesem Bewusstsein kam die grausame Erkenntnis, dass auch dieser Tag, wie der gestern und vorgestern, nichts außer jener ständig gleichen Verzweiflung und Hoffnungslosigkeit brächte.

Gott sei Dank hatte er sich mit Zähnen und Klauen aus diesem selbstzerstörerischen Miasma befreit.

Durch schiere Willenskraft hatte er seinen Tagen einen Sinn gegeben, hatte sich selbst ein Ziel gesetzt. Und daran hatte er sich geklammert, auch wenn es ihm körperlich mörderische Schmerzen bereitet und seine Hartnäckigkeit oft an den Rand der Kapitulation getrieben hatte. Jetzt trennten ihn nur noch Wochen von seinem endgültigen Ziel.

Ein Vogel segelte zum offenen Eingang herein und riss Parker aus seinen Tagträumen. Der braungefleckte Federball – Mike beobachtete Vögel und könnte den hier vermutlich aus hundert Metern identifizieren – hockte sich auf die Kante des Überbaus, legte den Federschopf schief und musterte Parker neugierig.

»Du wunderst dich, was ich hier mache. Wetten?«

Dabei war *er* es, der sich wunderte. Zum Teufel, wieso unterhielt er sich heute Morgen mit den Tieren? Aber nicht einmal das bereitete ihm übermäßig Kopfzerbrechen.

Früher einmal hatte er ein ganzes Bataillon Ratten wütend beschimpft, die in seiner Einbildung seine bewegungslosen Beine heraufkletterten, ihm über Lenden, Bauch und Brust krabbelten und mit ihren langen, scharfen Zähnen Hals und Gesicht attackierten. Daher war er nun nicht allzu sehr beunruhigt, dass er etwas so Harmlos-Reales ansprach wie einen ganz normalen Vogel.

In die Leere dieser Ruine kam er, um über seinen Plot nachzudenken und nach Schwachstellen zu suchen. Um zu prüfen, inwieweit er vorbereitet war, und um sich immer wieder zu fragen, was er möglicherweise übersehen haben könnte. Um schon im Voraus das süße Gefühl der Rache zu kosten. Auf dass er sie auch wirklich bis zum Ende durchziehen und nach vierzehn Jahren abschließen konnte.

Manchmal kam er einfach nur her, um Mike aus dem Weg zu gehen. Zwei rechthaberische Junggesellen in einem Haushalt bargen die Gefahr, dass ein rechthaberischer Junggeselle zu viel wurde. Wenn die Fetzen flogen, war stets Parker schuld. Im Vergleich zu ihm besaß Mike den Charakter und die Geduld eines Heiligen.

Ohne Mike wäre er verloren. Schon der Gedanke an den Tag, an dem er dazu gezwungen sein würde, war unerträglich. Obwohl Mike sein wirkliches Alter nicht beichtete, musste er schon über Siebzig sein. Gott sei Dank, schien er sich guter Gesundheit zu erfreuen und besaß die Energie eines halb so alten Mannes.

Er hatte den Alten wirklich gern. Nein, er *liebte* ihn.

Trotzdem gab es Tage, an denen ihm selbst der unendlich geduldige Mike Strother auf die Nerven ging. Dann brauchte er völlige Einsamkeit. Dann verschaffte ihm ein einziger Raum nicht genug Platz zum Kampf mit seinen inneren Dämonen.

Heute Morgen war er hierher gekommen, um speziell über Maris nachzudenken. Zwischen diesen verwitterten Wänden hatte er den Plan ausgeheckt, sie nach St. Anne zu locken, unter sein Dach, in seinen Einflussbereich.

Eines hatte er jedoch nicht geplant: dass sie ihm unter die Haut ging.

Trotzdem konnte er sich kein Mitleid mit ihr erlauben. Wenn er Noah Reed auf Erden einen Vorgeschmack auf die Hölle geben wollte, musste er sich dafür zwangsläufig Noahs Frau bedienen. Sie würde ins Kreuzfeuer geraten. Das war so sicher wie das Amen in der Kirche. Aber das war eben Pech. Sie hätte nur den verdienten Lohn für die Heirat mit diesem Wichser erhalten. Sie sah ja gut aus und redete schlau daher, aber richtig klug konnte sie nicht sein.

»Ich meine, also wirklich, heiratet einen Kerl, nur weil sie sich in eine Figur aus einem Buch verliebt hat? Wie blöd kann man wohl sein?«, fragte er den Spatz.

Nein, wegen Maris Matherly-Reed durfte er sich keine sentimentalen Gefühle erlauben. Sie brachte ihn zum Lachen. Na und? Sie war eine gute Gesprächspartnerin. Na und? Sie schaute ihn aus wasserblauen Augen wehmütig an und empfand Mitgefühl für seine Narben. Und wenn schon, auf ihr Mitleid konnte er verzichten. Das brauchte er nicht. Außerdem würde sie ihn gewiss nicht bemitleiden, wenn sie wüsste, was sie erwartete …

»Du Dreckskerl!«

Parker wirbelte mit seinem Stuhl gerade noch rechtzeitig herum, um sich vor dem Buch zu ducken, das ihm an den Kopf sauste.

15

Einen Sekundenbruchteil, ehe es ihm gegen die Schläfe knallte, wehrte er es ab. Es landete neben seinem Stuhl im Schmutz, wo es eine Staubwolke aufwirbelte. Der Umschlag war ihm bekannt. Es handelte sich um den ersten Band der Deck-Cayton-Serie.

Direkt hinter dem offenen Eingang stand Maris. Beim ersten Besuch der verlassenen Baumwollmühle war sie ängstlich gewesen und hatte gezögert, sie zu betreten. Heute Morgen strahlte sie eine rot glühende Hitze wie ein neugeborener Stern aus. Parker bezweifelte, ob sie sich hätte einschüchtern lassen, selbst wenn die Schwelle, auf der sie stand, der Eingang zur Hölle gewesen wäre.

Da er jedoch durch den Rock bis ganz nach oben die Umrisse ihrer Beine sehen konnte, verfehlte ihre Wut ihre Wirkung auf Parker. Zumindest fast. Obwohl seine Blicke von den vagen Umrissen eines ganz bestimmten Dreiecks magisch angezogen wurden, sah er mit aller Macht auf eine neutrale Zone über ihrer Taille. Er musste sie, weiß Gott, nicht noch mehr provozieren.

Mit unerschütterlicher Ruhe fragte er: »Hat dir das Buch nicht gefallen?«

»Leck mich doch kreuzweise.«

»Vermutlich nicht.«

Sie hatte die Hände links und rechts fest zu Fäusten geballt. In dieser Haltung kam sie auf ihn zu und zitierte dabei: »›Wenigstens hatten sie sich getrennt, solange sie nur schöne Erinnerungen teilten.‹« Nur wenige Zentimeter vor seinem Stuhl blieb sie stehen. Er hatte sie noch nie mit Brille gesehen. »Entweder hast du abgeschrieben, oder du bist ein perfekter Lügner. Ein Dreckskerl bist du sowieso.«

»Sagtest du bereits. Ich hab's schon beim ersten Mal verstanden.«

»Und, was bist du? Nur, damit ich's weiß. Eines ist so widerwärtig wie das andere.«

»Vermutlich hast du aus Kapitel Siebzehn zitiert, Seite 243. Deck steht vor dem Grab seiner verstorbenen Frau.« Er mimte den Verblüfften. »Ich bin mir nicht sicher, ob jemand von sich selbst abschreiben kann. Geht das?«

Vor Wut war sie sprachlos.

»Trotz seiner tiefen Trauer ist Deck dankbar, weil sie wenigstens kurze Zeit ein Teil seines Lebens war«, fuhr er fort. »Ich fand den Satz immer ziemlich gut.«

»Gut genug, um ihn noch mal zu verwenden. In *Neid*. Nachdem Leslie mit Roark Schluss gemacht hat.«

Wann genau hatte sie den verräterischen Absatz entdeckt? Gestern am späten Abend, als sie im Gästecottage im Bett lag? Oder heute Morgen beim Frühstück? Eigentlich waren die näheren Umstände egal. Sie kannte sein Geheimnis und – war stocksauer.

»Parker, warum hast du mich angelogen?«

»Ich habe diesbezüglich nie gelogen«, konterte er gelassen. »Du hast mich nie gefragt, ob ich Mackensie Roone sei. Du hast mich nie gefragt, ob ich eine Krimi-Serie mit Deck Cayton geschrieben habe. Auch während unserer Unterhaltung gestern Abend hast du nicht einmal gesagt …«

»Tu nicht so begriffsstutzig, Parker! Du hast bewusst gelogen. Sonst hättest du diese entscheidende Information freiwillig geliefert.«

»Entscheidend? Wohl kaum. Das war unwichtig und nicht relevant. Wenn du gefragt hättest, hätte ich ...«

»Irgendeinen zum Himmel schreienden Blödsinn erfunden. Denn genau das war dies hier von Anfang an.«

»Wenn ich nicht hätte auffliegen wollen, hätte ich diesen Satz doch nicht bewusst in *Neid* verwendet und dir anschließend die Lektüre des ersten Deck-Cayton-Bandes ans Herz gelegt.«

»Das war doch nur wieder eines deiner Spielchen, um zu testen, wie schlau ich bin!«, brüllte sie.

Sie hatte verstrubbelte Haare und rote Wangen, als wäre sie den ganzen Weg vom Haus hierher gerannt. Eigentlich sah sie wunderbar zerzaust aus und duftete wie frisch gebackene Teeplätzchen nach Vanille. Allerdings würde sie solche Komplimente ganz und gar nicht schätzen.

»Ich habe dich nie mit Brille gesehen. Trägst du normalerweise Kontaktlinsen?«

Ungeduldig strich sie ihre Haare zurück. »Mich interessiert nur eines: Warum?«

Sie dämpfte die Tonhöhe, was ihr aber offensichtlich nur mit purer Willenskraft gelang. Ihre Brust hob und senkte sich heftig, als riefen die eingesperrten Vorwürfe und die unterdrückte Lautstärke innerlich Turbulenzen hervor.

»Parker, warum hast du dieses lächerliche Spielchen mit mir gespielt? Von mir aus auch Mackensie, oder wie immer du heißen magst.«

»Parker Mackensie Evans. Mackensie war der Mädchenname meiner Mutter. Meine Entscheidung für dieses Pseudonym schien nur logisch. Meine Mama fühlte sich unendlich geschmeichelt. Klingt doch nett. Ist androgyn. Und ...«

»Antworte mir.«

»... sicher.«

»Wovor?«

»Entdeckung.« Wie einen Fehdehandschuh schleuderte er dieses Wort heraus. Lange Augenblicke schien es zwischen ihnen auf der gestampften Erde zu liegen, direkt neben dem Buch. Schließlich sagte er: »Beim Verkauf der Deck-Cayton-Serie hatte ich den Wunsch, anonym zu bleiben. Und das ist noch immer so.«

»Die Romane waren enorm populär. Wozu muss man sich da hinter einem Pseudonym verstecken?«

Er verschränkte die Arme vor der Brust und warf ihr einen ostentativen Blick zu. »Was glaubst du denn, Maris?«

Sie öffnete die Lippen, doch dann dämmerte es ihr. Und sie schloss sie wieder. Verlegen schaute sie weg.

»Richtig. Deck Cayton ist der Traum aller Männer. Und, nach deiner Aussage, auch aller Frauen. Er ist flink und schnell, kann die Bösen hetzen und eine Frau ins Bett tragen. Warum sollte ich sein schneidiges Aussehen konterkarieren, indem ich persönlich in einem Rollstuhl auftete?«

»Keine Bilder vom Autor auf den Buchumschlägen«, sinnierte sie laut vor sich hin. »Keine Signierstunden, kein Auftritt in der Öffentlichkeit. Ich habe schon oft an der Verkaufsstrategie deines Verlags gezweifelt und mir überlegt, warum man dich nicht einbezogen hat. Es geschah zu deinem Schutz.«

»Falsch. Ich habe mich geschützt. Nicht einmal mein Verleger weiß, wer Mackensie Roone ist. Mein Lektor kennt weder meinen wahren Namen, noch weiß er, ob Mackensie Roone ein Mann oder eine Frau ist. Niemand hat auch nur die geringste Ahnung von der wahren Identität Mackensie Roones. Meine Agentin erzählt mir, es gäbe heiße Gerüchte, von …«

»Natürlich«, unterbrach ihn Maris mit einem leisen Aufschrei. »Mackensie Roone hat eine Agentin. Ich kenne sie. Allerdings hast du *Neid* nicht über sie eingereicht. Warum nicht?«

»Davon hat sie keine Ahnung.«

»Warum?«

»Weil ich's ihr nicht gesagt habe. Sie wird ihren Anteil an sämtlichen Erträgen aus *Neid* bekommen. Zu den endgültigen

Vertragsverhandlungen werde ich sie hinzuziehen, aber bis dahin möchte ich das lieber alleine durchziehen.«

»Warum?«

»Gibt's hier drinnen ein Echo?«

»Bevor ich dich umbringe, Parker, will ich die Sache verstehen.«

Entgegen der ersten Hälfte ihrer Behauptung wirkte sie mittlerweile eher verwirrt als wütend. Dass seine Strafe lediglich aufgeschoben war, spürte er trotzdem. Wenn er sie auch nur einen Funken kannte, und so weit war er allmählich, das spürte er, dann würde sie erneut fuchsteufelswild werden, wenn sie erst einmal Zeit gehabt hätte, ausführlich über den Vorfall nachzudenken.

»Parker, drück dich genauer aus. Warum diese Geheimnistuerei?«

»Ich wollte ein anderes Buch schreiben. Weit weg von den nassforschen Dialogen und der tempogeladenen Action in den Deck-Cayton-Bänden. Fass das nicht falsch auf. So etwas lässt sich nicht leicht herunterschreiben.« Er grinste reumütig.

»Offengestanden bin ich total platt, wie populär sie geworden sind. Aber gerade weil sie so populär sind, und Deck den Fans so vertraut ist – meiner Meinung nach halten ihn einige für ein Familienmitglied, das zwischen zwei Büchern eben mal verreist ist –, wird von mir eine Menge erwartet. Man will immer wieder dasselbe, aber eben anders. Von jedem Buch erwarten die Leser ein neues und aufregendes Abenteuer für Deck. Sollte ich allerdings zu weit von der Erfolgsformel abweichen, würde mein Publikum giftig.

Es ist hart, jedesmal wieder einen Volltreffer zu landen. Jedes Buch hatte höhere Verkaufszahlen als sein Vorgänger, und darüber freue ich mich. Allerdings steigen damit auch Ziellinie und Margen. Mit jedem Buch lässt sich der Erfolg schwerer erreichen.«

»Diesen Refrain habe ich auch von anderen erfolgreichen Romanautoren gehört«, warf Maris ein. »Alle sagen, wie schwer es sei, sich selbst zu übertreffen. Über *Vernichtet* hat Noah dasselbe gesagt.«

Parker verspürte nicht den Wunsch, sich über Noah und dessen verdammte Erfolgsstory zu unterhalten.

»Maris, ich habe reinen Tisch mit dir gemacht, jetzt sei du auch mir gegenüber ehrlich. Mal angenommen, meine Agentin hätte dich eines Tages angerufen und gesagt: ›Raten Sie mal, was ich bekommen habe? Vor mir auf dem Schreibtisch liegt ein neuer Roman des Autors der Deck-Cayton-Serie. Etwas ganz anderes als die Krimis. Streng geheim. Und er will unbedingt, dass *Sie* es zuerst lesen.‹ Da wär's dir doch gekommen, stimmt's?«

Seine anstößige Bemerkung ließ sie heftig blinzeln. Trotzdem wich sie seinen bohrenden Blicken nicht aus.

»Maris, ich hatte nur einen Wunsch: *Neid* sollte dich packen. Allerdings, ohne dass du auch nur das Geringste über mich oder meine Erfolge in der Vergangenheit wusstest.«

Sie wandte den Blick ab, rückte die Brille zurecht und wischte sich gedankenverloren eine Mücke vom Arm. Als sie ihn wieder ansah, sagte sie: »Na schön, ja. Auch wenn ich das im Gegensatz zu dir nicht so rüde formuliert hätte. Ein solcher Anruf hätte mich erregt. Und was wäre daran so schrecklich gewesen?«

»Weil ich größten Wert auf eine unvoreingenommene Beurteilung des Textes lege.«

»Und das hat dich berechtigt, mich zum Narren zu halten.«

»Nein, verdammt! Das war nicht …« Allmählich spürte er, wie es auch in ihm zu kochen begann. Vermutlich hatte ihr Argument doch etwas für sich. Er hob erneut an. »Ich habe dir den Prolog unaufgefordert geschickt, weil nur das eine neutrale Lektüre garantiert. Ich wollte, dass du ohne Scheuklappen an ihn herangehst. Dass er für sich selbst besteht und nicht auf Grund meines Rufs als Bestsellerautor. Ich wollte nur eines: dass er gut ist.«

»Parker, ohne diese Scharade wäre er genauso gut gewesen. Und ich hätte unverändert darauf reagiert.«

»Aber ich hätte das nie mit Sicherheit gewusst, oder?« Er ließ ihr Zeit zum Antworten, aber sie tat es nicht. Sie konnte nicht. Er hatte Recht, und das wusste sie. »Jawohl, ich habe dich hinters Licht geführt. Aber ich musste mir unbedingt selbst beweisen, dass ich mehr als einen Whisky trinkenden Kerl mit einer großen Kanone und 'nem noch größeren Schwanz drauf habe, der jedem Rock hinterher rennt.«

»Deck Cayton hat wesentlich mehr Tiefgang.«

»Danke, das finde ich auch. Ich war mir dessen nur nicht sicher.«

Sie bückte sich und hob das Buch auf.

»Wirst du mir jetzt damit eins über den Schädel ziehen?«

Sein Lächeln bettelte um Frieden. Sie jedoch funkelte ihn wütend an. »Parker, versuch ja nicht, mich einzuwickeln.« Sie gab ihm das Buch und staubte sich die Hände ab. »Was du getan hast, war ...«

»Entsetzlich.«

»Dieses Wort wollte ich eigentlich nicht verwenden.«

»Aber es stimmt genau. Als ich diesen Prolog in den Briefkasten gesteckt habe, habe ich mir vor Angst fast in die Hose gemacht.«

»Wovor denn? Wegen einer Absage?«

»Aber wie. Du hättest mir einen knappen Brief schicken können. Hättest ›Nein, danke‹ sagen können. Ich sei sauschlecht, solle die Finger vom Schreiben lassen und mich besser am Auffädeln von Ketten oder an Korbflechterei versuchen. Vermutlich hätte ich eine Packung Rasierklingen gekauft und mich im Bad eingeschlossen.«

»Das ist nicht witzig.«

»Da hast du Recht. Ist es nicht.«

»Außerdem bist du viel zu egozentrisch für einen Selbstmord.«

Wie wenig sie wusste. In jenen rabenschwarzen Tagen, als seine Seele genauso verdreht gewesen war wie seine Beine und seine Emotionen so bloßlagen wie das Fleisch, das zu heilen sich weigerte, hatte es Zeiten gegeben, an denen er den Weg des geringsten Widerstandes eingeschlagen und alles beendet hätte. Wenn er zur kleinsten Bewegung fähig gewesen wäre.

Aber noch während er in dieser Falle der Verzweiflung saß, war in ihm der Wille zum Leben erwacht. Irgendeine allmächtige Kraft oder eine kosmische Energie, die größer war als sein armseliger Menschengeist, hatte ihm Entschlossenheit eingehaucht.

Ein Engel war es nicht gewesen, nein. Keiner von der Sorte, wie man Engel normalerweise darstellt. Seine Pläne für Noah Reed hatten nichts Gütiges, Gottgesegnetes oder Heiliges an sich.

Er ergriff Maris' Hand und drückte sie hart. »Unterschätze nicht, wie wichtig das hier für mich ist.«

Ohne seinen Händedruck zu erwidern, schaute sie ihm prüfend in die Augen. »Parker, warum hast du *Neid* mir geschickt? Ich kenne deinen Lektor für die Mackensie-Roone-Bücher. Ein äußerst fähiger Mann.«

»Ist er«, bestätigte er feierlich.

»Meine Frage bleibt. Es gibt Hunderte Lektoren in einem Dutzend Großverlagen. Was war an mir anders? Warum hast du mich gewählt?«

»Dieser Artikel in der Zeitschrift.« Hoffentlich bemerkte sie seine Lüge nicht. Ihm erschien die Antwort einigermaßen plausibel, aber sie musterte ihn weiter mit nervtötender Intensität. »Deine Aussagen darin haben mich überzeugt, dass du die richtige Lektorin für *Neid* wärest. Deine Bemerkung bezüglich Kommerz gegen Qualität, und dass die Verlagswelt allmählich Gefahr läuft, Letztere zu Gunsten des Ersteren zu vernachlässigen, hat mir gefallen. Dieses Buch schreibe ich nicht wegen Geld. Ich habe mehr Geld verdient, als ich je brauchen werde. Dafür hat schon Deck Cayton gesorgt. *Neid* schreibe ich für mich allein. Sollte es ein Publikum finden, wäre ich erfreut. Wenn nicht, hast wenigstens du etwas Wertvolles darin entdeckt. Und das gibt mir eine verdammt gute Bestätigung für mein Talent.«

»Es wird ein Publikum finden.« Sie zog ihre Hand aus seiner.

»Dafür werde ich sorgen. Dazu habe ich schon viel zu viel investiert.«

»Magere fünfzehn Riesen?«

»Damit meine ich nicht den Vorschuss.«

Sein albernes Lächeln fiel in sich zusammen. Auch er wurde ernst. »Ich weiß.«

»Ich meinte…«

Er bildete sich ein, die ersten Tränen zu sehen, aber das konnte auch eine trügerische Lichtbrechung hinter ihren Brillengläsern sein. »Maris, ich weiß, wovon du sprichst.«

Sie wechselten einen langen, bedeutungsvollen Blick. Der Wunsch, sie zu berühren, war fast übermächtig. »Ich möchte nicht, dass du gehst.«

Der Satz kam ganz unbewusst. Erst als er hörte, wie seine eigene barsche Stimme die lastende Stille füllte, war ihm alles klar. Und er meinte es auch so, aus Gründen, die mit seiner Rache an Noah Reed ganz und gar nichts zu tun hatten.

»Schreib dein Buch, Parker.«

»Bleib.«

»Ich melde mich.« Erst nach einigen Schritten rückwärts drehte sie sich um und entfernte sich von ihm.

»Maris!«

Aber sie blieb weder stehen, noch ging sie langsamer. Sie schaute auch nicht zurück, nicht einmal, als er erneut ihren Namen rief.

16

»Dieser Besuch ist längst überfällig. Ich bin froh, dass Sie Zeit hatten.« Nadia Schuller lächelte ihren Gast quer über den Tisch an.

Als Rahmen für ihr intimes Treffen hatte Nadia ein kleines gemütliches Restaurant in der Park Avenue gewählt. Die Speisekarte war nicht überdreht, die Einrichtung im französischen Landhausstil gehalten. Die Spitzenvorhänge waren nach Nadias Geschmack für Manhattan ein wenig übertrieben, aber sie unterstrichen das freundliche Ambiente des Restaurants.

Und genau diese Note versuchte sie mit dem Lunch anzuschlagen – Freundlichkeit.

Eine ziemliche Herausforderung, wenn man mit dem Ehemann des Gastes ins Bett ging.

»Ich bedanke mich für die Einladung.« Maris rang sich ein künstliches Lächeln ab und schlug die Speisekarte auf. Ein kaum verhohlener Hinweis, dass sie diesen Lunch so rasch hinter sich bringen wollte, wie es die Etikette erlaubte.

Ein Kellner mit langer weißer Schürze näherte sich ihrem Tisch. »Maris, was möchten Sie gerne trinken?«, fragte Nadia.

»Einen Eistee, bitte.«

»Ich nehme einen Weißwein. Möchten Sie nicht auch?« Es klang, als erlaube sie Maris gnädigerweise ein alkoholisches Getränk, wenn sie das wünsche.

Diesmal wandte sich Maris direkt an den Kellner und wiederholte: »Bitte, einen Eistee. Mit viel Eis und frischer Zitrone.« Dann wandte sie sich wieder Nadia zu und sagte: »Das habe ich mir in den Südstaaten angewöhnt.«

»Das trinkt man dort unten das ganze Jahr, nicht wahr? Das und schwarz gebrannten Schnaps.« Nadia bestellte ihren Wein. Der Kellner zog sich zurück. »Ich habe schon alles über Ihren Ausflug nach Dixieland gehört.«

»Ach?«

»Von Ihrer Sekretärin. Als ich anrief, um Sie zum Lunch einzuladen.«

»Und ich dachte, Noah hätte es Ihnen vielleicht erzählt.«

»Nein, Noah habe ich nicht mehr gesehen, seit ... hmm ... Eigentlich nicht mehr seit jenem Abend, als ich Sie beide bei diesem Bankett anlässlich der Preisverleihung getroffen habe.«

Bis der Kellner mit ihren Getränken wiederkam, verlief das Gespräch belanglos. Dann lauschten sie seiner Litanei der Tagesspezialitäten des Hauses. Nadia erbat einige Minuten Bedenkzeit. Diese Verzögerung im Ablauf schien Maris zu beunruhigen, aber Nadia würde sich nicht wie einen Staubfussel wegwischen lassen.

Sie konnte Maris nicht im mindesten ausstehen und war absolut sicher, dass diese Abneigung auf Gegenseitigkeit beruhte. Beide waren erfolgreiche Geschäftsfrauen, deren Haltung zu Karriere, Männern und dem Leben ganz allgemein nicht unähnlicher sein konnte.

Maris Matherly-Reed hatte sämtliche Vorteile genossen, die man Nadia vorenthalten hatte. Maris war in eine reiche und angesehene Familie hineingeboren worden und buchstäblich mit silbernen Löffeln im wohlgeformten Mündchen aufgewachsen.

Sie hatte exklusive Privatschulen besucht und war regelmäßig bei schicken Partys auf den schicken Landsitzen der Hamptons zu Gast gewesen. Ihr Foto war oft in den Gesellschaftskolumnen erschienen. Sie war weit gereist.

Maris hatte Kultur sogar noch im Hintern – einem Hintern, der auch ohne schmerzhafte teure Fettabsaugung schlank und straff war. Doch dieser wohlgeformte Po hätte keinen einzigen Eiswürfel zum Schmelzen gebracht.

Nadia, geborene Nadine, war arm aufgewachsen. Die Armut ihrer Familie war verzeihlich. Was sie nicht ertragen hatte, waren ihre Ignoranz und ihr ordinäres Benehmen. Schon in frühester Jugend beschloss sie, nicht in Brooklyn zu bleiben und irgendeinen Rüpel und Verlierer zu heiraten, mit dem es später nur Streit gäbe, wie sie ihre ständig wachsende Brut beherbergen und ernähren sollten.

Sie war für weit Besseres bestimmt.

Mit dreizehn ließ sie sich von ihrem ersten Chef entjungfern, dem Leiter eines Ramschladens, in dem sie nach der Schule als Verkäuferin jobbte. Er hatte sie erwischt, wie sie aus dem Lager Nagellack und Lippenstift klaute, und sie vor die Wahl gestellt, entweder mit ihm zu bumsen oder vor ein Jugendgericht gestellt zu werden.

Abgesehen von der unbequemen Lage, wenn man von einem plumpen Kerl mit feuchten Händen und Knoblauchgeruch auf Versandkisten gevögelt wird, war es gar kein so schlechter Handel gewesen.

Seit diesem ersten Mal hatte Nadia häufig Sex geboten, um an Gewünschtes zu kommen oder Unerwünschtes zu vermeiden. Die High School empfand sie als Zwangsstrafe, bei der sie sich lediglich amüsierte, wenn sie ihren Klassenkameradinnen die Freunde ausspannen konnte.

Die gebrochenen Herzen, die sie hinterließ, scherten sie keinen Deut. Es machte ihr nichts aus, dass sie keine einzige Freundin hatte. Warum sollte sie auch, so lange die Jungs hinter ihr her waren, um ihre Aufmerksamkeit buhlten, ihr Geschenke machten und zum Ausgleich für das, was sie sowieso mit Freuden getan hätte, mit ihr ausgingen?

Als vor der Abschlussprüfung ihre Noten auf der Kippe standen, erklärte sich ihr Mathematiklehrer im Grundkurs damit einverstanden, die Note zu ihren Gunsten zu ändern, wenn sie ihm einen blies. Ihre Geschichtslehrerin, eine pathetische Matrone, war zu Tränen gerührt, als Nadia ihre geheime Zuneigung beichtete. Im Laufe eines verregneten Abends in der Wohnung der Lehrerin, in der es nach Katzenklos stank, verbesserte sich Nadias Note um anderthalb Stufen.

Kaum hielt sie ihr Zeugnis in Händen, ging sie jeder weiteren höheren Schulbildung aus dem Weg. Fürs Pauken hatte sie keine Geduld. Stattdessen stürzte sie sich unter die Werktätigen und wechselte im Halbjahresabstand so lange die Stellen, bis man sie als Redakteurin bei einem lokalen, wöchentlich erscheinenden Anzeigenblatt einstellte.

Dies war der erste Job, der ihr gefiel. Hier war sie am richtigen Platz. Wenige Wochen nach ihrer Einstellung fasste sie einen Entschluss: In dieser Branche würde sie sich neu erfinden – angefangen mit einem Namenswechsel – und berühmt werden.

Schließlich überredete sie den Chefredakteur dazu, sie gelegentlich einen Artikel schreiben zu lassen. Die Verhandlung fand auf dem Rücksitz seines Autos im Schatten jenes Reihenhauses statt, in dem er mit seiner Frau und vier Kindern wohnte. Nadia hatte sich auf seinen Schoß gesetzt und ihn so lange bearbeitet, bis er fast den Verstand verlor und ihr keuchend versprach, ihre Idee versuchsweise auszuprobieren.

Bei den Nadia-Schuller-Artikeln handelte es sich um witzige Tratsch-und-Klatsch-Geschichten über das Liebesleben der Leute im Stadtviertel. Schon bald waren sie die populärste Rubrik der Zeitung. Nadia hatte den ersten Schritt geschafft.

Jetzt, zwölf Jahre und unzählige Liebhaber später, saß sie Maris Matherly-Reed gegenüber und mimte die Wohlerzogene, während sie insgeheim eine enorme Antipathie gegen eine Frau hegte, die sie im Vorbeigehen ausstach. Wenn Maris sie mehr gehasst hätte, wäre Nadias Hass auf Maris geschrumpft. Leider war sie Maris offensichtlich nur gleichgültig. So, als verdiene sie gar keine Beachtung. Und das konnte sie nicht ertragen.

Zum Beispiel, als sie sich im Eingangsbereich des Restaurants getroffen hatten. Da hatte Nadia eine Bemerkung über die leichte Bräune fallen lassen, die Maris während ihres Aufenthalts in Georgia bekommen hatte, und sie dabei ziemlich schnippisch erinnert, wie schädlich Sonne für den Teint sei.

Maris hatte kühl erwidert: »Nächstes Mal werde ich sicher einen Hut einpacken.«

Sie bestellten ihre Vorspeisen. Während Nadia Maris einen Brotkorb reichte, meinte sie: »Wirklich tragisch, die Sache mit Howard Bancroft.«

Wenigstens das entlockte ihr eine Reaktion. Mit leichtem Kopfschütteln lehnte Maris den Brotkorb ab. Ihre Augen wurden traurig. »Furchtbar tragisch. Ich habe es erst nach meiner Rückkehr gestern Nachmittag erfahren.«

»Wie viele Jahre hat er Ihre Rechtsabteilung geleitet?«

»Schon vor meiner Geburt. Wir waren alle geschockt.«

»Hat irgendjemand eine Vermutung geäußert, warum er Selbstmord begangen hat?«

»Nadia, ich …«

»Ach, das ist doch nicht für ›Plaudereien rund ums Buch‹ bestimmt. Die nackten Tatsachen stehen in der Zeitung und zeichnen eine grausige Szene. Ich habe die offizielle beschönigte Mitteilung Ihrer Presseabteilung bekommen. Darin stand wenig über die Art und Weise seines Todes und mehr über seine Verdienste um Matherly Press.«

Man hatte Howard Bancroft einen halben Block von seinem Haus auf Long Island entfernt mit zerfetztem Schädel in seinem Wagen gefunden – eine Pistole in der Hand.

»Bei Matherly Press halten die Leute doch zusammen wie Pech und Schwefel. Hat da niemand ein Warnsignal bemerkt?«

»Nein«, erwiderte Maris. »Noah hatte sogar noch am gleichen Nachmittag einen Termin mit ihm. Er meinte, Howard sei ganz der Alte gewesen.« Bedauernd schüttelte sie den Kopf. »Er war so ein beliebter Mann, besonders in der Jüdischen Gemeinde. Ich kann mir nicht vorstellen, was ihn zu einer solchen Verzweiflungstat getrieben hat.«

Ihr Hauptgang kam. Während des Essens sprachen sie über fröhlichere Themen: die Bücher aus dem Herbstprogramm von Matherly Press. »Ich prophezeie uns schon jetzt ein äußerst erfolgreiches Weihnachtsgeschäft«, erklärte ihr Maris.

»Darf ich das in meiner Kolumne zitieren?«

»Dürfen Sie.«

Nadia schlug ihr stets präsentes Notizbuch auf und bat Maris um eine Liste von Titeln und Autoren, von denen sie besonders begeistert war. Nachdem sie alles notiert hatte, legte sie ihren

Stift beiseite und aß einen winzigen Bissen vom gegrillten Loup de Mer. »Erzählen Sie mir etwas über das Projekt, an dem Sie gerade in Georgia arbeiten.«

»Das kann ich nicht.«

Nadia hörte auf zu essen. »Und warum nicht?«

»Weil es nicht zur Diskussion steht.«

»Ganz fabelhaft. Ich liebe Projekte, die sich in Geheimnisse hüllen.«

»Und bei diesem muss es auch so bleiben. Sogar dieser Satz wurde nie gesprochen. Zitieren Sie ihn also nicht.«

Nadia trank einen Schluck Wein und musterte dabei Maris über den Rand ihres Glases. »Jetzt haben Sie meine Neugierde aber noch tausendfach vermehrt.«

»Dabei wird es auch bleiben müssen.«

»Der Autor ...«

»Will anonym bleiben. Auch das habe ich nicht gesagt. Nicht einmal mein Lektorat kennt seine Identität. Also wird es Ihnen auch nichts nützen, wenn Sie meinen Mitarbeitern bei Matherly Press eine Information zu entlocken versuchen.«

»Keiner weiß, wer er ist?«

»Von einem ›er‹ war nie die Rede.«

»Richtig, richtig, so war es. Heißt das, es handelt sich um eine Frau?«

»Das habe ich nicht gesagt.«

»Geben Sie mir doch wenigstens etwas«, beschwatzte sie Nadia. »Von Freundin zu Freundin.«

»Sie sind nicht meine Freundin.«

Maris' Tonfall verschlug Nadia den Atem. Nach dieser knappen Aussage drehte sich ihr Gespräch plötzlich nicht mehr um den namenlosen Schriftsteller in Georgia.

Trotzdem lächelte sie unverändert weiter und meinte: »Das ist wahr, Maris. Das waren wir nie. Wir waren viel zu sehr mit unserer jeweiligen Karriere beschäftigt, um einander näher kennen zu lernen und freundschaftliche Beziehungen zu knüpfen. Das würde ich jedoch gerne ändern. Ich würde gerne ...«

»Nadia, wir werden nie Freundinnen sein.«

Auf so viel Offenheit war Nadia nicht vorbereitet. »Warum sagen Sie so etwas?«

»Weil Sie mit meinem Mann schlafen wollen.«

Wider Willen war Nadia beeindruckt. Miss Etepetete war letztlich gar nicht so zimperlich. Sie hatte mehr Grips, als ihre Erziehung vermuten ließ. Sie ließ die Maske fallen und erwiderte Maris' kühlen Blick. »Das wird Sie doch nicht wundern. Noah ist ein attraktiver Mann.«

»Ein attraktiver *verheirateter* Mann.«

»Dieser Unterschied hat mich noch nie gehindert.«

»Das habe ich auch schon gehört.«

Anstatt beleidigt zu reagieren, lachte Nadia. »Zugegeben, ich liebe es, der Mittelpunkt skandalöser Gespräche zu sein.«

Wieder trank sie einen Schluck Wein, und fuhr dann mit dem Zeigefinger über den Glasrand. Unterdessen musterte sie Maris mit neuer Hochachtung. Direktheit bewunderte sie. Allerdings hätte sie nie und nimmer geglaubt, dass die Ex-Debütantin dazu in einem solchen Maße fähig war.

Trotzdem wurde sie nachdenklich. Wie kühl würde Maris wohl bleiben, wenn sie ihre Affäre mit Noah beichtete? Was wäre, wenn sie dem holden Eheweib genüsslich in allen Details schilderte, was sie gestern Nacht im Bett getrieben hatten? Dann wäre Maris' Fassung ein für allemal dahin. Das würde sie bis in ihre Manolo-Blahnik-Pumps erschüttern. Wetten?

Doch das wäre zwar ein Riesenspaß, aber leider unklug. Dafür stand zu viel auf dem Spiel. Sie unterdrückte die Versuchung, ihre Affäre hinauszuposaunen, und fragte: »Haben Sie mit Noah darüber gesprochen?«

»Ja.«

»Und was hat er gesagt?«

»Dass sein Interesse an Ihnen rein geschäftlicher Natur ist. Dass Ihre Kolumne so viel Einfluss hat, dass er es sich nicht leisten kann, Sie vor den Kopf zu stoßen. Deshalb geht er auf Ihre plumpen Machenschaften ein.«

Nadia zuckte die Schultern. »Da haben Sie's also. Ich habe mich etabliert, indem ich Leute als Informationsquelle nutze. Im Gegenzug benutzen sie mich für kostenlose Werbung und Öffentlichkeitsarbeit. Noah versteht, wie das funktioniert.«

Es war ihr gelungen, das heiße Thema zu umgehen, ohne zu lügen oder die Wahrheit zu sagen. Hoffentlich würde es Maris dabei belassen. Der Deal mit WorldView konnte auf weitere Komplikationen gut verzichten.

Sie nutzte Maris' Schweigen zu ihrem Vorteil und sagte: »Ich bin froh, dass wir das geklärt haben. Möchten Sie den Loup probieren?«

»Nein, danke.«

»Er schmeckt köstlich, aber ich bin satt.«

Obwohl sie in Wahrheit immer noch Hunger hatte, schob sie ihren Teller weg. Trotz der Prozedur, der sie sich unterzogen hatte, konnte eine andere Stelle an den Oberschenkeln noch immer wie ein verdammter Schwamm Fett aufsaugen. Fanatisch zählte sie jede Kalorie. Gymnastik hieß die einzige Religion, an die sie glaubte, oder besser gesagt, die sie praktizierte. Ihr opferte sie jeden Tag hingebungsvoll.

Noah neckte sie wegen ihres strikten Fitnessplans und behauptete, sie ginge damit sogar ins Bett. Tatsächlich betrachtete sie Sex als Aerobic-Übung. Sie wusste ganz genau, wie viele Kalorien pro Geschlechtsakt verbrannt wurden.

Noah kannte sie gut. Er war vielleicht der einzige Mann auf diesem Planeten, dem sie treu sein könnte. Sie liebte ihn nicht, genauso wenig wie er sie. Keiner von beiden akzeptierte den Mythos von der romantischen Liebe. Er hatte bereitwilligst zugegeben, dass ihn nicht liebestolle Leidenschaft zur Ehe getrieben hatte, sondern vielmehr sein brennender Wunsch, ein Teil der Matherly-Dynastie zu werden. Und für ihn gab es nur einen einzigen Weg dorthin: über die letzte Matherly.

Mit Daniel hatte er eine Mentor-Schützling-Beziehung entwickelt, aber auch sie befriedigte seinen Ehrgeiz nicht vollends. Die Stellung als Schwiegersohn des alten Mannes kam einer

Blutsverwandtschaft am nächsten. Eine Heirat mit Maris würde seine Zukunft zementieren. Also sorgte er dafür, dass es so kam.

Nadia bewunderte derart zielstrebiges Handeln und den Mumm, den man zur Durchführung eines kühnen Plans benötigte. Rücksichtslosigkeit wirkte auf sie als das ultimative Aphrodisiakum. Und die hatte sie an Noah schon bei der ersten Begegnung entdeckt. Nachdem sie in ihm jenen egozentrischen Ehrgeiz erkannte, der ihrem eigenen glich, hatte sie ihn haben wollen und das ohne jede Hemmung.

Ihr erstes Geschäftsessen war nachmittags im Bett des Hotel Pierre ausgeklungen. Zu ihrem Entzücken ging Noah an Sex mit demselben egoistischen Appetit und einer animalischen Distanz wie sie heran. Als er sie zwischen den zerwühlten feuchten Laken zurückließ, war sie wund, aufgeschürft und in Hochstimmung.

Auch außerhalb des Betts passten sie hervorragend zusammen. Sie verstanden einander. Ihre individuellen Antriebsfedern harmonierten und konkurrierten doch so weit miteinander, dass bei Streitgesprächen die Funken flogen und die Sache noch mehr aufpeppten. Sie taten einander gut. Sie ergänzten sich. Als Team wären sie unbesiegbar. Und deshalb wollte Nadia unbedingt Mrs. Noah Reed werden.

Nun, das war *ein* Grund dafür.

Den anderen gestand sie sich deutlich schwerer ein. In ihr steckte noch so viel von der alten Nadine, dass sie vor ihrem Tod unbedingt verheiratet sein wollte. Sie wollte nicht alleine alt werden. Irgendwo zwischen Power Lunch und Fünf-Uhr-Cocktail wurde aus einer Singlefrau eine alte Jungfer.

Mit zwanzig und dreißig hatte sie schon den bloßen Gedanken an eine Ehe verachtet. Jedem willigen Zuhörer bestätigte sie ihr völliges Desinteresse an Monogamie und Ehebett. So scheißlangweilig.

Aber die Wahrheit war eine andere. Keiner der vielen Männer, die ihr Bett geteilt, die zwischen ihren Hüften geseufzt und geschrien und gestöhnt und gegurrt hatten, hatte sie gefragt, ob sie seine Frau werden wolle. Nicht einer.

Und um ganz ehrlich zu sein: Nicht einmal Noah hatte ihr bisher einen Heiratsantrag gemacht. Er war kein Typ für Herzchen, Blumen und Kniefälle. Sie besaß mehr Diamantringe als Finger und Zehen. Wie war es dann zu gemeinsamen Hochzeitsplänen gekommen? Sie hatte ihm erklärt, sie wolle ihn heiraten. Und ein Nein kam für Nadia nie in Frage.

Jetzt trank die derzeitige Frau ihres künftigen Ehemanns einen Cappuccino aus, den sie eigentlich nicht gewollt hatte. Normalerweise verstand es Nadia, jemandem so lange um den Bart zu gehen, oder ihn unter Druck zu setzen, bis er einen winzigen Informationshappen preisgab, den sie dann in ihrer Kolumne aufbauschen konnte. Aber Maris hatte störrisch über ihr Geheimprojekt geschwiegen.

Nicht dass Nadia auch nur einen Cent für Maris' albernes Geheimprojekt gegeben hätte. Dieser Lunch galt lediglich einem einzigen Zweck: Maris weiterhin blind auf dem Holzweg und in seliger Unwissenheit über alles zu halten, was Nadia und Noah hinter ihrem Rücken mit WorldView trieben.

Aber Maris hatte ihr einen Klaps auf die Finger gegeben. Man sollte Noah warnen. Vielleicht war sie doch nicht so fügsam und naiv, wie sie aussah. Hoffentlich war es Nadia gelungen, ihren Verdacht bezüglich einer Affäre zu zerstreuen. Denn eines konnten sie in diesen wichtigen Schlusswochen am wenigsten gebrauchen: eine eifersüchtige Ehefrau im Nacken.

»Noch etwas anderes, Maris?«, bot sie gnädig an. »Noch einen Cappuccino?«

»Nein, danke. Ich sollte wieder ins Büro. Nach jeder Abwesenheit spiele ich mit meiner Arbeit Hase-und-Igel. Aber das wusste ich ja vorher.«

»Warum sind Sie dann gekommen?« Die Frage war heraus, noch ehe sich Nadia bewusst dafür entschieden hatte. Aber nachdem es nun mal passiert war, gab sie ihre Neugierde unumwunden zu. Warum hatte Maris ihre Einladung angenommen?

»Schon seit langem können wir uns nicht ausstehen. Trotzdem haben wir immer die Höflichen gespielt«, sagte Maris.

»Vorspiegelung falscher Tatsachen ist mir verhasst, besonders bei mir selbst.« Eine Sekunde lang wirkte sie in sich gekehrt, dann fügte sie hinzu: »Vielleicht widern mich Lügen und Lügner aber auch nur an. Jedenfalls fand ich es an der Zeit, Ihnen meine Antipathie ins Gesicht zu sagen.«

Nadia ließ alles auf sich wirken, ehe sie ironisch lächelte. »Ziemlich fair.« Während sie auf den Ausgang zugingen, sagte sie: »Trotzdem werden Sie mich doch auch weiterhin mit Neuigkeiten aus der Branche füttern, oder?«

»Mit Neuigkeiten, nicht mit Klatsch.«

»Werden Sie mir den Knüller gönnen, sobald Sie bereit sind, diesen mysteriösen Autor und sein Buch zu enthüllen?«

»Der Autor scheut die Öffentlichkeit ungemein. Ich bezweifle …«

»Nadia, was für eine reizende Überraschung.«

Auf diese Begrüßung drehte sich Nadia um und blickte Morris Blume ins farblose Antlitz, der letzte Mensch auf Erden, dem sie unverhofft zu begegnen wünschte, solange Maris Matherly-Reed neben ihr stand. Diese Überraschung fand sie ganz und gar nicht reizend.

»Morris, wie geht's?« Sie streckte ihm zwar die Hand hin, ihr Ton blieb aber distanziert und wenig einladend. »Ich empfehle den Loup.«

»Und ich die Martinis«, sagte er, wobei er sein Glas mit dem Zuckerrand hob. »Ehrlich gesagt, habe ich gerade mit dem Barkeeper geübt, wie man ihn richtig macht.«

»Geschüttelt oder gerührt?«

»Geschüttelt.«

Da Maris zur Garderobe weitergegangen war, um ihren Regenmantel zu holen, nahm sich Nadia die Freiheit zu einem leichten Flirt. Zu viel Distanziertheit wäre unklug. Sie hatte das Dinner mit ihm im Rainbow Room genossen. Wenn sie ihm jetzt eine Abfuhr erteilte, würde er sich über den Grund dafür wundern.

»Gin oder Wodka?«

»Wodka. Bis zum Rand und extra trocken.«

Eine ihrer kunstvoll gezupften Augenbrauen ging in die Höhe. »Hört sich gut an.«

»Hier.« Er hob den Zahnstocher aus seinem Glas und hielt ihn ihr vor den Mund.

Ohne ihn aus den Augen zu lassen, berührte sie die Olive mit der Zungenspitze, dann legte sie die Lippen darum und saugte sie ein. »Hmm. Meine Spezialität.«

»Trinken Sie einen mit mir?«

»Leider kann ich nicht, Morris. Ein andermal?«

»Ich werde anrufen.«

Sie schenkte ihm ihr vielversprechendstes Lächeln. Nach jahrelanger Praxis war sie darin Meisterin. Inzwischen kam es praktisch wie von selbst. Sie wünschte ihm einen guten Appetit und wandte sich ab, um wieder zu Maris zu stoßen.

Zu ihrer Bestürzung hatte das Lächeln allzu gut gewirkt. Blume kam hinter ihr her und erzwang damit, ihn Maris vorzustellen. Sie tat dies so beiläufig wie möglich.

Während beide einander die Hände schüttelten, sagte Blume: »Ich bin ein alter Bewunderer Ihres Verlagshauses.«

»Und wandeln auf Freiersfüßen«, erwiderte Maris.

Er grinste entwaffnend. »Also haben Sie die zahllosen Briefe gelesen, die ich Ihrem verehrten Herrn Vater geschrieben habe?«

»Zusammen mit seinen Antworten.«

»Teilen Sie seine Meinung?«

»Aus ganzem Herzen. Wir sind geschmeichelt, dass ein Konzern wie WorldView an einer Fusion mit uns interessiert ist. Trotzdem mögen wir unser derzeitiges Profil.«

»Dasselbe hat mir auch Ihr Mann bei unserem letzten Treffen gesagt.«

17

Noah prüfte gerade die letzten Lieferscheine der Firma, als seine Frau in sein Büro stürmte und zur Verblüffung der Sekretärin die Tür hinter sich zuwarf.

Ihre Handtasche samt dem feuchten Regenmantel schleuderte sie in den nächstbesten Sessel und trat dann mit großen Schritten an seinen Schreibtisch. Seit ihrer Rückkehr aus Georgia gestern Abend war sie gereizt und bedrückt gewesen, aber sie hatte noch nie so gut ausgesehen. Heute trug sie ein offizielles Business-Kostüm, dessen figurnahe Linie er schon immer bewundert hatte. Die Zeit am Strand hatte ihr Farbe auf die Wangen gezaubert und ihre Haare ausgebleicht. Sonnenhelle Strähnen umrahmten ihr Gesicht und verliehen ihm ein jugendlich-gesundes Aussehen.

Ihre Miene war jedoch alles andere als sonnig.

»Hallo, Maris, wie war dein Lunch?«

»Man hat mich soeben dem Senkrechtstarter von WorldView vorgestellt, Morris Blume. Er bat mich, dir Grüße auszurichten.«

Diese verdammte Nadia!, dachte er. Warum hatte sie ihn nicht telefonisch vorgewarnt? Doch dann fiel es ihm wieder ein: Er hatte Cindy strikte Anweisungen erteilt, jeden Anruf abzublocken, bis er Zeit gefunden hatte, den Stapel Finanzunterlagen auf seinem Schreibtisch durchzusehen. Und das ironischerweise genau wegen WorldView. Eintrag für Eintrag hatte er Tabellen und Zahlenreihen geprüft, und sich dabei aufs Beste damit vertraut gemacht. Immer auf der Suche nach Problemen, die Blume & Co Bauchgrimmen bereiten könnten. Für den Fall irgendwelcher Fragen ihrerseits wollte Noah eine Erklärung parat haben.

Er blieb möglichst unerschüttert und sagte: »Wie nett, dass sich Mr. Blume noch an mich erinnert.«

»Nachdem du dich erst neulich mit ihm getroffen hast, Noah,

war das ja keine allzu große Leistung.« Sie stützte sich steif auf seinen Schreibtisch und beugte sich mit funkelnden Augen hinunter. »Noah, von welchem Treffen ist hier die Rede? Und warum hat man mich nicht darüber informiert? *Welches* Treffen?«

Er stand auf und ging um den Schreibtisch herum. »Maris, sei so nett und beruhige dich.«

»Sag du mir ja nicht, ich soll mich beruhigen.«

»Na schön, dann bitte ich dich eben darum. Bitte.«

Er wollte sie an der Schulter fassen, aber sie wich zurück und schob seine ausgestreckten Hände von sich.

»Möchtest du ein Glas Wasser?«

»Eine Erklärung möchte ich«, sagte sie, wobei sie jedes Wort betonte. »Du weißt genau, wie Pa und ich über Multis wie WorldView denken.«

»Ich teile eure Ansicht.« Er setzte sich halb auf eine Schreibtischecke und faltete gelassen die Hände auf dem Oberschenkel zusammen, obwohl er ihr damit am liebsten den schlanken Hals zusammengedrückt hätte. »Deshalb habe ich mich ja auch zu einem Treffen mit WorldView bereit erklärt.«

Ungläubig schüttelte sie den Kopf, als hätte sie sich bis zuletzt an die Hoffnung geklammert, Blume lüge. »Du hast dich mit diesen Schakalen getroffen? Wirklich? Hinter meinem Rücken und ohne mein Wissen?«

Seufzend warf ihr Noah einen verletzten Blick zu. »Ja, ich habe mich mit ihnen getroffen. Aber bevor du in die Luft gehst, könntest du Vernunft walten lassen und mir eine Gelegenheit zum Erklären geben?« Sie schäumte innerlich, schwieg aber, was er als Erlaubnis wertete fortzufahren.

»Seit Monaten waren Blumes Lakaien hinter mir her. Sie haben so lange angerufen, bis ich ihre Anrufe nicht mehr entgegengenommen habe. Dann fingen sie in völliger Missachtung meines deutlichen Hinweises an, mich mit Faxen zu bombardieren, bis ich es satt hatte, die verdammten Dinger wegzuwerfen. Sie haben mich so lange belästigt, bis ich zu dem Schluss kam, dass es in dieser Situation nur eine einzige ratsame Lösung gibt: Blume bei einem Treffen direkt in seine Visage zu sagen, dass wir keinerlei Interesse an seinen Fusionsangeboten hätten. Punktum. Ende der Diskussion. Meiner Ansicht nach hätte ich unsere Position nicht klarer definieren können. Und dir habe ich deshalb nichts davon erzählt, weil du extrem viel zu tun hattest und weiß Gott keinen zusätzlichen Stress brauchen konntest.«

»Ich habe immer zu tun.«

»Dieses Treffen war unwichtig.«

»Das denke ich nicht.«

»Außerdem«, sagte er, »hatte ich, offen gestanden, schon im Voraus damit gerechnet, dass du eher emotional reagierst und nicht rational. Du würdest in die Luft gehen und jede Perspektive verlieren, das war mir klar. Ich wollte eine derartige Szene vermeiden.«

»Noah, das hier ist keine *Szene*, sondern ein Vier-Augen-Gespräch zwischen Mann und Frau, zwischen zwei Geschäftspartnern. Zwei Beziehungsformen, die eigentlich stillschweigend auf Vertrauen basieren sollten.«

»Ganz genau«, sagte er, wobei er seine Lautstärke der ihren anpasste. »Deshalb bin ich ja auch, als Ehemann und als dein Geschäftspartner, so erstaunt, wie sehr du mir offensichtlich misstraust.«

»Kreide das mal meiner emotionalen Reaktion an und der Tatsache, dass ich explodiere und in die Luft gehe!«

»Das sind wirklich faire Vergleiche, Maris! Du bist doch hier hereingeplatzt und hast mich praktisch des Hochverrats an Matherly Press bezichtigt.«

»Zumindest hast du dich mit dem Feind eingelassen!«

An der Tür klopfte es. Sie fuhren herum. Auf der Schwelle stand Daniel und stützte sich schwer auf seinen Stock. »Ich mache mir das Privileg des Alters zu eigen, und trete auch ungebeten ein.«

Noah machte seine Manschettenknöpfe zu. »Selbstverständlich bist du willkommen, Daniel. Maris kam gerade vom Lunch zurück. Wir hatten eine Diskussion über …«

»Ich habe es gehört. Schon am anderen Flurende.« Daniel trat ein und schloss die Tür. »Maris erregt sich über dein Treffen mit WorldView.«

Sie reagierte verblüfft. »Du wusstest davon?«

»Noah hat mir mitgeteilt, dass er sich zu einem Treffen mit ihnen entschlossen hat. Ich hielt das für vernünftig und war froh, nicht selbst gehen zu müssen. Vermutlich hätte ich es nicht ausgehalten.«

»Und warum hat mich niemand informiert?«

Obwohl ihre Frage an beide gerichtet war, antwortete Noah. »Du warst gerade auf dem Sprung nach Georgia. Daniel und ich konnten sehen, wie begeistert du von diesem Projekt warst, und hatten Angst, du würdest deine Pläne ändern, wenn du von der Sache mit WorldView wüsstest. Es gab keinen vernünftigen Grund, dich damit zu belasten.«

»Ich bin kein Kind.« Wütend funkelte sie zuerst ihn an, dann Daniel.

»Wir sind einer Fehleinschätzung aufgesessen«, gestand Daniel. »Wir hatten nicht die mindeste Absicht, dich zu beleidigen.«

»Ich fühle mich nicht beleidigt, sondern klein gehalten. Pa, ich brauche weder Schutz, noch muss man mich mit besonderen Vergünstigungen verhätscheln. Wenn es ums Geschäft geht, bin ich weder Tochter noch Ehefrau, sondern Geschäftsführerin dieser Firma.

Bei einer derart gewichtigen Angelegenheit hätte man mich unbedingt hinzuziehen müssen, egal, wie beschäftigt ich war, oder wie meine Reisepläne aussahen. Es war nachlässig und schlicht falsch von euch, mich von dieser Diskussion auszuschließen. Außerdem habe ich auf euch beide eine Stinkwut, weil ihr zugelassen habt, dass ich vor Morris Blume und Nadia Schuller als Närrin dastehe.«

»Ich entschuldige mich«, sagte Daniel.

»Ich auch«, schloss sich Noahs Echo an. »Mir tut diese peinliche Situation für dich heute beim Lunch schrecklich Leid. Dafür übernehme ich die volle Verantwortung.«

Obwohl sie ihre Entschuldigungen nicht mit Worten annahm, wertete Daniel ihr Schweigen als stummen Pardon. »Sehen wir uns noch immer heute Abend beim Essen? Maxine macht Schmorbraten.«

»Wir sind um sieben bei dir«, bestätigte Noah. Nach einem unbehaglichen Blick auf beide ließ Daniel sie allein.

Maris trat ans Fenster und wandte dem Raum den Rücken zu. Noah blieb, wo er war, auf der äußersten Kante seines Schreibtisches. Erst nach mehreren Minuten sagte sie etwas. »Entschuldige meinen Wutanfall.«

»Es ist noch nicht so lange her, da habe ich dir erklärt, wie schön du dann bist.«

Aufgebracht fuhr sie herum. »Noah, behandle mich nicht so herablassend.«

»Sei doch nicht so verdammt empfindlich!«, fuhr er sie an.

»Derart abwertende sexistische Bemerkungen kann ich nicht ausstehen.«

»Das ist eine sexistische Bemerkung? Kann ich dir denn kein Kompliment mehr machen, ohne dass du etwas hineinliest?«

»Nicht, wenn wir miteinander streiten.«

Anscheinend hatte sein Charme ein wenig an Wirksamkeit eingebüßt. Und das störte und beunruhigte ihn ein wenig. »Maris, was ist los mit dir? Seit deiner Rückkehr stellst du die Stacheln hoch wie ein Stachelschwein. Sollte die Arbeit an diesem Projekt«, sagte er, wobei er die Hände löste, als wollte er eine Ansteckung vermeiden, »in chronisches PMS münden …«

»Und das ist nicht sexistisch?«

»… dann empfehle ich dir …«

»Damit hat es überhaupt nichts zu tun!«

»Und womit dann?«

»Mit Nadia.«

»Nadia?«

»Wusste sie von deinem Treffen mit Blume?«

Er überdeckte sein Unbehagen mit einem knappen Lachen. »Was? Du glaubst, ich hätte unsere stadtbekannte Klatschtante angerufen und ihr diese Story zugespielt?«

Maris verschränkte die Arme vor der Taille und wandte sich wieder zum Fenster. »Du lügst.«

Er erhob sich vom Schreibtisch. »Habe ich mich eben verhört?«

»Noah, sie wusste Bescheid. Nadia ist die hinterhältigste Frau, die mir je begegnet ist, woraus sie normalerweise auch kein Geheimnis macht. Ja, sie ist sogar stolz darauf. Aber als Blume sein Treffen mit dir erwähnt hat, wurde sie blass, sie fühlte sich offensichtlich ertappt. Anschließend konnte sie mich gar nicht schnell genug von ihm weg und hinausschaffen. Beim Verabschieden troff sie förmlich vor Wohlwollen, war aber sichtlich nervös.« Langsam drehte sie sich um. »Sie wusste Bescheid.«

Der Blick, den sie ihm zuwarf, war so verdammt überlegen, dass er zornig wurde. Er spürte, wie ihm das Blut in den Schädel schoss, und glaubte förmlich, die Kapillaren hinter seinen Augäpfeln platzen zu spüren. Unbändige Wut durchpulste ihn. Nur mit äußerster Willenskraft konnte er verhindern, dass ihn seine Stimme entlarvte.

»Und warum sollte ich Nadia das erzählen, Maris? Denn da gab es nichts zu erzählen. Sollte Nadia etwas wissen, dann hat sie es von Blume erfahren. Ich habe die beiden schon bei mehreren Gelegenheiten die Köpfe zusammenstecken sehen. Wahrscheinlich melken sie einander um Insiderinformationen.«

»Ja, so läuft das«, flüsterte sie wie zu sich allein. Als sie ihn erneut ins Blickfeld nahm, fragte sie: »Falls Blume es ihr erzählt hat, warum hat sie dann in ihrer Kolumne nichts darüber geschrieben?«

»Das ist einfach. WorldView gehört die Zeitungsgruppe, die ihre Kolumne veröffentlicht. Sie konnte nicht riskieren, ihn gegen sich aufzubringen, indem sie herausplappert, dass David Goliath eine lange Nase gedreht hat. Denn genau darauf lief mein Treffen mit der anderen Seite hinaus. Wenn ich gewusst hätte, dass die ganze Sache so viel Staub aufwirbeln würde, wäre ich ihnen weiter aus dem Weg gegangen. Ich dachte, dieser Termin würde ihre Hartnäckigkeit brechen. Das schwöre ich.«

»Sie hat gestanden.«

Erneut pochte sein Herz gegen die Rippen. Er hatte Mühe, seine gelassene Miene zu bewahren. »Was? Wer? Wer hat was gestanden?«

»Ich habe Nadia erklärt, ich hätte etwas gegen sie. Ich könnte sie durchschauen und wüsste, dass sie hinter dir her ist.«

»Hinter mir her?«, wiederholte er amüsiert. »Was für ein origineller Ausdruck.«

»Ich habe ihn nicht verwendet, um drollig zu klingen, Noah«, sagte sie gereizt. »Heute war ich mit einer Frau beim Lunch, die mir ins Gesicht gesagt hat, mit dir schlafen zu wollen.«

Er verdrehte die Augen zur Decke. »Maris, um Himmels willen. Nadia will mit jedem Mann schlafen. Das ist ihr Lebensziel. Sie ist ein einziges, wild gewordenes Riesenhormon. Sicher hat sie auch mir Avancen gemacht. Glaubst du, ich bin derart leicht einzuwickeln? Sie macht sich auch über Kellner und Türsteher her und wahrscheinlich sogar über ihren Müllmann.«

»Eine Menge Männer finden sie attraktiv.«

»Ist sie auch. Ich hatte allerdings nicht einmal als Single eine Affäre mit ihr und würde dafür jetzt gewiss nicht meine Ehe aufs Spiel setzen. Darauf kannst du Gift nehmen.« Seufzend schüttelte er reumütig den Kopf. »Und das war der ganze Grund dafür? Du hast dich von Nadia ärgern lassen?«

»Nein. Mich hat mehr diese Sache mit WorldView geärgert als Nadia. Wenn du Nadia haben willst, verdienst du sie auch.«

Er zwang sich zu einem Lächeln. »Ich bin froh, dass du mir Gelegenheit gegeben hast, beide Missverständnisse zu klären. Solche Dinge sollten sich nicht einfressen. Das ist schlecht für unsere Ehe.«

Er gab ihr ein paar Augenblicke Zeit zum Verdauen, dann lächelte er schelmisch wie ein gescholtener junger Hund. »Sollte das Verhör damit beendet sein, möchte ich meinen Inquisitor gern umarmen.«

Da sie weder in Gesten noch in Worten Einwände erhob, ging er zu ihr, legte die Arme um sie und drückte sein Gesicht in ihr Haar. »Als ich diese lächerliche Bemerkung über chronisches PMS gemacht habe, war ich wütend. Trotzdem ist etwas Wahres dran, ja? Du bist nicht mehr wie früher.« Er streichelte ihren Rücken. »War denn das Inselchen so schrecklich?«

»Ich habe mich schon gefragt, ob du überhaupt irgendein Interesse an meiner Reise zeigen wirst.«

»Maris, das ist unfair. Seit deiner Rückkehr hast du nicht gerade zum Plaudern eingeladen. Du warst mürrisch und distanziert. Eigentlich wollte ich mich dir schon mit Stuhl und Peitsche nähern.« Obwohl sie nicht lachte, ließ er sich nicht einschüchtern und küsste ihre Schläfe. »Wie war deine Reise? Wie sieht die Insel aus?«

»Ganz und gar nicht schrecklich. Nur anders.«

»Anders als was?«

Er spürte ihr Achselzucken. »Lässt sich schwer erklären. Eben anders.«

»Und der Autor? War die Arbeit mit ihm so schwierig, wie du erwartet hast?«

»Noch schwieriger.«

»Wir werden im nächsten Jahr einen eindrucksvollen Bücherstapel von Autoren veröffentlichen, die mit uns einen Vertrag haben. Warum plagst du dich da mit diesem Einsiedler ab?«

»Weil er gut schreibt. Sogar sehr gut.«

»Aber ist er die Mühe wert, die du seinetwegen auf dich nimmst?«

»Noah, ich werde dieses Buch nicht aufgeben.«

»Ich denke doch nur an dich. Wenn dich die Arbeit mit ihm nervös macht und …«

»Macht sie nicht.«

Zum Glück konnte sie seine Miene nicht sehen, sonst hätte sie bemerkt, wie kurz davor er stand, sie für diese Unterbrechung bewusstlos zu schlagen. Er ließ sich einen Moment Zeit, um seine Wut zu bändigen, dann erkundigte er sich täuschend liebenswürdig: »Und wie heißt dieses literarische Wunderkind?«

»Ich musste schwören, es geheim zu halten.«

»Treibt er es mit seiner lächerlichen Anonymität nicht ein bisschen zu weit?«

»Dafür gibt es einen Grund. Er ist behindert.«

»Wieso?«

»Noah, darüber kann ich wirklich nicht reden. Ich kann sein Vertrauen nicht missbrauchen.«

»Bist du sicher, dass seine Behinderung deine hohe Meinung von seinem Text nicht beeinflusst hat?«

»Ich habe diesen Text geliebt, bevor ich die näheren Umstände kannte, die im Übrigen seine Begabung in keinster Weise schmälern. Er wäre so und so talentiert. Trotz aller Schwierigkeiten, die das Arbeiten mit ihm mit sich bringt, genieße ich sie. Es wird mir gut tun. Jedenfalls werde ich mal wieder ein paar Lektorenmuskeln spielen lassen können. Während der letzten Jahre bin ich faul und fett geworden.«

»Vielleicht ein bisschen faul, aber nicht fett.«

Seine Hand wanderte über ihren Po. Diese Liebkosung mochte sie, und sie reagierte normalerweise dementsprechend darauf. Diesmal wirkte sie weitaus weniger. »Noah, das war rein metaphorisch gemeint.«

»Das weiß ich doch. Trotzdem ...« Er beugte sich hinunter und küsste sie, zuerst auf die Wangen, dann auf den Mund. Er wollte sicher sein, dass ihr Gefühlsausbruch nicht ernstere Gründe hatte, insbesondere Zweifel an seiner Loyalität zu Matherly Press.

Sie erwiderte den Kuss, wenn vielleicht auch nicht mit der gewünschten Inbrunst. Aber als er sich zurückzog, lächelte sie zu ihm hoch und zerstreute seine Besorgnis.

»Wenn mich nicht diese Finanzgeschichten in Anspruch nähmen«, knurrte er, »wäre ich versucht, die Tür zu versperren und dich auf der Stelle zu nehmen.«

»Warum sagst du nicht ›Zum Teufel mit dem Finanzkram‹ und tust genau das? Ich ließe mich schon nehmen.«

Nach einem erneuten Kuss schob er sie entschlossen von sich. »Eine echte Versuchung, mein Schatz, aber die Pflicht ruft.«

»Verstehe.«

»Heute Abend? Nach dem Essen bei Daniel?«

»Du hast ein Rendezvous.« Nach einem raschen Kuss nahm sie Regenmantel und Handtasche an sich. »Vielleicht bleibe ich länger und versuche, meinen Schreibtisch aufzuräumen. Deshalb werde ich mich wahrscheinlich vor dem Abendessen nicht umziehen.«

»Dann brechen wir direkt von hier auf und fahren hinüber. Ich lasse unten um drei viertel sieben einen Wagen warten.«

»Bis dann.«

Als sie hinausging, warf er ihr einen Kuss durch die Luft zu und kehrte danach im Vertrauen, einer tödlichen Kugel ausgewichen zu sein, an seinen Schreibtisch zurück. Wie immer hatte sich Maris mit ein wenig Aufmerksamkeit und Zuneigung beschwichtigen lassen. Trotzdem war ihr Ärger wegen des Treffens mit WolrdView keine Kleinigkeit.

Bei näherer Betrachtung war er heute nur um Haaresbreite nicht aufgeflogen. Mit Wonne hätte er deshalb zugesehen, wie Morris Blume langsam und qualvoll verblutete. Blume hatte Maris von diesem Treffen erzählt und ihn damit auf seine Weise an die näher rückende Deadline erinnert. Blume hatte eine außerplanmäßige Gelegenheit zu einem Machtspielchen benutzt, um ihm erneut klar zu machen, dass bei dieser Transaktion letztlich WorldView das Sagen hatte.

Das war knapp gewesen. Und hatte ihn einige kostbare Zeit gekostet. Trotzdem hatte dieser Vorfall auf lange Sicht keinen permanenten Schaden verursacht. Gott sei Dank hatte er Daniel genau für diesen Fall in weiser Voraussicht über das Treffen informiert. Wenn er oder Maris davon gehört hätten – und die Buschtrommeln der Branche waren berüchtigt –, hatte er ihm damit den Wind aus den Segeln genommen.

Die Matherlys waren keine Narren. Trotzdem waren sie nicht im Entferntesten so schlau wie er. Er überließ absolut nichts dem Zufall. Seine Pläne hatte er minutiös und langfristig konzipiert. Deshalb waren eiserne Geduld und Beharrungsvermögen erforderlich, woran es weniger begabten Individuen mangelte.

Neben seinem Instinkt und seiner Intelligenz verließ er sich auf die bestmögliche aller Quellen, eine, die praktisch unfehlbar war und immer im Höchstmaß zur Verfügung stand: die menschliche Natur. Wer die Vorlieben und Abneigungen einer Person kannte, ihre Geheimnisse, Schwächen und Ängste, gewann leicht die Kontrolle über sie.

Er besaß die Gabe, die Menschen genau in die Richtung zu lenken, in die er sie haben wollte, und genau das zu tun, was er wollte. Darin hatte er Talent. Er hatte ein unheimliches Geschick, Leute zu manipulieren und sie von Entscheidungen zu überzeugen, die sie fälschlicherweise für ihre eigenen hielten und nach denen sie dann auch handelten. Das hatte er schon früher getan. Erst kürzlich mit Howard Bancroft. Allerdings hatte er diese spezielle Begabung schon zu einer Zeit vervollkommnet, als er von Howard Bancroft noch nie gehört hatte.

Sein Telefon klingelte. Noch ehe er etwas sagen konnte, entschuldigte sich Cindy für die Störung. »Entschuldigung, Mr. Reed, aber Ms. Schuller hat bereits fünfmal angerufen und besteht darauf, durchgestellt zu werden.«

»Schön.« Noah drückte den blinkenden Knopf. »Hallo, Nadia«, tönte er frisch-fröhlich. »Meines Wissens hattest du einen ziemlich aufregenden Lunch.«

ENVY – NEID, Kapitel 12
Key West, Florida, 1986

Todd Graysons erster Eindruck von Key West war eine einzige niederschmetternde Enttäuschung.

Seit Monaten kannte er fast nur noch ein Gesprächsthema: den Umzug. Er hatte kaum mehr an etwas anderes gedacht, und wie ein Kind, das die Tage bis Weihnachten zählt, jeden Kalendertag ungeduldig durchgestrichen. Alles, was sich seinen Tagträumen und Plänen in den Weg stellte, war ihm zuwider gewesen, einschließlich der Paukerei für sein Abschlusssemester. Herz, Hirn und Seele hatten nur ein Ziel: die Annäherung an sein Mekka in Florida.

Jetzt war er da, jetzt hatte sich ein lang gehegter Traum erfüllt. Und nun versetzte ihn der erste Anblick nicht gerade in tiefe spirituelle Verzückung.

Er verglich den Ort mit einer alten Hure. Abgenutzt sah er aus, zwielichtig, ein wenig ungesund und ziemlich müde. Wenn er diese Metapher wie beim Schreiben im Kopf weiterspann, dann erinnerte ihn Key West mehr an eine ganz gewöhnliche Nutte, die ihre Ware an einer Straßenecke feilbot, als an eine exotische Kurtisane, die mit geflüsterten Versprechungen lockte. Nach Abzug aller billigen und ziemlich pathetischen Versuche, glamourös zu wirken, hatte die Stadt wenig zu bieten und nichts, was für sie sprach. Billig war sie und gewöhnlich, und ein ausschweifendes Leben das Einzige, was sie hinter vorgehaltener Hand versprach.

Eigentlich hatte er mit Roark schon am Nachmittag nach

der College-Abschlussfeier nach Florida abreisen wollen. Alles war bereits fertig gepackt. Bevor sie sich auf den Weg machten, hatten sie nur noch eine einzige Verpflichtung: ihre Hüte und Talare zurückzugeben, mit denen sie unter Pauken und Trompeten zur Zeugnisverleihung einmarschiert waren.

Sie hatten in ihren jeweiligen Autos im Konvoi fahren wollen und vereinbart, dass sie kurz vor der Ankunft anhalten und eine Münze werfen würden, um festzulegen, wer von beiden als Erster in die Duval Street einfuhr.

Aber das Schicksal meinte es anders und durchkreuzte ihre wohldurchdachten Pläne. Eine familiäre Verpflichtung hinderte Todd, am gleichen Tag abzureisen. Roark erbot sich, auch seine Abreise zu verschieben. Nach einer überstürzten Beratung kamen sie allerdings überein, er solle vorausfahren und sich schon mal nach einem Quartier umschauen.

»Ich werde Kundschafter spielen. Bis du kommst, habe ich bereits die Zelte aufgeschlagen«, hatte Roark gesagt, als sie einander niedergeschlagen Auf Wiedersehen sagten. Roarks Toyota war bis unters Dach bepackt. Jeder Quadratzentimeter Innenraum diente dazu, seine gesamte irdische Habe vom Verbindungshaus, wo er die letzten drei Jahre gelebt hatte, zu seinem nächsten Lebensabschnitt zu transportieren.

»Das haut rein«, stieß Todd hervor.

»Mächtig. Aber, he, ist doch nur ein unbedeutender Rückschlag.«

»Das sagst du so leicht. Dich haut's ja nicht zurück. Während ich apathisch vor mich hin schmachte, schreibst du dir da unten die Nägel ab.«

»Wohl kaum, Mann. Ich werde genug um die Ohren haben. Ich muss alles abklappern und für uns 'ne Bude finden. Muss das Telefon anmelden. Solches Mistzeug. Da werde ich kaum ernsthaft zum Schreiben kommen.«

Das entsprach nicht der Wahrheit. Und Todd wusste das. Roark schrieb immer, ob betrunken oder nüchtern, müde oder aufgedreht, krank oder gesund. Er schrieb, wenn er glücklich war, und wenn er traurig war. Wenn er gute Laune hatte, schrieb er genauso viel, wie wenn ihm eine Laus über die Leber gelaufen war. Er schrieb, so lange es ihm leicht aus der Feder floss, aber auch wenn ihm keine Formulierungen einfallen wollten. Egal, was war, er schrieb. Man konnte es drehen, wie man wollte: Dies gab ihm einen Vorsprung, trotz aller gegenteiligen Behauptungen. Und das konnte Todd auf den Tod nicht ausstehen.

Während sich Roark auf den Fahrersitz seines voll gepackten Toyotas quetschte, versuchte er noch einmal, Todds Laune zu verbessern. »Ich weiß ja, das scheint jetzt alles furchtbar wichtig zu sein, aber eines Tages werden wir uns kaum mehr daran erinnern. Wirst schon sehen.«

Wie vereinbart hatte er Todd unmittelbar nach seiner Ankunft in Key West angerufen. Ein paar Tage später rief er wieder an, um zu berichten, dass er für sie ein Appartement gemietet hatte. Obwohl ihn Todd mit Fragen bombardierte, gab er lediglich ausweichende Antworten und vage Beschreibungen. Nachdem er aufgelegt hatte, dämmerte Todd, dass er über ihren neuen Wohnsitz lediglich eines wusste: Er sprengte ihr Budget nicht.

Erst sechs Wochen später konnte Todd seine Übersiedlung an die Südspitze des Landes in Angriff nehmen. Als er am Morgen seiner Abreise das Haus seiner Kindheit zum letzten Mal im Leben verließ, verschwendete er keine Zeit, weder auf rührselige Gefühle noch auf einen Blick zurück. Er kam sich vor, als hätte man ihn aus dem Gefängnis entlassen.

Am ersten Tag fuhr er fast vierundzwanzig Stunden durch und überquerte noch die Grenze zu Florida. Erst dann bog er in einen Parkplatz ein, und machte auf dem Fahrersitz seines Autos ein kurzes Nickerchen. Am Nachmittag des zweiten Tages kam er in Key West an. Nicht alle seine Erwartungen erfüllten sich bei der Ankunft, einige aber doch.

Zum Beispiel die Luft. Sie war warm und duftete. Nie wieder müsste er an einem bitterkalten windigen Tag frühmorgens zur ersten Vorlesung rennen. Besten Dank. Die Sonne schien heiß. Jede Menge Palmen und Bananenstauden. Und überall die Musik von Jimmy Buffet. Die Stadt schien sie förmlich durch die Poren auszuschwitzen.

Während er Roarks groben Richtungsangaben folgte und durch die von Touristen verstopften Straßen steuerte, wich seine anfängliche Enttäuschung langsam hektischer Erregung. Eindrücke, Klänge, Düfte gaben seiner Stimmung Auftrieb.

Leider hielt diese Hochstimmung nicht lange an. Beim Anblick seines frisch gemieteten Domizils war sie radikal dahin. Bestürzt überprüfte er zweimal die Adresse, in der Hoffnung, falsch abgebogen zu sein.

Das war sicher wieder einer von Roarks Witzen.

Hohe Oleanderbüsche bildeten eine ungepflegte Hecke zwischen der Straße und dem flachen, mit Unkraut übersäten Rasenstück vor dem Haus. Eigentlich müsste Roark jeden Moment mit einem breiten Grinsen zwischen den blühenden Sträuchern heraushüpfen und plärren: »Mensch, du solltest dich mal sehen! Schaust aus, als hätte man dir 'nen Mistkübel ins Gesicht geschüttet.«

Anschließend würden sie sich gemeinsam schieflachen, und Roark würde ihn zur richtigen Adresse führen. Später würden sie dann ein Bier trinken gehen und diesen Moment noch einmal durchspielen. Mindestens tausend Mal würden sie sich diese Geschichte erzählen, so wie sie es mit all ihren guten Geschichten machten, wenn sie lachen wollten oder mussten.

Mit einer Ausnahme: der unglückliche Vorfall mit Professor Hadley. Diese Geschichte gab keiner von ihnen zum Besten. Darüber verloren sie nie ein Wort.

Todd parkte sein Auto am kaputten Randstein und stieg aus. Höchst widerwillig trat er zwischen den Oleander – diese Büsche sahen wie gedopt aus –, und ging über den aufgeplatzten Weg zur Tür des dreistöckigen Hauses. Man hatte die Außenwände aus Betonblöcken quietschpink angestrichen, als könnte die grelle Farbe das billige Baumaterial übertünchen. Stattdessen betonte sie nur noch die schlechte Qualität.

Vom Fundament bis zum Giebel zog sich ein Riss durch die Mauer, so breit wie Todds Zeigefinger. An einer Stelle wuchs wilder Farn heraus. An den erbsengrünen Sturmläden fehlten Latten. Es sah aus, als klammerten sie sich nur noch an das Gebäude, weil sie Angst hatten, in den stehenden Tümpel rings um das Fundament zu fallen. Er war so breit wie ein Burggraben und bildete eine üppige Brutstätte für Moskitos.

Vermutlich hatte die Fliegentür einmal einen rechteckigen Aluminiumrahmen besessen, aber inzwischen war sie von zahllosen Dellen und Knicken grotesk verformt. Ein Großteil des Maschendrahts hing lose herunter. Ihre Wirkung war gleich Null gegen geflügelte Insekten – und gegen Leguane, wie Todd entdeckte, als er nach dem Öffnen einen unangenehm feuchten Vorraum mit einem Zementboden betrat. Zwei der grünen Echsen lungerten an der Innenwand herum. Als Todd eintrat, flitzte eine weg. Die andere blähte ihren roten Kropf wie zum Protest gegen den Eindringling auf.

An der Wand hingen, fest verschraubt, sechs Briefkästen, wie man sie normalerweise vor einem Haus fand. Kaum hatten sich Todds Augen ans Dämmerlicht gewöhnt, las er entsetzt, dass auf einem seiner und Roarks Name standen.

Insgesamt gab es sechs Wohnungen, zwei in jedem Stock. Ihre lag im dritten. Er stieg über eine Pfütze mit einer nicht identifizierbaren Flüssigkeit und machte sich auf den Weg nach oben. Als er zum Treppenabsatz des zweiten

Stocks kam, hörte er in einer der Wohnungen den Fernseher laufen. *Der Preis ist heiß*. Ansonsten war es im ganzen Haus still.

Bis er im dritten Stock ankam, verfluchte er schwitzend dasselbe laue Lüftchen, das er noch vor wenigen Minuten auf seiner Fahrt durch die Straßen mit heruntergekurbelten Autofenstern überschwänglich gelobt und dabei die Mädchen mit den nackten Schultern und Beinen, die über die Gehsteige flanierten, mit Blicken verschlungen hatte.

Sicher hatten die einzelnen Wohnungen eine Klimaanlage, dachte er, während er den Türgriff von 3A herumdrehte. Es war zugesperrt. Er klopfte. Insgesamt dreimal. Erst dann antwortete Roark. Sein sonnengebräuntes Gesicht grinste bis über beide Ohren. »He, du hast's geschafft! Eine Stunde früher.«

»Keine Klimaanlage? Verdammt noch mal, willst du mich verarschen?«

Drinnen in der Wohnung herrschte – wenn überhaupt – eine noch stickigere Hitze als im ungelüfteten Eingang und im Treppenhaus. Doch das war nur eine von vielen Annehmlichkeiten, die dieser Wohnung fehlten. Unter Todds prüfenden Blicken verwandelten sich seine unguten Vorahnungen in Realität.

Das hier war ein Rattenloch, um es mal freundlich auszudrücken. In Wahrheit könnte man es erst nach eingehender Renovierung in die Riege der Rattenlöcher einreihen. Keine anständige Ratte würde sich hier erwischen lassen, nicht einmal tot.

Über einem Paar Sitzsäcke, der einzigen Wohnzimmerausstattung, drehte ein altersschwacher Ventilator heiße Luft im Kreis herum. Damit sorgte er außerdem dafür, dass sich überall der Geschmack von zähen Pizzaresten verbreitete. Der kleine Tisch mit der Pizzaschachtel, ein zweiflammiger Gaskocher und ein Spülbecken bildeten die ganze Küche.

»Ich stand unter der Dusche.« Roark hatte tatsächlich triefnass geöffnet. Ein Handtuch um die Hüften war sein einziges Zugeständnis an ein Minimum von Schamgefühl.

»Und ich dachte schon, du wärst zum Homo mutiert«, meinte Todd missmutig.

»Komm rein, das musst du dir anschauen.« Roark drehte sich um und steuerte auf eine Tür zu, die in ein weiteres Zimmer führte.

Todd war so wütend, dass er kaum den stickigen Sauerstoff einatmen konnte. Man hatte seine Kaution vergeudet. Wenn Roark für diese Bruchbude einen Mietvertrag unterzeichnet hatte, konnte er sich den weiß Gott wohin schieben. Todd wäre es egal, er würde jede Verantwortung rundheraus ablehnen. Offensichtlich hatte seinen Freund der Schlag getroffen, oder er hatte auf dem Weg hierher ihr gemeinsames Geld verloren bzw. es sich stehlen lassen, oder sonst was.

Kein vernünftiger Mensch würde in diesem Gebäude Unterschlupf suchen, höchstens einer, der restlos abgebrannt war. Im Vergleich dazu lebte jeder Obdachlose in stabilen Verhältnissen, denn von denen musste keiner befürchten, von einem lockeren Stück Zimmerdecke erschlagen zu werden, es sei denn, der Himmel stürzte ein.

»Roark, verdammt und zugenäht!« Mit Riesenschritten lief Todd hinter ihm her und brüllte aus Leibeskräften. »Roark! Was soll der Scheiß?«

Die Tür führte in eine winzige Kammer mit zwei Betten, von denen eines unter dem Gewicht von Roarks Habseligkeiten stöhnte, von denen er kaum etwas ausgepackt hatte. Einzelne Kleidungsstücke hatte er aus den Kisten gezerrt. Nun hingen sie wie Eingeweide über den Rand.

Im anderen hatte Roark geschlafen. Und offensichtlich gearbeitet. Auf dem Bett lag ein Computerbildschirm mit Tastatur, Tower und Drucker standen daneben auf dem Fußboden.

»Ein Computer?«, rief Todd. »Du hast einen *PC*? Seit wann?« Beide hatten von einem Computer geträumt wie die meisten College-Studenten von einem Pontiac Firebird. Roark hatte ihm kein Wort von einem Computerkauf erzählt. »Hast du dafür unser Geld ausgegeben?«

»Mein Onkel hat ihn mir zum Abschluss geschenkt«, flüsterte Roark bühnenreif. »Würdest du jetzt endlich die Klappe halten und reinkommen? Aber schnell.«

Todd drehte sich zu der Öffnung, in der eigentlich eine Tür vorgesehen war. Diese hatte man ausgehängt und gegenüber an die Wand gelehnt. Vielleicht, um die Mauer abzustützen, schoss es ihm einen Augenblick lang durch den Kopf.

Hinter der Öffnung lag ein Bad, das sich in einem Punkt vom Gemeinschaftsbad im Verbindungshaus unterschied: Das dortige war – trotz Spucknäpfen, Schimmel in den Duschen und kaputter Armaturen – sauberer und hygienischer gewesen.

Eines allerdings war noch entsetzlicher als der Zustand von Waschbecken und Toilette: der Anblick seines Freundes, der das Handtuch fallen gelassen hatte und wieder unter die Dusche gestiegen war. Da stand er nun unter dem Duschkopf und starrte zum offenen Fenster hinaus.

»Welcher Onkel? Warum hast du mir nicht erzählt, dass dir dein Onkel zum Abschluss einen PC geschenkt hat?«

Roark warf einen flüchtigen Blick über die Schulter. »Kommst du jetzt, oder was?«

»Ich geh doch nicht mit dir unter diese dreckige Dusche. Ich warte darauf, dass du mir endlich sagst, was …«

»Halt die Luft an und komm her. Schnell, bevor sie reingehen.«

Roarks Begeisterung wirkte einfach ansteckend. Trotz allem wurde Todd neugierig, schlüpfte aus seinen Turnschuhen und stieg, voll bekleidet, unter die Dusche, wo er

Roark vom Fenster wegschubste und durchs rostige Gitter spähte.

Auf dem Dach des zweistöckigen Nachbarhauses lagen drei Mädchen nackt in der Sonne. Und zwar gänzlich nackt, nicht nur ohne Oberteile. Splitterfasernackt. Ihre einzige Bekleidung bestand aus einer glänzenden Schicht Sonnenöl. Während er wie betäubt dastand, verteilte eines der Mädchen genüsslich Öl auf seinem Oberkörper.

»Die da heißt Amber«, flüsterte Roark.

Inzwischen war Amber bei ihrem Busen angelangt und schmierte sich das Öl über Brustwarzen, deren Größe und Farbe an reife Erdbeeren erinnerten. Todd schluckte. »Du kennst sie?«

»Jaha, verdammich. Flüchtig. Unsere Häuser haben einen gemeinsamen Parkplatz. Sie tanzen in einer Stripbude.«

Also deshalb erschienen sie ihm wie eine Fata Morgana der allerfleischlichsten Art. Dies war kein normales Damen-Trio. Die Drei waren eine einzige Wucht. Vermutlich waren sie mit diesen Titten nicht geboren worden, aber wen kümmerte das schon?

»Die mit dem rasierten Unterleib ist Starlight«, teilte ihm Roark mit. »Bei ihrem großen Finale glitzert sie mit diesem Zeug.«

»Ihre Muschi glitzert?«

»Heiliger Eid. Die leuchten das direkt an.«

»Verdammt.«

»Die Brünette ist Mary Catherine.«

»Klingt nicht wie eine typische Stripperin.«

»Sie schält sich aus einem Nonnengewand. Dann nimmt sie den Rosenkranz und …«

»Verrat's nicht. Lass mir die Überraschung.« Die Brünette lag mit dem Gesicht nach unten auf ihrem Handtuch. Todd küsste die Luft. »Schau dir diesen Arsch an.«

»Habe ich«, lachte Roark in sich hinein. »Wie ein Geschenk zum Valentinstag, stimmt's? Für die habe ich, offen gestanden, eine besondere Schwäche. Sie ist auch die freundlichste.«

»Machen die das jeden Tag?«

»Außer sonntags. Samstagnacht haben sie drei Auftritte, deshalb verschlafen sie normalerweise den ganzen Sonntag.«

Amber schraubte die Flasche mit dem Sonnenöl zu. Dann legte sie sich auf ihr Strandtuch und breitete die Schenkel so weit auseinander, dass die Sonne auch sicher die Innenseite beschien.

»Oh, Mann«, stöhnte Todd.

Lachend stieg Roark aus der Dusche und holte sein Handtuch. »Vermutlich brauchst du jetzt ein paar ungestörte Minuten.«

»Das dürfte kaum so lange dauern, Kumpel.«

Als Todd unter der Tür auftauchte und ermattet gegen den Rahmen sackte, saß Roark, in Shorts und mit der Tastatur auf den Knien, im Schneidersitz auf seinem Bett. Grinsend schaute er zu ihm hinüber. »Nun, was hältst du von dieser Wohnung?«

»Saustark, Mann. Kann mir nicht vorstellen, wo ich lieber wohnen möchte.«

18

Mike Strother legte die Manuskriptseiten weg und trank einen Schluck frisch gepresste Zitronenlimonade, von ihm selbst zubereitet. Er hatte sich einen Tag frei genommen und arbeitete heute nicht an der Kaminummantelung. Gestern hatte er eine Lasurschicht aufgetragen, die er damit einen Tag zusätzlich trocknen ließ. Wegen der Feuchtigkeit. Wenigstens hatte er es Parker so erklärt.

Den ganzen Vormittag hatte Mike im Freien gearbeitet. Parker hatte beobachtet, wie er auf Händen und Knien mit einem Handspaten die Erde in den Blumenbeeten umgrub. Später hatte er die Veranda gekehrt und die vorderen Fenster geputzt. Allerdings hatte ihn die Nachmittagshitze noch rechtzeitig ins Haus getrieben, um Parkers Mittagessen vorzubereiten. Der aber kam erst jetzt zum Essen.

Seit Tagesanbruch hatte er geschrieben – eigentlich korrigiert –, und erwartete nun ängstlich Mikes Reaktion auf seinen letzten Entwurf.

Parker schätzte Mikes Kritik an seiner Arbeit, auch wenn sie negativ ausfiel. Obwohl er dem Alten manchmal am liebsten erklärt hätte, er solle sich zum Teufel scheren und seine lausige Meinung gleich mitnehmen, las er die umstrittenen Stellen unweigerlich aus einem anderen Blickwinkel erneut, um dann festzustellen, dass Mikes Anmerkungen sehr wohl begründet waren. Während der nächsten Durchgänge zog er dann Mikes Erkenntnisse in Betracht, selbst wenn er damit nicht einverstanden war.

Mike gab nie rasch einen Kommentar ab, ganz gleich, ob er

mit seiner Kritik lobte oder verriss. Wenn er aber aus dem einen oder anderen Grund pikiert über Parker war, hielt er sich mit seinen Bemerkungen bewusst so lange zurück, bis Parker danach fragte. Heute ließ er sich damit sogar noch mehr Zeit als sonst. Dies tat er nur, um zu irritieren. Und Parker wusste das.

Aber Parker war selbst ziemlich schlecht gelaunt und wartete verstockt, während Mike die Seiten zum zweiten Mal durchblätterte, mehrere Stellen erneut las und dabei wie ein Arzt, der sich die Klagelitanei eines Hypochonders anhört, undefinierbare Räusperlaute von sich gab und nachdenklich an seiner Unterlippe herumzupfte.

So ging das noch über zehn Minuten. Parker knickte als Erster ein. »Hättest du die Güte, diese Grunzlaute in etwas zu übersetzen, das annähernd Ähnlichkeit mit Wörtern besitzt?«

Mike schaute zu ihm hinüber, als wäre ihm seine Anwesenheit entfallen, obwohl Parker wusste, dass dies nur eine List war. »Das Wort ›Scheiße‹ und seine Abarten verwendest du häufig.«

»Das ist alles? Und dazu musstest du zehn Minuten lang meditieren? Das ist die Quintessenz deiner Kritik?«

»Ich konnte nicht umhin, es zu bemerken.«

»Jungs in deren Alter verwenden so eine Sprache, besonders in Gesellschaft Gleichaltriger. Im Grunde versuchen sie, einander zu übertrumpfen, um zu sehen, wer die vulgärsten Kraftausdrücke verwenden kann.«

»Ich nicht.«

»Du bist eine Anomalie.«

Mike zog ein finsteres Gesicht, ging aber nicht weiter auf diese Beleidigung ein. »Außerdem hast du das Wort ›Homo‹ verwendet. Höchst anstößig.«

»Zugegeben. Aber anno '88 war der Begriff ›politisch korrekt‹ noch nicht geprägt. Außerdem halte ich mich, wie gesagt, voll und ganz an meine Figuren. Wenn zwischen geilen männlichen Heteros bei einem Gespräch unter vier Augen von Schwulen die Rede ist, kommen Empfindsamkeit und Höflichkeit nicht zum Zug.«

»Offensichtlich auch nicht bei weiblicher Anatomie.«

»Ganz besonders nicht bei weiblicher Anatomie«, sagte Parker, womit er den stillen Tadel ignorierte. »Denen würde es nie einfallen, das höfliche oder klinisch-korrekte Wort für eine Handlung oder einen Körperteil zu verwenden, wenn es dafür eine schlüpfrige Alternative gibt. Nachdem du dich nun auf kleinliche Art über die derbe Sprache ausgelassen hast, was hältst du von …«

»Du warst heute nicht in der Baumwollmühle, stimmt's?«

»Was hat das denn mit dem Manuskript zu tun?«, fragte Parker ungeduldig.

»*Hat* es denn etwas mit dem Manuskript zu tun?«

»Heute bist du wirklich ein schrecklicher Widerspruchsgeist. Hast du gestern Abend dein Abführmittel vergessen?«

»Parker, du wechselst das Thema.«

»Oder ist deine Limonade mit Jack Daniels aufgepeppt?«

»Noch genauer gesagt: Du *meidest* das Thema.«

»Ich? Ich dachte, es geht um mein Manuskript. Du hast von …«

»Maris gesprochen.«

»Von der Mühle.«

»Beide hängen zusammen«, sagte Mike. »Monatelang warst du von diesem Ort wie besessen. Nun bist du seit ihrer Abreise nicht wieder dort gewesen.«

»Also?«

»Also hat die Tatsache, dass du nicht wieder in die Mühle gegangen bist, etwas mit dem zu tun, was dort zwischen dir und Maris am Morgen ihrer Abreise vorgefallen ist.«

»Nein. Ich meine, ja. Ich meine … Scheiße. Egal wie, du hast Recht. Verdammt.« Mürrisch ließ Parker die Schultern hängen. »Außerdem ist nichts vorgefallen.«

»Ein Besuch dort würde also keine Erinnerungen hervorrufen, seien sie angenehmer oder verwirrender Natur? Würde dich das nicht an sie erinnern? Würde dir dann nicht wieder eine ihrer oder deiner Bemerkungen einfallen, die du lieber vergessen möchtest?«

»Weißt du was?« Parker lehnte den Kopf zurück und beäugte Mike über die ganze Länge seiner Nase. »Du hättest eine Frau werden sollen.«

»Halten wir mal fest: Während dieses einen Gesprächs ist es dir gelungen, mich als Missgeburt zu bezeichnen und anschließend als heimlichen Trinker mit Verdauungsproblemen. Und jetzt beleidigst du mich als Mann.«

»Du bist neugierig wie ein altes Weib, das nichts Besseres zu tun hat, als seine Nase in anderer Leute Angelegenheiten zu stecken.«

»Parker, Maris geht auch mich etwas an.«

Sein scharfer Ton gab dem Gespräch einen gänzlich anderen Charakter. Das Vorgeplänkel war vorbei. Parker wandte sich ab und starrte auf den Ozean hinaus, der an diesem Nachmittag ruhig dalag. Ein Spiegel, der der Sonne ein messingfarbenes Ebenbild zurückwarf.

Wie jeden Tag zu dieser Stunde flog eine kleine Staffel Pelikane dicht über die Baumwipfel zu ihrem nächtlichen Schlafplatz. Parker kam ins Grübeln. War es beengend oder tröstlich, wenn man zu einer derart eingeschworenen Gruppe gehörte? Er konnte sich nicht erinnern, was es hieß, einer Familie, einer Verbindung oder irgendeiner individuellen Gruppe Menschen anzugehören. Dazu war er zu viele Jahren ein Einzelgänger gewesen.

Mackensie Roone wurde von Lesern auf der ganzen Welt geliebt. Er hatte seinen Platz auf ihren Nachtkästchen und in ihren Aktentaschen. Er begleitete sie an den Strand, auf die Toilette und in öffentlichen Verkehrsmitteln. Sie nahmen ihn in die Badewanne und ins Bett mit. Er genoss mit ihnen eine seltene Intimität.

Dagegen kannten Parker Evans nur wenige. Und geliebt wurde er von niemandem. Natürlich hatte er sich dazu aus freien Stücken entschieden. Was auch nötig gewesen war. Trotzdem war ihm in letzter Zeit allmählich bewusst geworden, welchen enormen Preis er für seine Einsiedlerjahre bezahlt hatte. Ans

Alleinsein hatte er sich im Laufe der Zeit gewöhnt. Allerdings fühlte er sich seit kurzem irgendwie einsam. Und das war ein Unterschied. Dieser Unterschied trat in dem Moment offen zu Tage, wenn man realisierte, dass man weniger gern allein als mit einem anderen Menschen zusammen war. Dann verwandelte sich das Alleinsein in Einsamkeit.

Er schob das drohende Gefühl der Verzweiflung weit weg und entschuldigte sich leise bei Mike, weil er ihn in seine Intrige einbezogen hatte. »Ich weiß, du fühlst dich in gewissem Maße verantwortlich, und ich bewundere dich für deine Gewissensbisse.«

»Auf deine Bitte hin habe ich bei diesem lächerlichen Test mitgespielt, dem wir sie unterzogen haben. War das wirklich nötig?«

»Vermutlich nicht«, gestand Parker gedämpft.

»Ich hätte ihr sagen können, dass du Mackensie Roone bist. Hätte so tun können, als sei mir das versehentlich rausgerutscht. Dann wärst du zwar wütend auf mich gewesen, aber das hätte sich wieder gelegt. Stattdessen habe ich die ganze Scharade mitgespielt, und dafür schäme ich mich vor mir selbst.«

»Tu das nicht, Mike. Dich trifft kein Vorwurf. Alles ist mein Werk. Ich bin hier der Schuldige, nicht du, von Anfang bis Ende, was auch immer das sein wird.«

»Trotzdem entschuldigt das nicht meine freiwillige Teilnahme.«

Mit einem reumütigen Achselzucken sagte Parker: »Nein, aber etwas Besseres habe ich nicht anzubieten.«

Sie verfielen in lastendes Schweigen. Schließlich hob Mike seine Lesebrille auf, womit er Parker, ohne es zu wissen, an Maris und ihre Brille erinnerte, die sie bei ihrer letzten Begegnung getragen hatte. Was gut und gerne tatsächlich ihre Letzte gewesen sein konnte.

»Anscheinend haben sich die beiden jungen Männer restlos versöhnt«, merkte Mike beim erneuten Durchblättern an. »Ich spüre zwischen ihnen keinerlei unterschwellige Feindseligkeit mehr.«

»Nach dem Zwischenfall mit Hadley hat Roark so getan, als sei es nie dazu gekommen«, erklärte Parker. »Er entschied sich bewusst dafür, ihre Freundschaft darunter nicht leiden zu lassen.«

»Ein nobler Zug. Trotzdem ist er immer noch ...«

»Da«, unterbrach ihn Parker und ergänzte damit den Gedanken des anderen Mannes. »Wie ein hässliches Muttermal, das von Geburt an ein ansonsten hübsches Kindergesicht verunstaltet. Keiner von beiden will sich diesen Makel an ihrer Freundschaft eingestehen. Beide sehen darüber hinweg in der Hoffnung, dass er im Laufe der Zeit, wie manche Muttermale, schwächer wird und schließlich ganz verschwindet. Und irgendwann einmal kann sich dann keiner mehr erinnern, dass das Baby einmal so etwas gehabt hat.«

»Gute Analogie.«

»Nicht wahr? Die sollte ich verwenden.« Rasch machte er sich eine Notiz.

»Über die familiäre Verpflichtung, die Todd an der gemeinsamen Abreise mit Roark gehindert hat, hast du keine näheren Angaben gemacht.«

»Darüber wird in der nächsten Szene diskutiert. Roark spricht Todd sein Beileid zum Tod seiner Mutter aus. Sie hatte ihn während der letzten entscheidenden Monate vor seinem College-Abschluss nicht zusätzlich belasten wollen und ihm deshalb nicht erzählt, dass sie Krebs im fortgeschrittenen Stadium hatte. Nur unter größter Anstrengung nahm sie an der Abschlussfeier teil. Ihre Therapie hat sie geschwächt, aber die bösartige Geschwulst leider nicht verändert. Deshalb fuhr Todd mit ihr nach Hause, anstatt nach Florida aufzubrechen, und blieb bei ihr, bis sie starb.«

»Ein ziemlich großes Opfer, besonders im Hinblick darauf, was ihm der Umzug nach Key West bedeutet hat.«

Parker lächelte zynisch. »Spar dir die Mühe. Ich lasse ihn sagen ... Warte, ich lese es dir vor.« Er durchwühlte den unordentlichen Haufen handbeschriebener Seiten auf seinem Arbeitstisch, bis er die gesuchte fand.

»Todd bedankt sich bei Roark für sein Mitgefühl, und so weiter und so weiter, und dann sagt er: ›Offen gestanden kam mir ihr Tod sehr gelegen.‹ Roark reagiert dementsprechend schockiert. Dann fügt Todd hinzu: ›Ich bin nur ehrlich.‹

›Grausam ehrlich‹, sagte Roark.

Todd zuckt gleichgültig die Achseln. ›Vielleicht, aber wenigstens bin ich kein Heuchler. Tut es mir Leid, dass sie tot ist? Nein. Ihr Sterben hat mich von allen Ketten und Lasten befreit. Ich bin frei. Jetzt muss ich an niemanden mehr denken, nur an mich selbst. Muss niemandem mehr Rechenschaft ablegen. Und kann mich ausschließlich meinem Schreiben widmen.‹«

Mike ließ das auf sich wirken. »Dann fallen also im nächsten Abschnitt die Glacéhandschuhe.«

»Falls du damit meinst, dass sich jetzt Todds wahrer Charakter entpuppt, dann nein. Nicht ganz. Trotzdem entdecken wir allmählich Risse in der Fassade.«

»Genau wie du nach deinem Umzug nach Key West Noah Reeds wahren Charakter kennen gelernt hast. Stück für Stück.«

Parker spürte, wie sich seine Gesichtsmuskulatur verkrampfte. Wie immer, wenn ihm Noah bewusst ins Gedächtnis gerufen wurde. »Roark benötigt nur wenige Kapitel, bis er seinen so genannten Freund als das sieht, was er wirklich ist. Ich brauchte dazu mehrere Jahre. Und dann war es bereits zu spät.«

Verbittert starrte er einige Augenblicke seine Beine an, ehe er die hässlichen Erinnerungen mit Gewalt unterdrückte und sich erneut seinen handschriftlichen Notizen zuwandte. »Auch Professor Hadley taucht in der nächsten Szene wieder auf.«

Mike goss sich noch ein Glas Limonade ein, lehnte sich dann in seinen Sessel und war wieder ganz Ohr.

»Eigentlich bringt ja Todd dieses Thema zur Sprache«, erklärte Parker. »Mit seiner Bemerkung, wie toll es doch sei, dass sie es geschafft hätten, diese Situation in den Griff zu bekommen. Wenn er Roark nicht diesen Streich gespielt hätte, sagt er, hätten sie momentan vielleicht eine weit weniger enge Beziehung zu dem Professor. Er meint, Roark sollte ihm dafür dankbar sein.

So weit ist Roark aber noch nicht. Trotzdem gibt er zu, dass es sich auf lange Frist zu ihrem Vorteil ausgewirkt hat.«

Parker holte Luft. »Dieser Dialog soll dem Leser vermitteln, dass Professor Hadley die Begabung dieser jungen Männer für so viel versprechend hielt, dass er ihnen ein Angebot gemacht hat. Er würde ihre Arbeiten auch nach dem Ende ihres Studiums weiter begutachten.«

»Sehr großzügig von ihm.«

Parker runzelte die Stirn. »Er ist nicht völlig selbstlos. Ich plane, ein Kapitel aus seinem Blickwinkel zu schreiben. Darin erfährt der Leser den wahren Grund, warum er mit den beiden jungen Schriftstellern übt. Er hat schlicht und einfach ihr Talent erkannt und möchte, dass ihre Arbeiten nach gehörigem Schliff und Verfeinerung hoffentlich publiziert und einem kundigen Publikum vorgestellt werden.«

»Ich wittere, dass jetzt ein ›aber‹ kommt.«

»Aber wäre es nicht die Krönung seiner Karriere, wenn er die entscheidenden Romanautoren der kommenden Generation entdeckt hätte?«

»Mit anderen Worten, er ist ein opportunistischer Mistkerl.«

Parker lachte. »Mike, jeder ist ein Opportunist. Jeder. Ohne Ausnahme. Nur das Maß des jeweiligen Opportunismus unterscheidet ihn von den anderen. Wie weit ist jemand bereit zu gehen, um das Gewünschte zu bekommen? Einige bleiben früh auf der Strecke. Sie geben auf, schlagen einen anderen Weg ein oder kommen schlicht und einfach zu dem Schluss, das Gesuchte sei weder die Risiken wert noch die Kosten, die es nach sich zieht. Andere hingegen …«

Er hielt inne und konzentrierte sich auf eine Stelle im luftleeren Raum. »Andere schrecken vor nichts zurück, um zu bekommen, was sie wollen. *Vor rein gar nichts.* Sie werden jede Grenze überschreiten, Gesetz, Anstand und Moral, so lange sie nur als Sieger hervorgehen.«

Mike schien schon eine Bemerkung zu diesem kleinen philosophischen Exkurs machen zu wollen, da überlegte er es sich anders und stellte eine, wie Parker fand, weniger provozierende Frage. »Willst du wirklich einer zweitrangigen Figur so viel Gewicht geben?«

»Du meinst Hadley? Er ist für den Plot wichtig.«

»Ist er das?«

»Sogar wesentlich. Das muss ich noch arrangieren.«

Mike nickte. Offensichtlich beschäftigte ihn ein weiterer Gedanke. Eine halbe Minute verging. Schließlich wollte Parker wissen, was ihm durch den Kopf ging. »Das Tempo? Der Dialog? Wird die Wohnung in Key West zu ausführlich beschrieben? Oder nicht genug?«

»Diese brünette Stripperin auf dem Dach …«

»Mary Catherine.«

»Ist das Mädchen …«

»Aus dem Prolog, das mit den beiden aufs Boot geht. Weißt du noch? Einer der Jungs zieht ihr das Bikinioberteil aus und schwenkt es über dem Kopf, noch ehe sie aus dem Hafen sind. Also ist es wichtig, dass ich sie in der Vorstellung des Lesers als freundlichen Kumpeltyp einführe. In einer der nächsten Szenen kommt noch mehr über sie.«

»Parker, sie ist ein nettes Mädchen.«

»Die Stripperin mit dem herzförmigen Arsch?«

Mike warf ihm einen sauren Blick zu.

Parker fluchte leise vor sich hin. Mike war wild entschlossen, über Maris zu reden. Und wenn sich Mike einmal ein Gesprächsthema in den Kopf gesetzt hatte, kramte er es so lange hervor, bis es tatsächlich zur Sprache kam.

Parker legte seine Notizen wieder auf den Arbeitstisch. Wenn er den restlichen Nachmittag sinnvoll nutzen wollte, wäre er gut beraten, diese Unterhaltung möglichst rasch hinter sich zu bringen. Das wusste er genau. »Erstens: Maris ist eine Frau und kein Mädchen. Und wer hat je behauptet, sie sei nicht nett? Ich nicht. Hast du je von mir gehört, sie sei nicht nett? Sie sagt ›Bitte‹ und ›Danke‹, behält ihre Serviette auf dem Schoß und hält beim Gähnen die Hand vor.«

Mike fixierte ihn mit einem warnenden Blick. »Gib's zu, sie entspricht nicht deinen Erwartungen.«

»Nein, sie ist einige Zentimeter größer.« Erneut kassierte er einen bösen Blick. Er breitete die Arme aus. »Was soll ich deiner Ansicht nach sagen? Dass sie sich wider Erwarten nicht als Snob entpuppt hat? Okay, hat sie nicht.«

»Du hast ein verzogenes reiches Mädchen erwartet.«

»Ein echtes Biest.«

»Eine hochaggressive…«

»Zicke.«

»Die hier hereinschneit, alles durcheinander bringt und versucht, uns mit ihrer überlegenen New Yorker Art einzuschüchtern. Stattdessen war Maris… na ja, du weißt besser als ich, wie sie war.« Nachträglich fügte der alte Mann hinzu: »Trotzdem hat sie Eindruck gemacht, oder?«

Ja, das hatte sie. Nur einen viel weicheren und weiblicheren Eindruck, als Parker erwartet hatte. Verstohlen schaute er die Vase auf dem Couchtisch an. Während eines Morgenspaziergangs hatte Maris Geißblattzweige gesammelt und gefragt, ob er etwas dagegen hätte, wenn sie sie ins Wasser stellte. »Nur um den Raum ein bisschen aufzuheitern«, hatte sie gesagt.

Mike, der sich fast idiotisch in sie vernarrt hatte, hatte die ganze Küche auf den Kopf gestellt, bis er ein passendes Gefäß gefunden hatte. Tagelang hatte das Wildblumenbukett den Wintergarten mit schwerem Duft erfüllt. Inzwischen war es ein Schandfleck. Die Blüten verwelkt, das Wasser grün und muffig. Trotzdem hatte Parker Mike nicht gebeten, es zu entfernen, und Mike hatte sich seinerseits nicht freiwillig dazu hergegeben, die Vase zu leeren. Beide waren noch nicht bereit, sich von dieser Erinnerung an sie zu trennen.

Die Muscheln, die sie am Strand gesammelt hatte, lagen noch immer am Tischende, wo sie sie stolz arrangiert hatte. Als sie damit hereingekommen war, hatte sie nackte sandige Füße gehabt, die auf dem Fliesenboden deutliche Spuren hinterließen. Sie hatte darauf bestanden, sie eigenhändig wegzuwischen.

Seine sterbende Zimmerpflanze machte inzwischen Fortschritte. Sie hatte sie an einen besseren Platz gerückt und richtig gewässert, nur nicht zu viel.

Noch immer lagen zwei Modemagazine, die sie durchgeblättert hatte, während er an seinem Roman arbeitete, auf dem Sessel, in dem sie zuletzt gesessen hatte.

Und genau dieses Sofakissen mit der Fransenborte hatte sie an den Busen gedrückt, während sie ihm beim Vorlesen einer Stelle zuhörte.

Wohin er auch blickte, überall hatte sie Spuren hinterlassen.

»Sie ist eine intelligente Frau«, sagte Mike. »Das hat sie bewiesen. Schlau und doch einfühlsam.«

Mike sprach mit gedämpfter Stimme, als spürte er ihren Geist im Zimmer und wollte ihn nicht verscheuchen. Das ärgerte Parker mehr, als wenn er mit den Fingernägeln über eine Tafel gekratzt hätte. Sie benahmen sich wie Trottel. Er genauso wie Mike. Zwei sentimentale Narren.

Und wieso brauchte dieses Zimmer eigentlich Aufheiterung? Er hatte es gemocht, wie es war, bevor auch nur ein Schatten von Maris Matherly-Reed durch die Tür fiel.

»Mike, werd nicht sentimental«, sagte er eine Spur schroffer als beabsichtigt. »Sie spielt die Sensible, weil sie ein Buch von mir will.«

»Ein Buch. Keinen Gewinn. Meiner Ansicht nach ist es ihr gleich, ob ihre Firma mit *Neid* auch nur einen lumpigen Cent verdient. Sie liebt deine Art zu schreiben.«

Trotz seines unbeteiligten Achselzuckens pflichtete Parker ihm insgeheim bei. Maris hatte hart verhandelt, und doch schien sie weitaus mehr Interesse an den erzählerischen Aspekten seines Buches zu haben als an seinem Verkaufspotential.

»Außerdem kann sie über sich selbst lachen. Und das mag ich.« Dann fügte Mike mit einem schiefen Blick auf Parker hinzu: »Dass sie schön ist, brauche ich vermutlich nicht zu erwähnen.«

»Und warum tust du's dann?«

»Also ist es dir aufgefallen?«

»Was? Denkst du denn, ich sei nicht nur lahm, sondern auch blind? Jaha, sie sieht gut aus.« Er machte eine Handbewegung, als wollte er sagen: *Na und?* »Ihr Aussehen war keine Überraschung. Wir hatten doch ihr Bild in dieser Zeitschrift gesehen.«

»Dieses Foto wurde ihr nicht gerecht.«

»Ich habe erwartet, dass sie attraktiv ist. Noah hat sich nie mit einem hässlichen Mädchen abgegeben«, stieß Parker hervor. »Meines Wissens jedenfalls nicht.«

Als Mike jedweden Kommentar dazu verweigerte, fuhr Parker fort: »Weißt du was? Ich bin froh, dass sie attraktiv ist. Richtig froh. Das macht mein Vorhaben umso vergnüglicher.«

»Und was hast du vor?«

»Du weißt doch, ich rede nie über einen Plot, bis ich ihn nicht wenigstens einigermaßen skizziert habe. Du wirst wohl auf deine Fantasie zurückgreifen müssen.«

»Du wirst Maris benutzen.«

»Worauf du einen lassen kannst. Und wenn dir meine Sprache nicht passt, halt dir die Ohren zu.« Er wischte sich eine Schweißperle von der Stirn. Die Klimaanlage funktionierte doch. Warum war ihm dann hier drinnen so verdammt heiß? »Könnten wir jetzt, bitte, diese Diskussion beenden? Ich habe noch zu arbeiten.«

Gelassen trank Mike sein Limonadeglas aus, dann durchblätterte er noch einmal die Seiten. Schließlich stand er auf, ging zu Parker hinüber und reichte ihm die Blätter. »Es macht sich.«

»Ring dir ja nicht zu viel Lob ab«, sagte Parker schelmisch. »Sonst steigt es mir noch zu Kopf.«

Beim Hinausgehen sagte Mike: »Vielleicht möchtest du dein Motiv noch einmal überdenken.«

»Meine Figuren haben glasklare Motive.«

Mike machte sich nicht einmal die Mühe, sich umzudrehen und den nächsten Satz Parker direkt ins Gesicht zu sagen: »Damit habe ich nicht deine Figuren gemeint.«

19

»Das ist mein Lieblingszimmer.« Maris genoss sichtlich den vertrauten Komfort im häuslichen Arbeitszimmer ihres Vaters, wo sie ihre Cocktails tranken.

Noah hatte sich in letzter Minute gezwungen gesehen, wegen einer umstrittenen Klausel den Leiter der Lizenzabteilung zu Rate zu ziehen. Daher hatte er sie beschworen, schon mal ohne ihn zu Daniel vorzufahren, wogegen sie nicht einmal etwas einzuwenden hatte. Seit ihrer Rückkehr aus Georgia hatte sie mit ihrem Vater noch keine Minute allein verbracht.

»Ich habe selbst eine Schwäche für diesen Raum«, sagte Daniel. »Ich verbringe hier viel Zeit, aber er gefällt mir noch mehr, wenn du dabei bist.«

Sie lachte. »So hast du das nicht immer empfunden. Ich kann mich noch gut an Zeiten erinnern, in denen ich in der Hoffnung hereinkam, dich von der Arbeit wegzulotsen, die du mit heimgebracht hast. Ich habe dich genervt.« Sie lächelten über diese gemeinsamen Erinnerungen, aber dann wurde Daniels Miene ernst.

»Maris, ich wünschte, ich könnte diese Zeiten noch einmal erleben. Dann würde ich mehr Zeit mit dir verbringen. Beim Eislaufen im Park oder beim Monopoly. Bedauerlicherweise habe ich diese Gelegenheiten verstreichen lassen.«

»Pa, mir ist nicht viel abgegangen. Eigentlich überhaupt nichts. Und schon gar nicht du.«

»Du bist viel zu großmütig. Trotzdem danke ich dir dafür.«

Maris spürte heute Abend einen melancholischen Zug an ihm. Obwohl er sich über ihren Anblick sehr gefreut hatte, klang seine scherzhafte Laune nicht ganz echt. Sein komisches Gezanke mit Maxine wirkte gezwungen. Sein Lächeln war eine gekonnte Imitation des echten Gefühls, wirkte aber auffallend angestrengt.

»Pa, fühlst du dich nicht wohl? Stimmt etwas nicht?«

Er verwies auf das Begräbnis von Howard Bancroft. »Es findet morgen Vormittag statt.«

Sie nickte mitfühlend. »Howard war nicht nur dein Chefjustitiar, er war auch ein guter Freund und Vertrauter.«

»Ich werde ihn vermissen. In der ganzen Stadt wird man ihn vermissen. Ich kann einfach nicht begreifen, was ihn zu einer derart schrecklichen Tat getrieben hat.«

Natürlich trauerte er um seinen Verlust. Und doch war Maris nicht ganz überzeugt, dass einzig Bancrofts Selbstmord auf Daniels Seele lastete. Sie vermutete, seine Stimmung sei eine Reaktion auf ihre eigene. Sie war ja heute Abend auch nicht unbedingt sprühender Laune. Ihre gedämpfte Stimmung ließ sich auf zwei Dinge zurückführen. Nun ja, eigentlich auf zwei *Menschen*. Noah und Parker.

Noah hatte sein Treffen mit WorldView plausibel erklärt. Daniel hatte das sogar bestätigt. Trotzdem verdross es sie, dass man sie über einen für die Zukunft von Matherly Press derart lebenswichtigen Schritt im Unklaren gelassen hatte. *So* beschäftigt war sie nie gewesen.

Wäre sie jemand anderes gewesen, hätte man sie auf Grund ihrer hochrangigen Position in der Firma zwangsläufig in Kenntnis setzen müssen. Ihre persönlichen Beziehungen hätten dabei keine Rolle spielen dürfen. Als Geschäftsführerin hatte sie ein Recht auf Information, wenn Blume in ihrem Revier wilderte. Als Ehefrau stand es ihr zu, dass ihr Mann sie respektierte.

Und genau das hatte sie wirklich erbost: dass Noah ihre Wut so nonchalant abgetan hatte.

Wie ein Kind hatte er sie behandelt, das man einfach mit einem Lutscher beruhigen kann, oder wie ein Haustier, das einem wieder vertraut, wenn man es nur hinter den Ohren krault. Seine Frieden stiftenden Plattitüden entstammten dem Lehrbuch. 101 Ehekrisen, Lektion drei: Wie man konstruktiv streitet.

Die Art und Weise, wie er sie beschwichtigt hatte, war noch herabsetzender gewesen als seine ursprüngliche Beleidigung.

Wie konnte er nur annehmen, sie ließe sich so leicht den Wind aus den Segeln nehmen und abweisen? Kannte er sie wirklich so schlecht?

»Maris?«

Sie hob den Kopf und lächelte Daniel verdrossen an. »Bin ich abgedriftet?«

»Höchstens eine Million Kilometer.«

»Tut mir Leid. Mir geht so viel im Kopf herum.«

»Würdest du mir bitte nachschenken?« Als sie zögerte, winkte er gereizt ab. »Ich weiß, ich weiß, du findest, ich trinke zu viel. Übrigens dieses Gespräch von Mann zu Mann, das Noah inszeniert hat, habe ich durchschaut. Das kam doch direkt von dir.«

»Ich mache mir Sorgen, wie du die Treppe bewältigst, nachdem du ein paar Gläser getrunken hast. Das ist alles. Du bist eben ein bisschen wackelig auf den Beinen.«

»Sollte ich mich heute Abend betrinken, kannst du mich ja Huckepack hinauftragen. Wie fändest du das?« Sie warf ihm einen strafenden Blick zu. Dann ging sie durchs Zimmer, holte sein Glas und brachte es an die Bar.

»Wenn du schon dabei bist, warum nimmst du dir nicht auch noch ein Glas?«, schlug er vor. »Meiner Ansicht nach könntest du's gebrauchen.«

Sie schenkte ihm noch einen Scotch ein und sich einen Chardonnay. »Warum?«

»Warum ich glaube, dass du etwas Alkohol gebrauchen kannst? Weil du ein Gesicht machst, als wäre dir dein Schoßhund weggelaufen.«

Wohl wahr. Sie hatte das Gefühl, etwas Enormes verloren zu haben. Trotz ihres Zögerns, die Ursache dafür zu benennen, kannte sie im tiefsten Inneren genau ihren Namen: Parker Evans.

Sie machte es sich wieder in ihrem Sessel bequem. Während Daniel methodisch seine Pfeife stopfte, wanderte ihr Blick durch den Raum. Sie ließ die riesige Sammlung begehrter ledergebundener Erstausgaben ihres Vaters auf sich wirken. Wie Soldaten standen sie nebeneinander hinter den Glastüren eines wuchtigen Bücherschranks.

Unwillkürlich verglich sie diese ordentliche kostbare Bibliothek mit Parkers planlos voll gestopften Regalen. Das teure Mobiliar dieses Raumes stand im starken Kontrast zu den Rattansesseln und Chintzkissen in Parkers Wintergarten. Diesen Raum zierte ein Marmorkamin, den man aus einem italienischen Palazzo gerettet und importiert hatte. Die hölzerne Kaminummantelung in Parkers Haus hatte ein Sklave namens Phineas geschnitzt.

Und dabei wurde ihr eines klar: Sie liebte dieses Haus, diesen Raum und die schönen Kindheitserinnerungen, die beide in ihr wachriefen. Und doch sehnte sie sich nach St. Anne und nach Parkers Haus mit seinen knarzenden Dielenböden und dem gemütlichen Gästecottage samt der Badewanne auf Löwenfüßen.

Sie vermisste das Klappern aus der Küche, wo Mike hantierte, und das Klicken der Tasten, wenn Parker mit zwei Fingern rasend schnell im Adler-Such-System tippte. Sie vermisste das seltsam harmonische Schrappen der Zikaden, das Rauschen der Brandung am fernen Strand, den Duft von Geissbart und das schwere Gefühl von Salzluft, die wie ein Mantel auf ihrer Haut lag, und – Parker.

Sie vermisste Parker.

»Denkst du gerade an ihn?«, fragte Daniel mit weicher Stimme und unterbrach damit ihre Gedanken. »Hat er dich traurig gemacht?«

»Mich traurig? Kaum«, sagte sie mit heftigem Kopfschütteln. »Hat er mich wütend gemacht? Ja. Möchte ich ihn am liebsten eigenhändig erwürgen? Definitiv. Er ist die pure Provokation, angefangen mit der Einstellung zu seinem Beruf. Höchst selten akzeptiert er einen Vorschlag oder eine Kritik, ohne zuerst zu widersprechen, was dann unvermeidlich in einen heftigen Streit ausartet. Er versteckt sich in diesem Haus, auf dieser Insel. So hübsch beides ist, er sieht sie nur als Zufluchtsort. Eigentlich sollte er sich unter Menschen begeben. Normalerweise nutzt ein Schriftsteller jede Gelegenheit, die Trommel für seine Arbeit zu rühren. Er nicht, oh, nein. Er legt sich eine hochtrabende Haltung zu und tut so, als stünde er über allem. Aber ich weiß es besser. Sein ständiges Einsiedlerleben hat einen einzigen Grund: seine Behinderung.

Ach, habe ich dir das schon erzählt, Pa? Er sitzt im Rollstuhl. Ich habe das erst erfahren, als ich ankam. Anfänglich war ich schockiert, denn bei unseren Telefongesprächen hat nichts darauf hingedeutet, dass er behindert ist. Höchstens vielleicht seine Manieren. Ich war total überrascht, aber nach einer Weile… Weißt du, Pa, aber es ist wirklich merkwürdig. Wenn ich ihn jetzt anschaue, sehe ich den Rollstuhl nicht einmal.«

Sie hielt inne, um über diesen Satz nachzudenken. Wie wahr diese Aussage war. Mittlerweile bemerkte sie weder Parkers Stuhl, noch seine Behinderung. Wann war es so weit gekommen?

»Vermutlich liegt das an seiner starken Persönlichkeit. Sie lässt seine Behinderung nicht nur irrelevant erscheinen, sie macht sie sogar unsichtbar. Er verfügt über einen außergewöhnlichen Wortschatz. Sogar seine derben Ausdrücke – man könnte sie sogar ordinär nennen – sind beeindruckend.

Er hat einen versteckten Humor, der manchmal sogar heimtückisch ist. Andererseits kann er schrecklich missmutig sein, wozu er aber vermutlich auch das Recht hat. In seiner Lage wäre jeder wütend. Ich meine, er ist jung, in seinen besten Jahren. Deshalb kann man seine Verbitterung über ein Leben im Rollstuhl verstehen und verzeihen.

Er ist gehemmt wegen seiner Narben, aber eigentlich ist das unnötig. Die Leute würden ihn sowieso attraktiv finden, egal, wie seine Beine aussehen. Besonders Frauen. Er sieht nicht wirklich … gut aus, besitzt aber … eine animalische Ausstrahlung. So könnte man das vermutlich nennen. Sogar wenn er still sitzt, spürt man eine starke Energie, die von ihm ausgeht.

Wenn er mit dir spricht, fühlst du dich sofort von seinen Augen angezogen. Er schlägt dich so intensiv in seinen Bann, dass es seine Behinderung ausgleicht. An ihm ist nichts Schwächliches. In Wahrheit ist er sogar ziemlich stark. Seine Hände sind …«

Seine Hände. Als er damit ihren Kopf festgehalten und sie geküsst hatte. Als er ihre Hüften umklammert und sie unbeweglich neben seinen Stuhl gebannt hatte. Jedes Mal hatten sie sich unglaublich kräftig und gebieterisch angefühlt. Und doch hatte er sie auch schon ganz leicht und geschickt, ja fast spielerisch berührt, damals als er ihr ein Blatt aus den Haaren gezupft hatte.

Als sie ihm auf der flachen Hand eine Meeresmuschel zum Bewundern hingestreckt hatte, hatte er mit der Fingerspitze behutsam die zarten Wellenstrukturen nachgezogen, als befürchtete er, sie könnte unter zu viel Druck zerbrechen. Vor seiner Berührung müsste eine Frau nie zurückzucken.

»Er ist das komplexeste Individuum, das mir je begegnet ist«, sagte sie mit belegter Stimme. »Außerordentlich begabt.« Sie stellte sich Parkers Gesicht vor und hörte sich selbst sagen: »Und genauso zornig. Sehr zornig. Man erkennt das in seinen Texten. Sogar wenn er entspannt mit Mike herumblödelt, ist sein Zorn spürbar.

Sein Lächeln hat etwas Verstörendes an sich, einen Zug ins Grausame. Und das ist sehr bedauerlich, weil ich nicht glaube, dass er ohne diesen eingewachsenen Zorn überhaupt grausam sein könnte. Aber der ist immer da, ganz dicht unter der Oberfläche. Es gibt eine Stelle in seinem Roman, wo er Roarks Wut auf Todd beschreibt. Er vergleicht sie mit einer Schlange, die durch stilles dunkles Wasser gleitet, ohne aufzutauchen, ohne sich je zu zeigen. Und doch ist sie immer da, stumm, unheimlich und tödlich. Immer auf der Lauer, um alle beide zu vergiften.

Wahrscheinlich ist er nur deshalb zornig, weil er an einen Rollstuhl gefesselt ist. Und doch spüre ich da noch etwas – etwas, was ich nicht kenne, was ich übersehen habe. So als müsste noch ein Geheimnis ans Licht kommen.«

Sie lachte leise. »Auch wenn ich mir nicht vorstellen kann,

was das sein könnte. Mit ihm habe ich so viele Überraschungen erlebt. Und nicht nur angenehme.« Sie trank einen Schluck Wein und zuckte hilflos mit den Schultern. »Eine bessere Antwort auf deine Frage weiß ich nicht.«

Nachdenklich musterte Daniel sie einen langen Augenblick, während er weiter Tabak in seine Pfeife stopfte, die er nur selten anzündete. Er mochte einfach dieses Ritual, die Handbewegungen. Damit hatte er eine Beschäftigung, während er sich gedanklich sammelte.

Als er schließlich den Mund aufmachte, sagte er nur leise: »Offengestanden, Maris, hat sich meine Frage auf Noah bezogen.«

Vor Verlegenheit lief sie knallrot an. Geschlagene fünf Minuten hatte sie über Parker gequasselt. »Oh ... oh, ach ja«, stammelte sie, »ja, er ... Noah hat mich nicht *traurig* gemacht, das möchte ich nicht sagen. Ich war nur über sein Treffen mit WorldView empört. Und noch empörter war ich, weil er mir davon bewusst nichts erzählt hat.«

Daniel legte die Pfeife weg und griff nach seinem Whiskyglas. Während er den bernsteinfarbenen Inhalt betrachtete, fragte er: »Hat dir Noah erzählt, dass er einen Termin mit Howard hatte? An dem Nachmittag, an dem er sich umgebracht hat?«

Die Art, wie Daniel das fragte, schnürte Maris die Kehle zu. Das war kein beiläufiges Sich-Erkundigen. »Er hat es erwähnt.«

»Es war nur wenige Stunden vor Howards Selbstmord.«

Maris war der Appetit auf ihren Wein vergangen. Sie stellte das Kristallglas auf den Beistelltisch und wischte sich die Feuchtigkeit – oder war es Schweiß? – von den Händen. »Und worum ging es bei ihrem Treffen?«

»Laut Noah brauchte Howard ihn, um einen endgültigen Vertrag zwischen uns und einem unserer ausländischen Lizenznehmer abzuschließen. Noah hat die Korrekturen gebilligt, und das war's dann auch.«

»Glaubst du ...« Sie räusperte sich und setzte neu an. »Bezweifelst du das?«

»Dazu besteht kein Grund. Obwohl….« Maris wartete in atemloser Spannung, dass er fortfuhr. »Howards Sekretärin hat mir erzählt, der Termin mit Noah sei an diesem Tag der Letzte gewesen. Und dass er beim Verlassen des Büros ganz verändert war.«

»Genauer gesagt?«

»Er habe aufgewühlt gewirkt. ›Ungewöhnlich erregt‹ waren wohl ihre genauen Worte.« Daniel trank einen Schluck Whisky. »Vermutlich hatte das eine mit dem anderen nichts zu tun. Howard könnte sich über vieles erregt haben. Über irgendetwas in seinem Privatleben, das weder mit Matherly Press etwas zu tun hatte, noch mit Noah.«

Aber daran glaubte ihr Vater nicht. Wenn ja, würden sie dieses Gespräch nicht führen. »Pa, glaubst du …«

»Gut, ich sehe, ihr habt schon ohne mich angefangen.« Noah schob die große Flügeltür auf und schneite fröhlich ins Zimmer. »Liebling, nochmals Entschuldigung, weil ich dich gezwungen habe, allein herzufahren.« Er beugte sich hinunter und gab Maris einen Kuss. Anschließend spitzte er genießerisch die Lippen. »Guter Wein.«

»Stimmt, sogar sehr gut.« Sie stand auf und trat an die Bar, wobei sie ihre weichen Knie vor sich selbst und vor den Männern zu verbergen versuchte.

»Danke, aber ich schließe mich lieber Daniel an. Nur mit Eis. Dieser Tag war danach.«

Noah ging durch den Raum, um seinem Schwiegervater die Hand zu schütteln, dann setzte er sich zu Maris auf das kleine Sofa und legte den Arm um sie, als sie ihm seinen Aperitif reichte. »Zum Wohl.« Nachdem er einen Schluck getrunken hatte, sagte er: »Maxine lässt ausrichten, in zehn Minuten gäbe es Abendessen.«

»Hoffentlich ist ihr Schmorbraten nicht wieder so trocken wie letztes Mal«, knurrte Daniel.

»Ihr Schmorbraten ist nie trocken«, sagte Maris. Wie konnte man nur über etwas so Triviales wie Schmorbraten sprechen, wenn noch vor wenigen Augenblicken vom unerklärlichen Selbstmord eines Menschen die Rede gewesen war?

»Trocken oder nicht, ich werde ordentlich zuschlagen«, sagte Noah. »Ich verhungere fast.«

Vermutlich hatte das eine mit dem anderen nichts zu tun.

Im verzweifelten Wunsch, daran zu glauben, klammerte sie sich an die Aussage ihres Vaters.

Schließlich ging es hier um Noah. Ihren Ehemann. Den Mann, in den sie sich verliebt hatte und es immer noch war. Noah, der Mann, neben dem sie jede Nacht schlief. Der Mann, mit dem sie Kinder haben wollte.

Sie legte ihm die Hand auf den Oberschenkel. Ohne sein Gespräch mit Daniel zu unterbrechen, legte er seine darüber und drückte sie liebevoll. Die geistesabwesende, beruhigende Geste eines Ehemannes.

Das Abendessen war köstlich, und der Schmorbraten ein Beweis für Maxines exzellente Küche. Aber als die Zitronentörtchen serviert wurden, gähnte Daniel bereits. Kaum hatte Maxine die Dessertteller abgeräumt, bat er, sich entschuldigen zu dürfen.

»Bleibt und trinkt noch eine Tasse Kaffee«, sagte er beim Aufstehen zu seinen Gästen, »aber ich sollte mich zur Ruhe begeben. Ich werde für Howards Begräbnis früh aufstehen müssen. Kann nicht behaupten, dass ich mich darauf freue.«

»Pa, ich muss auch Gute Nacht sagen. Heute war ein langer und anstrengender Tag.«

Beim Verlassen des Esszimmers blieb Maris zurück und hielt Noah auf. Sie legte die Hände an sein Revers, stellte sich auf die Zehenspitzen und gab ihm einen zärtlichen Kuss auf die Lippen. »Ich glaube, ich werde vor dir nach Hause fahren.«

Er legte ihr die Hände um die Taille und zog sie näher an sich. »Und ich dachte, wir hätten heute Abend noch etwas vor.«

»Haben wir auch. Trotzdem wollte ich dich um einen Gefallen bitten. Würdest du bitte noch bleiben und Pa ins Bett helfen? Ich weiß, das ist nicht deine Aufgabe …«

»Es macht mir aber nichts aus.«

»Wenn es um seine Gehschwäche geht, ist er völlig uneinsichtig. Und wir hatten dieses Thema heute Abend schon. Wenn du dir aber einen Vorwand ausdächtest, um mit ihm nach oben zu gehen, sähe es nicht so aus, als bräuchte er Geleitschutz. Mir läge viel daran.«

»Ist schon erledigt, mein Schatz. Ich komme dann nach.«

An der Tür tat sie so, als hätte sie vergessen, aus ihrem Schlafzimmer im dritten Stock ein altes Adressbuch zu holen. »Ich werde danach suchen müssen. Ich bin nicht sicher, wo ich es gelassen habe.«

Noah erbot sich, es für sie zu holen, und schlug vor, sie solle schon vorausgehen, während er suchte. Ob Daniel ihr Spiel durchschaute, wusste sie nicht. Allerdings spielte er mit.

Beim Gute-Nacht-Sagen umarmte Daniel sie fest, dann schob er sie von sich und schaute ihr tief in die Augen, als wollte er die beunruhigenden Gedanken dahinter entschlüsseln. »Ich will mehr über dieses neue Buch und den komplizierten Mann hören, der es schreibt.«

Diese Anspielung auf ihre Eloge auf Parker trieb ihr erneut das Blut in die Wangen. »Pa, dein Beitrag ist mir stets willkommen. Ich lasse dir morgen per Kurier eine Kopie des Manuskripts schicken. Wir treffen uns dann später in der Woche und diskutieren darüber.«

Er drückte ihr liebevoll-vertraulich die Hand. Am liebsten wäre sie auf seinen Schoß geklettert, wie damals als kleines Mädchen, als sie Trost gesucht hatte und die Zusicherung, dass alles wieder ins Lot käme, dass all ihre Sorgen unsinnig seien und ihre undefinierbare Unruhe grundlos.

Aber das konnte sie natürlich nicht. Seinem Schoß war sie entwachsen. Und wenn sie jemandem etwas anvertraute, tat das eine Frau und kein Kind. Diese Dinge konnte sie nicht mit ihrem Vater teilen.

Daniel trat beiseite, und Noah kam dazu, um sie zu umarmen. »Daniel wirkt heute Abend ein bisschen bedrückt«, flüsterte er.

»Ich denke, wenn er im Bett liegt, werde ich ihm noch einen gemeinsamen Gute-Nacht-Trunk anbieten.«

»Tu das, aber mach es kurz. Ich werde warten.«

Maris begab sich nicht geradewegs nach Hause, was sie auch nie beabsichtigt hatte. Sie hatte ihren Vater als Schachfigur benutzt, um Noah aufzuhalten, und nun plagten sie Gewissensbisse, allerdings nur leichte. Nie und nimmer hätte sie die beiden hinters Licht geführt, aber die Zweifel, die sich hartnäckig in ihr festgesetzt hatten, nagten so sehr, dass sie sie unbedingt ausräumen musste.

Sie fuhr im Taxi hinunter in die Wohnung in Chelsea. Als sie vor der Wohnungstür stand, klopfte ihr Herz heftig, und das nicht wegen der steilen Treppe. Sie hatte Angst vor dem, was sie drinnen vorfinden könnte.

Sie sperrte die Tür mit jenem Schlüssel auf, den sie seit der Überraschungsparty bei sich trug. Dann fiel ihr wieder ein, wo der Lichtschalter war. Sie schaltete ihn ein. Die Klimaanlage summte leise, aber sonst blieb es still in der Wohnung. Die frisch aufgeschüttelten Sofakissen fielen auf.

Dann ging sie in die Küche und schaute in ein fleckenloses trockenes Spülbecken. In der Spülmaschine stand kein Geschirr, nicht einmal ein Trinkglas. Der Abfalleimer daneben war leer, und seine Plastiktüte so unberührt wie nach dem Auswechseln.

Eine Putzfrau? Noah hatte nicht erwähnt, dass er jemanden mit Putzen beauftragt hatte, was aber nicht das Gegenteil bedeuten musste.

Zurück im Wohnzimmer ging sie auf jenes Zimmer zu, das sich Noah als Büro eingerichtet hatte. Mit der Hand am Drehknopf hielt sie inne und sprach ein Gebet, ohne genau sagen zu können, worum sie eigentlich betete. Sie drückte die Tür auf.

Ein einziger Blick genügte. Dann sackte sie niedergeschlagen gegen den Türrahmen. Das Zimmer sah noch genauso aus, wie sie es damals verlassen hatten. Nichts war durcheinander oder verändert. Im Papierkorb lag kein zusammengeknülltes Papier, keine Nachschlagewerke mit markierten Seiten, und weder auf gelben Zetteln am Computerbildschirm noch auf linierten Blöcken standen irgendwelche Notizen.

Wie der Arbeitsplatz eines Schriftstellers aussah, wusste sie nur allzu genau. Den von Parker hätte man nur mittels teurer Therapie ändern können. Er glich einem Schlachtfeld: Zettel mit Kaffeeflecken, bis zum Stummel abgeschriebene Rotstifte, ganze Schreibblöcke voller Einfälle, Diagramme und Kritzeleien, zerfranste Heftordner mit Eselsohren, windschiefe Stapel mit Zitaten und Auszügen, verbogene Büroklammern, die er in Zeiten qualvoller Konzentration malträtiert hatte.

Wer auch nur ein Stück auf Parkers Schreibtisch berührte oder bewegte, würde sofort angeblafft. Er wusste ganz genau, wo alles lag, und wollte es genau so haben, wie es war. In diesem Areal durfte Mike unter keinen Umständen putzen. Diese Unordnung schien Parkers Kreativität anzuregen.

Noahs Schreibplatz war makellos. Allerdings entdeckte Maris bei näherem Hinschauen, dass auf seiner Computertastatur ein feiner Staubfilm lag. Die Tasten waren nie berührt worden.

Mittlerweile schlug ihr Herz nicht mehr schnell, vielmehr fühlte es sich wie ein Stein in ihrer Brust an, als sie die Lichter ausdrehte und die Wohnung verließ. Umsichtig sperrte sie hinter sich zu, obwohl sie nicht wusste, warum sie sich diese Mühe machte. Da drin gab es absolut nichts Wertvolles.

Gedankenverloren verließ sie das Gebäude und stieg lustlos die Eingangstreppe hinunter. Mit Schrecken dachte sie an die unvermeidliche Konfrontation mit Noah, die ihr das Herz schwer machte. Bei seiner Rückkehr würde er annehmen, seine Frau brav auf ihn wartend vorzufinden, wild darauf, mit ihm zu schlafen.

Jedenfalls hatte sie ihm genau das suggeriert.

Sie hatte ihn glauben lassen, sie sei leichtgläubig und formbar wie warmer Ton und würde alles blind akzeptieren. Und weil sie genau das bis vor kurzem gewesen war, hatte er sich leicht täuschen lassen.

Bei seiner Ankunft würde er annehmen, ihr Streit um WorldView gehöre der Vergangenheit an. Nie würde sie seinen Termin mit Howard Bancroft in Frage stellen. Und wenn er ihr sagte, er habe wieder zu schreiben begonnen, gäbe es für sie keinen Grund zum Zweifeln.

Die lammfromme, kreuzbrave, nachgiebige Maris. Maris, die Dumme. Dafür hielt er sie.

Aber darin irrte er.

Unten auf der Straße bemerkte sie, wie einen halben Block weiter unten ein Fahrgast aus einem Taxi stieg. So viel Glück hatte sie nicht erwartet. Sie hob die Hand, um dem Fahrer ein Signal zu geben.

Kaum hatte er sein Geld kassiert, fuhr er die kurze Strecke zu Maris, die am Straßenrand stand. Die schaute inzwischen aber nicht mehr das Taxi an, sondern beobachtete den Mann, der ausgestiegen war und nun gerade die Treppe eines anderen Klinkerhauses hinaufjoggte. Er betrat es derart vertraut, als gehörte er dorthin.

Langsam senkte Maris den Arm. Bislang hatte sie nicht einmal gemerkt, dass sie ihn immer noch hoch hielt. Sie winkte dem Taxifahrer weiterzufahren. Entschlossen legte sie die kurze Strecke zu dem anderen Wohnhaus zurück.

Es sah genauso malerisch aus wie das, was sie soeben verlassen hatte. Weder ein Portier, noch ein Alarmsystem hinderte sie am Betreten des Foyers. Sie überprüfte die Briefkästen. Alle trugen Namensschilder, bis auf einen. Entweder stand die Wohnung leer, oder – der Mieter von 2A erhielt seine Post anderswo.

Wieder stieg sie Treppen hoch. Allerdings näherte sie sich der Tür von Appartement 2A mit erstaunlicher Gelassenheit. Sie klopfte kurz und schaute direkt durch den Spion in dem Bewusstsein, von der anderen Seite beobachtet zu werden.

Nadia Schuller öffnete die Tür. Beide standen einander direkt gegenüber. Sie war für einen Liebesabend gekleidet und trug lediglich einen Seidenmantel, den sie auf dem Weg zur Tür offensichtlich nur hastig zusammengebunden hatte. Sie besaß nicht einmal den Anstand, alarmiert oder beschämt auszusehen. Als sie zurücktrat und die Tür weiter öffnete, trug sie eine süffisant-amüsierte Miene zur Schau.

Maris' Blick glitt an ihr vorbei zu Noah, der gerade mit zwei Drinks aus einem angrenzenden Zimmer kam. Vermutlich eine Küche. Er hatte die Hemdsärmel aufgekrempelt, trug aber noch eine Krawatte.

Bei ihrem Anblick blieb er wie angewurzelt stehen. »Maris.«

Nadia sagte: »Hoffentlich gibt das jetzt nicht eine dieser langweiligen Farcen wie in den Ronald-Reagan-Filmen.«

Maris beachtete sie nicht. Nadia war unwichtig. Sie spielte nur eine Rolle: als Beweis für Noahs schlechten Geschmack. An Nadia verschwendete sie keinen Funken Verachtung. Sie konzentrierte sich voll und ganz auf jenen Mann, den sie vor knapp zwei Jahren geheiratet hatte.

»Bemüh dich nicht um Entschuldigungen oder Erklärungen, Noah, falls du das gerade tun wolltest. Du bist ein Lügner und Ehebrecher, und ich will, dass du aus meinem Leben verschwindest. Raus. Auf der Stelle. Ich werde Maxine herüberkommen und deine Sachen packen lassen. Mich widert schon der bloße Gedanke an eine Berührung an. Zum Abholen kannst du mit dem Portier einen Zeitpunkt vereinbaren, wenn ich nicht da bin. Ich will dich nicht mehr sehen, Noah. Nie wieder.«

Dann drehte sie sich um und lief die Treppe hinunter, durch das kleine Foyer, über die Eingangstreppe. Hinaus auf den Gehsteig. Sie weinte nicht, ja, ihre Augen waren sogar trocken. Sie fühlte sich weder zornig noch traurig, nicht mal besonders schlecht. Im Grunde fühlte sie sich überraschend befreit und leicht. Sie hatte nicht das Gefühl, etwas zu verlassen, sondern vielmehr das eines Neuanfangs.

Weit kam sie nicht.

Noah packte sie von hinten am Arm und riss sie unsanft herum. Er grinste auf sie herab. Die Kälte dieses Grinsens war erschreckend. »So, so, Maris, du Oberschlaue.«

»Lass mich los!« Sie wehrte sich heftig und versuchte, ihm

ihren Arm zu entwinden, doch er ließ nicht locker. »Ich habe dir doch gesagt, du sollst ...«

»Halt's Maul«, zischte er und schüttelte sie so heftig, dass sie sich in die Zunge biss und vor Schmerz laut aufschrie. »Ich habe gehört, Maris, was du gesagt hast. Jedes einzelne Wort. Tapfere Rede. Hat mich beeindruckt. Aber jetzt werde *ich* mal *dir* sagen, wie das abläuft. Unsere Ehe wird nach meinen Bedingungen gestaltet. Du befiehlst mir nicht, aus deinem Leben zu verschwinden. Ich verlasse dich erst, wenn ich so weit bin. Hoffentlich verstehst du das, Maris. Es würde dir dein Leben gewaltig erleichtern.«

»Noah, du tust mir weh.«

Über diese Bemerkung lachte er. »Ich habe noch nicht mal angefangen, dir weh zu tun.« Um diesen Punkt zu unterstreichen, zerquetschte er ihr so grausam den Arm, dass die Muskeln am Knochen rieben. Obwohl ihr vor Schmerz Tränen in die Augen traten, zuckte sie nicht zurück.

»Bis dahin werde ich Nadia und auch sonst jede nach meinem Gutdünken vögeln. Und es ist mir egal, ob du dabei zuschaust. Trotzdem wirst du das gehorsame Eheweibchen bleiben, verstanden? Oder ich werde dir und jedem, der dir lieb ist, das Leben zur Hölle machen, Maris. Denn das kann ich. Und das werde ich auch.« Mit einem bösen Glitzern in den Augen beugte er sich noch näher und flüsterte: »*Das werde ich.* Versprochen.«

Dann ließ er sie so plötzlich los, dass sie rücklings gegen das Eisengitter taumelte, hinter dem die Müllcontainer standen, und sich schmerzhaft die Schulter prellte.

Als er sich umdrehte und wieder dem Klinkerhaus zustrebte, das er mit Nadia teilte, rief er heiter: »Du musst nicht auf mich warten!«

Mit reglosem Entsetzen sah ihn Maris gehen. Nachdem er drinnen verschwunden war, starrte sie noch lange den leeren Eingang an. Sie war mehr verblüfft als verängstigt. Ungläubiges Staunen bannte sie wie angewurzelt auf den Zementboden. Obwohl ihr Arm pochte und sie Blut im Mund schmecken konnte, mochte sie nicht glauben, was soeben passiert war. Noah? Bedrohte sie? Bedrohte sie körperlich mit einer Eiseskälte, die seinen Drohungen eine erschreckende Gewissheit verlieh?

Sie zitterte jetzt heftig und ungehemmt. Ihr wurde kalt. Denn eines hatte sie plötzlich und unwiderruflich begriffen: Sie war mit einem völlig Fremden verheiratet. Der Mann, den sie zu kennen geglaubt hatte, existierte nicht. Noah hatte lediglich eine Rolle gespielt. Er hatte eine Figur aus einem Buch imitiert, weil er wusste, dass sie sich in diese Figur verknallt hatte. Er hatte gut gespielt, war nie aus der Rolle gefallen. Kein einziges Mal. Bis heute Abend.

Sie war zutiefst schockiert. Soeben war sie zum ersten Mal dem wahren Noah Reed begegnet.

ENVY – NEID, Kapitel 15
Key West, Florida, 1987

»Roark?«

Er rieb sich den Schlaf aus den Augen, während er mühsam den Telefonhörer Richtung Ohr balancierte. »Jaaa?«

»Hast du schon geschlafen?«

Es war halb fünf morgens. Und er erst um drei ins Bett gekommen. Der Nachtclub, in dem er und Todd arbeiteten, schloss erst um zwei. Es gehörte zu seinen Aufgaben, die Kassen abzuschließen, doch das konnte er erst tun, wenn der letzte Gast gegangen war. Nachdem er den ganzen Tag geschrieben und dann eine Acht-Stunden-Schicht eingelegt hatte, hatte er wie ein Toter geschlafen.

»Wer ist denn da?«

»Mary Catherine. Ich belästige dich nur ungern.«

Er schwang die Beine über die Bettkante und stieß mit den nackten Füßen eine leere Getränkedose um, die scheppernd über den Zementboden auf Todds Bett zurollte. Der protestierte knurrend in sein Kopfkissen.

»Was gibt's?«, fragte Roark im Flüsterton.

»Kannst du rüberkommen?«

»Äh ... jetzt?«

Die Stripperbude lag nur ein paar Türen von dem Nachtclub entfernt, in dem er hinter der Bar arbeitete und Todd die Autos parkte. Ab und zu erwischten sie während ihrer Pausen die Auftritte ihrer Nachbarinnen. Inzwischen kannten er und Todd die Mädchen so gut, dass sie gratis hereindurften. Ein Rausschmeißer ließ sie durch den Hintereingang. Von einem Platz hinter der Bühne schauten sie zu. Manchmal gingen sie zusammen, manchmal jeder für sich. Leider konnten sie selten länger als fünfzehn oder zwanzig Minuten bleiben, aber diese wenigen Minuten erleichterten ihnen die harte Schufterei.

Ihre begrenzte Barschaft hatte das Ausgehen mit weiblichen Personen auf ein Minimum reduziert. Dankenswerterweise pflegte das exotische Tänzerinnentrio mit ihnen weitaus engere »nachbarschaftliche« Beziehungen, als sie nur zu kostenlosen Peep-Shows einzuladen.

Eines Tages hatte Roark von sich aus angeboten, Starlights Auto zum Ölwechsel und Tunen in die Werkstatt zu fahren. Was der Mechaniker für den Wagenmotor tat, war nichts im Vergleich zu dem, was Starlight mit Roark anstellte. In Sachen Dankeschön schlug Starlight jeden Geschenkeservice um Lichtjahre.

Dieser Anruf jetzt klang jedoch nicht verführerisch. Außerdem hatte sich Mary Catherine für ihn, zu seinem großen Bedauern, nie als Liebhaber interessiert. Während sie mit Todd schamlos flirtete und ihm bereits mehrere Übernachtungen geschenkt hatte, hatte sie ihn immer wie einen Bruder behandelt.

»Könntest du, Roark? Bitte? Ich bin hier ganz allein und, na ja … du musst mir einen Gefallen tun.«

Sein Herz klopfte optimistisch. »Sicher. Bin sofort da.«

»Sag aber Todd nichts, ja?«

Das dämpfte seinen Enthusiasmus etwas. Wie gern hätte er Todd damit geneckt, dass ihn einer seiner regulären Betthasen mitten in der Nacht angerufen hatte. Denn der war, was Frauen betraf, von seinen Leistungen absolut überzeugt.

Er streifte Shorts und T-Shirt über, schob seine Füße in ein Paar Sandalen und schlich sich davon, ohne Todd zu wecken. Nach einem Sprung über den faulig-stinkenden Burggraben rings ums Gebäude folgte er dem längst vertrauten ausgetretenen Pfad hinüber zum Haus der Mädchen. Dort nahm er zwei Stufen auf einmal und kam etwas außer Atem an ihrer Türe an. Mary Catherine öffnete, noch ehe er anklopfen konnte.

»Ich habe durchs Fenster nach dir Ausschau gehalten.«

Er trat ein und versuchte, sich nicht anmerken zu lassen, wie sehr ihn ihr Anblick bedrückte.

Nichts erinnerte mehr an jenes Klasseweib, das sich aus seinem Nonnengewand schälte und prachtvoll nackt im Scheinwerferlicht stand, oder wenn sie, von Sonnenöl glänzend, breitbeinig auf dem Dach lag.

Keine Spur von Bühnen-Make-up im Gesicht. Nase und Augen rot, als hätte sie geweint. Die langen Locken zu einem verzottelten Pferdeschwanz zusammengebunden. Aber die größte Enttäuschung war ihre alles andere als verführerische Kleidung. Sie trug einen wenig schmeichelhaften Schlabberpulli der Dolphins und ausgebeulte karierte Boxershorts.

»Ich hab dich aufgeweckt, nicht wahr?«

»Hab noch geschrieben«, log er.«

»Euer Licht war schon aus.«

»Ich habe in Gedanken meinen Plot weitergesponnen.«

»Oh.« Sie knetete mit der Faust den Pullisaum. »Ich bitte dich ja nicht gern darum, Roark, aber ...«

»Stimmt was nicht?«

»Ich hatte heute Nacht einen Abgang.«

Verdutzt starrte er sie sprachlos an.

»Ein Baby.« Sie streckte die Hände von sich. »Na ja, wahrscheinlich war's noch kein richtiges Baby, nur, du weißt schon ... Jedenfalls brauche ich ein paar Sachen. Außerdem fühle ich mich nicht besonders wohl. Deshalb habe ich überlegt, ob du für mich zum Supermarkt gehen würdest.«

Er schluckte. Es fühlte sich wie eine Bowlingkugel an. Dann befeuchtete er sich in einem Reflex die Lippen. »Äh, sicher. Mach ich gern.«

»Ich wäre dir wirklich sehr dankbar.«

»Kein Problem, aber du, ist bei dir alles in Ordnung? Solltest du nicht einen Arzt anrufen? Willst du, dass ich dich ins Krankenhaus bringe? Damit die, äh, Sache untersucht wird?«

»Nein, ich bin in Ordnung.« Nach einem tiefen, aber zittrigen Atemzug sagte sie: »Es ist nicht das erste Mal.«

Er fuhr sich mit der Hand über Mund und Kinn. »Du hast doch nichts Verrücktes gemacht, oder? Du hast es doch nicht ausgelöst? Ich meine, bewusst.«

Mit einem schwachen Lächeln schüttelte sie den Kopf. »Nein, nichts so Dramatisches. Es ist einfach passiert, Roark. Ein natürlicher Unfall. Tja, beim ersten Mal bin ich noch in eine Klinik und hab's absaugen lassen. Aber diesmal ist es von selbst gekommen. Ich habe mich schon bei der Arbeit schlecht gefühlt. Krämpfe, weißt du.«

Er nickte mitfühlend, obwohl sie, was ihn betraf, genauso gut über Eisskulpturen hätte reden können. Wahrscheinlich verstand er von Eisskulpturen sogar mehr.

»Ich war mit den anderen Mädchen zu einer Party eingeladen, die aber bestimmt die ganze Nacht gedauert hätte. Also hab ich mich entschuldigt, bin heim und sofort ins Bett gegangen. Bin vor einer Stunde aufgewacht, mitten in… im Durcheinander.« Sie hob die Schultern. »Kein Baby mehr.«

Er sah Tränen in ihren Augen schimmern. Sie aber drehte sich rasch um und griff nach einem kleinen Zettel und mehreren zusammengefalteten Geldscheinen. »Ich habe eine ausführliche Liste gemacht. Mit Markennamen und Größen. Dachte mir, sonst wüsstest du nicht, was du bringen sollst.«

»Da hattest du Recht«, sagte er und schlug versuchsweise einen dämlich-fröhlichen Ton an, was aber kläglich misslang.

»Das sollte reichen.«

Er nahm Liste und Geld entgegen. »Noch was?«

»Steht alles drauf, glaube ich. Ich werde die Tür unversperrt lassen. Dann kannst du einfach reinkommen, wenn du wieder da bist.« Er nickte und wandte sich zum Gehen, aber sie berührte ihn am Arm und drehte ihn wieder um. »Danke, Roark. Wirklich. Danke.«

Er tätschelte ihre schmale Hand auf seinem Arm. »Leg dich hin. Ich bin gleich wieder da.«

Als er wiederkam, lag sie auf dem Sofa, einen Arm über den Augen, die andere Hand auf ihrem Unterleib. Auf Zehenspitzen schlich er näher, da senkte sie den Arm und lächelte ihn matt an. »Alles gefunden?«

»Denke schon.«

»Hab ich dir genug Geld mitgegeben?«

»Zerbrich dir darüber nicht den Kopf. Warum bist du nicht im Bett?«

»Na ja, wie gesagt, es ist ganz schön durcheinander.«

Am Ende eines kurzen Flurs stand eine der Schlafzimmertüren offen. Er stellte die Tüte mit den Einkäufen neben dem Sofa auf den Boden. »Hier ist dein Zeug.« Dann ging er durch den Flur auf das Schlafzimmer zu.

»Roark, nein«, protestierte sie schwach, wobei sie sich aufsetzte.

»Du kümmerst dich um dich, Mary Catherine. Ich kümmere mich darum.«

Was er auch tat, aber angenehm war's nicht.

Erstens war es sehr viel schwieriger, Distanz zu wahren, als er sich das vorgestellt hatte. Es ging ihm nicht aus dem Sinn, dass dieses »Durcheinander« ein menschliches Leben darstellte, das genau wie jedes andere Menschenleben begonnen hatte. Aus unerfindlichen Gründen hatte es beschlossen aufzugeben, früh Schluss zu machen, auszusteigen. Man sagte, Fehlgeburten seien ein verkleideter Segen, der natürliche Weg für eine Gebärmutter, Nichtperfektes los zu werden. Trotzdem fand er das Wissen, dass heute Nacht ein Leben zu Ende gegangen war, höllisch deprimierend.

Obendrein musste ihre Schwangerschaft schon ziemlich weit fortgeschritten gewesen sein. Es gab mehr blutiges Gewebe, als er erwartet hatte. Möglichst geschickt zog er die Bettwäsche samt Matratzenschoner ab und stopfte alles in einen Plastikmüllsack, den er in einem Küchenschrank gefunden hatte. Nachdem er ihn fest zugeschnürt hatte, trug er ihn zum Müllcontainer hinterm Haus.

Wieder zurück in der Wohnung hörte er im Bad die Dusche laufen. In einem Dielenschrank fand er frische Bettwäsche und überzog das Bett. Gerade als er fertig war, kam sie, frisch geschrubbt, mit einem neuen Schlabber-Shirt und ebensolchen Boxershorts ins Schlafzimmer.

Mit einer weit ausholenden Geste deutete er aufs Bett. »Rein mit dir.« Was sie mit einem erleichterten Seufzer auch tat. »Alles in Ordnung?«

»Sicher.«

»Hast du ein paar Tylenol genommen?«

»Drei. Dachte, das könnte nichts schaden.«

»Wie wär's mit Tee?«

»Du hast schon genug getan.«

»Wie wär's mit Tee?«

Sie schaute zu ihm hoch. »Würdest du mir wirklich einen Tee machen?«

»Habt ihr einen Wasserkocher?«

»Ich glaube nicht.«

»Eine Mikrowelle?«

»Natürlich.«

Fünf Minuten später war er wieder da, mit einer dampfenden Tasse Tee, Süßstoff und einem Löffel. »Ich wusste nicht, ob du Zucker nimmst.«

»Bitte, zwei.« Während er den Süßstoff umrührte, fiel sein Blick auf den Fernseher. Der Ton war leise gestellt. Trotzdem starrte sie auf den Bildschirm. »Mein Lieblingsfilm«, erklärte sie ihm. »Ich habe das Video gekauft und bestimmt schon tausend Mal angeschaut. Audrey Hepburn und Cary Grant.«

»Ein tolles Duo. Vorsicht, ist heiß«, sagte er, während er ihr den Becher reichte. Sie machte ihm neben sich auf dem Bett Platz, und er setzte sich mit dem Rücken an die Wand. »Worum geht's denn?«

»Sie ist hinreißend und steckt in Schwierigkeiten. Er sieht toll aus und rettet sie. Sie hat Angst. Er ist ganz Mann von Welt. Und zum Schluss verlieben sie sich.«

Schweigend schauten sie das Video zu Ende, dann schaltete sie den Fernseher aus, und er nahm ihr die leere Tasse ab. »Danke, Roark, das hat geholfen. Noch nie hat mir jemand Tee gemacht.«

»Meine Ma hat mir immer einen gemacht, wenn ich krank war.«

»War sie nett zu dir?«

»Echt nett. Ich hatte Glück.«

»Tja, hattest du. Meine alte Dame hat mich mit fünfzehn rausgeworfen.«

»Wieso?«

»Sie hat ihren Freund dabei erwischt, wie er vor mir mit seinem Schniedel herumwackelte.«

»Warum hat sie dann nicht ihn rausgeworfen?«

Sie lachte, als wäre das ein Witz, doch für Roark war es keiner gewesen. »Roark, du bist ein netter Kerl.« Als er eine Grimasse zog, fügte sie hinzu: »Das war ein Kompliment.«

»Na ja, danke. Trotzdem muss ich sagen, dass ich lieber der rasant-gefährliche Herzensbrecher wäre.«

Ihr Lächeln verschwand. Das Funkeln in ihren Augen erlosch. Offensichtlich dachte sie an etwas, das sie unglücklich machte. »Nein, das ist Todd schon.«

Da Roark nicht wusste, wie er darauf reagieren sollte, hielt er es für das Beste, gar nichts zu sagen. Er klatschte sich auf die Schenkel und machte Anstalten aufzustehen. »Also, ich sollte mich mal …«

»Warte, Roark. Du bist so lieb gewesen. Ich meine, echt supertoll. Ich hasse Frauen, die wie Kletten an einem hängen und das arme Mäuschen spielen, aber heute Nacht möchte ich wirklich nicht allein sein. Würdest du bleiben? Nur bis ich eingeschlafen bin?«

»Okay. Klar.«

»Leg dich hin.«

Verlegen streckte sich Roark neben ihr im Bett aus. Sie kuschelte sich an ihn und legte ihm den Kopf auf die Schulter. Er legte einen Arm um sie. »Vielleicht solltest du morgen doch einen Arzt anrufen«, schlug er vor.

»Jaja. Der wird dann bestimmt eine Ausschabung machen wollen. Igitt.«

Genau so etwas hatte sich Roark gedacht. Er hatte eine vage Vorstellung, was bei dieser Prozedur geschah, und zog es vor, sie nicht weiter zu präzisieren. »Hast du keine Pille genommen?«

»Nein, davon werde ich dick«, erklärte sie. »Und er hat vergessen, Kondome mitzubringen. Wenigstens hat er das gesagt. Vermutlich war's dumm, dass ich nicht darauf bestanden habe.«

»Wohl wahr. Aber eine Schwangerschaft ist doch nicht das Schlimmste.«

»Weiß ich, aber er ist der Typ, der wegen Krankheiten und solchem Zeug vorsichtig wäre.«

»Also war's keine Zufallsbekanntschaft? Ich meine, ist es jemand, den du gut kennst?«

»Roark, frag nicht, okay?«

»Okay.«

»Lass uns von was anderem reden.«

Aber das taten sie nicht. Zumindest eine Weile nicht. Sie bewegten sich nicht einmal. Nur seine Finger strichen durch ihre Haare.

»In Wirklichkeit heiße ich gar nicht Mary Catherine«, gestand sie leise.

»Nein?«

»Sondern Sheila.«

»Klingt hübsch.«

»Mary Catherine verwende ich nur für die Sache mit der Nonne.«

»Dachte ich mir schon.«

»Du bist schlau. Als ich von zu Hause abgehauen bin, war Schluss mit Schule, mitten in der zehnten Klasse. Ich bin eine Idiotin.«

»Glaube ich nicht.«

»Ich weiß es aber. Sobald die Kunden die Nonnen-Show satt haben, werde ich mir jedenfalls was Neues ausdenken. Und dann vermutlich meinen Namen passend zur neuen Show ändern. Ich spiele da schon mit einer Idee. Möchtest du sie hören?«

»Gern.«

»Ich dachte, ich könnte auf Meerjungfrau machen. Weißt du, dann hätte ich so einen silbrig schimmernden Schwanz. Und eine ganz lange Perücke bis zum Po. Vielleicht sogar bis an die Knie.«

»Du wärst umwerfend. Du könntest dich Lorelei nennen.«

»Lorelei?«

»Wie die Sirene. In der Mythologie.« Ungläubig starrte sie ihn an. »Sie hatte eine wunderschöne Singstimme«, erklärte er. »Damit hat sie Seeleute auf die Felsen gelockt, wo sie dann Schiffbruch erlitten.«

»Kein Scheiß? Das muss ich mir merken.«

»Ich kann's dir aufschreiben, dann vergisst du's nicht.«

Sie stützte sich auf den Ellbogen und betrachtete ihn mit offener Bewunderung. »Siehst du? Du bist so verdammt schlau.«

Er lachte, und sie lachte, und dann schauten sie einander

einen langen Augenblick ernst an, und dann sagte sie: »Wenn du willst, kannst du damit spielen.«

Sofort sackten seine Augen auf ihre Brust. Sie hob den Saum ihres T-Shirts über den Busen. Die Objekte seiner Zuneigung und Fantasien, die er stets von weitem bewundert hatte, lagen nur wenige Zentimeter von seinen Augen, seinen Fingerspitzen, seinen Lippen entfernt. Sie bot sie ihm an. Als Geschenk.

Aber als er die Hand ausstreckte, zog er lediglich wieder ihr T-Shirt dorthin, wo es hingehörte.

»Was ist los?«, fragte sie. »Ich kann zwar heute Abend nicht bumsen, aber einen blasen könnte ich dir.«

»Das ist nicht nötig.«

»Meinst du etwa, ich würde das wirklich nur dir zuliebe machen? Denk mal scharf nach.« Ihre Hand glitt nach unten und legte sich um seinen Penis. »Wollte doch schon immer wissen, wie du gebaut bist. Starlight lügt wie gedruckt, aber ich stelle fest, dass sie über dich die Wahrheit gesagt hat.« Sie drückte ihn. Er hielt die Luft an. In jede Druckstelle, die ihre Finger hinterlassen hatten, schoss das Blut.

Aber er schob ihre Hand weg. »Damit würde ich nur die Situation ausnützen.«

»Na und?«

»Sheila, ich würde mich dabei nicht wohl fühlen.«

»Meine Güte, für ein solches Angebot würden die meisten Typen killen. Bist du gaga?«

»Na schön, bin ich eben gaga. Morgen früh werde ich mich dafür verfluchen.«

»Na ja, du kannst dir ja immer noch unter der Dusche einen runterholen, während du uns beim Sonnenbaden zusiehst.« Sie kicherte über sein erstauntes Gesicht. »Roark, *so* dumm sind wir auch wieder nicht. Warum solltet ihr sonst so oft duschen? Und immer wenn wir in der Sonne liegen?«

Lächelnd legte sie sich wieder hin und kuschelte sich an ihn. »Ehrlich gesagt, hätte ich's dir heute Nacht auch nicht ordentlich besorgen können. Ich fühle mich echt beschissen, weißt du?«

»Schlaf jetzt, Sheila. Wenn du aufwachst, kommt dir das nur noch wie ein böser Traum vor.«

»Du bist lieb.«

»Du auch.«

Er streichelte ihren Rücken und liebkoste ihre Haare und hielt sie auch noch fest, nachdem sie eingeschlafen war. Als er am nächsten Morgen wieder in seine Wohnung kam, war Todd bereits auf und hackte in seinen Computer. »Wo warst du?«

»Spazieren. Am Strand.«

Misstrauisch kniff Todd die Augen zusammen.

»Allein.«

»Und wer ist sie?«

»Allein«, erwiderte Roark gereizt.

»Aha.« Todd begann wieder zu tippen, sagte aber zuvor noch einen einzigen Satz. »Kaffee ist fertig, allerdings habe ich die letzte Milch aufgebraucht.«

20

Noah beschloss, Maris eine Woche zum Abreagieren zu geben.

Eine Frau, die ihren Mann mitten beim Ehebruch ertappt, verdiente wohl eine siebentägige Gnadenfrist, um sich die Wunden zu lecken. Jedenfalls war dies überreichlich Zeit, ein angeschlagenes Ego wieder aufzupolieren. Wenn Gott in der Genesis während dieser Periode einen ganzen Kosmos erschaffen konnte, könnte sich doch eine Ehefrau sicher mit ihrem treulosen Gespons abfinden.

Diese Deadline setzte er so an, dass sie zufälligerweise mit jener zusammenfiel, die ihm Morris Blume aufs Auge gedrückt hatte. Bei ihrem nächsten Treffen musste Noah unbedingt berichten, dass alles glatt und planmäßig ablief. Ehe er dies behauptete, wäre es aber ganz passend, wenn er die Sache mit Maris wieder ins Lot brächte.

Für Blume war er nur so lange etwas wert, wie er ein Mitglied der Familie Matherly war. Eine Entfremdung von Maris und Daniel würde seinen anstehenden Deal mit WorldView gefährden. Selbst ein unbedeutender Krach könnte dazu führen, dass Blume zurückscheute. Vor diesem wichtigen Treffen musste er sich wieder mit Maris versöhnen.

Falls sie binnen einer Woche nicht den ersten Schritt tat, wollte er zerknirscht zu ihr gehen und sie um Vergebung bitten. Auch wenn er an seiner Bußfertigkeit fast ersticken würde, wäre der Lohn dafür letztlich ein paar Minuten Reue wert. Bis dahin bewohnte er eine Suite im Plaza. Er würde ihr den nötigen Freiraum geben. Sie konnte ruhig im eigenen Saft schmoren und –

die Konsequenzen bedenken, wenn sie ihn aus ihrem Leben hinauskommandierte.

Wie in der Hölle, Maris, meine Liebe. Hoffentlich hatte er sich diesbezüglich klar ausgedrückt.

Unglücklicherweise war er gezwungen, Maris am Vormittag nach ihrer hässlichen Szene zu sehen. Vor Howard Bancrofts Trauerfeier konnte er sich unter keinen Umständen drücken. Als er ankam, sah er Daniel bereits allein auf den Stufen der Synagoge stehen und wusste sofort, dass sein Schwiegervater von den Ereignissen der letzten Nacht nicht die geringste Ahnung hatte. Daniel begrüßte ihn, als sei nichts Ungehöriges vorgefallen.

Während sie einander traurig die Hand schüttelten, wollte Daniel von ihm wissen, wo Maris sei.

»Sicher bereits unterwegs. Ich musste vor ihr weg, um noch schnell im Büro vorbeizuschauen.« Der Alte kaufte ihm die Lüge ab. Jedenfalls ließ er sich von Noah aus dem Nieselregen, der eben eingesetzt hatte, ins Innere bringen.

Wenige Minuten später traf Maris ein. Blass sah sie aus. Ein wenig schmeichelhaftes schwarzes Kleid machte sie noch bleicher. Diese Farbe stand ihr nicht besonders. Ihm hatte sie nie darin gefallen. Sie entdeckte ihn neben Daniel in der Vorhalle. Beide trugen Gebetskäppchen aus Papier und erwarteten sie.

Nach kurzem Zögern ging sie durch die Menge auf sie zu. Um eine Szene zu machen, respektierte sie die Situation viel zu sehr. Er hatte mit ihrer Diskretion gerechnet, genau wie auch damit, dass sie Daniel nichts von seiner außerehelichen Affäre mit Nadia erzählte. Neben ihrem übertriebenen Stolz war Maris so berechenbar, dass es schon langweilig war.

Zärtlich umarmte sie Daniel. »Wie geht's dir heute Morgen?«

»Traurig bin ich, besonders wegen Howards Familie. Sollen wir hineingehen?«

Nebeneinander gingen sie den langen Flur entlang. Maris gelang es, Daniel zwischen ihnen zu platzieren. Ihr Benehmen war mustergültig. Trotzdem war Noah klar, dass sie innerlich mit den Zähnen knirschte, weil sie seine Gegenwart ertragen musste. Als er sich ausmalte, was dieser Härtetest für sie bedeutete, konnte er nur mühsam ein amüsiertes Grinsen unterdrücken.

Während des Gottesdienstes tröstete sie Daniel. Um seinetwillen erfand sie eine Entschuldigung, damit sie mit getrennten Taxis ins Stadtzentrum fahren konnten. Den restlichen Tag sah Noah sie nicht mehr.

Und auch er vermied in den nächsten Tagen jede zusätzliche Begegnung mit ihr. Während unaufschiebbarer Geschäftstermine tat sie so, als sei alles normal. In der Firma hatten sie, abgesehen von wenigen Ausnahmen in seinem oder ihrem Büro hinter verschlossenen Türen, nie übertrieben miteinander geturtelt. Im Beisein von Mitarbeitern hatten sie stets professionelles Verhalten an den Tag gelegt. Folglich bemerkte bei Matherly Press niemand die frostige Atmosphäre zwischen ihnen.

Um ein paar Sachen zum Wechseln zu holen, fuhr er zu einem Zeitpunkt in die gemeinsame Wohnung, zu dem sie sich dort nicht aufhielt. Dass er alles noch so wie beim Verlassen vorfand, überraschte ihn nicht. Maris hatte Maxine nicht zum Einpacken seiner Sachen kommen lassen. Nie hätte sie der loyalen Haushälterin ihres Vaters das Geheimnis ihrer Trennung anvertraut. Die schlechte Nachricht wäre sofort von Maxine an Daniel weitergegangen, und davor wollte Maris Daniel unter allen Umständen bewahren. Der alte Mann sollte sich keinesfalls Sorgen wegen ihrer Eheprobleme und deren schädlicher Auswirkung auf den Verlag machen.

Nichts ahnend nahm Daniel weiterhin Noahs Anrufe entgegen, während Noah ihn wie immer am späten Nachmittag zu einem Gespräch über die Tagesereignisse besuchte. Die Beziehung zu seinem Schwiegervater blieb unerschüttert. Maris litt stumm und einsam, was sie sich allerdings gänzlich selbst zuzuschreiben hatte. Nie hätte sie ihm gegenüber diese arrogante Haltung einnehmen dürfen. Sie hätte zweimal nachdenken sollen, ehe sie ihm ein Ultimatum stellte, das letztlich nur sie selbst lächerlich machen würde.

Mit Wonne dachte er daran, wie sie rastlos umhertigerte und

ihren gedankenlosen Wutausbruch bedauerte und dabei absolut niemanden hatte, dem sie sich anvertrauen konnte. Jedes Mal, wenn er sich vorstellte, wie sie sich in ihrer einsamen selbstverschuldeten Qual wälzte, lächelte er.

Dennoch war Noah nach ein paar Tagen die Situation leid und überlegte, ob er nicht als Erster an Maris herantreten und diese alberne Lage beenden sollte. Trotzdem beschloss er stur, sie volle sieben Tage schmoren zu lassen, bevor er auf sie zuging.

Weinend würde sie ihn beschimpfen und beschwören. Wie könne er sie nur so schrecklich verletzen, während sie doch absolut nichts getan habe, womit sie das verdiente. Er würde ihr Gelegenheit geben, Dampf abzulassen. Anschließend würde sie ihm gnädig verzeihen. Daran bestand kein Zweifel.

Dem alten Mann zuliebe würde sie ihm vergeben. Denn mit einem konnte man bei Maris immer rechnen: dass sie Daniel jeden Kummer ersparte. Sie würde ihm vergeben, weil das Frauen nun mal gerne tun, um anschließend dem Übeltäter jeden Tag seines restlichen Lebens zur Hölle zu machen. So würde seine Zukunft selbstverständlich nicht aussehen. Dass Maris das so für ihn geplant hatte, mutmaßte er trotzdem. Doch wegen seines Deals mit WorldView würde er derzeit nichts tun, um sie darüber aufzuklären. Das käme später.

Inzwischen hatte die vorübergehende Trennung durchaus gute Seiten. Während Maris nicht mit ihm sprach, musste er sich wenigstens nicht ihre Nörgelei anhören.

Mit Nadia war das allerdings etwas ganz anderes. Ununterbrochen bohrte sie in ihn, er solle sich von Maris scheiden lassen. Ihre Hartnäckigkeit wurde ihm allmählich lästig und führte zu Spannungen zwischen ihnen, die ironischerweise am letzten Tag seiner von ihm selbst gesetzten Deadline kulminierten.

Sie hatten sich in einem unverschämt teuren In-Lokal im Norden Manhattans mit einem der Bestsellerautoren von Matherly Press zum Lunch verabredet. Nadia sollte ihn für ihre »Plaudereien rund ums Buch« interviewen. Als sie sich vorab Cocktails bestellten, war der Schriftsteller noch nicht eingetroffen.

Für die übrigen Gäste, darunter viele aus der Verlagsbranche, sah es aus, als unterhielten sie sich angeregt über die neuesten Markttrends oder über jenes Science-Fiction-Phänomen, das die Spitzenplätze aller Bestsellerlisten gestürmt und damit die Buchwelt erschüttert hatte. In Wahrheit stritten sie miteinander über ihre unmittelbare Zukunft.

»Sie weiß über uns Bescheid. Warum also warten? Reich jetzt die Scheidung ein und bring's hinter dich.«

»Ich kann die Familie erst verlassen, wenn der Deal mit WorldView niet- und nagelfest ist«, widersprach er.

»Was hat das eine mit dem anderen zu tun?«

»Nadia, das ist eine unglaublich dumme Frage.«

Diese Beleidigung ließ Nadias Lächeln festfrieren. Andernorts wäre sie wahrscheinlich wie der Vesuv explodiert, doch so nippte sie lediglich lässig an ihrem Martini, strich die gestärkte Leinenserviette auf ihrem Schoß glatt und rückte die dreifache Perlenkette um ihren Hals zurecht, auf dem sich heftige Zornesflecken zeigten. »Noah, pass auf«, sagte sie ruhig, »dass ich nicht wütend auf dich werde.«

Wie sie lächelte auch er unverwandt weiter. Nur seine Stimme hatte einen schärferen Klang. »Drohst du mir?«

»Da du nun mal ein kalter, herzloser Mistkerl bist, erkennst du doch eine Drohung, wenn du eine hörst, oder?«

»Ist es nicht der kalte, herzlose Mistkerl, dem du nicht widerstehen kannst?«

Da Nadia sah, dass der erwartete Schriftsteller eingetroffen war und vom Maître d' zu ihrem Tisch geleitet wurde, warf sie ihm ein strahlendes Lächeln zu und flüsterte ihm kaum hörbar ins Ohr: »Dir zuliebe, Noah, denk immer daran, dass ich dir eine Lektion in Sachen Herzlosigkeit erteilen könnte.«

Im Anschluss an diesen langweiligen Lunch begleitete er sie aus dem Restaurant ins Freie, wo eine Limousine mit Chauffeur auf sie wartete. Aber Nadia lehnte seine Einladung zu einer Rückfahrt in ihr Büro höflich ab.

In der Hoffnung, es wirke wie ein freundliches Händeschütteln unter Kollegen, ergriff er ihre Hand und zwickte sie dabei vertraulich. Diese Geste würde sie verstehen.

»Falls es so aussieht, Nadia, als ließe ich die Scheidung schleifen, dann nur, weil ich keinen grundlegenden Fehler begehen will, der uns diesen Deal kosten könnte. Um das durchzuziehen, müssen wir bereit sein, ein paar Opfer zu bringen. Ich kann momentan meine Ehe mit Maris nicht auflösen. Das steht außer Frage. Das verstehst du doch, oder?«

Zu seiner enormen Erleichterung lächelte sie geziemend reumütig zu ihm auf. »Natürlich verstehe ich das. Ich bin eben nur ungeduldig, weil ich mit dir zusammen sein möchte.«

»Nicht weniger als ich. Offen gestanden«, sagte er, wobei er einen halben Schritt näher trat, »wäre ich gerade jetzt gern in dir.«

Sie schloss die Augen und schwankte leicht in seine Richtung. Anschließend warf sie vorsichtig einen Blick in die Runde, ob sie auch sicher niemand beobachtet oder gehört hatte. »Du Böser. Du hast mich ganz nass gemacht.«

»Dann kann's ja nicht schnell genug sechs Uhr werden.«

Nach einem raschen Händedruck stieg er auf den Rücksitz der wartenden Limousine und lächelte in sich hinein. Das Geheimnis, Nadia zufrieden zu halten, lag zwischen ihren Beinen; es genügte, dafür zu sorgen, dass sie ständig erregt war. Dort lag die Hauptquelle ihres Selbstwertgefühls. Darum kreiste ihr Ego. Wenn sie an dieser Stelle glücklich war, war sie es auch sonst.

Obwohl ihm ihr Dauernörgeln nicht passte, hatte ihn der Wortwechsel mit ihr für seine Kraftprobe mit Maris stimuliert und aufgeputscht. *Nennen wir es doch eine Theaterprobe*, dachte er, während er aus dem Lift stieg, die Glastür zu den Vorstandsbüros von Matherly Press aufstieß und schnurstracks auf Maris' Büro zustrebte.

Aber sie war nicht da. Beim Hinausgehen stieß er mit ihrer Assistentin zusammen. »Kann ich Ihnen helfen, Mr. Reed?«

»Ich suche Maris.«

Fragend schaute sie ihn an. Dicke Brillengläser vergrößerten ihre Augen. »Mr. Reed, sie kommt heute nicht. Sie wissen doch, sie fliegt wieder nach Georgia.«

Fliegt wieder nach Georgia? Seit wann? *Scheiße!* Das passte ganz und gar nicht in seinen Zeitplan.

Sich nicht vor der Sekretärin zu blamieren, erforderte sein geballtes schauspielerisches Talent. »Richtig, richtig. Ich weiß ja, dass sie heute abreist, aber sie meinte, sie würde vor der Fahrt zum Flughafen hier noch mal kurz vorbeischauen.«

»Tatsächlich? Mir hat sie etwas anderes gesagt.«

»Hmm, vermutlich hat sie es sich anders überlegt.« Er zwang sich zu einem Lächeln. Hoffentlich wirkte es natürlicher, als es sich anfühlte. »Ich werde es auf ihrem Handy versuchen.«

Obwohl er sage und schreibe ein Dutzend Mal anrief, erreichte er immer nur ihre Mailbox. Offensichtlich wollte sie nicht erreicht werden. Den ganzen restlichen Arbeitstag verfluchte er sie. Wenn sie unverhofft aufgetaucht wäre, hätte er sie liebend gern mit bloßen Händen erwürgt.

Dass sie die betrogene Ehefrau mimte und fortrannte, geschah zum ungünstigsten Zeitpunkt. Hatte er ihr denn nicht klar gemacht, dass er sich von ihr keinen Mist mehr bieten ließe? Dass sie, gemäß seiner Anweisung, brav zu kuschen hatte? Ihr Schmollen konnte die ganze Sache ruinieren.

Bei genauerem Nachdenken allerdings … Sollte sie sich doch zum Teufel scheren.

Er war im Besitz jenes Dokuments, das Howard Bancroft für ihn entworfen hatte. Trotzdem wollte er es lieber nicht einsetzen, es sei denn, er hätte keine andere Wahl. Vom juristischen Standpunkt aus konnte dieses Dokument zu heiklen Verwicklungen führen, was er bei rechtlichen Dingen lieber vermied. Und doch lag es in seinem Safe, als Rückversicherungsschein, ein Notnagel, den man im Fall der Fälle einsetzen könnte.

Mit frisch gestärkter Zuversicht und dem Gefühl, erneut unbesiegbar zu sein, traf er kurz nach sechs vor Nadias Wohnung in Chelsea ein. Er hatte Lust auf einen kalten Drink und eine kühle Dusche, gekrönt von heißem, aggressivem Sex.

Pfeifend trabte er die Treppe hoch. Beim Aufsperren der Wohnung allerdings erstarb dieses abrupt.

Aus dem Schlafzimmer tauchte soeben ein muskelbepackter junger Mann in einem hautengen schwarzen T-Shirt und Freizeithose auf und band sich seine Armbanduhr um. Anschließend schulterte er seine Sporttasche und schlenderte auf dem Weg zur Wohnungstür ungerührt an Noah vorbei. Ein lässiges Nicken war sein einziger Kommentar zu dessen Anwesenheit.

Mehrere Minuten, nachdem der junge Mann gegangen war, stand Noah immer noch wie angewurzelt auf der Schwelle und kochte vor Wut – eine Brennkammer im feinsten Hugo-Boss-Outfit. Er knöpfte seine Manschettenknöpfe mit dem Monogramm zu, strich sich die Haare glatt und wischte sich den Schweiß von der Oberlippe. Alles geschah ganz bewusst, um seine Hände zu beschäftigen. Sonst hätte er damit irgendetwas zerfetzt, zertrümmert oder sonstwie zerstört, ob lebendig oder nicht. In solchen Momenten war er nicht wählerisch.

Als er sich schließlich einigermaßen unter Kontrolle hatte, ging er auf das Schlafzimmer zu und stieß die Tür sacht auf. Lautlos schwang sie zurück. Nadia lag auf dem Bett. Zwischen feuchten, zerknüllten Laken. Nackt. Mit feuchten, zerzausten Haaren. Nur ihre Haut war kaum mehr feucht.

Bei seinem Anblick regte sie sich und lächelte schläfrig. »Noah, Liebling, ist es schon sechs? Ich habe jedes Zeitgefühl verloren.«

Obwohl es in seinen Schläfen fast schmerzhaft pochte, blieb seine Stimme ruhig. »Wer war dieser Mann?«

»Ach, bist du Frankie begegnet? Er arbeitet als Privattrainer in meinem Fitnessstudio.«

»Was hatte er hier zu suchen?«

Sie stützte sich auf einen Ellbogen. Lediglich ein verschlagenes Lächeln milderte den boshaften Blick, mit dem sie ihn bedachte. »Noah, das ist eine unglaublich dumme Frage.«

Daniel Matherly las die letzte Manuskriptseite. Während er die Blätter fein säuberlich mit den Kanten aufeinander stapelte, sagte er: »Ist das alles, was du bisher hast?«

Maris nickte. »Seit meiner Rückkehr habe ich nichts mehr von ihm bekommen. Obwohl ich ihn mehrmals angerufen habe, um ihn anzufeuern, hatte ich immer nur seinen Berater am Apparat, Mike. Er sagt, P…., der Autor, schreibt momentan nicht besonders intensiv.«

»Woran liegt das wohl?«

»Er schmollt.«

»Seine Muse ist davongeflogen.«

»Nichts so Geheimnisvolles. Er ist lediglich von Haus aus ein störrisches Muli. Und muss, wie alle Mulis, angeschoben werden.« Zögernd fügte sie hinzu: »Also fahre ich wieder hin.«

»Wirklich? Wann?«

»Ich bin bereits auf dem Weg zum Flughafen.«

»Verstehe.«

»Ich habe nur noch rasch angehalten, um nach dir zu sehen, mich von dir zu verabschieden und zu hören, was du von deiner bisherigen Lektüre hältst.«

Eine Woche hatte sie ihre Abreise aufgeschoben. Nachdem sie Noah in Nadia Schullers Wohnung erwischt hatte, stand ihre Rückkehr nach Georgia jedoch fest. Sie würde Parker wiedersehen.

Die Affäre ihres Mannes hatte ihr grünes Licht gegeben, ihre zweideutigen und widersprüchlichen Gefühle zu Parker zu überprüfen. Aber aus Fairness ihm und sich selbst gegenüber hatte sie die Reise so lange aufgeschoben, bis sie die Sache aus jedem Blickwinkel durchdacht hatte. Denn eines sollte ihre Rückkehr nicht werden: eine Kurzschlussreaktion auf eine ganze Reihe von Veränderungen in ihrem Leben, die urplötzlich über sie hereingebrochen waren. Die Reaktion einer zornigen und rachsüchtigen Ehefrau sollte es nicht sein. Sie wollte stattdessen einen bewussten Schritt tun, nach tagelanger intensiver Bedenkzeit.

Die letzten sieben Tage hatte sie an kaum etwas anderes gedacht.

Am Morgen ihrer Abreise war sie schrecklich wütend auf Parker gewesen. Trotzdem hatte sie in Wahrheit gar nicht fortgehen wollen. Inzwischen konnte sie das zugeben. Und seitdem hatte sie nur einen einzigen Wunsch gehabt: wieder bei ihm zu sein.

Anfänglich hatten brennende Schuldgefühle sie beherrscht. Sie war verheiratet. Sie war vor dem Traualtar eine Verpflichtung eingegangen, die in ihren Augen ein Versprechen auf Lebenszeit darstellte. Sie hatte sämtliche Ehegelübde ernst genommen.

Aber offensichtlich war sie die Einzige gewesen, die an jenem Tag mit dieser Einstellung vor dem Altar gestanden hatte. Noah hatte seine Gelübde gebrochen. Womöglich war Nadia nicht die Erste, mit der er sie betrogen hatte. Vor seiner Ehe hatte es ihm an Freundinnen sicher nicht gemangelt. Möglicherweise hatte er mit dem Schritt vom Junggesellen zum verheirateten Mann sein Verhaltensmuster unverändert beibehalten. Er hatte sich absichtlich dazu entschieden, sie zu betrügen. Genauso absichtlich, wie sie nun diese Ehe beenden würde. Er hatte sich eine Geliebte genommen und dadurch das Recht und das Privileg verwirkt, ihr Ehemann zu sein.

Allerdings hätte sie ihn auch verlassen, wenn sie ihn nicht mit Nadia ertappt hätte. In jener Nacht auf dem Gehsteig in Chelsea hatte Noah eine Seite seines Charakters gezeigt, die sie entsetzte, anwiderte und ihr Angst einjagte. Keinen Tag länger würde sie mit einem Mann zusammenleben, der unterschwellig so wirksam den Gewalttätigen mimte, dass sie ihm diesen Zug auch glaubte. Ihre Ehe war vorbei. Noah Reed war Vergangenheit.

Nun musste sie unbedingt herausfinden, ob Parker Evans ihre Zukunft war.

Sie fühlte sich zu ihm hingezogen. Das konnte sie nicht länger ignorieren oder leugnen. Sie hatte versucht, sich einzureden, lediglich sein Intellekt und sein Talent reizten sie. Aber dem war nicht so. Er zog sie an, als Mann. Unzählige Male hatte sie ihn in ihrer Fantasie wieder geküsst, hatte seine Hände gespürt und ihren Mund über seinen Körper wandern lassen.

Sie wusste nicht einmal, ob er im Stande war, im üblichen Sinne mit ihr zu schlafen. Aber auch das war egal. Sie wollte nur eines: ihn berühren und von ihm berührt werden. Ganz nah wollte sie ihm sein, egal wie und wodurch.

Als Verheiratete hätte sie diese Lust nie ausgelebt. Nie hatte sie während ihrer Verlobungszeit und während der Ehe einen anderen Mann angeschaut oder an ihn in sexueller Hinsicht gedacht. Deshalb hatte sie ihr spontanes Hingezogensein zu Parker noch mehr verstört.

Auf dem Rückflug nach New York hatte sie sich eingeredet, an dieser romantischen Sehnsucht sei einzig und allein die Insel schuld. Kaum wäre sie wieder auf vertrautem Territorium, sei damit Schluss. Als ihr Flugzeug in LaGuardia landete, war sie überzeugt, die Kluft zwischen ihr und Noah überbrücken zu können. Die vorübergehende Flaute in ihrer Ehe hatte sie für abstruse Tagträume empfänglich gemacht, die in dem Moment verschwänden, in dem ihre schlummernde Leidenschaft wieder erwachte.

Sie hatte sich so lange gut zugeredet, bis sie daran glaubte, mit ein bisschen Fantasie ihrerseits ihr Liebesleben wiederbeleben zu können. Dann würde sie von neuem, wie damals, als sie an Noahs Arm als seine Braut die Kirche verlassen hatte, jene überschwängliche Freude und Begeisterung empfinden.

Was für eine naive Strategie war das gewesen!

Mittlerweile machte es sie wütend, dass sie bereitwillig angenommen hatte, sie allein sei für die Sackgasse verantwortlich, in die ihre Ehe geraten war. Wie hatte sie nur so leichtgläubig sein können? Wussten denn alle über Noahs Affäre Bescheid, nur sie nicht? Die Leute, mit denen sie tagtäglich arbeiteten – hatten sie es gewusst? War sie eine tragikomische Gestalt, die Ehefrau, die es zuletzt erfuhr? *Arme Maris,* musste die Belegschaft gedacht haben, plagt sich im Verlag ab, während sich ihr Mann regelmäßig zum verbotenen Stelldichein zu seiner Geliebten davonstiehlt.

Noah hatte unter den Mitarbeitern Gegner, aber auch Verbündete, Leute, die er von seinem ehemaligen Verleger abgeworben hatte. Sich von ihm scheiden zu lassen, würde vergleichsweise einfach sein. Schwierig wäre es, ihn aus dem Verbund, den Matherly Press darstellte, zu lösen.

Damit stand sie vor der nächsten Hürde, der sie sich stellen musste: Daniel über ihre Trennung zu informieren.

Das würde sie möglichst lange hinausschieben. Ihn würde es doppelt treffen. Er würde nicht nur seinen Schwiegersohn verlieren, sondern auch seinen Protégé. Obwohl Maris darauf vertraute, dass ihr Vater stark genug war, damit genauso fertig zu werden wie mit allen anderen Rückschlägen und Enttäuschungen seines Lebens, sah sie keinen Sinn darin, ihn vorzeitig aufzuregen. Trotzdem war es keine leichte Aufgabe, ständig so zu tun, als sei alles normal.

Inzwischen beobachtete er sie eindringlich mit dem ihm eigenen Instinkt, der sie sehr nervös machte. Unter diesen unverwandten Blicken gelassen zu bleiben, war schwierig. »Also, Pa, was hältst du davon?«

»Von diesem Buch? Ich finde es sehr gut. Als Verleger würde ich den Autor antreiben, es fertig zu schreiben.«

»Dann bin ich auch schon weg.« Sie stand auf und begann, ihren Regenmantel anzuziehen.

»Und was hält Noah davon?«

»Er hat es noch nicht gelesen.«

»Maris, damit meine ich nicht das Manuskript. Was hält er davon, dass du fortfährst, um noch mehr Zeit mit diesem Schriftsteller zu verbringen?«

»Ich benötige seine Erlaubnis nicht.« Als sie sah, wie sehr ihn ihr scharfer Ton erstaunte, beschwichtigte sie. »Entschuldige, Pa, ich wollte dich nicht anherrschen.«

»Entschuldigung angenommen. Ich maße mir keinerlei Einmischung in dein Privatleben an. Es ist nur, dass ...«

»Brich jetzt nicht ab. Jetzt bist du schon so weit.«

Er griff nach ihrer Hand. »Es ist nur so, dass ich mich noch gut erinnere, wie du dich zuerst in ein Buch und dann in den Autor verliebt hast.«

Sie lächelte ihn matt an. »Das denkst du also? Dass ich mich wie ein Schulmädchen in diesen Schriftsteller verknallt habe?«

»Es wäre nicht das erste Mal.«

»Inzwischen bin ich älter und klüger.« *Und habe meine Lektion gelernt*, hätte sie beinahe noch hinzugefügt. »Dieses Buch, dieser Autor haben nichts mit Noah und unserer Ehe zu tun. Nicht das geringste.«

Dies entsprach der Wahrheit. Ihre Ehe war vorbei, ob sie Parker Evans je wiedersah, oder nicht. Auch wenn sie nie etwas über Parker oder *Neid* erfahren hätte, wäre ihre Ehe zu Ende. Weil ihr Ehemann ein falsches Spiel spielte, und ihre Ehe eine Farce war.

»Also ist Noah damit einverstanden, dass du gehst?«

Anscheinend waren Daniel Noahs Gefühle in dieser Sache sehr wichtig, was sich aber ändern würde, wenn er die ganze Geschichte kannte. Sie war versucht, die Ärmel aufzukrempeln und ihm die blauen Flecken auf ihren Armen zu zeigen, die nach einer Woche noch nicht verblasst waren. Sie konnte ihm erzählen, wie sie eine Stunde lang Blut gespuckt hatte, nachdem sie sich in die Zunge gebissen hatte. Was wäre, wenn sie Noahs bittere Drohungen wiederholte und dabei denselben finsteren Tonfall anschlüge, der fast noch alarmierender gewesen war als die Worte an sich? Ihr Vater würde ebenso entsetzt wie sie reagieren. Auf der Stelle würde er Noah aufsuchen und ihn eigenhändig bestrafen.

Und genau deshalb würde sie Noah nicht jetzt vor ihm entlarven. Das würde sie sich für einen Tag aufsparen, bis zu dem sie mehr Ordnung in ihr Innenleben gebracht hatte. Wenn sie nicht gerade dabei war, die Stadt zu verlassen. Wenn sie für Matherly Press und für ihr Privatleben einen gut funktionierenden Plan ausgearbeitet hatte. Bis sie keine endgültigen Antworten parat hatte, würde sie ihrem Vater keinen ausführlichen Bericht über ihre Probleme geben.

Stattdessen schaute sie ihm unverwandt in die Augen und log ihn zum ersten Mal in ihrem Leben an. »Ja, er ist einverstanden.«

Er nahm ihr Gesicht zwischen die Hände und küsste sie links und rechts auf die Wange. »Wann geht dein Flug?«

»Ich werde es gerade noch schaffen.« Unter heftigen Gewissensbissen wegen ihrer Lüge umarmte sie ihn innig. Als sie die Augen zusammenpresste, war sie nicht überrascht, Tränen zu spüren. »Pa, du bist mein bester Freund. Ich liebe dich sehr.«

»Und ich liebe dich, Maris.« Er hielt sie von sich, um ihr in die Augen schauen zu können. »Mehr als du je wissen kannst.«

21

Parker öffnete selbst die Tür. Mehrere Augenblicke schaute er sie verblüfft an. Schließlich sagte er: »Hast du etwas vergessen?«

»Nette Idee.«

»Danke schön.«

»Möchtest du mich hereinbitten?«

Er zögerte, als dächte er darüber nach, dann schob er seinen Rollstuhl rückwärts in die Eingangshalle und machte ihr Platz.

»Wo ist Mike?«

»Er ist aufs Festland. Wegen Lebensmitteln, Toilettenpapier und solchem Zeug.«

»Und hat dich hier allein gelassen?«

»Ich bin nicht hilflos.« Seine Bemerkung glich einem Knurren. »Ich habe hier schon allein gelebt, bevor Mike dazustieß. Außerdem bin ich nicht allein.«

Er hatte eine Frau bei sich.

Erst jetzt merkte Maris, dass alles darauf hindeutete: Mike war fort. Parkers Hemd stand offen, und seine Haare waren noch verstrubbelter als sonst. »Entschuldigung. Ich … ich hätte anrufen sollen.«

»Tja, hättest du«, sagte er verärgert. »Aber da du die Reise nun mal gemacht hast, kannst du genauso gut hereinkommen. Wir sind hier drinnen.«

Er wendete seinen Stuhl und rollte ins Esszimmer. Maris folgte ihm zögernd. Wenn es doch nur eine Möglichkeit gäbe, sich umzudrehen und davonzulaufen, ohne wie ein Feigling auszusehen. Wenn sie doch wenigstens seiner Freundin nicht in diesem zerknautschten Outfit begegnen müsste.

Auf nichts hatte sie weniger Lust, als jemandem vorgestellt zu werden, besonders nicht einer Frau, die sich Parker zu irgendwelchen nachmittäglichen Vergnügungen eingeladen hatte. Der Rock ihres Leinenkostüms war völlig zerknittert. Ihre Strümpfe hatten eine Laufmasche. Und der Regenmantel, den sie in New York unbedingt gebraucht hatte, war hier so überflüssig wie eine Schnorchelmaske in der Sahara.

Sie stellte ihren Koffer in die Halle und legte ihren Mantel zusammengefaltet darüber, dann kämmte sie sich mit den Fingern die Haare, die der Wind auf der Bootsfahrt zerzaust hatte. Für weitere Renovierungsarbeiten war keine Zeit. Sie wappnete sich mit einem tiefen Atemzug und trat durch die Rundbogentür zwischen Flur und Esszimmer.

Sie hatte sich unnötig zurechtgemacht. Bis auf Parker war der Raum leer. Fragend schaute sie ihn an. »Da oben«, sagte er und deutete mit dem Kinn hinauf.

»Den habe ich doch schon früher schwanken gesehen«, erklärte sie ihm mit einem Blick auf den Kronleuchter. »Er reagiert auf den Luftstrom aus der Klimaanlage.«

»Vernünftige Erklärung. Aber falsch. Das ist der Geist des Erhängten.«

Sie stieß ein kurzes Lachen aus. Nachdem sie ihn also doch allein angetroffen hatte, fühlte sie sich nun ein wenig schwindelig. »Der Geist des Erhängten?«

Er begann, ihr die Geschichte von einem Pflanzer zu erzählen, dem das Schicksal übel mitgespielt hatte. »Seine verzweifelten Versuche, das Familienvermögen wiederzuerlangen, waren schlecht geplant und stürzten ihn nur noch tiefer in den finanziellen Ruin. Hier, im Esszimmer, hat er sich aufgehängt.« Nach einigem Nachdenken fügte er hinzu: »Ich gehe davon aus, dass damals nicht gerade Tischzeit war.«

»Du glaubst tatsächlich, dass sich sein Geist…«, sie deutete auf den schwankenden Gegenstand, »dort oben befindet?«

»Ja, verdammt.«

»Macht es dir denn nichts aus, wenn hier ein Geist lebt?«

»Er hat hier doch schon fast ein Jahrhundert lang gelebt, bevor Mike und ich eingezogen sind.« Er zuckte mit den Schultern. »Da er offensichtlich nichts gegen uns hat, ignorieren wir ihn. Normalerweise. Heute hat er mir Gesellschaft geleistet. Verdammt guter Gesprächspartner.«

Argwöhnisch musterte Maris Parker, dann wanderte ihr Blick zu der offenen Karaffe auf dem Sideboard und anschließend zu ihm zurück. »Du bist betrunken«, sagte sie.

»Noch nicht.«

»Aber schon ordentlich weit.«

»Ich arbeite daran.« Er rollte seinen Stuhl zum Sideboard hinüber. »Willst du mitmachen?«

»Sicher.«

Sein Kopf fuhr herum. Seine Überraschung über ihr Ja verwandelte sich in ein boshaft-zustimmendes Grinsen. »Sünden stehen Ihnen, Mrs. Matherly-Reed. Sie sollten sich öfter trauen.« Er nahm ein sauberes Glas von einem Silbertablett und begann, aus der Karaffe einzuschenken. »Sag Halt.«

»Halt.«

Nachdem er zwei Drinks eingeschenkt hatte, klemmte er sich beide Gläser zwischen die Oberschenkel und rollte mit seinem Stuhl wieder zu ihr. »Selbstbedienung.«

Das war eine unverhüllte Provokation. Ohne ihn aus den Augen zu lassen, griff sie nach einem der Gläser zwischen seinen Beinen. »Lass dir ruhig Zeit«, meinte er gedehnt.

Sie zog das Glas zwischen seinen Schenkeln heraus und stieß mit dem anderen an. »Zum Wohl.«

Wieder grinste er. »Damit bekommst du ja vielleicht ein bisschen Farbe auf die Wangen, was dir sicher gut tut. Aber wenn du mit mir gleichziehen willst, musst du schon mehr trinken.« Nachdem er ihr zugeprostet hatte, kippte er seinen Drink auf einen Sitz hinunter.

Sie nippte wesentlich vorsichtiger an ihrem unverdünnten Bourbon. »Das machst du also jetzt, anstatt zu schreiben? Du trinkst?«

»Offensichtlich hast du mit Mike geredet.«

»Während du dich geweigert hast, meine Anrufe entgegenzunehmen.«

»Er ist eine Klatschbase.«

»Einiges kann ich auch selbst erkennen.«

»Bist ein schlaues Mädchen, stimmt.«

»Warum hast du aufgehört, weiter an *Neid* zu arbeiten? Und warum betrinkst du dich am helllichten Nachmittag?«

»Gibt's 'nen besseren Zeitpunkt? Außerdem waren alle großen Schriftsteller Säufer. Wusstest du das nicht? Ich wette, Homer hat im alten Griechenland eine Art Anonyme Alkoholiker aufgesucht. Von Edgar Allan Poe über Fitzgerald bis zu …«

»Parker, warum machst du das?«

»Warum bist du zurückgekommen?«, fuhr er sie seinerseits an.

»Ich habe dich zuerst gefragt.«

»Weil ich keines der Narkotika mehr habe, die ich früher immer genommen habe, und große Mühe hätte, mich am Kronleuchter aufzuhängen.«

»Das ist nicht komisch.«

»War auch nicht so gemeint.«

»Du hast gleich zweimal von Selbstmord gesprochen. Das ist beleidigend und taktlos. Besonders heute. Erst letzte Woche hat sich ein guter Freund von mir das Hirn aus dem Schädel gepustet.«

Hier endete ihr Wortwechsel. Parker wandte den Kopf ab. Eine Weile sagte keiner ein Wort. Maris trank langsam ihren Bourbon aus und stellte dann das leere Glas wieder aufs Sideboard.

Schließlich sagte Parker: »Mike ist mit der Kaminummantelung fertig.«

»Habe ich bemerkt. Sie ist wunderschön.« Sie ging hinüber und strich mit den Fingerspitzen über die matt glänzende Holzoberfläche. »Das hat er ganz exzellent gemacht.«

»Denk daran, es ihm zu sagen.«

»Werde ich.«

»Wer war dein Freund?«

Sie wandte sich wieder ihm zu. »Unser Chefjustitiar. Ich habe ihn mein ganzes Leben gekannt. Für mich war er wie ein Onkel.«

»Tut mir Leid.«

»Für ihn war es vorbei, bevor er etwas gespürt hat. Für die Leute, die ihn gern hatten, war es nicht so leicht. Sie werden den Schmerz noch lange spüren.«

»Probleme?«

»Nicht, soweit man weiß.«

»Warum hat er's dann getan?«

»Das bleibt ein Geheimnis.« Dann sagte sie nachträglich, zum Kamin gewandt: »Noah hatte an jenem Nachmittag einen Termin mit ihm.«

»Hatte er keine Veränderung bemerkt?«

»Nein, nichts.«

»Worum ging es dabei?«

»Normale Geschäftsangelegenheiten. Warum?«

»War nur so 'ne Frage.«

Erneut schaute sie ihn an. »Warum?«

Statt einer Antwort fragte er sie, ob sie noch einen Drink wolle.

»Nein, danke schön. Mir kribbelt es schon in den Zehen.«

Rasch warf er einen Blick auf ihre Schuhe. »Du bist für New York gekleidet. Warum ziehst du dich nicht um? Dann kannst du den Abschnitt lesen, an dem ich seit deiner Abreise gearbeitet habe.«

Sie lächelte überrascht. »Also hast du doch geschrieben?«

»Mike *denkt* nur, dass er alles weiß.«

»Das hätte nicht besser laufen können. Wir können frei sprechen.« Noahs gespielte Lässigkeit widersprach seinen wahren Empfindungen. Um seinen Besucher noch mehr zu überzeugen, wie unbekümmert er war, drehte er träge das Olivenspießchen in seinem Martiniglas herum. »Maris ist wieder einmal nicht in der Stadt.«

»Ist das normal?«

Morris Blume war mit seiner typischen herablassenden Attitude, die er wie ein Accessoire trug, in die Reedsche Eigentumswohnung an der West Side gekommen. Noah hatte auf einem informellen Treffen unter vier Augen bestanden, ohne Blumes Lakaien, die sich wie Kolibris an einer tropischen Blume benahmen und stets in der Nähe blieben, wenn sie sie gerade mal nicht direkt umschwirrten.

Noah hatte seinem Portier ein maßlos übertriebenes Trinkgeld gegeben, damit er Blume einließ und sich später garantiert nicht mehr daran erinnerte. Als Blume aus dem Lift stieg, hatte er ihn bereits gastfreundlich erwartet. Blume war energisch in die Wohnung marschiert und hatte sie prüfend gemustert wie ein Feldwebel eine Baracke. Seine farblosen Augen schienen nach Fehlern förmlich zu suchen. Offensichtlich gab es nichts auszusetzen. »Sehr nett.«

Noah schrieb die geschmackvolle Einrichtung Maris zu. »Für solche Dinge hat sie einen Blick. Etwas zu trinken?«

Mittlerweile saßen sie einander auf zwei Sofas gegenüber, Martinigläser von Tiffany in den Händen. Und wieder fiel Maris' Name. »Sie verreist häufig, nicht wahr?«, fragte Blume.

»Erst seit kurzem. Seit sie an einem Projekt arbeitet, dessen Autor auf einer Insel vor der Küste von Georgia lebt.«

»Sind Sie sich dessen sicher?«

Da Noah in jüngster Zeit das Gefühl haben musste, Ehefrau und Geliebte seien ein wenig seiner Kontrolle entglitten, schmerzte Blumes Anspielung. »Wessen?«, fragte er gereizt. »Der Aufenthaltsorte meiner Frau?«

Blume verzog seine farblosen Lippen zu dem für ihn typischen aufgesetzten Lächeln. »Ich kannte einen Mann, dessen Frau angeblich Gespräche mit Inneneinrichtern wegen der Renovierung ihres kürzlich erworbenen Weingutes in Sonoma führte. Es stellte sich heraus, dass sie einen berühmten Scheidungsanwalt in LA konsultierte, der das Bett zu seinem eigentlichen Arbeitsplatz erklärt hatte. Zu guter Letzt hat sich besagte Ehefrau den Anwalt, das Weingut und auch sonst fast alles unter den Nagel gerissen. Nach dieser Schröpftour konnte der Mann von Glück reden, dass wenigstens sein Schwanz noch dran war. Daraus kann man eine Menge lernen.«

Obwohl Noah diese unterschwellige Kritik wurmte, lachte er in sich hinein. »Besagter Schriftsteller ist ein behinderter Schrumpelgreis, der an den Rollstuhl gefesselt ist. Maris findet Georgia nicht aus Leidenschaft attraktiv.«

»Diese Attraktion könnte wesentlich mehr Schaden anrichten als eine Liebesaffäre.«

Noah zog die Olive mit den Zähnen vom Spießchen und kaute, träge grinsend. »Falls Sie damit andeuten möchten, dass Maris irgendwelche Täuschungsmanöver bezüglich der Firma im Schilde führt, kennen Sie sie wirklich nicht. Morris, sie denkt ganz anders als wir. Sie ist ein Bücherwurm, eine romantische Träumerin. Hat den Kopf in den Wolken. Sie wird uns nicht mit irgendwelchen hässlichen Überraschungen kommen. Vertrauen Sie mir.«

»Ich nehme an, dass sie sehr wohl überrascht sein wird, wenn Matherly Press ein Teil von WorldView wird.«

»Das werden wir bald wissen.«

»Dieser zuversichtliche Unterton gefällt mir.«

Mit einem unbeirrbar gerissenen Lächeln stellte Noah sein Glas auf den Couchtisch, griff nach seiner Aktentasche und ließ schwungvoll den Verschluss aufschnappen. »Pünktliche Lieferung, wie versprochen.«

Er reichte Blume das von Howard Bancroft vorbereitete Dokument. Nachdem er, kurz nach Maris' unpassendem und unerwartetem Verschwinden, Nadia nackt im Bett mit dem Schweißgeruch eines anderen Mannes auf der Haut vorgefunden hatte, hatte er beschlossen, sein nächster Schritt müsse kühn und definitiv sein.

Er war es leid, auf Vorsicht zu spielen, und hatte es satt, dass ihm andere – noch dazu Frauen! – diktierten, was und wann er etwas tat. Jetzt hieß es, rasch und aggressiv zu handeln. Es war Zeit, sich um Noah zu kümmern, und zwar ausschließlich um Noah. Der Rest sollte sich doch ins Knie ficken. Oder ihre dumpfbackigen Privattrainer. Himmel.

Blume überflog das Dokument und blätterte rasch die Seiten durch. Er war mit Juristenjargon ausreichend vertraut, um das Wesentliche zu erfassen. Noah wartete auf Beifall.

Aber als Blume die letzte Seite quergelesen hatte, legte er das Dokument auf den Couchtisch. »Sehr hübsch. Jetzt fehlen nur noch Ihre Unterschriften.«

Noahs geblähte Brust fiel wie ein angestochener Luftballon zusammen. »Nicht nötig, Morris. Haben Sie denn nicht gelesen …«

»Dass es auch allein mit Ihrer Unterschrift gültig ist?« Während er aufstand und den obersten Knopf seines maßgeschneiderten grauen Sakkos zuknöpfte, lachte er in sich hinein. »Eine problematische Klausel, Noah. Sogar sehr. Ich umgehe bereits jetzt Kartellgesetze und zig andere Handelsvorschriften.« Er winkte mit seiner bleichen Hand verächtlich ab. »Aber dabei handelt es sich lediglich um Zeit raubende Ärgernisse. Allerdings nur, wenn sonst alles perfekt in Ordnung ist. Und damit meine ich jedes i-Tüpfelchen und jeden t-Strich.

Einen Deal solcher Größenordnung könnte ich nicht schaukeln, wenn unter mir eine ganz legale Falltür nur darauf wartet, aufzuklappen. Nicht einmal den Versuch würde ich wagen. In seiner momentanen Form würde dieses Dokument auf die Gesetzeshüter wie ein rotes Tuch wirken. Und selbst wenn nicht, könnten die Matherlys Zeter und Mordio schreien, und dann wären wir alle im Arsch. Ich weiß ja nicht, wie das bei Ihnen ist, aber wenn mir einer an den Arsch will, dann sollte sich's lieber gut anfühlen.«

Er zwinkerte. Noah hätte ihn am liebsten umgebracht.

»Wenn Sie mich jetzt entschuldigen wollen, ich habe eine Verabredung zum Dinner.«

Er drehte sich um und steuerte auf die Tür zu. Noah vertrieb mit Blinzeln die pulsierenden roten Flecken aus seinem Gesichtsfeld und folgte ihm. »Kein Grund zur Sorge, Morris. Ich werde diese Unterschriften bekommen.«

Blume sagte: »Ich mache mir nie Sorgen.«

Er öffnete die Tür, hielt dann inne und wandte sich wieder Noah zu. »Vermutlich genügt eine. Entweder die Ihres Schwiegervaters oder die von Ihrer Frau.« Nach mehreren Sekunden Bedenkzeit nickte er. »Ja. Mit einer zusätzlich zu Ihrer würde ich mich abgesichert fühlen.«

»Halten Sie uns die Kartelltypen vom Leib«, sagte Noah steif, »und überlassen Sie die Matherlys mir.«

»Mit Vergnügen. Wenn ich die Wahl zwischen beiden hätte, würde ich die Behörde bevorzugen.« Sein Grinsen verlieh ihm das Aussehen eines zähnefletschenden Totenschädels, den man jüngst exhumiert hatte. »Rufen Sie mich an, sobald Sie diese Unterschrift haben. Aber nur dann, einverstanden? Meine Zeit ist extrem kostbar, und diese Sache hat bereits viel zu lange gedauert.«

Dann war er fort.

Eine Stunde später betrat Noah Daniels Arbeitszimmer. Blumes Abschiedsschuss hatte ihn zutiefst getroffen. Wenige Minuten Bedenkzeit genügten, um zu entscheiden, an welchen Matherly er herantreten würde.

Mit Maris hatte er schon über eine Woche nicht mehr gesprochen. Sie war immer noch sauer wegen Nadia. Und diese Generalvollmacht eignete sich wohl kaum als Friedenszweig. Außerdem hatte sie jüngst eine störrische Ader enthüllt, von der er bisher nichts geahnt hatte.

Daniel war der Schwächere von beiden. Vor Jahren hatte er sich seine Sporen verdient, aber mit dem Alter an Biss verloren. Die ehemals starke Persönlichkeit war dahin. Zeit und schwindende Gesundheit hatten seinen hartnäckigen Sinn gebrochen. Noah vertraute auf seine Fähigkeit, ihn weichzuklopfen, falls er irgendwelchen Widerstand leisten sollte.

Maxine öffnete und erklärte ihm, Daniel sei in seinem Arbeitszimmer. »Er ist gleich nach dem Abendessen hin. Er meinte, er wollte vor dem Schlafengehen noch eine Weile lesen.«

Als Noah eintrat, lag denn auch tatsächlich ein Buch in Daniels Schoß. Allerdings war ihm der Kopf auf die Brust gesackt. Eine Sekunde befürchtete Noah, der alte Mistkerl wäre gestorben. Das hätte zu seiner heutigen Pechsträhne gepasst. »Daniel?«

Er hob den Kopf. »Hallo, Noah, ich habe nur gelesen.«

»Schnarchst du immer beim Lesen?«

»Nun sag nur nicht, ich hätte auch noch gesabbert.«

»Nicht, soweit ich sehen konnte.«

»Gut. Nimm Platz. Etwas zu trinken?«

»Nein, danke.«

Auf dem Hinweg war Noah ein ungemütlicher Gedanke durch den Kopf geschossen. Was wäre, wenn Maris ihrem Vater von seiner Affäre mit Nadia erzählt hatte? Vielleicht hatte sie sich Daniel anvertraut, bevor sie nach Georgia getürmt war. Das wäre die Krönung eines restlos beschissenen Tages: dass ihn sein Schwiegervater des Ehebruchs bezichtigte und aus dem Haus warf. Aber der Alte benahm sich normal.

Noah setzte sich auf die kleine Couch. »Entschuldige die Störung, aber Maris wird später anrufen, und dann wird von mir ein ausführlicher Bericht erwartet, bis hin zu dem, was du zu Abend gegessen hast.«

»Gegrillte Seezunge, Wildreis und gedämpftes Gemüse.«

»Dieses Menü wird ihr gefallen. Außerdem hat sie mir aufgetragen, dir während ihrer Abwesenheit Gesellschaft zu leisten.«

Daniel schnaubte. »Ich brauche keinen Babysitter.«

»Stimmt. Spiel, bitte, trotzdem mit, sonst muss ich's nach ihrer Rückkehr ausbaden.« Er stützte die Ellbogen auf seine Knie und beugte sich vor. »Wie wär's, wenn wir morgen übers Wochenende aufs Land fahren würden? Ein bisschen angeln. Entspannen. Ich könnte das, weiß Gott, gebrauchen.«

»Ich fahre nur noch selten dort hinauf.«

»Vor ihrer Abreise habe ich diese Idee Maris vorgetragen und ihre uneingeschränkte Zustimmung bekommen. Meiner Ansicht nach hat sie Gewissensbisse, weil sie dich nicht öfter auf die Farm mitnimmt. Wenn wir fahren, erleichtert das ihre Schuldgefühle. Wenn sie weiß, dass du Spaß daran hast, wird auch sie innerlich wieder ruhiger.«

Daniel dachte einen Moment darüber nach. Noah sagte nichts mehr. Er konnte nicht zu aufdringlich sein, sonst würde der Alte misstrauisch. Er hatte ihm die Sache schmackhaft gemacht. Jetzt war es besser, den Mund zu halten, und die Entscheidung Daniel zu überlassen.

»Wann morgen?«

Noahs innere Anspannung ließ nach. Er lächelte. »Ich habe einen Frühstückstermin, den ich nur schwer verlegen kann. Gleich danach könnten wir aufbrechen.«

»Dann hätte Maxine nur wenig Zeit, um …«

»Ehrlich gesagt, Daniel, hatte ich gedacht, wir könnten allein fahren. Ein echter Junggesellenausflug.« Er warf rasch einen Blick über die Schulter, als wollte er sich vergewissern, dass die Haushälterin nicht lauschte. Dann meinte er mit gedämpfter Stimme: »Wenn Maxine mitfährt, wird sie dich wie eine Glucke umpusseln. Dann musst du ihr für jeden Drink und jedes Gramm Fett Rechenschaft ablegen. Ganz zu schweigen von den Pfeifchen, die du dann nicht rauchen kannst.«

»Sie nörgelt schlimmer als eine Ehefrau. Und alles, was ich mache, landet sofort bei Maris.«

»Manchmal müssen wir Männer Widerstand leisten.«

»Hört, hört.«

»Also, sind wir uns einig?«

»An mir soll's nicht liegen.«

»Toll!« Er stand auf und ging durchs Zimmer, um Daniel die Hand zu schütteln. »Ich werde vormittags gegen zehn Uhr da sein. Ich rufe oben im Lebensmittelgeschäft an und lasse Essen und Getränke liefern, damit wir einen ordentlichen Vorrat haben.« Während er zur Tür ging, sagte er noch nach hinten über die Schulter: »Ich biete mich sogar freiwillig an, Maxine mitzuteilen, dass sie nicht eingeladen ist.«

22

Während Maris sein Manuskript studierte, studierte Parker sie.

Eine geschlagene Stunde hatte sie im Gästecottage gebraucht. Nun war sie wieder da. Sie trug einen weiten, beinahe knöchellangen Freizeitrock, dazu eine ärmellose, in der Taille geknotete Bluse, die gelegentliche Einblicke auf ihren nackten Bauch erlaubte. Nachdem sie es sich im Sessel bequem gemacht hatte, hatte sie die Sandalen abgestreift und die Füße untergeschlagen.

Ihre Haare waren frisch gewaschen. Sie hatte Lipgloss aufgetragen, der ihrem Mund einen pfirsichfarbenen Schimmer verlieh. Außerdem hatte sie mehr Farbe auf den Wangen als bei ihrer Ankunft, egal, ob daran der Whiskey schuld war, den sie getrunken hatte, oder die Kosmetikindustrie. Sie sah zum Anbeißen aus.

Er sollte sich wohl glücklich schätzen, dass sie sein Manuskript so faszinierend fand, denn sie schien seine prüfenden Blicke nicht zu bemerken. Sie hatte nur Augen für die Blätter in ihrem Schoß. Wider jede Vernunft war er auf seine eigene Arbeit eifersüchtig, weil sie ihr ein derart hohes Maß an Aufmerksamkeit widmete.

Vor ihrer unvermuteten Ankunft am Nachmittag war er auf dem besten Weg gewesen, sich voll laufen zu lassen. Den ganzen Tag am Schreibtisch hatte er nur Bockmist produziert, obwohl aus metereologischer Sicht eigentlich Idealbedingungen herrschten. Wolkig, düster, grau – einer jener Tage, an denen er sich normalerweise in seine Story vertiefte und nur auftauchte, wenn Hunger, Durst oder der Druck auf die Blase dies erzwangen.

Aber sein Gehirn war wie leergefegt gewesen. Nun ja … nicht direkt. Aber das, was ihm durch den Kopf ging, hatte er nicht aufschreiben können. Alles drehte sich nur um Maris. Seit ihrer Abreise hatte er kaum an etwas anderes denken können. Und auch heute war keine Ausnahme.

Maris, wie sie eine Konferenz leitete.

Maris, wie sie Noah anlächelte.

Maris, wie sie einem Taxi winkte.

Maris, wie sie Noah küsste.

Maris an ihrem Schreibtisch bei der Arbeit.

Maris, wie sie neben Noah schlief.

Maris beim Einkaufen auf der Fifth Avenue.

Maris, wie sie vor Noah die Beine breit machte.

Dieser unaufhörliche Bilderreigen hatte ihn fast zum Wahnsinn getrieben. Jedenfalls hatte es genügt, um zur Flasche zu greifen.

Hatte er ihre Ankunft vorausgeahnt? Tja, vielleicht schon. Weil er im Esszimmer gewesen war, ein Raum, den er nur selten aufsuchte. In tiefem Selbstmitleid hatte er so schnell Wild Turkey gekippt, wie er nachschenken konnte, und finster aus dem Fenster ins Nichts gestarrt.

Als er Maris am Steuer des Golfcarts näherkommen sah, hatte sein Herz wie ein kaputter Motor gestottert und gepocht.

Hatte er unbewusst wie eine Matrosenbraut, die den Horizont nach dem Schiff ihres Angebeteten absucht, sehnsüchtig nach ihr Ausschau gehalten? Der Gedanke, er könne ein pathetischer Unglückswurm sein, der nur darauf wartete, von Maris mit ihrer

Anwesenheit beglückt zu werden, war ihm verhasst. Lieber Gott, war er tatsächlich so tief gesunken?

Nun aber wurde ihm klar, dass er genau das getan hatte, seit sie ihm den Rücken zugedreht hatte und aus der Baumwollmühle stolziert war. Seit jenem Morgen hatte er sich in seinem Kummer gesuhlt, im Saft seiner Eifersucht geschmort, an Whiskyflaschen genuckelt und seine Fantasien angeheizt.

Quälende Fantasien von ihr mit Noah.

Köstliche von ihr mit ihm.

Nachts hatte er erotische Träume, in denen sie ihn umklammerte und atemlos drängend immer und immer wieder seinen Namen flüsterte, während sie zum Höhepunkt kam. Die Tagesstunden füllte er mit Visionen, wie sie ihn streichelte, wie ihre Fingerspitzen sacht über seine Brust und seinen Bauch wanderten, wie ihr Mund seidenweich hinabglitt…

»War es Todds?«

Er schoss hoch, als hätte ihn sein Rollstuhl in die Kehrseite gezwickt. »Hä?« Er räusperte sich und schüttelte den sexuellen Tagtraum ab. »Pardon?«

»Die Fehlgeburt von Mary Catherine. War es Todds Baby?«

»Was glaubst du denn?«

»Es wird angedeutet. Erfährt man es je genau?«

Er schüttelte den Kopf. »Meiner Ansicht nach belässt man es besser bei einer Andeutung. Soll der Leser doch seine eigenen Schlüsse ziehen.«

»Einverstanden.« Wieder blätterte sie die Seiten durch, wobei sie immer wieder anhielt, um einen Absatz erneut zu lesen. »Ein bemerkenswerter Charakter. Roark, meine ich. Er ist so… nun ja, heroisch. Wie Mary Catherine sagt: Er ist nett.« Parker verzog das Gesicht. »Hoffentlich ist er nicht *zu* nett, oder? Schließlich möchte ich nicht, dass er als Heiliger dasteht. Oder noch schlimmer: als Weichei.«

»Tut er nicht.« Trotz ihres aufmunternden Lächelns runzelte er weiter zweifelnd die Stirn. »Parker, vertrau mir. Wenn er vor lauter Nett-Sein langweilig wäre, würde ich's dir sagen.

Nette Helden machen die Leserinnen genauso wenig an, wie es eine männliche Leserschaft nach allzu tugendsamen Heldinnen gelüstet. Beide sollten wenigstens einen Hauch moralischer Verruchtheit besitzen, vielleicht sogar ein bisschen mehr. Diesbezüglich brauchst du dir um Roark keine Sorgen zu machen. Die Leserinnen werden ihn lieben, wenn nicht wegen anderer Szenen, dann allein schon für diese. Er ist sehr männlich. Seine Reaktionen sind instinktiv maskulin. Erst einmal betrachtet er alles unter einem sexuellen Blickwinkel, bevor er ihn auf andere Faktoren, wie z.B. Moral, ausweitet. Gleichzeitig hat er ein Gespür für Mary Catherines Bedürfnisse. Er schlägt ihre Einladung zum Sex aus und beweist damit, dass er weiß, wo der Anstand Grenzen setzt. Ohne dem Leser seinen guten Charakter aufdringlich unter die Nase zu reiben, deutest du damit an, dass er ein starkes Gewissen und eine moralische Ader besitzt. Er wahrt einen Ehrenkodex, ein …«

Bei einem zufälligen Blick nach oben ertappte sie ihn dabei, wie er sie stumm auslachte. »Was ist?«

»Diese Stelle hat dich tatsächlich ergriffen, nicht wahr?«

»Das ist mein Job.«

»Ich verstehe ja, dass du dich dafür begeistern musst. Aber letztlich, Maris, ist und bleibt es ein Buch.«

»Für mich nicht.« Sie sprach leise und ein wenig schüchtern. »Wenn ich ein Buch wirklich liebe, werden seine Figuren real. Vielleicht hängt das mit dem frühen Tod meiner Mutter zusammen. Ich brauchte Menschen um mich. Und so wurden die Prinzen und Prinzessinnen aus meinen Büchern meine Adoptivbrüder und -schwestern. Ich habe in Palästen gelebt und auf Piratenschiffen. Habe Berggipfel erklommen und mir einen Weg durch dunklen Dschungel gehackt. Kapitän Nemos U-Boot war mir genauso vertraut wie mein eigenes Schlafzimmer. Die Figuren in meinen Büchern nahmen mich auf ihre Abenteuer mit. Ich war in all ihre Geheimnisse eingeweiht, kannte ihre Hoffnungen und Träume und ihre Ängste. Sie wurden für mich wie eine Familie.«

Sie strich eine umgeknickte Manuskriptseite glatt und zuckte leicht die Achseln, halb gehemmt, halb bescheiden. »Schätzungsweise ist diese Leidenschaft für Romane mit mir erwachsen geworden.«

Mehrere nachdenkliche Minuten hielt sie den Kopf gesenkt. Schließlich schaute sie zu ihm hinüber. Er beugte sich zu ihr und sprach ganz leise: »Wenn dich schon ein Buch so erregen kann, dann wüsste ich gern, welche Leidenschaften noch in dir schlummern.«

Sie wusste ganz genau, was er dachte. Ihre Gedanken liefen auf derselben Schiene, denn ihre Augen wurden glasig, und sie schnappte verhalten nach Luft.

»Das E-Wort erregt mich«, flüsterte sie.

»Das E-Wort?«

»Essen.«

Lachend warf er den Kopf zurück. Es polterte einfach aus seiner Brust heraus und fühlte sich so gut an, dass es ihn verblüffte. Zum ersten Mal seit Jahren hatte er spontan gelacht, ohne eine Spur von Bitterkeit und Zynismus.

Sie feuerte eine imaginäre Pistole auf ihn ab. »Getroffen.«

»Ich kapituliere. Hast du Hunger?«

»Ich bin schon fast verhungert.«

»Mike wird mir nie verzeihen, was für ein mieser Gastgeber ich bin. Ich kann zwar irgendetwas Essbares zusammenstellen, aber du musst mir dabei helfen.«

»Dann mal los.«

Sie begaben sich in die Küche und bastelten gemeinsam Sandwiches mit Speck, Salat und Tomaten zusammen.

»Avocado?«, fragte er, während er die Speckstreifen zum Bräunen in die Mikrowelle schob.

»Lecker.«

»Du musst sie schälen. Mike sagt, ich könnte das nicht, ohne sie zu zermatschen.«

»Parker, eines gefällt mir an dir …«

»Nur eines?«

»… dass du deine Fehler eingestehst.«

»Na ja, da es nur so wenige sind, kann ich mir diese Geste der Demut erlauben.« Sie bewarf ihn mit einem Kartoffelchip.

Die Chips aßen sie direkt aus der Tüte und die Gurken aus dem Glas. »Ganz anders als sonst bei dir, oder?«, fragte er mit vollem Mund.

»Offensichtlich verwechselst du mich mit einem verzogenen und verwöhnten Fratz.«

»Nein«, erwiderte er offen, »für diese Klassifizierung arbeitest du zu hart.«

»Danke schön.«

»Du bist engagiert.«

»Ja, bin ich.«

»Du bringst die Dinge zu Ende.«

»Ich versuch's.«

»Bist du also deshalb zurückgekommen? Bin ich eines deiner unvollendeten Projekte?«

»Ich bin zurückgekommen, um die Vereinbarung zusammen mit deinem Scheck über fünfzehntausend zu übergeben.«

»Noch nie etwas von Federal Express gehört?«

»Ich war mir nicht sicher, ob ein Kurier nach St. Anne zustellen würde.«

Er zeigte ihr mit einem Blick, dass sie das besser wusste. Sie zupfte plötzlich intensiv an ihrer Brotkruste herum. »Okay, bleiben wir weiter ganz ehrlich. Ich wollte unbedingt sicherstellen, Parker, dass du auch tatsächlich schreibst. Und falls nicht, wollte ich dich antreiben. Hat mir mein Pa empfohlen.«

»Ach, du bist hier, weil dein *Papi* das für eine gute Idee hielt.«

»Nicht ganz.«

»Warum dann, Maris? Ganz genau.«

Sie schaute zu ihm hinüber, machte den Mund auf, wollte etwas sagen, überlegte es sich dann aber doch anders und setzte erneut an: »Vor meiner Abreise hatten wir gestritten. Ich wollte nicht, dass zwischen uns dicke Luft herrscht. Sonst würde unsere Arbeitsbeziehung …«

Er stieß einen Laut aus, der an das Tonsignal in einer Fernsehshow erinnerte. »Vielleicht hältst du uns ja für Hinterwäldler. Trotzdem verfügen wir über Telefon, E-Mail, Faxe und diverse andere Kommunikationsmethoden, ob du's glaubst oder nicht.«

»Aber du hast weder meine Anrufe entgegengenommen noch meine E-Mails und Faxe beantwortet.«

»Irgendwann hätte ich es schon getan.«

»Dessen war ich mir nicht sicher.«

»Doch, warst du schon.« Zum Zeichen, dass der Wortwechsel damit beendet sei, hob er die Hand und blockierte ihr Gegenargument. »Du bist ins Flugzeug gehüpft, weil du mich wieder sehen wolltest. Gesteh's, Maris.«

Trotzig hob sie das Kinn. Er erwartete bereits, sie würde es abstreiten, aber erneut überraschte sie ihn. »Na gut, ja. Bin ich. Ich wollte dich sehen.«

Er verschränkte die Arme auf der Tischplatte und beugte sich zu ihr. »Warum? Nicht wegen meines angeborenen Charmes. Den Beweis, dass ich keinen habe, hatten wir doch schon früher angetreten.« Er strich sich übers Kinn. »Also überlege ich doch, ob du nicht Zoff mit deinem Gemahl hattest. Und danach dachtest du: *Dem zeig ich's. Jetzt verzieh ich mich aufs Land und bandle mit dem Humpelbein an.* Bist du deshalb zurückgekommen?«

Er rechnete damit, dass sie aus dem Zimmer stürmen, ihre Sachen aus dem Gästecottage holen und unter einer Schimpfkanonade auf dem Golfcart verduften würde. Aber erneut hatte er falsch vermutet. Sie blieb, wo sie war, und wandte sich mit auffallend ruhiger Stimme an ihn:

»Sag mal, Parker, warum musst du so grausam sein? Fühlst du dich stärker und männlicher, wenn du fies zu den Leuten bist? Soll dieses widerliche Benehmen den Rollstuhl vergessen lassen? Oder machst du Menschen bewusst nieder, um sie dir vom Leib zu halten? Verletzt du sie, bevor sie eine Chance haben, dich zu verletzen? Sollte das der Fall sein, dann tust du mir wirklich Leid. Dann bedaure ich dich tatsächlich zum ersten Mal, seit wir uns begegnet sind.«

Sie stand vom Tisch auf, ihr Gang und ihre Haltung wirkten würdevoll. Kerzengerade ging sie, mit hoch erhobenem Kopf. Und als Parker sie durch die Küchentür verschwinden sah, fühlte er sich wie der letzte Dreck auf Erden.

Er hatte sie bezichtigt, ihn zu benutzen, um Noah eines auszuwischen, während doch genau das Gegenteil zutraf. Er bediente sich ihrer, um sich an Noah zu rächen.

Aus Angst, sie könnte gehen, bevor er sich entschuldigen konnte, schob er den Stuhl rücklings aus der Küche und rollte schnell durch die Eingangshalle zur Vordertür hinaus. Erleichtert fand er sie auf der Veranda wieder, wo sie sich an eine der Säulen lehnte und zu den riesigen Steineichen hinausstarrte, die zu beiden Seiten der Auffahrt Wache standen.

»Maris.«

»Ich werde morgen früh abreisen.«

»Ich will nicht, dass du gehst.«

Ihr leises Lachen hatte nichts mit Humor zu tun. »Parker, du weißt nicht, was du willst. Schreiben. Nicht schreiben. Berühmt sein. Ein Einsiedler sein. Mich hier haben. Mich fortschicken. Du weißt ja nicht einmal, ob du weiter leben willst oder nicht. Aber egal, ich hätte nicht zurückkommen dürfen. Es geschah bestenfalls aus verworrenen Gründen, sogar für mich. Ich hätte in New York bleiben sollen, wo ich hingehöre, und dich weiter hier, in Gesellschaft eines Gespensts, lassen sollen, wo du dich in deinem Zorn und deiner Verbitterung suhlen kannst. Morgen, nach meiner Abreise, kannst du dich ja wieder deinem pathetischen Zeitvertreib widmen.«

Er rollte seinen Stuhl direkt hinter sie und legte ihr die Hände knapp oberhalb der Hüfte auf die Taille. »Geh nicht fort.«

Er beugte sich vor, presste seine Stirn in ihr Kreuz und rollte seinen Kopf in der leichten Kuhle nach links und rechts. Gleichzeitig verstärkte sich der Druck seiner Finger auf sie.

»Maris, es ist mir scheißegal, warum du zurückgekommen

bist. Ich schwöre es. Sogar wenn du damit nur deinem Mann eins auswischen möchtest. Du bist hier, und ich will, dass es so bleibt.«

Seine Hände wanderten nach vorne, wo sie eine Zeit lang auf ihrer verknoteten Bluse lagen. Dann glitten sie darunter und berührten ihre Haut. Zärtlich streichelnd zog er sie langsam nach hinten.

Schwermütig stieß sie seinen Namen hervor. Alles lag darin: Bestätigung, Frage und ein resignierender Seufzer.

Er zog sie weiter nach hinten, bis sich ihre Knie beugten, und sie auf seinem Schoß saß, wo er sie umdrehte und ihre Beine über eine Stuhllehne legte, so dass er sie wie ein kleines Kind umfassen konnte.

Besorgt schaute sie zu ihm. »Geht das so?«

Mit gespreizten Fingern durchkämmte er ihr Haar, streichelte mit dem Daumen ihre Wange und strich ihr zuletzt damit über die Unterlippe. »Das ist perfekt.«

23

Es kostete ihn all seine Selbstbeherrschung, sie nicht sofort zu küssen. Sie wartete darauf, das wusste er. Und das war einer der Gründe, warum er es nicht tat. Außerdem empfand er immer noch Schuldgefühle, weil er ihr unredliche Motive unterstellt hatte. Als ob seine redlich wären.

»Willst du fahren?«, fragte er.

»Fahren?«

»Zum Strand.«

»Ich kann laufen.«

»Du kannst fahren.«

Er löste die Bremse und dirigierte den Rollstuhl über eine Rampe von der Veranda herunter auf einen gepflasterten Weg, der durch den Wald führte. »Das ist bequem«, stellte sie fest.

»Diesen Weg habe ich während der Renovierung anlegen lassen.«

»Mike meinte, du hättest nie einen motorisierten Rollstuhl benutzen wollen. Du möchtest dich lieber abplagen.«

»Sich selbst vorwärts zu bewegen ist eine gute Übung. Mike füttert mich gut. Ich möchte nicht um meine Linie kämpfen müssen.«

»Was riecht hier so wunderbar?«

»Magnolien.«

»Heute Abend schwirren keine Leuchtkäfer herum.«

»Die *Glühwürmchen* glauben, dass es Regen gibt.«

»Wirklich?«

»Werden wir sehen, oder?«

Das Pflaster führte bis zu den Dünen, wo es in einen Steg aus verwitterten Holzplanken überging. Unterwegs streifte Strandhafer Maris' Beine. Vor ihnen erweiterte sich der Steg zu einer genau acht Quadratmeter großen Plattform. Parker hielt an und stellte die Rollstuhlbremse fest.

Vor ihnen dehnte sich der verlassene Strand. Von diesem Abschnitt aus konnte man das Festland nicht sehen. Er wirkte wie zu Urzeiten. Obwohl eine dicke Wolkendecke den Mond verdunkelte, drang doch genügend Licht durch, um die anrollende Brandung zu erkennen. Sie hinterließ einen silbrigen Schaum, der kurz auffunkelte, ehe er im Sand verschwand. Der Wind wehte sacht wie der Atem eines schlafenden Kindes. Nur das Plätschern der Gezeiten drang ans Ohr.

»Das ist ein erstaunlicher Ort.« Maris sprach in einem ehrfürchtigen Flüsterton, wie in einer Kirche. »Dichter Wald wächst bis unmittelbar an den Strand.«

»Und kein Hotelturm, der die Sicht verdirbt.« Statt den Ausblick zu genießen, rieb er eine ihrer Haarsträhnen zwischen den Fingern und genoss das gute Gefühl dabei.

Sie drehte den Kopf, um ihn anzusehen. »Welche Drogen?«

»Aha, ich hätte wissen müssen, dass du diesen Ausrutscher bemerkst.«

»Hättest du. Und seither ist er mir nicht mehr aus dem Kopf gegangen. Welche Drogen hast du genommen?« Es sah nicht so aus, als wollte sie ihn kritisieren. Sie wirkte einfach interessiert, vielleicht mitfühlend.

Er ließ ihre Haare los und senkte die Hand. »Medikamente. Schmerzmittel. Riesige Mengen. Bergeweise.«

»Wegen deiner Beine?«

»Es hat lange gedauert bis zu meiner Genesung.«

»Wovon, Parker?«

»Von meiner eigenen Dummheit.« Eine kurze Pause unterstrich diese Aussage. Dann fuhr er fort: »Ich musste mich mehreren Operationen unterziehen. Zuerst, um die Knochen zu rekonstruieren und fehlende Teile durch Plastik oder Metall zu ersetzen. Dann mussten Muskeln und Sehnen wieder angenäht werden. Danach die Haut …

Zum Teufel, Maris, das willst du doch alles gar nicht hören. Und ich will nicht wirklich darüber reden. Alles in allem war ich über ein Jahr im Krankenhaus, danach … in anderen Einrichtungen. Jahre lang musste ich Physiotherapie machen. Das war übel. So muss die Hölle sein, nur noch schlimmer. Damals wurde ich von Schmerztabletten abhängig. Als sich die Ärzte weigerten, mir Nachschub zu verschreiben, habe ich mir die Pillen auf dem Schwarzmarkt besorgt.«

»Von Drogendealern.«

»Die meine Busenfreunde wurden.« Sie wirkte nicht unbedingt schockiert, doch das würde sich möglicherweise ändern, wenn er ihr erzählte, wie tief er gesunken war, um ständig an Stoff zu kommen. Deshalb fasste er es in einem Satz zusammen: »Ich war am Ende.«

»Und doch hast du dich am eigenen Schopf wieder herausgezogen.«

»Nein, jemand hat mich bei den Eiern gepackt und mich herausgerissen.«

»Mike.«

»Mike«, wiederholte er und schüttelte den Kopf über dieses

Wunder. »Aus Gründen, die mir ewig unbegreiflich sein werden, hat er sich mit mir angefreundet. Eines Tages tauchte er aus dem Nichts auf. Verschwommen sah ich ihn mit meinem benebelten Junkieschädel inmitten erbärmlichster Verhältnisse stehen. Er hat mich angesehen, als wollte er entscheiden, ob ich die Mühe wert sei, mich vor mir selbst zu retten.«

»Vielleicht hat man ihn dir geschickt.«

»Als Schutzengel? Als guten Geist aus dem Feenreich? Wenigstens war er nicht der Schnitter Tod. Obwohl ich manchmal in den Wochen nach seiner *Rettungsaktion* den Tod herbeigewünscht habe. Noch ehe mir bewusst war, was geschah, hat er meinen Vorrat kassiert und mich zum Entzug geschleppt.«

»Was nicht angenehm gewesen sein kann.«

»Frag lieber nicht. Ehrlich. Als ich herauskam, hat er mich zu weiteren Therapien verfrachtet, physische *und* emotionale. Er hat bei mir aufgeräumt, mich in eine behindertengerechte Wohnung gesteckt und gefragt, was ich mit meinem restlichen Leben anzufangen gedächte. Als ich ihm erklärt habe, es jucke mich zu schreiben, hat er mir einen Computer hingestellt.«

»Er hat dich zum Schreiben gebracht.«

»Er hat es als Herausforderung hingestellt.«

»Was dir einen Grund zum Weiterleben gab.«

»Nein, zu dem Zeitpunkt hatte ich bereits entschieden, dass ich weiterleben müsste.« *Und dazu hatte ich einen verdammt guten Grund*, dachte er finster.

»Parker, kann ich dich etwas sehr Persönliches fragen?«

»Kannst du. Vielleicht wirst du's bedauern.«

»Bist du Roark?«

Er hatte geahnt, dass sie früher oder später darauf kommen würde. Sie war zu schlau, um sich nicht die Einzelheiten zusammenzureimen. Ein Schriftsteller, der über einen Schriftsteller schreibt. Natürlich würde sie die Parallele erkennen und fragen. Er hielt eine Antwort bereit. Keine Lüge, aber eben nicht die ganze Wahrheit. »Nicht ganz.«

»Mit einer entfernten Ähnlichkeit?«

»Könnte man so sagen.«

Sie nickte ernst, ohne weiterzubohren. »Hast du sofort mit dieser Krimiserie angefangen?«

»Nein, ich habe mich an diversen Genres versucht. Habe mir fast zwei Jahre lang wöchentlich ein Dutzend Plots ausgedacht und wieder verworfen. Bevor es mit Deck Cayton Klick gemacht hat, sind mehrere tausend Klafter Holz in meinem Papierkorb gelandet. Er war die erste Figur, die mich gefesselt hat, die mich von meiner Behinderung ablenken konnte. Als ich endlich eine Story fertig hatte, die mir geeignet für die Veröffentlichung schien, habe ich mir eine Agentin besorgt und ihr erklärt, sie könne das Manuskript einreichen. Unter einer Bedingung: dass sie bei ihrem Leben und dem ihrer Kinder schwor, niemandem meine Identität zu enthüllen.«

»Und damit war Mackensie Roone geboren.« Sie berührte seine Wange. »Und für diese Geburt können wir alle dankbar sein. Mir tut nur Leid, wie viel du mitmachen musstest, um so weit zu kommen.«

»Auf lange Sicht ist es das wert.«

Kaum hatte er den Satz ausgesprochen, wurde ihm bewusst, dass er das Präsens gewählt hatte. Er befürchtete, Maris würde es merken und nach seinem eigentlichen Ziel fragen, aber sie hatte sich von ihm abgewandt und schaute auf die Wasserfläche hinaus. Am Horizont blitzten die Lichter eines Tankers auf.

Allmählich fing es an zu regnen. Die Tropfen hinterließen nasse Kuhlen im Sand und platschten leise auf die Holzplattform. Parker hörte sie, noch ehe er die Spritzer auf der Haut spürte. Warm und weich fühlten sie sich an, wie Tränen.

»Parker?«

»Hmm?«

»Erinnerst du dich noch, als ich am ersten Tag in die Baumwollmühle kam? Du hast unterstellt, Noah habe die Tochter des Chefs nur aus Karrieregründen geheiratet.«

»Woraufhin du sauer wurdest.«

»Ja, aber nur weil du den Nagel auf den Kopf getroffen hast.

Im tiefsten Inneren wusste ich es.« Sie drehte sich um und schaute ihm ins Gesicht. »Ich habe ihn diese Woche mit einer anderen Frau erwischt.« Dieser unverblümten Aussage folgte eine Pause, die ihm Zeit für eine Antwort gab. Er verzog keine Miene. »Mit den schmutzigen Details möchte ich dich nicht langweilen.«

»Wie schmutzig?«

»Ausreichend schmutzig.«

»So sehr, dass du daraufhin sofort wieder hierher gekommen bist? Zur Revanche?«

»Nein, deshalb bin ich nicht hier. Ich schwöre es. Noahs Affäre hat mir nur die Rechtfertigung geliefert zurückzukommen. Aber in Wahrheit wollte ich eigentlich gar nicht erst weg.«

»Warum bist du dann gegangen?«

»Aus Gewissensgründen.«

»Weswegen? Nichts ist passiert.«

»Mit mir ist etwas passiert!«, rief sie leise, wobei sie die Faust an die Brust presste. »Ich wollte bei dir bleiben, und das war genug, um fortzugehen. Der Aufenthalt in deiner Nähe bekam meiner Ehe nicht gut. Meine Gefühle für dich haben mir Angst gemacht. Um meines Seelenfriedens willen musste ich mich wieder in eine glücklich verheiratete Ehefrau verwandeln. Ironischerweise war ich gerade mal einen Tag wieder in New York, als ich entdeckt habe, dass Noah unser Eheversprechen bricht.«

»Er ist ein Narr.«

Dieses indirekte Kompliment entlockte ihr ein Lächeln, das schon bald reumütig wirkte. »Ich auch. Ich bin eine Närrin, weil ich mir nicht schon früher eingestanden habe, dass unsere Ehe nicht so war, wie ich sie haben wollte. Genauso wenig wie Noah der Mann ist, den ich mir gewünscht habe. Er war nicht der Held aus seinem Buch.«

»Und jetzt hältst du Roark für einen Helden.«

Kopfschüttelnd erwiderte sie: »Parker, ich verwechsle nicht Realität mit Fiktion. Darüber bin ich hinaus. Du bist echt. Ich kann dich berühren.« Sie ergriff seine Hand und betrachtete sie, während sie mit der Fingerspitze die Venen auf dem Handrücken nachzog. »Meine Ehe, wie sie einmal war, ist vorbei. Liegt hinter mir. Ich will kein Wort mehr über Noah verlieren.«

»Ist mir recht.«

Er nahm eine dicke Haarsträhne, wickelte sie sich um die Faust und zog sie daran näher, bis nur noch wenige Zentimeter ihre Gesichter trennten. Mehrere Herzschläge lang zögerte er, dann legte er prüfend seine Lippen auf ihre, bis sie perfekt zusammenpassten. Er hatte sich noch einigermaßen unter Kontrolle. Erst als sie leise aufstöhnte, zog er sich zurück. Bei einem Blick in ihre Augen fand er ein Begehren, das seinem eigenen entsprach.

Jetzt hielt ihn nichts mehr zurück. Mit wilden Küssen bedeckte er ihr Gesicht; sie erwiderte es auf dieselbe Art. Dann verschmolzen ihre Lippen, Zungen berührten sich. Küsse voll fleischlicher Begierde.

Schließlich ließ Parker ab, holte Luft und setzte seine Liebkosungen etwas ruhiger fort. Seine Zunge strich über ihre Unterlippe, an der er zärtlich knabberte. Erst nach federleichten Küssen auf ihre Mundwinkel wanderte seine Zunge in ihren Mund. Ohne den Kontakt abzubrechen, neigte er den Kopf, erst auf die eine Seite, dann zur anderen. Auch als er sich zurückzog, verharrten seine Lippen wie der Regen leise saugend auf ihren.

Mit kaum wahrnehmbaren Lippenbewegungen flüsterte sie unter ihm: »An unserem ersten Abend, als du mich geküsst hast…«

»Hmm?«

»Ich wollte nicht, dass du aufhörst.«

»Ich weiß.«

»Das *weißt* du?«

»Maris, ich habe dasselbe empfunden!«

Unter erregendem Zungenspiel vergrub sie zur Antwort die Finger in seinen Haaren. Während er sie küsste, knöpfte er ihre Bluse auf, löste den Knoten in der Taille und zog sie aus.

Sie hatte verhältnismäßig kleine, wunderschön rund geformte Brüste, die jetzt der Regen benetzte. Wie Perlen lagen schwerere Tropfen auf ihrer Haut. Einige verschmolzen zu kleinen Rinnsalen, die sich über die glatten Rundungen ergossen und sich immer wieder neu zu erotischen Mustern kreuzten.

»Parker? Du weißt, dass es regnet.«

»Jaaa.« Er nahm ihre Brust in die Hand und formte sie neu. Sein Daumen wischte einen Regentropfen von der Spitze. Er beugte sich hinunter und rieb seine Lippen daran. »Wie hast du schon mal zu mir gesagt? Du wirst dich schon nicht auflösen.«

Dann nahm er ihre Brustwarze in den Mund.

»Vielleicht doch«, seufzte sie.

Sein Traum wurde wahr. Sie verschränkte die Arme hinter seinem Kopf und klammerte sich an ihn, wobei sie immer wieder heftig atmend seinen Namen rief.

Seine Hand tastete sich durch scheinbar endlose Stoffbahnen, bis sie auf Haut stieß. Er wanderte zwischen ihre Schenkel, bis ganz nach oben, zu ihrem Mittelpunkt. Er berührte sie durch den Slip. »Okay?«

Sie gab einen Laut von sich, den er als Ja deutete. Ihre Scham war weich und unglaublich nass. Mühelos glitten seine Finger hinein.

»Mein Gott, Parker.«

Während seine Finger sie von innen streichelten, umkreiste sie außen sein Daumen. Schon bald stieß sie ihm ihr Becken entgegen.

»Maris, lass es einfach zu.«

Sie entspannte sich und unterließ es, willentlich einen Höhepunkt herbeizuführen. Noch immer atmete sie flach und heftig. Er liebkoste weiter ihre Brüste. Unter seinem Zungenspiel wurden ihre Brustwarzen klein und hart. Seine Finger steigerten ihr Streicheln. Schließlich verharrte sein Daumen kreisend an einem einzigen Punkt.

Und dann spürte er jene einzigartige Spannung. Sie war in ihrem Bann. Willenlos ausgeliefert. Unbezähmbar. Unaufhaltsam. Sie bog sich durch, ihr Kopf fiel nach hinten, sie legte den Unterarm über die Augen. Ihr nackter Hals schrie nach Küssen. Er beugte sich darüber und drückte seine Lippen in ihr Kehlkopfgrübchen, aus dem lustvolle Laute aufstiegen. So verharrte er, bis die letzten Nachwehen verklungen waren und sie matt wurde.

Er zog seine Hand unter ihrem Rock hervor und glättete ihn wieder. Dann drückte er sie fest an seine Brust und legte ihr sein Kinn auf den Scheitel.

Matt ruhte ihre Hand an seiner Brust. »Du hast dein Hemd zugeknöpft.«

»Zum Abendessen. Hat mir meine Mama beigebracht.«

Sie knöpfte es auf und rieb die Wange an seiner Brustbehaarung. Zuletzt legte sie den Kopf auf sein Herz. »Besser.«

Unaufhörlich fiel der Regen auf sie herab und durchweichte ihnen Haare und Kleidung. Keiner merkte es, es war unwichtig. Er streichelte ihren Rücken. Bei jedem einzelnen Wirbel hielten seine Finger inne. »Er hat dich nie ordentlich gevögelt, stimmt's?«

Er spürte, wie sie sich versteifte. Einen Augenblick befürchtete er, er wäre zu weit gegangen, hätte zu viel gesagt und sie mit seiner derben Sprache beleidigt. Aber diese Reaktion ging schnell vorbei. Wieder entspannte sie sich und sagte leise: »Dachte ich eigentlich schon. Bis vor wenigen Minuten.«

»Du warst ja ganz ausgehungert.«

»Auch das wusste ich nicht, bis du mich berührt hast. Mein Sexleben war eine weitere Selbsttäuschung.«

Sie musste sein Lächeln gespürt haben, denn sie hob den Kopf und schaute ihn an. »Du musst dir ja ziemlich gut vorkommen.«

Er grinste unverbesserlich eingebildet, lächelte dann jedoch ganz weich. »Ich fühle mich gut.« Während eines zarten Kusses knurrte er leise: »Aber du fühlst dich noch viel besser an.«

Sie küssten einander lange und tief. Obwohl er nur ungern damit aufhörte, tat er es schließlich doch. »Besser, wir machen uns wieder auf den Rückweg, bevor Mike einen Suchtrupp losschickt.«

Er griff nach der Bremse, aber sie hielt ihn fest. »Und was ist mir dir? Damit?« Sie drückte ihr Becken gegen seine Erektion. »Möchtest du nicht, dass ich … etwas dagegen unternehme?«

Er zuckte zusammen, packte sie fest um die Taille und keuchte: »Jaa, ich möchte, dass du mit dieser Bewegung aufhörst.«

»Oh, entschuldige.«

Mit einem schiefen Lächeln legte er ihr die Hand hinter den Nacken. »Wenn ich in dir bin, möchte ich mich ganz auf dieses Vergnügen konzentrieren und mir dabei nicht den Kopf zerbrechen, wie ich komme, ohne dass wir beide aus diesem Stuhl fallen.«

»Klingt nach einem Erdbeben?«

»Wird es, jawohl.«

»Aber ich hatte als Einzige mein Vergnügen.«

»Zeigt, wie wenig Ahnung du hast.«

Sie lächelte. Nach einem raschen Kuss wendete er Richtung Haus. »Übrigens, da ich zwei Hände brauche, um dieses verdammte Ding zu lenken, tätest du gut daran, deine Bluse zuzuknöpfen. Sonst fallen Mike die Augen aus dem Kopf.«

Am nächsten Morgen stand Daniel früh auf, duschte und zog sich rasch an. Bevor er nach unten ging, packte er für den Ausflug aufs Land noch ein paar Sachen zum Wechseln ein. Maxine war restlos unglücklich gewesen, als sie gehört hatte, dass er dieses Wochenende ohne sie geplant hatte, und hatte ihr Missfallen deutlich gezeigt. Deshalb benahm er sich heute Morgen lammfromm und fragte, ob es ihr zu viel Mühe mache, ihm das Frühstück im Innenhof zu servieren.

»Ganz und gar nicht, Mr. Matherly. In ein paar Minuten ist das Tablett fertig.«

»Perfekt. Dann kann ich die Zeit für einige Telefonate nutzen.«

Er ging in sein Arbeitszimmer und wählte zuerst eine Nummer, die er mittlerweile auswendig kannte. Während des fünfminütigen Gesprächs sagte er nur wenig, sondern hörte die meiste Zeit einfach zu.

Endlich hatte Mr. William Sutherland alles gesagt, was er zu sagen hatte, und fragte: »Mr. Matherly, wollen Sie, dass ich weitermache?«

»Unter allen Umständen.«

Daniels zweiter Anruf an diesem Morgen galt Becker-Howe. Es überraschte ihn nicht, dass Mr. Oliver Howe persönlich seinen Anruf entgegennahm. Und das zu einer Tageszeit, zu der die meisten New Yorker bei Starbucks Schlange standen und sich in die U-Bahn quetschten, um zu einer vernünftigen Zeit im Büro zu sein.

Howe hatte immer ziemlich forsch mit seinem Vierzehn-Stunden-Tag geprahlt. Nur in den Ferien seien es acht. Offensichtlich hatte er trotz seines fortgeschrittenen Alters noch denselben voll gepackten Terminkalender wie eh und je.

Howe hatte seine Verlagskarriere ungefähr zur gleichen Zeit und in ähnlicher Weise wie Daniel gestartet. Wenige Monate nach seinem Universitätsabschluss hatte ihm sein Großvater die Firma vermacht. Die ganzen Jahre waren Howe und Daniel faire Konkurrenten gewesen, bis sich aus einer Geschäftsbeziehung allmählich eine knurrige Freundschaft entwickelt hatte. Beide schätzten einander ungemein.

»Olli, hier ist Daniel Matherly.«

Wie erwartet, war sein alter Kollege hocherfreut, wieder einmal etwas von ihm zu hören. Nach dem Austausch von Freundlichkeiten sagte Oliver: »Danny Boy, ich kann nicht mehr Golf spielen. Dieses verdammte Rheuma lässt mich nicht mehr.«

»Deshalb rufe ich nicht an, Ollie. Hier geht's um Geschäftliches.«

»Ich dachte, du hättest dich aufs Altenteil zurückgezogen.«

»So munkelt man. Vor allem du solltest es aber besser wissen. In Wirklichkeit bin ich auf ein spannendes Geschäft gestoßen, das dich vielleicht interessieren könnte.«

Einige Minuten später tauchte Daniel ohne seinen Stock aus dem Arbeitszimmer auf. Er fühlte sich wie neugeboren. Als er sich Maxine näherte, rieb er sich sogar die Hände. »Würdest du mir bitte mein Lieblingsbrot aus der koscheren Bäckerei holen?«

»Gibt's denn in Massachusetts kein Brot? Mr. Reed sagte doch, er ließe Lebensmittel ins Haus liefern.«

»Ich weiß, trotzdem habe ich Appetit auf ... du weißt schon, welche Sorte. Die mit den Körnern drauf.«

»Ich weiß Bescheid. Diese Bäckerei liegt auf der anderen Seite der Stadt. Wenn Sie gefrühstückt haben, werde ich hinfahren.«

»Nach dem Frühstück wird Noah mich abholen. Du gehst besser jetzt. Ich kann mir selbst mein Frühstück reintragen.«

Misstrauisch beäugte sie ihn, und das aus gutem Grund. Sein plötzlicher Appetit auf eine spezielle Brotsorte war nur ein Vorwand, sie außer Haus zu schaffen. Er erwartete einen Frühstücksgast und wollte nicht, dass irgendjemand davon wusste.

Maxine widersprach noch eine Weile, ehe sie schließlich unter Protestgemurmel beleidigt durch den Dienstboteneingang abschob. Kaum war sie ein paar Minuten fort, klingelte es an der Vordertür. Daniel bat seinen Gast herein.

»Meine Haushälterin macht gerade ein paar Besorgungen«, erklärte er, während er in den Innenhof vorausging. Maxine deckte immer für drei den Tisch, falls Maris oder Noah oder beide zufällig vorbeikämen. Obwohl Maris nicht in der Stadt war und Noah später kommen sollte, entdeckte Daniel zu seiner Erleichterung, dass sie ihrer Gewohnheit treu geblieben war. Er deutete auf einen Stuhl am runden, schmiedeeisernen Tisch. »Bitte, setzen Sie sich. Kaffee?«

»Ja, danke schön.«

Daniel schenkte ein. Während er Sahne und Zucker reichte, sagte er: »Danke, dass Sie so kurzfristig gekommen sind.«

»Das war weniger eine Einladung als ein Edikt, Mr. Matherly.«

»Warum sind Sie ihm dann gefolgt?«

»Aus Neugier.«

Daniel nahm die ehrliche Antwort mit einem beifälligen Nicken zur Kenntnis. »Also waren Sie überrascht, weil ich mich gemeldet habe?«

»Eigentlich schockiert.«

»Ich bin froh, dass wir offen miteinander sprechen können, weil ich weiß, dass Ihre Zeit kostbar ist. Außerdem habe ich heute Morgen selbst einen vollen Terminkalender. Mein Schwiegersohn holt mich um zehn Uhr ab und fährt mich in unser Landhaus. Er hat mich eingeladen, uns gemeinsam ein paar schöne Stunden zu machen, während meine Tochter verreist ist.« Er hielt seinem Gast ein mit einer Serviette ausgeschlagenes Silberkörbchen hin. »Muffin?«

»Nein, danke.«

»Für Vollkornmuffins schmecken sie nicht schlecht. Meine Haushälterin backt sie selbst.«

»Nein, danke schön.«

Er stellte das Körbchen wieder auf die Tischplatte. »Wo war ich?«

»Mr. Matherly, da ich weiß, dass Sie nicht senil sind, beleidigen Sie, bitte, nicht meine Intelligenz, indem Sie so tun. Sie haben mich nicht hierher gebeten, um die Vollkornmuffins Ihrer Haushälterin zu probieren.«

Daniel ließ die Pose fallen, stützte die Ellbogen auf den Tisch, faltete die Hände und musterte seinen Gast unter weißen Augenbrauen, die sich mittlerweile auf seinem Nasenrücken zu einem steilen V zusammengezogen hatten.

»Ich wette mein ganzes Vermögen, dass Noah bei unserer Ankunft auf dem Land ein Dokument mit sich führen wird, das ihn zur alleinigen Geschäftsführung meines Verlagshauses ermächtigt.« Er sprach mit jenem schroffen Nachdruck, den er stets beherrscht hatte. Er hatte ihm den Ruf als harter und manchmal rücksichtsloser Verhandlungspartner eingetragen. Im Verlauf dieses Wochenendes wird man mich zu einer Unterschrift unter dieses Dokument zwingen.«

Mit erhobener Hand hinderte er seinen Gast an einem Einwurf. »Nein, sagen Sie nichts. Sie täten gut daran, lediglich zuzuhören.«

Nach langem, nachdenklichem und leicht misstrauischem Zögern wurde Daniel bedeutet fortzufahren.

ENVY – NEID, Kapitel 20
Key West, Florida, 1988

Todd hatte nicht damit gerechnet, dass es so lange dauern würde.

Er war ungeduldig, wollte unbedingt Reichtum und Ruhm erwerben – genau in dieser Reihenfolge.

Nachdem die Hypothek auf seinem Elternhaus getilgt war, behielt er vom Verkauf des Hauses lediglich einen Hungerlohn übrig. Jedes Elternteil hatte zwar eine magere Lebensversicherung abgeschlossen, doch seine Mutter hatte die seines Vaters für dessen Begräbnis gebraucht, und Todd hatte sie mit der ihrigen zur letzten Ruhe gebettet. Nach Erledigung sämtlicher Angelegenheiten waren die kläglichen Reste seines Erbes kaum der Rede wert. Ihm blieb gerade noch so viel, seinen Umzug nach Florida zu bezahlen. Buchstäblich ohne einen Penny traf er in Key West ein.

Der Lebensunterhalt war weitaus kostspieliger, als er und Roark geschätzt hatten, obwohl sie wirklich kläglich hausten und billig aßen. Bei seinem Parkjob bekam er gutes Trinkgeld, aber Miete, Benzin, Lebensmittel und sonstige notwendigen Dinge machten der Barschaft rasch ein Ende.

Dazu kamen seine monatlichen Raten für einen PC. Im Gegensatz zu seinem Zimmergenossen hatte er keinen Großonkel, der sich dazu verpflichtet gefühlt hatte, seinem Neffen zum Collegeabschluss ein teures Geschenk zu machen, obwohl er ihn erst zweimal im Leben gesehen hatte. Roarks Vorsprung hatte ihn gewurmt. Todd hatte keine Zeit versäumt, mit ihm gleichzuziehen, und einen Computer geleast.

Sein chronischer Mangel an legalen Zahlungsmitteln verärgerte ihn.

Noch saurer machte ihn allerdings sein chronischer Mangel an Kreativität.

Der Ruhm schien in weiter Ferne zu liegen, noch weiter weg als Reichtum. Das Schreiben von Romanen war harte Arbeit. Obwohl er in zahllosen langweiligen Vorlesungen zu diesem Thema gedöst hatte, war er sich in einer Sache ziemlich sicher: Keiner seiner Dozenten für Kreatives Schreiben hatte betont, wie arbeitsintensiv das war. Diesen Punkt hatte er in seinen Aufzeichnungen nie unterstrichen. Diese Frage hatte man ihm in keinem Examen gestellt. Schreiben ist verdammt harte Arbeit, so oder so.

Mindestens einmal pro Woche besuchten sie Hemingways Haus. Der Landsitz im spanischen Kolonialstil war ihr Heiligtum, dem sie sich ehrerbietig wie Pilger näherten. Selbstverständlich hatte Todd ihn stets bewundert, aber erst jetzt begann er, Hemingways Größe wirklich zu schätzen.

Talent war etwas Angeborenes. Entweder hatte man's oder nicht. Aber nur Talent war nutzlos. Um dieses Talent zum Leben zu erwecken, es mit Schliff zu versehen, musste man sich stundenlang anödend herumplagen. Um jenen packenden »einzig wahren Satz« zu schreiben, der sich dann so verdammt einfach las.

Diese Einfachheit war trügerisch. Mit Zufall hatte sie nichts zu tun. Diese Fähigkeit flog einem auch nicht einfach zu. Schreiben war Arbeit, fordernde, zermürbende Arbeit in Einsamkeit. Ein Schriftsteller grub in den Stollen seines Gehirns, und Wörter waren seine Spitzhacke. Eine ganze Woche angestrengter Arbeit förderte vielleicht ein einziges Goldstück zutage, das es wert war, behalten zu werden. Doch selbst darüber konnte man noch in gerührter Dankbarkeit weinen.

Todd bewunderte alle, die schrieben, und dazu auch noch gut. Und doch mischte sich Groll in seine Bewunderung. Hemingway und Konsorten knauserten mit ihrem Talent und ihrer Begabung. Nachdem man sich so lange intensiv mit ihren Werken beschäftigt hatte, jede Phrase studiert und sie wortwörtlich bis zum Erbrechen analysiert hatte, hätte man meinen mögen, die Fähigkeit, so zu schreiben, müsste abfärben, ihr Genie müsste ansteckend wirken. Zählte denn der tiefe Wunsch nach etwas gar nichts? Doch es gab Tage, an denen er in seiner eigenen Arbeit nicht ein Gramm Genialität entdecken konnte.

Und offensichtlich auch sonst niemand.

Er knüllte Professor Hadleys Kritik zusammen und schleuderte sie an die Zimmerecke.

Gerade als die Papierkugel mehrere Zentimeter vor dem Papierkorb landete, kam Roark herein. »Ist Hadley wieder auf seinen Prinzipien herumgeritten?«

»Hadley ist ein Arschloch.«

»Als ob ich das nicht wüsste. Mich hat er auch über glühende Kohlen gejagt.«

»Echt?«

»Und dann hat er mich schmoren lassen. Deshalb dachte ich, da wir heute Abend frei haben, könnten wir uns betrinken.«

»Liebend gern«, sagte Todd mürrisch. »Kann's mir nur nicht leisten.«

»Ich auch nicht. Aber ein Job als Barkeeper hat auch seine Vorzüge.« Damit zog Roark die Hand hinter dem Rücken hervor und wedelte mit einer Flasche billigen Scotchs.

»Du hast sie gestohlen?«

»Diese Pampe will keine Schlampe.«

»Du bist ein Dichter.«

»Und wusste es gar nicht. Gehen wir.«

Todd wälzte sich aus seiner Koje. »Da lass ich mich nicht zweimal bitten.«

Am Strand tranken sie abwechselnd: auf den Sonnenuntergang, dann auf die Dämmerung und schließlich auf die Nacht. So prosteten sie dem Himmel zu, bis die einzelnen Sterne verschwommen zu tanzen begannen und das Universum an den Rändern ein wenig ausfranste.

»Sternchen, Sternchen, hell und klar... et cetera. Wünsch dir was, Roark.«

»Ich wünschte, du würdest mir den Whisky reichen.«

Todd gab ihm die Flasche. Roark trank, gab sie zurück, streckte sich dann im Sand aus und verschränkte die Hände hinter dem Kopf. Er fing an zu lachen.

»Was ist?«, fragte Todd, während er sich mit dem Hintern eine bequemere Sitzkuhle in den Sand bohrte.

»Wünsche«, erwiderte Roark. »Dabei fällt mir ein Witz mit einem Flaschengeist ein.«

»Davon gibt's hunderte. Welcher?«

»Ein Typ findet eine Zauberlampe, reibt daran, der Geist springt heraus, gewährt ihm drei Wünsche. Der Typ wünscht sich einen Ferrari. Und *puff!* steht am nächsten Morgen ein nagelneuer Ferrari in seiner Einfahrt. Wieder reibt er die Lampe, der Geist springt heraus und sagt, er habe noch zwei Wünsche frei. Der Typ wünscht sich zehn Millionen Dollar. Und *puff!* findet er am nächsten Morgen zehn Millionen Dollar feinsäuberlich auf seinem Nachtkästchen gestapelt. Wieder reibt er die Lampe, der Geist springt heraus und sagt, er hätte noch einen letzten Wunsch frei. Der Typ wünscht sich einen Penis bis zum Boden. Und *puff!* wacht er am nächsten Morgen mit dreißig Zentimeter langen Beinen auf.«

Als sie ausgelacht hatten, fügte Roark noch hinzu: »Und die Moral von der Geschicht': Man sollte mit seinen Wünschen vorsichtig sein.«

Todd knurrte: »Ich wünschte, Hadleys Pimmel würde verschrumpeln und dann abfallen. Wenn er überhaupt einen hat, was ich bezweifle.«

»Welches Manuskript hast du ihm denn geschickt?«

»*Vernichtet.*«

»Mit dem Buch hast du dir doch den Arsch aufgerissen. Was hat er gesagt?«

Todd nahm noch einen Zug aus der Flasche. »Dem Plot mangle es an Plausibilität. Meine Dialoge seien Scheiße.«

»Hadley hat ›Scheiße‹ gesagt?«

»So in der Art.«

»Hmm.«

»Was?«

»Er sagte, meine Dialoge seien knapp und schwungvoll, mein Plot dagegen vorhersehbar und benötige mehr Tempo.« Er schaute zu Todd hinüber. »Vielleicht sollten wir zusammenarbeiten.«

»Scheiße, nein. Keine Teilarbeit. Ich habe eine zweijährige unbezahlte Lehrzeit hinter mir.«

»Du hast eine Kurzgeschichte verkauft«, erinnerte ihn Roark.

»Eine einzige lausige Kurzgeschichte für fünfundzwanzig Kröten an eine Hauspostille. Die wird höchstens auf dem Lokus gelesen.« Er schleuderte eine Muschel in die Brandung zurück. »Ich lebe in einer Wohnung mit fleischfressenden Küchenschaben und gefährlich bewaffneten Mietern im Untergeschoss.«

»Aber der Ausblick ist unbezahlbar. Außerdem kannst du beim Blick in die Ferne deine Fleischeslust abreagieren.«

»Wie wahr«, erwiderte Todd feierlich. »Noch nie im Leben habe ich mir so oft einen runtergeholt.«

»Wachsen dir vielleicht schon Haare in der Hand?«

»Auf nackte Sonnenanbeterinnen, auf exotische Tänzerinnen.«

Er hob die Flasche zum Toast, aber Roark nahm sie ihm weg und genehmigte sich noch einen Schluck.

»Ich bin die ganze Scheißzeit pleite«, fuhr Todd missmutig fort. »Mein Auto hat zweihundertfünfzigtausend auf dem Tacho.«

»Und das, während du Porsches und BMWs einparkst.«

»Den Job könnte man auch einem Schimpansen beibringen.«

»Ein Affe wäre niedlicher. Bekäme vermutlich mehr Trinkgeld.«

Wütend funkelte Todd Roark an. »Wirst du mich jetzt wohl mal ausreden lassen, oder was?«

»'tschuldigung. Wollte dich bei deiner Mitleidstour nicht stören.« Roark gab ihm die Flasche zurück. »Trink noch 'nen Schluck.«

»Danke schön.« Todd trank und rülpste laut und feucht. »Wenn sich all diese Mühsal auszahlt, will ich den ganzen Ruhm für mich, ganz für mich allein. Ist nicht böse gemeint.«

»Hab's auch nicht so aufgefasst. Ich möchte ja auch nicht mit dir zusammenarbeiten. War nur ein Scherz.«

»Ach.« Todd warf sich rücklings in den Sand. »Also, was hat Hadley in seinen Anmerkungen tatsächlich gesagt?«

»Hab ich dir doch schon erzählt.«

»War das die Wahrheit?«

»Warum sollte ich lügen?«

»Damit ich mich besser fühle.«

Roark schnaubte. »So altruistisch bin ich auch nicht.«

»Stimmt, stimmt, du bist ein Mistkerl. Vielleicht würdest du also aus einem anderen Grund lügen.«

Roark setzte sich auf. »Todd, geht dir was im Kopf herum? Wenn ja, warum spuckst du's nicht einfach aus?«

»Immer spielst du Hadleys Kritik herunter.«

»Ich werde doch nicht wegen der Ansichten eines einzigen Menschen in Sack und Asche gehen. Und nichts anderes sind seine Kritiken. Ich lasse mich davon nicht so deprimieren wie du.«

»Vielleicht.«

»Was vielleicht?«

»Vielleicht erklärt das, warum du sie herunterspielst. Andererseits versuchst du vielleicht auch nur, mich aus der Bahn zu werfen.«

Verblüfft schüttelte Roark den Kopf. »Was redest du denn da für einen Scheiß?«

»Vergiss es.«

»Den Teufel werde ich tun. Zuerst unterstellst du mir, ich würde lügen, und dann lieferst du mir auch noch ein beschissenes Motiv dafür. Beides weise ich entschieden zurück.«

»Und ich weise zurück, dass du dich für einen besseren Schriftsteller hältst wie ich.«

»Als ich«, korrigierte Roark.

»Leck mich doch!« Todd schoss hoch, aber die Erde kippte drastisch zur Seite und warf ihn aus dem Gleichgewicht. Er landete wieder im Sand.

Roark packte ihn an den Schultern und drehte ihn herum. »Warum sollte ich dich über Hadleys Kritiken täuschen?«

Todd warf die Hände hoch und schleuderte Roark weg. »Um mir gegenüber im Vorteil zu sein. Du könntest es nicht ertragen, wenn ich vor dir veröffentlicht würde.«

»Ach, als ob du begeistert wärst, wenn ich vor dir ein Manuskript verkauft hätte.«

»Lieber ließe ich mich bei lebendigem Leib ausweiden.«

Mehrere Augenblicke war der schmale Abstand zwischen ihnen mit Feindseligkeit aufgeladen, die sich jeden Moment zu entladen drohte. Um für einen plötzlichen Angriff gewappnet zu sein, ballte Todd die Hände zu Fäusten.

Zu seiner Überraschung fing Roark zu lachen an. »Du würdest dich also lieber bei lebendigem Leib ausweiden lassen?«

Todd versuchte, nicht zu lächeln, verlor aber den Kampf. Und bald lachte auch er. »In der Hitze des Gefechts, ganz abgesehen von meinem Alkoholpegel, ist mir nichts Besseres eingefallen.«

»Den Ausdruck würde ich dir nicht für dein Buch empfehlen.«

»Akzeptiert.«

Mehrere Minuten starrten sie auf den Ozean hinaus, dann sagte Roark: »Ich mache für heute Schluss. Glaubst du, wir schaffen es bis zum Auto?«

Befriedigt registrierte Todd, dass Roark als Erster nachgegeben hatte. »Scheiße, Mann, keine Ahnung. Ich bin groggy.«

Roark warf Todd den Arm über die Schulter und half ihm auf die Beine. Sie schafften es bis zum Parkplatz, obwohl es eine Weile dauerte, weil sie immer wieder stolperten und häufig stehen blieben. Ihre vom Alkohol gezeichneten Bemühungen erheiterten sie derart, dass sie weiche Knie bekamen. Keiner war im Stande zu fahren. Trotzdem klemmte sich Roark hinters Steuer, weil er einen Hauch weniger blau war als Todd.

Erst am nächsten Tag, nach zwölf Uhr mittags, als sie ihren Kater mit Hamburger und Fritten kurierten, griff Todd ihr Gespräch wieder auf. »Weißt du, ein bisschen Rivalität könnte uns gut tun.«

Roark stöhnte. »Fang bloß nicht wieder damit an, Todd. Ich betrachte dich nicht als Rivalen.«

»Bockmist. Natürlich tust du das.«

»Wieso könnte uns Rivalität gut tun?«

»Sie treibt uns an, härter zu arbeiten. Gib's zu, wenn du mich schreiben siehst, kannst du dich nicht einfach drücken. Wenn ich vor meinem Computer sitze, kannst du dich nicht hinsetzen und ein Baseballspiel gucken. Und bei mir ist's genauso. Wenn du schreibst, habe ich ein schlechtes Gewissen, wenn ich's nicht auch tue. Wenn du täglich sieben Stunden schuftest, muss ich mindestens genauso viel drangeben. Dieser Wettbewerb treibt uns an.«

»Ich kenne nur einen Antrieb: den Wunsch, einen guten Roman zu schreiben.«

Todd fuchtelte mit den Händen durch die Luft. »Sankt Roark. Gloria und Halleluja.«

»Du kotzt mich an.«

»Okay, okay, ich hör ja schon auf damit.« Er biss in seinen Cheeseburger. »Außerdem steht dieser Punkt nicht zur Debatte. Mir wird man für *Vernichtet* Unsummen anbieten, bevor du dein Buch auch nur fertig geschrieben hast. Dann werden wir ja sehen, wer grün vor Neid wird.«

»Dazu wird es *nicht* kommen.«

Todd lachte. »Ach, Mensch, du solltest mal das böse Funkeln in deinen Augen sehen. Der Punkt ging an mich. Dank dir.«

24

»Ist noch Kaffee da?«

»Wie immer, oder?«

Parker warf Mike einen finsteren Blick zu, während er seinen Stuhl durch die Küche rollte und sich aus der Kaffeemaschine einen frischen Becher eingoss. »Normalerweise kommst du und fragst, ob ich nachgeschenkt haben möchte, und vergewisserst dich dabei, ob ich etwas brauche.«

»Ich hatte nicht die geringste Lust, mir den Kopf abreißen zu lassen. Beim Frühstück hast du klar und deutlich erklärt, Maris und ich sollten uns heute rar machen. Und genau das haben wir getan.«

»Ich arbeite gerade an einer schwierigen Passage. Ich wollte weder abgelenkt noch unterbrochen werden.«

Er war schon wieder auf dem Weg zur Drehtür, da hörte er Mike murmeln: »Darum hättest du uns auch netter bitten können.«

Parker hielt an und drehte um. »Sagtest du etwas?«

Mike warf das Geschirrtuch weg und zog eine Grimasse. »Ich sagte, ihre Bluse sei gestern Abend falsch geknöpft gewesen, als du sie gnädigerweise endlich aus dem Regen hereingebracht und mich hast wissen lassen, wo ihr steckt.«

»Wow, Mike! Damit hast du in einem einzigen Satz gleich mehrere Sünden abgehakt. Sollen wir ihn aufdröseln und jede einzelne Missetat diskutieren? Oder soll ich einfach akzeptieren, dass du insgesamt stocksauer bist, und mich wieder an meine Arbeit machen?«

»Ich komme nach einem Tag auf dem Festland heim und finde das Haus sperrangelweit offen vor. Alle Lampen brennen, keiner daheim. Ich dachte, du wärst entführt worden.«

»Bist du denn nicht auf die Idee gekommen, die Star-Trek-Crew könnte mich geholt haben, und du wärst nun der Hinterbliebene? Dann wärst du erst richtig sauer gewesen, wetten?«

»Du und Star Trek sind zwei Paar Stiefel, die nie und nimmer zusammenpassen. Euch würde ich nicht in meinen kühnsten Träumen zusammenspannen. Außerdem habe ich die Möglichkeit einer Entführung gleich wieder ausgeschlossen. Wer wäre schon so verrückt, dich haben zu wollen?«

»Mensch! Du bist ja *echt* angefressen!«

»Wozu ich auch jedes Recht habe. Wenn ich nicht die beiden Teller in der Spüle entdeckt und anschließend das Gästehaus überprüft hätte, hätte ich nicht einmal gewusst, dass Maris wieder da ist.«

»Du bist ja ein echter Sherlock Holmes.«

»Du hättest wenigstens einen Zettel für mich liegen lassen können, dass ihr am Strand seid.«

»Hätte ich. Allerdings habe ich befürchtet, du würdest dann umgehend deine mütterlichen Instinkte einschalten und uns nachkommen, um auch ja sicherzugehen, dass mit den Kiddies alles in Ordnung ist.«

»Und sie keinen Blödsinn machen.«

Ohne einen Hauch Humor sagte Parker scharf: »Ganz genau, Mike. Ich wollte nicht, dass du uns beim Doktorspielen überraschst. Mir wäre das ja egal, aber Maris vielleicht nicht.«

»Womit ich beim nächsten Punkt wäre.«

»Den will ich gar nicht hören.«

»Du hast dir einen Racheplan ausgedacht, den du bis zum bitteren Ende durchziehen wirst, nicht wahr?«

»Das hatten wir bereits.«

»Nicht wahr?«

»Und wie, verdammt noch mal!«, brüllte Parker.

Aber Mike ließ sich von seinem Geschrei nicht abschrecken. »Und wie soll das letzte Kapitel aussehen?«

»Was, ich soll das Ende verraten? Soll dir alles erzählen und die Überraschung verderben? Ich denke ja gar nicht daran.«

Wütend funkelte Mike ihn an. »Es wird kein Happy End geben.«

»Ich träume nicht von hymnischen Kritiken.«

»Nur von Rache.«

»Und die ist immer eine gute Motivation, also auch ein guter Plot. Bist du jetzt fertig?«

»Nicht ganz. Was ist mit Maris?«

»Sie ist ein wesentlicher Bestandteil des Plots.«

»Du benutzt sie, stimmt's? Obwohl sie ist, wer sie ist.«

»*Weil* sie ist, wer sie ist.«

Mike musste Parkers unerschütterlichen Entschluss gespürt haben. Vielleicht hatte aber auch sein herrischer Ton den alten Mann merken lassen, dass er seine Grenzen überschritten hatte. Vielleicht war er aber auch nur erschöpft. Jedenfalls war Mikes Zorn verraucht. Seine wütende Pose wich wieder der leicht zusammengesackten Haltung älterer Menschen. »Parker, ich flehe dich an, gib auf. Lass das sein. Sag Maris alles. Dir und ihr zuliebe. Sag es ihr.«

»Was soll er mir sagen?«

Beim Klang ihrer Stimme fuhren beide herum. Sie war offenbar mitten in einen ausgeprägten Wortwechsel geraten, der fast wie ein Streit wirkte. »Was soll er mir sagen?«, wiederholte sie.

»Ich habe ein paar neue Seiten geschrieben«, sagte Parker. »Sie werden gerade ausgedruckt.«

»Ich hole sie.« Mike warf Parker einen viel sagenden Blick zu, ohne dass Maris hätte entziffern können, was dahinter steckte. Er ging in den Wintergarten und ließ sie allein.

»Er hat gerade eine frische Kanne Kaffee gemacht«, bemerkte Parker.

»Danke, aber ich habe schon mehr getrunken, als ich vertrage. Wenn ich heute Morgen noch eine Tasse trinke, schaukle ich mit deinem Gespensterfreund am Kronleuchter.«

»Für den Anblick gäbe ich was.« Sein Lächeln wirkte gezwungen, der Witz schal.

Maris konnte sich die Stimmung im Haus hauptsächlich deswegen nicht erklären, weil sie sie nicht recht fassen konnte. Alles hatte gestern Abend angefangen, als sie und Parker vom Strand zurückkamen. Mike, der während ihrer Abwesenheit eingetroffen war, hatte mit aufgestützten Armen und besorgter Miene auf der Veranda gestanden und nach ihnen Ausschau gehalten. Er hatte sie gescholten, weil sie bis auf die Haut durchnässt waren, und geschimpft, ein derart verrücktes unverantwortliches Benehmen habe er zwar von Parker erwartet, aber Parker hätte kein Recht, Maris in seine Narreteien einzubeziehen.

Anschließend hatte er Parker in dessen Schlafzimmer auf der Rückseite des Hauses gescheucht. Obwohl Maris wusste, um welches Zimmer es sich handelte, hatte man sie nie zur Besichtigung eingeladen, nicht einmal als Mike sie durchs ganze Haus geführt hatte, einschließlich seiner eigenen Suite und den noch nicht fertigen Räumen im ersten Stock.

Mit einem leisen Gefühl der Niedergeschlagenheit über das abrupte Ende des romantischen Abends hatte sie sich ins Cottage zurückgezogen. Eines spürte sie: Mike hatte sich nicht darüber aufgeregt, dass sie in den Regen geraten waren, ja nicht einmal über ihre heimliche Abwesenheit. Er war mehr als nur leicht verärgert, und besorgter, als es die Situation rechtfertigte.

Sie kam einfach nicht dahinter, was sie getan oder nicht getan hatten, das ihn derart aufgebracht hatte.

Bei jedem anderen hätte sie vermutet, dass der persönliche Betreuer auf den Neuankömmling eifersüchtig war. Vieles sprach dafür, dass jemand in Mikes Position jeden ablehnen würde, der sich in das bequeme Leben einmischte, das er für seinen Schützling aufgebaut hatte. Ihre gemeinsamen Tage besaßen einen Rhythmus, den er nicht gestört sehen wollte.

Verständlicherweise würde der Eindringling als Bedrohung

angesehen. Aus dem ersten Instinkt heraus würde er seine Position und Bedeutung schützen wollen. Außerdem würde er die Person, um die er sich kümmerte, vor jedem eventuellen Schaden bewahren wollen.

Aber Mike hatte sich ihr gegenüber nicht eifersüchtig benommen. Er behandelte sie nicht als mögliche Gefahr für Parker, im Gegenteil. Er schien ehrlich erfreut zu sein, dass sie in ihrer beider Leben getreten war. Er hatte sie in jeder Hinsicht freundlich behandelt und sich selbst in den unwichtigsten Auseinandersetzungen öfter auf ihre Seite geschlagen als auf Parkers.

Trotzdem wurde sie das Gefühl nicht los, Mike hätte im Großen und Ganzen eine Vorstellung davon, was sie unten am Strand getrieben hatten. Und er schien damit nicht einverstanden zu sein. Das war die Basis seiner Entrüstung, egal, was sonst noch eine Rolle gespielt haben mochte. Nach ihrer Rückkehr ins Gästehaus entdeckte sie, dass sie ihre Bluse nicht korrekt zugeknöpft und in der Eile einen Knopf übersehen hatte. Ein verräterisches Zeichen für eine Fummelei.

Trotzdem war sie eher verblüfft als verlegen. Sie und Parker waren längst über das Alter hinaus, in dem man jemandem Rechenschaft schuldig ist. Außerdem hätte Mike klar wissen müssen, dass am Strand alles in gegenseitigem Einverständnis passiert war. Sah er darin eventuell ein moralisches Problem? Mike hatte keine Ahnung vom gegenwärtigen Zustand ihrer Ehe. Dachte er, Parker hätte eine Romanze mit der Frau eines anderen?

Jedenfalls bedeutete ihre Rückkehr ins Haus das Ende aller anderen Pläne, die sie und Parker gehegt hatten, um dort weiterzumachen, wo sie am Strand aufgehört hatten. Klugerweise war sie bis heute Morgen im Cottage geblieben. Und auch Parker war nicht gekommen, obwohl sie in der vagen Hoffnung, er würde zu ihr kommen, lange wach gelegen hatte. Beim Frühstück heute Morgen war er unwirsch und gereizt gewesen. Mehr als sonst. Außerdem hatte er sich benommen, als wären sie nie zusammen am Strand gewesen.

All das drückte ihr schwer aufs Gemüt. Verzweifelt versuchte sie, diese depressive Stimmung abzuwehren. Trotz des zärtlichen Liebesspiels gestern war ihre Beziehung zu Parker immer noch vage und unsicher. Jeden Moment befürchtete sie eine heftige Gefühlsverlagerung, die sie kopfüber in Verzweiflung stürzen würde.

Schon einmal hatte sie ein Mann zum Narren gehalten. Gerade diesen Fehler wollte sie nicht wiederholen. Nie mehr. Und ganz gewiss nicht binnen einer Woche.

Nach jenem ersten lahmen Versuch, über Koffein zu plaudern, hatte keiner ein Wort gesagt, weder sie noch Parker. Nur zufällig hatten sich ihre Blicke flüchtig getroffen. Parker schien alles daran zu setzen, jeden Blickkontakt zu vermeiden.

Verlegen fragte sie, ob er mit dem, was er heute Morgen geschrieben habe, zufrieden sei.

»Schätzungsweise ist es in Ordnung«, nuschelte er in seinen Kaffeebecher, ohne den Kopf zu heben.

Das war albern. Sie waren erwachsene Menschen, keine Teenager. Bis jetzt hatte er keine Gelegenheit ausgelassen, unverblümte sexuelle Anspielungen ins Gespräch einfließen zu lassen. Vom Abend ihrer ersten Begegnung an hatte er sich definitiv nicht gescheut, offen zu zeigen, wie attraktiv er sie fand. Seine plötzliche Schüchternheit ergab keinen Sinn.

»Hat dir Mike die Leviten gelesen?«

Er schaute zu ihr hinüber. »Wegen des Vorspiels?«

»Ich … Wegen der Verführung einer verheirateten Frau, wollte ich sagen.«

»Habe ich das denn getan?«

»Nach eindeutiger Aufforderung.«

»Dann gilt das als Verführung auf Treu und Glauben?«

»Parker, spielen wir jetzt irgendwelche semantischen Spielchen, oder wirst du nun meine Frage beantworten?«

»Mike ist um dich besorgt.«

»Warum?«

»Er hält mich für durch und durch verdorben.«

»Er hält dich für den Nabel seiner Welt.«
»Er hat Angst, ich würde dir weh tun«
Mit unverwandtem Blick fragte sie: »Wirst du das denn?«
»Ja.«
Seine unumwundene Antwort kam überraschend. Ohne den endlich erfolgten Blickkontakt abzubrechen, setzte sie sich an den Küchentisch. »Wenigstens bist du ehrlich.«
»Brutal ehrlich. Das stößt die meisten Leute ab.«
»Weiß ich, aber ich bin nicht die meisten.«
Seine harten Lippen entspannten sich. Noch vor Sekunden war sein Blick distanziert gewesen, nun funkelte etwas darin auf. Seine Augen wanderten über sie und verweilten immer wieder. Auf ihrem Mund, ihren Brüsten, ihrem Schoß. An allen Stellen, die er intim berührt hatte, erwachte prickelnd ein sinnliches Erinnern.
Als er erneut Blickkontakt mit ihr aufnahm, sagte er barsch: »Weiß ich.«
Lange starrten sie einander unverwandt an, bis Mike mit mehreren Seiten Text wieder in die Küche kam. »Die Farbe begann zu verblassen, deshalb musste ich die Druckerpatrone auswechseln.«
»Ich muss mich unbedingt wieder dransetzen«, sagte Parker, wobei er seinen Stuhl Richtung Wintergarten rollte. »Redet nicht über mich, während ich nicht da bin.«
»Es gibt bessere Themen für eine Unterhaltung«, gab ihm Mike zurück.
Parker warf die Tür hinter sich ins Schloss.
Maris lachte. »Ihr zwei seid wie streitsüchtige Geschwister. Oder wie ein altes Ehepaar.«
»Gott bewahre.«
»Mike, waren Sie je verheiratet?«
»Ein eingeschworener Junggeselle. Gratinierte Krabben zum Abendessen, wie klingt das?«
»Köstlich. Und Parker?«
»Verheiratet? Nein.«

»Frauen?«

Er holte eine Packung gefrorenes Krabbenfleisch aus dem Tiefkühlfach und stellte es auf die Anrichte. Erst dann drehte er sich zu ihr um. »Was glauben Sie?«

Sie senkte die Augen und zeichnete mit der Fingerspitze die Holzmaserung der Tischplatte nach. »Natürlich hat es Frauen gegeben.«

»Mehr als nur ein paar, aber weniger als viele. Nichts von Dauer. Nie etwas Ernstes.«

Sie nickte. Er machte sich wieder daran, die Zutaten für sein Rezept herzurichten.

»Parker hat mir verraten, wie Sie ihn, sozusagen, vor der Verdammnis gerettet haben.«

Als er sich ihr erneut zuwandte, erkannte sie, dass ihn diese Enthüllung überraschte. Nachdem er sich wieder gefasst hatte, sagte er: »Damit erweist er mir mehr Ehre, als ich verdiene. Ich habe ihm lediglich Dinge erzählt, die er längst wusste.«

»Zum Beispiel?«

»Ich habe ihm erklärt, er sei auf dem besten Weg, sich selbst zu zerstören. Und dabei habe ich ihm klar gemacht, wie langsam er das bis dahin angegangen war. Warum er so herumtrödelte, wollte ich von ihm wissen. Und dann habe ich ihm gesagt, wenn er tatsächlich tot sein wollte, hätte er längst einen endgültigen Abgang machen können.«

»Gute Psychologie.«

Bescheiden zuckte er die Achseln. »Die Hauptsache ist, es hat funktioniert.« Er deutete auf die Manuskriptblätter, die sie aus dem Gästehaus mitgebracht hatte. »Gefällt Ihnen die letzte Folge?«

»Ich habe noch einmal das Kapitel über Mary Catherines Fehlgeburt gelesen. Allmählich entlarvt sich Todd als Bösewicht.«

»Interessant«, murmelte Mike, »dass Sie ihn für den Bösewicht halten.«

»Soll ich das denn nicht?«

»Ja, ich glaube, so hat Parker das beabsichtigt.«

»Lesen Sie alles, was er schreibt?«

»Nur, wenn er mich darum bittet.«

»Und das wäre?«

Grinsend zog er eine Kasserolle aus dem Küchenschrank. »Alles, was er schreibt.«

»Ich bin überzeugt, dass er Ihre Meinung schätzt.«

»Er hält seine Meinung für die Einzige, die zählt«, meinte Mike verächtlich.

»Ihm liegt mehr an einem Feedback als an einer Meinung. Durch meine Arbeit mit Schriftstellern habe ich gelernt, dass sie einen Resonanzboden um sich brauchen. Sie benötigen einen Zuhörer, während sie Gedanken und Ideen entwickeln, sogar wenn dieser Resonanzboden von sich aus nie einen Ton sagt. Sie erweisen Parker einen wertvollen Dienst – weit über das nahe Liegende hinaus.«

Ohne auf die »nahe liegenden« Dienste, die er Parker leistete, näher einzugehen, wollte er von ihr wissen, ob einer ihrer Kollegen bei Matherly Press das Manuskript gelesen hätte.

»Aus Rücksicht auf Parkers Bitte um Anonymität halte ich es unter Verschluss. Nur meinem Vater habe ich es gezeigt. Er steht dazu genauso positiv wie ich.«

»Sonst niemandem?«

»Nein.«

Mehrmals hatte sie Noah zur Lektüre gedrängt. Jedes Mal hatte er wenig Interesse gezeigt und stattdessen flüchtig und geistesabwesend versprochen, sich damit zu befassen, sobald es sein Terminkalender gestatte. Jetzt wusste sie, warum er einen derart vollen Terminkalender hatte. Ein Großteil seiner Zeit war für seine Geliebte bestimmt gewesen.

Sie wechselte das Thema und sagte: »Wo wir gerade von Pa sprechen…« Auch wenn ihr Handy höchstwahrscheinlich nicht geklingelt hatte, denn das hätte sie gehört, zog sie es aus der Rocktasche und überprüfte die Anzeige. »Ich sollte ihn noch mal anrufen. Heute früh habe ich ihn zu Hause nicht erreichen können, und das ist ungewöhnlich.«

Noch machte sie sich keine Sorgen. Sie war nur ein wenig neugierig, warum Maxine so lange fortblieb. Normalerweise ließ sie sich alles liefern, damit sie nicht für längere Zeit das Haus verlassen musste und sich um Daniel kümmern konnte. Ihre Besorgungen erledigte sie rasch.

Daniel war heute nicht ins Büro gegangen, dort hatte Maris bereits angerufen.

Also waren er und Maxine offensichtlich irgendwo unterwegs. Vielleicht gingen sie im Central Park spazieren oder in ein Museum oder ins Kino. Das alles machte Daniel gern, und Maxine begleitete ihn manchmal als willkommene Abwechslung zu ihrer Routine.

Allerdings hatte Maris schon seit Stunden versucht, sie zu erreichen, und hatte sie auf dem Anrufbeantworter gebeten, sie gleich nach ihrer Heimkehr anzurufen. Entweder hatten sie ihre Nachrichten nicht abgehört, oder sie waren sehr lange fort gewesen. Eines war so ungewöhnlich wie das andere.

»Sie können gern unser Telefon benutzen«, erklärte ihr Mike.

»Danke, aber ich nehme mein Handy.« Vor dem Gehen fragte sie Mike, ob sie ihm irgendwie beim Abendessen helfen könne. »Ich bin zwar eine berufstätige Frau, aber in einer Küche nicht ganz fremd.«

»Wenn es so weit ist, dürfen Sie den Wein einschenken.«

Obwohl sie wusste, dass er ihr Angebot, genau wie Maxine immer, ablehnen würde, hatte sie es machen wollen. »Würden Sie mich dann entschuldigen?« Sie sammelte die neuen Seiten ein und steuerte die Hintertür an. »Ich bin schon ganz gespannt auf das nächste Kapitel.«

25

Noah griff nach seinem Handy. »Hallo?«

»Wo bist du?«

»Nadia?«

»Ja, Noah, Nadia«, erwiderte sie schnippisch.

Vorsichtig warf er einen Blick über die Schulter, um sicherzugehen, dass Daniel noch nicht heruntergekommen war. Durch die Schlitze der Fensterläden drang nachmittägliches Sonnenlicht, warf lange Licht- und Schattenstreifen auf den Parkettboden und brachte die zart safrangelben Wände sanft zum Leuchten.

Für seinen Geschmack war das Landhaus der Matherlys ein wenig zu verspielt und voll gestopft. Er liebte die Moderne. Rechtwinklig und glatte Oberflächen. Aber auch so war der Kolonialstil hübsch renoviert worden. Vor mehreren Jahren hatte der *Architectural Digest* darüber berichtet – als Landsitz einer Verlegerikone.

Hier, im Wohnzimmer, standen breite tiefe Sessel, jeder mit dem obligatorischen Fußschemel. Der kunstvolle Kaminschirm aus Messing stammte noch aus der Originaleinrichtung des Hauses. Hinter den Glastüren einer hohen Vitrine präsentierte sich Rosemary Matherlys Sammlung chinesischer Teller aus aller Herren Länder.

Überall auf Beistelltischchen und in Regalen standen Fotos von Daniel mit berühmten Autoren und Größen aus anderen Bereichen, von der Unterhaltungsindustrie über Sport bis zur Politik, darunter auch zwei Präsidenten. Bilder von Maris dokumentierten ihre Kindheit, Jugend und das Leben der jungen Frau.

Mehrere Fotos zeigten Noah und Maris zusammen. Eines war auf ihrem Hochzeitsempfang aufgenommen worden und zeigte, wie ihn die lachende Braut eigenhändig mit einem Stück Hochzeitskuchen fütterte. Der Anblick dieses Fotos bereitete ihm während des Gesprächs mit seiner derzeitigen Geliebten ein perverses Vergnügen.

»Ich habe dich schon den ganzen Tag angerufen«, sagte sie.

»Und ich bin dir ausgewichen. Sobald ich eine deiner Nummern auf der Ruferkennung sehe, lasse ich es läuten.«

»Das dachte ich mir schon. Deshalb rufe ich diesmal vom Telefon einer befreundeten Person an.«

»Mann oder Frau?«

»Das hängt davon ab, ob du mit mir sprichst oder nicht.«

»Nadia, du hast ein selektives Gedächtnis. Offensichtlich hast du vergessen, warum ich derzeit nicht mit dir rede.«

»Selbstverständlich nicht. Aber heute Morgen habe ich beim Aufwachen beschlossen, dir zu verzeihen, deshalb ...«

»Du hast beschlossen, *mir* zu verzeihen? Ich habe nicht meinen Trainer vernascht.«

»Noah, ich habe deinen Trainer gesehen. Den möchte keiner vernaschen.«

Nun ging es wieder los. Sie machte sich über ihn lustig, behandelte ihn von oben herab. Genau wie damals, als er sie zwischen feuchten Laken im postkoitalen Taumel vorgefunden hatte. Als er nun den Spott in ihrer Stimme hörte, flammte die Wut von damals wieder auf. Nicht Eifersucht hatte die Emotion hervorgerufen, die ihn damals umgetrieben hatte. Wen sie wie oft fickte, war ihm restlos egal. Aber dass sie sich über ihn lustig machte – das war unerträglich gewesen.

Statt verlegen, reumütig, beschämt oder ängstlich zu reagieren – Reaktionen, die er unbedingt von ihr sehen wollte –, hatte sie ihn lediglich frech angelächelt. Wie konnte sie es nur wagen, dieses Miststück.

In seiner Wut hätte er sie am liebsten mit bloßen Händen erwürgt. Vor seinem geistigen Auge hatte er sogar lebhaft gesehen, wie er ihr die Hände um den schlanken Hals legte und so lange zudrückte, bis ihr die Augen hervorquollen, so lange, bis ihr Herz zu schlagen aufhörte.

Er war geistesgegenwärtig genug gewesen, diesem mörderischen Impuls nicht zu folgen. Trotzdem hatte er genügt, ihm einen Blick auf die dunkle Seite seiner Seele freizugeben. Wie die dunkle Seite des Mondes war sie nicht zu sehen, und doch stets gegenwärtig.

Im Laufe seines Lebens war es mehrfach erforderlich gewesen, die Grenze zwischen Hell und Dunkel zu überschreiten. Aber diese kurzen Ausflüge in die dunkle Region hatten ihn erschüttert, und es hatte ihn erleichtert, wieder zurückkehren zu können. Nur wenn ihm keine andere Wahl blieb, wagte er sich dort hinein.

Und doch hatte er erst kürzlich zweimal ausführlicher in diese Schattenwelt geblickt. Zuerst mit Maris draußen vor Nadias Wohnung, nachdem sie ihre Affäre entdeckt hatte. Und dann wieder mit Nadia. Beide Male hätte er die Missetäterin am liebsten ordentlich zugerichtet. Sie zum Schweigen gebracht. So verletzt, dass sie sich nicht mehr davon erholt hätte. Getötet.

Mittlerweile faszinierte und betörte ihn das Ausmaß seiner dunklen Seite. Dass sie so gewaltig war, hatte er nicht gewusst. Der Drang, sie bis zum Äußersten auszuloten, war fast unwiderstehlich.

Nadia hatte nicht die geringste Ahnung, wie bedrohlich seine Gedanken waren. Sie glaubte noch immer, es ginge um ihr Techtelmechtel mit dem Bodybuilder.

»Noah, der Punkt ist der, dass du dich beim Lunch wie ein komplettes Arschloch benommen hast. Ich hielt es für angemessen, dich daran zu erinnern, dass niemand Nadia Schuller ungestraft ›unglaublich dumm‹ nennt. Du hast deinen Punkt gemacht und ich meinen. Können wir das jetzt, bitte, sein lassen?«

Er war versucht, ihr den obszönen Ausdruck an den Kopf zu werfen, der haargenau passte, und dann aufzulegen. Das hätte er am liebsten getan. Allerdings wäre es nicht schlau, sie jetzt gegen sich aufzubringen. Der Deal mit WorldView hing in der Schwebe. Ein Bruch mit Nadia könnte ihn verhindern. Morris Blume schien sie zu mögen. Sie hatte wesentlich dazu beigetragen, sie beide zusammenzubringen. Warum also nicht weiterhin Nutzen aus ihr schlagen? Letztlich würde sie schon noch bekommen, was sie verdiente, aber erst wenn der Deal mit WorldView sicher unter Dach und Fach war. Wenn er jetzt kurzfristig zu Kreuze kroch, brächte ihm das zehn Millionen Dollar ein. Und, um ehrlich zu sein, für zehn Millionen Dollar und die Kontrolle über Matherly Press war er bereit, weitaus Schlimmeres zu tun.

»Noah, bitte, bitte, sag mir, wo du bist.«

Inzwischen klang ihre Stimme weich und versöhnlich. Sie kam ihm sogar entgegen. In dieser Situation konnte er nur gewinnen, und was wollte er mehr?

Er lächelte vor sich hin und sagte: »Ich bin mit meinem Schwiegervater allein im Landhaus.«

»Mit Daniel Matherly?«

Er lachte leise. »Er ist mein einziger Schwiegervater.«

»Warum solltest du dir das antun?«

»Eigentlich habe ich ihn eingeladen. Wir müssen über Geschäftliches reden.«

»Aha, WorldView. Du planst einen Gnadenstoß.«

»Ganz genau.« Er erklärte, Maris sei wieder mal verreist und Maxine in der Stadt geblieben. »Nur ich und der Alte. Angeln. Verbrüderung unter Männern.«

»Und dann ein wenig Nachdruck.«

»Das wird vielleicht gar nicht nötig sein.«

»Noah, er wird nicht einfach nachgeben.«

»Das nicht, aber letztlich wird auch er sich überzeugen lassen. Dessen bin ich mir sicher.«

»Brauchst du zur Unterstützung einen Cheerleader? Ich könnte dazukommen. Kannst du mich in irgendeinem Winkel verstecken? Ist das Landhaus geräumig genug, um dich, mich und deinen Schwiegervater zu beherbergen?«

»Interessanter Vorschlag. Ich bin versucht, dich hereinzuschmuggeln, was aber unklug wäre. Sobald der Alte einen im Tee hat, pflegt er herumzuwandern. Falls er sich ins falsche Schlafzimmer verirrt und mitten in eine Szene aus dem *Kamasutra* gerät, was dann?«

»Welche Seite?«

»Du bist unverbesserlich.«

»Absolut. Ich habe keinen Funken Scham im Leib. Deshalb bin ich ja auch bewusst bereit, mich erwischen zu lassen. Wenn der Alte zu uns hereinplatzt, wer weiß? Vielleicht täte das seinem Herz gut.« Verführerisch dämpfte sie ihre Stimme. »Du weißt ja: Der beste Sex findet im Kopf statt. Ich könnte eine Schachtel Pralinen mitbringen. Trüffel. Die mit dem weichen Cremekern, den du so gern ausleckst.«

»Guter Telefonsex, Nadia. Ich habe einen Steifen«, sagte er wahrheitsgemäß.

»Gib mir zwei Stunden.«

»Ich würde dich gern auf der Stelle sehen, aber du weißt doch, dass du nicht herkommen kannst.«

»Ach, ich weiß ja, das kommt nicht in Frage. Auch für mich steht bei dieser Fusion enorm viel auf dem Spiel, und ich würde nichts tun, um sie zu gefährden. Es ist nur so, dass ich dich vermisse. Vermutlich muss ich mich mit meinem bewährten Vibrator zufrieden geben.«

»Hast du genug Batterien?«

»Die gehen mir nie aus.«

»Hoppla, ich höre Daniel kommen. Muss Schluss machen. Ich seh dich dann, wenn ich wieder in der Stadt bin.«

»Bis später, Liebling.«

Er schaltete aus und fügte dann noch ein »Ich liebe dich auch, mein Schatz« ins tote Telefon hinzu. Gerade als Daniel ins Wohnzimmer trat, drehte er sich um. »Ach, verflixt! Das war Maris. Sie wollte deinen Mittagsschlaf nicht stören, deshalb sollte ich dich nicht ans Telefon holen. Soll ich sie noch mal anrufen? Sie essen gleich zu Abend, aber vermutlich kann ich sie noch …«

»Nein, nein. Wie geht's ihr?«

»Arbeitet hart am Manuskript. Meint, es sei echt heiß. Das Wetter, nicht das Manuskript«, fügte er grinsend hinzu. »Vermisst uns schrecklich. Sonst alles in Ordnung.«

»Dann plag sie nicht weiter.« Daniel machte es sich in einem der Ohrensessel bequem und lehnte seinen Stock daneben. »Während meines Schläfchens bin ich ordentlich durstig geworden.«

Mit einem unbeschwerten Lachen ging Noah zu dem Tisch hinüber, der als Bar diente. »Staubige Arbeit, diese Mittagsschläfchen. 'nen doppelten Scotch?«

»Bitte. Mit Eis.«

»Ich habe den Laden in der Stadt angerufen. Gleich wird man uns doppelte Reuben-Sandwiches und Kartoffelsalat mit echter Mayonnaise liefern, und als Dessert Schokoladekuchen mit Vanilleeis.«

»Herrgott, wie ich dieses Junggesellenleben liebe«, sagte Daniel, während ihm sein Schwiegersohn den Drink reichte. »Das war wirklich eine prima Idee.«

Maris war froh, sich zum ersten Mal seit ihrer Ankunft fürs Abendessen umgezogen zu haben. Diesmal wurde es, ungeachtet des Gespenstes, im offiziellen Esszimmer serviert.

Sie trug ein graues Seidenkleid, das sie zu Beginn der Saison bei Bergdorf's gekauft hatte. Der perfekte Dress für ein Dinner auf dem Land. Deshalb betrachtete sie den leichten Stoff mit dem glatten Oberteil und dem ausgestellten Rock auch als perfektes Kleidungsstück für ein häusliches Dinner in einer Plantagenvilla aus der Zeit vor dem Bürgerkrieg. Als Schmuck hatte sie sich für eine Kette aus blassen Korallenperlen entschieden.

Mike hatte den Tisch wunderschön gedeckt. In der Mitte stand eine Kristallschale mit einem Gesteck aus duftenden Magnolienblüten, das Silberleuchter mit weißen Kerzen flankierten. Er hatte Porzellan, Silber und geschliffene Gläser verwendet, was sowohl von gutem Geschmack zeugte als auch von einer beträchtlichen Investition.

»Mike, das sieht herrlich aus«, bemerkte sie, als er für sie den Stuhl mit der Lyra-Lehne zurückzog.

»Lass dich nicht allzu sehr beeindrucken«, meinte Parker von seinem Platz am Kopfende der Tafel. »Ist alles nur für diesen Abend ausgeliehen.«

»Jawohl, von Terry's Grill-Bar«, meinte Mike ironisch. »Neben seiner Räucherei für Spareribs betreibt er einen riesigen Party-Leihservice.«

Sie lachte. »Egal, woher alles kommt, mir gefällt's.«

»Das gehörte alles Parkers Mutter«, teilte ihr Mike mit, während er Wein einschenkte. Offensichtlich hatte er ganz vergessen, dass er ihr diesen Part aufgetragen hatte.

Zur Bestätigung schaute sie Parker an. »Dieses Geschirr befindet sich seit Generationen in der Familie meiner Mutter. Es wurde entweder auf die erstgeborene Tochter vererbt oder auf die Schwiegertochter. Da meine Mutter beides nicht hatte, bekam ich es ohne Vorbedingungen. Seit ihrem Tod hatten wir es eingelagert. Heute wird es zum ersten Mal benutzt.« Verstohlen schaute er Mike an. »Kann mir nicht denken, welchen besonderen Anlass wir haben.«

Maris hob ihr Weinglas. »Auf das Ende von *Neid*.«

»Darauf trinke ich auch.« Mike hob sein Glas.

»Es ist noch nicht fertig«, erinnerte sie Parker, hob aber trotzdem sein Glas.

Beim Anstoßen klangen die Kristallgläser wie Glocken. Der kalte trockene Pinot Grigio harmonisierte perfekt mit dem Essen, das Mike zubereitet hatte.

Parker mochte zwar den besonderen Anlass leugnen, trotzdem fiel ihr auf, dass auch er sich fürs Abendessen umgezogen hatte. Hatte Mike ein besonders gepflegtes Äußeres angeordnet? Oder hatte er das freiwillig gemacht? Obwohl sein einziges Zugeständnis in Sachen Frisur darin bestand, sich mit den Fingern die Haare zu kämmen, stand ihm dieser zerzauste Look. Er war frisch rasiert. Sie konnte die Sandelholzseife riechen. Wie üblich trug er eine bequeme Hose, hatte aber das Hemd hineingesteckt. Die Ärmel hatte er bis knapp unter die Ellbogen aufgekrempelt, so dass man seine kräftigen Unterarme sehen konnte.

Das Kerzenlicht verwischte die Falten, die jahrelange Schmerzen in sein Gesicht gegraben hatten, zeichnete die harten Linien weich, die ihm der Groll aufgedrückt hatte, und milderte die Verbitterung, die jedes Lächeln brach.

Obendrein wirkte er entspannt und schien den Abend zu genießen. Während des Essens erheiterte er sie mit wilden Geschichten über Terry und den Ruf seiner Grillbar. Angeblich war er alles, vom modernen Piraten über Drogenbaron bis zum weißen Sklavenhändler.

»Welches Gerücht nun der Wahrheit entspricht, oder ob überhaupt eins davon wahr ist, weiß ich nicht. Ist mir auch egal. Jedenfalls grillt er verdammt gute Burger.«

Schon beim bloßen Gedanken an die Kneipe lief es Maris schaudernd über den Rücken. »Ich kann dieses Lokal nicht empfehlen. Äußerst fragwürdige Gäste.«

»He!«, rief Parker mit beleidigter Miene.

Elegant brachte sie das Gespräch wieder aufs Buch. »Die Spannung steigt.«

»Ich vermute, du meinst die zwischen Roark und Todd.«

»Man kann sie förmlich mit Händen greifen«, sagte sie. »Meine heutige Lektüre bringt mich zu der Annahme, dass es bald zum Höhepunkt kommt.«

»Ich verrate nichts.«

»Keine Andeutung? Bitte!«

Er sah Mike an. »Was meinst du, soll ich ein paar unerwartete Wendungen im Plot preisgeben?«

Der Ältere dachte einige Sekunden lang nach. »*Sie* ist deine Lektorin.«

»Ganz recht, das bin ich«, erklärte Maris. Sie lachten. Dann beugte sie sich zu Parker und appellierte an ihn. »Was, wenn du, rein aus Lektoratssicht, einen fatalen Fehler machen würdest? Wenn du die nächsten Szenen mit mir durchsprichst, könnte ich dich vor allen möglichen Fallen bewahren und dir eine Menge Überarbeitung ersparen.«

Misstrauisch kniff Parker die Augen zusammen. »Weißt du, wie das klingt? Wie eine verschleierte Drohung.«

»Ganz und gar nicht.« Sie warf ihm ein honigsüßes Lächeln zu. »Es ist glatte Erpressung.«

Er legte die Hand über sein Weinglas. Geistesabwesend zeichneten seine Finger das eingravierte Muster nach. Seine Augen ließen sie nicht los. Herausfordernd erwiderte sie seinen Blick.

Mike schob seinen Stuhl zurück und stand auf. »Wer möchte ein Erdbeersorbet? Ich habe es aus frischen Früchten selbst gemacht.«

Ohne Parker aus den Augen zu lassen, fragte sie: »Brauchen Sie Hilfe?«

»Nein, danke schön.« Mike begab sich in die Küche. Hinter ihm fiel die Schwingtür zu.

Maris war leicht außer Atem. Trotz des Essens fühlte sich ihr Bauch schwerelos an, und an ihrer Benommenheit waren wohl kaum zwei Gläser Wein schuld. Also schrieb sie ihren plötzlichen Anfall von Nervosität der Art und Weise zu, wie Parker sie betrachtete: als sei sie das Köstlichste, was diese Tafel heute Abend bot.

»Nun? Was soll das werden, Mr. Parker?«

»Ich sage dir mal was.« Seine Blicke waren in die nähere Umgebung ihres Busens geraten. Nun wanderten sie langsam wieder zu ihrem Gesicht hinauf. »Wir werden ein Kartenspiel spielen. Jeder zieht eine Karte, die höhere gewinnt.«

Fragend zog sie die Augenbrauen hoch.

»Erinnerst du dich an die Szene in *Strohwitwe*«, fuhr er fort, »als Cayton und der unwillige Zeuge des Mordes dieses Spiel gespielt haben?«

»Vage«, log sie. In Wirklichkeit erinnerte sie sich lebhaft daran. Diese Szene hatte bei Erscheinen des Buches für helle Aufregung gesorgt. »Explosive Erotik«, hatte *Publishers Weekly* geschrieben. »Der unwillige Zeuge war eine Frau, stimmt's?«

»Frenchy. Fragil, hellhäutig und flatterhaft. Der Spitzname rührte daher …«

»Daran erinnere ich mich noch.«

Er grinste diebisch wie ein Fuchs, nachdem er die fetteste Henne im Stall abgesondert hat. Obwohl Maris wusste, dass er sie am Wickel hatte, kümmerte es sie nicht. Nur mit größter Mühe gelang es ihr, das idiotische Lächeln zu unterdrücken, zu dem sich ihre Lippen nach oben wölben wollten.

Sie machte ein ernstes Gesicht und sagte: »Bezüglich der Spielregeln habe ich eine kleine Gedächtnislücke.«

»Ganz einfach. Man nimmt ein ganz normales Kartenspiel. Jeder zieht eine Karte. Die höhere gewinnt.«

»Gewinnt was?«

»Falls Cayton gewann, musste ihm Frenchy einen Hinweis auf die Identität des Mörders geben.«

»Und was, wenn sie die höhere Karte gezogen hätte?«

»Dann gewährte Cayton ihr eine Liebesgunst.«

»*Er* gewährte *ihr* eine Liebesgunst?«

»Richtig.«

Sie schürzte die Lippen und tippte sich mit der Fingerspitze darauf, als ob sie dieses unlogische Vorgehen matt setzte. »Auf mich wirkt das – du korrigierst mich, falls ich mich irre –, als wäre Cayton damit immer der Gewinner, so oder so.«

»Na ja, schau mal, er hat die Regeln festgelegt, und dumm ist er nun nicht.«

»Aber Frenchy –«

»Ein heißer Feger, in jeder Hinsicht. Rote Mähne. Endlos lange Beine. Blasse Sommersprossen auf den Titten. Ein Hintern, der… Na ja, die Sorte kennst du. Leider ist sie nicht das hellste Kirchenlicht.«

Maris warf einen Blick auf den schwankenden Kronleuchter über ihren Köpfen, ehe sie fortfuhr. »Also endete dieses Spiel damit, dass Cayton beides bekam, die Information *und* den heißen Feger.«

»War das ein brillanter Einfall, oder nicht?«

»Und du erwartest, dass ich nicht schlauer bin als Frenchy? Du erwartest, dass ich mich an diese Spielregeln halte?«

»Das kommt darauf an.«

»Ob ich unbedingt besagte unerwartete Wendungen im Plot hören möchte?«

»Oder ob ich dir unbedingt besagte Liebesgunst erweisen soll.«

26

Daniel hielt die letzte Ausarbeitung aus Howard Bancrofts Anwaltskarriere in der Hand. Noah hatte damit bis nach dem Abendessen gewartet. Sie hatten es sich im gemütlichen Wohnzimmer bequem gemacht, das nunmehr Tischlampen in ein weiches Licht tauchten.

Daniel hatte soeben die Vollmacht zu Ende gelesen. Er musterte Noah über den Rand seiner Lesebrille. »Also gab es für dieses gemeinsame Wochenende einen Hintergedanken.«

Noah stieß ein Zigarrenwölkchen aus. »Ganz und gar nicht, Daniel. Dieses Dokument hätte ich dir auch in der Stadt vorlegen können. Jederzeit.«

»Und doch hast du dich entschieden, es mir hier zu geben. Warum?«

»Weil du hier auf dem Land den Kopf frei hast. Wir können uns ungestört unterhalten, weit weg von den Ablenkungen im Büro, und ohne, dass Maxine daheim um dich herum pusselt. Wir können offen sprechen, von Mann zu Mann, von Schwiegersohn zu Schwiegervater.«

Der Alte hegte noch Zweifel, das konnte er sehen. Und hatte dies auch erwartet. Eigentlich hatte er sogar mit einem heftigen Wutanfall gerechnet. Daniel hatte wesentlich milder reagiert.

Aber der Alte war starrköpfig und unberechenbar. Seine Laune konnte sich binnen Sekunden dramatisch verändern. Noch immer konnte jeden Augenblick sein Temperament mit ihm durchgehen. Misstrauisch beobachtete Noah Daniel, als der sich mühsam aus seinem Ohrensessel zog und auf seinen Stock stützte.

Noah beugte sich besorgt vor. »Brauchst du etwas, Daniel? Noch etwas Portwein? Ich hole ihn dir.«

»Den hole ich mir selbst, danke«, sagte Daniel brüsk.

Was er auch tat. Zurück blieb ein Noah, der seine innere Anspannung exzellent tarnte. Er hatte die Beine auf den Hocker vor seinem Sessel gelegt und sich bequem hineingelümmelt. Nach außen hin wirkte er so, als hätte er nur eines im Sinn: die Rauchringe, die er gegen die Decke blies.

Daniel kehrte zu seinem Sessel zurück, weigerte sich aber zu sprechen, bevor er ein paar Schluck Portwein getrunken hatte. »Wenn das ein Familientreffen ist, warum hast du es dann definitiv in Abwesenheit eines Mitglieds anberaumt?«

Noah ließ sich Zeit für eine Antwort. Er vertiefte sich in seine glimmende Zigarrenspitze, als würde er seine nächsten Worte sorgfältig abwägen und analysieren. »Daniel, hierbei handelt es sich um eine äußerst heikle Angelegenheit.«

»Ganz meine Meinung.«

»Meine auch. Mit diesem Thema kann man Maris nicht am Telefon überfallen.« Er trank einen Schluck von seinem Single-Malt-Scotch. Als er das Glas auf dem Beistelltisch absetzte, fiel sein Blick auf das Foto vom Hochzeitsempfang. Wehmütig berührte er den Silberrahmen mit einem liebevollen Lächeln. »Maris denkt zuerst mit dem Herzen und dann mit dem Kopf.« Sein Blick wanderte wieder zu Daniel, und er fügte hinzu: »Das weißt du. Du hast länger mit ihr gelebt als ich.«

»Sie ist kein Kind.«

»Wie wahr. Sie ist eine Frau, mit durch und durch femininen Instinkten und Reaktionen. Und das macht sie zu der liebenswerten Person, die sie ist. Allerdings leisten sie ihr in professioneller Hinsicht nicht immer gute Dienste. Weißt du noch, wie emotional sie letzte Woche reagiert hat, als sie von meinem Termin mit WorldView erfuhr? Ich prophezeie, dass sie auf dieses Dokument sogar noch irrationaler reagieren würde.«

Mehrere Augenblicke starrte er das Papier an, das mittlerweile zwischen ihnen auf dem Couchtisch lag. »Wie ich meine

Frau kenne, würde sie in Panik verfallen in der Annahme, wir wollten sie wieder von schwierigen Entscheidungen abschirmen. Das würde zu irrigen Schlussfolgerungen führen. Du hättest Krebs im Endstadium. Du bräuchtest eine Herztransplantation. Du… Na ja, du weißt schon, was ich meine. Sie würde sich, weiß Gott, irgendwelche Dinge einbilden, und wir hätten dann größte Mühe, ihre schlimmsten Befürchtungen zu zerstreuen.«

Leise lachend schüttelte er den Kopf. »Letzte Woche hat sie uns beschuldigt, wir schlössen sie aus dem inneren Zirkel aus, und schützten sie unnötigerweise vor einer unangenehmen Situation. Wenn…«

»Wenn ich dieses Dokument unterschreibe, ohne vorher mit ihr darüber zu sprechen, wird sie auf uns beide wütend sein.«

»Zweifelsohne. Vermutlich läuft es letztlich darauf hinaus, wann wir zu einer Szene wie der von letzter Woche bereit sind: vor oder nach dem Abschluss dieses Dokuments. *Vorher* wird die Zeit, bis sie wieder ansprechbar ist, extrem verlängern. Sie wird dich durch ein ganzes Arsenal an medizinischen Untersuchungen jagen, bis sie auch sicher weiß, dass du nicht morgen stirbst.« Noah lächelte wieder.

»*Nach* Unterzeichnung des Dokuments«, fuhr er fort, »wird ihre Reaktionszeit verkürzen, was ich persönlich für unsere beste Option halte. Wir alle wissen mit unserer Zeit und Energie besseres anzufangen.« Er hielt inne und paffte ein paarmal an seiner Zigarre. »Daniel, dabei denke ich auch an Maris. Ich versuche, ihr eine schwierige Entscheidung zu ersparen. Sie kann sich nicht dazu durchringen, einige der unausweichlichen Gewissheiten des Lebens zu akzeptieren.«

»Wie zum Beispiel die Tatsache, dass ich sterblich bin.«

Noah nickte ernst. »Geschweige denn die Möglichkeit, dass sich deine Fähigkeiten reduzieren könnten. Bei diesem Thema verschließt sie sich komplett der Realität. Du bist immer ihr Held gewesen. Dieses Dokument würde sie als Verrat an diesem Bild betrachten. Vielleicht hätte sie sogar das Gefühl, dass wir mit der Unterzeichnung einer Generalvollmacht das Schicksal herausfordern. Dass dich im Moment ihrer Unterschrift eine schwere Krankheit befällt.«

Er machte eine strategische Pause und tat so, als würde er über das Verhalten seiner Frau nachdenken. »Um ganz ehrlich zu sein, bezweifle ich, dass Maris vor dir unterschreiben würde. Deine Unterschrift würde ihr manches erleichtern. Damit hätte sie ein besseres Gewissen und weniger Verantwortungsgefühl.«

Daniel nahm das Dokument in die eine Hand und zupfte sich nachdenklich mit der anderen an der Unterlippe. »Noah, ich bin kein Trottel.«

Noah stockte der Atem.

»Ich erkenne die Notwendigkeit eines derartigen Dokuments.«

Langsam atmete er die ängstlich angehaltene Luft aus und versuchte, weiterhin gelassen zu klingen. »Offensichtlich Howard auch. Er hat es verfasst.«

»Was mich verblüfft. Howard wusste, dass es bereits ein ähnliches Dokument gibt, zusammen mit meinem Testament und weiteren Schriftstücken. Mr. Stern hat sie schon vor Jahren entworfen, aber Howard hatte Kopien in seinen Unterlagen.«

»Wie Howard mir erklärt hat, waren diese Dokumente veraltet.«

Nun kam der heikle Teil. Bis hierher hatte er darauf gesetzt, dass es sich um eine Fingerübung in Sachen Überredungskunst handelte. Seine Argumente waren sinnvoll und entbehrten nicht, wie Daniel bemerkt hatte, einer gewissen Berechtigung. Jetzt aber musste er ein paar raffinierte Manöver durchführen. Ein einziger Fehltritt konnte ihn zu Fall bringen.

Mit berechneter Lässigkeit streifte er die Asche seiner Zigarrenspitze in einem Zinnaschenbecher ab. »Meiner Ansicht nach hat Howard gemerkt, wie veraltet die frühere Generalvollmacht war. Aus den heute Abend bereits erwähnten Gründen hat er zuerst mich darauf aufmerksam gemacht, statt die Sache bei Maris zur Sprache zu bringen. Er wollte sie nicht aufregen.«

»Warum hat er dann nicht mich darauf aufmerksam gemacht?«

»Aus demselben Grund, Daniel.« Er wandte den Blick ab, als schmerzten ihn die Worte, die er zwangsweise aussprechen musste. »Howard machte sich Sorgen, wie du darauf reagieren würdest. Er wollte nicht, dass du denkst, er hielte dich nicht mehr für fähig, derartige Entscheidungen aus freien Stücken zu treffen.«

»Dazu waren wir viel zu gute Freunde«, fauchte Daniel. »Um Himmels willen, wir haben uns jahrzehntelang alles unverblümt gebeichtet. Ich habe mit ihm über die Eigenheiten des Altwerdens gewitzelt.«

»Das hier ist mehr als nur das Jammern über ein paar Wehwehchen. Howard war sich der heiklen Natur dieses Dokuments wohl bewusst.« Als Noah sah, dass ihn Daniel unterbrechen wollte, hob er die Hand. »Ich gebe nur seine Worte wieder. Er hatte Angst, du würdest Anstoß nehmen.«

»Sodass ich den Boten erschieße?«

Noah zuckte die Schultern, als wollte er sagen: *So was Ähnliches.* »Angesichts einer derart persönlichen Angelegenheit hielt es Howard für besser, wenn ein Familienmitglied mit dir darüber spricht.«

Daniel räusperte sich und trank einen Schluck Portwein. Wieder blätterte er das Dokument durch und hielt inne, um eine spezielle Klausel erneut zu lesen. Noch ehe ein Wort fiel, wusste Noah, welche Klausel seine Aufmerksamkeit erregt hatte.

»Bis Maris unterschrieben hat ...«

»Hätte ich Generalvollmacht. Ich weiß. Ich habe diesen Makel auch entdeckt.«

»Warum sollte Howard ein solches Konstrukt entwerfen, wenn er wusste, dass es ausdrücklich gegen meinen Wunsch verstieß? Nicht dass ich dir misstraue, Noah, aber Maris ist Matherly Press und umgekehrt. Ohne ihre Beteiligung und Zustimmung wird es nie eine Entscheidung geben, wird nichts umgesetzt werden.«

»Selbstverständlich. Das wusste Howard. Genau wie ich. Und alle anderen auch. Als ich ihn darauf hingewiesen habe, war ihm das äußerst peinlich. Er gab zu, er hätte es übersehen.«

Noah lachte in sich hinein. »Meiner Ansicht nach hat sich da bei ihm in einem unbedachten Moment sein Erbe aus der Alten Welt eingeschlichen. Er hat an Maris als Tochter und Ehefrau und nicht als Vorstand einer Multimillionen-Dollar-Firma gedacht. Wie du weißt, mochte er sie sehr gern und sah in ihr vermutlich immer noch das liebe kleine Mädchen mit den Zöpfen, das er auf den Knien hatte reiten lassen. Jedenfalls habe ich darauf bestanden, auf der letzten Seite das Kodizill einzufügen, in dem festgelegt wird, dass dieses Dokument ohne unser aller Unterschriften keine Rechtskraft erlangt.«

Hoffentlich merkte Daniel nicht, dass man die letzte Seite entfernen konnte. Das Dokument wirkte dann trotzdem unangetastet und unverändert. Das war ein Geistesblitz in letzter Minute gewesen, auf den er eigentlich schon früher hätte kommen können. Zum Abfassen des Kodizills hatte er sich jenes skrupellosen Anwalts bedient, mit dem er Bancroft gedroht hatte. Obwohl dessen Juristensprache der erstklassige Ton des restlichen Dokuments fehlte, klang sie legitim. Hoffentlich bemerkte Daniel auch das nicht.

Noah zog ein letztes Mal an seiner Zigarre, dann drückte er die brennende Spitze aus und ließ sie im Aschenbecher liegen. Beim Aufstehen klatschte er sich leicht auf die Schenkel, womit seine Verkaufsshow offiziell beendet war. »Was mich betrifft, ich bin groggy. Offensichtlich musst du darüber schlafen. Wir können später darüber reden. Hast du dir schon überlegt, was du zum Frühstück möchtest? Es ist genug da ...«

»Ich muss nicht darüber schlafen«, sagte Daniel abrupt. »Gib mir dieses verdammte Ding zum Unterschreiben, damit endlich Ruhe ist. Ich bin es leid, darüber zu reden.«

Noah zögerte. »Daniel, triff dieses Wochenende keine endgültige Entscheidung. Nimm das Dokument mit in die Stadt. Lass es von Mr. Stern prüfen.«

»Und stelle damit die Meinung meines verstorbenen Freundes in Frage? Nein. Howards Selbstmord hat bereits zu hässlichen Spekulationen geführt. Ich möchte nicht, dass die Leute sagen, er sei nicht mehr kompetent gewesen. Wo ist ein Füller, verdammt?«

»Die Unterschrift allein macht es noch nicht legal. Es muss notariell beglaubigt werden.« Dies war ein weiteres potenzielles Problem gewesen, dessen Lösung jedoch nahe lag: bei jenem Anwalt, der mehr Mundgeruch als Prinzipien hatte. Wenn dies alles erst einmal geregelt war, müsste Noah nur mit diesem Vertreter seiner Zunft handelseinig werden. Sonst riskierte er eine Erpressung. Aber dieses Problem stand heute nicht an.

»Wenn wir wieder in der Stadt sind, werden wir es offiziell machen«, knurrte Daniel. »Aber ich will diese Sache heute Abend abschließen. Um meines Seelenfriedens willen. Sonst kann ich mich weder entspannen noch ans Frühstück oder sonst etwas denken. Morgen will ich mich nur mit einem Problem beschäftigen: wie man einen Köder auf den Haken steckt. Also, zum Kuckuck, gib mir einen Füller.«

Noah hätte seine schauspielerische Leistung selbst nicht anders als exzellent bezeichnen können. Zögernd holte er einen Füller heraus und reichte ihn Daniel. Bevor er losließ, schaute er ihm nochmals tief in die Augen. »Du hast eine Menge getrunken«, sagte er überaus besorgt. »Es wird sich nichts ändern, wenn wir bis …«

Daniel riss ihm den Füller aus der Hand und kritzelte auf die dafür vorgesehene Zeile seine Unterschrift.

Nach der Invasion einer Hornisse verlagerte sich die Abendgesellschaft auf St. Anne gezwungenermaßen vom Esszimmer auf die Veranda.

Das surrende Biest war aus dem Nichts aufgetaucht und hatte sich auf dem Rand von Maris' unbenutzter Kaffeetasse niedergelassen, die daraufhin einen leisen Schrei ausstieß, was um so unpassender war, da er unmittelbar auf Parkers Satz bezüglich sexueller Liebesgunst folgte.

Eingedenk der Anweisung eines Betreuers in einem Sommerlager vor vielen Jahren zum Verhalten bei Attacken stachelbewehrter Insekten erstarrte sie.

Parker, der den wahren Grund für ihren Aufschrei sah, schrie lauthals: »Mike! Das Insektenspray! Schnell!«

Mit einer Dose Black Flag bewaffnet, schoss Mike aus der Küche und zielte tödlich genau. Unter den Augen des Trios, das sich chemische Dämpfe aus den Gesichtern wedelte, verendete die Hornisse qualvoll.

Parker vertrat die Ansicht, das Untier habe sich in den Blumen des Tischschmucks versteckt. Mike bestand darauf, er hätte die Hornisse längst vorher entdeckt, wenn sie sich tatsächlich in den Magnolienblüten befunden hätte.

Ehe es zu einem handfesten Streit kommen konnte, wies Maris taktvoll darauf hin, dass das Insekt auf mancherlei Weise ins Haus gekommen sein konnte, und schlug vor, die Desserts mit auf die Veranda zu nehmen. Dort war es angenehm kühl, wenn Mike die Deckenventilatoren einschaltete.

Er servierte das rosa Sorbet in eisgekühlten, mit Minzezweigen garnierten Kompottschalen. Maris ließ es sich nicht nehmen, den Kaffee so elegant einzuschenken, wie sie es von Maxine gelernt hatte, ohne dass die Tassen klirrten.

Stirnrunzelnd musterte Parker das Porzellantässchen. »In so einem Fingerhut schmeckt der Kaffee doch gar nicht. Was stört euch an einem ganz normalen Becher?«

Weder sie noch Mike beachteten sein Meckern. Sie schaukelte zufrieden auf der Verandaschaukel und lauschte den nächtlichen Geräuschen, die ihr bei der Ankunft so fremd gewesen und mittlerweile so vertraut waren.

»Einen Penny für deine Gedanken«, sagte Parker.

»Ich habe mir überlegt, ob ich mich je wieder an den Straßenlärm in Manhattan gewöhnen werde. Inzwischen sind mir Zikaden und Ochsenfrösche vertraut.«

Mike sammelte ihre leeren Dessertschalen mit einem Tablett ein und trug es ins Haus.

Kaum war Mike außer Hörweite, fragte Parker: »Hast du vor, uns schon bald wieder zu verlassen?«

Die Ventilatoren bliesen ihm sanft ins Haar. Das Licht, das durch die Vorderfenster drang, fiel nur auf eine Gesichtshälfte, während die andere im Schatten lag. Seine Augen konnte Maris gar nicht erkennen, und das wenige, was sie von seiner Miene sehen konnte, ließ sich nicht deuten.

»Irgendwann muss ich fort«, erwiderte sie leise. »Wenn dein erster Entwurf von *Neid* fertig ist, und du mich hier nicht mehr brauchst.«

»Das sind zwei völlig verschiedene Dinge, Maris.«

Seine erregende Stimme verursachte ihr erneut Schmetterlinge im Bauch.

Die Vordertür quietschte vertraut. Mike gesellte sich wieder zu ihnen, schenkte Kaffee nach und gab Parker diesmal einen Becher. Als er sich in den Schaukelstuhl aus Rattan setzte, knarzte es gefährlich. Alle lachten.

»Hoffentlich hält dieses vorsintflutliche Relikt noch durch«, bemerkte Parker.

»Meinst du damit mich oder den Stuhl?«, fragte Mike gut gelaunt.

»Ich wage nicht, mich hineinzusetzen«, sagte Maris, wobei sie ihren Bauch tätschelte. »Zu viel gegessen.«

»Es hat toll geschmeckt, Mike«, sagte Parker. »Danke.«

»Gern geschehen.« Gedankenverloren rührte er ein Zuckerstück in seinen Kaffee. »Jetzt bräuchten wir zur Abrundung des Abends nur noch eine gute Geschichte.«

»Hmm. Wenn wir doch nur einen guten Geschichtenerzähler kennen würden.« Maris warf Parker einen koketten Blick durch ihre Wimpern zu.

Obwohl er stöhnend das Gesicht verzog, genoss er ihre Neugierde. Er verschränkte die Hände, drehte die Handflächen nach außen und streckte sie hoch über den Kopf, bis die Knöchel knacksten. »Okay, okay, gegen euch zwei komme ich nicht an. Wo hast du aufgehört?«

»Sie sind zum Strand gegangen und haben eine Flasche Whisky geleert«, sagte Maris, der die Szene noch lebhaft vor Augen stand.

»Mir ist es immer noch unbegreiflich, warum ihre Sprache so vulgär sein muss.«

Über diesen Kommentar von Mike runzelte Parker die Stirn und bedeutete Maris, sie solle fortfahren.

»Todd hat Roark beschuldigt, er gäbe Hadleys Kritiken nicht ehrlich wieder.«

»Hast du den Abschnitt gelesen, als Roark sauer wird?«, fragte Parker.

»Ja, und sein Ärger war berechtigt. Er hat Todd nie einen Grund zum Misstrauen gegeben.«

»Dagegen hat Todd ihn häufig zur Weißglut getrieben«, merkte Mike an.

»Erst kürzlich bei Mary Catherine. Ich glaube, ich muss noch eine Szene mit ihr einbauen«, sagte Parker fast wie zu sich selbst. »Vielleicht erzählt sie Roark, dass ihre Fehlgeburt Todds Kind gewesen ist.«

»Ich dachte, du wolltest den Leser seine eigenen Schlüsse ziehen lassen.«

»Wollte ich auch, aber ich habe meine Meinung geändert. Das würde die Animosität, die sich allmählich zwischen Roark und Todd aufbaut, verstärken. Was wäre …« Nach kurzem Überlegen fuhr er fort: »Was wäre, wenn Todd Mary Catherine einfach fallen ließe? Ihr aus dem Weg geht, ja, sich sogar bei Roark beklagt, sie sei eine Nervensäge und klammere sich an ihn?

Inzwischen schüttet sie Roark ihr Herz aus. Sie gesteht, das Baby, das sie verloren hat, sei Todds. Sie hätte sich in ihn verliebt, und so weiter. Roark mag sie, wie man einen Freund mag. Und da er in jener Nacht buchstäblich Todds Hinterlassenschaft aufgeputzt hat, geht es ihm wirklich nah, wie Todd sie behandelt.«

»Erfährt Todd je etwas von dem Baby?«, fragte Maris.

»Nein, glaube ich nicht. Mary Catherine möchte nicht, dass

er es weiß, und Roark wird nicht ihr Vertrauen missbrauchen und es ihm erzählen.«

»Sagte ich ja, der Junge hat Ehrgefühl.«

»Nicht so hastig«, sagte Parker ruhig. »Kam dir denn sein viel zu heftiger Protest nicht merkwürdig vor, als Todd ihn beschuldigt hat, er sei nicht ehrlich, was Hadleys Kritiken betrifft?«

Langsam nickte sie. »Wenn ich jetzt so darüber nachdenke… Fielen sie denn wesentlich günstiger aus, als er zugegeben hat?«

Parker zog mehrere zusammengefaltete Blätter aus seiner Hemdtasche. »Das habe ich noch runtergehackt, bevor ich für heute Schluss gemacht habe.«

Sie wollte die Blätter an sich nehmen, aber Mike schlug vor, Parker solle sie ihnen laut vorlesen.

»Soll ich?«, fragte Parker zu Maris gewandt.

»Unbedingt. Bitte.«

27

Parker entfaltete die Manuskriptseiten und hielt sie ans Licht.

»›Lieber Mr. Slade‹«, las er, »›laut Ihrem letzten Brief möchten Sie, dass ich Ihnen zukünftige Korrespondenzen an Ihr kürzlich eingerichtetes Postfach schicke, anstatt an Ihre Wohnadresse. Da dies für mich keinerlei Unterschied macht, kann ich nur annehmen, diese Bitte entspringt einem nicht näher ausgeführten Wunsch nach Bequemlichkeit Ihrerseits.‹«

Parker schüttelte sich. »Meine Güte. Was für ein langatmiger alter Mistkerl, nicht wahr?«

»Na ja, er unterrichtet Kreatives Schreiben«, sagte Maris. »Von ihm erwartet man exaltierte Ausdrücke.«

»Exaltiert ist eine Sache, aber das ist widerlich.«

Parker warf seinem freimütigen Betreuer einen bösen Blick zu. »Danke schön, Mike, für diese unaufgeforderte und taktlose Anmerkung.«

»Du hast doch zuerst kritisiert.«

»Ich darf das, ich bin der Autor.«

Maris unterdrückte ein Lachen. »Parker, vielleicht überlegst du dir ein paar leichte Streichungen. Nur ganz wenig.«

»Okay, kein Problem. Andererseits – nur damit das nicht unwidersprochen bleibt – entspricht Hadleys exaltierte Ausdrucksweise seinem Charakter. Denk daran, dass er aus einer alten distinguierten Südstaatenfamilie stammt. Dort hatte man mehr Stolz im Leib als Geld und lebte weit über die Verhältnisse. Die Säbel der Konföderierten über dem Kamin im Salon. Eine Matriarchin, deren ›Mittel gegen Kopfweh‹ aus Whisky mit Zitrone bestand. Eine verrückte unverheiratete Tante – sprich ›defloriert und dann abserviert‹ –, die unterm Dach lebte, nach Gardenien roch und kein rohes Obst aß.«

»Ich erinnere mich daran, diese malerischen Details gelesen zu haben«, sagte Maris.

»Meine Großeltern hatten Freunde, auf die die Beschreibung von Hadleys Familie zutraf«, erklärte ihr Parker. »Ich weiß noch genau, wie sie sich ausgedrückt haben: blumig und geschwollen.«

Zur Bestätigung schaute Maris zu Mike hinüber. »Ich verlasse mich auf Ihre überragenden Kenntnisse in Südstaatenkultur und -erbe. Ist das zu viel?«

»Wie immer übertreibt er«, erwiderte der Ältere. »Trotzdem liegt definitiv ein wahres Element darin. Wenn man an der Oberfläche einer beliebigen, generationenalten Südstaatenfamilie kratzt, findet man mindestens einen Geistlichen, einen Irren, einen Banditen und genug Alkohol, um eine ganze Armada vom Stapel zu lassen.«

Lachend wandte sie sich wieder an Parker. »Lies den Brief weiter.«

Er fand die Stelle, an der er unterbrochen hatte.

»›Wenn eine Beziehung auf einem besonderen Fundament aufgebaut wurde, ist es extrem schwierig, es zu zerstören und unter veränderten Bedingungen neu aufzubauen, ohne die ursprüngliche Beziehung zu zerstören.‹«

»Ich verstehe nur Bahnhof«, sagte Mike. »Wovon redet er denn?«

»Ich habe mich verpflichtet, Überflüssiges zu streichen, okay?«, sagte Parker verärgert über diese Unterbrechung. Er fuhr mit dem Finger mehrere Zeilen tiefer. »Zusammengefasst meint er, sie hätten als Professor und Student begonnen. Er sagt, es sei schwierig, Roark gegenüber mit der gewohnten professoralen Rolle zu brechen und ihn weder zu korrigieren noch zu belehren, sondern stattdessen Kommentare als Gleichrangiger abzugeben.« Er schaute zu Mike hinüber. »Kapiert?«

»Vielen Dank.«

»Okay, hier… ›Nicht dass ich Ihnen gleichgestellt wäre, Mr. Slade. Ihr Schreiben übersteigt längst meine Fähigkeit zur Kritik. Es verdient eine deutlich differenziertere Beurteilung als meine, obwohl Sie keine finden könnten, die Ihr Talent mehr schätzt als meine.‹ So geht das mehrere Absätze weiter, in denen er gesteht, auch einmal die Hoffnung gehegt zu haben, schreiben zu können, ehe er gezwungenermaßen einsehen musste, dass ihm dieses Talent nicht gegeben war. Er meint, seine Aufgabe wäre das Lehren, das Hinführen, das Inspirieren. Blablabla.«

Die zweite Seite überblätterte er.

»›Selten bietet sich jemandem mit meiner begrenzten Fähigkeit die Gelegenheit, mit einem derart großen Talent zu arbeiten wie Ihrem. Ich betrachte es als Privileg, persönlich mitzuerleben, wie einer der großen amerikanischen Romanautoren geboren wird, denn das werden Sie letztlich werden, davon bin ich felsenfest überzeugt.‹«

Parker hob den Zeigefinger, um ihnen zu signalisieren, dass er nun zum entscheidenden Punkt kam. »›Ihr Werk übertrifft das jedes anderen Studenten, ob in der Vergangenheit oder momentan, bei weitem, inklusive Ihres Freundes Todd Grayson. Er hat eine einnehmende Geschichte mit mehreren interessanten Figuren geschrieben, besonders sein Protagonist ist gelungen. Trotzdem mangelt es seinem Schreiben an emotionaler Tiefe.

Ihm fehlt das *Herz*, das bei Ihnen deutlich zu spüren ist. Ich bezweifle nicht, dass er publizieren wird. Er kann ein mechanisch korrektes Manuskript erstellen, einschließlich sämtlicher Romanelemente, wie aus dem Lehrbuch.

Was aber nicht notwendigerweise bedeutet, dass er auch gut schreibt.

Ich kann Studenten ein Basiswissen an Schreibtechnik lehren, ihnen die Regeln des Romans näher bringen und sie mit jenen Schriftstellern vertraut machen, die diese Techniken gemeistert haben, aber Talent verleiht nur Gott. Diese undefinierbare und schwer fassbare Eigenschaft kann man weder lernen, noch sonstwie erwerben, selbst wenn man sich noch so ernsthaft danach sehnt und darum ringt. Diese traurige Wahrheit musste ich aus eigener Erfahrung lernen. Könnte man Talent erwerben, dann schriebe ich meine eigenen Romane.

Danken Sie dem Gott, zu dem Sie beten, Mr. Slade, denn er hat Sie mit dieser Magie gesegnet. Sie wurden mit einer seltenen und wunderbaren Begabung getauft. Ihr Freund nicht. Ich befürchte, dass dieses Ungleichgewicht an Talent zu einem Bruch zwischen ihnen führen wird.

»›Im Laufe meiner Professur habe ich Tausende junger Männer und Frauen beobachtet. Auf Grund dieser enormen Bandbreite an Personen jeglicher Herkunft betrachte ich mich als hervorragenden Menschenkenner. Zumindest bin ich ein aufmerksamer Beobachter.

Einige Charakterzüge sind uns allen gemein. Ob sie nach außen treten, hängt von den Umständen ab. Jeder zeigt zeitweise Furcht, Glück, Frustration usw.

Andere Wesenszüge sind nur ganz bestimmten Individuen zu eigen. Sie definieren die Person und ihren Charakter. Zu diesen Wesenszügen gehören bewundernswerte Tugenden wie Demut, Nächstenliebe und Tapferkeit.

Unglücklicherweise gibt es dazu auch dunkle Seiten wie Eifersucht, Habgier und Neid. Menschen, die von einem dieser Wesenszüge beherrscht werden, tarnen dies normalerweise mit

Charme. Die meisten sind darin sehr erfolgreich, da sich zu diesem Wesenszug unweigerlich geschickte Täuschung gesellt.

Trotzdem lebt und reift in ihrem Inneren dieser Wesenszug wie ein heimtückischer Aal in einer Höhle, der voller Berechnung auf jenen Zeitpunkt wartet, an dem er gegen irgendeine Bedrohung losschlagen kann.

Ich möchte Ihrem Freund nichts Übles nachsagen. Lieber möchte ich glauben, dass mich mein Barometer für Integrität komplett im Stich gelassen hat, und ich mich bezüglich seiner Motive schrecklich irre.

Und doch erinnere ich mich noch genau an Mr. Graysons Machenschaften, die dazu führten, dass Sie zu einem wichtigen Termin bei mir zu spät kamen. Dies war, einfach gesprochen, ein schmutziger Trick mit bösartigen Untertönen. Offen gestanden überrascht es mich, dass die Freundschaft das überlebt hat. Das ist sicherlich Ihnen zu verdanken. Ich glaube nicht, dass Mr. Grayson die innere Größe besitzt, in solchem Ausmaß zu verzeihen. Dies ist ein weiterer auffälliger Unterschied in Ihrer beider Charaktere.

Doch ich maße mir keineswegs an, Ihnen Ihre Freunde auszusuchen. Diese Verantwortung möchte ich nicht übernehmen, selbst nicht, wenn Sie darin einwilligen würden.

Ich möchte mit einem Ausdruck schließen, den ich auf dem Campus gehört habe. Es handelt sich um eine moderne Redewendung, die der englischen Sprache schlechte Dienste leistet. Dennoch erscheint sie aus der Distanz passend: Kopf hoch.

Ich freue mich auf die Lektüre Ihres nächsten Romanentwurfs. In jedem Ihrer Begleitbriefe entschuldigen Sie sich dafür, meine Zeit in Anspruch zu nehmen, und danken mir für die Sorgfalt und Mühe, die ich Ihrem Werk widme. Mr. Slade, seien Sie versichert, dies ist ein Privileg, keine Zumutung.

Hochachtungsvoll Ihr Professor Hadley.‹«

Parker faltete die Blätter wieder zusammen und steckte sie in seine Hemdtasche. Einen Augenblick lang sagte keiner ein Wort. Sein Text und der Tonfall, mit dem er ihn vorgetragen hatte,

hatte Maris eingelullt. Sie schüttelte die leichte Benommenheit ab und versetzte der Schaukel einen leichten Schubs.

»Also hatte Todd instinktiv doch Recht. Hadleys Beurteilungen von Roarks Arbeit waren *tatsächlich* besser als diejenigen, die er bekam.«

Parker nickte. »Und Roark war diesbezüglich nicht ehrlich.«

»Meiner Ansicht nach zählt das nicht.«

Er schaute zu ihr hinüber. Sein unverwandter Blick trieb sie dazu, den Gedanken weiterzuspinnen.

»Todd hätte es übel genommen, wenn Roark gesagt hätte: ›Deine Vermutung war richtig. Hadley hält dich für einen Holzhacker mit begrenztem Talent. Dagegen glaubt er, ich hätte das Talent zum neuen Steinbeck.‹«

Mike pflichtete ihr bei. »Wenn Roark ihm draußen am Strand die Wahrheit gesagt hätte, hätte Todd ihre Beziehung auf der Stelle beendet. Damit wäre die Geschichte vorbei gewesen. Ende.«

Statt einer Antwort stieß Parker einen Grunzlaut aus.

Anscheinend hatte das Vorlesen seine Laune verdüstert, obwohl sich Maris keinen Grund dafür vorstellen konnte. Der Inhalt hatte sowohl sie wie auch Mike fasziniert. Der Brief war ein kluger Schachzug, um die Story ohne explizites Erzählen voranzutreiben. Sie und Mike hatten dies gutgeheißen, deshalb war ihr seine mürrische Stimmung ein Rätsel. »Parker, welche Laus ist dir über die Leber gelaufen?«

»Roark soll doch der Gute sein, ja?«

»Mag wohl so sein.«

»Macht es dir denn nichts aus, dass er seinen Freund getäuscht hat?«

»Er wollte ihn nicht täuschen, sondern nur nett sein. Er hat versucht, Todd das zu ersparen, was Hadley als ›traurige Wahrheit‹ bezeichnet hat, weil er wusste, wie niederschmetternd es wäre. Todd hat schlicht und einfach nicht so viel Talent wie Roark. Roark hätte vielleicht von Anfang an spüren können, dass Todd …«

Sie schnippte mit den Fingern. »Nein, er *wusste* es. Oder? Natürlich wusste er, dass er besser war. Das musste er einfach wissen. Warum hätte er sich sonst ein Postfach besorgt, damit seine Post nicht mehr in die gemeinsame Wohnung kam? Er hatte Angst, Todd würde eine von Hadleys hymnischen Kritiken finden.«

»Dir entgeht auch gar nichts«, sagte er. Seine Laune schien sich zu bessern. »Und jetzt vergiss, dass du es weißt.«

»Warum?«

»Weil das im nächsten Kapitel eine entscheidende Rolle spielt.«

»Die Erwähnung des Postfachs war ein Vorzeichen?«

Er lächelte rätselhaft.

»Todd fängt einen der Briefe ab, stimmt's?«, riet sie. »Vielleicht sogar diesen, denn der könnte der Freundschaft am meisten schaden. Er legt klar dar, wie verschieden die beiden sind, charakterlich und in ihrem Talent. Todd ... äh, mal sehen, er borgt sich Jeans aus oder so etwas, vielleicht ohne Roark zu fragen, und findet in einer Tasche diesen Brief.«

»Danke. Mir war noch nicht klar, wie er den in die Hände bekommt. Das klingt echt gut.«

Sie strahlte. »Todd liest ihn. Er kann nicht glauben, was er da liest. Seine geheimste Furcht ist Realität geworden. Roark ist ihm überlegen. Deshalb hatte er versucht, Roark bei Professor Hadley in Misskredit zu bringen. Was nicht funktioniert hat, ja, der Schuss ist sogar nach hinten losgegangen. Hadley hat ihn durchschaut. Obendrein hat Roark von Hadley Lob geerntet. Ein doppelter Schlag für Todd. Seine Reaktion ... Was tut er jetzt überhaupt?«

»Sag du's mir.«

Sie dachte scharf nach und kaute dabei unbewusst an einem Mundwinkel herum. »Ich wollte schon sagen, er sei niedergeschmettert, aber bei näherem Nachdenken widerspräche das seinem Charakter.« Sie schüttelte den Kopf. »Nein, er ist viel zu egoistisch, um seinen Ehrgeiz von einem Professor zerstören zu lassen. Vermutlich wäre er wütend. Würde toben.« Sie krümmte ihre Hände zu Klauen und legte sie sich an die Schläfen. »Ein Wutausbruch von explosiver Gewalt.«

»Und wie kanalisiert er diese Wut, Maris?«

»Er konfrontiert Roark mit dem Brief.«

»Nein, tut er nicht.«

»Parker«, warf Mike leise ein.

»Für diesen Weg ist er nicht aufrichtig genug. Er …«

»Parker«, wiederholte Mike.

»Er wartet. Er …«

»Parker.«

»Er …«

»Parker!«

»*Himmelherrgottnochmal, Mike!* Was ist?«

Er fauchte den Älteren an, doch Mike zuckte nicht unter seinem harten Blick zurück, ja, er starrte ihn sogar seinerseits an. Die Luft war wie aufgeladen, so wie heute Morgen in der Küche.

Parker gab als Erster nach, schloss die Augen und rieb sich die Stirn. »Entschuldige, Mike. Verzeih. Ich hing gerade einem Gedanken nach.«

»Ist schon gut. Ich weiß ja, dass du Ablenkungen hasst, wenn dir gerade etwas Gutes einfällt.«

»Tolles Abendessen.«

»Sagtest du bereits.«

»Ach. Tja. Richtig. Na ja, nochmals danke.«

»Gern geschehen. Freut mich, dass es dir geschmeckt hat.« Mike stand auf und packte das Silbertablett mit der leeren Kanne und den Kaffeetassen. »Ich denke, ich werde reingehen, bevor mich die Moskitos auffressen.«

»Gute Idee. Gute Nacht.«

»Gute Nacht, Mike«, tönte es auch von Maris.

An der Tür drehte sich Mike um und wandte sich an Parker: »Willst du, dass ich noch aufbleibe und dir helfe …«

»Nein, nein. Heute Nacht komme ich schon zurecht. Geh schlafen.«

Mit einem raschen Blick auf Maris zögerte der Ältere, dann nickte er und ging nach drinnen.

Kaum waren sie allein, hob Maris in einer hilflosen Geste die Hände. »Erklär mir, was das gerade war.«

»Was?«

»Das gerade. Zwischen dir und Mike.«

»Nichts.«

»Parker«, rief sie leise.

Er blinzelte unschuldig. »Nichts.«

Obwohl sie ihn unablässig fixierte, gab er nicht nach. Wütend darüber, komplett ausgeschlossen zu sein, stand sie von der Schaukel auf. »Schön. Spielt ruhig eure Spielchen. Aber ohne mich. Gute Nacht.«

»Geh nicht wütend weg.«

»Dann rede nicht so herablassend mit mir. Das kann ich nicht ausstehen.«

Langsam fuhr er sich mit den Händen übers Gesicht. »Du hast allen Grund, sauer zu sein. Es tut mir Leid.« Er atmete die schwüle Luft ein, wandte den Kopf ab und starrte auf die Steineichenallee hinaus.

»Es ist diese… diese *Sache* zwischen Mike und mir. Manchmal sieht er, wie mich etwas Dunkles beschleicht. Etwas Übles, Hässliches. Wie damals, als er mich gefunden hat. Ich glaube, das jagt ihm Angst ein. Er befürchtet, ich könnte wieder in diesen Abgrund stürzen. Er reißt mich heraus, bevor ich zu tief darin versinke.«

Er drehte sich wieder zu ihr um und schaute sie unverwandt an. »So was Ähnliches.«

»Danke schön.«

Mehrere Augenblicke schauten sie einander einfach an, dann lächelte er schief. »Dieser Abend war eine Berg- und Talfahrt.«

»Ja, war er. Trotzdem möchte ich keine Minute davon missen.«

Er streckte die Hände aus, legte seine Finger um ihre Handgelenke und zog leicht daran. Sie trat näher, doch es war ihm nicht nah genug. Er legte ihr einen Arm um die Taille und zog sie noch näher heran. Mit der anderen Hand umfing er ihren Nacken und beugte sie zum Küssen nach unten. Sie legte ihre Hände auf seine harten Wangen. Ihre Lippen verschmolzen, ihre Zungen explodierten in einem sehnsüchtigen Taumel.

Als sie endlich voneinander ließen, presste er sein Gesicht in ihre weiche Mitte. »Danach habe ich mich schon den ganzen Tag gesehnt.«

»Es gab Zeiten, da dachte ich, du hättest den gestrigen Abend völlig vergessen.«

Er stieß ein leises raues Lachen aus. »Wohl kaum.«

Sein Kopf knetete ihre Brüste durch den seidenen Stoff hindurch. Sein feuchter Atem drang ihr bis auf die Haut. Er umfing ihren Po und vergrub sein Gesicht noch tiefer in ihr.

Seufzend strichen ihre Finger durch seine Haare. »Ach, Parker, bitte.«

»Ja. Alles. Du musst es nur sagen.«

»Ich … äh …«

»Was?«

»Ich kann das nicht.«

»Du kannst. Du hast es doch schon getan. Gestern Abend. Weißt du noch?« Eine Hand fand nackte Haut unter ihrem Rock, Wärme zwischen ihren Schenkeln.

Obwohl sie weiche Knie bekam, schob sie seine Hand hinunter und entzog sich seiner Umarmung. »Ich kann nicht. Wir können nicht.«

Er holte gierig Luft und blinzelte, um sie wieder richtig sehen zu können. »Warum nicht?«

Sie leckte sich die Lippen, kostete ihn. »Ich mache mir Sorgen um meinen Vater.«

»Deinen Vater?« Anscheinend hatte er Mühe, passende Worte zu finden. »Um deinen Vater? Hast du Angst, er wäre damit nicht einverstanden? Dass er mit der Pistole auf mich losgeht? Was?«

Lächelnd schüttelte sie den Kopf. »Nein, nichts dergleichen. Ich habe nur den ganzen Tag versucht, ihn zu erreichen.«

Sie berichtete ihm in Kürze von ihren vergeblichen Telefonaten. »Schließlich habe ich kurz vor dem Abendessen unsere Haushälterin Maxine bei ihrer Schwester erreicht. Bei ihr ist sie immer an ihren freien Tagen, was aber nicht oft vorkommt. Jedenfalls erzählte sie mir, Pa sei übers Wochenende in unser Landhaus gefahren, in den Westen von Massachusetts. Er und Noah. Beide bestanden darauf, dass sie nicht mitkam. Sie wollten unbedingt allein fahren.«

»Na und? Sie sind doch große Jungs. Was hat ihr Wochenendausflug mit unserem Schmusen hier auf der Veranda zu tun?«

»Direkt nichts.«

»Dann verstehe ich das nicht.«

»Maxine hütet Pa mit Adleraugen. Oder wie eine Glucke. Wenn sie bei ihm wäre, würde ich mir keine Sorgen machen. Mir gefällt nur nicht, dass er allein ist.«

»Ist er doch nicht.«

Nein, er war allein mit Noah.

Eines erzählte sie Parker nicht: Noah hatte Maxine versichert, Maris wüsste über ihre Pläne fürs Wochenende Bescheid und sei damit einverstanden gewesen. Als die loyale Angestellte erfuhr, dass er Maris nicht gefragt hatte, war sie außer sich gewesen. »Warum hat mich Mr. Reed irregeführt?«

Ja, warum?

Anschließend hatte ihr Maxine erzählt, Daniel habe einen Frühstücksgast gehabt.

»Wen?«

»Ich weiß es nicht.« Sie berichtete von der Besorgung, wegen der er sie weggeschickt hatte. »Meiner Ansicht nach hat sich Mr. Matherly nur einen Grund ausgedacht, um mich aus dem Haus zu lotsen. Als ich wiederkam, hat er Geschirr abgespült.«

»Geschirr?«

»Ich sollte nicht merken, dass er zwei Gedecke benutzt hat. Als ich ihn deswegen gefragt habe, hat er sich verteidigt und gemeint, das sei sein Geschirr, und wenn er zum Frühstück ein

Dutzend Gedecke nehmen wollte, dann könnte er das. Maris, das war alles Unsinn. Später hat er sich deswegen entschuldigt. Entscheidend ist, dass jemand während meiner Abwesenheit ins Haus gekommen ist und niemand davon erfahren sollte.«

»Wirkte er denn aufgebracht?«

»Nein. Eigentlich machte er sogar einen sehr optimistischen Eindruck und freute sich, als Mr. Reed kam, um ihn abzuholen.«

»Dann machen wir uns sicher grundlos Sorgen.«

Maris hoffte, ihre Beschwichtigungen klängen überzeugend in den Ohren der besorgten Haushälterin. Auf sie selbst wirkten sie hohl, auch als sie nun Parker davon erzählte. »Ich bin erleichtert, weil ich weiß, wo er ist. Sicher ist alles in Ordnung. Trotzdem würde ich mich nach einem Gespräch mit ihm besser fühlen.«

»Hast du denn versucht, ihn im Landhaus zu erreichen?«

»Die Leitung ist seit Stunden belegt. Ich habe es sogar auf Noahs Handy probiert, obwohl ich nicht mit ihm sprechen wollte. Das war auch dauernd besetzt. Deshalb habe ich eine Nachricht auf die Mail Box gesprochen und die Telefonnummer von hier angegeben. Hoffentlich macht dir das nichts aus.«

»Solange du meinen Namen nicht preisgibst.«

»Selbstverständlich nicht. Aber das steht sowieso nicht zur Debatte. Niemand hat angerufen. Ich muss auf meinem Handy nachsehen, ob eine Nachricht drauf ist.«

»Irgendwie komisch.«

»Was?«

»Dass dein Pa einverstanden ist, ein Wochenende mit deinem Mann zu verbringen, von dem du dich getrennt hast.«

»Davon weiß Pa nichts.« Wie erwartet reagierte er überrascht. »Ich hätte es ihm wohl auf der Stelle sagen sollen, aber dafür schien nie der richtige Zeitpunkt zu sein. Ich wollte einen Moment abwarten, wenn es weniger weh tat.«

»Glaubst du, Noah wird ihm die unerfreuliche Nachricht an diesem Wochenende präsentieren?«

»Das habe ich mich anfangs auch gefragt«, sagte sie scharf.

»Eventuell möchte er Pa auch nur bitten, sich zu seinen Gunsten einzuschalten. Er muss seine Stellung bei Matherly Press schützen. Wenn er mich aus diesem Grund geheiratet hat, wird er eine Scheidung unter allen Umständen verhindern wollen.«

»Würde sich dein Vater zu Noahs Gunsten verwenden?«

»Absolut nicht. Er weiß, dass es mir nicht gut ging. Nur das ganze Ausmaß meines Unglücks kennt er nicht.« Mit gedämpfter Stimme fuhr sie fort: »Bis ich nach St. Anne kam und dich traf, wusste ich nicht, wie unglücklich ich war.«

Er stöhnte. »Maris, schau mich nicht so an.«

»Wie denn?«

»Mit Schlafzimmeraugen. Wäre besser, du gehst, bevor ich beschließe, nicht so viel edelmütiges Verständnis aufzubringen. Jetzt haben wir schon wieder einen tollen Ständer vergeudet. Du schuldest mir also schon zwei.«

»Du bist vulgär, genau wie Mike gesagt hat.« Lachend glättete sie seine zerwühlten Haare. »Es war ein reizender Abend.«

»Er wäre noch reizender geworden«, maulte er.

»Tut mir Leid.« Sie bückte sich und gab ihm einen sanften Kuss. »Schlaf gut.«

»Oh, jaja, wie ein Baby. Wie ein geiles kleines Baby.«

»Falls dich das tröstet, Parker…«

»Was?«

»Ich kann. Ich habe. Gestern Abend. Und ich erinnere mich daran.«

28

Auf Maris' Mailbox waren keine Nachrichten.

Sie versuchte es auf Noahs Handy, erhielt aber nur die Information, die von ihr gewählte Nummer sei derzeit nicht erreichbar. Mittlerweile machte sie sich schreckliche Sorgen und wählte die Nummer des Hauses.

Daniel hob beim zweiten Klingeln ab.

Erleichtert sackte sie zusammen. Trotzdem klang ihre Begrüßung wie ein Vorwurf. »Pa, wo warst du denn?«

»Ich komme soeben aus dem Bad. Habe ich vergessen, dich um Erlaubnis zu bitten?«

»Entschuldige, das sollte kein Vorwurf sein. Nur, ich habe schon den ganzen Tag versucht, dich zu erreichen. Bevor ich mit Maxine gesprochen hatte, hatte ich keine Ahnung, dass du aufs Land gefahren bist. Seitdem habe ich immer wieder angerufen.«

»Das Telefon hat eben erst geklingelt. Ich wollte gerade nach oben gehen, da fiel mir auf, dass der Hörer in der Küche schief hing. Offensichtlich hat Noah nicht richtig aufgelegt, als er das Essen bestellt hat.«

Wahrscheinlich hatte er das absichtlich getan. Er wusste doch, dass sie unbedingt mit ihrem Vater reden wollte, und auch, dass sie vor Sorge schier verrückt würde, wenn sie ihn nicht erreichen konnte. War das Noahs miese Form von Bestrafung, weil sie ihn verlassen hatte? Erstaunlich, wie klar sie inzwischen seine wahre Natur erkennen konnte. Was hatte sie so viele Jahre geblendet? *Ein Buch*, dachte sie verächtlich über ihre eigene Naivität.

Nun, mittlerweile war sie nicht mehr naiv. Er sollte ein für allemal aus ihrer beider Leben verschwinden. Keinen Tag mehr konnte sie es ertragen, dass er zu ihrer Familie gehörte. Warum sollte sie ihrem Vater erst später die Wahrheit erzählen?

Zum Glück kam sie zur Besinnung, ehe sie etwas Impulsives tun konnte.

Erstens würde das nur zu einer längeren Diskussion führen. Und in Massachusetts war es bereits genauso spät wie hier auf St. Anne. Zweitens handelte es sich um ein Gespräch, das man von Angesicht zu Angesicht führen musste, insbesondere da es ihre Geschäftsinteressen genauso betraf wie ihrer beider Privatleben.

Für jetzt stellte sie ihre feindselige Haltung gegenüber Noah beiseite und erkundigte sich bei Daniel, ob mit ihm alles in Ordnung sei.

»Warum denn nicht?«

»Da ich nicht mit dir sprechen konnte, habe ich mir alles Mögliche eingebildet.«

»Ich wette, dass dabei nichts Gutes herausgekommen ist. So wie ich mich immer gesorgt habe, wenn du zehn Minuten später heimgekommen bist.«

»Pa, haben wir die Rollen vertauscht?«

»Ganz und gar nicht. Ich mache mir immer noch Sorgen, wenn du dich zehn Minuten verspätest. Aber sei versichert, ich hatte einen sehr angenehmen Tag.«

Angefangen mit einem geheimnisvollen Frühstücksgast. Nur allzu gern hätte sie ihn danach gefragt, was aber nicht ging, ohne zu verraten, dass Maxine ihn verpetzt hatte. Hoffentlich würde er diese Information von sich aus preisgeben. »Und was hat deinen Tag so angenehm gemacht?«

»Nicht viel, aber das war ja gerade das Schöne daran.«

»War das Haus bei deiner Ankunft in Ordnung?«

»Tiptop.«

»Wo warst du zum Abendessen? Bei Harry's? Oder in einem deiner anderen Lieblingslokale?«

»Wir haben daheim gegessen. Ich dachte, Noah hätte dir das erzählt.«

»Wann?«

»Als du heute Nachmittag angerufen hast. Ich kam gerade nach unten, als er aufgelegt hat.«

Sie machte den Mund auf, klappte ihn aber wieder zu, ohne etwas zu sagen. Noah hatte ihn angelogen. Offensichtlich hatte Daniel noch das Ende eines Telefonats mitbekommen, und Noah hatte so getan, als wäre sie es gewesen. Dieser verdammte Kerl!

»Vielleicht hat er es erwähnt, und ich hab's vergessen.«

»Überrascht mich nicht«, sagte er. Anscheinend war ihm entgangen, wie wütend ihre Stimme klang. »Du hast ja eine Menge am Hals. Wie läuft's denn mit dem Buch?«

»Eigentlich toll. Mittlerweile kommt die Story richtig in Fahrt.

Es ist erstaunlich, dem Gehirn eines Schriftstellers bei der Arbeit zuzusehen. So intensiv war ich noch nie in diesen kreativen Prozess involviert. Es ist faszinierend.«

»Ich merke, wie du das genießt.«

»Immens.«

»Und der Autor? Noch immer brummig?«

»Entweder wird er milder, oder ich gewöhne mich langsam an ihn. Eins von beidem.«

»Wahrscheinlich ein wenig von beidem.«

»Wahrscheinlich.«

Maris spürte sein Zögern. Dann sagte er: »Ich bin froh, dass du deinem Instinkt gefolgt und zurückgefahren bist, um mit ihm zu arbeiten.«

»Ich auch, Pa. Es war die richtige Entscheidung. Da bin ich mir ganz sicher.«

»Bist du dort glücklich? Mit der Arbeit? Mit allem?«

»Ja, sehr«, sagte sie leise.

»Gut. Das verdienst du, Maris.«

Jedem Zuhörer wäre ihre Unterhaltung unverfänglich vorgekommen, aber angesichts des Gesprächs, das sie unmittelbar vor ihrer Abreise aus New York geführt hatten, erkannte sie den tieferen Sinn hinter den Worten ihres Vaters.

Er wusste, wie unglücklich ihre Ehe mit Noah sie gemacht hatte. Es hätte sie nicht überrascht, wenn er auch über Noahs Seitensprung Bescheid wüsste. Daniel Matherly war bekannt für seine Fähigkeit, Geheimnisse aufzudecken. Während ihres letzten Besuchs bei ihm hatte sie ihre Gefühle für Parker nur mühsam geheim halten können. Ohne seinen Namen zu nennen, hatte sie ununterbrochen begeistert von ihm erzählt. Wie eine frisch Verliebte.

Auf diesen Umwegen signalisierte ihr Vater sein Einverständnis.

Sie schluckte bewegt. »Pa, ich musste einfach deine Stimme hören.«

»Tut auch gut, dich zu hören.«

»Entschuldige, dass ich dich so spät gestört habe.«

»Du könntest mich nie stören. Außerdem habe ich ja noch nicht geschlafen.«

»Ich werde dich morgen wieder anrufen. Nein, warte.«

In Anbetracht der Lügen, die Noah heute verbreitet hatte, drehte sich ihr schon beim bloßen Gedanken der Magen um, dass er wie der treue Schwiegersohn dieses restliche Wochenende mit ihrem Vater verbrachte. Vermutlich wollte er auf Kameradschaft machen und Daniel einwickeln. Vielleicht plante er eine tränenreiche Beichte und wollte an Daniel appellieren, bevor ihm Maris von ihrer Trennung erzählte.

Doch das würde sie verhindern.

»Pa, ich würde morgen gern Maxine zu euch raufschicken. Sie möchte unbedingt aufs Land und die Sommerblumen sehen. Hast du etwas dagegen?«

»Blumen…« Mit einem skeptischen Räuspern machte er ihr klar, wie fadenscheinig er diesen Vorwand fand. »Ich hatte doch erst einen Tag Ruhe vor ihr. Aber«, seufzte er, »wenn es dich beruhigt…«

»Das tut es. Ich werde sie gleich morgen anrufen.« Das Wissen, dass Maxine alles liegen und stehen ließe und sich umgehend auf den Weg machen würde, erleichterte sie. Noch weit vor Mittag könnte sie dort sein. »Ruf mich an, wenn sie da ist, damit ich weiß, dass sie die Fahrt gut überstanden hat.«

»In Ordnung, Schatz. Ich werde dich morgen anrufen. Außerdem, Maris?«

»Ja?«

»Mach das Beste aus deiner Zeit da unten. Versage dir nicht das Glück, das dir ein Aufenthalt dort bietet. Mach dir keine Sorgen. Hörst du deinem alten Pa überhaupt zu? Alles wird gut. Vertraust du mir in dieser Hinsicht, mein Schatz?«

»Habe ich doch immer.« Sie schmiegte ihre Wange an das kleine Telefon. Wenn es doch nur seine runzlige Hand mit den Altersflecken wäre. »Gute Nacht, Pa. Ich liebe dich.«

»Ich dich auch.«

Parkers Bett war monströs. Im Vergleich zu überbreiten Doppelbetten war es schmal, aber was ihm an Breite fehlte, machte es durch Höhe wett. Das Holz des hohen geschnitzten Kopfteils hatte im Laufe der Zeit eine sattelbraune Patina angenommen, in der sich der Schein der Leselampe auf dem Nachttisch spiegelte.

Das Bett stand auf einem Teppich, der wie ein echter Aubusson aussah. Einen Deckenventilator wie diesen hatte Maris bislang nur in Filmen gesehen. Von der hohen Decke hing ein knapp zwei Meter langes Messingrohr herunter, an dessen beiden Enden sich ein Kreis von Papyrusflügeln träge um die eigene Achse drehte.

Vor den drei hohen Fenstern hingen statt Vorhängen lediglich weiß angestrichene Jalousien, die einen geschmackvollen Kontrast zu den karamellfarbenen Wänden und dem dunklen Holzboden boten. An der einen Wand stand ein wuchtiger Kleiderschrank, dessen reich geschnitzter Aufsatz zur Spitze des Kopfteils passte. Da es in dem Raum ansonsten keine eingebaute Schrankwand gab, bewahrte er darin offensichtlich seine gesamte Kleidung auf.

Das einzige Zugeständnis an modernere Zeiten bestand aus einem Fernseher und einem Videorekorder in einem Regal gegenüber vom Bett. Und aus dem Rollstuhl, der vor dem Nachttisch stand. Andere Apparate, wie man sie sonst im Schlafzimmer eines Behinderten vermutete, gab es nicht. Aber auch das überraschte sie nicht allzu sehr. Sie hatte ja gesehen, wie er sich in und aus dem Gator hievte.

Parker lehnte mit nackter Brust lesend am Kopfteil, als Maris durch die Tür glitt. Langsam legte er das Buch in den Schoß. »Hallo. Hast du dich verlaufen?«

Sie lachte nervös und ein wenig atemlos. »Nette Ausrede, aber ich denke, ich wurde erwartet.«

»Ich hatte darauf gehofft. Habe sogar darum gebetet.«

»Dann darf ich also hereinkommen?«

»Machst du Witze?«

»Ich dachte, vielleicht … wird Mike …«

»Nicht, wenn du die Tür zusperrst.«

Seit Betreten des Zimmers hatte sie die Hände hinter dem Rücken gehalten. Nun tastete sie rücklings nach dem Türknauf und drückte den Sperrknopf, damit sie nicht gestört werden konnten. Mit versteckten Händen trat sie ans Bett.

Die polierten Holzdielen fühlten sich kühl unter ihren nackten Fußsohlen an. Ihr kurzes Nachthemd lag federleicht auf ihrer Haut. Parkers intensive Blicke, mit denen er ihre Annäherung verfolgte, ließen darauf schließen, dass es nicht allzu viel verbarg.

Sie zog die Hände hinter dem Rücken hervor. »Ich habe dir etwas mitgebracht. Genauer gesagt, zwei Geschenke.«

Das Erste war ein normales Trinkglas aus der Bar im Gästehaus. Sie streckte es ihm hin. Er nahm es ihr ab, hielt es hoch und betrachtete es einige Sekunden. Beim Anblick der phosphoreszierenden Lichter darin lachte er. »Glühwürmchen.«

»Ich habe sie selbst gefangen«, sagte sie stolz. »Während ich mich fürs Abendessen umgezogen hab, sah ich sie durchs Fenster im Gästehaus. Da bin ich einfach hinterher.«

Mit einem Stück perforierter Plastikfolie, damit sie länger am Leben blieben, hatte sie die Leuchtkäfer ins Glas gebannt.

Mit glänzenden Augen schaute er zu ihr auf. »Das ist ein tolles Geschenk. Danke schön.«

»Gern geschehen. Soll ich?« Sie nahm sie wieder an sich und stellte sie auf den Nachttisch.

»Was ist das andere?« Er deutete auf das Buch, das sie inzwischen gegen die Brust drückte. »Willst du mir eine Gute-Nacht-Geschichte vorlesen?«

»So ungefähr.«

»Ich habe mich schon gewundert, warum du deine Brille aufhast.«

»Ich habe meine Kontaktlinsen herausgenommen.« Sie deutete mit dem Kinn auf die leere Betthälfte und fragte: »Darf ich?«

»Fühl dich wie zu Hause.«

Sie ging ums Bett und kletterte hinein, dann setzte sie sich im Schneidersitz hin und schaute ihn an. »Du liest ja schon eine Gute-Nacht-Geschichte.«

Er klappte das Buch in seinem Schoß zu und legte es weg. »Ich höre mir lieber deine an.« Sie drehte ihm ihres so hin, dass er den auf dem grünen Leineneinband mit Goldlettern eingeprägten Titel sehen konnte. *Die Strohwitwe*, las er lächelnd.

»Ein Roman meines Lieblingsautors.«

»Was, der?«

»Falsche Bescheidenheit ist hier nicht angebracht.«

»Aber Sie vertreten hohe Standards, Mrs. Matherly. Sie kann man nur schwer begeistern. Was gefällt Ihnen denn an diesem Roman?«

Obwohl ihr nicht entgangen war, dass er ihren Mädchennamen verwendet hatte, unterbrach sie ihr Spiel nicht, indem sie darauf einging. Sie schlug das Buch auf. »Nun ja, ganz besonders mag ich die Szene, in der sich Deck Cayton, der gut aussehende, sexy, freche und doch gewinnende Held, mit Hilfe eines Kartenspiels Informationen von diesem Häschen holt.«

»Frenchy.«

»Egal. Jedenfalls eine provozierende und fesselnde Szene.«

»Diese Ansicht vertraten die Fans garantiert. Und die Kritiker auch.«

Stirnrunzelnd schürzte sie die Lippen. »Trotzdem …«

»Aha, jetzt kommt's.«

»Trotzdem hat diese Szene ein paar Fragen aufgeworfen.«

»Typisch Lektorin«, murmelte er vor sich hin. »Jedem Kompliment folgt eine Kritik.«

»Schauen Sie, Mr. Evans, wenn Sie meine Punkte nicht schätzen …«

»Nein, nein, ich schätze sie sogar sehr, besonders ihre spitzen Punkte.« Sein Blick wanderte zu ihren Brüsten. »Ich werde sie mannhaft ertragen.« Er legte eine Hand hinter den Kopf und grinste sie süffisant an. »Das war eine Metapher.«

»Hab ich kapiert«, sagte sie trocken. »Soll ich fortfahren?«

»Bitte, geben Sie mir ein Beispiel.«

»Äh…« Nur schwer konnte sie die Augen von seiner behaarten Achselhöhle lassen. »Beispielsweise ist die Sprache sehr anschaulich.«

»Sollte sie das denn nicht sein?«

»Ja, aber an dieser Stelle ist sie…«

»Eindeutig?«

»Bis zum Äußersten.«

»Warum ist das schlecht?«

»Ich sagte nicht, das sei schlecht. Ich habe ein Problem mit der Genauigkeit.«

»Der Genauigkeit.«

»Richtig. Ich bin nicht sicher, ob die von Ihnen beschriebenen, äh, Paarungspositionen anatomisch möglich sind. Für Menschen, meine ich.«

Er unterdrückte ein Lachen, dann strich er sich ernst übers Kinn. »Ich verstehe. Könnten Sie das etwas genauer erklären?«

»Da gibt es mehrere Beispiele. Deshalb dachte ich«, sagte sie, hielt inne und räusperte sich, während sie die markierte Seite aufschlug, »dachte ich, dass wir die Szene nachspielen könnten, um zu sehen, ob diese…. Vorschläge… durchführbar sind.«

»Das haben Sie sich gedacht?«, sagte er mit seinem erregend schleppenden Südstaatentonfall.

»Ja, genau das dachte ich mir.«

Mehrere Augenblicke verharrte er still und schaute sie nur an, dann zog er langsam die Hand hinter dem Kopf hervor. »Soweit ich mich erinnere, beginnt unser gut aussehender, sexy, frecher und doch gewinnender Held damit, dass er Frenchy die Hand auf den Schenkel legt. In einer absolut beruhigenden Geste. Nichts weiter. Er will ihr nur versichern, dass er sie nicht bedroht.«

Er legte ihr knapp über dem Knie die Hand auf den Schenkel und drückte leicht. Durch den hellblauen Seidenstoff ihres Nachthemds spürte sie den heißen Druck aller fünf Finger.

»Das ist fraglich«, murmelte sie. »Ich meine, dass er sie nicht bedroht. Trotzdem gilt: im Zweifel für den Angeklagten.«

»Zum Ausgleich für diese freundliche Geste erzählt Frenchy Deck, obwohl er die niedrigere Karte gezogen hat, sie habe zum Zeitpunkt des Mordes in der Gasse ein Geräusch gehört.«

»Darauf schaute sie aus ihrem Schlafzimmerfenster. Dabei sah sie…« – unnötigerweise schlug Maris im Gedruckten nach – »…den Mann mit der roten Baseballkappe aus dem Nachbarhaus rennen.«

»Eine wertvolle Teilinformation«, sagte Parker. »Weil Frenchy sogar noch das aufgestickte Logo auf der Kappe beschreiben kann. Unser Held dankt es ihr mit einem Kuss.«

Parker nahm ihr die Brille ab, legte seine Hände um ihr Gesicht und streichelte mit den Daumen ihre Wangenknochen. Während seine Augen jeden Gesichtszug abtasteten, folgten seine Lippen ihrer Spur. Als er zu ihrem Mund kam, drückte er einen weichen und sinnlichen Kuss darauf.

Maris hatte Mühe, ihre Reaktion auf ein tiefes, erregtes Stöhnen zu beschränken.

Als er sich von ihr löste, flüsterte er: »Sie schmeckt unglaublich.«

»Das steht aber nicht so drin.«

»Nein? Sollte es aber. Er ist gezwungen, sich einen Nachschlag zu holen.«

»Frenchy wehrt sich nicht dagegen.«

Seine Küsse blieben zärtlich. Sie neckten und lockten und erweckten in ihr die Sehnsucht nach mehr. Erst nach mehreren Minuten ließen sie voneinander ab. Inzwischen fühlte sich Maris wie benommen. Köstliche Mattigkeit füllte ihre Glieder. Aber selbst jetzt noch war sie geistesgegenwärtig genug, das Spiel fortzusetzen.

Unnötigerweise griff sie nach ihrer Brille, hatte aber Mühe, sie richtig aufzusetzen. »Ist ja egal.« Sie legte sie neben das Buch. »Ich weiß ja, was jetzt kommt. Frenchy, dieses Glückskind, zieht wieder die höhere Karte.«

»Cayton ist selbst ein verdammter Glückspilz. Er darf ihr eine Liebesgunst erweisen.«

»Allerdings fühlt er sich in dieser Stellung nicht ganz wohl. Deshalb zieht er sie rittlings auf seinen Schoß.«

Parker legte ihr die Hände um die Taille. Sie stützte sich auf die Knie und ging über ihm in die Grätsche. »Wenn ich mich noch richtig erinnere, küsst Cayton ihre Ohren, ihre Kehle, ihre…«

Aber Parker war ihr schon weit voraus. Schließlich hatte er diese Szene geschrieben und wusste, was kam. Die Träger ihres Nachthemds waren schon unten, bevor sie richtig auf ihm saß. Ihre Brüste ruhten in seinen Händen, seine Daumen streichelten ihre Brustwarzen. Jetzt nahm er eine in den Mund, sog lustvoll daran und drückte sie mit der Zunge gegen seinen Gaumenboden.

Schamlos verschränkte sie die Arme hinter seinem Kopf und hielt ihn fest. Kein Wort fiel. Unter erregtem Wimmern küsste sie ihn auf den Scheitel, auf die Schläfen, überall, wo sie hinkam, ohne ihre Position zu verändern. Er sollte unbedingt weitermachen.

Ihr Geschlecht wurde weich, schwoll an und öffnete sich wie eine überreife Frucht, die nicht mehr an sich halten konnte. Parker griff zwischen ihre Schenkel. Unter seiner Berührung erbebte sie ungewollt. Nass umschloss ihr Körper seine Finger.

»Mach weiter«, drängte er sie. »Du weißt genau, was du willst.«

Sie stieß seinen Namen aus. Ihr Atem ging unregelmäßig.

»Mach weiter, Maris.«

Sie fing an, sich zu bewegen, rotierte die Hüften über seiner Hand, zwang seine Finger noch tiefer in sich hinein und antwortete auf sein subtiles Streicheln, bis sie kurz vor einem Orgasmus stand.

Dachte sie wenigstens.

Bis er unter sie glitt und sie gleichzeitig noch höher hinaufschob. Kräftige Hände stützten ihre Hüften und zogen sie an seinen Mund. Zutiefst schockiert keuchte sie hart und trocken auf, aber schon bald verwandelte sich dieser Laut in einen tiefen Seufzer unglaublicher Lust.

Sie drückte ihre Hände flach gegen das Kopfteil. Als ihr das nicht genug Halt bot, lehnte sie sich dagegen, legte die Wange ans kühle Holz und überließ sich ganz seiner meisterlichen Zunge.

Tief drangen seine geschmeidigen Finger in ihr Fleisch. Sie fühlte seine Haare sanft an ihrem Bauch, während ihr seine Bartstoppeln angenehm die Innenseite der Schenkel zerkratzten.

Allmählich verlor sie sich in reiner Empfindung. Gänzlich. Sinnliche Impulse lenkten Geist und Körper. Nichts anderes zählte mehr. Sie überließ sich dem Pulsieren eines urzeitlichen Rhythmus.

Unzählige Male bäumte sie sich dem Orgasmus entgegen, aber er beruhigte ihr Drängen mit den sachtesten Küssen und reizendsten Worten, nur um sie kurz darauf wieder lasterhaft an den Rand zu treiben. Als er sie endlich kommen ließ, glich es einer Explosion. Der letzte Bewusstseinsfaden riss. Sie stieg in ungeahnte Höhen, verlor jeden Halt, wirbelte durch die Ekstase.

Nur langsam kehrten die Zusammenhänge wieder. Träge, wie eine herabschwebende Feder.

Ihre Haut war feucht, ihre Brust mit roten Flecken übersät, ihre Brustwarzen straff und rot. Ihr Herz raste, und jeder Schlag hallte in ihrem Kopf wider. Sie blieb am Kopfteil liegen, bis ihr Atem wieder langsamer ging. Als sie endlich die Augen öffnete, merkte sie, dass Tränen darin standen.

Wie ein Schiffbrüchiger, der an Land gespült wurde, streckte sie sich auf Parkers Oberkörper aus. Das Nachthemd hing zusammengeknüllt um ihre Taille. Ihre Haare klebten in feuchten Strähnen an Wangen und Nacken. Parkers Hände strichen ihr über Rücken und Hüften und blieben auf ihrem Po liegen. Er drückte ihn zärtlich und brachte sie damit zum Lächeln.

Sein Herz klopfte ihr hart und heftig direkt ins Ohr. Bei jedem Atemzug kitzelten sie seine Brusthaare in der Nase. Seine

Brustwarze lag direkt vor ihren Augen. Flach, bis sie sie berührte, dann bildete sie eine harte Perle unter ihrer Fingerspitze. Sie spürte, wie er rasch die Luft anhielt. Zwischen ihrem und seinem Bauch konnte sie seine Erektion spüren.

»Gib mir einen Moment«, sagte sie matt.

In seiner Brust rumpelte es vor Lachen. »Ich laufe schon nicht weg.«

Mehrere Minuten verstrichen. Mit allen Sinnen nahm sie diese Intimität in sich auf. Sie begriff, wie herrlich es war, als Frau einen derart intimen Kontakt zu einem Mann zu erleben. Nein, nicht ein Mann. Einen Mann hatte sie gehabt. Sie liebte es, mit *diesem* Mann intim zu sein. Bis jetzt hatte sie nicht gewusst, dass es einen derart enormen Unterschied zwischen zwei Wesen desselben Geschlechts geben konnte, aus ein und derselben Spezies.

»Du bist vom Buch abgewichen«, flüsterte sie.

»Tatsächlich? Ich bin ein bisschen benebelt.«

»So was stand nicht drin. Nicht im Entferntesten. In keinem Buch.«

Sie hob den Kopf und schaute ihn an, schob sich zentimeterweise nach oben und küsste seine Lippen. Dann wanderte ihre Zunge in seinen Mund und rieb sich an seiner Zungenspitze. Als der Kuss intensiver wurde, presste sie ihren Unterleib verführerisch gegen seine Erektion.

Er brach ihren Kuss ab und vergrub den Kopf tief nach hinten ins Kissen. Seine Haut über dem Schädelknochen wirkte zum Zerreißen gespannt. Hart packten seine Hände ihre Hüften, um sie still zu halten.

»Was ist?«, fragte sie unschuldig.

»Auch das steht nicht im Buch.«

»Ach, entschuldige. Schauen wir doch mal, was nun kommt.« Ohne ihre Stellung zu ändern, tastete sie ungeschickt nach ihrer Brille und setzte sie auf, dann blätterte sie in den Seiten und tat so, als ob sie stumm läse. »Ach ja, jetzt erinnere ich mich wieder. Er nimmt ihre Hand und führt sie zu …«

»Seinem Schwanz.«

»So steht's hier.«

Langsam glitt sie von ihm herunter und nahm wieder ihren ursprünglichen Platz an seiner Seite ein. Sie strich ihr Nachthemd glatt und wollte schon die Träger wieder auf die Schultern streifen, als Parker mit einer Kopfbewegung verneinte. Maris zog das Hemd über den Kopf, hielt es ein paar Sekunden vor die Brust und warf es dann Richtung Fußende. Parker holte tief Luft. Seine Nasenlöcher bebten leicht.

Seine Hand wanderte über ihre Brüste, den Rippenbogen, den Bauch, und kämmte mit den Fingerspitzen ihre feuchten Schamhaare, bevor sie sich wieder ihrem Busen zuwandte. Er zwickte sie leicht in die Brustwarze und schaute zu, wie sie hart wurde.

Sie legte ihre Hand auf seinen Bauch, wo die Haare von beiden Seiten bis zum Nabel zu einem seidigen Streifen zusammenwuchsen. Ihre Blicke folgten, ihre Hand glitt unter die Bettdecke.

Aber Parker griff nach unten und stoppte sie. »Maris, hier hat die Fantasie ein Ende.«

Ihr Blick ging zu ihm hoch. Sein Gesicht hatte einen harten entschlossenen Ausdruck. Das war kein Scherz. Binnen weniger Augenblicke hatte er sich physisch zurückgezogen. In emotionaler Hinsicht war es ein riesiger Rückschritt. »Ich verstehe nicht.«

»Das ist kein Roman.«

»Gott sei Dank nicht.«

»Das ist Realität.«

»Ich weiß.«

»Du hast nicht die geringste Ahnung«, sagte er barsch. »Zieh ruhig die Bettdecke weg, dann trifft dich die Realität mit einem Schlag, wie du es dir nie hast träumen lassen.«

Rasch musterte sie seine Beine unter der Decke, lächelte sanft und schüttelte den Kopf. »Glaubst du, mir machen deine Narben etwas aus?«

»Das werden sie noch, tja.«

»Du irrst dich.« Sie blickte ihm ins Gesicht und sagte, den Tränen nahe: »Parker, du kannst unmöglich begreifen, was du für mich getan hast. Nein, hör bitte zu«, sagte sie, als er sie unterbrechen wollte. »Möglicherweise habe ich nur einmal den Mut, das auszusprechen.«

Sie legte ihre Brille ab, rieb sich die Augen, befeuchtete ihre Lippen und lächelte reumütig. »Solche Sexspiele habe ich noch nie erlebt, nur darüber gelesen. Ich dachte, das käme nur in Büchern vor. Was du gestern Abend am Strand gesagt hast, war richtig, wenn auch rüde. Bei Noah habe ich mich nie frei gefühlt, meine sexuellen Wünsche auszudrücken. Was gerade eben zwischen uns passiert ist, wäre für mich noch vor wenigen Wochen undenkbar gewesen. Das passte nicht zum Charakter jener Frau, die auf der Suche nach dir Terry's Grillbar betrat. Bis jetzt wusste ich nicht, was ich vermisst habe. Nach dieser Art von Leidenschaft habe ich mich gesehnt. Nach sinnlicher Kernschmelze. Nach absoluter sexueller Hingabe ohne jede Einschränkung. Du hast sie mir gegeben. Und doch ist sie noch unvollkommen. Ungeteilt wird sie bedeutungslos sein. Lass dir deinen Teil von mir geben«, sagte sie abschließend mit belegter Stimme. »Bitte.«

Er starrte sie weiter an, aber seine Miene war nicht mehr angespannt und hart. Im Grunde wirkte er verletzlicher, als sie es je für möglich gehalten hätte. »Maris, ich bin nicht hübsch.«

»Du bist wunderschön.«

Vorsichtig beugte sie sich zu ihm. Er hinderte sie nicht. Sie begann, ihn vom Hals abwärts zu küssen. Ihre Lippen strichen über seine Haut, ihre Zunge leckte leicht daran, ihr Mund benetzte seine Brustwarze. Mit einem gezischten Fluch vergrub er die Finger in ihren Haaren.

Während sie die Decke über seinen Hüften zurückschob, drückte sie ihm einen weiteren feuchten Kuss direkt unter dem Nabel auf die Haut. Er stöhnte ihren Namen, als sie mit der Hand seinen Penis umkreiste. Er pochte vor Leben und Vitalität. Langsam streichelte sie ihn. Beim Aufwärtsgleiten veränderten ihre Finger den Druck. Sie rieb den Daumen über die Spitze und verschmierte dabei eine herausgetropfte Samenperle.

»Hat Frenchy nicht daher ihren Spitznamen?«, fragte sie mit unbeabsichtigt rauchiger Stimme.

»Maris ...« Ihr Name verhauchte auf seinen Lippen, als sie sich über ihn beugte.

In vollen Zügen genoss sie den Geschmack und Duft von Moschus. Liebend gern spürte sie die immer raschere Anspannung seiner Bauchdecke, hörte seine vor Erregung rauen Rufe, erlebte, wie er sich in ihrem Mund anfühlte.

Fester packten seine Hände ihr Haar, nicht so stark, dass es weh tat, nur so viel, dass sie wusste, es war Zeit zum Stellungswechsel. Mit gestreckten Schenkeln verharrte sie über ihm, während er selbst seinen Penis in die Hand nahm und den glatten Kopf an ihr rieb und ihre Lust so lange anheizte, bis sie ihn in sich haben musste. Dann sank sie nach unten und umhüllte ihn langsam. Immer weiter dehnte sich ihr Körper, um alles von ihm aufzunehmen.

Er holte mehrmals heftig Luft und flüsterte beim Ausatmen: »Warte.«

Also hielt sie still. Seine Hände liefen über ihre Schenkel, hinauf, hinunter. Seine Daumen trafen sich im Dickicht ihrer Schamhaare und streichelten ihren Venushügel, bis ihr Kopf zwischen die Schulterblätter sackte, und sie stöhnend seinen Namen rief.

Erst dann knickte er seine Hüften nach oben zum Signal, dass sie ihn reiten sollte. Sie tat es, mit unterschiedlichem Tempo und wechselnder Körperhaltung. Wenn er ihr bedeutete, still zu halten, tat sie es, um die Lust zu verlängern. Während solcher Pausen massierte sie ihn mit ihren inneren Muskeln. Dann verdunkelten sich seine Augen unter heftigen Flüchen, und er ließ sie wieder weiterreiten.

Sie beugte sich hinunter und führte seinen Kopf an ihre Brust. Er rieb seine raue Wange darüber, dann seine geschlossenen Lippen. Zuletzt liebkoste er ihre Brustwarze mit der Zunge. Ganz leicht und rasend schnell. Bis sie seinen Namen rief und ihr Becken tief in seinen Bauch presste, damit er ihr ja nicht mehr entgleiten konnte.

Er zog sie auf seine Brust herunter. Und dann kamen sie. Gemeinsam. Während er in ihr pulsierte, breitete er eine Hand über ihren Po, umfing mit der anderen ihren Hinterkopf, hielt sie wie seinen kostbarsten Besitz fest und küsste ihren Mund. Um diese Leidenschaft zu befriedigen, konnten sie nicht nahe, nicht tief und nicht weit genug ineinander eindringen.

Als die Lust schließlich abebbte, streckte sie sich der Länge nach auf ihm aus. Unter sich spürte sie die zerklüftete Landschaft seiner Beine, aber darüber konnte und wollte sie jetzt nicht nachdenken. Auch sie hatte Narben, weniger sichtbar als seine, aber trotzdem vorhanden. Später würden sich Zeit und Gelegenheit zum Fragen finden, zum Zuhören, zum Mitfühlen. Und anschließend könnten sie ihr Unglück aus früheren Zeiten der Vergangenheit überlassen, wo es hingehörte.

Jetzt wollte sie nur eines: dass nichts die Gegenwart störte. Sie wollte sich in dem Bewusstsein sonnen, Parker wohl getan zu haben. Sie hasste Noah Reed für all die Male, bei denen er ihre Annäherungen zurückgewiesen und ihr das Gefühl gegeben hatte, sie sei merkwürdig und nicht begehrenswert. Und wenn er doch einmal reagiert hatte, hatte er sie spüren lassen, sie genüge ihm irgendwie nicht.

Doch diese kostbare Zeit vergeudete sie nicht mit Nachdenken über ihn. Der Gedanke an ihn war flüchtig wie Seitenstechen, das nur einen Moment weh tut, bevor es vorbeigeht.

Stattdessen konzentrierte sie sich auf den wunderbaren Druck, den Parker ausübte, der immer noch in ihr ruhte. Sie presste die Schenkel dicht zusammen und drückte ihren Bauch gegen seinen, um die Nähe bis zum Letzten auszukosten.

Nur ihre Lippen bewegten sich. Sie küsste seine Kehle. »Ende?«

Erst nach mehreren Augenblicken antwortete er. »Nicht ganz, Maris.«

Aber da war sie schon eingeschlafen.

29

Daniel stand am Küchenfenster, aß ein Sandwich und starrte in die Regennacht hinaus. Immer wieder erhellten Blitze die Landschaft, aber es war ein freundlicher Sturm, der weder Bedrohung noch Gefahr ausstrahlte, ein Sommergewitter, das rasch wieder verschwinden und bei Sonnenaufgang einen klaren Himmel hinterlassen würde.

Das Telefongespräch mit Maris ließ sein Gehirn auf Hochtouren laufen. Es rotierte förmlich. Wenn doch sein Körper auch noch derart aufputschende Schnellstarts erleben würde. Dann hätte er jetzt mit dem Fahrrad nach New York zurückfahren und danach einen Marathon rennen können. So trainiert und robust fühlte er sich mental.

Nach dem Anruf hatte er eine Stunde lang versucht einzuschlafen, bis er schließlich vor seiner Schlaflosigkeit kapitulierte und herunterkam. Daheim waren mitternächtliche Snacks verboten, besonders wenn sie mehr Gramm Fett enthielten, als ihm für eine ganze Woche erlaubt waren. Aber heute Nacht bewachte keine Maxine mit Argusaugen den Kühlschrank, und was sie nicht wusste, machte sie auch nicht heiß. Früh genug würde sie wieder da sein und ihn wie ein Kind herumkommandieren und überwachen.

Gott sei Dank, dachte er und kicherte vor sich hin. Was hätte er all die Jahre getan, wenn sich nicht Maxine und Maris liebevoll um ihn gekümmert hätten.

Er verputzte das ganze Sandwich. Das war ein Genuss gewesen, ganz zu schweigen von der Wärme, die ein doppelter Cognac in ihm verbreitete. Statt ihn träge und schläfrig zu machen, hatte ihn der Alkohol irgendwie belebt. Er war unruhig und bereit zum Handeln.

Schon immer war er ein Mann der Tat gewesen, der nur selten Probleme auf kleiner Flamme vor sich hin köcheln ließ. Er liebte es, sich ihnen sofort zu stellen. Stillhalten war nicht seine

Art. Er zog es vor, seine Energie in positive und produktive Kanäle zu leiten, anstatt sie mit Selbstzweifel und unentschlossenem Händeringen zu vergeuden.

Diese Situation jedoch erforderte mehr Überlegung als die meisten anderen. Über die Reihenfolge der notwendigen Aktionen zu ihrer Rechtfertigung war er sich noch unsicher. Von selbst ergab sich keine Gelegenheit zu einer raschen, tödlichen Attacke. Wie Quecksilber änderte sich die Situation ständig. Es handelte sich um ein vielschichtiges komplexes Rätsel, worin vieles und viele verwickelt waren: Familie und Geschäft, Einzelpersonen und Geld, Macht und Emotionen. Eine komplizierte Mischung, besonders weil eine der darin verwickelten Personen seine Tochter war.

Zum Glück war Maris in Georgia, weg von New York. Die Sache konnte jeden Moment hässlich werden. Um es krass zu formulieren: Die Scheiße konnte jeden Moment hochgehen. Je mehr Distanz Maris dazu hatte, umso besser. Ein Teil des Medienfallouts würde unvermeidlich auch sie treffen, doch er hoffte, sie möglichst gut dagegen abzuschirmen, wobei ihm die Geographie helfen würde. Die persönlichen Aspekte, die betroffen wären, wenn sie diesen Misthaufen aufräumten, würden für sie noch schmerzhaft genug werden. Wenn das unter den Augen der Öffentlichkeit geschähe, wäre es die Hölle.

Trotzdem, dachte er lächelnd, *wird sie nicht ungetröstet sein.*

Schon vor Monaten hatte er klar erkannt, dass ihr Mann und ihre Ehe sie nicht glücklich machten. Ebenso klar hatte er gesehen, dass nicht nur die Arbeit an diesem Buch sie wieder auf die Insel gezogen hatte.

Ihre Pflichten und Verantwortungen bei Matherly Press genügten, um einen leistungsorientierten Menschen wie sie voll auszulasten. Normalerweise verhinderten die Mühlen des Alltags, dass sie sich persönlich mit einem Autor und einem Buch befasste, auch wenn sie dazu noch so sehr bereit wäre. Doch das war sie vorher nie gewesen.

Man musste kein Nobelpreisträger sein, um daraus zu schließen, dass der Anreiz nicht ausschließlich von diesem Buch ausging, sondern vom Autor, Parker Evans, alias Mackensie Roone.

O ja, er hatte den Namen von Maris' scheuem Autor herausbekommen, genau wie sein erfolgreiches Pseudonym. Schon vor Jahren, als die Deck-Cayton-Krimis regelmäßig auf den Bestsellerlisten auftauchten, hatte er versucht, seiner Agentin den wahren Namen des Autors mit Schmeichelei, sanftem Druck, Erpressung und sogar offener Drohung zu entlocken, in der Hoffnung, den Schriftsteller zu Matherly Press locken zu können.

Aber die Dame hatte sich nicht einschüchtern lassen, nicht einmal vom ehrwürdigen Daniel Matherly. »Daniel, wenn ich Ihnen das verriete, müsste ich Sie umbringen.« Unerschütterlich hatte sie die Identität ihres Klienten vor Enthüllung geschützt, wofür Daniel sie widerwillig bewundert hatte.

Aber jetzt kannte er sie.

Mehrere Wochen hatte er einen Privatdetektiv mit Nachforschungen beauftragt. In der Hoffnung, seine Bedenken gegen Noah würden sich als falsch erweisen, hatte er den Detektiv gebeten, in der Vergangenheit seines Schwiegersohns herumzustochern, einschließlich seines Lebens vor dem Erscheinen von *Vernichtet*.

Schon der Gedanke an heimliche Nachforschungen hatte ihn angewidert. Seiner stets kühnen und aufrechten Haltung widersprach die Heimlichtuerei, die mit einem Privatdetektiv zusammenhing. In seiner Fantasie sah er sich schon im Verbund mit einer schmierigen Figur aus zweitklassigen Filmen samt fleckiger Krawatte und hämischem Grinsen über nikotingelben Zähnen.

Als aber William Sutherland zu ihrem diskreten Termin eintraf, widerlegte er diese Stereotype. Sutherland, ein pensionierter Geheimdienstagent im gut geschnittenen dunklen Anzug, hatte eine teure Elite-Agentur gegründet. Er hatte einen kräftigen Händedruck, trat bestimmt auf und verfügte über eine eindrucksvolle Klientenkartei.

Binnen fünf Minuten nach dem ersten Händedruck umriss Daniel bereits seine Wünsche. Dass er aus Sutherlands erstem Bericht die wahre Identität des Romanautors Mackensie Roone erfuhr, hätte Daniel zuletzt vermutet. Danach hatte er eigenlich nicht gesucht. Eines der bestgehüteten Geheimnisse der Verlagsbranche war ihm völlig unerwartet in einem versiegelten braunen Umschlag in den Schoß gefallen.

Aber die wahrhaft umwerfende Enthüllung sollte noch kommen: Parker Evans und Noah Reed hatten eine gemeinsame Vorgeschichte.

Sie hatten auf einer Universität in Tennessee ein Zimmer geteilt und nach dem Studienabschluss zusammen in Key West gelebt, wo sie sich irgendwie entzweit hatten. Nähere Einzelheiten darüber waren bisher unbekannt. Sutherland trieb derzeit seine Nachforschungen voran, und Daniel war überzeugt, dass sämtliche Fakten in Bälde enthüllt wären.

Inzwischen hatte er die ihm bekannten Informationen zusammengefügt. Allein diese böten hinreißenden Romanstoff. Maris wohnte momentan auf einer abgelegenen Insel in einer Pflanzervilla, die Parker Evans gehörte, dem Exfreund ihres entfremdeten Mannes, von dem sich Letzterer im Streit getrennt hatte. Schon diese Synopse bot alles, was einen saftigen Roman ausmachte: Freundschaft, Liebe, Hass, Betrug, Rache. Neid? Vielleicht auch das.

Das Einzige, was diesem Szenarium fehlte, war ein Motiv für die Hauptfigur, Parker Evans.

Mit diesem Buch hatte er Maris zu einem ganz bestimmten Zweck angelockt. Die Wahl war nicht zufällig auf sie gefallen. Was hatte ihn bewogen, sich mit Maris einzulassen, und sei es auch nur in rein beruflicher Hinsicht, wo er doch wissen musste, dass sie Noahs Frau war?

War sie sich dieser Querverbindung bewusst? In Anbetracht von Noahs Untreue wäre es gerechtfertigt, es ihm mit seinem ehemaligen Verbindungsbruder heimzuzahlen. Allerdings sah ihr eine derart kindische Revanche nicht ähnlich.

Daniel bezweifelte, dass sie Bescheid wusste. Wenn ja, hätte sie gezögert, sich in Parker Evans zu verlieben. Und verliebt hatte sie sich. Das wurde mit jedem Tag deutlicher.

Gern hätte Daniel ihr neu gefundenes Glück gefeiert, allerdings stand er dieser aufkeimenden Romanze so lange argwöhnisch gegenüber, bis er den wahren Grund kannte, aus dem Parker diese Ereigniskette ersonnen hatte. Am liebsten hätte er diesen Mann gleich persönlich oder über Sutherland konfrontiert und darauf bestanden, zu erfahren, welche Story er ausgeheckt hatte. Allerdings konnte er das nicht tun, ohne Maris und Noah einen Wink zu geben. Und dazu war er noch nicht bereit. Bald wäre es so weit, aber eben noch nicht ganz.

Deshalb musste er gezwungenermaßen den rechten Moment abpassen, während Sutherland noch tiefer grub.

Möglicherweise würde Evans' Motiv in anderer Form ans Tageslicht kommen: in seinem Manuskript. Nach der Lektüre der letzten Folge, die ihm Maris gegeben hatte, war Daniel überzeugt, dass der Autor an einer Chronik seiner unsteten Freundschaft mit Noah Reed schrieb. Je nachdem, wie lange er brauchte, um diese Geschichte zu Papier zu bringen, stand sie vielleicht schon auf den Blättern mit seinem persönlichen Bericht, ehe sich Sutherland durch die offizielle Version gekämpft hatte.

Während dieser Wartezeit galt Daniels Sorge in erster Linie Maris. Die Sache mit Parker Evans hatte er bereits vor ihrer Rückkehr nach St. Anne gewusst. Er hätte sie aufhalten können, was er aber nicht tat. Erstens war ihm klar, dass sie unbedingt gehen wollte. Außerdem tröstete ihn die Tatsache, dass Parker Evans bei den Leuten, die auf St. Anne lebten, einen guten Ruf genoss. Und das, obwohl sie normalerweise jeden Eindringling von außen ablehnten. Dies hatte Sutherland herausgefunden, der einen Mann für Nachfragen hinuntergeschickt hatte.

Daniel hatte darauf spekuliert, Maris und ihr Herz seien bei diesem Schriftsteller in Sicherheit. Wenn seine Freundschaft mit Noah an einer Ehrensache gescheitert war, dann stand zu vermuten, dass Parker Evans ein ehrenwerter Mann war.

Was für Noah Reed zweifelsohne nicht galt. Noahs Verbindung mit den Matherlys ging ihrem Ende entgegen, egal, was sonst noch herauskam. Er dachte, er hätte sich lächelnd bei Daniel eingeschmeichelt und mit diesem Hokuspokus von einem kameradschaftlichen Männerwochenende bei ihm lieb Kind gemacht. Daniel hatte aus persönlicher Neugierde und zu seinem eigenen Amüsement mitgespielt, doch das Ausmaß von Noahs Täuschungsmanöver widerte ihn innerlich an.

Ohne dass es der arrogante und unerträglich selbstgefällige Mr. Reed ahnte, lag sein Kopf längst auf dem Henkersblock. Jeden Augenblick konnte das Fallbeil heruntersausen.

Mit einer symbolischen Geste wischte sich Daniel Brotkrümel von den Händen und stellte seinen Teller und das leere Cognacglas ins Spülbecken. Entgegen seiner eigenen Wettervorhersage war der Sturm stärker geworden. Die Blitze kamen näher, der Donner wurde lauter. Ein mächtiger Knall erschütterte das Haus und ließ Rosemarys chinesische Teller in ihren Schränken klirren.

Liebe Rosemary. Zwanzig Jahre war sie nun schon tot, und noch immer vermisste er sie. In diesem Haus hatte er besonders viel Heimweh nach ihr. Hier hatten sie so glückliche Zeiten verbracht.

Er knipste das Küchenlicht aus und suchte sich einen Weg durchs dunkle Haus. Beim Treppensteigen unterstützte er seine rheumatischen Gelenke, indem er sich schwer auf die Balustrade lehnte. Verdammt! Er hasste es, alt zu werden.

Kaum war ihm dieser Gedanke wie ein Blitz durch den Kopf geschossen, ertönte vom dunklen Treppenende eine Stimme. »Du hast deinen Stock vergessen.«

»Himmel!« Daniels Herz machte einen Satz. Er legte die Hand darauf. Im kurz aufflackernden, bläulichweißen Blitzlicht sah er Noah am Treppenabsatz stehen. »Hast du mich erschreckt.«

»Wie nachlässig von dir, Daniel, deinen Stock nicht zu benutzen.«

»Ich komme schon klar.« Er ging weiter die Treppe hinauf, wobei er erst beide Füße auf jede Stufe stellen musste, bevor er die nächste in Angriff nehmen konnte. »Hat dich der Sturm aufgeweckt?«

»Ich habe mich gar nicht erst hingelegt.«

Obwohl Noahs unnahbarer Ton Daniel stutzig machte, lächelte er betont liebenswürdig zu seinem Schwiegersohn hinauf. »Ich hatte selbst Probleme mit dem Schlafen, deshalb habe ich die Abwesenheit von Feldwebel Maxine für einen kurzen Snack genutzt.«

Inzwischen war er nur noch zwei Stufen vom Treppenabsatz entfernt, aber Noah schien dort Wurzeln geschlagen zu haben, denn er machte keine Anstalten, Daniel zu helfen oder zur Seite zu treten. Stattdessen schien er ihm den Weg zu blockieren.

Obwohl es ihm nicht gefiel, dass Noah drohend über ihm stand, versuchte er den Lässigen zu mimen, während er auf die Blätter deutete, die Noah in der Hand hielt. »Überprüfst du noch mal das Dokument, das ich vorher unterzeichnet habe?«

Soll er doch, dachte Daniel. *Soll er es ruhig auswendig lernen, wird ihm sowieso nichts nützen.* Außer in Noahs krummen desillusionierten Gehirnwindungen war das Dokument keinen Schuss Pulver wert.

»Nein«, erwiderte Noah ruhig, »das ist der Bericht über mich von deinem Privatdetektiv, Mr. William Sutherland.«

Daniel war weniger schockiert oder alarmiert als wütend über die Verletzung seiner Privatsphäre. Er kniff die Lippen zu jener schmalen Linie zusammen, die jeder wieder erkannte, der je seiner strengen Missbilligung ausgesetzt gewesen war. »Er lag zu Hause in meinem Schreibtisch – verschlossen.«

»Ja, ich weiß. War nicht ganz einfach, aber ich hab ihn schließlich doch gefunden. Interessante Lektüre.«

»Fand ich auch«, sagte Daniel steif.

»Hast du wirklich gedacht, ich wüsste nicht, dass man mir nachspioniert?«, fragte Noah und lachte leicht. »Dein Bluthund ist gut, Daniel, sicher der beste, den man für Geld kaufen kann.

Mit Geheimdiensttraining und allem. Trotzdem hat er an einen Freund eine Frage zu viel gestellt.«

»Laut diesem Bericht hast du keine Freunde.«

»Dann nenn meinen Tennispartner einen Bekannten. Schlaues Kerlchen. Jedenfalls schlau genug, um Sutherlands lahme Gründe für seine Nachforschungen zu durchschauen.« Bis jetzt hatte sein Lächeln gehalten, nun verschwand es. »Mich würde ja nur interessieren, wann diese Überwachung begonnen hat.«

Es gab keinen Grund, den Begriffsstutzigen zu spielen oder ausweichend zu antworten. »Ich hatte es schon monatelang erwogen. Aber tatsächlich gemacht habe ich es erst nach deiner vorgezogenen Party zum Hochzeitstag.«

»Warum da?«

»Weil ich seit diesem Abend überzeugt war, dass du ein gerissener Betrüger und Lügner bist.«

Bis auf eine fragend hochgezogene Augenbraue behielt Noah sämtliche Mimik ganz weltmännisch unter Kontrolle »Tatsächlich?«

»Ich weiß nicht, ob du uns von vorneherein getäuscht hast, oder ob du so lange den schmalen Pfad der Tugend gewandelt bist, bis Morris Blume an dich herantrat, damit du meinen Verlag unter meinen Augen verkaufst. Ich ziehe es vor, Letzteres zu denken, weil mich das weniger zum Narren abstempelt, der tatsächlich von dir angetan war. Aber ich fürchte, niemand kann sich so schnell und in so kurzer Zeit deine Begabung zum Doppelspiel aneignen und sie perfektionieren. Sie ist gehegt und gepflegt worden …«

»Daniel, allmählich wirst du redundant. Du sagtest bereits, dass ich ein *erfahrener* Lügner sei.«

»Ganz recht. Bei der Party in der Wohnung in Chelsea habe ich dich bei mehreren Lügen ertappt. Während es für einige eine hinreichende Erklärung gab, weil du Maris überraschen wolltest, haben mich andere beunruhigt. Außerdem sah dir eine derart langfristige Vorausplanung für ein Fest nicht ähnlich, da du dich normalerweise jedes Mal auf deine Sekretärin verlässt, wenn es darum geht, Maris ein Geschenk zu kaufen. Deshalb habe ich angefangen, dich sorgfältig zu beobachten und hinter die Fassade zu schauen, hinter jenen Menschen, den du der Welt präsentierst. Dabei begann ich, den wirklichen Noah zu sehen.«

»Wie klug von dir, Daniel.«

»Nein. Wenn ich wirklich klug gewesen wäre, hätte ich mich erst gar nicht täuschen lassen. Auf diese Maskerade verstehst du dich gut, Noah. Außergewöhnlich gut sogar. Außerdem hast du als Geschäftsmann und Verleger Stehvermögen bewiesen. Ich habe deine Fähigkeiten schon lange vor deinem Eintritt bei Matherly Press bewundert. *Vernichtet* hat mich genauso beeindruckt wie Maris. Deshalb nahm ich fälschlicherweise an, nur ein integrer Mensch könne ein ebenso integres Buch verfassen.«

Noah verschränkte die Arme vor der Brust und betonte dann lächelnd: »Daniel, dabei handelt es sich um Fiktion. Es war kein Zufall, dass ich *Vernichtet* aus dem demütigen Blickwinkel eines rechtschaffenen Hinterwäldlers geschrieben habe. Ich habe keine Figuren mit hehren Idealen geschaffen, weil sie meinen eigenen Prinzipien entsprechen, sondern weil ich weiß, dass man damit Bücher verkaufen kann. Otto Normalverbraucher möchte glauben, dass es derart heldenmütige Menschen tatsächlich gibt, dass das Gute das Böse besiegen kann, und die Tugend bereits an und für sich ein gerechter Lohn ist. Solcher Bockmist törnt ihn an.

Vernichtet troff förmlich von dieser blöden Südstaaten-Sentimentalität, die mir meine Eltern eingetrichtert haben. Die musste ich während meiner Jugend schlucken. Also habe ich sie mir zu Nutze gemacht und in allen Details in den Roman einfließen lassen, damit ich sie endgültig zwischen zwei Buchdeckeln begraben konnte.« Noah grinste.

»Die Heldin mit den tränenumflorten Augen«, fuhr er verächtlich fort, »der tapfere Held, trotz seiner Fehler. Ihre aufwühlende Liebesgeschichte, die unter einem Unstern stand. Jedes Wort war Quatsch im hübschen Prosakleid. Darauf habe ich gepfiffen. Mich haben nur meine Tantiemen und die Kritiken interessiert. Sie haben die Verleger auf mich aufmerksam gemacht und mir letztlich den Weg in dein Büro gepflastert.«

»Warum in meins?«

»Weil du, Daniel, der einzige, überragend erfolgreiche Verleger mit einer Tochter im heiratsfähigen Alter warst, die, zu meinem großen Glück, in aller Öffentlichkeit *Vernichtet* zu ihrem Lieblingsbuch erklärt hat.«

Obwohl Daniel Noahs wahre Natur kannte, verschlug ihm diese Erklärung die Sprache. »Du bekennst dich freimütig zu solcher Herzlosigkeit? Ist das deine ehrliche Einstellung zu deinem Beruf, zu Menschen und zum Leben allgemein?«

»Und zu noch mehr.«

Traurig schüttelte Daniel den Kopf. »Was für eine traurige Talentvergeudung.«

»Also wirklich, Daniel, wir wollen doch nicht wegen meiner Scheinheiligkeit Tränen vergießen. Wir verlegen eine tapfere Polizeiserie, geschrieben von einem Scheißschwulen, der sich von seinem harten heterosexuellen Helden erholt, indem er sich in den Schreibpausen von seinem jungen Assistenten von hinten vögeln lässt. Einer unserer Autoren für religiöse Bücher wurde wegen Steuerhinterziehung und Versicherungsbetrug verurteilt. Scheinheiligkeit? Auf der Einladungsliste zu deiner Weihnachtsfeier stehen mehrere hoffnungslose Alkoholiker und ein schreibendes Bruder-Schwester-Duo, dessen ach so überaus enge Beziehung jede Mutter als Skandal empfinden würde, die ihren Kindern laut deren Bücher vorliest. Wir veröffentlichen einen Kokainsüchtigen, dessen Rechnungen für eine Entziehungsklinik du, meines Wissens, mindestens schon zweimal beglichen hast. Sie schreiben alle ausgezeichnete Bücher, und wir verlegen sie. Wenn der Gewinn anrollt, kann ich nicht feststellen, dass dir beim Gedanken an ihre Sucht und ihre Anomalien übel wird. Diese Gewinne bezahlen deine wöchentlichen Massagen, dieses Haus, die Limousinen samt Chauffeur und all die anderen netten Dinge, die du so grandios in deinem Elfenbeinturm genießt.«

»Dieser Punkt geht an dich«, gab Daniel wütend zu. »Ich habe nie abgestritten, dass ich den Saldo im Auge behalte. Ich bin stolz darauf, ein guter Geschäftsmann zu sein. Ich habe für die Firma unzählige Schlachten gegen skrupellose Gegner geschlagen und Wirtschaftskrisen überlebt, von denen Pessimisten prophezeiten, man könne sie nicht überstehen.

Ja, es gab Zeiten, in denen ich, Matherly Press zuliebe, unaufrichtig war. Wenn ich das Gefühl hatte, es sei nötig, habe ich auch zu List und Tücke gegriffen.« Seine Augen durchbohrten die Dunkelheit, die sie trennte. »Deshalb bin ich auch im Stande gewesen, sie in dir zu erkennen. Und als ich einmal einen Hauch davon gewittert hatte, wurde mir klar, dass du von Kopf bis Fuß stinkst.«

Noah schlug die Füße übereinander, lehnte sich lässig gegen den Treppenpfosten und überflog die Blätter in seiner Hand, obwohl er sie eigentlich nicht lesen konnte. Dazu war es bis auf gelegentliche Blitze zu dunkel. »Einiges davon ist alles andere als schmeichelhaft, das gebe ich ja zu.«

Daniel grübelte. Wie viel wusste er? Handelte es sich nur um den ersten Bericht? Er konnte sich nicht erinnern, was in den Papieren gestanden, und was ihm der Detektiv heute Morgen am Telefon berichtet hatte. Einen schriftlichen Bericht auf dem neuesten Stand hatte er ihm in Kürze versprochen.

Noah sagte: »Demnach bin ich ein erbärmlicher Mensch. Offen gestanden bewundere ich, dass du in einem Gespräch mit mir stets zu zivilisiertem Benehmen fähig gewesen bist.«

»Das war nicht einfach.«

»Nein, vermutlich nicht. Ich nehme an, am meisten erregst du dich über meine verräterische Allianz mit WorldView, oder?«

Daniel entschied, ihn nicht zu korrigieren, sondern ihn lieber weiter in seinem Irrtum zu belassen. »Das kann ich dir eher verzeihen als die Tatsache, dass du Maris schlecht behandelt hast.«

»Übrigens weiß sie Bescheid«, sagte Noah bedächtig, wobei er die Blätter fallen ließ. »Über meine Affäre mit Nadia.«

»Ich weiß.«

Das überraschte ihn offensichtlich. »Sie hat es dir erzählt?«

»Nein, aber dass sie wegen deiner und eurer Ehe unglücklich ist, kann man schon seit längerem deutlich erkennen.«

»Sie war glücklich genug«, sagte Noah mit einer wegwerfenden Handbewegung. »Jetzt, da sie mit diesem neuen Autor arbeitet, liebt sie ihre Arbeit mehr denn je. Er ist behindert, und das spricht sie wirklich an. Für sie ist das Gefühl wichtig, gebraucht zu werden.«

Also hatte er von Parker Evans keine Ahnung! Glücklich klammerte sich Daniel an dieses geheime Wissen.

»Vielleicht bin ich den hegenden Aspekten in Maris' Charakter nicht gerecht geworden«, fuhr Noah mit einer Nonchalance fort, bei der Daniel übel wurde. »Ich selbst bin restlos autark, was zu einigen geringfügigen Verstimmungen geführt hat. Trotzdem war deine kostbare Tochter mit ihrem Leben nicht allzu unzufrieden. Bis sie mich mit Nadia erwischt hat.«

»Ihr Glück kam aus ihr selbst, Noah. Sie war glücklich trotz, nicht wegen dir. Du selbst hast ihre einzige Chance auf wahres Glück hintertrieben.«

Noah schnippte mit den Fingern. »Du meinst meine Sterilisation.«

»Ja«, sagte Daniel bitter. Das war eine der entmutigendsten Enthüllungen in Sutherlands Bericht gewesen. »Die heimliche Sterilisation. Meiner Erinnerung nach hast du irgendwelche geschäftlichen Verpflichtungen als Grund dafür angeführt, dass du uns nicht nach Griechenland begleiten konntest.«

»Maris hatte es sich in den Kopf gesetzt, sich quer durchs Mittelmeer zu vögeln und schwanger zurückzukehren. Ich erfand einen plausiblen Grund, um mich vor diesen Trip zu drücken, und habe die Zeit eurer Abwesenheit für eine Prozedur genutzt, die mich ein für allemal jeglicher Sorge um Geburtenkontrolle enthebt.«

»Anfänglich hat mich deine Sterilisation verblüfft«, gab Daniel zu. »Hätte denn ein Kind nicht deine Bindung an uns und das Matherly-Vermögen verstärkt? Doch genau darin lag die

Antwort.« Er schaute Noah voll ins Gesicht. »Du wolltest kein Kind, das dir deinen Anteil streitig machen konnte.«

Noah stellte die Beine wieder nebeneinander. »Daniel, jetzt hast du zum ersten Mal während dieses Gesprächs etwas Unkorrektes gesagt.«

»Du leugnest das?«

»Überhaupt nicht«, sagte er unverblümt. »Du irrst dich darin, dass ich mich je mit einem mageren *Anteil* begnügen würde.«

Daniel schnaubte verächtlich. »Noah, lob den Tag nicht vor dem Abend. Das Dokument, das ich unterzeichnet habe, ist wertlos.«

»Glaubst du?«, fragte Noah aalglatt.

»Ich habe nur mitgespielt, weil ich sehen wollte, wie weit du gingest. Was mich wirklich maßlos ärgert, ist die Tatsache, dass du dieses Dokument mit dem Namen von Howard Bancroft in Verbindung gebracht hast. Er hätte nie etwas entworfen, das ...«

»Oh, doch, hätte er«, unterbrach Noah. »Hat er. Damit es sich nicht herumsprach, dass sein Vater ein Nazioffizier war, der persönlich für die Vernichtung Tausender seiner Landsleute verantwortlich war.«

Diese Neuigkeit traf Daniel wie ein Schlag in die Magengrube. »Damit hast du ihn unter Druck gesetzt?«

»Also«, sagte Noah und lächelte gedehnt, »wusstest du über seine Hurenmutter Bescheid?«

»Howard war mein Freund.« Daniel presste die Worte buchstäblich zwischen zusammengebissenen Zähnen hervor. »Er hat sich mir schon vor Jahren anvertraut. Ich habe ihn bewundert, weil er sein Leben zu dem gemacht hat, was es war, anstatt sich von etwas besiegen zu lassen, was er nicht ändern konnte.«

»Nun, das hat es dann aber doch getan, nicht wahr? Auf lange Sicht konnte er mit der tragischen Wahrheit nicht leben.«

»Eine Wahrheit, die zu verbreiten du gedroht hast«, sagte Daniel, der inzwischen alles durchschaute.

Noah zuckte mit einem seligen Lächeln die Achseln. »Siehst du, Daniel, das ist der Unterschied zwischen dir und mir. Wenn ich's recht bedenke, zwischen mir und jedem anderen. Ihr jagt euren Wünschen hinterher, scheut euch aber vor dem totalen Einsatz. Euer Gewissen hat eine unsichtbare Linie gezogen, die ihr nie übertretet. Prinzipien und Ethik fesseln und knebeln euch. Doch während man diese moralische Trennlinie bewundert, wirkt sie auch schrecklich restriktiv. Ich dagegen leide nicht an einer derartigen Behinderung. Für die Erfüllung meiner Wünsche bin ich bereit, alles zu tun, was nötig ist. Ich mache vor nichts halt und dulde nicht, dass sich mir etwas in den Weg stellt. Mein Credo lautet: Finde die Achillesferse eines Menschen, und er gehört dir. Um mein selbst gesetztes Ziel zu erreichen, werde ich alles tun. Wirklich alles.«

»Sogar einen Mann, einen braven Mann, in den Selbstmord treiben.«

»Ich habe Howard in gar nichts getrieben. Das hat er sich alles ganz allein ausgedacht. Obwohl er mir zugegebenermaßen einen Riesengefallen erwiesen hat, als er sich diese Pistole in den Mund gesteckt hat. Was er wohl beim Abdrücken gedacht hat? Was meinst du? An den Himmel? An die Hölle? An seine Mutter, wie sie die Beine breit macht? Woran?«

Dieses entsetzliche Geheimnis hatte Daniels geliebtem Freund Howard das Herz zerrissen. Sein ganzes Leben hatte er versucht, dafür zu sühnen, mit guten Taten, Liebenswürdigkeit und Toleranz. Zuletzt hatte er sich damit abgefunden.

Dann hatte ihn dieses Zerrbild eines menschlichen Wesens damit gequält. Und konnte jetzt dastehen und darüber lachen. Das war das Schlimmste.

Daniel begriff, dass er der Verworfenheit selbst ins Gesicht schaute, die nichts bereute. Noahs Gleichgültigkeit gegenüber seiner eigenen Untat empörte ihn. Tränen biblischen Zorns ließen seinen Blick verschwimmen. Hitze tobte durch seine Adern, als hätte sein Blut binnen weniger Herzschläge den Siedepunkt erreicht.

»Du bist widerlich«, knurrte er und stürmte die beiden letzten Stufen hinauf.

30

Parker war das Erste, was Maris sah, als sie die Augen aufschlug. Nichts hätte ihr größere Freude bereiten können. Er saß neben dem Bett in seinem Rollstuhl und schaute ihr beim Schlafen zu. Noch vor der ersten Regung lächelte sie in ihre Kissen und fragte schlaftrunken: »Wie hast du es geschafft, aufzustehen und in deinen Stuhl zu kommen, ohne mich zu wecken?«

»Übung.«

Sie seufzte und streckte sich genüsslich, dann setzte sie sich auf und zog die Decke bis zum Schlüsselbein hoch. »Wie viel Uhr ist es?«

»Zeit, dass du verduftest. Es sei denn, du möchtest dich unbedingt von Mike in flagranti erwischen lassen.«

Er trug lediglich Boxershorts. Er war gut gebaut, mit Armen und Schultern voll kräftiger Muskulatur. Aber das wusste sie ja schon. Er hatte einen flachen Bauch, und seine Geschlechtsteile wirkten selbst im entspannten Zustand wunderbar voll.

Unter dem Schoß kamen die Beine. Wegen seiner Befangenheit hatte sie daran letzte Nacht bewusst kein Interesse gezeigt. Offensichtlich überzeugte ihn ihre Liebesnacht davon, dass seine Befürchtungen unbegründet waren. Sonst säße er nicht mit nackten Beinen vor ihr, ohne sie zuzudecken.

Also sah sie hin.

Ihre Reaktion ließ sich nicht verbergen. Sie konnte zwar gerade noch verhindern, nach Luft zu schnappen, aber ihr plötzliches Atemholen konnte ihm nicht entgangen sein, zumal er sie intensiv beobachtete.

Seine Gesichtszüge waren wie eingemeißelt, die Augen gaben nichts preis. Seine Stimme klang schneidend wie eine Rasierklinge. »Ich habe dich gewarnt. Das ist kein hübscher Anblick.«

»Oh, Liebster, das sind entsetzliche Verletzungen.«

Sie glitt aus dem Bett und kniete sich vor ihn. *Haie*, war das Erste, was ihr einfiel. Sie hatte Bilder von Opfern gesehen, denen riesige Fleischbrocken aus dem Leib gerissen worden waren, und die allein das nackte Leben gerettet hatten. Parkers Narben ließen sich nur mit etwas so Grauenhaftem vergleichen.

Das Schlimmste war ein faustgroßes klaffendes Loch im Oberschenkel. Von hier aus verlief eine anderthalb Zentimeter breite Narbenkerbe über den gesamten rechten Oberschenkel bis in die Kniekehle. Ein Netz von Narben überzog seine Waden. Einige erhaben und unregelmäßig, während andere an flache glänzende Plastikbänder erinnerten, die sich zwischen pochenden Hautfetzen spannten. Seine Waden waren unproportioniert schmal und schlaff. Am rechten Fuß fehlten die beiden kleinsten Zehen.

Tiefes Mitgefühl für die Qualen, die er erduldet haben musste, überfiel sie. Scheu strich sie mit der Fingerspitze über eine der erhabenen Narben. »Tut das immer noch weh?«

»Manchmal.«

Bekümmert schaute sie zu ihm hoch, dann beugte sie sich vor und küsste die schlimmste Narbe, die sich am Schienbein hinaufschlängelte. Er streichelte ihre Wange. Sie hob seine Hand an den Mund und küsste die Innenfläche.

Er sagte: »Jetzt ist deine morbide Neugier wohl befriedigt. Könnten wir dann vor dem Frühstück noch ’nen Quickie einschieben?«

Sie riss den Kopf zurück. »Was?«

»Habe ich gestottert?«

Er hätte sie auch schlagen können, so schockiert war sie. Sie stand auf, packte ihr Nachthemd und hielt es vor sich. Ein wenig solider Schild. »Was ist los?«

»Nichts, nur eine prächtige Morgenlatte, die deiner Aufmerksamkeit bedarf.«

Benommen schüttelte sie den Kopf, was nicht in erster Linie an seiner zotigen Sprache lag. Er spielte nicht grundlos den bösen Buben. Diesmal begleitete kein fröhliches Zwinkern seine Worte. Er benahm sich absichtlich grob und verletzend. »Warum benimmst du dich so?«

»So bin ich eben, Maris.«

»Nein, bist du nicht.«

Wegwerfendes Schulterzucken. »Okay, wenn du meinst.« Er schob den Stuhl zurück, drehte ihn von ihr weg und steuerte quer durchs Zimmer auf den Wandschrank zu. »Ich habe da etwas für dich.«

»Parker?«, rief sie verzweifelt.

»Was ist?«

»Warum tust du das? Ich verstehe das nicht. Was ist zwischen gestern Nacht und heute Morgen passiert?«

»Weißt du das nicht mehr? Nun, wollen mal sehen. Seit gestern Nacht hast du ungefähr doppelt so oft einen Orgasmus gehabt wie ich, obwohl ich, ehrlich gesagt, nach dem fünften oder sechsten aufgehört habe zu zählen. Natürlich kann man bei Frauen manchmal nur schwer feststellen, wann der eine abflaut und der Nächste kommt, oder ob sie überhaupt echt sind. Aber wenn du das spielst, Schätzchen, machst du's überzeugend.«

Er öffnete die Schranktür, holte aus einer der eingebauten Schubladen eine Schachtel heraus, wirbelte herum und musterte sie mit einem grausamen Grinsen von Kopf bis Fuß. »Und eines muss ich dir lassen, Mrs. Matherly-Reed. Du bist eng gebaut. Verdammt eng. Wie 'ne Faust. Und klatschnass. Sehr hübsch. Mich würde nur interessieren, warum dein Mann fremd gegangen ist.«

Tränen der Demütigung stiegen ihr in die Augen. Als sich eine über ihre Wange stahl, wischte sie sie zornig weg. Hastig streifte sie ihr Nachthemd über, das einzige vorhandene Kleidungsstück. »Was mit dir los ist, weiß ich nicht, aber das hier werde ich nicht länger mitmachen. Mit dieser vulgären Art will ich nicht mithalten.«

»Aber sicher. Du verfügst sogar über ein breites Vokabular. Vielleicht ist es nicht so farbig wie meines, aber wenn du es darauf anlegst, wird dir schon etwas Passendes einfallen. Darauf wette ich. Vielleicht auf deinem Rückflug nach New York. Ich nehme an, du reist ab.«

Ohne sich zu einer Antwort herabzulassen, ging sie zur Tür.

»Warte!« Er rollte seinen Stuhl zu ihr hinüber. *Neid.* Der endgültige Entwurf.«

Da er ihr die Schachtel praktisch in die Hände drückte, hatte sie keine andere Wahl, als sie zu nehmen. Nach einem Blick darauf schaute sie ihn an. »Es ist fertig?«

»War es schon die ganze Zeit. Von Anfang an. Was du portionsweise gelesen hast, ist der redigierte Entwurf.«

Mit offenem Mund starrte sie ihn an. Ihr fehlten die Worte.

»Maris, ich reiche nie ein Teilmanuskript ein. Bevor mein Buch nicht fertig ist, bekommt es keiner zu Gesicht. Ich hätte keinen Prolog eingesandt, wenn nicht dahinter ein Buch gestanden hätte.«

»Warum, Parker? Warum?«

Achselzuckend fasste er den eigentlichen Sinn ihrer Worte bewusst falsch auf. »Persönlicher Grundsatz. So arbeite ich eben.«

Maris schien es, als dünnte das Eis, auf dem sie stand, mit rasender Geschwindigkeit aus und verschwände jede Sekunde gänzlich unter ihr. Doch sie würde nicht kampflos untergehen.

»So arbeitest du eben?«, wiederholte sie. Ihre Stimme steigerte sich zum Brüllen. »Verdammt noch mal, wozu sollte das dann alles gut sein, Parker? Oder heißt du überhaupt so? Wie viele Namen hast du? Was soll das alles, verdammt? Warum die Lügen, die Spielchen?«

»Damals schienen sie Spaß zu machen. Wir haben beide gebumst. Gestern Nacht hast du mehrmals gestöhnt: ›Ja, ja, härter, Parker, schneller.‹ Oder so ähnlich. Für mich hörte sich das an, als hättest auch du deinen Spaß.«

Mehrere Herzschläge lang starrte sie ihn nur an. Wann hatte er sich in diesen sarkastischen Fremden verwandelt? Dann schleuderte sie den Karton so weit weg, wie sie konnte. Er drehte sich in der Luft um, der Deckel fiel herunter, und an die vierhundert Seiten verteilten sich in alle Richtungen über den polierten Parkettboden und den Aubusson-Teppich.

Mit großen Schritten ging Maris zur Tür und riss sie auf.

Auf der anderen Seite stand Mike, der gerade klopfen wollte. In der anderen Hand hielt er ein schnurloses Telefon. »Maris.« Seine Stimme klang nicht überrascht. Er hatte sie bei Parker erwartet. Nur ihr aufgewühlter Zustand schien ihn zu alarmieren.

Ein einziger Blick über ihre Schulter machte ihm die Situation klar. Der Blick, den er Parker zuwarf, hatte mit Tadel nichts mehr zu tun. So sieht ein Richter drein, der soeben das Todesurteil fällt. Steif streckte er Maris das Telefon hin. »Für Sie. Ich wollte nur ungern stören, aber der Herr meinte, es sei dringend.«

Mit zitternder Hand nahm sie ihm das Telefon ab und trat in den Flur hinaus. Mike ging ins Schlafzimmer und schloss die Tür hinter sich. Maris lehnte sich gegen die Wand. Erst nach mehreren Sekunden hatte sie sich wieder gefasst. Sie holte tief Luft, zog die Nase hoch und blinzelte ihre Tränen weg.

Dann räusperte sie sich und sagte: »Hallo?«

»Maris?«

»Noah?« Seine Stimme klang merkwürdig gedämpft und bedrückt. Sie erkannte sie kaum.

»Du musst unbedingt sofort nach New York zurück. Ich habe mir erlaubt, deine Reise zu arrangieren. Am Flughafen von Savannah erwartet dich ein Ticket. Dein Flug geht um zehn nach elf, du hast also nicht viel Zeit.«

Eine schreckliche Vorahnung befiel sie. Ihr war, als hätte sie statt eines Herzens einen Amboss in der Brust. Plötzlich war ihr eiskalt. Sie schloss die Augen. Trotzdem quollen Tränen darunter hervor. Jeder Versuch, sie zurückzuhalten, wäre sinnlos gewesen. »Es ist Pa, nicht wahr?«

»Tut mir Leid, ja.«

»Ist es schlimm? Ein Schlaganfall?«

»Er … Gott, es ist hart, dir das so mitzuteilen. Diese Nachricht solltest du nicht am Telefon erfahren müssen, Maris, aber – er ist tot.«

Sie stieß einen Schrei aus. Ihre Knie sackten weg, sie sank zu Boden.

Parker saß an seinem Schreibtisch im Wintergarten, ohne zu arbeiten. Stattdessen starrte er auf den Ozean hinaus. Nur gelegentlich unterbrach er seine Haltung, senkte in abgrundtiefer Verzweiflung und Selbstverachtung den Kopf und presste ihn mit beiden Händen zusammen.

Er hatte gehört, wie Mike vom Festland zurückkam, hatte sich aber nicht zu ihm begeben. Und auch Mike war nicht zu ihm gekommen, sondern sofort nach oben gegangen und rumorte seither in seinem Zimmer herum. Es klang, als packte er.

Immer wieder hatte Parker sein letztes Gespräch mit Maris durchgespielt, wenn man es überhaupt so nennen konnte. Beim Gedanken an die fürchterlichen Dinge, die er ihr gesagt hatte, ballte sich sein Magen zusammen. Ihre schmerzerfüllte Miene verfolgte ihn.

Vielleicht würde es sie trösten, wenn sie wüsste, dass ihm genauso elend zu Mute war wie ihr. Und doch zweifelte er daran. Für sie gäbe es nur einen Trost: wenn man ihn rädern und vierteilen und seine Einzelteile einer Herde hungriger Wildschweine vorwerfen würde. Zuallererst sein Maul, sein ekelhaftes, widerliches Lästermaul.

Der Nachmittag zog sich ewig hin. Draußen war es heiß und stickig. Diese bedrückende Atmosphäre hatte sich ins Haus geschlichen und steigerte noch sein Gefühl zu ersticken. Oder hatte das Wetter nichts damit zu tun? Vielleicht erstickte er vor Reue.

»Ich bin bei Maris geblieben, bis sie in ihr Flugzeug steigen konnte.«

Parker hatte ihn nicht in den Wintergarten kommen hören. Er schoss hoch und warf rasch einen Blick über die Schulter Richtung Tür, wo Mike stocksteif in seinem weißen Sommeranzug stand.

»Es ist pünktlich gestartet«, fügte er hinzu.

Kaum war Maris im Stande gewesen, ihre Sachen zu packen, war sie mit Mike Richtung Festland aufgebrochen. Sie ging, ohne noch ein Wort mit Parker zu wechseln. Allerdings hatte er auch kein Auf Wiedersehen von ihr erwartet; er verdiente es weiß Gott nicht. Er verdiente kein *Leck mich am Arsch* oder *Fahr zur Hölle,* nicht einmal ein *Fick dich doch selbst.* Dass sie ihn bei ihrer Abreise völlig links liegen ließ, sagte mehr als jedes Schimpfwort. Viel sagend, nobel und würdevoll. Typisch sie.

Von seinem Versteck hinter der Gardine im Esszimmer aus hatte er ihre Abfahrt beobachtet. Ganz schmal hatte sie unter ihrem breitrandigen Strohhut ausgesehen. Um ihre verweinten Augen vor neugierigen Fremden zu schützen, hatte sie eine Sonnenbrille getragen. Mit der Nachricht vom Tod ihres Vaters schien die Bräune, die sie sich am Strand geholt hatte, gewichen zu sein. Blass und verletzlich hatte sie gewirkt, so fragil, als könnte sie schon unter dem normalen Luftdruck zerbrechen.

Und doch strahlte sie eine tapfere Würde aus, die auf beneidenswerte innere Stärke deutete.

Mike hatte ihre Reisetaschen im Anhänger des Gators verstaut und ihr dann auf den Sitz geholfen. Als sie sich bedankte, sah Parker, wie sich ihre Lippen bewegten. Dann schaute er dem Fahrzeug nach, bis es hinter der Allee außer Sichtweite verschwand. Wahrscheinlich würde er sie nie wieder sehen. Damit hatte er gerechnet.

Mit einem hatte er allerdings nicht gerechnet: dass es so verdammt weh tun würde.

Er hatte geglaubt, dem Würgegriff des Schmerzes entronnen zu sein. Nach allem, was er erlitten hatte, hatte er sich immun dagegen gewähnt. Er war es nicht. Zur Betäubung entschied er sich für diverse Ex-und-Hopp-Bourbons, aber schon beim ersten war ihm so übel geworden, dass er sich übergeben musste. Anscheinend gab es gegen diesen speziellen Schmerz keine wirksame Droge.

Noch immer drehte er Mike den Rücken zu, schaute mit brennenden Augen weiter auf die Brandung hinaus. »Maris hat sich gestern Abend wegen ihres Vaters Sorgen gemacht. Vielleicht hatte sie eine Vorahnung.«

»Würde mich nicht überraschen. Sie hatten eine sehr enge Bindung.«

Nach Noahs Anruf hatte sie trotz ihres völligen emotionalen Zusammenbruchs so viel Geistesgegenwart besessen, Mike zu erzählen, dass ihr Vater in ihrem Landhaus die Treppe hinuntergestürzt war. Man hatte ihr erklärt, er sei sofort tot gewesen. Genickbruch. Das alles war mitten in der Nacht passiert.

Noah sei vom Lärm aufgewacht und Daniel sofort zu Hilfe geeilt. Als keine Reaktion mehr erfolgte, habe er den Notarzt gerufen. Binnen weniger Minuten sei der örtliche Notdienst im Haus gewesen. Aber vergebens. Daniel Matherly war tot.

Noah hatte sich geweigert, die Aussage der Sanitäter zu akzeptieren. Der Krankenwagen war in das kleine Krankenhaus am Ort gerast, wo die Ärzte Daniel offiziell und unwiderlegbar für tot erklärten. Noah hatte es für sinnlos gehalten, Maris vor Tagesanbruch anzurufen.

»Wahrscheinlich hat sie Schuldgefühle, weil sie nicht da gewesen ist«, sagte Parker.

»Sie hat so was Ähnliches auf der Rückfahrt gesagt.«

»Wie war sie bei der Abreise?«

»Was meinst du wohl, Parker?«

Obwohl ihn Mikes schneidende Retourkutsche die Stirn runzeln ließ, stellte er sie nicht in Frage. Er hatte auf eine dumme Frage eine eindeutige Antwort bekommen. »Wahrscheinlich kam sie sich vor, als hätte man sie durch einen Häcksler gejagt.«

»Wozu du sicher deinen Teil beigetragen hast.«

Im Gegensatz zu seiner ersten scharfen Bemerkung erzwang diese eine Reaktion. Parker drehte sich um. »Möchtest du damit andeuten, dass ich der Böse war?«

»Das weißt du auch ohne einen Kommentar von mir.«

»Mike, was hast du vor? Mich in die Ecke stellen? Mir einen Monat lang Hausarrest geben? Meine Fernsehzeit einschränken? Mir mit einem Lineal auf die Finger klopfen?«

»Offen gestanden dachte ich daran, dich durch einen Häcksler zu jagen.«

Obwohl Parker dies selbst für die verdiente Mindeststrafe hielt, passte es ihm nicht, es von jemand anderem zu hören.

Solche Gedanken durfte nur er selbst hegen. »Maris ins Bett zu locken, gehörte zum Plot. Darauf bist du wahrscheinlich schon selbst gekommen.«

»Bin ich, was aber nicht heißt, dass es mir gefällt.«

»Darum hat dich auch niemand gebeten«, fauchte Parker.

»Hat es dir das denn?«

»Was hat es mir?«

»Gefallen.«

Ihm lag bereits eine scharfe Antwort auf der Zunge, aber unter Mikes schneidenden Blicken wurde er unsicher, wandte den Kopf ab und nuschelte: »Irrelevant.«

»Das glaube ich nicht. Meiner Ansicht nach ist das für deine weitere Vorgehensweise nicht nur relevant, sondern sogar der Knackpunkt.«

Parker wandte sich wieder seiner Tastatur zu. »Entschuldige mich, ich versuche gerade zu schreiben.«

»Fein. Dreh mir ruhig den Rücken zu. Starr auf den blanken Bildschirm. Zähl das Cursorklicken bis zum Sankt-Nimmerleins-Tag. Mir ist das egal. Mach dir nur vor, du würdest schreiben. Wir beide wissen, dass du's nicht tust.«

Wieder drehte sich Parker um. Diesmal wütend. »Offensichtlich bist du zu einem Schluss gekommen, der dir auf der Zunge brennt. Also spuck ihn aus. Raus damit. Weiß Gott, sonst werde ich keine Minute Frieden haben.«

Der Ältere weigerte sich, gekränkt zu sein. »Parker, ich werde nicht mit dir streiten«, sagte er ruhig. »Und doch, ja, ich werde dir etwas sagen, das du unbedingt hören musst.« Ohne sich um Parker zu kümmern, der die Augen verdrehte, fuhr er fort: »Du hast dich selbst zu neuem Leben erweckt, als es praktisch vorbei war. Ich habe dir dabei zur Seite gestanden. Ich habe dich gepiesackt und nie in Ruhe gelassen. Aber getan hast du es. Das war eine Heldentat. Du hast unglaubliche Hürden überwunden, und dafür gebührt dir Lob. Sämtliche Chancen standen gegen dich, du hast sie gewendet. Du hast nicht nur dein Leben wieder in die richtigen Bahnen gelenkt, sondern es auch noch bereichert.«

»Tjaja, ich.«

Diese bissige Unterbrechung blieb unkommentiert. Unbeirrt fuhr Mike fort: »Dein Körper wurde geheilt, aber nicht deine Seele. Sie hat tausendmal mehr Schaden genommen als deine Beine. Deine Seele ist weit verdrehter, als sie es je waren. Nägel und Stahlplatten halten deine Knochen zusammen, neue Haut wurde an Stellen verpflanzt, wo keine mehr war. Nur deine Seele ist noch nicht zusammengeflickt worden. Die liegt immer noch blank und blutend da, und du fauchst jeden an, der dir eine helfende Hand entgegenstreckt.«

»Genau das versuche ich, dir seit Jahren zu erklären, Mike«, sagte er zuckersüß. »Ich bin ein aussichtsloser Fall.«

»Du bist kein aussichtsloser Fall, sondern ein Feigling!«, brüllte Mike wütend. »Es erfordert weit weniger Mut, sich an die Vergangenheit zu klammern, als sich der Zukunft zu stellen.«

»Sehr gut, Mike. Das sollte ich aufschreiben. Wie war das noch mal? ›Es erfordert weit weniger …«

»Sarkasmus? Gut. Wenn ich dir auf die Nerven gehe, weiß ich wenigstens, dass du aufmerksam zuhörst.« Mikes faltiges Gesicht wurde weicher und ernst. »Parker, überlass Noah Reed dem lieben Gott. Oder dem Teufel. Lass die beiden darum feilschen, wer sein Richter wird und wie seine Strafe ausfällt. Und dann geh zu Maris. Wenn du sie zu einem Gespräch mit dir bewegen kannst, dann leg ihr dein Herz offen. Erklär ihr alles, von Anfang an. Erzähl ihr alles, auch Noahs Anteil. Beichte deinen. Vielleicht verzeiht sie dir, vielleicht auch nicht. Jedenfalls bist du es dann los. Zum ersten Mal in vierzehn langen Jahren wirst du dich dann von allem befreit haben, was in Key West passiert ist. Du wirst dich selbst dadurch retten. Zum zweiten Mal. Und auf die einzige Art und Weise, die wirklich zählt.«

Parkers Herz schlug hart und laut gegen sein Trommelfell. Trotzdem behielt er eine ausdruckslose Miene. »Gute Predigt, Mike. Sehr bewegend. Trotzdem werde ich bei Plan A bleiben.«

»Und verwirfst die Chance, mit der Frau glücklich zu sein, die du liebst?«

»Liebe?«, höhnte er. »Wer hat denn davon gesprochen?«

»Du. Jedes Mal, wenn du sie angesehen hast.«

»Hast du heimlich wieder Liebesromane geschmökert? Das ist nicht gut für deinen Blutdruck.«

»Okay, spiel den Clown. Leugne, dass du in sie verliebt bist. Alles nur heiße Luft. Maris hat dich getroffen, wie die Drogen, die du früher genommen hast. Schon in der ersten Nacht, als sie hierher kam, hat sie dich high gemacht, und danach konntest du nicht genug kriegen. Sie ist …«

»Sie ist Noahs *Frau*.«

Parker spürte, dass seine Kontrolle wie eine Saite auf einem Tennisschläger riss, mit dem man einen Ball zu viel gedroschen hatte.

»Sie ist Noahs angetraute Braut, ›vor Gott und der Gemeinde‹. Das ist das Entscheidende. Das Einzige, worauf es ankommt!«, schrie er gellend, wobei seine Hände die Luft zerschnitten. »Und sonst gar nichts. Nicht, was ich für sie empfinde, oder sie für mich, oder auch wir für uns beide. Sie ist Noah Reeds Frau, und ich habe sie gehabt. Und zwar ordentlich. Sie wurde gefickt, mit den Fingern, mit der Zunge, im Kopf. Von *mir*!«

Er trommelte sich mit den Fäusten gegen die Brust. In seinen Augen schimmerten Tränen, hervorgerufen von jener maßlosen Wut, die ihn bei jedem Gedanken an Noahs Verrat erneut verschlang. Wozu sich nun noch die Qual angesichts seiner eigenen Schuld gesellte.

Mikes Miene wurde tiefernst und geronn zu einer Altersmaske aus abgrundtiefer Enttäuschung. »Vielleicht hast du Recht, Parker. Vielleicht bist du ein aussichtsloser Fall. Deine Grausamkeit ihr gegenüber übersteigt jedes Verständnis. Dich interessiert nur noch eines: deine Rache.«

»Das stimmt. Jetzt kapierst du allmählich.«

»Was steht im nächsten Kapitel?«

»Nun, da mir Maris das Manuskript ins Gesicht geworfen hat,

kann ich wohl nicht damit rechnen, dass sie es an Noah weiterreicht. Also werde ich es ihm vermutlich höchstpersönlich per Einschreiben schicken müssen. Zusammen mit einem Begleitbrief, in dem steht, dass *Neid* simultan bei allen New Yorker Verlagen eingereicht wird. Wenn ihn das nicht ordentlich in die Eier zwickt, dann vielleicht ein Nachsatz über das Talent seiner Frau im Bett.«

Angewidert schüttelte Mike den Kopf. »Und was dann, Parker?«

»Der packende Höhepunkt, selbstverständlich.«

Mike warf ihm einen langen harten Blick zu, ehe er sich umdrehte und die beiden Koffer aufhob, die bisher, vor Parkers Blicken verborgen, in der Küche gestanden hatten. »Verreist du?«

»Fort von dir. Damit will ich nichts zu tun haben.«

Mike verließ ihn? Das rüttelte ihn mehr auf, als er zugab. »Du hast mitgeholfen, sie hierher zu bringen, vergiss das nicht. Du hast auch mitgespielt.«

»Wofür ich mich inzwischen zutiefst schäme. Jedenfalls möchte ich dir hiermit mitteilen, dass meine Teilnahme vorbei ist.«

»Fein. Geh. Gute Reise.«

»Wirst du klar kommen?«

»Ist doch nicht mehr dein Problem, oder?«

Er wirbelte seinen Stuhl herum und starrte auf seinen schwarzen Bildschirm. Wenige Augenblick später hörte er Mike zur Hintertür hinausgehen. Und dann war er wahrhaftig allein.

31

Später konnte sich Maris kaum mehr an ihren Rückflug nach New York erinnern. Sie hatte wie in Trance reagiert, ohne die unbewusste Gewissheit, dass dies nicht Realität war und sie in Bälde aufwachen würde. Parkers unerklärliches Verhalten und der Tod ihres Vaters waren ein doppelter Schlag für sie gewesen. Aus Selbstschutz hatte ihr Gehirn jegliche Form von bewusstem Denken außer Gefecht gesetzt und ihr ein rein mechanisches Funktionieren gestattet.

Mike Strother hatte die Stewardess diskret auf ihren Trauerfall aufmerksam gemacht. Man hatte sie respektvoll behandelt und praktisch in Ruhe gelassen. Den ganzen Flug über hatte sie mit leerem Blick zum Fenster hinausgestarrt, ohne die Vorgänge ringsum zu registrieren. Sie waren ihr auch egal.

Noah holte sie in LaGuardia ab. Obwohl sie sein Anblick nicht glücklich machte, erleichterte er ihr die turbulente Ankunft in einem größeren Flughafen. Ihr Gepäck wurde prompt ausgegeben. Er hatte einen Wagen mit Chauffeur warten lassen.

Während sich die Limousine durch den dichten Verkehr einen Weg nach Manhattan hinein bahnte, berichtete er ihr traurig jene Details, die er ihr nicht am Telefon mitgeteilt hatte. Daniels Leichnam befand sich immer noch in Massachusetts, wo die Obduktion durchgeführt würde. Eventuell habe ein gesundheitliches Problem zu seinem Sturz geführt, erklärte Noah. Lungenembolie. Herzinfarkt. Eine Erweiterung der Aorta, die sich bei der letzten medizinischen Untersuchung noch nicht abgezeichnet hatte.

»Aller Wahrscheinlichkeit nach«, erklärte er ihr, »hat Daniel auf der dunklen Treppe schlicht und einfach das Gleichgewicht verloren.«

Man hatte Daniels Stock in seinem Schlafzimmer gefunden und nahm an, dass er im Begriff gestanden hatte, die Treppe hinaufzugehen. Ohne seine Gehhilfe war er gestolpert.

»Außerdem hatte er einiges getrunken«, fügte Noah zögernd hinzu. »Wir haben so etwas ja immer befürchtet.«

Der Leichnam sollte im Anschluss an die Obduktion nach New York überführt werden. Noah hatte zwar bereits erste Vorbereitungen für die Beerdigung getroffen, wartete aber für die endgültige Durchführung noch auf ihre Zustimmung. Da er wusste, dass sie auf den Sarg besonderen Wert legen würde, hatte er bis zu ihrer Rückkehr noch keine Wahl getroffen.

Sie machte eine Bemerkung darüber, wie schnell er alles geregelt hätte.

»Ich wollte dir möglichst viele Unannehmlichkeiten ersparen.«

Er war dienstbeflissen, servil und sprach leise.

Seine Nähe war ihr unerträglich.

Sie bedauerte es sogar, dieselbe Luft wie er atmen zu müssen, und wies den Chauffeur an, sie zum Haus ihres Vaters zu bringen. Eine Freundin hatte ihr jegliche Hilfe zugesagt. Maris nahm das Angebot an und schickte sie mit einer Liste von Kleidungsstücken und sonstigen Dingen, die sie holen sollte, in ihre Wohnung. Wenn es sich vermeiden ließe, würde sie nie wieder einen Fuß in jene vier Wände setzen, die sie mit Noah geteilt hatte,

In Daniels Haus bezog sie wieder ihr altes Schlafzimmer. Während der nächsten drei Tage stützten sie und Maxine einander, wenn sie nicht gerade Gäste empfingen, die einen Kondolenzbesuch abstatten wollten. Die Haushälterin war untröstlich. Sie machte sich Vorwürfe, weil sie Daniel allein ins Landhaus hatte fahren lassen, als ob ihre Gegenwart den Unfall hätte verhindern können. Obwohl Maris ebenfalls eine Teilschuld empfand und ähnlich litt, versuchte sie, ihr dieses Gefühl zu nehmen.

Ihr Vater war gestorben, während sie mit Parker geschlafen hatte.

Jedes Mal, wenn ihre Gedanken in diese Richtung abdrifteten, was häufig geschah, blockierte sie sie abrupt. Sie weigerte sich, deswegen Schuldgefühle zu haben. Daniel hatte sie beschworen, wieder nach Georgia zu fahren. Ihr Aufenthalt hatte seinen Segen gehabt. Dieses Glück verdienst du. Ich liebe dich. Das waren seine letzten Sätze an sie gewesen. Sein Tod hatte nichts damit zu tun, dass sie ein Bett mit Parker geteilt hatte.

Trotzdem blieb die Verbindung zwischen beidem bestehen. Nie konnte sie an den einen ohne den anderen denken.

Sie lernte, dass ein Todesfall in der Familie viel Zeit kostete, besonders wenn der Verstorbene eine gesellschaftliche Stellung wie Daniel Matherly gehabt hatte. Er war der letzte Patriarch einer Verlegerdynastie, ein echter Sohn New Yorks. Sein Nachruf stand auf der Titelseite der *New York Times*. Lokalsender berichteten über sein Begräbnis.

Mit dem eisernen Willen, nicht am Druck zu zerbrechen, ließ Maris diesen langen Tag über sich ergehen. Man fotografierte die von Kopf bis Fuß in Schwarz Gekleidete beim Betreten der Kathedrale, beim Verlassen derselben, mit gesenktem Kopf im stillen Gebet am offenen Grab, mit dem kondolierenden Bürgermeister.

Die stummen Trauerbezeugungen schätzte sie am meisten: ein kleiner Händedruck, ein Blick, der Mitgefühl und Verständnis ausdrückte. Die meisten redeten zu viel. Sie meinten es ja gut, wenn sie sie damit trösten wollten, dass Daniel ein langes und produktives Leben gehabt habe. Dass er vor seinem Tod nicht hatte leiden müssen. Dass wir uns alle glücklich schätzen sollten, wenn wir so rasch gehen könnten. Dass er wenigstens nicht dahingesiecht und langsam gestorben sei. Dass ein plötzlicher Tod ein Segen sei.

Derartige Aussagen setzten ihr schmerzlich zu.

Trotzdem überraschte und verletzte sie niemand mehr als Nadia Schuller. Während sich Noah mit einer Gruppe Kollegen aus dem Verlag unterhielt, schlich sich Nadia unmittelbar nach der Andacht am offenen Grab an Maris heran und packte ihre Hand. »Es tut mir ja so Leid, Maris. So entsetzlich Leid.«

Maris war tief getroffen. Nicht nur weil Nadia die Kühnheit besessen hatte, beim Gottesdienst zu erscheinen, sondern auch von ihrem überzeugend gespieltem, schockierten Trauern. Mit einem kalten Dankeschön zog Maris die Hand zurück und versuchte, sich abzuwenden, aber Nadia ließ sich nicht abschütteln. »Wir müssen uns unbedingt unterhalten. Bald.«

»Falls Sie ein Zitat für Ihre Kolumne brauchen, rufen Sie unsere Presseabteilung an.«

»Bitte, Maris«, sagte Nadia und beugte sich noch dichter zu ihr, »es ist wichtig. Rufen Sie mich an.« Sie drückte Maris eine

Visitenkarte in die Hand, ehe sie sich umdrehte und rasch entfernte. Sie besaß den Anstand, Noah vorher nicht anzusehen.

Er war der schlimmste Teil ihrer Belastungsprobe.

Jedes Mal, wenn er in ihre Nähe kam, versuchte sie, nicht sichtlich zusammenzuzucken. Und doch schien er entschlossen zu sein, sich in ihrer Nähe aufzuhalten. Auf dem Empfang im Anschluss an das Begräbnis wich er nie weit von ihrer Seite. Oft legte er ihr den Arm um die Schultern, drückte ihre Hand und demonstrierte mit extremer Falschheit vor ihren Freunden und Kollegen liebevolle Zuneigung. Wenn sein Verhalten nicht so obszön gewesen wäre, hätte sie darüber lachen mögen.

Die Dämmerung brach bereits an, ehe der letzte Gast im Haus ging. Entgegen Maris' Vorschlag weigerte sich Maxine, sich in ihrem Zimmer auszuruhen, und begann stattdessen, das Abräumen und Saubermachen durch den Caterer zu überwachen. Daraufhin wandte sich Maris an Noah. »Ich möchte mit dir reden.«

»Gewiss, Liebling.«

Seine Schöntuerei brachte sie in Rage. Er widerte sie an, durch und durch. Irgendwie schien eine andere Frau in einer anderen Zeit zwei Jahre lang mit ihm ein Zuhause und ein Bett geteilt zu haben. Ihr war es inzwischen ein Rätsel.

Das Einzige, was sie damit versöhnte, ihre einzige vernünftige Entschuldigung, war die Tatsache, dass er ein exzellenter Schauspieler war, ein geschickter Lügner. Sie und Daniel waren auf ein von ihm perfektioniertes Theater hereingefallen.

»Noah, du brauchst dich nicht mehr zu verstellen. Außer Maxine ist niemand mehr da, und sie weiß bereits, dass ich dich verlassen habe.«

Sie brachte ihn ins Arbeitszimmer ihres Vaters. Der Raum roch nach ihm und seinem Pfeifentabak, nach seinem Cognac und seinen geliebten Büchern. Alles hier rief derart schmerzliche Erinnerungen in ihr wach, dass sie sich gleichzeitig eingesperrt und getröstet fühlte.

Sie setzte sich in den großen gepolsterten Ledersessel hinter

Daniels Schreibtisch, was einer Umarmung durch ihn am nächsten kam. Schon die letzten vier Nächte hatte sie zusammengekauert in diesem Sessel verbracht und zwischen kurzen unruhigen Schlafperioden geweint. Sie hatte geträumt, Daniel würde sich immer weiter von ihr entfernen, obwohl sie seinen Namen schrie. Stets befand er sich außerhalb ihrer Reichweite, egal, wie verzweifelt sie auch versuchte, ihn zu berühren. Dann erwachte sie an ihrem eigenen Schluchzen über den doppelten Verlust.

Noah kniff die Bügelfalten seiner schwarzen Anzughose zusammen und nahm in einem bequemen Sessel Platz. »Ich hatte gehofft, dein zweiter Besuch im Süden hätte dich milder gestimmt, Maris. Du stellst noch genauso die Stacheln auf wie vor deiner Abreise.«

»Pas Tod hat zwischen uns nichts geändert. Genauso wenig wie deinen Charakter. Du bist ein Lügner und Ehebrecher.« Nach einem Herzschlag Pause setzte sie hinzu: »Und möglicherweise sind das nur deine kleinsten Sünden.«

Er kniff die Augen zusammen. »Was soll das heißen?«

Sie öffnete die mittlere Schreibtischschublade und holte eine Visitenkarte heraus. »Auf der Suche nach Adressen für Danksagungen bin ich in Pas Terminkalender darauf gestoßen. Es handelt sich um eine harmlose Karte mit einem Minimum an Information. Lediglich ein Name und eine Telefonnummer. Neugierig habe ich angerufen. Stell dir meine Überraschung vor.«

Wortlos starrte er sie an, ehe er in einer stumm fragenden Geste lässig mit den Schultern zuckte.

»Ich habe persönlich mit dem Mann gesprochen, den Daniel mit Nachforschungen zu deiner Person beauftragt hatte«, erklärte sie ihm. »Mr. Sutherland hat mir sein Beileid zu Pas Tod ausgesprochen. Danach fragte ich ihn, wie sich seine Visitenkarte in Pas Terminkalender verirrt hat. Er war äußerst diskret, extrem professionell und entschuldigte sich schließlich. Aus moralischen Gründen könne er nicht über die Geschäftsbeziehungen mit einem anderen Klienten sprechen, auch nicht wenn dieser verstorben sei. Trotzdem, meinte er, wäre er überzeugt, ich könnte besagten Bericht zwischen Pas Akten finden, falls ich dazu Zugang hätte. Sollte ich eine Fortsetzung der noch nicht abgeschlossenen Nachforschungen wünschen, würde er mich gern als Klientin annehmen, und bot an, die von Pa geleistete Vorauszahlung meinem Konto gutzuschreiben.«

Sie breitete ihre Arme über den Schreibtisch aus. »Noah, ich habe nach besagtem Bericht gesucht. Er ist nicht hier. In keiner von Pas Akten, weder hier noch im Büro noch in seinem persönlichen Safe oben im Schlafzimmerschrank, oder in seinem Schließfach auf der Bank. Zufälligerweise hast du am Vormittag vor eurer Fahrt aufs Land hier drin einige Zeit verbracht. Während Pa oben in letzter Minute noch ein paar Sachen eingepackt hat, hast du Maxine erklärt, du müsstest noch einige Anrufe tätigen, und bist hier herein, angeblich um das Telefon zu benutzen. Die Tür hast du zugemacht. Obwohl sie das damals merkwürdig fand, da du normalerweise dein Handy benutzt, hat sie sich weiter nichts dabei gedacht. Erst als ich sie gefragt habe, ob du an jenem Tag in Pas persönlichen Sachen herumgeschnüffelt hättest.«

Kopfschüttelnd lachte er leise. »Maris, ich habe keine Ahnung, wovon du sprichst. Vielleicht bin ich an diesem Vormittag hier reingekommen. Offen gestanden weiß ich das nicht mehr. Aber seit wann ist mir der Zutritt zu diesem Zimmer verwehrt? Seit unserem ersten Rendezvous bin ich hunderte Male in diesem Raum gewesen. Während privater Telefonate mache ich normalerweise immer die Tür zu. Das tun doch alle. Sollte das mit Nadia zu tun haben …«

»Hat es nicht«, sagte sie kurz angebunden. »Mit wem du schläfst, ist mir scheißegal, ob mit Nadia oder sonst einer.«

Er warf ihr einen Blick zu, der seine ernsthaften Zweifel an dieser Aussage belegte. Am liebsten wäre sie auf ihn losgegangen und hätte ihm seine Arroganz aus dem Gesicht geprügelt. »Außerdem habe ich mit den Behörden in Massachusetts gesprochen.«

»Meine Güte, warst du aber ein emsiges Mädchen.«

»Ich habe ihre Entscheidung in Frage gestellt, dass Pas Tod reiner Zufall gewesen ist.« Obwohl sie ihn nicht physisch geschlagen hatte, wie sie es am liebsten getan hätte, büßte er unter dieser Feststellung einen Teil seiner Arroganz ein. Sein Lächeln versteifte sich ein wenig, als wäre es festgefroren. Er drückte das Kreuz durch. »Aus Respekt gegenüber meinem Vater hat man sich bereit erklärt, den Fall noch einmal aufzurollen. Diesmal wird man nach Beweisen suchen.«

Das brachte ihn auf die Beine. »Beweise wofür?«

»Wir haben morgen einen Termin mit Polizeichef Randall, um die Ergebnisse zu diskutieren«, teilte sie ihm kalt mit. »Ich empfehle dir, da zu sein.«

Die örtliche Polizeistation war mit sechs Leuten besetzt: ein Dienststellenleiter, vier Streifenpolizisten und ein Büromitarbeiter, der auch die Berichte schrieb und als inoffizielles Nachrichtenblatt für Klatsch und Tratsch im Städtchen diente. Die Station befasste sich mit kleineren Notfällen wie liegengebliebenen Schneepflügen und vermissten Haustieren, stellte Strafzettel für falsches Parken aus, wenn durchreisende Touristen wieder einmal zu lange in Antiquitätenläden stöberten, und sanktionierte hin und wieder auch alkoholisierte Autofahrer.

Im Vergleich zu Großstädten wurde über nichts sonderlich Skandalöses geklatscht. Eventuell ging es darum, wer kürzlich zum Liften nach New York gefahren war, wer gerade sein Landhaus einem Filmstar verkaufte, der vergeblich anonym bleiben wollte, und wer nach einer heftigen innerfamiliären Debatte seine durchgeknallte Tochter zum Drogenentzug gebracht hatte. Die Bürger konnten getrost ihre Häuser und Autos unversperrt lassen. Diebstähle kamen nur selten vor.

Der letzte Mordfall in diesem Bezirk hatte sich während der Amtszeit von Lyndon B. Johnson ereignet. Ein Fall, der im Handumdrehen abgeschlossen wurde. Als die Polizei am Tatort eintraf, hatte der Schuldige den Mord gestanden.

Die Polizeistation hatte nicht viel Erfahrung im Lösen von

Kriminalfällen. Und das wirkte sich zu Maris' Ungunsten aus. Günstig erwies sich dagegen die Tatsache, dass eine Mordermittlung mehr Begeisterung weckte, als verlorene Kätzchen zu Protokoll zu nehmen oder überdachte Zuschauertribünen für Konzert und Feuerwerk am Nationalfeiertag aufzubauen.

Mit dem ehrgeizigen Wunsch, den ruchlosen Mörder eines geschätzten Mitbürgers – auch wenn er nur übers Wochenende hier war – auszuspionieren, hatten sich die Polizisten in die Ermittlungen zu Daniels Tod gestürzt.

Maris und Noah fuhren in getrennten Wagen hinauf. Von außen erinnerte das mit Efeu bewachsene Gebäude eher an eine Handarbeitsboutique als an eine Polizeistation. Maris traf einige Minuten vor Noah ein. Kaum war auch er da, bat man sie ins Büro des Dienststellenleiters. Beide lehnten das Angebot von Kaffee und Gebäck aus der lokalen Bäckerei dankend ab.

Da Polizeichef Randall, ein Mann mit rotem Gesicht und schütteren, quer über den Kopf gekämmten Haarsträhnen, ihren Wunsch spürte, zum Kern der Angelegenheit zu kommen, beschränkte er die Höflichkeiten auf ein Minimum und nahm hinter seinem Schreibtisch Platz. Der Bericht über das Ermittlungsergebnis seiner Station schien ihn eher zu enttäuschen als zu erleichtern.

»Bedauerlicherweise, Mrs. Matherly-Reed, kann ich Ihnen nicht viel mehr als den Inhalt des ersten Berichts mitteilen. Meine Leute haben das Haus äußerst sorgfältig durchkämmt. Fanden aber keinerlei Hinweise auf Mord.«

Aus dem Augenwinkel beobachtete sie, wie Noah selbstzufrieden die Hände im Schoß verschränkte.

»Die Polizisten glauben, und darin stimme ich ihnen zu, dass Ihr Vater schlicht und einfach die Treppe heruntergefallen ist. An der Stelle, wo man ihn fand, waren einige Blutflecken auf dem Boden, die aber von der Platzwunde an seinem Schädel herrührten. Diese hat er sich beim Aufprall auf dem Boden zugezogen.«

Sie schluckte heftig, dann fragte sie: »Und was ist mit dem Obduktionsbefund?«

Er schlug die Akte auf und schob sich eine Lesebrille auf die Nase, die für sein breites Gesicht viel zu schmal war. Die Bügel waren ausgeleiert, deshalb saßen ihm die Gläser schief im Gesicht. »Der Inhalt seines Magens bestätigt, dass er wenige Minuten vor seinem Tod etwas gegessen hat, wie Mr. Reed bereits vermutet hat.« Er musterte Noah über den Brillenrand.

Noah nickte ernst. »Als ich in die Küche ging, um den Notdienst anzurufen, lag im Spülbecken schmutziges Geschirr. Da ich nach dem Abendessen aufgeräumt habe, dachte ich mir, Daniel sei heruntergegangen, um etwas zu essen. Auf dem Rückweg ist er dann gestürzt.«

»Wurde diese Szene möglicherweise getürkt, Chief Randall?«

»Getürkt?«

»Vielleicht hat man das Geschirr ins Spülbecken gelegt, damit alle denken sollten, Pa hätte es benutzt.«

»Oh, benutzt hat er es«, versicherte ihr Chief Randall. »Seine Fingerabdrücke waren darauf. Sonst keine.«

»Das Geschirr hätte man auch im ersten Stock benutzen können. Er aß oft im Bett, vom Tablett. Woher wissen wir, dass er unten war?«

»Krümel.«

»Bitte?«

»Brotkrümel auf seinem Bademantel, seinen Pantoffeln und auf dem Boden neben der Spüle. Ich vermute mal, er stand am Küchenfenster und schaute hinaus, während er sein Sandwich aß.«

Er tätschelte seine Haarsträhnen, als wollte er sich vergewissern, dass sie noch richtig saßen. Dann konsultierte er wieder die Akte. »Sein Alkoholpegel lag über der Fahrtauglichkeitsgrenze, wenn auch nicht viel.«

»Irgendwelche Spuren verschreibungspflichtiger Medikamente?«

»Nur seine Üblichen. Wir haben das bei seinem New Yorker Arzt überprüft. Seit dem letzten Rezept war noch genau die richtige Dosis übrig. Es gab keinerlei Hinweise, dass es irgendwo im Haus einen Kampf gegeben hätte.«

»Sie haben seinen Stock im Schlafzimmer gefunden?«

»Ja, er lehnte am Nachttisch. Außerdem, jawohl, wir haben ihn auf Fingerabdrücke untersucht«, sagte er, bevor sie fragen konnte. »Sie stammen von ihm, alle. Kein Hinweis auf einen Einbrecher. Ihr Vater hatte keinen einzigen Kratzer am Leib, bis auf die Platzwunde am Kopf, die sich, nach Aussage des Gerichtsmediziners, mit dem Sturz deckt. Der Todeszeitpunkt wurde im Abstand von wenigen Minuten zum Notruf von Mr. Reed festgestellt. Das ist alles dokumentiert.«

Er nahm seine Brille ab, legte seine verschränkten Hände auf den Schnellhefter mit dem Bericht, räusperte sich und betrachtete sie mitfühlend. »Wenn es zu einem derart tragischen Unfall kommt und jemand stirbt, suchen die Angehörigen nach Gründen. Einen Sündenbock. Einen Schuldigen. Das Akzeptieren fällt Ihnen schwer, ich weiß, aber allem Anschein nach bekam Ihr Vater Probleme beim Treppensteigen. Er verlor das Gleichgewicht und stürzte tödlich. Es tut mir Leid, Mrs. Matherly-Reed.«

Maris war weder ermutigt, noch enttäuscht. Die Spuren entsprachen genau ihrer Erwartung. Sie nahm ihre Handtasche, erhob sich und schüttelte dem Polizeichef über dem Schreibtisch die Hand. »Ich weiß Ihren Zeitaufwand und die Mühe sehr zu schätzen.«

»Dafür bin ich ja da. Ich habe Ihr Haus auf unsere regelmäßige Kontrollstrecke gesetzt. Wir werden es für Sie im Auge behalten.«

»Sehr aufmerksam von Ihnen. Vielen Dank.«

Kaum waren sie draußen, steuerte Maris unverzüglich ihr Auto an. Bevor sie einsteigen konnte, hatte Noah sie eingeholt.

Er packte sie am Oberarm, zog sie herum und schob sein Gesicht ganz dicht an ihres heran. »Zufrieden?«

»Voll und ganz.« Gelassen schaute sie ihn an und sagte: »Ich bin ohne den geringsten Zweifel überzeugt, dass du das ›Problem‹ warst, dem Daniel beim Treppensteigen begegnet ist.«

Seine schmalen Lippen dehnten sich zu einem Lächeln, das

ihr die Haare im Nacken aufstellte. »Es gibt absolut nichts, was deine hässliche Verdächtigung untermauert.«

»Noah, lass meinen Arm los, sonst schreie ich lauthals Zeter und Mordio. Dieser nette Polizeichef würde mir liebend gern zu Hilfe eilen.«

In besserer Einsicht ließ er los.

»Es könnte Chief Randall interessieren zu erfahren, dass mein Vater Mr. William Sutherland zu Nachforschungen über dich engagiert hatte.«

»Was allein auf Indizien beruhen würde. Und was brächte dir das?«

»Nichts. Du hast dafür gesorgt, dass es keinerlei Beweise für ein Verbrechen gibt. Trotzdem unterschätzt du meine Fähigkeit, einen guten Plot zu erkennen.«

»Hier handelt es sich nicht um einen Roman.«

»Leider. Wenn doch, würde ich dich als Bösewicht im Verdacht haben. Zu meinem Job gehört es auch, die Motive einer Figur herauszuarbeiten, nicht wahr? Sie muss ein klares Ziel haben, sonst steht die Story auf tönernen Füßen. Nun ja, Noah, dein Ziel sticht einem förmlich in die Augen. Warum hast du Pa ins Landhaus geschafft, während ich passenderweise nicht in der Stadt war? Noch dazu, nachdem wir uns getrennt hatten? Warum hast du darauf bestanden, dass Maxine in der Stadt bleibt, obwohl du das Bedientwerden so genießt? Du hast bezüglich Nadia gelogen. Und dass du wieder zu schreiben anfängst, war auch eine Lüge. Womit hast du noch gelogen? WorldView? Sicherlich. Darauf würde ich alles wetten, was mir lieb und teuer ist. Als Morris Blume mir gegenüber unabsichtlich besagtes Geheimtreffen erwähnt hat, bist du einer Erklärung geschickt ausgewichen. Indem du Pa darüber informiert hast, hast du dir Rückendeckung verschafft, falls einer von uns davon Wind bekommen sollte, so unwahrscheinlich das auch war. Schon damals war ich nicht von deiner Unschuld überzeugt, umso mehr bin ich es jetzt von deiner Schuld.

Meiner Ansicht nach ist dir Pa auf die Schliche gekommen.

Warum hätte er sonst Mr. Sutherland beschäftigen sollen? Er wusste, dass du ein schmutziges Spiel gespielt hast. Vielleicht hatte er dafür sogar Beweise. Als er dich damit konfrontiert hat, hast du ihn umgebracht.

Hoffentlich hast du nicht in der Hoffnung auf einen todsicheren Deal mit WorldView gemordet. Wenn ja, wirst du zutiefst enttäuscht sein. Denn über eines, Noah, sei dir klar: Matherly Press wird autonom bleiben wie eh und je.«

»Maris, sei vorsichtig.« In seiner leisen Stimme schwangen bedrohliche Untertöne mit. Er packte eine ihrer Haarsträhnen und wickelte sie sich fest um den Zeigefinger. Jeder Passant, der sie zufällig ansah, hätte nur eine liebevolle Geste registriert. Aber er zog so fest an der Haarsträhne, dass es weh tat.

»*Du* musst dir über eines im Klaren sein«, sagte er. »Niemand wird mich daran hindern, alles zu bekommen, was ich will.«

Mit Recht hatte sie sich in der Nacht vor ihrer Abreise nach Georgia vor ihm gefürchtet. Die latente Gewalt, die sie damals gespürt hatte, war keine Einbildung gewesen. Sie hatte einen kurzen Blick auf einen bösen Wesenszug von Noah geworfen, der nicht mehr im Verborgenen schlummern wollte.

Doch seltsamerweise jagte er ihr keine Angst mehr ein. Er besaß nicht mehr die Macht, sie einzuschüchtern oder zu ängstigen. Leise lachte sie. »Was wirst du jetzt tun, Noah? Mich auch eine Treppe hinunterstoßen?«

»Daniel war für seinen Tod einzig und allein selbst verantwortlich. Er hatte sich nicht mehr in der Gewalt, reagierte übermütig, vergaß vorübergehend seine körperlichen Grenzen und musste die Folgen ausbaden. Wenn du schon jemandem eine Schuld zuschieben musst, dann ihm. Allerdings«, fuhr er aalglatt fort, »gebe ich zu, dass mir sein Tod sehr gelegen kam.«

Sie zuckte zusammen. Da er sie immer noch an den Haaren festhielt, zerrte die plötzliche Bewegung schmerzhaft an ihrer Kopfhaut. So heftig, dass ihr Tränen in die Augen stiegen. Aber sie achtete kaum darauf. Etwas hatte noch viel heftiger an ihrem Gedächtnis gezerrt.

Offen gestanden kam mir ihr Tod sehr gelegen.

Diese Zeile hatte sie ein Dutzend Mal gelesen, oder mehr. Es handelte sich um den Schlüsselsatz eines Dialogs. Deshalb hatte sie länger darüber nachgedacht. Sie hatte mit Ideen gespielt, wie man diese Aussage verbessern, verstärken könnte. Aber nach mehreren Änderungsversuchen war sie zu dem Schluss gekommen, dass beides nicht nötig sei. So, wie sie war, war sie perfekt. Diese Kälte, diese Ehrlichkeit, waren bewusst eingesetzt worden. Sie machten diese Aussage umso schockierender. Diesen einfachen Satz hatte Parker benutzt, um einen entlarvenden Einblick in die dunkle Seele der Figur zu geben. Die Erkenntnis traf sie mit voller Wucht.

»Du bist Todd.«

Noah riss das Kinn hoch. »Was? Wer?«

In ihrem Kopf knatterten und knallten die Gedanken wie ein Segel im Sturmwind. Doch dann kristallisierte sich ein Gedanke mit greller Klarheit heraus: Das konnte kein Zufall sein.

Grimmiger, als sie es sich je zugetraut hätte, sagte sie: »Noah, zum letzten Mal, lass mich los.«

»Natürlich, Liebling.« Er löste ihre Haare von seinem Finger. »Du bist ein freier Mensch. Jetzt, wo wir uns verstehen.«

Sie rutschte auf den Fahrersitz und startete den Motor. Bevor sie die Tür zuzog, sagte sie: »Du hast ja keine Ahnung, wie gut ich dich verstehe.«

ENVY – NEID, Kapitel 22
Key West, Florida, 1988

Es war einer jener Tage, an denen sich die Wörter einfach nicht einstellen wollten.

Roark presste seinen Schädel zwischen die Hände und zerquetschte ihn wie eine Melone. Ein Versuch, die Wörter mit Gewalt durch die Poren herauszudrücken. Ohne Erfolg. Nichts kam dabei heraus. Bis jetzt bestand sein heutiger Beitrag zum Manuskript aus genau zweieinhalb Sätzen. Insgesamt neunzehn Wörter. Seit drei Stunden klebte sein Cursor nun schon am selben Fleck und zwinkerte ihn an.

»Mach dich nur lustig, du kleiner Scheißer«, flüsterte er ihm jetzt zu und tippte dann ganz bewusst: *Das Gras ist grün. Der Himmel ist blau.* »Siehst du, du Mistkerl? Wenn ich will, kann ich einen Satz schreiben.«

Dass sein gestriger freier Tag produktiv gewesen war, machte keinen Unterschied. Sechzehn harte Stunden hatte er ununterbrochen geschrieben, ohne Essen und Trinken. Sogar auf die Toilette ging er nur, wenn es sich nicht mehr vermeiden ließ. Als Lohn für seine Mühe konnte er über zwanzig Seiten vorweisen. Leider hatte die Euphorie nur so lange angehalten, bis er heute Morgen beim Aufwachen entdeckte, dass sich während seines Nachtschlafs böse Geister eingeschlichen und seine gestrige Muse vertrieben hatten. Warum sonst sollte sie über Nacht verschwunden sein?

So frustriert war er, dass er bereits überlegte, für heute Schluss zu machen, ins Kino, an den Strand oder angeln zu gehen. Aber ein solcher Rückzug wurde leicht zur Gewohnheit. Es war nur allzu bequem, sich einer momentanen Blockade zu ergeben. Möglicherweise entwickelte sie sich zur permanenten Blockade, und genau diese entsetzliche Möglichkeit fesselte ihn weiterhin auf seinen Stuhl, wo er auf einen leeren Bildschirm starrte, und ihn ein blinkender Cursor quälte, der sich nicht ums Verrecken weiterbewegte.

»Roark!«

Drei Stockwerke tiefer knallte die Tür ins Schloss. Todds Schritte dröhnten durchs Treppenhaus. Seit kurzem arbeitete er auch über Mittag im Restaurant, um zusätzlich Geld zu verdienen. Roark begrüßte die Zeit, wenn Todd nicht da war, wenn er allein in der Wohnung saß und ohne Ablenkung schreiben konnte. Und letztere konnte sogar die bloße Anwesenheit eines warmen Körpers auslösen.

Er drehte sich um. Gerade noch rechtzeitig, denn schon schoss Todd durch ihre Wohnungstür. »Was ist los? Brennt das Haus? Wär schön.«

»Ich hab's verkauft.«

»Dein Auto?« Das war das erste, was Roark durch den Kopf schoss. Todd meckerte ständig wegen seines Autos.

»Mein Buch! Ich hab mein Buch verkauft!« Er hatte rote Wangen, seinen Augen glänzten fiebrig, sein Lächeln hätte für Zahnpasta werben können.

Roark schaute ihn einfach nur an. Völlig perplex.

»Hast du gehört, was ich gesagt habe?« Todds Stimme schraubte sich zu einem abnormal schrillen Quieken hoch. »Ich habe mein Manuskript verkauft.«

Schwankend kam Roark auf die Beine. »Ich … D-das ist toll. Ich wusste nicht einmal, dass du … Wann hast du's denn eingereicht?«

Irgendwie schaffte es Todd, beschämt zu wirken und doch gleichzeitig über beide Backen zu grinsen. »Ich hab's dir nicht erzählt. Ungefähr vor zwei Monaten habe ich es aus einer Laune heraus eingeschickt. Ich wollte kein großes Trara darum machen, weil ich Angst hatte – Himmel, ich war mir sogar *ganz sicher* –, dass ich doch nur wieder einen Absagebrief bekäme. Aber dann bekam ich heute in der Arbeit diesen Anruf, gerade eben, vor knapp einer Stunde.«

»Der Verleger hatte deine Nummer vom Arbeitsplatz?«

»Na ja, jaaa. In meinem Begleitbrief habe ich jede mögliche Kontaktadresse aufgelistet. Nur für alle Fälle, weißt du? Jedenfalls tänzelt der Geschäftsführer, unsere verhasste Schwuchtel, herüber und erklärt mir, jemand wünsche mich in seinem Büro am Telefon zu sprechen. Persönliche Gespräche seien verboten, sagt er, und ich möchte, bitte sehr, die Unterhaltung auf drei Minuten beschränken. Als ob wir voll gewesen wären«, schnaubte er.

»Seit einer halben Stunde hatte ich kein Auto mehr geparkt. Ich dachte, du wärst es oder eine von den Schätzchen.« Für Todd hatten sich ihre Nachbarinnen kollektiv in »die Schätzchen« verwandelt. »Verstopfte Toilette oder so was, weißt du? Doch *stattdessen*, stattdessen, stellt sich dieser Typ als Lektor vor, sagt, er hätte mein Manuskript gelesen, sagt, es hätte ihn umgehauen. Wortwörtlich. ›Es hat mich umgehauen.‹ Sagt, er möchte es veröffentlichen. Mensch, ich hätte mir auf der Stelle fast in die Hose gemacht.

Dann dachte ich ein, zwei Herzschläge lang, du oder sonst einer würde mich aufzwicken, du weißt schon, und mir einen Streich spielen. Vielleicht unsere Schwuchtel. Aber nein, dieser Lektor erzählt mir des Langen und Breiten von meiner Story, kennt die Figuren mit Namen. Sagt, er sei zu einem Angebot im hohen fünfstelligen Bereich bereit, obwohl ich mir sicher bin, dass das erst der Einstieg war. So wie der von dem Buch geschwärmt hat, muss nach oben noch reichlich Luft drin sein.«

Plötzlich blähte er die Backen auf und stieß die Luft wie

ein Blasebalg aus. »Hörst du mir gefälligst zu?«, gluckste er. »Heiliger Bimbam! Ich hab's noch nicht richtig geschluckt. Da steh ich und rede über Vorschussverhandlungen, dabei hab ich's noch nicht mal richtig kapiert. Ich habe ein Buch verkauft!«

Roark zwang sich zu einer Regung, zu einer begeisterten Miene, ging durchs Zimmer und drückte Todd wie ein Bär, klopfte ihm auf den Rücken, hob ihn vom Boden und gratulierte ihm, wie das ein guter Verbindungsbruder und Kollege nun mal tut. »Gratuliere, Mann. Dafür hast du hart geschuftet. Du verdienst es.«

»Danke, Roark.«

Todd schob ihn zurück, schaute ihm unverwandt in die Augen und streckte ihm seine Hand hin. Sie schüttelten einander die Hände. Allerdings hielt diese ernste Stimmung nur kurze Zeit an. Binnen Sekunden jaulte Todd wie eine Luftschutzsirene und hüpft wie ein überdrehter Rhesusaffe unter Drogen, vertrottelt und wirr durch die Wohnung.

»Ich weiß gar nicht, was ich zuerst tun soll«, sagte er lachend.

»Ruf Hadley an«, schlug Roark vor.

»Hadley kann sich ins Knie ficken. Der hat mir doch nichts zugetraut. Warum sollte ich meine gute Neuigkeit mit dem teilen? Ich weiß«, sagte er, wobei er sich heftig die Hände rieb. »Ein Fest. Eine Riesenparty. Du und ich. Mir zu Ehren.«

Roark, dem noch nie im Leben so wenig zum Feiern zumute gewesen war, schüttelte bereits den Kopf. »Du musst aber nicht …«

»Ich weiß, dass ich das nicht muss. Ich will es. Heute Abend. Ich werde alles arrangieren.«

»Ich muss arbeiten.«

»Scheiß auf die Arbeit.«

»Kannst du leicht sagen. Du hast ein Buch verkauft. Im hohen fünfstelligen Bereich mit Luft nach oben.«

Bei diesen Sätzen bekam der Rhesusaffe abrupt einen Knoten in den Schwanz. Todd hörte auf herumzuhüpfen und wandte sich Roark zu. Mehrere Augenblicke musterte er ihn hart und prüfend. »Ach, jetzt kapier ich. Du bist sauer, weil ich vor dir verkauft habe.«

»Nein, bin ich nicht.«

»Nun, dann ist's ja gut«, sagte Todd sarkastisch. »Wenn du sauer wärst, wärst du nämlich ein Volltrottel und nicht mein bester Freund am glücklichsten Tag meines Lebens.«

Wie wahr. Er benahm sich wie ein Volltrottel. Üble Eifersucht hatte ihn zum Arschloch werden lassen, und nun gab er sich alle Mühe, seinem besten Freund den glücklichsten Tag seines Lebens zu ruinieren.

Nicht dass die Situation im umgekehrten Fall anders gewesen wäre. Todd hätte sich genauso schlimm benommen, vermutlich sogar noch übler. Er hätte mürrisch über die Ungerechtigkeiten des Lebens gemault. Verärgert und bissig wäre er und dann grausam gewesen.

Aber seit wann war Todd Grayson sein Maßstab für gutes Benehmen? Er betrachtete sich doch lieber als feineren Menschen und besseren Freund als Todd. Er schrieb sich selbst doch gern einen stärkeren Charakter und mehr Integrität zu.

Er setzte ein falsches Grinsen auf. »Was soll's, zum Teufel, ich werde mich krank melden. Soll mich doch unsere verhasste Schwuchtel feuern. Wann soll die Party denn anfangen?«

Todd hatte gesagt, er solle ihm Zeit für ein paar Vorbereitungen lassen, und Roark meinte, das gehe in Ordnung, weil er sowieso seine Tagesarbeit abschließen müsse. Kaum war Todd für seine Besorgungen ausgeflogen, überließ sich Roark seiner Depression, die mit voller Wucht einsetzte.

Grübelnd starrte er auf seinen Bildschirm. Warum war er

zu dem brennenden Wunsch verflucht, etwas Kreatives zu schaffen, um dann an mangelnder Fähigkeit und Gelegenheit zu scheitern? Warum spielte ihm Gott so übel mit? Da stattet er dich mit einem Traum aus und verleiht dir genug Talent, um dieses Ziel in greifbare Nähe zu rücken, nur um den Traum kurz vor der Realisierung scheitern zu lassen?

Wie ein Mantra wiederholte er, wie glücklich ihn Todds Erfolg mache. Und so war es auch. Er *war* glücklich. Und doch ärgerte er sich darüber. Er ärgerte sich über die Heimlichtuerei, mit der Todd sein Manuskript eingereicht hatte. Sie hatten zwar keinen Pakt geschlossen, einander über jede eingereichte Arbeit zu informieren, aber so hatten sie es sich eben angewöhnt. Eigentlich hatte Todd keine geheiligte Vereinbarung verletzt. Und doch empfand er es so.

Roark wollte Todds Erfolg gnadenlos auf Glück zurückführen, auf einen Zufallstreffer, einen langsamen Buchmarkt, ja sogar auf einen Lektor mit lausigem Geschmack. Und doch musste er sich insgeheim eingestehen, dass diese Gedanken unfair waren. Todd hatte hart gearbeitet. Er war ein talentierter Schriftsteller. Er widmete sich seinem Handwerk. Er verdiente es, veröffentlicht zu werden.

Und doch wurde Roark das Gefühl nicht los, es mehr zu verdienen.

Binnen einer Stunde war Todd wieder da, mit einer Flasche Champagner für jeden, und bestand darauf, dass sie diese austranken, ehe sie zur zweiten Phase der Feier übergingen.

Zur zweiten Phase gehörte Mary Catherine. An einem schönen Sonntagnachmittag, kurz nach ihrer Fehlgeburt, hatte Roark sie auf ein Eis eingeladen. Der Anblick der jungen Paare mit Babys auf der Seepromenade hatte sie zum Weinen gebracht. Sie hatte gebeichtet, dass Todd der Vater ihres verlorenen Kindes gewesen war.

»Dieser Mistkerl muss diesbezüglich einen sechsten Sinn gehabt haben. Seither geht er mir aus dem Weg.«

Monate vergingen. Beide verhielten sich höflich, aber kühl. Allmählich wurden sie wieder Freunde, aber auch nicht mehr. Soweit Roark wusste, hatten sie nicht wieder miteinander geschlafen.

Heute waren Ursache und Auswirkung der Entzweiung nur noch ferne Erinnerungen. Bekleidet mit drei briefmarkengroßen, leuchtend blauen Stofffetzen, die gerade noch als Bikini durchgingen, trudelte Mary Catherine in Partylaune ein. Sie kam gerade noch rechtzeitig, um ihnen beim letzten Rest Champagner zu helfen.

»Foul!«, rief sie verdrießlich. »Ich habe nur zwei Schluck abbekommen.«

»Davon gibt's noch mehr, Schatzilein.« Todd rubbelte ihren Po und schmatzte dabei, zuerst genüsslich, dann bedauernd. Er drehte sie herum und schob sie sacht zu Roark hinüber. »Kumpel, heute Nacht gehört sie ganz dir. Behaupte nicht, ich hätte dir nie was geschenkt.«

»Als Trostpreis?« In der gutmütigen Frage schwang lediglich ein Hauch von Schärfe mit.

»Kannst du dir einen besseren vorstellen?«

Mary Catherine schlang Roark die Arme um den Hals, drückte ihren Busen an seine Brust und rieb ihr Becken an seinem. »Ist mir recht. Ich hatte schon lange Lust auf dich.« Sie bohrte ihm die Zunge in den Mund.

Dank des Champagners hatte er bereits ordentlich einen in der Krone. Sie schmeckte gut. Sie fühlte sich verdammt gut an. Er mochte sie. Sein Ego hatte einen kräftigen Schlag abbekommen, und Todd versuchte, das wieder gut zu machen. Er wäre ein Arschloch gewesen, wenn er die tröstliche Geste seines Freundes zurückgewiesen hätte.

Er machte sich daran, sie zu küssen.

»He«, sagte Todd nach wenigen Augenblicken, »muss ich euch beide mit dem Gartenschlauch trennen?«

Lachend polterten sie die Treppe hinunter und quetschten sich in Todds viel geschmähtes Auto. Er fuhr sie in einen Jachthafen, wo er von einem alten Seebären namens Hatch Walker ein Boot gechartert hatte. Von ihm hatten sie schon früher Boote gemietet. Er hatte die billigsten Preise von ganz Key West, und wurde nur mäßig ausfallend, wenn man die vereinbarte Zeit überschritt und zu spät einlief.

Walker hatte selten den Charme gepachtet, heute aber war er besonders mürrisch. Er zweifelte, ob er sein Boot drei Leuten überlassen sollte, die offensichtlich getrunken hatten. Roark war vom Champagner schon so benebelt, dass er sich weder um die Meinung des Alten scherte, noch um ihren Alkoholkonsum. Außerdem war er heftig erregt. Auf der Fahrt zum Jachthafen hatte sich Mary Catherine auf dem Beifahrersitz aufreizend auf seinen Schoß gesetzt.

Kaum war der Mietvertrag unterschrieben, sprang Todd an Bord und kletterte die Treppe zum Cockpit hinauf. Breitbeinig stakste Roark hinterher, dann drehte er sich um und reichte Mary Catherine die Hand, die es tatsächlich schaffte, beim Betreten des Decks gegen ihn zu stolpern. »Hoppala«, kicherte sie, während sie an ihm herumrutschte. Als der alte Hatch die Taue von den Klampen löste und ihnen an Deck warf, winkte sie ihm fröhlich zu.

»Verrückte Kids«, stieß er hervor.

»Ich glaube, er mag uns nicht«, jammerte Mary Catherine.

»Und ich glaube, du hast zu viel an.«

Roark grapschte herum und versuchte, ihr Oberteil aufzuknoten. Quietschend gab sie ihm einen Klaps auf die Hände, aber dieser Protest war lediglich gespielt. Roark zog mit ihrem Bikinitop ab und schwenkte es wie ein Banner über dem Kopf, während Todd das Boot langsam zum Hafen hinaussteuerte. Kaum hatte das Fahrzeug die Bojen passiert, gab er Vollgas, so dass es auf den Atlantik hinausschoss.

Todd hatte ein Fest angekündigt, das keiner mehr vergessen würde. Und offensichtlich hatte er es auch so gemeint. Roark überraschte der Luxus, den sein Freund betrieb. Die Kühlboxen an Bord enthielten Alkohol der Spitzenklasse. Das Essen stammte von einem Deli, der sich selbstbewusst »Epikurs Leckereien« nannte.

»Das ist ein fieser Krabbensalat.« Roark schleckte sich scharfe Mayonnaise aus den Mundwinkeln.

»Lass mich das machen.« Mary Catherine setzte sich rittlings auf seinen Schoß und tupfte die Majo mit der Zungenspitze ab. Sie nahm ihre Rolle als Trostpreis ernst und konzentrierte sich nur darauf, ihn zu unterhalten und ihm jeden Wunsch zu erfüllen. Entweder das, oder sie bekehrte ihn zum Hedonisten. Er wehrte sich nicht dagegen, so oder so.

Das gemeinsame Geheimnis der Fehlgeburt hatte ein besonderes Band zwischen ihnen geschmiedet. Wenn sie allein waren, nannte er sie Sheila. Sie hatte die Idee mit der Meerjungfrau als unpraktisch verworfen, weil »der Schwanz vermutlich jucken würde«. Aber sie bastelte an einer Kammerkätzchen-Nummer herum und bat ihn, sich einen zündenden Namen für sie einfallen zu lassen.

Trotz ihres häufigen und schamlosen Flirtens war die Freundschaft rein platonisch geblieben. Sie hatte ihm zwar versteckt Avancen gemacht, aber Roark hatte so getan, als merkte er nichts. Er wollte keine gute Freundschaft aufs Spiel setzen.

Als sie jedoch an seinen Lippen herumnuckelte, fragte er sich, ob es denn so schlimm wäre, wenn sie ihre Freundschaft ändern und Sex mit einbeziehen würden. Sei mit Sheila befreundet, aber schlaf nicht mit Mary Catherine. Wer schrieb die Regel, dass man nicht beides sein konnte, Freund und Liebhaber?

Warum nicht den eisenharten Ständer Gewinn bringend einsetzen, den er dank ihrer unglaublichen Proportionen, der flinken Zunge und Hände mit sich herumtrug, die sich ständig in seiner Badehose zu schaffen machten?

Vielleicht hatte Todd ihre Dienste bezahlt. Na und? Sie war ein liebes Mädchen, das versuchte, mit seinen natürlichen Gaben einigermaßen ordentlich über die Runden zu kommen.

Gut möglich, dass sie ihn nur reizte, um Todd eifersüchtig zu machen. Auch das würde er sich nicht zu Herzen nehmen. Eigentlich wollte er sich heute Abend gar nichts zu Herzen nehmen.

Scheißschreiberei. Scheiß doch aufs Veröffentlichtwerden. Scheißwörter, wollen einem einfach nicht einfallen.

Mary Catherine vögeln – das stand an der Spitze seiner Wunschliste. Definitiv. Vom braven Pfadfinderleben hatte er die Schnauze gestrichen voll. Die ganze Zeit in der Tretmühle herumhampeln. Wofür? Für nichts und wieder nichts. Dafür.

Er würde sich dieses fette Essen reinziehen, bis er kotzte. Er würde sich sternhagelblau betrinken. Er würde Mary Catherine jede verdorbene Stellung ausprobieren lassen, die sie in ihrem umfangreichen Repertoire hatte. Heute Nacht würde er die Sau rauslassen. Und wenn es ihn umbrächte.

Als Roark aufwachte, lag Mary Catherine quer über ihm. Nachdem sie in der schmalen Koje einige Male heftig miteinander geschlafen hatten, waren beide restlos platt gewesen. Nun hatte er Durst und musste dringend pinkeln. Er wand sich unter ihr hervor. Mit einem unverständlichen Stöhnen protestierte sie dagegen und wollte ihn zurückhalten, aber letztlich doch nur halbherzig.

Er befreite sich erfolgreich und angelte seine Badehose vom Boden. Das erforderte zwar ein gewaltiges Maß an Konzentration und bedurfte einiger tollpatschiger Anläufe, aber schließlich gelang es ihm doch, die Füße durch die Beinöffnungen zu stecken.

Als er die Stufen zum Deck hinaufstolperte, zerrte er noch immer an der Badehose herum. Todd hielt eine Flasche Bacardi im Arm und starrte die Sternbilder an. Als er Roark hörte, drehte er sich lächelnd um. »Du hast es überlebt?«

Er dehnte das elastische Gummiband seiner Badehose und schaute hinein. »Alle wesentlichen Teile am richtigen Platz, Sir.«

Todd lachte in sich hinein. »Ich dachte manchmal schon, ich müsste runterkommen und dich retten, so laut wart ihr.«

»Das habe ich manchmal auch gedacht.« Er erleichterte sich über die Längsseite des Bootes.

Todd fragte: »Hat sie die Sache mit ihrem Daumen gemacht?«

Roark verstaute sein Anhängsel wieder in der Badehose, drehte sich um, lächelte, sagte aber nichts.

»Ach, ich vergaß. Sir Roark spricht ja nie über die schlüpfrigen Details. Ein wahrer Galan.«

Roark wollte gerade eine tiefe Verbeugung machen, als er sich überlegte, dass diese Bewegung in seinem gegenwärtigen Zustand vielleicht ein wenig heikel wäre. Deshalb beließ er es bei einem unbeholfenen Salut.

Todd deutete auf eine der Kühlboxen. »Bedien dich mit einer neuen Flasche.«

»Danke, aber ich bin selbst zum Stehen immer noch zu groggy.«

»Und außerdem eifersüchtig.«

Roark stützte sich mit einem Arm gegen die Außenwand der Kabine. »Häh?«

»Du bist eifersüchtig.«

Roark zuckte die Achseln. »Vielleicht.« Er grinste matt. »Okay, ein bisschen.«

»Mehr als nur ein bisschen, Roark. Mehr als das.« Todd hob die Rumflasche wie ein Fernrohr ans Auge und musterte Roark damit. »Gib's zu, deiner Ansicht nach hättest du der Erste sein sollen, der verkauft.«

Roark hatte einen gereizten Magen. Der Horizont schwankte auf und nieder. Außerdem bereitete ihm die Richtung, die ihre Unterhaltung genommen hatte, Unbehagen. »Todd, ich könnte nicht glücklicher sein.«

»Oh, doch, das könntest du. Wenn du heute dein Buch verkauft hättest, wärst du verdammt viel glücklicher. Und Hadley auch. Vermutlich holt er sich über deinen Manuskripten einen runter. Bei deiner Arbeit gerät er echt aus dem Häuschen, ja? Wie war das, als er sagte, es sei eine Ehre und ein Privileg, deine Arbeit zu begutachten?« Er trank einen kräftigen Schluck Rum. »So ähnlich.«

»Du hast seinen Brief an mich gelesen?«

»Die Sache mit dem Postfach war schlau von dir, aber dann hast du leider seinen Brief in deiner Jeans vergessen. Ich hatte gerade kein Kleingeld, um den Pizzaservice zu bezahlen, und sah deine Jeans auf dem Boden liegen. Auf meiner Plündertour habe ich deine Taschen durchstöbert und eine wahre Bombe herausgezogen.«

»Du hättest meine Post nicht lesen dürfen.«

»Du hättest mich nicht anlügen dürfen bezüglich Hadleys Enthusiasmus für deine Arbeit, ganz im Gegensatz zu meiner.«

»Was kümmert's dich, was er von deiner Arbeit hält?«

»Tut es auch nicht. Wer zuletzt lacht, lacht am besten. Und zwar über ihn und dich. Ich habe verkauft. Du nicht.«

»Na schön. Und jetzt beenden wir dieses Thema.«

»Nein, das werde ich vermutlich nicht tun.«

Todd stand langsam auf. Er war sicherer auf den Beinen, als er eigentlich sein sollte. Womit sich Roark fragte, ob er tatsächlich so viel getrunken hatte, wie er vorgab. Wie ein rachsüchtiges Raubtier schlich er übers Deck.

»Todd, was treibt dich nur um? Du hast gewonnen. Hadley hat sich geirrt.«

»Vielleicht bezüglich meiner Schreiberei. In dem anderen Punkt nicht.«

»Im anderen?«

»Mein Charakter. Weißt du noch, wie viele Fehler ich habe? Gier und Eifersucht und Neid treiben mich um. All jene wenig erstrebenswerten Charakterzüge, über die Hadley so poetisch gelabert hat.«

Roark drehte sich der Magen um. Er schluckte einen Mund voll saurer Galle. »Das ist doch alles Bockmist. Darum habe ich mich gar nicht gekümmert.«

»Nun, ich schon.«

Er sah es nicht kommen. Noch vor einer Sekunde hatte sich Todd lässig bewegt, jetzt stürzte er sich auf ihn und zielte mit der Flasche genau auf seinen Schädel. Roark bekam sie an der Schläfe ab. Ein Vorschlaghammer hätte nicht schlimmer schmerzen können. Er brüllte laut auf.

Trotzdem besaß er noch genug Geistesgegenwart, um zu erkennen, dass die Flasche erneut drohend über seinem Kopf schwebte. Gerade noch rechtzeitig konnte er einem weiteren Hieb ausweichen. Er duckte sich. Die Flasche zerbrach an der Kabinenwand. Glassplitter und Rum rieselten auf sie herab.

Jetzt ging Todd in maßloser Wut gezielt auf ihn los. Und immer auf Roarks Gesicht und den Kopf. Die meisten Schläge trafen, zerdrückten Knorpel, zerfetzten die Haut. Roark war benommen, aber der Zorn heizte ihn an. Er schlug zurück. Ein Faustschlag landete auf Todds Mund. Er spürte Zähne über seine Fingerknöchel schrappen. Das tat weh, aber Todd tat es noch mehr weh. Ein Schwall Blut schoss aus seinem Mund.

Blut war geflossen. Was für ein urzeitlich mächtiges Hochgefühl. Bei jeder anderen Gelegenheit wäre Roark erstaunt gewesen, wie sehr es ihn befriedigte, dass er Todd blutig geschlagen hatte. Von Eifersucht getrieben, wollte er noch mehr von Todds Blut an seinen Händen sehen. Er hatte nur einen Wunsch: ihn bestrafen, weil er als Erster Erfolg gehabt und ihm das Gefühl gegeben hatte, ein Versager zu sein.

Doch im Vergleich zu Todds war seine Weißglut lau. Todds Blutdurst artete in bestialische Brutalität aus. Mit wildem Knurren fiel er mit Zähnen und Klauen über Roark her.

Roarks Wutanfall war rasch erloschen. Er war zum Rückzug bereit, wollte sich beruhigen und Waffenstillstand schließen.

Darüber war Todd längst hinaus. Er gab nicht nach, nicht einmal als Roark ihn nicht mehr attackierte, sondern die Schläge nur noch zum Selbstschutz abwehrte.

»Verdammt, es reicht!«

»Nie.« Todds verkrampftes Gebiss war blutverschmiert. Auf seinen Lippen stand blutiger Schaum. »Nie.«

Und wieder ging er zum Angriff über.

»Was'n los?« Im offenen Kajüteneinstieg tauchte Mary Catherine auf, bis auf ein goldenes Fußkettchen nackt. Da sich keiner um sie kümmerte, tappte sie betrunken an Deck und trat in eine Glasscherbe. »Au! Scheiße, was geht hier ab?«

»Halt's Maul!«

Todd ging auf sie los und versetzte ihr einen Hieb in Taillenhöhe. Durch ihren blutenden Fuß hatte sie bereits das Gleichgewicht verloren. Sein Hieb ließ sie rückwärts taumeln. Ihre Kniekehlen knallten gegen die Chromreling. Hilflos ruderte sie mit den Armen. Mit einem Schrei fiel sie über Bord. Kaum traf sie aufs Wasser, war es still.

Roark starrte auf den leeren Fleck, wo sie an der Reling gestanden hatte. Sofort begann er zu schluchzen. »Zum Schwimmen ist sie viel zu betrunken!«

Mit einem flachen Hechtsprung tauchte er ins Wasser. Das Salzwasser brannte in seinen offenen Gesichtswunden. Keuchend kam er hoch. Er musste kämpfen. Ihm war speiübel. Zu viel Alkohol und vermutlich eine Gehirnerschütterung vom Schlag mit der Flasche.

Aber das alles war ihm kaum bewusst. Er trat auf der Stelle, blinzelte, um wenigstens einigermaßen sehen zu können, und suchte verzweifelt die dunkle Wasseroberfläche nach irgendeinem Zeichen von Mary Catherine ab.

»Siehst du sie?«, brüllte er zu Todd hinauf, der an Deck stand und zu ihm hinunterschaute. Vom Kinn tropfte Blut auf seine glatte Brust. »Todd? Himmel, hast du mich gehört? Siehst du sie?«

»Nein.«

»Schalt die Lichter ein.«

Todd stand nur da und glotzte ins Wasser. Offensichtlich war er vor Schock erstarrt.

»Scheiße.«

Mit Herzrasen und dröhnendem Schädel hechtete Roark knapp unter der Oberfläche dahin. Die Augen hielt er offen, obwohl es wie verrückt stach. Aber das war egal. Genauso gut hätte er durch ein Tintenfass schwimmen können. Nicht einmal seine eigenen Hände konnte er sehen, wenn er damit herumfuchtelte und blindlings suchte, in der Hoffnung, Gliedmaßen, Haut, Haare zu finden.

Er blieb unten, bis er das Brennen in seiner Lunge keine Sekunde länger ertragen konnte. Er tauchte auf und schnappte heftig nach Luft. Zu seiner Überraschung war er bereits ein ganzes Stück vom Boot weggeschwommen. Wenigstens hatte Todd seine Trance abgeschüttelt und die Unterwasserscheinwerfer angemacht. Sie tauchten die unmittelbare Umgebung des Bootes in gespenstisch grünes Licht. Leider drangen sie nicht weit genug.

Obwohl sich seine Arme und Beine wie Blei anfühlten und sein Gehirn die Kontrolle darüber aufgegeben zu haben schien, begann Roark, in Richtung Boot zu schwimmen. Todd machte sich an Backbord zu schaffen. Hoffnung füllte Roarks Brust. Er schrie: »Hast du sie gefunden? Ist sie dort drüben?«

Todd kam wieder nach Steuerbord. »Kein Glück.«

Glück? Das hier war kein Angelausflug. Was war mit ihm los? »Ruf die Küstenwache. Ich kann sie nicht finden. Lieber Gott.« Als ihm das ganze Ausmaß der Situation bewusst wurde, schluchzte er. Vielleicht war sie bereits tot. Mary Catherine – Sheila – war vielleicht ertrunken, weil er nicht im Stande gewesen war, sie zu retten.

»Ruf die Küstenwache an«, wiederholte er, ehe er erneut in die Tiefe tauchte.

Obwohl er wusste, dass es vergebens war, zwang er sich mit Gewalt durchs Wasser. Offene Augen sahen nichts, Hände tasteten umher, spürten aber nichts. Trotzdem war er nicht bereit aufzugeben. Wenn es auch nur die leiseste Chance gäbe, dass sie noch durchhielt und sich in der verzweifelten Hoffnung auf Hilfe ans Leben klammerte…

Wieder und wieder tauchte er hinunter, kam lediglich kurz zum Atemholen hoch und schoss erneut in die Tiefe, so weit, dass seine Ohren schmerzten.

Ein letztes Mal kämpfte er sich an die Oberfläche. Er hatte Angst, es nicht zu schaffen, Angst, der letzte Ausfall wäre zu viel gewesen. Endlich schmeckte er Luft. Gierig saugte er sie ein. Noch einen Tauchgang würde er nicht überleben. Er war so müde, dass er nicht einmal die Strecke zum Boot hinüberschwimmen konnte. Matt paddelte er auf der Stelle. Er konnte sich kaum mehr oben halten.

»Todd!«, rief er heiser. »Todd!«

Todd tauchte an der Reling auf. Salzwasser hatte Roarks Augen verätzt. Er sah nur noch verschwommen. »Ich kann sie nicht finden. Kann nicht mehr suchen. Wirf mir den Rettungsring zu.«

Todd ging den Rettungsring holen. Dumpf wunderte sich Roark, warum er ihn nicht längst vorbereitet hatte.

Vor Erschöpfung hätte er am liebsten die Augen geschlossen, hatte aber Angst, dass er dann untergehen und ertrinken würde, bevor er sich mit letzter Kraft retten könnte. Offensichtlich war er kurz davor, ohnmächtig zu werden, denn als der Bootsmotor dröhnend ansprang, schreckte er hoch.

Todd hätte nicht den Motor starten sollen. Einen Rettungsring hätte er ihm zuwerfen sollen. Nachdem sie der Küstenwache ihre genaue Position durchgegeben hatten, sollten sie an Ort und Stelle bleiben, bis Hilfe eintraf. Es war verdammt dumm, einen Außenbordmotor anzulassen, während Mary Catherine und er so nahe am Boot im Wasser waren.

Diese Gedanken schossen ihm in Sekundenbruchteilen durch den Kopf, nicht in konkreten Worten, aber doch als ausgeprägte logische Schlussfolgerungen. »Todd, was machst du da?«

In einer kläglichen Schwimmparodie strampelte er mit den Beinen und ruderte matt mit den Armen, was allerdings eher dem Versuch glich, einen Wackelpudding durch Treibsand zu befördern. Aber er musste sich ja gar nicht anstrengen und schwimmen. Dort. Todd brachte das Boot zu ihm.

Leider fuhr er viel zu schnell. Das war riskant.

»He!«

Ein Schrei. Aus einem Albtraum. Du machst den Mund auf und versuchst zu schreien, bringst aber keinen Ton heraus. Und dadurch wird der entsetzliche Albtraum noch schlimmer. Er versuchte, mit den Armen zu wedeln, aber jeder wog tausend Pfund. Er konnte sie nicht einmal übers Wasser heben.

»Todd«, krächzte er. »Dreh nach Backbord! Ich bin hier! Kannst du mich nicht sehen?«

Er konnte ihn sehen. Kerzengerade schaute er ihn durchs Plastikfenster vor dem Cockpit an. Die Lichter des Steuerpults verwandelten sein verletztes, geschwollenes Gesicht in eine Halloween-Maske. Rot glühten seine Augen. Höllenfeuer.

Ein letztes Mal schrie Roark aus Leibeskräften, dann trieb ihn die Angst in die Tiefe. Binnen Sekunden übermannten ihn tosende Wasserstrudel und drohten, ihn zu ersticken. Und dann packte ihn Todesangst. Nackte Todesangst. Eine Angst, wie sie zum Glück nur wenige Menschen je am eigenen Leib erleben. Blankes Entsetzen. Im Vergleich dazu war der Tod ein Segen.

Dieses Entsetzen kannte nur einen Begleiter: den Schmerz. Unerträglichen, maßlosen Schmerz.

Schmerz, der den Körper zerfetzt und die Seele mordet.

32

Im eng anliegenden kleinen Schwarzen mit täuschend züchtigem Ausschnitt traf Nadia in der Cocktailbar ein. Dazu trug sie eines jener kecken Hütchen mit einem Schleier, der ihr halbes Gesicht bedeckte. Von ihrer Schulter baumelte an einer zierlichen Goldkette ein mit schwarzen Federn besetztes Täschchen. Sehr attraktiv. Ganz Femme fatale.

Die Leute verrenkten sich den Hals, als sie durch die Bar schritt, in der sich Manhattans Prominenz und Möchtegerns drängten. Sie wurde angesprochen, winkte einer Dreiergruppe an einem Ecktisch zu.

Als sie an Noahs Tisch trat, platzte er schier vor Stolz. Die bezauberndste Frau im ganzen Raum leistete ihm Gesellschaft. Er umarmte sie innig und doch vorsichtig. Während er ihr einen freundschaftlichen Kuss auf die Wange gab, flüsterte er: »Ich könnte dich auf der Stelle vögeln.«

»Wie immer der Romantische.« Sie glitt neben ihm auf die Polsterbank.

»Martini?«

»Unbedingt.«

Er bestellte bei dem Ober, der binnen Sekunden nach Nadias Eintreffen an ihren Tisch geeilt war, und wandte sich dann lächelnd an sie. »Man kennt dich hier.«

»Mich kennt man überall.«

Er lachte über ihren Dünkel. »Ich habe deine scharfen Retourkutschen vermisst. Unsere letzte Begegnung ist viel zu lange her.«

»Dieser alberne Streit.«

»Längst Vergangenheit.« Er holte tief Luft. »Aaah, dein provozierendes Parfüm.«

»Chanel.«

Mit einem schlauen Grinsen schüttelte er den Kopf. »Sex. Schade, dass man das nicht in Flaschen füllen kann. Du würdest ein Vermögen machen.« Sein bewundernder Blick wanderte über ihr Gesicht. »Du siehst sensationell aus. Ich mag diesen Schleier.«

»Vielen Dank.«

»Er verleiht dir eine geheimnisvolle Aura, die unglaublich sexy wirkt.« Unter dem Tisch presste er seinen Oberschenkel gegen ihren.

»Du gehst ja heute Abend mächtig ran. Bist wohl in der letzten Zeit zu kurz gekommen, oder?«

»Ich hatte anderweitig zu tun.«

»Ja, das hattest du.« Sie schien sich für das kunstvolle Federarrangement auf ihrer Handtasche zu begeistern. Ihre Finger glitten über den weichen, irisierenden Flaum. »Du warst beschäftigt, deinen Schwiegervater zur letzten Ruhe zu betten.«

»Reichlich viel Gesumse.«

»Ich fand die Elogen ziemlich bewegend.«

»Schätzungsweise hat sich Daniel Matherly so einen Abschied verdient. Ich bin froh, dass es vorbei ist. Jetzt können wir aufhören, sein Leben zu bejubeln, und wieder unser eigenes leben.«

»Normalerweise genießt du doch den Platz im Rampenlicht. Ich dachte, die Rolle als loyaler, tief betrübter Schwiegersohn hätte dich gereizt.«

Er legte die Hand aufs Herz. »Ich habe mein Bestes getan.« Ihre Martinis kamen. Sie stießen an und nippten daran. »Eigentlich war's gar nicht so schlimm. Schwierig war nur, die hysterische Maris zu bändigen.«

»War's denn nicht natürlich, dass sie verstört war?«

»Ihr Benehmen hat jede normale Trauer überstiegen.« Sie unterbrach ihre Federstudie und schaute ihn an. »Meine Frau hat sich in die haarsträubende Idee verrannt, ich sei für den

Sturz ihres Vaters verantwortlich.« Am Schleier vorbei schaute er Nadia in die Augen. »Kannst du dir das vorstellen?«

Sie hob ihr Martiniglas an die Lippen. »Ja, kann ich.«

Ihr unverwandter Blick wirkte ein wenig entnervend. Er verstand sie bewusst falsch. »Maris war schon immer leicht erregbar und neigt zu Kurzschlusshandlungen, aber diesmal hat sie übertrieben.«

»Während der Beerdigung wirkte sie wie ein Muster an Gefasstheit.«

»Stimmt, aber kaum war das vorbei, verlor sie restlos den Verstand. Sie hat die Ortspolizei in Massachusetts tatsächlich genötigt, die Ermittlungen erneut aufzunehmen.«

»Und?«

»Natürlich wurde nichts gefunden, was ihren Verdacht untermauern könnte.«

»Glück für dich.«

»Mit Glück hat das nichts zu tun, Nadia.«

»Davon bin ich überzeugt.« Sie starrte über die Köpfe der Menge und sprach fast für sich. »Solltest du den alten Herrn die Treppe hinuntergestoßen haben, wärst du gerissen genug, dich dabei nicht erwischen zu lassen.«

»Das habe ich nicht. Trotzdem hast du Recht. Ich wäre gerissen genug, mich nicht dabei erwischen zu lassen. Und deshalb magst du mich auch so gern.«

Sie drehte sich wieder zu ihm. »Stimmt. Ich würde mich nie mit einem Verlierer einlassen. Ich würde mich an keinen sinkenden Stern hängen, nur an einen aufsteigenden.«

»Wir sind uns so ähnlich, dass es schon erschreckend ist.« Er beugte sich näher zu ihr und fügte vertraulich hinzu: »Zumindest sollte es alle Übrigen erschrecken.« Selbstzufrieden nippte er wieder an seinem Martini. »Jedenfalls ist Daniel tot und begraben. Und das ist die gute Nachricht.«

»Noah, um Himmels willen.« Sie schaute sich verstohlen um, als befürchtete sie, man hätte ihn belauscht. »Und wie lautet die schlechte?«

»Keine schlechte, Liebling, sogar eine noch bessere. Sein Tod war der letzte Nagel zum Sarg meiner Ehe. Die lässt sich jetzt nicht mehr reparieren.«

Sie hob ihr Glas zu einem Toast auf ihn. »Gratulation? Oder Beileid?«

»Definitiv Ersteres. Weil ich sogar noch bessere Neuigkeiten habe.«

»Ich kann's kaum erwarten.«

»Bist du sicher, dass ich es dir hier und jetzt erzählen soll? Es könnte zum Orgasmus führen.«

»Hast du je erlebt, dass ich eine solche Gelegenheit ausschlage?«

Er lächelte noch breiter. »Vor seinem unglücklichen Sturz habe ich Daniel zur Unterschrift unter eine wichtige Generalvollmacht überreden können. Sie befähigt mich, Matherly Press an WorldView zu verkaufen, ohne dass Maris auch nur das Geringste dagegen tun kann.«

Verblüfft riss Nadia die Augen auf. »Aber Matherly Press gehört dir doch gar nicht.«

»Nadia! Da bist du!« Plötzlich tauchte Morris Blume auf der anderen Seite des Tisches auf.

Noah hatte ihn weder näher kommen sehen, noch schätzte er diese Störung. Für den heutigen Abend hatte er geplant, sich bei Nadia mit Wein, einem guten Essen und viel Romantik wieder einzuschmeicheln. Vor dem nächsten Schritt mit WorldView wollte er sie fest auf seiner Seite wissen. Er brauchte gute Presse, und die konnte niemand besser liefern als Nadia.

Gottverdammtes Pech, ausgerechnet Morris Blume! Im grauen Anzug mit grauem Hemd und Silberkrawatte wirkte der Vorstand von WorldView so farblos wie immer. Noah hatte den Eindruck, sogar seine Zähne und sein Zahnfleisch sähen ungesund grau aus, als er auf sie herablächelte.

»Zuerst habe ich dich nicht gesehen. Ich dachte schon, mit dem Termin sei etwas schiefgelaufen«, sagte er zu Nadia.

»Du hättest zu keinem besseren Zeitpunkt kommen können.«

Sie schoss hinter dem Tisch hervor, direkt in Blumes Arme. Noah war bestürzt. Ihre Lippen fanden sich. Am Ende des Kusses rückte sie ihm liebevoll die Krawatte zurecht.

Blume musterte sie vom Hut bis zu den hohen Absätzen. »Du siehst absolut hinreißend aus.«

»Freut mich, dass du das findest. Insgeheim habe ich dieses Ensemble nur für dich gekauft.«

»Sensationell.«

Sein Kompliment entlockte ihr einen koketten Laut, der ganz und gar untypisch für Nadia war. Blume streichelte ihre Taille mit aufreizender Vertrautheit. Ihr Becken neigte sich zu seinem, eine ihrer Spezialitäten. Dabei hatte ein Mann nur noch einen Gedanken: seinen Schwanz, und wie er ihn ihr reinstecken könnte.

Angesichts der enormen Aufmerksamkeit, die ihm beide zuteil werden ließen, hätte Noah genauso gut eines der Popart-Gemälde an der Wand sein können. Zorn durchpulste seinen ganzen Körper. Und noch etwas, etwas ganz Seltenes: Demütigung. Die anderen Gäste hatten bemerkt, dass sich Nadia inzwischen an Blume kuschelte. Er hatte das begehrteste Mädchen auf der Party an einen blutleeren kahlköpfigen Waschlappen verloren.

»Lust auf einen Drink, Liebling?«, fragte sie ihn.

»Du kannst meine Gedanken lesen. Wie immer.«

Nadia winkte dem Kellner, der herübereilte und Blumes Bestellung aufnahm. Sie nahm nicht wieder neben Noah auf der Polsterbank Platz, sondern auf dem Stuhl, den ihr Blume hinhielt.

Sie rückte so nahe an Blume heran, wie es ging, ohne dass sie auf ein und demselben Stuhl saßen. Ihr Busen machte es sich unter seinem Arm bequem. Blumes Hand lag auf ihrem Schenkel – hoch oben. Besitzergreifend.

Diese öffentlich zur Schau gestellte Zuneigung galt ihm. Davon war Noah überzeugt. Nadia benahm sich bewusst verführerisch. Sie freute sich diebisch. Am liebsten hätte er quer über den Tisch gegriffen und sie windelweich geprügelt.

Sie hatte ihn auflaufen lassen. Dieses kleine Szenario hatte sie geplant. Er hatte sie auf der Rückfahrt von Massachusetts angerufen, unmittelbar nachdem Maris so pathetisch versucht hatte, ihn zu belasten. Dabei hatte er sie für den heutigen Abend eingeladen. »Jetzt dürfen wir uns ungehindert zusammen sehen lassen«, hatte er ihr erklärt.

Nadia war wie immer sexy gewesen. Jedes Wort anzüglich, jeder Atemzug ein erotisches Versprechen. Sie hatte Zeit und Ort bestimmt, als könnte sie es kaum erwarten, ihn wieder zu sehen. Stattdessen war er in eine beschissene Weiberfalle getappt.

Okay. Wenn sie mit ihrem neuen Freund vor ihm protzen wollte, schön. Das änderte nichts. Mit einer Ausnahme: Ihr Sexleben würde erheblich abstürzen. Blumes bleiche Hautfarbe ließ darauf schließen, dass es mühsam würde, Blut in seinen Penis zu pumpen.

Nachdem sich Blume beim Kellner für seinen Drink bedankt hatte, wandte er sich an Noah: »Meine Sekretärin hat mir berichtet, Sie hätten heute telefonisch um ein Treffen gebeten.«

»Das stimmt. Angesichts meiner jüngsten Familientragödie ...«

»Übrigens, mein Beileid.«

»Vielen Dank.« Er wischte sich einen unsichtbaren Fussel von der Manschette. »Daniels Tod erzwang vorübergehend einen Aufschub in unserem Terminplan. Jetzt können wir den Faden wieder dort aufnehmen, wo wir stehen geblieben sind. Sie werden über die jüngsten Entwicklungen seit unserem letzten Gespräch hocherfreut sein. Wie sieht Ihr Terminkalender für morgen aus?«

»Ich sehe jetzt wirklich keinen zwingenden Grund für ein Treffen.«

»Jetzt« war ein beunruhigendes Adverb. »Jetzt« deutete darauf hin, dass sich die Umstände geändert hatten. Noah vermied es, Nadia anzusehen, und behielt seine Mimik sorgfältig unter Kontrolle. »Warum denn das?«

»Noah und ich kamen gerade zu diesem Punkt, Morris, als du zu uns gestoßen bist«, sagte Nadia. »Offensichtlich ist da etwas durcheinander geraten.« Sie warf Noah einen schmerzlichen Blick zu. »Das ist mir schrecklich peinlich.«

»Nun, da ich anscheinend der Einzige hier bin, der im Dunkeln tappt, könntest du mich vielleicht aufklären.«

Rasch warf sie Blume einen Blick zu, als wollte sie ihn um Rat fragen, aber der zuckte lediglich mit den Schultern. Da zog sie die Unterlippe zwischen die Zähne und wandte sich wieder an Noah. »Ich dachte, inzwischen hätte es dir jemand gesagt. Aus Respekt gegenüber Daniel sitze ich schon seit einer Woche auf dieser Story.«

Noah wurde es unter seiner Bekleidung ungemütlich warm. Ein einziger Martini konnte nicht daran schuld sein, dass ihm der Schweiß von den Rippen lief. Er fühlte sich wie ein Mann, der jeden Moment das Ergebnis einer Biopsie seiner Hoden erfährt. »Welche Story?«

Im Bewusstsein ihrer zentralen Rolle rückte Nadia noch näher an Blume heran. »Aus heiterem Himmel hat mich Daniel Matherly zum Frühstück in sein Haus eingeladen. Am selben Morgen, als ihr aufs Land gefahren seid. Wer hätte vermutet, dass euer Ausflug so tragisch enden würde? Wenn ich das damals vorausgesehen hätte, hätte ich ihn beschworen, nicht zu fahren.« Sie sah Noah voll ins Gesicht und ließ die Sätze wirken.

»Jedenfalls«, sagte sie und schüttelte leicht den Kopf, als wollte sie wieder zum eigentlichen Thema finden, »lieferte er mir einen Knüller, bat mich aber, noch ein paar Tage darauf sitzen zu bleiben. Wenigstens bis Maris aus Georgia wieder da war.«

Blume betrachtete Nadia, als wollte er ihr jeden Augenblick den Hals aussaugen. Sie streichelte geistesabwesend seine Hand, die immer noch auf ihrem Schenkel lag. Noah lächelte gezwungen. »Du hast mir immer noch nicht den Inhalt dieser exklusiven Story erzählt.«

»Daniel hat Maris zur Vorstandsvorsitzenden von Matherly Press ernannt. Ich dachte, er würde dir das vielleicht auf eurer gemeinsamen Landpartie erzählen. Nein? Na ja – vermutlich fand er es nur fair, wenn Maris zuerst davon erfährt.«

Kritisch beäugte sie ihn. Ihre Finger glitten über den Stiel des Martiniglases, hinauf und hinunter. »Du hattest mich im Glauben gelassen, Daniel Matherly stünde an der Grenze zur Senilität. Nach einem ausführlichen Gespräch mit ihm konnte ich jedoch feststellen, dass das Gegenteil der Fall war. Er war im Vollbesitz seiner geistigen Kräfte. Er wusste ganz genau, was er tat.«

Jede Kapillare in Noahs Körper hatte sich erweitert. Hinter Augäpfeln und Trommelfell, hinter jedem Quadratzentimeter Haut konnte er seinen erhöhten Blutdruck spüren. Irgendwie gelang es ihm zu lächeln. »Daniel hielt nicht allzu viel von dir, Nadia. Meiner Ansicht nach hat er dir einen üblen Streich gespielt.«

»Diese Möglichkeit kam mir auch in den Sinn. Er war dafür bekannt, seine wahren Absichten zu verschleiern. Deshalb habe ich mir die Story von einem gewissen Mr. Stern bestätigen lassen, dem Anwalt der Matherlys. Was er auch tat. Die Berufung von Maris ist unwiderruflich und unanfechtbar. Ihre Befugnisse können nur durch einen freiwilligen Rücktritt ihrerseits rückgängig gemacht werden.«

Noahs Zunge klebte am Gaumen. Mühsam löste er sie. »Mich würde nur interessieren, Nadia, warum du das nicht schon früher erwähnt hast. Zum Beispiel während unseres heutigen Telefonats.« *Oder in jener Nacht, als du mich auf dem Land angerufen hast*, dachte er. Das Luder hatte es schon damals gewusst. Sie hatte sich über ihn lustig gemacht.

»Das stand mir nicht zu.«

»Jetzt aber schon?«

»Ich erspare dir nur, es in meiner Kolumne lesen zu müssen. Die Story erscheint morgen.« Mitfühlend lächelte sie ihn an. »Ehrlich gesagt, Noah, dachte ich, man hätte dich inzwischen offiziell informiert. Da deine Ehe geplatzt ist, gehörst du vermutlich nicht mehr zum engsten Kreis. Du bist nur noch eine bezahlte Hilfskraft.«

»Möchtest du noch einen Drink, Noah?«

»Nein, vielen Dank, Morris. Ich komme schon zu spät zu einer anderen Verabredung.« Wenn er nicht machte, dass er hier herauskam, weg von Nadia, würde er sie entweder umbringen oder explodieren. Er zog vor, beides nicht vor Zeugen zu tun.

»Ach, bitte, bleib doch«, sagte Nadia katzenfreundlich. »Wir haben so viel zu feiern. Morris ist ein Herzenswunsch in Erfüllung gegangen. WorldView hat Becker-Howe gekauft. Oliver Howe kennst du ja sicher, er und Daniel waren alte Freunde. Eigentlich hat Daniel den Kontakt zwischen ihm und Morris hergestellt. Daniel wusste, dass WorldView auf der Suche nach einem Verlagshaus war, und dass Ollie Howe, im Gegensatz zu ihm selbst, deren Interesse begrüßen würde.«

»Ich hatte ja mein Herz an Matherly Press verloren«, bekannte Blume. »Aber mit Maris am Steuer …«

»Ich fand es nur fair, ihm das zu sagen«, warf Nadia ein.

»Außerdem hat Maris absolut klar gemacht, dass sie nie die Absicht hat zu verkaufen. Und so beschloss ich, eine andere Firma zu erwerben.«

Noah biss die Zähne so fest zusammen, dass es weh tat. »Wie schön für Sie.«

»Ich habe zu viel dafür bezahlt, aber was soll's? Zum Kuckuck«, kicherte er in sich hinein. »Es handelt sich um einen profitablen Laden. Becker-Howe ist nur unwesentlich kleiner als Matherly Press. Aber nicht mehr lange.« Er zwinkerte Noah zu. »Von nun an bin ich Ihr Konkurrent. Passen Sie auf.«

Und auf das Pferd, auf dem du hier angeritten kamst, du blutleerer Drecksack, dachte Noah. Unter großem Getue schaute er auf seine Armbanduhr. »Ich unterbreche ja nur höchst ungern die Party, aber ich muss weg.«

»Warte! Das sind nicht die einzigen guten Neuigkeiten.« Nadia streckte ihre linke Hand über den Tisch. »Offensichtlich ist dir entgangen – oder du warst zu höflich, darauf anzuspielen –, dass ich einen obszön großen Diamantring trage. Morris und ich heiraten nächsten Sonntag im Plaza.« Sie strahlte Morris an, dann wandte sie sich wieder Noah zu. »Um drei. Wir wären untröstlich, wenn du nicht kommst.«

33

Dieser verdammte Michael Strother.

Ein Fluch auf seinen Freund – seinen Exfreund, wie es aussah – war der einzig neue Einfall in Parkers Gehirn. Wütend schaltete er den Computer ab und beendete eine weitere unproduktive Sitzung. Den ganzen Tag hatte er dagesessen, die Hände über der Tastatur, und auf einen Kreativitätsschub gewartet, der nie kam. Dieser Zustand wiederholte sich inzwischen mit alarmierender Häufigkeit.

Er arbeitete am nächsten Mackensie-Roone-Roman. Deck Cayton hatte sich in einen echten Blödmann verwandelt, dem nichts Schlaues mehr einfiel. Er war auch nicht mehr kess und hinreißend. Der Bösewicht war kein durchtriebener Schurke mehr, sondern eine Karikatur. Und das Mädchen … Auch das Mädchen mochte Parker nicht. Sie war hohl und dumm.

Seit Mike seine Kündigung eingereicht und das Haus verlassen hatte, hatte er nichts mehr von ihm gehört. Seitdem hatte er auch keinen einzigen lesbaren Satz verfasst. Der Alte musste ihn verhext haben. Das hatte er sicher von den Gullahs gelernt, die auf der Südspitze von St. Anne lebten. Deren Sprache und Gebräuche, die seit den Tagen ihrer afrikanischen Vorfahren über Generationen weitergegeben wurden, hatten Mike fasziniert. Parker tat Zaubersprüche und -tränke und derlei Dinge als Quatsch ab. Aber vielleicht war doch etwas dran.

Als Mike noch bei ihm gewesen war, hatte Parker zum Schreiben ständig nach Einsamkeit und Stille gesucht. Und jetzt erstaunte es ihn, wie sehr er das ständige Herumpusseln des Alten vermisste. Er ertappte sich dabei, wie er unbewusst auf Mikes Schritte lauschte oder auf das Geklapper von Töpfen und Pfannen in der Küche, auf eine zufallende Tür, auf das Surren des Staubsaugers irgendwo im Haus. Mittlerweile böten diese Geräusche eine willkommene Ablenkung, denn er fühlte sich schrecklich einsam.

Vor vielen Jahren hatte er sich absolut ohne jeden Freund gefühlt. Damals, als er zusammen mit Fremden auf Krankenstationen gelegen hatte und sich fähige, aber unpersönliche Krankenschwestern um ihn kümmerten. Damals war der Hass sein Gefährte geworden. Sein imaginärer Freund. Sein Schutzschild.

Während der folgenden Jahre hatte es Zeiten gegeben, in denen sich dieser Hass als ein strapaziöser Kumpel erwies. Besonders nach dem Erfolg der Krimiserie hatte er es satt gehabt, als er sich immer in seiner Nähe herumtrieb und nie heimging. Allmählich fiel er ihm lästig. Am liebsten hätte er sich von ihm getrennt.

Manchmal schubste er ihn herum und hoffte, er verschwände aus eigenem Antrieb, was er aber nie tat. Der Hass blieb, und Parker konnte sich nie zu einer endgültigen Trennung überwinden. Stattdessen fütterte er ihn täglich und züchtete ihn als treuen Freund, bis beide nicht mehr voneinander loskamen. Der Hass brauchte ihn zum Überleben. Parker brauchte ihn als Motivation.

Jetzt war Mike fort, und wieder war ihm nur der Hass geblieben, sein steter Bundesgenosse und Parasit.

Er bemitleidete sich selbst entsetzlich, trotzdem entging ihm nicht die Ironie der Situation. An seinem Jammer war er selbst schuld. »Du Armer. Aber betrachte es doch mal so, Parker«, flüsterte er sich selbst zu, »das Ende ist in Sicht.«

Der letzte Würfel war gefallen. Er hatte das Manuskript von *Neid* an Noah geschickt. Für eine Meinungsänderung war es jetzt zu spät. Bald wäre alles vorbei, so oder so, und damit wäre die Debatte ausgestanden. Alles, was er die letzten vierzehn Jahre getan, gesagt oder geschrieben hatte, war mit diesem Ziel geschehen. Alles bündelte sich hier und jetzt.

Egal, wie es nun ausging, ob zu seinen Gunsten oder nicht, er hatte nicht wenig dafür bezahlt. Er wurde weltweit gefeiert, und doch kannte niemand seinen Namen. Seiner Anonymität zuliebe hatte er den Ruhm geopfert. Er hatte Geld, aber nichts, wofür er es ausgeben sollte. Ihm gehörte ein wunderschönes Haus, aber ein Zuhause war es nicht. Er teilte die leeren Räume lediglich mit dem Gespenst eines Erhängten. Sein Bedürfnis nach Rache hatte ihn seinen einzigen echten Freund gekostet. Und letztlich auch Maris.

Er vermisste sie so sehr, dass es körperlich weh tat. Wenn er eine Frau oder ein Kind gewesen wäre, hätte er sich jede Nacht in den Schlaf geweint. Er bewegte sich durchs Haus und berührte Dinge, die sie berührt hatte, und atmete tief ein in der Hoffnung, einen Hauch ihres Parfüms zu erhaschen. Er war pathetisch, genau wie Professor Hadleys sitzen gelassene Tante, die allein mit bittersüßen Erinnerungen und ihrer Angst vor frischem Obst im Speicher wohnte.

Maris war für seinen Plot unerlässlich gewesen. Dass sie für ihn unerlässlich würde, damit hatte er nicht gerechnet. In der kurzen Zeit, die sie in seinem Leben verweilt hatte, war sie zu dessen wichtigstem Bestandteil geworden.

Zum zweitwichtigsten, korrigierte er sich.

Wenn sie tatsächlich das Wichtigste wäre, überließe er Noah dem Teufel, wie Mike geraten hatte, und verbrächte sein restliches Leben damit, sie zu lieben und selbst geliebt zu werden. Nachts, wenn er nicht schlafen konnte, wurde er restlos zum Trottel. Er malte sich aus, wie sie am Strand einem Golden Retriever Stöckchen zuwarfen und dabei mehrere kräftige, lachende Kinder beim Sandburgenbauen beaufsichtigten. Ein Postkartenidyll. Ein Kodak-Schnappschuss.

Viel zu oft für seine mentale Gesundheit durchlebte er, wie er mit ihr schlief. Gott, war das schön gewesen. Aber am schönsten war es vielleicht gewesen, sie in den Armen zu halten. Einfach so. Ganz eng. Ihren Herzschlag unter seiner Hand zu spüren, ihren Atem auf seiner Haut. Und dabei gestattete er sich, für die Dauer weniger Augenblicke zu vergessen, dass er nur diese eine Nacht mit ihr gehabt und sie am nächsten Morgen entsetzlich verletzt hatte. Für immer.

Maris war das einzige Element in seinem Plot, das ihn vielleicht zu einer Änderung seines Entwurfs hätte bringen können, ihn die Sache anders hätte zu Ende bringen lassen.

Aber das ging nicht einmal dann, wenn er es wirklich gewollt hätte. Denn die Rache, die er suchte, war nicht nur für ihn bestimmt. Sie war für Mary Catherine. Er verdiente vielleicht keine Entschädigung, Sheila hingegen ganz bestimmt. Nach gängigen moralischen Maßstäben käme sie nicht gut weg, doch er wusste es besser. Dieser unglaubliche Körper hatte einen freundlichen und großzügigen Geist beherbergt. In vielerlei Hinsicht war sie unschuldig.

Und Noah hatte sie umgebracht.

Genauso sicher, wie er Daniel Matherly umgebracht hatte.

Parker hoffte, Maris und die Behörden würden Matherlys Tod gründlich untersuchen, denn Noahs Bericht stank zum Himmel. Er stank nach Noah. Ob sie etwas Belastendes gegen ihn fänden, war zweifelhaft. Er würde dafür sorgen, dass ihnen das nicht gelang. Er würde dafür sorgen, dass der Tod des alten Mannes wie ein tragischer Unfall aussah. Und seine Erklärung, wie es dazu gekommen war, wäre absolut plausibel. Dazu hatte er Talent.

Offene Aggression war nicht sein Stil, dazu war er zu schlau und zu subtil. Oh ja, einen Boxkampf stand er schon durch, den Beweis dafür trug Parker immer noch als Narbe über der Augenbraue. Aber Noahs wahre Macht war nicht körperlicher Natur. Sie lag im Kopf. Seine Stärke war seine List. Er manövrierte heimtückisch. Seine Schläge sah man erst kommen, wenn es zu spät war. Und das machte ihn zur gefährlichsten Bestie auf diesem Planeten.

Und doch war er in einem Punkt angreifbar: Er konnte es nicht ertragen, den Kürzeren zu ziehen.

Sobald Noah das Manuskript von *Neid* gelesen hätte, würde er den nächsten Flieger nach Süden nehmen. Dem könnte er nicht widerstehen. Das Buch würde wie ein rotes Tuch auf ihn wirken, und so etwas zu ignorieren, entsprach nicht Noahs Art.

Falls er in der Zwischenzeit überhaupt an Parker gedacht hatte, dann vermutlich nur so, wie er ihn beim letzten Mal gesehen hatte: ein vernichteter Feind, eine Bedrohung, die er eliminiert hatte.

Wenn es sonst keinen Grund gäbe, würde er aus reiner Neugier nach St. Anne kommen. Um zu sehen, wie es dem alten Parker ergangen war. Um sich persönlich zu vergewissern, was seine Frau an seinem ehemaligen Zimmergenossen so interessant gefunden hatte.

Noah würde kommen.

Und dann würde Parker ihn erwarten.

Die Acht-Uhr-Seminare begannen gerade, als Maris ihren Leihwagen auf einem für Campusbesucher reservierten Parkplatz abstellte. Im Sommer eilten bei weitem nicht so viele Studenten ins Seminargebäude wie nach dem Labor Day, wenn das Herbstsemester begann.

Obwohl sie hier noch nie gewesen war, musste sie sich weder orientieren, noch nach dem Weg fragen. Der Campus dieser Universität hatte nicht nur Ähnlichkeit mit dem, der in *Neid* beschrieben wurde, er *war* es.

Und er lag weit weg von der Polizeistation im ländlichen Maschusetts, wo sie noch vor weniger als vierundzwanzig Stunden gewesen war.

Mit dem Gefühl, Eile sei geboten, war sie nach New York zurückgefahren, wobei ihr ständig Noahs Worte im Kopf herumgingen: Sein Tod kam sehr gelegen. Während sie die Landstraße entlangraste und dabei zwischen Chief Randalls Polizeirevier und den Büros von Matherly Press mitten in Manhattan jede Geschwindigkeitsbegrenzung überschritt, hatte sie sich übers Handy ein Flugticket nach Nashville reserviert.

Eigentlich hatte sie nur für eine kurze Absprache mit ihrer Assistentin und zum Durchsehen der Post im Büro sein wollen. Danach wollte sie wieder zu Daniels Haus zurück, packen und noch rechtzeitig für den Nachtflug zum Flughafen hetzen.

Leider verlief nicht alles nach Plan.

Ihr Erscheinen im Büro hatte ihre Assistentin elektrisiert. »Gott sei Dank, dass Sie da sind. Ich habe schon versucht, Sie auf Ihrem Handy zu erreichen.«

»Mein Akku ist seit ungefähr einer Stunde leer.«

»Rühren Sie sich nicht von der Stelle.« Die Sekretärin wählte eine Telefonnummer. »Sagen Sie Mr. Stern, sie sei gerade gekommen.« Sie drückte den Halteknopf. »Er hat mir erklärt, er müsse Sie heute unbedingt sprechen, Maris.«

»In welcher Angelegenheit? Hat er das gesagt?«

»Nein, aber er ruft seit heute Morgen an. Er nahm an, Sie kämen ins Büro.«

»Ich hatte etwas außerhalb der Stadt zu erledigen.« Sie hatte keine Zeit für ein längeres Gespräch mit dem Anwalt und betonte dies auch.

Ihre Assistentin entschuldigte sich. »Er hat mich beschworen, ihn zu verständigen, sobald ich mit Ihnen spreche. Er ist auf Leitung zwei.«

Maris ging in ihr Büro und setzte sich hinter ihren Schreibtisch. Zum Glück, denn die Neuigkeiten, die Stern mitteilte, hätten sie umgehauen.

»Mr. Matherly hatte beabsichtigt, seine Entscheidung nach Ihrer Rückkehr aus Georgia zu verkünden. Meiner Ansicht nach wollte er das in einem feierlichen Rahmen tun. Unglücklicherweise bot sich ihm dazu keine Gelegenheit mehr. Trotzdem hat er, wie sich herausstellt, für die endgültige Durchführung ein außerordentliches Timing bewiesen.« Er hielt inne und sagte dann: »Ich hoffe, das freut Sie.«

Zu wissen, dass ihr Vater so viel Vertrauen in sie gesetzt hatte, berührte sie tief. »Sehr!«

Anschließend war Stern die Details mit ihr durchgegangen. Für sie aber hatte nur eines gezählt: Ihr Vater hatte ihr das Geschäft anvertraut, sein Lebenswerk. Diese Verantwortung würde sie nicht leicht übernehmen, aber sehr, sehr stolz.

Stern hatte vorsichtig gehüstelt und dann gemeint: »Es liegt in Ihrem Ermessen, ob Sie Mr. Reed weiter beschäftigen oder nicht. Mr. Matherly gab mir zu verstehen, dass es Ihnen in Anbetracht Ihrer bevorstehenden Scheidung unangenehm sein könnte, ihn im Hause zu haben, selbst in einer untergeordneten Position.«

Also hatte er es gewusst. Natürlich hatte er das. Sein Timing war gar nicht so außerordentlich gewesen, wie Mr. Stern glaubte. Wahrscheinlich hatte Daniel diesen Schritt schon einige Zeit geplant gehabt, im Wissen, dass es nach der Auflösung ihrer Ehe zu einem hässlichen Machtkampf käme. Daniel hatte ihn verhindert.

»Offen gesagt hat Ihr Vater Mr. Reed nicht mehr zugetraut, im besten Interesse des Verlages zu handeln«, hatte ihr der Anwalt erklärt. »Aber, wie schon erwähnt, sein weiteres Verweilen in der Firma liegt ganz bei Ihnen.«

Das Gespräch hatte sich noch einige Minuten hingezogen, dann hatte es Maris mit dem Satz beendet: »Vielen Dank, Mr. Stern. Ich danke Ihnen herzlich.«

»Dazu besteht kein Anlass. Hoffentlich wünschen Sie, dass ich meine gegenwärtige Befugnis auch in Zukunft ausübe.«

»Das versteht sich doch von selbst.«

»Ich fühle mich geehrt.« Nach einer Pause fragte er: »Sagen Sie, Ms. Matherly, wie fühlt man sich als eine der mächtigsten Frauen New Yorks?«

Sie lachte. »Momentan? Sehr in Eile, wenn ich noch meinen Flug erreichen will.«

Im Anschluss an diese Unterhaltung delegierte sie noch rasch einige Verpflichtungen an ihre Assistentin. Sie entschied sich dafür, ihren Wagen in der Parkgarage beim Bürogebäude stehen zu lassen, und mit dem Taxi zu Daniels Haus zu fahren.

Wo sie der nächste Schock erwartete.

Als sie die Stufen des Ziegelhauses hinaufeilte, hielt eine Limousine in der Parkbucht. Noch ehe der Chauffeur Zeit hatte, herumzugehen und die Tür aufzuhalten, stieg Nadia Schuller aus.

»Hallo, Maris.«

Sie trug ein schwarzes Kleid und ein Hütchen, das an jeder anderen Frau lächerlich gewirkt hätte. Nadia besaß die Extravaganz, so etwas zu tragen.

»Ich habe ja Verständnis, warum Sie nicht mit mir sprechen wollen. Ich weiß, dass Sie mich für den letzten Dreck an Ihrer Schuhsohle halten. Trotzdem brauche ich unbedingt eine Minute Ihrer Zeit.«

»Ich habe keine. Ich bin in Eile.«

»Bitte, ich habe mich extra mit zwei Martinis gestärkt.«

Nach mehreren Sekunden Bedenkzeit erklärte sich Maris zögernd einverstanden, sie anzuhören.

Bestürzt hörte sie von Nadia über deren Frühstückstermin mit Daniel. »Man hat mir gesagt, er hätte einen geheimnisvollen Gast gehabt. Sie wären die Letzte gewesen, die ich dahinter vermutet hätte.«

»Ich auch. Als er anrief und diese Einladung aussprach, war ich völlig perplex. Ich hatte den Eindruck, dass er mich in Abwesenheit seiner Haushälterin heimlich ins Haus geschafft hat. Aber der wahre Schock kam erst, als er mir von dem gefälschten Dokument erzählte, zu dessen Unterschrift ihn Noah demnächst zwingen würde. Anschließend bot er mir eine Exklusivstory über Ihre Beförderung an. Gratulation.«

»Vielen Dank.«

»Die Story über diesen Machtwechsel wird morgen in meiner Kolumne stehen. Ihr Vater hat mich gebeten, sie eine Woche zurückzuhalten. Damit war ich einverstanden. Selbstverständlich hatte ich damals keine Ahnung, dass … dass er nicht mehr in der Lage wäre, sie zu lesen.«

Der Anblick von Tränen in Nadias Augen, die nicht einmal ihr Schleier verbergen konnte, überraschte Maris noch mehr. »Maris, Ihr Vater war ein Gentleman, sogar zu mir.« Sie legte mehrere Sekunden die Hand über den Mund, dann fuhr sie fort: »Ich wünschte, ich hätte ihn vor der Fahrt gewarnt.«

»Mit Noah?«

Sie nickte. »Vielleicht weiß ich sogar noch besser als Sie, wie tückisch Noah sein kann. Aber dass er bis zum Mord gehen würde, hätte ich nie gedacht. Doch die näheren Umstände von Mr. Matherlys Tod haben mich nachdenklich gemacht.«

»Mich auch.«

Daraufhin erzählte ihr Maris von dem Termin bei der Polizei in Massachusetts, den sie mit Noah wahrgenommen hatte. »Wenn er Pa die Treppe hinuntergestoßen hat, ist er damit durchgekommen.«

»Als ich mich an jenem Morgen von Ihrem Vater verabschiedet habe, hätte ich etwas sagen sollen. Hätte ihn warnen sollen.« Ihre Augen flehten Maris um Absolution an.

»Nadia, auch ich hätte eine Chance gehabt, ihn zu warnen. Ich hab's auch nicht getan.«

»Vermutlich haben wir Noah alle unterschätzt.«

»Vermutlich.«

»Übrigens, wir sind nicht mehr zusammen.«

»Das ist mir egal.«

Nadia nickte, eine Frau mit Verständnis für die Verachtung der anderen, weil sie verdient war. »Kurz bevor ich hierher kam, hatte ich das Vergnügen, ihm den Machtwechsel von Ihrem Vater zu Ihnen zu berichten. Meiner Ansicht nach hat er das nicht begeistert aufgenommen. Maris, seien Sie vorsichtig.«

»Ich fürchte mich nicht vor ihm.«

Nadia musterte sie eingehend und voller Bewunderung. »Nein, das glaube ich auch nicht.« Eine Sekunde zog sie den Kopf ein, dann schaute sie Maris wieder tapfer ins Gesicht. »Noch nie habe ich wegen irgendetwas Schuldgefühle gehabt. Das war eine rare Ausnahme. Danke, dass Sie mir zugehört haben.«

Maris nickte und hatte sich schon wieder Richtung Treppe gewandt, aber noch vor dem obersten Absatz drehte sie sich erneut um. Morris Blume war aus der Limousine gestiegen und hielt Nadia die Tür auf. Er nickte Maris höflich zu, aber diese wandte sich an Nadia.

»Was glauben Sie, warum hat Sie Pa zum Frühstück eingeladen und Ihnen diese Story gegeben?«

»Das habe ich mich auch schon tausend Mal gefragt, und ich komme immer wieder zu demselben Schluss. Selbstverständlich reine Spekulation.«

»Ich würde es gern hören.«

»Er wusste, dass Noah Sie betrogen hat, aber Mr. Matherly war zu alt, um Ihre Ehre zu verteidigen, indem er ihn windelweich prügelte. Deshalb wollte er ihm mit Hilfe meiner Kolumne eine aufs Maul geben. Er wusste, beim Erscheinen dieses Artikels wäre Noah in aller Öffentlichkeit blamiert. Denn dann konnte die ganze Welt schwarz auf weiß sehen, dass man das Wunderkind der Verlagsbranche degradiert hatte.« Mit einem Lächeln über die Ironie des Ganzen setzte sie hinzu: »Außerdem erkannte Ihr Vater zweifelsohne, welch poetische Gerechtigkeit darin lag, Noahs verbotene Geliebte mit einer Story zu ködern, der sie nicht widerstehen konnte.«

»Zweifelsohne«, sagte Maris mit einem liebevollen Lächeln. Sie alle hatten ihren alten Vater unterschätzt.

»Maris, falls Ihnen das etwas bedeutet …«

»Ja?«

»Meiner Ansicht nach hat ihm das Ganze großen Spaß gemacht. An jenem Morgen war er bester Laune.«

»Danke, dass Sie es mir erzählt haben. Es bedeutet mir viel.«

Sie hielt sich nur eine knappe halbe Stunde im Stadthaus auf. Als sie am Gate eintraf, wurde der Flug nach Nashville gerade geboardet. Nach der Landung checkte sie in einer billigen Motelkette in der Nähe des Flughafens ein und fiel ins Bett, ohne sich auszuziehen. Morgens verspeiste sie ein Holzfäller-Frühstück und fuhr danach zwei Stunden bis zur Universität.

Während sie nun über die gepflasterten Campuswege schlenderte und die erstaunlichen Ereignisse des Vortags Revue passieren ließ, konnte sie kaum glauben, dort zu sein. Sie hatte heftige Déjà-vu-Gefühle, was nicht weiter verwunderlich war. Hier war sie bereits gewesen, in den Seiten von Parkers Buch. Obwohl er der Universität einen fiktiven Namen gegeben hatte, hatte er alles haargenau beschrieben.

Sie begab sich direkt zum Verbindungshaus. Sie wusste ja genau, wo es lag. Es entsprach exakt Parkers Beschreibung. Der dreistöckige Ziegelbau mit den Giebelfenstern und der Allee aus Bradford-Birnbäumen lag jetzt im Sommer verlassen da. Trotzdem konnte sie sich ausmalen, wie lebhaft es hier nach der Wiedereröffnung im Herbst zugehen würde.

Vom Verbindungshaus folgte sie dem Weg, den Roark an jenem stürmischen Novembermorgen eingeschlagen hatte, zwei Tage vor Thanksgiving. Parkers lebhafte Erzählweise führte sie ins Seminargebäude, wo Professor Hadley sein Büro gehabt hatte. Sie stieg die Treppe hinauf, wo ein Kommilitone Roark begrüßt und zur Teilnahme an einer Studiengruppe eingeladen hatte.

Vor ihr dehnte sich der Flur im ersten Stock – lang, schwach beleuchtet, verlassen und stumm. Sie kam nur an einem einzigen Büro mit offener Tür vorbei. Eine Frau arbeitete an einem Computer, ohne zu merken, dass Maris vorüberging.

So ging sie den ganzen Flur entlang bis zum Büro mit der Nummer 207. Die Tür stand einen Spalt offen, genau wie an jenem Morgen, als Roark hier mit seinem Abschlussmanuskript im Rucksack angekommen war. Ihr Herz klopfte genauso heftig wie seines, als sie die Tür sacht aufstieß.

Ein Mann saß mit dem Rücken zu ihr am Schreibtisch. »Professor Hadley?«

Er drehte sich um. »Hallo, Maris.«

Sie sackte gegen den Türrahmen und lachte unterdrückt auf. »Mike.«

»Nehmen Sie Platz.«

Er hob einen Stapel Bücher und Zeitschriften vom einzigen verfügbaren Stuhl und stellte ihn neben mehrere andere ähnliche Stapel auf den Boden. Maris setzte sich, ohne ihn auch nur eine Sekunde aus den Augen zu lassen.

Er lächelte sie an. »Zu guter Letzt würden Sie es herausfinden, das wusste ich. Wann kam der Durchbruch?«

»Dass Roark Parker war, habe ich schon länger vermutet.

Wenigstens an einigen Stellen. Gestern sagte Noah ein beinahe wörtliches Zitat aus dem Buch. Wie gelegen ihm der Tod meines Vaters kam.«

»Genau wie damals der Tod seiner Mutter. Dadurch konnte er ohne weitere Verzögerung nach Florida umziehen.«

»Dass Sie Hadley sind, hätte mir schon früher klar werden müssen.«

»Offen gestanden bin ich froh, dass dem nicht so war. Parkers Beschreibungen waren nicht immer schmeichelhaft. Ich wäre beleidigt gewesen, wenn Sie mich darin erkannt hätten.«

Ihr Blick schweifte über das voll gestopfte Büro. »Parker hat Ihr Büro bis aufs i-Tüpfelchen beschrieben. Welche Position haben Sie denn hier an der Universität?«

»Professor emeritus.«

»Das ist eine Ehre.«

Er räusperte sich. »Ein leerer Titel, der nur eine Bedeutung hat: dass man zu alt ist, seiner gewohnten Tätigkeit nachzugehen. Ich darf mein Büro behalten, bis ich sterbe. Dafür halte ich einmal im Semester eine Faulkner-Vorlesung vor ein paar hundert gelangweilten jungen Leuten, die nur kommen, weil sie müssen. Ich fühle mich schon geschmeichelt, wenn wenigstens einer während meines Vortrags wach bleibt. Darüber hinaus habe ich keine anderweitigen Verpflichtungen.«

Leise sagte sie: »Ich wette, dass Parker in jeder Ihrer Vorlesungen wach geblieben ist.«

»Er war eine Ausnahme. Er hat in seinem Buch nicht übertrieben, was ich für Roark und sein aufkeimendes Talent empfand. Wenn überhaupt, hat er es sogar noch heruntergespielt.«

»Ist es wahr, dass Sie ihn aus der Drogenabhängigkeit geholt haben?«

»Wie ich schon oft sagte: Er hat sich selbst gerettet. Er war süchtig nach Schmerztabletten geworden. In Anbetracht dessen, was er mitgemacht hat, kann ich ihm das nicht einmal vorwerfen. Aber er hatte einen Punkt erreicht, an dem er die Tabletten mehr zur Betäubung seiner emotionalen Schmerzen einnahm. Ich habe lediglich die Alarmglocken in seinem Schädel schrillen lassen. Er ist derjenige, der durch die Hölle des Entzugs ging und sich danach wieder in Form peitschte.« Er lächelte. »Man könnte wohl fairerweise sagen, dass ich ihm die Peitsche gereicht habe.«

»Trotzdem steht er in Ihrer Schuld.«

»Wie ich in seiner. Ich hatte das Privileg, mit einem erstaunlichen Schreibtalent zu arbeiten.«

»Wie schade, dass er als Mensch nicht so edel ist wie als Schriftsteller.«

Einen Augenblick musterte Mike sie unverwandt, dann griff er über seinen Schreibtisch und zog ein Manuskript hervor, das von einem breiten Gummiband zusammengehalten wurde. Er reichte es ihr. Beim Blick auf das Deckblatt verzog sie verbittert die Lippen. »Das habe ich bereits gelesen.«

»Das meiste«, korrigierte er, »nicht alles. Da gibt es einige Seiten, die Sie noch nicht kennen. Tun Sie's, ehe Sie Parker allzu streng verurteilen.« Er erhob sich und ging zur Tür. »Ich hole mir einen Kaffee. Kann ich Ihnen etwas mitbringen?«

34

Eine von Noahs ausgeprägtesten Charaktereigenschaften war seine Begabung zu leugnen, dass irgendetwas falsch gelaufen war. Das verdrehte die Weigerung, einen Rückschlag anzuerkennen, zu der Tatsache, dass es gar keinen Rückschlag gab, den man anerkennen musste.

Am Vormittag nach seinem verheerenden Martini-Rendezvous mit Nadia fuhr er mit dem Taxi zu Matherly Press und tat so, als könnte er sich durch dieses Problem mogeln und, langfristig gesehen, sogar besser dastehen. Daran glaubte er tatsächlich. Auf der Richterskala der Komplikationen handelte es sich hier lediglich um einen kurzzeitigen Tiefpunkt.

Er war froh, dass Matherly Press autonom blieb. WorldView hatte sich eine Fehlinvestion geleistet. Becker-Howe stand schon seit Jahren auf der Kippe, was jeder in der Branche wusste. Ollie Howe war weitaus starrsinniger als Daniel. Er passte sich den rasenden Veränderungen nicht an, und das Konzept des Electronic Publishing war ihm ein Rätsel.

Noah würde persönlich dafür sorgen, dass dieser Kauf entsetzlich fehlschlug und Morris Blume zur Lachnummer der Branche wurde. Erstens, weil er sich als Verleger aufspielte, und zweitens, weil er eine Hure heiratete. Höchstwahrscheinlich hatte jeder Mann, dem er die Hand schüttelte, schon einmal ein Stück seiner Frau besessen.

Und was Nadias Exklusivstory betraf: Die würde er einfach abstreiten.

Daniel war nicht mehr da, um sie zu bestätigen. Bezüglich Sterns Bestätigung hatte Nadia wahrscheinlich gelogen. Noah würde behaupten, sie hätte das alles aus Gehässigkeit geschrieben. Er würde zugeben, mit Nadia unklugerweise eine kurze Affäre gehabt zu haben, die er nun zutiefst bedaure. Der plötzliche Tod seines Schwiegervaters habe ihn seine Verirrungen einsehen lassen und ihn zu seiner Frau und der Unantastbarkeit ihrer Ehe zurückgeführt. Als er mit Nadia Schluss machte, hätte sie diese Story über ihn und seine Familie erfunden.

Wenn sich die Aufregung erst einmal gelegt hätte, würde sich niemand mehr an die Details der wahren Geschichte erinnern. Unzählige mündliche Versionen hätten die Fakten verwischt, und keiner wüsste mehr, was oder wem er trauen sollte. Aus dem ganzen Durcheinander könnte er praktisch unbeschadet hervorgehen und sogar noch als Held dastehen, weil er eine außereheliche Affäre gebeichtet und seine Frau dafür öffentlich um Verzeihung gebeten hatte.

Seine Frau. Der Haken an diesem Plan war Maris.

Er rechnete damit, dass sie Nadias Story ignorierte. Sie würde Nadia nicht die Genugtuung geben, so etwas abzustreiten oder zu bestätigen. Aber da war noch mehr. Was sollte er tun, wenn

Daniel Maris tatsächlich die Kontrolle über Matherly Press überschrieben hatte? Mal angenommen, Stern hätte Kenntnis von einem Machtwechsel und dafür Beweise in Form von Dokumenten. Was dann?

Auch gut. Er würde mitspielen. Er würde behaupten, Daniel hätte ihn darüber während ihres Aufenthalts auf dem Land informiert. Jawohl! Nach ausführlicher Diskussion hätte sich Noah damit einverstanden erklärt, Maris den Titel und die dazugehörige Befugnis zu übergeben. Aber Daniel hätte ihn gebeten, ihr als persönlicher Berater zu dienen. Ihr den Rücken von Strauchdieben freizuhalten und sie vor Fallen zu bewahren.

Ja, das war sehr gut. Und wer könnte ihm widersprechen?

Vielleicht sollte er beichten, dass er mit der Idee eines Verkaufs von Matherly Press an einen Mediengiganten gespielt und sich mit Blume getroffen hatte, um darüber zu diskutieren. Aber da nun Daniel nicht mehr unter ihnen weilte, freue er sich, Seite an Seite mit Maris zu arbeiten, um Matherly Press zu erhalten und sogar auszubauen.

Exzellent.

Und jetzt, was sollte mit ihrer persönlichen Beziehung geschehen? Keine ganz leichte Lösung, aber auch nicht unmöglich. Sie ließ sich leicht besänftigen. Vielleicht sollte er sich dieses Buches annehmen, das sie so begeisterte. Er würde anbieten, sich persönlich um die Veröffentlichung zu kümmern und es durch intensiven Einsatz zu einem großen Erfolg zu machen. Das gefiele ihr sicher.

Vielleicht könnte er auch vorschlagen, ihre Versuche zu verstärken, einen Erben für den Fortbestand der Dynastie zu zeugen. Obwohl das natürlich, rein körperlich betrachtet, unmöglich war, könnte die Unwissende so lange glücklich sein, bis er sich etwas Neues ausgedacht hätte, um sie beschäftigt und fügsam zu halten.

Mehrere Möglichkeiten standen zur Auswahl. Er war zuversichtlich, dass eine davon eine funktionierende Lösung für ihre momentane Entzweiung bot.

Zu guter Letzt war da noch dieser Privatdetektiv. Vielleicht würde er ganz tief bohren und jenen hässlichen Vorfall in Florida ausgraben. Und wenn schon. Es handelte sich um eine unglückselige Geschichte, nichts weiter. Man hatte ihn nie belastet. Sollte dieser Vorfall erneut ans Tageslicht kommen, könnte das einige ungünstige Spekulationen bezüglich seiner Person zur Folge haben. Allerdings würde er sämtliche Gerüchte als böswilligen Klatsch zurückweisen.

Nachdem er diese Lösungen ausgearbeitet hatte, stieg er in unbeschwert-fröhlicher Stimmung aus dem Aufzug und näherte sich entschlossen seinem Büro. Sogar seine Assistentin Cindy stand schon neben ihrem Schreibtisch bereit und rang die Hände, als wollte sie ihm unbedingt einen Gefallen tun. »Bitte, einen Kaffee, Cindy.«

»Mr. Reed, äh …«

Er rauschte an ihr vorbei in sein Büro, wo er so abrupt stehen blieb, als wäre er gegen eine Glaswand gerannt. »Stern?«

Rein äußerlich sahen sich dieser Anwalt und Howard Bancroft zum Verwechseln ähnlich. Der gleiche spitze Kahlkopf nickte auf und ab, als der Mann lediglich kurz angebunden »Mr. Reed« sagte.

»Verdammt noch mal, was tun Sie in meinem Büro? Hinter meinem Schreibtisch?«

Ohne weiter auf die unhöfliche Frage einzugehen, deutete Stern auf die beiden Männer in seiner Begleitung. »Diese Herren arbeiten als Assistenten für meine Kanzlei. Sie haben sich bereit erklärt, Ihnen beim Einpacken Ihrer persönlichen Dinge zu helfen. Ein Vorhaben, das ich sehr genau überwachen werde. Dafür haben Sie eine Stunde Zeit. Dann werde ich Ihnen Ihre Schlüssel zu diesem Büro und Ihren Sicherheitsausweis für das Gebäude abnehmen. Anschließend werde ich Sie zum Ausgang auf die Einundfünfzigste Straße bringen. Darauf hat Ms. Matherly ganz besonderen Wert gelegt, als sie mir die Bedingungen Ihrer sofortigen Entlassung erläutert hat. Sie wollte Ihnen die Peinlichkeit ersparen, zum Hauptausgang hinausgeleitet zu werden. Meiner Ansicht nach war diese rücksichtsvolle Überlegung ihrerseits weitaus großzügiger als Sie es verdienen.« Mit einer raschen Geste setzte er die Assistenten in Bewegung und schaute auf seine Armbanduhr. »Die Zeit läuft. Ich denke, wir sollten anfangen.«

Hinter ihm drückte sich Cindy durch die Tür. »Entschuldigung, Mr. Reed, aber der Bote möchte dieses Päckchen erst abgeben, nachdem Sie die Empfangsquittung persönlich unterschrieben haben.«

Sie war der beste Blitzableiter für seine Wut. Mit zornfunkelnden Augen fuhr er zu ihr herum.

Sie zuckte zurück. Trotzdem warf sie ihm das Päckchen zu und brachte gerade noch heraus: »Es kommt von einem gewissen Parker Evans.«

Maris hatte soeben ihre Lektüre beendet, da kam Mike zurück. Reglos saß sie da, das Manuskript in ihrem Schoß. Sie hatte die letzte Zeile angestarrt, bis die Buchstaben verschwammen.

Schmerz, der den Körper zerfetzt und die Seele mordet.

Dieser Satz und alle vorausgegangenen hatten sie so betäubt, dass sie Mike erst bemerkte, als er sie an der Schulter stupste. »Soweit ich mich erinnere, trinken Sie manchmal gerne Tee. Hoffentlich ist das richtig.«

Benommen nickte sie und nahm ihm den warmen Styroporbecher ab. Er setzte sich in seinen Schreibtischsessel. Als er ein Tütchen Süßstoff aufriss, klang dieses Geräusch in dem kleinen Zimmer unnatürlich laut. »Eins oder zwei?«, fragte er.

»Eins genügt.«

Sie zog den straffen Plastikdeckel vom Becher. Mike schüttete den Tütcheninhalt in den duftenden dampfenden Tee, dann reichte er ihr zum Umrühren einen Plastikstab. Sie rührte viel länger, als nötig war, um den Süßstoff aufzulösen. Beim Kosten verbrannte sie sich die Zunge.

»Das ist nicht das Ende, oder?«, fragte sie.

Stirnrunzelnd betrachtete Mike seinen Kaffee. »Das letzte Kapitel hat er nicht einmal mir gezeigt. Ich bin nicht sicher, ob er's schon geschrieben hat. Vielleicht ist es zu schmerzhaft.«

»Noch schmerzhafter als das? Himmel«, rief sie leise, »das ist unvorstellbar. Ich kann nicht glauben, dass das wirklich passiert ist.«

Viel sagend schaute Mike sie an. Ihre Bemerkung war rein rhetorisch gewesen, denn in Wahrheit glaubte sie jedes Wort von Parkers Darstellung. Das hatte Noah seinem Freund angetan. Sie wusste es. Sie wusste, dass er dazu fähig war.

»Mike, was ist danach geschehen?«

»Todd …«

»Noah. Das ist kein Roman.«

»Noah ist zum Jachthafen zurückgefahren.«

»Wie im Prolog erzählt wurde. Er hat den Hysterischen gemimt. Behauptete, Parker hätte an Bord durchgedreht. Hätte das Mädchen vergewaltigt und ihn angegriffen. Sie hätten gekämpft. Das Mädchen sei über Bord gefallen und Parker auch. Noah habe versucht, beide zu retten.«

»Er muss ins Wasser gesprungen sein, damit seine Kleidung nass war und es so aussah, als hätte er nach ihnen gesucht.«

»Als Auslöser für Parkers gewalttätigen Wutanfall nannte er Neid.«

»Selbstverständlich eine glatte Lüge. Allerdings eine verdammt gute. Eine glaubwürdige. Die Küstenwache organisierte eine Such- und Rettungsaktion.«

»Mary Catherine?«

»Ihr Körper wurde nie gefunden. Offiziell wurde Tod durch Ertrinken festgestellt.«

»Und was war mit Parker?«

Bevor Mike antwortete, trank er einen Schluck Kaffee. Sie durchschaute diese Verzögerungstaktik.

»Parker wurde rein zufällig gefunden. Ein Fischer hat ihn entdeckt. Todd hatte der Küstenwache lediglich die ›ungefähre‹ Position gegeben.«

»Das heißt, meilenweit entfernt.«

»Meilen. Parker war seit Stunden im Wasser gewesen. Dass er noch lebte, war ein Wunder. Wahrscheinlich hat ihm der Schock das Leben gerettet. Er hat weiter mit den Armen gerudert, um nicht unterzugehen. Wie er aber überhaupt zu irgendeiner Bewegung fähig war, das weiß nur Gott. Die Schaufeln des Außenbordmotors haben seine Beine in Stücke zerfetzt. Beim ersten Anblick haben ihn die Fischer mit einem Tierkadaver verwechselt, den jemand als Köder benutzt hat. Wissen Sie, da war so viel Blut im Wasser.«

Mit zitternder Hand stellte Maris den Tee beiseite. Sie hatte nur einen Schluck getrunken.

»Über eine Woche galt sein Zustand als kritisch«, fuhr Mike fort. »Irgendwie hat er überlebt. Schließlich hat man seine Beine wieder zusammengesetzt, Stück für Stück.«

»Er hat mir erzählt, dass er sich mehreren Operationen unterziehen musste. Was hat Noah unterdessen gemacht? Er hat doch sicher befürchtet, Parker würde seine Version der Geschichte erzählen und die Polizei von der Wahrheit überzeugen.«

»Ich habe Ihnen eine stark gekürzte Zusammenfassung gegeben«, erklärte Mike. »Es dauerte Jahre, bis Parkers Beine wiederhergestellt waren. In den ersten Tagen haben die Unfallärzte fieberhaft daran gearbeitet, ihn wenigstens am Leben zu erhalten. Schließlich wurde er von der kritischen Liste gestrichen. Dann kämpfte er auf einer Intensivstation wochenlang gegen eine Infektion. Kein Schmerzmittel war stark genug, ihn für längere Perioden bewusstlos zu halten. Die restliche Zeit brüllte er vor Schmerzen und flehte sie an, ihn zu töten. So viel hat er mir gestanden.«

Mit einer feuchtkalten Hand bedeckte Maris ihre bebenden Lippen. Tränen brannten in ihren Augen.

»Er hatte enorm viel Blut verloren. Vielleicht hat man ihm deshalb nicht sofort die Beine amputiert. Sie hatten Angst, er würde auf dem Operationstisch verbluten. Oder man wollte seinen Zustand stabilisieren, bevor man einen derart traumatisierenden Eingriff wagte. Das alles sind Mutmaßungen; ich weiß es nicht. All das habe ich erst viel später erfahren. Niemand hat mir von dem Unfall erzählt. Erst später habe ich es rein zufällig herausgefunden.

Als er kräftig genug war, um mit dem Wiederaufbau der Beine zu beginnen, hat er mit Zähnen und Klauen gekämpft, wenn einer der Ärzte auch nur das Wort Amputation erwähnt hat. Nicht einmal eine Teilamputation. Ehrlich gesagt, ich weiß nicht, warum sie seine Wünsche beachtet haben. Vielleicht weil er ein junger Mann war. Vielleicht… Ich weiß es nicht«, wiederholte er achselzuckend. »Göttliche Intervention? Vorsehung? Vielleicht haben die Ärzte einfach nur seine Willensstärke bewundert und beschlossen, sie zu honorieren. Jedenfalls hat man ihm die Beine nicht abgenommen. Sie entschieden sich dafür, sie wiederherzustellen, so gut es ging.«

»Ich habe seine Narben gesehen.«

»Die äußerlichen. Die unsichtbaren gehen weitaus tiefer.«

»Verursacht durch Noahs Verrat.«

»Während Parker ums Überleben kämpfte, zog Noah bei den Behörden alle Register. Mary Catherine lebte nicht mehr, um seine Version der Ereignisse in Frage zu stellen. Letztlich stand sein Wort gegen das von Parker. Er stellte Parker als eifersüchtigen, neidischen Hitzkopf dar, der im Suff durchgedreht hatte und gewalttätig geworden war. Er habe Noah attackiert. Als Mary Catherine versuchte, sie auseinander zu bringen, habe Parker um sich geschlagen und sie über die Reling gestoßen. Unter der Wucht seines Hiebs sei er selbst über Bord gegangen. Als die Ärzte den Ermittlern endlich eine Befragung gestattet haben, hatte er Parker bereits in die Defensive gedrängt. Bei der Konfrontation mit den falschen Anschuldigungen hat Parker, nach seinen eigenen Aussagen, Noah in die Hände gespielt. Er reagierte wie ein eifersüchtiger, neidischer Hitzkopf, mit gewalttätigen Untertönen. Sein wildes Leugnen ließ ihn eher schuldig als unschuldig erscheinen. Er drohte, seinen lügnerischen Freund vom Krankenbett aus zu ermorden.«

Mike lächelte. »Ich stelle mir vor, dass er seine Beherrschung der englischen Sprache, der gehobenen wie der Umgangssprache, bestens einzusetzen wusste. Ich kann mir denken, wie er an seinen Armfesseln gezerrt hat und buchstäblich Schaum vor dem Mund hatte.«

»Vermutlich ist das nicht übertrieben.«

»Jedenfalls erweckte er den Eindruck eines tollwütigen Irren, der für sich und andere gefährlich ist. Man glaubte Noah, nicht Parker. Mary Catherines Ertrinken wurde ihm als fahrlässige Tötung angelastet. Als er das Krankenhaus verlassen konnte, wurde er angeklagt und vor Gericht gestellt. Er bestritt nichts.«

»Warum nicht?«, rief Maris aus. »Er war unschuldig.«

»Trotzdem fühlte er sich verantwortlich.«

Sie schüttelte den Kopf. »Noah war's.«

»Ich teile Ihre Ansicht, aber Parker machte sich Vorwürfe, weil er sie nicht hatte retten können. Noah nahm an der Verhandlung gegen Parker nicht teil, sondern schickte ein Videoband mit einer Aussage unter Eid. Er wirkte bescheiden und bekümmert und redete leise, wenn er nicht sogar offen weinte. Er sagte, er bedaure es, die schreckliche Wahrheit über jenen Tag erzählen zu müssen. Damals habe sich eine Doppeltragödie ereignet, sagte er. Mary Catherine sei ertrunken, und seine Freundschaft mit Parker Evans gestorben. Er hätte geglaubt, ihn zu kennen, aber binnen weniger Stunden habe sich sein bester Freund in seinen Feind verwandelt. Er sagte, Parker und er hätten sich näher gestanden als zwei Brüder, aber als Noah mehr Erfolg hatte, hätte dies in Parker etwas ausgelöst. Ihn verdreht. Mit ernstem Blick in die Kamera hat Noah geschluchzt: ›Ich begreife nicht, was mit Parker an diesem Tag passiert ist. Er hat sich in einen hinterhältigen Lüstling und Mörder verwandelt.‹ Ich denke, ich zitiere korrekt.«

Maris holte tief Luft und atmete langsam aus. »Also hielt Noah dank *Vernichtet* mit Glanz und Gloria Einzug in New York.«

»Und Parker wanderte ins Gefängnis.«

»*Gefängnis?* Gefängnis.« Sie senkte den Kopf und rieb sich

die Stirn. »Einmal hat er mir erzählt, er habe Jahre in Rehabilitationskliniken und ›anderen Institutionen‹ verbracht. Dass er damit aufs Gefängnis angespielt hat, hätte ich mir nie träumen lassen.«

»Auf Grund mildernder Umstände und seiner körperlichen Verfassung wurde er in den offenen Strafvollzug eingewiesen und durfte sein Behandlungsprogramm und seine Physiotherapie fortsetzen. Nachdem er zweiundzwanzig Monate seiner achtjährigen Strafe abgebüßt hatte, wurde er freigelassen. Möglicherweise wäre es besser für ihn gewesen, wenn ihn der Staat noch länger behalten hätte. Allein kam er nicht sonderlich gut zurecht.« Er musterte sie unter seinen Augenbrauen. »Ich glaube, Sie wissen, dass er bereits ziemlich tief gesunken war, als ich erfuhr, was meinem Musterschüler zugestoßen war und mich auf die Suche nach ihm machte.«

Sie nahm die Seiten aus ihrem Schoß und strich sie glatt. »Ich bedauere, dass ich Noah Reed jemals begegnet bin. Mike, ich habe ihn geliebt oder dachte es wenigstens. Ich war mit ihm verheiratet, wollte Kinder von ihm haben. Wie konnte mir entgehen, wer er wirklich ist?«

»Sie haben nicht hingeschaut. Sie wussten nicht, wie man hinsieht.«

»Trotzdem hätte ich die Signale deuten müssen. Dass er hier die Universität besucht hat, wusste ich, obwohl er nie ein Wort über sein Leben vor seiner Zeit in New York verloren hat. Nicht einmal eine beiläufige Bemerkung. Er besaß keinerlei Andenken oder Fotos, nur eines als kleiner Junge mit seinen Eltern. Nie hat er Kontakt mit alten Freunden gepflegt; nie in Erinnerungen geschwelgt. Er meinte, er ziehe ein Leben in der Gegenwart allen Besuchen in der Vergangenheit vor. Und ich Dumme habe diese Erklärung ohne zu hinterfragen akzeptiert. Warum bin ich nie auf die Idee gekommen, dass er etwas verbirgt?«

»Maris, gehen Sie nicht allzu hart mit sich ins Gericht. Noah, das sind zwei grundverschiedenen Menschen, die einen einzigen Körper bewohnen. Sie sind nicht die einzige Düpierte.«

»Handelte es sich um ein Element im Plot von *Neid*, oder haben Sie Parker tatsächlich einen Brief geschrieben, worin Sie ihn warnten, Noah nicht den Rücken zuzukehren?«

»Ich habe einen ganz ähnlichen Brief geschrieben wie den, den Parker uns laut vorgelesen hat. Eigentlich fast wortwörtlich.«

»Also haben *Sie* Noah durchschaut, obwohl er nur Ihr Student war. Ich war seine Frau. Keine gute Empfehlung für meine Beobachtungsgabe.«

»Denken Sie daran, Parker hat mit ihm zusammengelebt. Fast sechs Jahre. Hier auf dem Campus und danach in Florida. Gelegentlich hat er zwar Spuren von Egoismus und Egozentrik entdeckt, aber auch er hat erst in jener Nacht im Wasser begriffen, dass Noah durch und durch böse ist.«

»Das glaube ich gern. Erst neulich war mir ein kurzer Blick auf dieses böse Alter Ego gestattet.« Sie schaute auf die Seiten, die immer noch in ihrem Schoß lagen, und strich fast liebkosend über das Deckblatt. »Im Vergleich zu Noah ist Parker nicht böse. Aber grausam ist er.« Sie hob den Kopf, schaute zu Mike hinüber und sagte: »Mike, warum hat er das getan?«

»Aus Rache.«

»Warum hat er mich hineingezogen?«

»Maris, ich entschuldige mich in aller Form für meinen Anteil daran. Mir war von Anfang an nicht wohl dabei. Und als ich Sie dann kennengelernt habe, mochte ich es ganz und gar nicht mehr.« Er machte es sich in seinem Sessel bequem und fixierte eine Ecke der Zimmerdecke, während er seine Gedanken ordnete. »Schauen Sie, auf diesem belastenden Video hat Noah Parker beschuldigt, mit Mary Catherine Sex gehabt zu haben.«

»Also hat er die Unterstellung Realität werden lassen. Mit mir.«

»So ähnlich. Eigentlich hätte Parker der Erfolg der Mackensie-Roone-Bücher genügen müssen. Tat es aber nicht. Die beste Rache, die er sich ausdenken konnte, war die Story von ihm und Noah. Und zwar so gut geschrieben, dass er Sie damit faszinieren konnte, eine angesehene Lektorin.«

»Die zufälligerweise auch Noahs Frau war.«

»Meiner Ansicht nach kam ihm diese Idee, als er las, dass Noah Sie geheiratet hatte.«

»Ich war der Katalysator, der den Plot in Bewegung setzte.«

Mike nickte ernst. »Jeder gute Plot hat eine Komponente, die alle anderen miteinander verbindet. Der rote Faden, der die Einzelteile zusammenknüpft.«

»Wie soll das Ende aussehen?«

»Das wollte er mir nicht sagen.«

»Vielleicht hat er keines. Vielleicht genügt es ihm als Rache, dass er mich getäuscht und mit mir geschlafen hat, und sich deshalb nun ins Fäustchen lachen kann.«

Mike reagierte auf ihre unverhohlene Bitterkeit. »Maris, ich rechtfertige seine Tat nicht, aber ich kann sie verstehen. Parkers Gefühlsleben kennt nur zwei Empfindungen: Leidenschaft oder gar nichts. Das ist für ihn die einzig sinnvolle Erfahrungsebene. Sonst braucht er sich gar keine Mühe zu machen. Wie sollte er da, was Rache betrifft, weniger leidenschaftlich sein?«

»Er wollte, dass Noah wenigstens eine Spur von den Schmerzen erlebt, die er seinetwegen erdulden musste. Er wollte, dass Noah weiß, was es heißt, sich maßlos betrogen und verraten zu fühlen. Deshalb hat Parker Sie mit Tricks dazu gebracht, zu ihm zu kommen. Sie beide haben Noah betrogen, indem Sie miteinander geschlafen …«

»Oh, mein Gott!« Sie packte Mike am Ärmel. »Ich weiß jetzt, wie das Ende aussieht .«

»Das Ende?«

»Des *plots.* Sein Ende.« Sie befeuchtete ihre Lippen. Ihre Stimme überschlug sich. »Eben haben Sie aus Noahs Video-Aussage zitiert. Er hat behauptet, Parker hätte sich verwandelt. In einen hinterhältigen Lüstling und …«

»In einen Mörder«, beendete Mike den Satz, wobei er sich gegen die Stirn schlug. »Verdammt, warum bin ich nur so alt und blöd?! Ich hätte merken müssen, worauf er abzielt. Deshalb hat er mir das letzte Kapitel nicht gegeben.«

Hastig ratterte Maris ihre Gedanken herunter. »Parker hat alles getan, was ihm Noah unterstellt hat. Mit einer Ausnahme …« Alarmiert schaute sie Mike an. »Das kann er nicht«, sagte sie mit belegter Stimme. »Das würde er nicht tun. Ich weiß es.«

»Ich glaube es ja auch nicht.«

Doch keiner klang überzeugt. »Dazu ist er nicht fähig«, betonte sie. »Sonst hätte ich mich nicht zu ihm hingezogen gefühlt, hätte mich nicht …«

»In ihn verliebt?«

»Um Himmels willen, Mike, ich hatte mich in die Hauptfigur aus *Vernichtet* verliebt und diese Liebe auf den Autor übertragen. Sehen Sie nur, was mir das eingebrockt hat. Ich traue meinen Emotionen nicht mehr. Ich habe gedacht, Parker läge wenigstens etwas an mir. Andernfalls hätte ich nicht mit ihm geschlafen. Aber vielleicht irre ich mich schon wieder. Vielleicht …«

Als sie sich erneut Parkers grausames Verhalten an jenem Schreckensmorgen ins Gedächtnis rief, presste sie die Faust aufs Herz. In Anbetracht des Ausmaßes an Schmerz und Groll, Bitterkeit und Wut, die die letzten vierzehn Jahre in ihm gebrodelt hatten, war er vielleicht doch zu einem Mord fähig.

In seiner Vorstellung hatte ihm Noah das Leben gestohlen, das er für sich geplant hatte. Wie du mir, so ich dir. Auge um Auge. Noahs Leben für dasjenige, das Noah ihm genommen hatte. Noahs Leben zum Ausgleich für das von Mary Catherine.

Nun, *das* konnte sie leicht glauben. Parker mochte nicht aus Rache töten, aber durchaus aus Gerechtigkeitssinn. Er hatte dieses Mädchen gemocht, hatte sie als seine Freundin betrachtet und mit ihr gefühlt. Rache für ihren Tod würde er für gerechtfertigt halten.

Sie sprang hoch. »Wir müssen ihn aufhalten.«

Doch an der Tür blieb sie abrupt stehen. Ihre Panik war unnötig. Sie faltete die Hände und beugte den Kopf wie im Gebet darüber. »Gott sei Dank.« Dann drehte sie sich um und sagte zu Mike: »Wir kommen noch nicht zu spät. Noah hat keine Ahnung, dass Parker der Schriftststeller ist, mit dem ich gearbeitet habe. Er hat *Neid* noch nicht gelesen.«

Entsetzt stöhnte Mike auf. »Oh, nein.«

35

Die herablassende Haltung, mit der Noah, soeben auf einem gemieteten Boot vom Festland herübergekommen, Terry's Grillbar betrat, katapultierte ihn auf der Stelle an die Spitze der bedrohten Tierarten.

Die Einheimischen mochten Nicht-Insulaner generell nicht, aber ganz besonders unbeliebt waren diejenigen, die sie hochnäsig behandelten. Noah Reed war auf den ersten Blick unten durch. Wahrscheinlich hätte man ihn nicht einmal sein Boot am Pier festbinden lassen, wenn Parker nicht verbreitet hätte, dass er einen Stadtfrack aus dem Norden erwartete. Falls jemand einer solchen Person ansichtig würde, sollte er ihn zu Terry's verweisen, wo Parker warten würde.

Noah trat an die Bar und wandte sich mit einem unhöflichen »He da!« an Terry.

Terry, der zufälligerweise gerade eine Bierflasche entkorkte, ließ diese über den Tresen zu einem seiner Stammgäste rutschen, ohne Noah auch nur eines Blickes zu würdigen.

»Hast du mich nicht gehört?«

Terry schob ein zerkautes Streichholz von einem Mundwinkel in den anderen. »Hab dich schon gehört. Wenn Leute mit mir reden wollen, machen sie's, wie sich's gehört, sonst verschwinden sie besser. Und jetzt verpiss dich aus meiner Bude.«

»Meiner Meinung nach hast du schon deine Begrüßung versiebt, Noah.« Beim Klang seiner Stimme wirbelte Noah herum. Parker grinste zu ihm hoch. »Übrigens, Rekordzeit.«

Noah musterte Parker und seinen Rollstuhl lange und langsam. »Sie hat mir erzählt, dass du ein Krüppel bist.«

Terry zog unter dem Tresen einen Baseballschläger heraus. Einer der Stammkunden griff nach seinem Messer, das in einer Scheide am Gürtel steckte. Andere schauten ihn nur finster an.

»Mir hat sie erzählt, du bist ein Arschloch«, erwiderte Parker, ohne dass sein Lächeln verrutschte. »Aber das wusste ich ja schon.«

Noah lachte. »Sofort wieder in unserem üblichen Geplänkel, nicht wahr? Wusste gar nicht, wie sehr ich das vermisst habe.«

»Komisch, ich habe gar nichts vermisst. Willst'n Bier?«

Noah warf Terry einen schiefen Blick zu. »Ich glaube, ich passe.«

Parker bedeutete Noah mit einer Kopfbewegung, er solle ihm ins Freie folgen. »Ich zahl dann später, Terry.«

»Kein Problem.«

Alle Augen in der Bar folgten ihnen, als sie durch die Schwingtür in die Gluthitze hinaustraten.

»Du hast wirklich Nerven, Noah. Das muss ich dir lassen.«

»Weil ich zu dir gekommen bin?«, höhnte Noah.

»Nein. Weil du mit diesen Slippern Terry's Bar betreten hast.« Sein Blick wanderte zu Noahs Gucci-Schuhen mit dem goldenen Logo auf der Schnalle hinunter. »Der letzte Schrei.«

Noah überging die Spitze und zog sein Sakko aus. »Reizendes Klima«, bemerkte er sarkastisch.

»Erinnert irgendwie an Key West.«

Noah stockte kein bisschen, ließ sich allerdings auch nicht ködern. Parker brachte ihn zum Gator. »Steig ein.«

»Wie putzig.« Er nahm auf dem leuchtend gelben Sitz Platz. »Davon sieht man nicht viele auf der Park Avenue.«

Mit Hilfe seiner Arme hievte sich Parker auf den Fahrersitz, dann griff er nach seinem Rollstuhl, faltete ihn zusammen und verstaute ihn im Anhänger. Während er die Zündung einschaltete, sagte er: »Noah, du hast dich zum echten Yankee-Snob entwickelt.«

»Du bist nur alt geworden.«

»Das kommt von den vielen Schmerzen.«

Die nächsten fünf Minuten fuhren sie schweigend dahin. Noah legte ein bewusstes Desinteresse für die Insel an den Tag. Ohne einen einzigen Kommentar über die Landschaft oder einen Blick darauf schaute er unverwandt auf die schmale Straße vor ihnen. Parker dagegen winkte den Leuten zurück, denen sie unterwegs begegneten.

Nachdem ihn eine Dame lautstark von ihrer Veranda aus gegrüßt hatte, drehte sich Noah zu ihm. »Was bist du, der Eingeborenenpromi?«

»Nur der Inselkrüppel.«

»Verstehe.«

»Außerdem der einzige Berufsschriftsteller, den sie kennen.«

»Du hast doch dein Buch noch gar nicht verkauft.«

»Nein, aber die Mackensie-Roone-Romane verkaufen sich wie Gummis im Puff.«

Endlich. Endlich hatte er Noah eine ehrliche Reaktion entlockt. Er lachte über seine verblüffte Miene. »Hast du nicht gewusst? Na ja… Überraschung!«

Mit einer Seelenruhe, an die sich Parker noch gut erinnerte, fing sich Noah rasch wieder. »Damit leistest du dir also das hübsche Haus und den loyalen Diener, den meine Frau erwähnt hat.«

Noahs besitzergreifende Bemerkung über Maris war Parker nicht entgangen, trotzdem ging er nicht darauf ein. »Ich versuche, das Haus in ein Zuhause zu verwandeln. Das erfordert immer noch viel Arbeit. Außerdem hat mir mein loyaler Diener diese Woche gekündigt und ist auf und davon.«

»Wie kommt das?«

»Er hält mich für einen von Grund auf verdorbenen Menschen und sagte, er wolle mit mir nichts mehr zu tun haben.«

»Und das nennst du loyal?«

»Ach, der kommt schon wieder.«

»Bist du dir dessen sicher?«

»Ziemlich, ja.«

Als sie die verlassene Baumwollmühle erreichten, war die

Sonne fast hinter den Baumkronen untergegangen. In der hereinbrechenden Dämmerung wirkte sie noch trostloser als bei vollem Tageslicht. Der wilde Wein schien sich noch fester daran zu klammern, als wollte er sie vor der nahenden Dunkelheit schützen.

Noah taxierte das baufällige Gebäude. »Ich sehe, was du du meinst – dass hier noch viel Arbeit nötig ist.«

Parker griff nach hinten in den Anhänger und hob seinen Rollstuhl schwungvoll auf den Boden. »Es handelt sich zwar nicht um meine Heimstatt, trotzdem ist es ein interessantes Gebäude. Da du nun schon mal hier bist, solltest du auch die örtliche Geschichte ein wenig kennen lernen.«

Er rollte den Stuhl in die Mühle. Damit blieb Noah nichts weiter übrig, als ihm zu folgen. Drinnen drangen die letzten matten Sonnenstrahlen durch die Risse in den Wänden. Die Löcher in der Decke projizierten kleine Lichtscheiben auf den Boden, die an verstreute Münzen erinnerten. Ansonsten füllten tiefe Schatten das düstere Innere. Die Luft war so schwer und reglos, dass man beinahe bewusst ans Einatmen denken musste.

Wie ein Reiseleiter mit einem einstudierten Sermon machte Parker auf gewisse Einzelteile der Baumwollmühle aufmerksam. Bei einigen nahm er auf wahre Ereignisse und Legenden Bezug, wie er sie auch Maris erzählt hatte, einschließlich des gescheiterten Plans, alles auf Dampfkraft umzustellen.

Noah hatte den Monolog satt und unterbrach Parker mitten im Satz. »Ich habe dein Buch gelesen.«

Parker drehte langsam seinen Rollstuhl herum und schaute ihm ins Gesicht. »Natürlich hast du das getan, Noah. Sonst wärst du nicht hier. Wann hast du es bekommen?«

»Heute Morgen.«

»Schnelle Reaktion. Der Traum jedes wartenden Schriftstellers.«

»Ich musste lediglich die ersten Seiten lesen, dann war mir klar, worauf der Plot hinauslief. Übrigens, sehr gut geschrieben.«

»Danke.«

»Ich habe einen Privatjet gechartert, um ja keine Zeit zu verlieren. Auf dem Flug habe ich das restliche Manuskript überflogen.«

»Aber du kennst die Story doch schon.«

»Ich werde dafür sorgen, dass sie nie gedruckt wird.«

Parker zuckte belämmert die Schultern. »Da sieht man wieder, wie man sich irren kann. Und ich dachte, du wärst nach all den Jahren vielleicht doch bereit, dein Gewissen zu erleichtern.«

»Parker, lass den Blödsinn.« Wie eine Peitsche knallte Noahs Stimme durch die Stille. »Gehe ich recht in der Annahme, dass es sich bei *Neid* um das Manuskript handelt, von dem Maris geschwärmt hat?«

»Ganz genau. Sie hat jedes Wort gelesen. Mehrmals. Die Story gefällt ihr. Sie liebt das Konzept, die Dynamik, die sich zwischen den beiden wetteifernden Freunden entwickelt. Sagt, die Figuren seien lebendig gezeichnet. Hält Roark für einen Prinzen und Todd … na ja, für keinen Prinzen.«

»Sie lässt sich von Melodramen leicht beeindrucken.«

»Falsch. Sie ist eine gute Lektorin.«

»Ein Schulmädchen in Mamas Sonntagsstaat.«

»Sie ist eine Lady mit Klasse.«

»Liebe Güte«, kicherte Noah, »du hast sie gevögelt, stimmt's?«

Parker biss die Zähne zusammen und verweigerte eine Antwort, worauf Noah lauthals loslachte.

»Ach, Parker, Parker, deine Haare werden langsam grau, und dein Gesicht hat mehr Falten als ein alter Theatervorhang. Trotzdem ist einiges unverändert. Du bist immer noch der ritterliche Liebhaber, der genießt und schweigt.«

Amüsiert schüttelte er den Kopf. »Für Frauen hattest du schon immer eine Schwäche. Selbstverständlich weiß ich, warum du so brennend daran interessiert warst, Maris ins Bett zu bekommen. Du wolltest mir Hörner aufsetzen. Dazu hast du dich ganz schön weit aus dem Fenster gelehnt. Hoffentlich warst du nicht allzu enttäuscht, denn bei ihr geht nicht gerade die Post ab, hab ich Recht?«

Anzüglich schaute er auf Parkers Schoß. »Vielleicht bist du ja auch für jede sexuelle Gunst bemitleidenswert dankbar. Sogar für Maris' hölzerne Bemühungen.« Nachdenklich kratzte er sich an der Nase. »Obwohl, sie hat da unten einen ganz schön üppigen Pelz. Das ist dir sicher aufgefallen.«

Parker hätte ihn liebend gern umgebracht. Er hatte nur noch einen Wunsch: Noah beim Sterben zuzusehen, wie er langsam unter Todesqualen verreckte und dabei spürte, wie die Flammen der Hölle immer höher züngelten.

Doch Noah war sich der mörderischen Impulse, die er auslöste, nicht bewusst, und fuhr nonchalant fort: »Nicht dass ich mich über Maris beklage, verstehst du. Sie hat sich ganz gewiss als nützlich erwiesen.«

»Zur Förderung deiner Karriere.«

»Das stimmt.« Er trat einen Schritt näher. »Außerdem musst du wissen, Parker, dass ich mir von nichts und niemandem all das rauben lassen würde, was ich erreicht habe. Dein Buch da wird nie veröffentlicht.«

»Ehrlich gesagt, Noah, habe ich es auch gar nicht dazu geschrieben, sondern nur für mich selbst.«

»Als kathartische Autobiografie?«

»Nein.«

»Als Einstieg, um meine Frau zu vögeln?«

»Nein.«

»Parker, du strapazierst meine Geduld.«

»Ich habe es geschrieben, um dich hierher zu locken, in mein Revier, damit ich dein Gesicht beobachten kann, wenn du stirbst. Genau wie du mir in jener Nacht vom Steuerrad des Bootes zugeschaut hast.«

Noah schnaubte. »Was? Willst du mich mit deinem Rollstuhl überfahren?«

Parker lächelte nur und zog einen kleinen Transistor aus der Hemdtasche.

»Ach, ich verstehe, du willst mich mit einer Fernbedienung erschlagen.«

»Dieses Gebäude gehört mir«, meinte Parker im Plauderton. »Ich mag es. Angenehme Atmosphäre. Aber ein paar Leute meinen, es gefährde Kinder, wenn sie zufällig hier herumstreunen. Durch den aufgelassenen Brunnen und so.« Er deutete mit dem Daumen in die Richtung. »Deshalb habe ich mich entschlossen, meinen Mitbewohnern auf der Insel einen Gefallen zu tun und es zu zerstören.«

Er drückte einen Gummiknopf auf dem Transistor. Aus dem Schatten in einer entfernten Ecke ertönte ein lauter Knall, gefolgt von einem Funken. Verblüfft wirbelte Noah herum und schaute zu, wie eine Flamme am verwitterten Holz hochleckte.

Parker gab seinem Stuhl einen kräftigen Stoß in Noahs Richtung. Der spürte die Bewegung, drehte sich um und stürzte sich auf ihn. Seine täglichen Übungen im Fitnessstudio hatten ihn beweglich gehalten. Er hatte gute Reflexe und landete mehrere gezielte Hiebe.

Aber Parker hatte eine exzellent entwickelte Arm- und Brustmuskulatur. Schließlich war er seit Jahren darauf angewiesen. Die meisten Schläge blockte er ab und besaß dabei so viel Kraft im Oberkörper, dass er im Stuhl sitzen blieb. Sein wirklicher Vorteil bestand jedoch in der genauen Kenntnis von Noahs Art zu kämpfen. Noah kämpfte hinterhältig. Er kämpfte, um zu gewinnen. Und das Wie war ihm dabei egal.

Als ihn Noah rücklings auf den offenen Brunnen zuzutreiben begann, war Parker nicht überrascht. Er ging in die Defensive, holte zu waghalsigen Schwingern aus, denen Noah mühelos auswich. Kaum spürte Noah, wie Parkers Kräfte nachließen, da kämpfte er noch härter. Parkers hektische Bemühungen steigerten nur Noahs Entschlossenheit, ihn unter allen Umständen zu besiegen. Noch ergrimmter ging er in heller Wut auf ihn los. Das Raubtier beim tödlichen Sprung.

Dann rammte Parker genau im richtigen Moment die Bremse in seinen Rollstuhl. Sie verbiss sich ins Gummirad und brachte den Stuhl abrupt zum Stehen. Damit hatte Noah nicht gerechnet. Die Trägheit seine Körpermasse trieb ihn vorwärts. Seine Gucci-

Schuhe verfingen sich im niedrigen Brunnenrand und brachten ihn zu Fall. Er ruderte durch die Luft. Dann trat er ins Nichts.

Sein verblüffter Schrei war das Höllenecho Mary Catherines, mit dem sie damals rücklings über die Reling gestürzt war.

Parker atmete rau und laut. Er wischte sich die blutige Nase am Hemdsärmel ab.

»Du Scheißkerl!«, schrie Noah zu ihm hinauf.

»Der Sturz hat dich also nicht umgebracht?«

»Drecksack!«

»Noah, du bist ein schlechter Verlierer. Der Krüppel hat dich ausgetrickst. Hattest du das nicht für mich geplant? Wolltest du mich nicht in den Brunnen stoßen? Was glaubst du, warum habe ich immer wieder davon erzählt? Vorankündigung, Noah. Jeder Schriftsteller, der auch nur einen Schuss Pulver wert ist, hätte das erkennen müssen.«

»Hol mich hier raus.«

»Ach, Noah, sei doch kein solches Baby. Der Brunnen ist bei weitem nicht so tief wie der Atlantik. Soweit ich weiß, schwimmen hier auch keine Fleisch fressenden Tierchen herum. Bei Schlangen wäre ich mir allerdings nicht so sicher«, fügte er nach kurzem Nachdenken hinzu.

»Was hast du jetzt vor? Willst du ihn fluten und mich ertränken?«

»Halt mich wenigstens nicht für saublöd. Dann müsstest du doch nur so lange auf der Stelle treten, bis er mit Wasser vollgelaufen ist.«

»Und wozu dann das Ganze?«

Parker löste die nächste Sprengladung aus. »Davon gibt's noch zwölf, Noah. Aber bis ich alle gezündet habe, bist du schon erstickt. Eine Rauchvergiftung ist zwar bei weitem nicht so dramatisch, wie wenn man Salzwasser in die Lunge bekommt oder von einem Hai gefressen wird, aber auch sie wirkt ganz ordentlich, findest du nicht auch?«

»Oho, Parker, du machst mir Angst. Soll ich dir wirklich glauben, dass du mich hier unten sterben lässt?«

»Warum nicht? Ich bin ein Mörder. Hast du doch selbst gesagt. Weißt du noch? Na komm, streng dein Gedächtnis mal ein bisschen an. Ich bin sicher, dann fällt's dir wieder ein. Schließlich musst du deine Flennarie doch tausend Mal geprobt haben. Muss schon sagen, die Tränen haben überzeugend gewirkt. Selbst ich hätte sie dir beinahe abgekauft. Bis zu dem Tag auf dem Boot waren wir wie David und Jonathan. Dann habe ich mich in einen hinterhältigen Lüstling und Mörder verwandelt. Tut sich da was in deiner Erinnerung?«

»Ich habe … Ich habe …«

»Du hast mich ins Gefängnis gebracht. Da ich meine Zeit abgesessen habe, halte ich es nur für fair, wenn ich auch das Verbrechen begehe.«

Einige Zeit war Noah stumm, dann sagte er: »Ich glaube, ich habe mir den Knöchel gebrochen.«

»Du brichst mir das Herz.«

»Hör zu, Parker, ich habe Schmerzen.«

»Du bist noch nicht einmal in der Nähe davon, Noah.«

»Okay, was ich getan habe … Es war falsch. Ich bekam es mit der Angst zu tun. Bin erstarrt. Bin weggerannt. Als mir erst mal klar war, was ich getan hatte, gab es keinen anderen Ausweg mehr. Ich kann verstehen, dass du mir grollst. Aber nun sind wir quitt.«

»So wie damals, als du mich einfach draußen auf dem Ozean hättest lassen können? Hat das nicht gereicht? Musstest du auch noch Mary Catherine sterben lassen?«

»Damit kommst du nicht durch«, sagte Noah in einem ganz neuen Ton.

»Ach, das glaube ich aber doch. Dir ist es gelungen.«

»Die Leute werden den Rauch sehen und die Feuerwehr rufen.«

»Wir befinden uns auf der anderen Seite der Insel. Bevor die hier eintreffen, bist du längst erstickt.«

»Und du wirst daran schuld sein.«

»Das glaube ich nicht. Bei Terry's hat jeder deine grausame

Bemerkung gehört. Sie wissen, dass deine Frau einige Wochen unter meinem Dach gewohnt hat. Man wird vermuten, du seist aus Yankeeland hier runtergekommen, um mir den Arsch aufzureißen. Aber für sie bin ich nur der arme Krüppel, der weiter unten an der Straße wohnt. Und jetzt, wem wird man glauben? Was denkst du? Für welche Variante wird man sich *entscheiden*?

Ich muss denen doch nur die Wahrheit sagen. Wir hatten eine Auseinandersetzung. Du bist auf mich losgegangen. Als Beweis kann ich meine blutige Nase vorweisen. Du hast das Gleichgewicht verloren und bist in den Brunnen gefallen. Leider hatte ich bereits die Sprengladungen gezündet und konnte das Unvermeidliche nicht mehr verhindern. Ich habe versucht, dich zu retten, aber leider vergebens. Ich bin ein Krüppel, weißt du noch?«

Er lugte über den Rand und lächelte zu Noah hinunter, dessen Gesicht als blasses Oval vom Grund des trockenen Brunnens zu ihm heraufsah. »Die Story ist genauso plausibel wie die, die du der Küstenwache erzählt hast. Meinst du nicht auch?«

»Parker. Parker. Hör mir zu.«

»Entschuldige mich einen Moment.« Er drückte einen Knopf. Wieder flammte eine Sprengladung auf. Inzwischen fraßen die Flammen bereits an zwei Stellen der hölzernen Außenwand. Allmählich züngelten sie bis zum oberen Stockwerk hinauf.

»Parker, hör auf damit!«, rief Noah.

»Nein.«

»Um Himmels willen!«

»Um Himmels willen? Du meinst wohl eher um deinetwillen, Noah, oder? Ich glaube, selbst Gott hätte für alles, was ich dir antue, Verständnis, und würde mir verzeihen. Ich hatte mir überlegt, dich zu erschießen. Und das wär's dann gewesen. Ich hätte auf Selbstverteidigung plädiert und wäre damit durchgekommen.

Aber dann dachte ich an die Stunden, die ich in diesem beschissenen Ozean herumgerudert bin, bevor man mich gerettet hat. Ich dachte an die Stunden, die ich unter unerträglichen Schmerzen in Rehabilitationskliniken verbracht habe. Irgendwie erschien mir eine Kugel zu gut für dich. Auf das hier habe ich vierzehn Jahre warten müssen. Dein rascher Tod wäre bei weitem keine so große Genugtuung. Ich habe überlegt, ob ich dir die Eier abschneiden und dich verbluten lassen sollte, so wie es mir fast ergangen wäre. Aber das hätte eine Riesensauerei gegeben, und außerdem fiel mir dazu keine vernünftige Rechtfertigung ein.

Dann war ich eines Tages hier drinnen und dachte mir einen Deck-Cayton-Roman aus. Als ich mich zufälligerweise dabei ertappt habe, wie ich diesen Brunnen anstarrte, fiel es mir ein«, sagte er und schnalzte mit den Fingern. »Einfach so. Vor meinem inneren Auge sah ich dich vor mir, wie du mit tränenden Augen nach Luft ringst, und dir der Rotz aus der Nase rinnt. Das hat mich so erregt, ich hätte mir fast in die Hosen gemacht.«

Übrigens, mein Glied funktioniert prima, danke schön. Verheiratet mag Maris ja mit dir gewesen sein, aber deine *Frau* war sie nie. Du kennst sie überhaupt nicht. So weit bist du nicht einmal im Entferntesten gekommen.

Also, wo war ich? Ach, jaja, da hab ich mir 'nen alten Knaben geholt, der auf der Insel lebt. Der hat mir diese Sprengladungen installiert. Ganz einfach. Funktioniert wie ein automatischer Kaminanzünder. Ich habe angekündigt, dass ich dieses Gebäude abbrennen werde. Mit einem kontrollierten Brand, verstehst du. So wie man es früher mit den Zuckerrohrfeldern hier auf der Insel gemacht hat. Keine großen Flammen, viel Rauch.«

Inzwischen roch es ziemlich streng.

»Parker, du musst uns hier rausschaffen.«

Parker lachte. »Mir wird das nicht schwer fallen. Ich habe Räder, doch du, du sitzt in der Scheiße.«

Noah versuchte es anders. »Okay, du willst, dass ich bettle. Ich bettle. Hol mich hier raus.«

Der Rauch brachte Parker zum Husten. »Sorry, Noah. Es ist

zu spät, selbst wenn ich's wollte. Ich muss mich selbst retten. Damit beraube ich mich zwar des Vergnügens, dich sterben zu sehen, aber …«

»Parker! Tu das nicht.« Noah schluchzte. »Bitte, lass mich nicht sterben. Was soll ich sagen?«

Parker starrte zu ihm hinunter. Seine Gesichtszüge verhärteten sich. Jeder Anflug von Humor war verschwunden. »Sag, dass es dir Leid tut.«

Noah hörte zu schluchzen auf, schwieg aber weiter störrisch.

»Hast du wenigstens Mary Catherines richtigen Namen gekannt?«

»Welchen Unterschied macht das?«

»Sie hieß Sheila. Du hättest wenigstens den Namen des Mädchens kennen sollen, das dein Baby verloren hat.«

»Da war kein Baby. Das war ein Weibertrick. Eine Falle.«

»Also hast du es gewusst«, murmelte Parker. »Ich hatte mich schon gewundert.«

»Parker, das ist doch Schnee von gestern.«

»Falsch. Die Sache ist sogar brandaktuell. Wenn du hier lebend herauskommen willst, Noah, dann gestehe, dass du Mary Catherine über Bord gestoßen und nichts zu ihrer Rettung unternommen hast. Rein *gar nichts*.«

Noah zögerte. Parker legte die Hände auf die Räder seines Rollstuhls und begann, ihn herumzudrehen. »Und tschüss.«

»Warte! Na schön! Was mit Mary Catherine …«

»Sheila.«

»Sheila. Was mit Sheila passiert ist, war meine Schuld.«

»Und ich? Du hast mich absichtlich mit dem Boot überfahren.«

»Ja.«

»Sag es.«

»Ich habe dich absichtlich mit dem Boot überfahren.«

»Warum?«

»Ich … Ich habe versucht, dich zu töten, damit es nach einem Unfall aussah. Ich wollte dich aus dem Weg haben.«

»Wegen deiner Karriere.«

»Stimmt.«

»Hast du deshalb auch Daniel Matherly umgebracht?«

»Scheißkerl!«

»Du hast ihn umgebracht, nicht wahr?«, brüllte Parker zu ihm hinunter. »Gesteh's, oder du erstickst, du Drecksack. Wenn du nicht schon vorher in deiner eigenen Pisse ersäufst.«

»Ich … Ich …«

»Noah, wie hast du diesen Sturz arrangiert?«

»Ich habe ihn provoziert. Mit seinem alten Judenfreund. Da wurde er wütend und ging auf mich los. Ich bin ausgewichen …«

»Du hast ihn gestoßen.«

»Na schön.«

»Sag es!«

Noah gab nach. Inzwischen war er verzweifelt. »Ich habe ihn gestoßen. Das hätte ich nicht tun müssen, aber ich hab's getan. Nur um sicher zu gehen.«

Der Rauch brachte Parker zum Husten. Seine Augen brannten. »Noah, du bist abscheulich. Ein widerlicher Mensch. Ein Mörder.« Bedauernd schüttelte er den Kopf. »Trotzdem bist du keinen Mord wert.«

Parker rollte den Stuhl rückwärts. In Panik schrie Noah seinen Namen vom Grund des Brunnens. Nur kurze Zeit war er außer Sichtweite. So lange dauerte es, das Seil zu holen, das er für diesen Augenblick versteckt hatte. Er ließ es über den Brunnenrand baumeln, wo Noah es sehen konnte. »Bist du sicher, dass du von mir gerettet werden willst? Du wirst ins Gefängnis kommen, das weißt du.«

»Wirf es runter.« Flehend streckte er die Arme aus.

»Ich weiß genau, wie du dich fühlst«, erklärte ihm Parker. »Ich wusste, dass meine Beine restlos kaputt waren. Ich hätte alles getan, damit dieser Schmerz aufhört. Alles, nur nicht sterben. Ich dachte, ich wollte sterben, aber als mir diese Fischer die Hände entgegengestreckt haben, habe ich mich mit letzter Kraft daran geklammert.«

Er ließ das Seil zu Noah hinunter, der es hektisch packte. »Binde es dir ein paarmal um die Brust und zieh es fest«, wies ihn Parker an.

»Okay«, rief Noah, als er fertig war. »Zieh mich rauf.«

Parker fuhr zurück. Das Seil straffte sich. »Fertig? Wenn du Tritt fassen kannst, klettere die Wand hoch.«

»Kann ich nicht. Mein Knöchel.«

»Okay, aber sacht. Ja nicht …«

»Reißen«, wollte er gerade sagen, aber es war zu spät.

36

In seiner Panik hatte Noah zu heftig am Seil gezogen; darauf war Parker nicht gefasst gewesen. Es hatte ihn nach vorne aus seinem Stuhl gerissen. Nun lag er auf dem gestampften Erdboden. »Gottverdammte Scheiße!«

»Was? Was ist passiert? Parker?«

Mehrere Sekunden lag Parker mit der Stirn auf dem Boden und holte Luft. Dann zog er sich zentimeterweise mit Hilfe seiner Arme zum Brunnenrand und schaute hinunter.

»Du hast mich aus dem Stuhl gezogen.«

»Nun, dann setz dich wieder rein.«

»Jeder Vorschlag, wie ich das bewerkstelligen soll, ist mir willkommen.«

»Nun, tu wenigstens etwas.«

Die Verzweiflung zerrte an Noahs Stimme. Selbst am Grund des Brunnens musste er das Knacken des alten brennenden Holzes hören können. Mit jeder Sekunde verdichtete sich der Rauch.

»Parker, du musst mich hier rausholen!«

»Kann dir nicht helfen, Kumpel. Ich bin ein Krüppel. Weißt du das nicht mehr?« Reumütig schüttelte er den Kopf. »Ich geb's ja zu, so hatte ich mir das Ende nicht gedacht. Hatte nie vor, dich sterben zu lassen. Ich wollte dir lediglich einen Vorgeschmack darauf geben, wie es ist, wenn man dem eigenen Tod gegenübersteht. Wenn man diese allumfassende Angst erlebt. Ich wollte dich so erschrecken, dass du deine Sünden beichtest. Wollte, dass du mich auf den Knien um dein Leben anflehst. Was du ja auch getan hast. Damit sollte alles enden.«

Er lachte. »Mir ist klar, Noah, dass du jetzt panische Angst hast, und dein Gehirn nur noch einen Gedanken kennt: Überleben. Trotzdem denkst du hoffentlich noch klar genug, um die Ironie dieser Situation zu erfassen.

Denk mal nach. Ich bin deine einzige Hoffnung auf Rettung. Aber ich bin machtlos gerade wegen jener Verletzungen, die du mir zugefügt hast. Das sitzt, nicht wahr? Schade, dass keiner von uns mehr Gelegenheit haben wird, das in einem Buch zu benutzen. Solche eingebauten Ironien liebte Professor Mike Strother.«

Als der Name ihres Mentors fiel, schien die Distanz zwischen beiden zu schrumpfen. Ihre Blicke fanden sich fast hörbar. Parker sagte leise: »Du hast noch eine letzte Sünde zu beichten, Noah, nicht wahr?«

»Ich musste der Erste sein, Parker. Es ging nicht anders.«

»Professor Strother hatte über ein Jahr lang von keinem von uns ein Wort gehört. Seine gesamte Korrespondenz war ungeöffnet zurückgekommen. Adressaten unbekannt, keine Nachsendeanschriften. Unser plötzliches und unerklärliches Verschwinden hat ihn etwas verblüfft, und beleidigt.

Erst als er *Vernichtet* bei seinem Buchhändler sah, wurde ihm klar, dass du verkauft hattest. Selbstverständlich erkannte er den Titel und deinen Namen sofort wieder. Er kaufte ein Exemplar. Er war neugierig, welche endgültige Form du deinem Manuskript gegeben hattest. Er wollte sehen, ob du irgendeinen seiner Vorschläge eingebaut hattest. Natürlich war er stolz darauf, dass einer seiner Studenten den Roman geschrieben hatte, der der letzte Schrei war, das Gesprächsthema bei Cocktailpartys, in Kosmetikstudios und sämtlichen Büros. Das Buch, das auf jeder Bestsellerliste stand.«

»Parker …«

»Und nun stell dir Professor Strothers Überraschung vor, als er sich in seinen Lehnstuhl setzte, seine Lampe ausrichtete und sein Exemplar von Noah Reeds *Vernichtet* aufschlug. Und dann die erste Seite meines Buchs las. *Mein* Buch, Noah!«

»Daran war dieser Brief schuld!«, brüllte Noah ihn seinerseits an. »Immer hat Strother dich favorisiert. Immer hielt er dich für den Begabtesten. Der dachte doch, dein Scheißmanuskript sei das Tollste. Da dachte ich mir, ich würde es mal testen und eine andere Meinung dazu einholen. Als du eines Tages nicht da warst, bin ich an deinen Computer gegangen und habe mir eine Kopie ausgedruckt. Der habe ich meinen Titel gegeben und sie unter meinem Namen eingereicht.«

»Und als es sich verkauft hat, musstest du mich loswerden. Sofort. Noch am selben Tag.«

»So war es geplant.«

»Wetten, dass du dir in die Hose gemacht hast, als ich wieder lebend aufgetaucht bin?«

»Ich musste nachdenken, aber in Panik bin ich nicht geraten. Ich habe ganz schnell dein Buch in meinem Computer gespeichert und meines in deinem. Du hättest deine Urheberrechte gegenüber den Behörden nicht beweisen können, weil ich dich inzwischen als labilen Gewalttäter dargestellt hatte.«

»Deine raffinierten Plots haben Strother immer schon beeindruckt.«

»Unser lieber Professor war ein anderes Kapitel. Allerdings dachte ich mir, wenn er mich je öffentlich blamieren würde, würde ich …«

»Würdest du dir einen geschickten Ausweg ausdenken.«

»Habe ich doch immer.«

»Bis jetzt.«

»Wenigstens werde ich im Bewusstsein sterben, dass du direkt nach mir an der Reihe bist. Vielleicht landest du sogar noch schneller in der Hölle.«

»Glaubst du?«

»So schnell kannst du gar nicht auf dem Bauch rutschen, dass du jetzt noch hier rauskommst, Parker.«

»Nein, aber schnell genug laufen kann ich.« Vor den ungläubigen Blicken Noahs rappelte sich Parker mühsam auf die Knie und stand schließlich auf.

»Du bekackter Wichser, du ...«

»Noah, das ist ein Markenzeichen von Mackensie Roone«, sagte Parker, wobei er zu ihm hinunterlächelte. »Sich für den letzten Moment noch eine unerwartete Entwicklung aufzusparen.«

»Parker, ich bring dich um. Wir sehen uns in der Hölle wieder! Ich werde ...«

»Alles in Ordnung, Mr. Evans?« Deputy Sheriff Dwight Harris stürzte in Begleitung von zwei weiteren Hilfssheriffs durch die Tür.

»Erschöpft«, erklärte ihm Parker, »aber sonst geht's.« Er drückte einen Knopf auf der Fernbedienung. Sofort erstarben die Flammen.

»Der Spritzenwagen steht draußen. Allmählich haben wir uns Sorgen gemacht.« Genau in dem Moment knallte der Wasserstrahl aus dem Feuerwehrschlauch mit voller Wucht auf die Außenwand.

»Mir wurde langsam auch ein bisschen mulmig«, sagte Parker. »Diese Nebelwerfer sind mörderisch.«

Deputy Harris warf einen Blick auf die versengten Wände. »Die bengalischen Feuer haben Ihr Gebäude etwas beschädigt.«

»Das hat schon Schlimmeres überstanden. Außerdem war's das wert.«

»Also haben Sie's?«

»Jedes belastende Wort.« Parker zog hinten sein Hemd aus der Hose und entfernte einen am Hosenbund befestigten Kassettenrekorder, trennte ihn vom Mikrofonkabel und reichte ihn dem Sheriff. Als er sich das auf der Brust festgeklebte winzige Mikrofon abriss, zuckte er ein wenig zusammen. »Danke für diese Inszenierung, Deputy Harris.«

»Nicht nötig. Ich weiß es zu schätzen, dass Sie mich gerufen haben. Vermutlich ist das der einzige großangelegte Bluff in meiner ganzen Karriere.« Beide schüttelten einander die Hand.

Obwohl Noah immer noch unflätige Bemerkungen brüllte, hatte sich der Hilfssheriff bis jetzt nicht um seine Anwesenheit gekümmert. »Ich bin schon ganz wild darauf, Ihren Gast da unten kennen zu lernen, Mr. Evans. Na, dann holen wir den mal raus«, sagte Harris und winkte den beiden anderen Hilfssheriffs, die mit Seilen bereitstanden.

»Wie geht's denn so da unten, Mr. Reed? Der Polizeichef droben in Mass'chusitts ist sicher schon ganz wild darauf, zu hören, was Sie zum Sturz Ihres Schwiegerpapas zu sagen haben. Übrigens, mein Ressort unterhält sich auch schon mit den Leuten in Florida.«

Parker wandte sich ab und überließ damit Noah symbolisch dem Teufel, wie ihn Mike beschworen hatte.

Der Anblick seines alten Freundes neben der weit geöffneten Mühlentür überraschte ihn, ohne dass er wirklich schockiert gewesen wäre. Anscheinend war Mike immer zur Stelle, wenn er ihn am dringendsten brauchte.

Bei ihm stand Maris.

Deputy Harris spürte sein Zögern und schlich sich neben ihn. »Die beiden sind in einem Golfcart die Straße entlang gerast. Hab sie abgefangen, bevor sie hier reinrauschen und die ganze Sache ruinieren konnten. War ganz schön mühsam, sie draußen zu halten. Sie haben sich Ihretwegen Sorgen gemacht.«

»Aus Angst, Noah könnte mich umbringen?«

»Nein, Sir, aus Angst, *Sie* würden *ihn* umbringen.«

Parker lächelte. »Wie sind Sie nur auf diese Idee gekommen?«

»Der alte Herr sagte irgendwas von Ihrem Plot. Meinte, Ms. Matherly hätte ihn rekonstruiert und sei dahinter gekommen.«

»Das überrascht mich nicht.«

Steifbeinig und schwankend schlurfte er über den gestampften Boden, das Vermächtnis von Noahs Verrat. So trat er langsam ins Freie. Mike erkannte, dass er diesen Weg allein zurücklegen musste, und eilte ihm nicht zu Hilfe. Erst als er ihn schon berühren konnte, fragte Mike ihn, ob er seinen Rollstuhl wollte.

»Danke, Mike.«

Mike holte den Stuhl. Maris stand immer noch wie versteinert da und starrte ihn an.

»Hast du gedacht, ich sei gelähmt?«

Sie nickte.

»Dachte ich mir. Hielt es für das Beste, dich weiter in diesem Glauben zu lassen. Damit das hier funktioniert, musste Noah ja auch im Unklaren sein.« Er kam zu dem Schluss, ihr hier und jetzt das Schlimmste rundheraus zu sagen. »Wenn's geht, fahre ich. Besser kann ich's nicht. Wird auch nie anders sein.«

Eine Träne rollte über ihre Wange. »Das zählt nicht. Hat es nie getan.«

»Das schönste Geschenk in meinem Leben war dieses Glas mit den Leuchtkäfern.« Parker streichelte ihren Rücken. Sie hatten eben erst miteinander geschlafen.

»Glühwürmchen.«

Er lachte in sich hinein. »Du lernst es noch. Mit ein bisschen Nachhilfe wird aus dir noch eine waschechte Südstaatenschönheit.«

»Das war damals eine rundum schöne Nacht. Die schönste. Bis heute.«

»Maris, der Morgen danach …«

»Psst. Jetzt verstehe ich ja, warum du dich so mies benehmen musstest.«

»Wirklich?«

»Du musstest mich loswerden, bevor du Noah hierher schaffen konntest.«

Er hob ihr Kinn an, um ihr ins Gesicht schauen zu können. »Aber du weißt, dass ich dich benutzt habe, um an ihn heranzukommen.«

»Du hattest ursprünglich geplant, dass er uns so wie jetzt erwischt, nicht wahr?«

Sein Blick streifte ihre verschlungenen Körper. »Tja.«

»Aber dann hast du dich in mich verliebt. Du konntest dich nicht überwinden, mich einer derart hässlichen Szene auszusetzen. Deshalb hast du mich verletzt – zu meinem eigenen Schutz. Ich sollte garantiert abreisen.«

Er streichelte ihre Wange. »Du bist so schlau. Ich kann nur noch staunen.«

»Habe ich also Recht?«

»Besonders was den Punkt mit dem Verlieben betrifft.«

»Hast du das?«

»Ich bin's. Gegenwart.« Er hob ihr Gesicht zu seinem und küsste sie in einer Weise, die keinen Raum für Zweifel ließ.

»Nur eins begreife ich einfach nicht«, sagte sie, als dieser Kuss schließlich endete. »Ich weiß ja, wir haben versprochen, darüber heute Nacht nicht zu reden. Trotzdem würde ich gern einen Punkt klar stellen.«

Im gegenseitigen Einvernehmen wollten sie in dieser Nacht nicht alles durchkauen. Bis Parker entlastet war, und Noah die gerechte Strafe für seine Verbrechen bekommen hatte, standen ihnen monate- wenn nicht sogar jahrelange juristische Verwicklungen bevor. Sie hatte einen Verlag zu leiten, er musste Bücher schreiben. Sie wussten noch nicht einmal, wie sie ihre Zeit zwischen New York und St. Anne aufteilen sollten. Sie würde noch lange den Tod ihres Vaters betrauern, und Parker überlegte, ob er den Millionen Lesern Mackensie Roones wahre Identität enthüllen sollte oder nicht. Sie mussten vieles klären, waren aber entschlossen, es letztlich zu schaffen.

Trotzdem waren beide einverstanden gewesen, den Morgen erst mit dem Sonnenaufgang beginnen zu lassen. Sie hatten beide eine Nacht verdient, in der sie nur eines taten: die gegenseitige Nähe zu genießen.

»Ich habe nicht die geringste Lust, Noah zu uns ins Bett zu bitten«, sagte er.

»Verstehe ich. Einverstanden. Aber dabei geht's gar nicht wirklich um ihn.«

»Okay. Ein Punkt, und dann will ich noch mehr von dem, was wir gerade gemacht haben.«

»Versprochen«, sagte sie lächelnd. »Mike hat entdeckt, dass *Vernichtet* eigentlich dein Buch unter Noahs Titel war.«

»Richtig.«

»Um das zu klären, hat er versucht, mit dir Kontakt aufzunehmen.«

»Er brauchte fast ein Jahr, um mich aufzustöbern. Inzwischen war schon die Taschenbuchausgabe erschienen.«

»Warum hat Mike damals Noah nicht bloßgestellt?«

»Weil ich ihm mit Mord gedroht habe, wenn er das täte.«

»Warum?«

»Maris, ich war in einer rotzbeschissenen Situation. Ein Ex-Knacki, der wie ein Penner aussah und auch so lebte. Ich war an einen Rollstuhl gefesselt. Erst nach jahrelanger Physiotherapie kann ich überhaupt wieder laufen. Wenn man das Laufen nennen will. Als Mike mich fand, war ich schwach, ausgelaugt. Tablettensüchtig.« Störrisch schüttelte er den Kopf. »Ich habe mich geweigert, Noah in einem derart abgewrackten Zustand gegenüberzutreten, ihm, dem gekrönten Prinzen der Buchwelt.«

»Der den Erfolg genoss, der rechtmäßig dir gebührte.«

»Ich entschied mich zu warten, bis ich zu Kräften gekommen war und wieder Selbstvertrauen hatte.«

»Und Erfolg.«

»Auch das. Ich wollte ihn als Ebenbürtiger herausfordern. Wenn ich Referenzen vorweisen konnte, um meine Behauptung zu stützen, er hätte mein Buch gestohlen. Dass es vielleicht Jahre dauern würde, wusste ich, trotzdem war ich bereit zu warten.«

»Mich überrascht nur, dass du Mikes Einverständnis dazu bekommen hast.«

»Er war nicht einverstanden. Er hat nur nachgegeben.«

»Sonst?«

»Sonst hätte ich nie wieder ein Wort geschrieben, solange ich lebte.«

»Aha, damit war die Sache todsicher geregelt.«

Er hatte also ihre Frage beantwortet. Sofort machte sie es sich auf ihm bequem und öffnete die Schenkel. Mit einem befriedigten Grunzen drückte er sich in sie hinein und begann, mit kaum merklichen Hüftbewegungen nach oben zu stoßen.

»Hmm, Mr. Evans, Sie sind unglaublich begabt.«

»Tja, und kann ganz ordentliche Bücher schreiben.«

Sie setzte sich auf, griff zwischen ihren Beinen hindurch nach hinten und streichelte seine Peniswurzel. Er stieß einen Fluch zwischen den Zähnen hervor. »Ms. Matherly, Sie haben selbst ordentlich Talent. Wo hast du diesen Trick gelernt?«

»Habe ich in einem deiner Bücher gelesen.«

»Verdammt, bin ich gut.«

Sie liebkoste ihn so lange, bis er sie auf seine Brust zog, fest um die Taille packte und dabei tief in sie hineinstieß. Ihre Brüste dämpften seinen rauen stoßweisen Atem.

Endlich kam er. Sein Kopf fiel nach hinten aufs Kissen. Sie strich ihm die Haare aus der feuchten Stirn. »War's schön?«

»Ist es noch immer.« Er barg ihr Gesicht zwischen den Händen, küsste sie und flüsterte in ihren Mund: »Wir machen hier ganz schön rum.«

»Ist mir egal. Ich hätte gern ein Baby.«

»Damit kann ich leben.«

»Oder zwei.«

»Noch besser.«

»Parker?«

»Hmm?«

»Lass mich kommen.«

Sie war bereit. Er musste sie nur noch ein paarmal mit der Fingerspitze streicheln.

Später lagen sie da und schauten einander an. Ihre Köpfe teilten sich ein Kissen. Gerade als er ihr fragiles Schlüsselbein streichelte, sagte sie: »Ich habe dich schon beim ersten Kuss erkannt. Am ersten Abend, als wir uns begegnet sind.«

Sein Finger erstarrte in der kleinen Kuhle unter ihrem Schulterblatt. Er schaute ihr in die Augen. »Was?«

»Deshalb hat mich dein Kuss auch so erschreckt. Weil ich dich kannte. Und das nicht einfach nur so. Ich kannte dich gut. Ganz intim. So viele Nächte hatte ich mit dir verbracht, mich in jedes Wort vertieft. Dein Buch war wie ein ganz persönlicher Liebesbrief. Als hättest du ihn mir geschrieben. Nur für mich allein. Als du mich geküsst hast, war das so vertraut, als hättest du mich schon tausend Mal so geküsst.« Voller Bewunderung zog sie jede Linie seines Gesichts nach. »So lange liebe ich dich schon, Parker. Seit Jahren. Seit dem Tag, als ich zum ersten Mal *Vernichtet* gelesen habe.«

Er schluckte heftig. »Als du dich damals so leidenschaftlich darüber geäußert hast... Maris, du hast es begriffen«, sagte er beglückt. »Du hast ganz genau begriffen, was ich mit diesen Figuren und dieser Story ausdrücken wollte. Himmel, wie ich dich so darüber reden hörte, wäre mir fast das Herz zersprungen. Kannst du dir vorstellen, wie schwer es mir fiel, dir nicht zu erzählen, dass ich der Autor war? Dass ich es war, in den du dich verliebt hattest, nicht Noah?«

»Warum hast du's mir nicht gesagt?«

»Ich konnte nicht. Damals nicht. Noch nicht. Außerdem hatte ich Angst, deinen Erwartungen nicht gerecht zu werden.«

Sie fuhr ihm mit den Fingern durchs Haar. »Du hast sie übertroffen, Parker. Du hast meine Fantasien geschaffen. Jetzt löst du sie ein.«

Sie küssten sich lange und tief. Als sie sich endlich voneinander lösten, fragte sie ihn nach dem ursprünglichen Titel.

Und er sagte ihn ihr.

Und sie sagte ihm, dass ihr der viel besser gefalle.

Sandra Brown
bei Blanvalet

Betrogen

Roman. 512 Seiten

Als Melina Lloyd ihrer Zwillingsschwester Gillian vorschlägt, die Rollen zu tauschen und an ihrer Stelle den aufregenden, aber distanzierten Astronauten Christopher »Chief« Hart zu begleiten, lehnt Gillian spontan ab. Nach einer traumhaften Nacht mit Chief erhält Melina eine schreckliche Nachricht – ihre Schwester wurde ermordet. Es gibt nur einen Weg, den Täter aus der Reserve zu locken: Sie muss Chief, der Polizei und dem Mörder suggerieren, dass er die falsche Schwester getötet hat…

»Ein Thriller, wie er sein muss: voller unerwarteter Wendungen! Denn nichts und niemand ist so, wie es anfangs aussieht…« (BOOKLIST)